慶宋年
경성년

[경
국
기
구]

황실군사
　황실 호위군　　황실 가장 ?
　금　　군　　　궁전, 성곽 ?
　징두 수비군　　궁전 외각 ?

다른
명령
있으
있는

황　　제 ────── 직속명령 ──────

3　원
　교

재　　상
　도 찰 원　　　감찰, 탄핵○

6　부
경국의 최고 행정기관으로
정부정책/법안 실행을 담당

3　사

내　고
경국의 장사(산업)

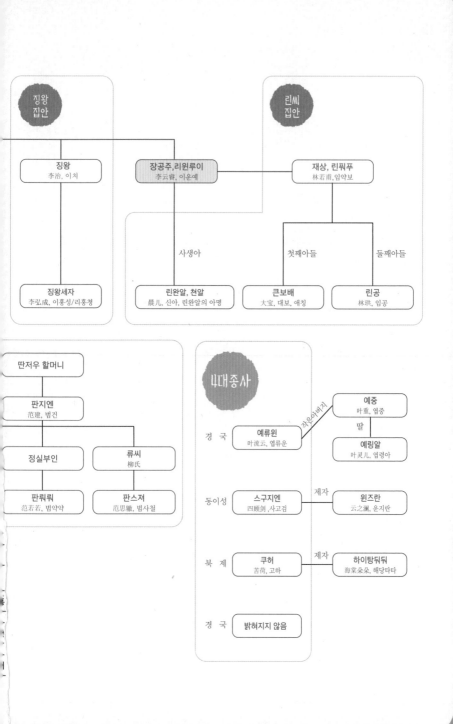

징왕 집안

징왕
李治, 이치

징왕세자
李弘成, 이홍성/리홍청

린씨 집안

장공주,리윈루이
李云睿, 이윈예

재상, 린뤄푸
林若甫, 임약보

사생아
린완알, 천알
晨儿, 신아, 린완알의 아명

첫째아들
큰보배
大宝, 대보, 애칭

둘째아들
린공
林珙, 임공

딴저우 할머니

판지엔
范建, 범건

정실부인

류씨
柳氏

판뤄뤄
范若若, 범약약

판스져
范思撤, 범사철

4대종사

경 국
예류원
叶流云, 엽류운

작은아버지
예중
叶重, 엽중

딸
예링알
叶灵儿, 엽령아

동이성
스구지엔
四顾剑, 사고검

제자
윈즈란
云之瀾, 운지란

북 제
쿠허
苦荷, 고하

제자
하이탕둬둬
海棠朵朵, 해당타타

경 국
밝혀지지 않음

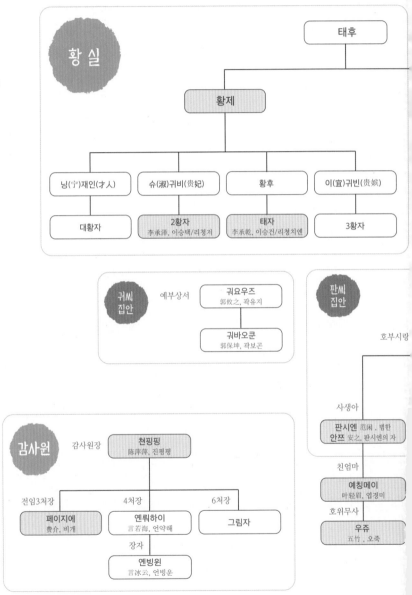

慶余年 [인물관계도]

황실

태후

황제

닝(宁)재인(才人) ── 슈(淑)귀비(贵妃) ── 황후 ── 이(宜)귀빈(贵嫔)

대황자

2황자
李承泽, 이승택/리청저

태자
李承乾, 이승건/리청치엔

3황자

귀씨 집안

예부상서

귀요우즈
郭攸之, 곽유지

귀바오쿤
郭保坤, 곽보곤

판씨 집안

호부시랑

사생아

판시엔 范闲, 범한
안쯔 安之, 판시엔의 자

친엄마

예칭메이
叶轻眉, 엽경미

호위무사

우쥬
五竹, 오죽

감사원

감사원장

천핑핑
陈萍萍, 진평평

전임3처장

페이지에
费介, 비개

4처장

옌뤄하이
言若海, 언약해

6처장

그림자

장자

옌빙윈
言冰云, 언빙운

...까이서 황궁 내부 호위

...비

두 수비

제사	감사원 8처에 독립적인 위치로 감사원을 관할
	* 일종의 부원장 개념

조정과 독립된 기구로, 황제의 직속
...에 따라 단독으로 체포와 조사 할 수
...며, 사안을 직접 판단하고 단죄할 수
...특권 기구

| ...사원장 | 감사원 |

1 처	징두의 모든 관리 감시, 각 부 관아에 밀정 파견
2 처	정보 수집/분석
3 처	독약,무기 제조/관리
4 처	징두 외 각 지방 관원 감시, 타국 첩보
5 처	흑기병, 무력으로 감사원 중 가장 강한 조직
6 처	외부에 알려지지 않은 조직으로 암살 담당
7 처	죄인 수감/고문 담당
8 처	사회 여론 통제, 출판물 관리

| ...원(태학) | 춘시, 학문, 관원 선반을 주관하는 기구 |
| 추밀원 | 예전 군부에서 승급 된 기구 |

...대한 건의만 하는 특수 조직

예 부	예제(禮制) 담당
호 부	호적 및 재정 담당
형 부	형벌 담당
...부	관료 인사 담당
공 부	공공 공사 담당
병 부	군무 담당, 추밀원이 병부를 거의 대체함
...려 사	외교 담당, 외빈 접대/협상
...리 사	사건 심리 및 재판 담당
...상 사	예악(禮樂) 담당

흥경궁	황제가 머무는 궁전
함광전	태후가 머무는 궁전
요화궁	황후가 머무는 궁전
동 궁	태자가 머무는 궁전
광신궁	장공주가 머무는 궁전

경여년 1

오래된 신세계

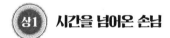 시간을 넘어온 손님

慶餘年
경여년

경여년 : 오래된 신세계

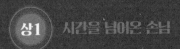

상1 시간을 넘어온 손님

묘니(猫膩) 지음

경여년 : 오래된 신세계 상-1

Joy of Life by Maoni

Copyright ⓒ Maoni, 2007
Korean Translation Copyright ⓒ 2020 Saii Works Inc.

Korean language edition arranged with Maoni through Shanghai
Xuanting Entertainment Information Technology Co.,Ltd.
All rights reserved.

이 도서의 국립중앙도서관 출판예정도서목록(CIP)은
서지정보유통지원시스템 홈페이지(http://seoji.nl.go.kr)와
국가자료종합목록 구축시스템(http://kolis-net.nl.go.kr)에서 이용하실 수 있습니다.
(CIP제어번호 : CIP2020039868)

경여년 1

감사의 말씀

이 책을 만드는데 도움을 주신 많은 분들께 감사의 말씀을 드립니다.

이영철 총장님, 주일우 대표님, 김수경 편집자님, 이상민 변호사님,
우리의 중국 친구들 万星 , 喻小……

또, 중화TV 관계자님, 김승겸님, 이상일님, 조지현님, 김민정님.

그리고, 이 책을 만드는데 적극적으로 참여해 주신,

윤예인님, 정호랑님, 조윤선님 , 智님,
에레나님, reallxt님, 리님, momo님,

그 밖에 참여해 주신 모든 경국인들.

이 자리를 빌려 진심으로 감사의 말씀을 드립니다.

* 이 책 판매수익의 1%는 투표를 통해 경국인 이름으로 사용될 예정입니다.

경여년 각국 세력지도

북제

샹징

서만국

동이성

딩저우

창저우

딴저우

징두

경국

신양

경국

황제의 강한 통치 아래 가장 강한 세력을 갖고 있다. 지금의 황제가 태자일 당시,
경국은 북벌을 시작하여, 북위군을 상대로 한차례 처참히 패배했으나,
뒤 이은 북벌전쟁에서 첩보전을 통해 북위를 와해 시켰다.

북제

북제의 전신은 북위로 한 때, 천하를 호령했다.
그러나 3차례에 이어진 경국의 북벌에 결국 북위는 패배하여 와해되었다.
그 후 북위는 여러 제후국으로 잘게 쪼개졌고, 쟌씨가 북제를 건국하였다.

동이성

경국과 북제 사이의 많은 제후국가 중 동쪽 해변과 맞닿은 부분의 가장 큰 항구도시.
왕은 없고 성주만 있다. 경국이 북벌하던 그 당시 동이성만은 시종일관 중립을 지키며
전쟁을 피할 수 있었다.

경여년 등장인물

🏛 판씨 집안

판시엔(范闲,범한)/**안쯔**(安之,판시엔의 자) 주인공. 판씨 집안의 사생아.
어느 날 갑자기 낯선 세계에 초대받은 손님. 차기 황권을 둘러싼 갈등에 휘말린다.

판지엔(范建, 범건) 판시엔의 아버지, 호부시랑이자 스난 백작 작위를 지니고 있다.

판뤄뤄(范若若, 범약약) 판지엔과 정실부인의 딸. 판시엔과 어린 시절을 함께 했다.

판스져(范思辙, 범사철) 판지엔과 둘째 부인의 아들. 막내로 철이 없어 보이나
장사에 탁월한 소질을 갖고 있다.

🏛 황실

경국 황제 황제는 모든 것을 알고 있다. 경국의 절대권력의 상징.

장공주(李云睿, 이운예/리윈루이) 아름다움속에 독기를 감추고 있는 여자.
태후가 가장 아끼는 황제의 친 여동생으로 경국의 장사인 내고를 관리한다.

태자(李承乾, 이승건/리청치엔) 태자로 책봉되어 차기 황권을 물려받을 예정.
2황자와 황권을 두고 경쟁한다.

2황자(李承泽, 이승택/리청저) 태자와 차기 황권을 두고 경쟁하는 사이.

🏛 감사원

쳔핑핑(陈萍萍, 진평평) 감사원장. 황제의 충성스러운 늙은 개로 속내를 알 수 없다.

페이지에(费介, 비개) 감사원 전임 3처장, 독약의 대가. 판시엔이 어릴 적 딴저우로 내려가
판시엔의 스승이 된다.

왕치니엔(王启年, 왕계년) 판시엔의 심복이 되는 감사원 관원.

🏛 린씨 집안

린뤄푸(林若甫, 임약보) 경국 문관 최고 위치인 재상. 장공주와의 내연관계 였으며, 이를 통해 고속 승진하여 재상자리에 앉았다. 그 후, 장공주와 원망 섞인 관계가 된다.

린완알(林婉儿, 임완아) 재상과 장공주 사이의 사생아. 황제가 판시엔과 혼사를 내정했다. 판시엔과 사랑에 빠지게 된다.

비밀을 품은 사람들

예칭메이(叶轻眉,엽경미) 판시엔의 엄마. 신비한 존재로 어느 날 나타나 부와 권력을 축적한다. 태평별원 사건 때 암살당했다. 현재의 경국의 권력 곳곳에 예칭메이의 흔적이 있다.

우쥬(五竹,오죽) 예칭메이의 호위무사. 앞이 안보이며, 검은천으로 눈을 가리고 있다. 무공의 절대 강자.

스리리(司理理, 사리리) 기생집 취선거 최고 미녀. 비밀을 간직한 모습이다.

1권 이후의 전개

서문

　판션(范慎, 범신)은 내려오는 눈꺼풀을 가까스로 치켜뜨며 젓가락처럼 야윈 손가락을 움직였다. 이번 생에 나는 의미 있다 할 일을 과연 몇 가지나 했던가? 그러다 곧 하나 둘 접어가던 손가락을 멈춰 긴 한숨과 함께 내린다.

　약 냄새로 진동하는 이 병실에서 건너편 병상을 차지하고 있던 연세 지긋한 할아버지는 며칠 전 저 세상으로 가버렸다. 이제 며칠 후에는 그의 차례가 될 것임에 분명하다.

　중증근무력증. 무서운 속도로 근육에서 힘이 빠져버린다는, 그가 앓는 병에는 로맨스 소설 속 남자 주인공에게나 어울릴법한 생소한 이름이 붙었다. 알려진 바에 따르면 이 병에는 이렇다 할 치료법이 전혀 없단다. 병을 앓는 사람이 속된 말로 뒈지기라도 하는 날에는 무엇 하나 움직이지도 못한 채 속절없이 눈물 흘리며 사라질 도리 밖에 없다는 망할 병이 바로 이 병이다.

"나는 로맨스 소설 주인공도 아닌데 말이야……"

조심스럽게 입을 움직여보려는데 그는 자신의 턱 하나마저 제대로 움직이지 못해 무의미한 잠꼬대를 중얼거리고 있을 뿐이다.

이번 생을 돌아보니 과연 그가 한 의미 있는 일은 손을 꼽을 정도다. 기껏해야 길 건너는 할머니를 부축하는 일, 버스에서 자리를 양보하는 일, 이웃과 사이좋게 지낸 일, 친구의 컨닝을 도와준 일 정도. 이를테면 그는 좋은 남자도 유능한 남자도 아니었다. 양친을 일찍 여읜 탓에 병간호해줄 변변한 보호자도 없이 생의 마지막이 오기를 하염없이 기다리는 게 전부인 남자.

인생이란 게 그렇다.

그러던 어느 날, 적막한 밤도 더 깊이 적막해져갈 무렵 판션은 자기 목구멍 속 근육이 조금씩 조금씩 힘을 잃어가고, 호흡기를 이루는 모든 근육에 붙어 있던 탄력도 차례차례 사라져가는 게 피부로 느껴졌다.

'이렇게 죽는 것인가?'

눈에서는 축축한 액체가 흘러내렸다. 처량함 속에 허우적거리며 하염없이 혀로 훔쳐대는 입술 언저리로 흐르는 눈물은 참말이지 짜기도 하고 비릿하기도 했다. 맞다, 병실에 온 이후로는 거의 씻지를 못했다. 그러니 눈물에서도 이상한 냄새가 나는 것도 이상할 게 없는 일 아닌가? 바로 그 순간 그는 무언가가 잘못되었음을 깨닫는다. 어떻게 갑자기 혀가 움직였던가? 의사 말로는 그의 혀는 이미 움직일 수가 없는 상태였는데 말이다. 그가 혀로 할 수 있는 일이라고는 그저 음식물을 식도로 넘겨주는데 아무런 방해를 하지 않는 것 정도뿐이다.

그런데 그의 눈이 번쩍 뜨이더니 시야가 넓어졌다. 왠지 시력도 좋아진 것 같았다. 그때 그 좋아진 시력으로 바라본 그의 시야 한가득 들어온 것은 가로 무늬 대나무 살이었다. 한동안 멍해 있던 그에게 대나무 살 사이로 무시무시한 장면들이 보이기 시작한다. 여남은 명의 살수들이 검은 옷을 입고 살기등등한 모습으로 뾰족한 무기를 든 채 그의 앞으로 달려오고 있었다. 이게 꿈인 건지, 죽기 전 마지막 순간에 맞이한다는 그 요상한 경험인 건지 미처 판단할 겨를도 없이 그는 자기도 모르는 새 두 손으로 얼굴을 가리고 만다.

'츠츠츠츠' 하고 허공을 가르는 날카로운 소리가 들려왔다. 뒤이어 몇 차례 나던 소리가 멎자 적막함이 빈자리를 메웠다. 잠시 기다리던 판션은 뭔가 심상치 않은 일이 벌어지고 있음을 깨달으며 얼굴을 가리고 있던 손을 빼꼼 열어 바깥세상을 훔쳐보았다. 대나무 바구니 살 사이로 본 세상은 여러 조각들로 나뉘어 있었다. 그 사이로 나타난 세상에는 얼핏 봐도 여남은 시체들이 뒹굴고 있었다. 혈흔은 곳곳에 낭자했으며, 피비린내로 가득했다. 눈앞에 펼쳐진 장면이 너무도 생생한 탓에 그는 잠시 어지러웠다.

그러다 갑자기 얼굴을 가리고 있던 손에 생각이 미쳤다. 설마 손이 움직였단 말인가? 설마 병이 다 나았단 말인가? 만일 그렇다면 눈앞에 펼쳐진 이 사건들은 무엇인가? 꿈을 꾼 것인가? 이게 꿈이라면 꿈에서 깨어남과 동시에 아무것도 움직일 수 없던 예전의 그 병신 상태로 되돌아간다는 것인가? 그렇다면 차라리 꿈에서 깨지 않는 편이 더 낫지 않을까? 꿈에서라면 그나마 손이라도 움직이고 눈이라도 깜빡일 수 있으니.

이런 비관적인 생각들의 소용돌이 속에서 축축해진 얼굴을 손으로 닦고 있는데, 손에는 피가 묻어났다. 아까 눈에서 떨어진 액체는 눈물이 아니라 피였던 것이다. 헉. 이게 피라면 이 피는 누가 흘린 피란 말인가? 또다시 멍하니 두 손을 바라보았다. 이번에는 너무 놀라 말도 안 나올 지경이었다. 그건 그의 손이 아니었던 것이다. 그 손은 유난히도 뽀얗고 부드러우며 심지어 앙증맞았다. 누가 봐도 한 눈에 알아볼 수밖에 없는, 갓난아기의 손!

경국(慶國) 57년, 황제가 친히 이끄는 군대의 서만족(西蠻族) 정벌이 아직 진행 중인 상태였다. 스난 백작(司南伯, 사남백작) 또한 여전히 군에 묶여 있었기에, 경국의 수도 징두(京都, 경도)는 임시로 태후의 지배 하에 놓여 있었다.

어느 날 징두 외곽에 위치한 류징허강(流晶河, 유정하) 근처 태평별원(太平別院)에서 화재사건이 일어났다. 살수들이 무서운 불길 속을 뚫고 별원으로 들어가 닥치는 대로 사람을 죽이는 엄청난 유혈사태가 벌어진 것이다. 이때 별원에 있던 청년 무사 하나는 어린 주인을 데리고 야밤을 틈타 도망 중이었다. 그는 포위망을 뚫고 나오던 중 살수들 무리에게 들켜 쫓고 쫓기다 가까스로 남쪽 문 가까이에 이르렀다. 매복 중이던 고수들은 앞을 못 보는 청년 무사가 이토록 막강한 힘을 가지고 있을 것이라고는 미처 상상하지 못했다. 엎친 데 덮친 격으로 언덕을 지나자 구원병까지 나타나 이 무사를 돕기 시작했다.

"젠장, 흑기병이다!"

살수 무리는 공포의 피바다 가운데 스러지며 애절하게 외쳤다. 살수들을 쓰러트린 기마병 부대는 전원이 하나같이 흑색 투구와 갑옷을 갖춰 입고 있었다. 그 새까만 투구와 갑옷 위로 어두침침하게 달빛이 쏟아져, 영혼이란 영혼은 모두 빨아들이려는 듯 반짝이고 있었다.

흑기병 부대가 손에 들고 있는 것은 군인들에게만 허용된다는 무소불위의 철궁이었다. 이 철궁의 막강한 힘은 그 누구도 피할 수가 없어, 이미 숱한 살인자들이 그 힘을 이기지 못해 저승길로 갔다. 흑기병들 사이로는 마차가 한 대 서 있었다. 그 안에는 중년의 남자가 하나 앉아 있었는데, 턱밑의 듬성듬성한 수염 위로 창백한 안색을 하고는 청년 무사를 가만히 바라보았다. 그리고 아이를 업고 있는 그를 향해 고개를 끄덕이더니 가볍게 박수를 치기 시작했다.

그 박수는 공격의 신호탄이었다!

그 신호탄에 응답하듯 부대에서 기병 몇이 나오더니 깜깜한 밤 서슬 퍼런 낫질처럼 아무런 감정도 없이 다 죽고 몇 안 남은 살수들에게로 달려들었다. 그때 갑자기 살수들 사이에서 지팡이를 든 한 사람이 누구도 알아들을 수 없는 주문을 외우기 시작했다. 그 주문에 알 수 없는 기운이 언덕 사방으로 몰려들었다. 그 모습을 보던 중년 남자는 미간을 잠시 찌푸리더니 몸에서 검은 그림자를 내뿜었다. 그러자 그 검은 그림자가 까만 매처럼 밤하늘 사이로 날아갔다.

'슥' 하는 소리와 함께 지팡이를 든 자의 주문 소리가 끊기고 그의 머리가 잘리고 하늘 높이 솟아오르며 비가 오듯 쏟아지는 피와 함께 바닥으로 떨어졌다. 중년 남자는 고개를 저으며 말했다.

"서쪽에서 온 법술사들은 도저히 이해가 안되는구만. 진정한 강자 앞에서 법술은 정승의 붓만큼이나 무기력 한 것을⋯⋯"

잠시 순찰을 다녀와 합류한 흑기병 무리가 주변의 모든 살수가 처리되었음을 보고했다. 그리고 기병의 대오가 질서정연하게 좌우로 열을 지어 갈라졌다. 그 중앙에서 마차 밖으로 나온 중년 남자가 검은 바퀴의자 위에 앉아 바퀴를 천천히 굴리며 청년을 향해 다가가 멈췄다. 청년은 마치 한 자루의 창처럼 굳게 서 있었다.

청년 무사가 메고 있는 대나무 광주리를 보자 중년 남자의 창백하던 얼굴에 비로소 홍조가 감돈다.

"어쨌든 무사하군."

대나무 광주리를 멘 청년 무사의 눈가에는 검은색 천이 휘감고 있었다. 또한 그의 손에는 검처럼 보이기도 하고 아닌 것 같기도 한 물건이 들려 있었다. 검정 쇠로 된 막대기였다. 그 막대기에서는 피가 뚝뚝 떨어지고 있었다. 주변은 그가 한달음에 죽여 없애버린 살수의 시체로 가득했다.

"여기 일은 없었던 것으로 하자."

눈앞을 가린 청년의 말에는 어떠한 동요도 감정도 일절 없었다.

"자네가 그렇게 하자면 나야 별 수 없지. 하지만 나도 '나의 주인'에게 설명을 해야 하네."

청년은 상대방의 말은 개의치 않는 듯 몸을 돌려 떠날 준비를 했다.

"도대체 그 아이를 어디로 데려 가려 하는 건가? 혹시 그 아이 또한 너처럼 강호를 떠돌아다니게 할 셈인가?"

"이 아이는 아가씨의 혈육이다."

"'나의 주인'의 혈육이기도 하지. 내가 이 작은 주인에게 징두에 안전한 장소 제공을 보장하마."

청년은 고개를 저으며, 눈을 가린 검은 천을 바로했다.

바퀴의자에 앉은 중년 남자는 이 청년이 아가씨의 말 외에 누구의 말도 듣지 않음을 누구보다 잘 알고 있었다. 하지만 한숨을 쉬고 다시 한번 설득해 본다.

"징두의 일은 '나의 주인'이 돌아오면 곧 평정될 터인 바, 굳이 그 아이를 데리고 갈 이유까지는 없지 않은가?"

"난 '너의 주인'을 믿지 않는다."

중년 남자는 미간을 움찔한다. 청년의 말이 심기를 거스른 것 같았다.

"어린이에게 젖을 먹이고, 글자를 가르치는 일을 네가 할 수 있다는 건가? 네가 사람 죽이는 것 말고 할 수 있는 게 뭔데?"

청년은 기분이 나쁜 기색도 없이, 메고 있던 대나무 광주리를 새털처럼 가볍게 밀어 올리며 대꾸했다.

"절름발이. 너도 살인만 할 줄 안다."

"'나의 주인'이 오면, 곧 그 아이를 어찌할지 결정한다니까! '나의 주인' 외에 누가 이 알 수 없는 온갖 위험에서 그 아이를 보호할 수 있다는 거야?!"

청년은 잠시 생각하다 마침내 입을 연다. 여전히 아무런 감정을 실지 않은 채.

"새로운 신분, 방해 없는 인생."

"가능하지."

"어디에서?"

"딴저우(澹州, 담주). '나의 주인'의 유모가 지금 거기에 살고 있네."

청년은 제안을 받아들였다.

중년 남자는 바퀴의자를 굴려 청년의 뒤편으로 간다. 그리고 손을 뻗어 대나무 광주리에 있는 아이를 받아 안는다. 빚어 놓은 듯 귀여운 아이 얼굴을 보고는 한숨을 내쉬었다.

"진짜 아가씨랑 똑 닮았군, 정말 예뻐. 이 조그만 녀석은 나중에 반드시 출세할 걸세!"

중년 남자는 아이의 얼굴을 다시 본다. 할 말이 있으나 차마 뱉지 못하는 자가 지을 법한 음흉한 웃음을 보이며 섬뜩한 말투로 말했다.

"이제 겨우 두 달 된 아이가 제 손으로 제 얼굴에 묻은 피를 닦을 줄 알다니! 오늘밤과 같은 공포를 겪고도 이렇게 곤히 잘 수 있다니!

과연 하늘에서 내린 자의 아이로서 손색이 없어."

징두에서 남자는 권력자로 통한다. 수단이 매우 악랄해서 무슨 죄를 지은 관원이라도 몇 초도 안돼 모든 것을 자백하게 하는 힘을 가진 그의 눈빛은 사납기가 그지없다. 그러나 이런 비범한 인물도 이 아이가 곤히 자는 것이 아니라, 놀라서 넋이 나간 것이라는 걸 미처 알아채지는 못했다.

하늘에서 내린 사람, 천맥자(天脉者). 천맥은 하늘의 핏줄을 뜻하는 말이다. 즉, 천맥자는 자신의 피 속에 하늘을 품은 자를 일컫는다. 전해 내려오는 말에 따르면, 몇 백 년에 한 번씩 이런 사람이 태어난다고 했다. 하늘의 핏줄은 도저히 무찌를 수 없는 전투력을 상징한다. 저 멀리 납사고국(纳斯古国)의 대장군처럼 말이다. 그 장군은 자신의 나라가 야만족에게 공격받았을 때 홀로 용맹한 전투력을 발휘하여 야만족 원시회 사람들의 씨를 말렸다고 전해진다.

천맥은 또한 예술이나 지혜에 있어 비범함을 보이는 천부적 자질을 뜻하기도 한다. 서방에서 죽은 지 삼백 년이 넘는 보어(波尔) 대법사라던가 그의 아내이자 극작가인 푸보(伏波)같은 사람들이 그 예다. 그들이 천맥자임은 아무도 증명할 수는 없었지만, 이런 사람 몇이 인류에게 평화증진을 비롯해 수많은 기여를 했음은 그 누구도 부인할 수 없는 사실이다.

천맥자들은 마지막 또한 매우 특별한데, 그들의 끝은 흔적조차 찾을 수 없으며, 그건 국가의 어떠한 권위로도 마찬가지다. 그들은 어느 날 왔다 어느 날 홀연히 사라지는 존재들이다. 비밀 문서를 제외하고 그들의 흔적을 증명할 만한 것은 남지 않는다. 하지만 바퀴의자에 앉은 중년 남자만은 잘 알고 있었다. 천맥자 같은 이런 신비로운 존재들이 진실로 존재하며, 이들이 극히 소수라는 것을.

이유는 알 수 없어도, 판션이 죽은 뒤 그의 영혼은 이 세계로 왔다.

불가사의한 어느 아이의 몸속으로. 게다가 이 아이의 아버지 혹은 어머니는 신비롭고도 예측할 수 없는 천맥자였던 것이다.

날이 밝았다. 지난밤의 싸움은 흔적도 없이 깨끗이 정리됐다. 마차는 천천히 동쪽으로 난 돌길을 따라 가고 있었다. 마차 뒤에는 한 무리의 검은 기병과 바퀴의자에 탄 창백한 중년 남자가 있어 미묘하게 눈길을 끄는 장면을 연출하고 있었다.

마차가 돌길에 흔들리자, 고운 색 비단보에 눕혀 있던 아이가 깨어났다. 아이의 두 눈은 자신을 구해준 사람의 얼굴로부터 무심히 멀어져, 마차의 정면을 향했다. 여느 아이들과 달리 그 아이의 눈빛은 맑고 투명하되 여간해선 초점이 고정되지 않았는데, 말로 형언하기 어려운 의미심장함이 그 눈빛 안에 있었다. 이 순한 아이의 몸 안에 다른 종류의 세계에서 온 영혼이 깃들어 있을 것이라고는 아무도 생각하지 못했다.

아이의 눈길이 닿는 곳에는 마차의 장막이 바람에 흩날리고 있었다. 마차 밖으로는 푸른 산과 돌길이 끊임없이 사라졌다 끊임없이 나타나며 한 폭의 장관을 지침없이 그려내고 있었다. 마차의 앞에는 눈이 먼 청년이 쇠막대기를 손에 꽉 쥐고 있었다.

검은 천 한 폭이 그의 눈가를, 그리고 천하를 덮고 있었다.

제1장

손님

딴저우는 경국의 동쪽에 위치했다. 바다에 면해 있었으나 의외로 한적한 곳이었다. 최근 항구 몇 개가 남쪽 지방에 생겨나면서 상인들이 그쪽으로 이동해 가는 바람에 이전의 번화함을 잃고 점점 쇠퇴하는 중이었기 때문이다. 자신들을 괴롭히던 선원들이 사라진 이곳은 기러기들에게만큼은 낙원이었다.

딴저우의 한적함 덕에 이곳에서는 평온한 생활이 가능했다. 일부 관료들은 일부러 이곳에 별저를 짓기도 할 정도였다. 하지만 징두에서 한참 멀리 떨어져 있기에 실제 이곳에 남아있는 관료는 몇 되지 않았다. 사실상 대인(大人)이라 불릴 만한 인물은 서쪽 지방에 살고 있는 연로한 어르신 정도에 그쳤다. 그 어르신은 징두 스난 백작

(司南伯, 신하에게 주어지는 작위로는 공작-후작-백작-자작-남작이 있음. 봉해진 사람의 실제 이름과 별도로 작위마다 이름이 있음. '스난'은 백작의 이름)의 모친. 이곳 사람들은 모두 스난 백작이 황제 폐하의 신임을 얻어 중용되었음을, 그리하여 국가 재정담당 기관인 호부(戸部)에서 중책을 맡고 있음을 잘 알고 있었다. 이 집안에 대해서라면 사람들은 하나같이 경외와 예의를 갖추었다.

포근한 바람이 불어오는 어느 화창한 날이었다. 초로의 사내들은 저린 매실을 안주삼아 어느 술집에서 한잔 술을 만끽하고 있었다. 바닷바람에 실려 오는 짭조름한 내음이 마을을 가득 채웠다. 서쪽의 스난 백작 별저에는 그 돌계단 너머로 멀리에서는 알 수 없어도 가까이에 다가가면 훔쳐볼 수 있는 제법 흥미로운 풍경이 펼쳐지고 있었다.

이제 막 네댓 살이 된 아이가 소년 몇 명의 혼을 쏙 빼놓고 있었다. 아이는 제법 예쁘장하게 생겼는데, 꼭 그려놓은 것 같은 눈썹 아래로 두 눈이 맑게 빛나고 있었다. 목소리에는 아직 엄마 젖 냄새가 가시지도 않았는데도, 말하는 모습만큼은 제법 노련해 거드름까지 피웠다. 아이는 긴 숨을 쉬더니 말을 잇는다.

"트루먼이 벽에 이르러서는 계단을 발견하고는, 한 걸음 한 걸음 올라가니까 문이 하나 있는 거야. 그 문을 힘껏 열어서 들어갔더니……"

"그리고는?"

"그리고는? 트루먼은 당연히 인간 세계로 돌아왔지."

"에이, 시시해. 판시엔(范闲, 범한) 도련님, 오늘 해준 이야기는 지난번 것보다 별론 걸."

이때 집 안에서 커다란 목소리가 들려왔다.

"도련님! 또 어디 간 거예요?"

소년들은 히죽거리며 흩어져 버렸다. 판시엔이라 불리는 꼬마는 돌계단에서 몸을 일으켜 엉덩이를 털더니 휙 돌아 집으로 들어갔다. 그리고 문을 닫기 전 두 눈을 반짝이며 건너 편 잡화점 주인인 젊은 맹인을 주시한다.

이 세계로 온 지도 어언 4년째다. 판시엔은 자신이 꿈을 꾸는 게 아님을, 자신이 정말 미지의 세계로 온 것임을 어느덧 받아들이게 되었다. 또한 이 세계와 기억 속 이전 세계가 어떤 면에서는 같지만 또 다른 면에서는 어마어마하게 다르다는 것도 알게 되었다.

그는 하인들의 말을 엿들어 자신이 스난 백작 판씨 대인의 사생아임을 알고 있었다. 고관대작을 다룬 틀에 박힌 치정물에서 흔히 볼 수 있듯, 사생아의 존재란 무릇 아내의 공격대상이 되기 십상이다. 아마도 아들이 판시엔 뿐인 대인은 대를 잇기 위한 목적으로 혹시 모를 공격을 피해 판시엔을 수도에서 먼 이곳에서 지키는 것이리라.

요 몇 년 사이 판시엔은 자신의 새로운 신분이라든가 이전의 현실로부터 초월해 있는 생뚱맞은 상황들에 점점 익숙해졌다. 성인의 영혼이 어린 아이의 몸속에 있다는 것은 그것이 육체적이든 심리적이든 당사자로서는 완전히 색다른 경험이다. 정상인이라면 미치지 않고 배길 재간이 없을 정도였다. 그러나 그의 경우처럼 이전 세계에서 중병을 앓던 환자였다면, 그래서 한참 동안을 침상에 머무를 수밖에 없었다면, 이야기가 조금 다를 수 있다. 여기에서는 움직임이 아주 조금 불편할 뿐인데 이전 세계의 그 처참한 몰골에 비교해 잃을 게 뭐가 있겠는가? 단지 그가 적응할 수 없는 건 이름 정도로, 그의 이름은 그가 한 살 무렵 징두에서 온 편지에 쓰여 있었다.

'이름은 판시엔(范闲), 자(字)는 안쯔(安之).'

할머니는 겉으로는 차가워 보여도 마음만큼은 따뜻한 사람이었다. 무엇보다 마음속 깊이 손자를 아끼고 있어서 시녀를 포함한 집안의 모든 하인들도 사생아라는 신분으로 그를 백안시하지 않았다.

그의 유일한 고민이라면, 자신의 진짜 이야기를 다른 사람들에게 사실대로 털어 놓을 수 없음에서 오는 답답함 정도? 자신이 다른 세계에서 왔다는 걸 시녀에게 말할 수는 없지 않은가? 글을 가르치는 선생에게 글자를 이미 다 알고 있노라 말할 수는 없지 않은가?

그래서 그는 매일같이 몰래 나와 민가의 아이들과 함께 놀고, 그들에게 이야기를 들려주고, 이전에 살던 세상의 영화와 소설에 대해 말하는 것이었다. 마치 스스로에게 이야기를 들려주려는 듯, 자신이 이 세상 사람이 아니라고 알려주려는 듯 말이다.

지금까지 판시엔이 아이들에게 들려준 것은 영화 〈트루먼 쇼〉 이야기였다. 언제부턴가 판시엔의 머리에는 그 이야기가 계속 맴돌았다. 하지만 줄거리도 무척 심오한데다, 그가 영화 주인공 짐 캐리처럼 귀여운 모습으로 분장할 수도 없는 노릇이기에 딴저우의 십대 소년들에게 그 이야기가 먹힐 리 없다는 것쯤은 그도 잘 알고 있었다. 그래도 그는 이야기를 계속 했다.

그의 마음 속 깊은 곳에는 도무지 이해할 수 없는 것이 있었기 때문이다. 죽어가던 내가 왜 이곳에 새로 태어난 것인가? 혹시 지금 내 눈앞의 사람들, 거리들, 날아다니는 기러기 떼들은 누군가가 인위적으로 만들어 놓은 세트는 아닐까? 마치 〈트루먼 쇼〉에서처럼 말이다. 영화 말미에서 트루먼은 결국 자신의 세계가 누군가에 의해 만들어진 세계임을 알게 된다. 그는 의연히 배를 끌고 바다를 건너 출구를 찾아낸다. 하지만 판시엔은 자신이 트루먼과 다르다는 것도 잘 알고 있었다. 그가 살고 있는 이 세계는 확실히 존재하는 세계이고, 거대한 하나의 스튜디오에 불가한 가상이 아니라는 것을. 그래서 그는 매일같이 이야기를 들려주며, 자신이 다른 세계에서 왔음을 자각하려는 것이다.

지난 4년 동안 줄곧 생각하는 사이 그는 이 문제에 대해 분명한 입장을 가지게 되었다. 이왕 이렇게 다시 살게 되었으니 다시 잘 살지 않을 이유는 무엇인가? 기왕 움직일 수 있는데, 자유롭게 움직이지 않을 이유가 없지 않는가? 그래서 이 사생아 도령은 쉴 새 없이 돌아다닌다.

"도련님, 제발 부탁입니다. 빨리 내려오셔요."

집 안에 돌로 쌓아 만든 산의 꼭대기에 앉아, 판시엔은 저 멀리 수평선을 바라보며 미소를 짓고 있었다. 네 살짜리 아이가 높은 봉우리에 올라 세상을 다 안다는 듯 미소짓는 모습이라니, 그를 보는 시녀의 눈에는 괴기스럽기만 할 뿐이었다.

여름의 어느 날이었다. 시녀들은 몹시 지쳐, 몸을 비비꼬며 부채질을 하다 멈추다를 반복하고 있었고, 이따금씩 날아다니는 벌레들이 부채질에 맞춰 가벼운 춤을 추고 있었다.

판시엔은 침실로 들어와 침대 위에 평상을 펴고 비밀 서랍에서 책을 한 권 꺼내든다. 희끄무레하게 바랜 황색의 책표지에는 아무 글자도 적혀 있지 않았다. 책의 가장자리에는 무의미한 장식이 수놓아져 있었는데, 한 땀 한 땀 그 끝이 원형처럼 말려 있어서, 마치 하늘에 흘러가는 구름 같은 모양새였다.

그는 7쪽을 폈다. 거기에는 나체의 남자가 그려져 있었다. 남자의 몸에는 붉은 선 몇 개가 보일 듯 말 듯 그려져 있었다. 무슨 재료로 그린 것인지는 몰라도 그 선은, 보는 사람으로 하여금 어떤 곳을 향해 자신도 함께 흘러가는 듯한 환각을 일으켰다.

이 책은 판시엔이 아주 어릴 때, 우쥬(五竹, 오죽)라는 이름의 맹인 청년이 그에게 남긴 것이었다. 그는 한 번도 그 맹인 청년을 잊은 적이 없었다. 판시엔이 보기에 그는 이번 생에서 자신의 어머니의 무사 즉, 경호원임이 분명했다.

당시 판시엔은 그 맹인 청년 등에 줄곧 업혀 있었다. 그 청년은 당시 나이가 얼마 안 된 판시엔이 아무것도 알지 못하고 기억도 못할 거라 생각했겠지만, 그의 영혼만큼은 아무것도 모르는 어린애가 아니었다. 징두에서 딴저우까지 함께 내려오는 내내 판시엔은 그 청년이 자신을 끔찍이도 아끼고 있으며, 거기에는 어떠한 거짓도 존재하지 않음을 잘 알 수 있었다. 딴저우에 도착해 판시엔을 이곳으로 데려다 주고는 맹인 청년은 곧바로 떠났다. 왜인지는 알 수 없어도, 노마님의 강권도 아무런 소용이 없었다.

청년은 떠나면서 이 책을 판시엔 옆에 두었다. 공교로운 것은 그가 이미 이 세상 글자를 잘 알고 있었다는 점이다. 판시엔은 글을 읽을 줄 아는 상태로 다시 태어났으며, 심지어 이런 귀신이 곡할 만한 일들을 잘 받아들이고 있는 중이다. 그리고 지금 그의 눈앞에 놓인 책은 전설로만 내려오는 진기 수행을 담은 귀한 비밀의 책, 즉 비급이었고, 그는 이 책을 놓칠 수가 없었다.

판시엔은 한 살 때부터 수행을 시작했는데, 말하자면 뱃속에서부터 수행을 시작했다고 말해도 무방했다. 천하의 내노라할 무술 강자를 전부 합치고, 온 백성이 받들어 모시는 무술의 최고 고수 대종사(大宗師)를 다 불러 모은다 해도, 그 어떤 천재적인 무인도 그와 같을 수는 없었다. 판시엔은 태어날 때부터 이미 내공 진기를 수련해 왔기 때문이었다.

이런 생각을 더듬으며, 판시엔은 자신의 진기가 이미 책에 묘사된 선과 동일하게 흐르고 있음을 알아챌 수 있었다. 매우 편안했다. 마치 따뜻한 물로 체내의 모든 장기를 하나하나 다 씻어 내려가고 있는 듯한 기분이었다. 이내 스르르 잠이 몰려왔다.

판시엔은 자기가 수행하고 있는 것이 최고급의 심오한 내공 비법이라는 것은 모르고 있었다. 일반인이라면 무척 조심하면서 선생님이나 친한 친구들에게 미리 보호를 요청해 둘지도 모르는 비법이었다. 이 수련의 가장 위험한 점은 처음 만들어진 진기가 단전에 들어갈 때, 수행자의 신체와 의식의 반응 속도 사이에 엄청난 간극이 만들어 질 수 있다는 것이었다. 그 막대한 차이로 인해 반신불구가 될 수도 있는 일이었다.

만일 수행자가 풋내기라면, 몸속의 기가 뒤틀려 통제할 수 없는 상태, 소위 '주화입마'에 빠지기 십상이다. 이때 무리하게 수행을 지속한다면, 최소한 수행자의 실력이 괜찮은 경우, 어지럽게 꼬여버린 진기가 몸속으로 들어가는 과정에서 기가 흐트러지면서 공법을 익히는데 실패하고 만다. 하지만 이것조차 운이 따라주는 상황의 이야기이고, 운도 따라주지 않아 제대로 주화입마에 빠지는 경우, 결과는 즉사다.

하지만 판시엔은 주화입마에 빠지지 않았다. 오히려 신비로운 느낌을 자유자재로 만끽할 수 있었다. 맨 처음 수행할 당시 그의 신체가 갓난아기의 상태였기 때문이다. 전생에서 병상에 붙어 몇 년간을 누워 있던 판시엔이기에 대뇌가 자신의 신체를 지휘할 수 없음에 이미 익숙해져 있었고, 따라서 수행에서 비슷한 상황을 다시 맞닥뜨렸을 때 크게 놀랄 일도 없었다. 오히려 고향으로 돌아온 느낌이랄까? 아무런 두려움을 느끼지 못했기에 잡념도 끼어들 여지가 없었고, 오히려 잠잠히 그 어려운 난관들을 헤쳐 나갈 수 있었다.

그 이후로의 수련은 더 쉬워졌다. 단지 묵묵히 생각에 잠기기만 하면 바로 명상의 상태로 들어가게 되었다. 그가 매일 정오에 그토록 편하게 낮잠에 들 수 있었던 것도 바로 이 덕분이었다. 한 숨 푹자고 일어나 자신의 귀여운 얼굴을 시녀 손에 들려있는 손수건 위로 굴리기. 이게 그에게는 세수인 셈이었고, 그의 일과였다.

오후에는 서원에서 책 선생과 함께 공부를 했다. 들리는 말로 이 선생은 동하이쥔(東海郡, 동해군)에서 특별초청한 명사라 했다. 나이는 대략 서른 살 정도로 그리 늙지 않았으나, 풍기는 냄새는 썩은 내가 진동하는 고릿적 사람이었다. 사실 선생은 어린 제자가 무척 맘에 들었다. 훨씬 더 어릴 때에도 말 맺음이 분명했고 책에 실린 말의 의미도 한 두엇 정도는 알고 있었기 때문이었다. 이런 일은 장난기 많은 네 살배기 사이에서는 흔치 않은 일이었다.

수업이 끝나자 판시엔은 공손히 선생에게 절을 하고 선생이 서원을 나가기를 기다렸다가 선생이 나가자 온통 땀으로 젖은 외투를 밖으로 던졌다. 그리고는 뒤에 있던 시녀를 급히 불러 조용히 따라오라 이른다. 마치 꼬마 대감이라도 되는 양 느릿느릿 거들먹거리며 들어가면서 맞은 편 가운데 앉아 있는 노마님을 앳된 목소리로 불러본다.

"할머니!"

무척이나 자상한 외모의 노마님은 얼굴의 깊은 주름이 세월의 흔적을 짐작하게 했다. 이따금 그녀의 눈 속에 드리워지는 고혹한 눈빛이 그녀가 오랫동안 징두에서 살았던 마님이라는 사실을 일깨워주었다.

"오늘은 뭘 배웠누?"

판시엔은 할머니가 앉은 의자 앞에 서서 그날 배운 것을 읊는다. 그리고는 옆의 뜰로 가서 여동생과 함께 밥을 먹었다. 할머니와 손자 사이에는 매우 어색한 무언가가 감도는 것 같았다.

노마님은 판시엔에게 매우 엄격했다. 하지만 그를 아끼는 건 분명했다. 그가 한 살 때로 기억하는 때, 어느 깊은 밤 판시엔은 울며 할머니에게 안겨 있었다. 할머니가 한 살짜리 아이를 어르며 하던 말, 그것은 자신의 말을 이해할 거라 생각하지 못해 내뱉은 말이었겠지만, 판시엔은 그때 할머니가 한 말을 똑똑하게 기억하고 있었다.

"아버지를 탓하지 말고, 어머니의 불운했던 단명만 탓하렴. 넌 잘 살아남을 수 있을 게야."

판시엔은 자신에 대해 궁금한 점이 많았다. 그중 하나는 '자신의 어머니가 도대체 누구인가' 라는 것이었다. 한 번도 만나지 못한 스난 백작과 부자의 정이라는 게 있을 리는 만무하지만, 그래도 이미 이 세상을 떠났다는 여자에 대해서 만큼은 달랐다. 그 사람이 현 생에서 명목상일지언정 그의 어머니였다.

예전에 살수들이 온 것은 어머니 때문이었다. 바퀴의자에 탄 중년 남자도, 흑기병 부대도, 길 건너 맹인 청년도 모두 마찬가지. 이 전부를 생각해봤을 때, 그의 어머니는 도저히 평범한 사람은 아니라는 결론을 내릴 수밖에 없었다. 그녀는 도대체 어떤 사람이었던 것일까? 그런 사람이 왜 스난 백작의 첩 따위가 되려고 했던 걸까?

"오빠, 무슨 생각하고 있어?"

판시엔의 오른쪽에 앉은 어린 계집 하나가 입을 삐쭉이며 묻는다. 이 어린 아씨의 피부는 누르스름한 편으로 약간 야위었다. 때문에 예쁘장한 시엔과 함께 있으면 조금은 안돼 보였다. 소녀는 스난 백작 정실부인의 딸이자, 그와는 배가 다른 오누이로, 이름은 판뤄뤄(范若若, 범약약)였다. 어려서부터 약하고 병치레가 많은 탓에 손녀를 아끼는 노마님이 일 년 전 단저우로 데려왔다. 판뤄뤄는 할머니 집에서 요양을 하면서 건강을 되찾은 덕에 자잘한 병치레는 사라지고 건강해졌다.

판시엔은 여동생과 마음이 잘 맞았다. 그는 삼촌의 마음으로 같이 나가 놀기도 하고 이야기도 들려주곤 했다. 그래도 다른 사람들 눈에는 영락없이 우애 깊은 오누이의 모습이었다. 다만 사생아의 신분이란 어쨌든 평범치가 않아서, 정실의 딸과 함께 있다는 게 그리 자연스러워 보이지는 않았다.

"좋아, 그럼 오늘은 무슨 이야기해 줄까?"

"백설공주 이야기."

판시엔은 피식 웃음이 났다. 목소리를 깔고 다시 물어본다.

"오빠가 오늘은 귀신 이야기해줄까?"

"싫어!"

판뤄뤄는 정색하며 세차게 고개를 저었다. 흙빛으로 변한 작은 얼굴에는 닭똥 같은 눈물이 맺힌다. 아마 지난 일 년동안 이미 적지 않은 귀신 이야기를 들은 듯했다. 어린 동생을 놀리는 일은 판시엔의 악취미 중 하나였다. 그 다음으로 그가 제일 잘하는 일은 시녀들을 골려먹는 것으로, 판시엔은 시녀들에게 귀신이야기를 해서 그들이 놀라 소리치며 침대 위로 모여 다 함께 부들부들 떨게 하는데 도사였다. 이러한 순간 그는 언제나 여인들의 부드럽고 따뜻한 살결을 느낄 수 있었다.

저 어린 나이의 도련님이 어떻게 그리 무서운 이야기들을 저리도 많이 알고 있을까 하고 시녀들은 언제나 궁금했다. 판시엔은 이 모든 책임을 책 선생에게로 돌렸고, 그리하여 꽤 오랫동안 시녀들은 책 선생을 곱지 않은 시선으로 바라보았다.

여느 밤과 같은 평범한 밤이었다. 판시엔은 머리맡에 놓인 딱딱한 도자기 베개를 한쪽으로 치워놓고 옷장에 있는 겨울 면포를 꺼냈다. 그리고 사각형으로 접어 베개로 삼아 누웠다. 면포 베개에 머리를 대고 누워 두 눈을 뜨고 깜깜한 밤하늘을 수놓는 반짝임을 보면서 그는 오랫동안 잠이 들지 못했다.

판시엔은 이 세상에 환생했다는 사실을 이미 받아들였으나 적응하기는 아직도 쉽지 않다. 저쪽 세상에서는 밤 9시가 되면 TV를 보고, 꼬치도 구워먹고 할 텐데. 이 세상에서 이 시간에 촛불을 끄고 잠에 들어야 했다. 따분해도 너무나 따분했다. 하필 그는 전생에서도 병상에 누워 잠이라면 이미 질릴 만큼 많이 자지 않았던가?

이런 생각을 하며 침대 위를 더듬으니, 자신의 비밀 장소가 다른 사람들에게 들킬 것 같지는 않아 조금은 안심이었다. 그는 조금씩 진기가 운용하기 시작하자 곧 명상의 상태로 빠져드는 것 같았다. 바로 이때, 어딘가에서 요란한 소리가 들렸다.

"네 놈이 판시엔?"

자신의 침대 밑에 나타난 그 사람을 보자니, 판시엔은 갑자기 자신이 시녀들에게 들려준 귀신 이야기가 생각났다. 그의 눈에 보이는 것은 온통 서늘한 색의, 눈동자를 찾기 힘든 갈색 덩어리였다. 몹시 두려웠다. 만일 판시엔이 진짜 네 살밖에 되지 않는데 이런 상황에 놓였다면 아마 비명을 지르고도 남았으리라.

하지만 그는 그러지 않았다. 그건 그가 남다른 담력이 있어서가 아니었다. 사실은 너무도 무서워 죽을 것만 같았다. 소리 없이 이 집에 들어올 수 있는 사람이라면 분명 고수임에 틀림이 없을 것이고, 또한 악랄한 사람일 테니까. 그런 사람이라면 네 살짜리 꼬마를 죽이는 일 따위에는 아무런 거리낌도 없을 테니까.

판시엔은 눈을 비비며 그를 쳐다보았다. 그리고 물었다.

"아버지예요?"

판시엔은 천진난만한 웃음을 한껏 머금고는 앞에 서 있는 상대에게 다가가 두 팔 가득 그의 허리를 껴안았다. 팔이 짧아 꽉 안을 수는 없었다. 하지만 옷자락만큼은 꼭 쥘 수 있었다. 누가본다면 마치 상대가 어딘가로 도망갈까 봐 겁이라도 내는 듯했다. 너무 세게 잡은 탓인지 상대의 옷이 '슥' 소리를 내며 찢어졌다.

상대방은 미간을 찌푸리고는 판시엔의 품에서 훌쩍 빠져나왔다.

그가 어떻게 움직인 건지는 알 수 없었다. 판씨 집안의 사생아가 왜 자신을 아버지라 부르는 것인지 생각하고 있는 것처럼 보였다. 그리고 특수 제작된 자신의 옷, 칼에도 쉽게 찢어지지 않는 이 옷이 어떻게 어린 아이의 힘으로 이리 쉽게 찢어진 건지 어리둥절해하는 듯했다.

그의 어리둥절함이 판시엔은 걱정이었다. 곁에 아무도 없음이 확실할 때 그는 자신의 진기가 갖고 있을 알 수 없는 위력에 대해 시험해 보곤 했다. 그 시험 대상은 언제나 집 마당에 산처럼 쌓아놓은 돌무덩이. 자신의 작고 보드라운 손으로도 단단한 돌덩이가 가루가 되어버리는 것을 보고서는, 자신이 스스로를 지킬 수 있는 능력이 있음을 판시엔은 언제부턴가 믿게 되었다. 하지만 한 번도 생각해보지 못한 것이 있으니, 자신의 진기를 모두 손가락으로 모은 결과가 고작 옷자락을 찢는데 그쳐버리는 바로 이런 상황이었다. 그는 위험한 상대를 만나면 충분히 다치게 할 수 있으리라 쉽게 믿어왔던 것이었다.

이 세상에 온 첫 날, 그는 암살을 목도했고, 그날의 피와 시체들이 그의 머릿속 어딘가에 깊이 각인돼 있었다. 그래서 항상 불안했고 언젠가는 골치 아픈 상황에 처하리라는 것도 잘 알고 있었다. 그런데 그 날이 바로 오늘 와버린 것이다.

상대방은 웃고 있었다. 웃음을 따라 접혀있는 주름이 그의 나이를 말해주고 있었다. 판시엔은 온 얼굴 가득 놀라움을 감추지 못하며 상대의 뒤를 바라보며 외쳤다.

"어머니?"

이건 매우 치졸한 수법으로, 동쪽에서 소리를 내고 서쪽에서 공격을 감행하는 소위 '성동격서(聲東擊西)' 전법이었다. 이런 유치한 수법은 대종사와 겨룰만한 실력을 가진 이에게는 명함도 내밀 수가 없었다. 그러나 네 살 아이라는 존재는 사람의 경계를 쉽게 거두게 하는 힘이 있는 법이다. 무엇보다 판시엔이 엄마를 불렀다는 사실은 상대로 하여금 마음의 평정심을 잃고 긴장이 풀리도록 만들었다. 그래서 상대방은 바로 뒤를 돌아보고 말았다.

아무도 없다. 그저 굳게 닫힌 문과 깜깜한 밤이 있을 뿐. 그때 펑하는 소리가 방안에 울려 펴졌다. 그리고 곧 상대의 머리는 피범벅이 돼 바닥으로 고꾸라졌다. 판시엔의 손에는 도자기로 된 베개가 들려 있었다. 바닥에 쓰러진 사람의 모습을 보니 심장이 바짝바짝 타는 것 같았다. 잠시 멈칫하더니 판시엔은 다시 자신의 짧은 팔로 그 사람의 머리를 쳤다. 이때 밖에서 시녀의 목소리가 들려왔다.

"무슨 일이에요, 도련님?"

"아무 것도 아니야. 컵을 깨뜨렸지 뭐야. 내일 치워줘."

"어찌 내일까지 기다리겠어요? 도련님 발이라도 찔리면 어쩌시려고."

"내일 치워 달라 했잖아!"

지금껏 다정하고 귀엽기만 하던 도련님이 갑자기 성을 내니 시녀도 더 이상 말을 꺼내진 못했다. 그 틈에 판시엔은 옷장으로 가서 안에 있는 겨울 이불을 꺼냈다. 그리고 그것을 두 손으로 찢어 큰 면포 두 조각으로 만들더니 이 둘을 꼬아서 기절한 상대를 단단히 묶었다. 등에 흥건한 땀줄기가 그제서야 느껴졌다.

전생과 현생을 통틀어 사람을 죽이려 해본 건 이번이 처음이었다. 상대가 죽었는지 아닌지는 아직 모르지만, 어쨌든 그의 선택은 너무도 위험천만한 것이었다. 물론 만일 상대가 진짜 무술의 고수라 한다면 이미 죽었다고 단정하기는 어려웠다. 상대의 얼굴을 가린 검은 천 밑을 손으로 만져보니 아직 호흡이 있었다. 입을 틀어막아 죽여야 하는 건가 하는 생각이 들었지만, 이내 마음이 차분해지며 이런 생각이 들었다. '내가 왜 이렇게 나쁜 생각을 하지?'

다시 태어난 이후 그의 성격은 많이 변했다. 이미 한 번 죽어보았기 때문이기도 했고, 이번 생에서의 두 번째 삶이 너무 소중한 나머지 그 누구도 자신의 삶을 침범해서는 안 된다고 생각했기 때문이기도 했다. 취해본 자만이 감정의 깊이를 알 수 있고, 죽어본 자만이 생명의 무거움을 알 수 있다. 이건 아주 간단한 논리였다.

마음이 다시 변했다. 이 짧은 시간 동안 이렇게 무정하고도 냉혈한 살수가 될 수는 없는 노릇이었다. 결국 판시엔은 상대방의 가슴에 칼을 찔러 넣을 수 없어 가만히 문을 열고 밖으로 나갔다. 집 건너편 길 가장자리에는 잡화점이 하나 있었다. 판시엔은 조용히 가게의 문을 두드렸다.

"누구냐?"

잡화점 안에서 평온하며 아무런 감정의 동요도 찾아볼 수 없이 평온한 목소리가 흘러나왔다. 판시엔은 낮은 목소리로 대답했다.

"판시엔이에요."

잡화점 나무문이 조용히 열리더니, 맹인 청년 우쥬가 귀신처럼 나타났다.

판시엔을 딴저우로 데려온 사람. 이 사람은 지난 4년 동안 얼굴에 아무런 변화가 없었다. 눈을 가린 검은색 천마저 예전과 꼭 같았다. 그를 보며 판시엔은 '이 사람은 늙지도 않나?' 하고 생각했다. 하지만 침실에 아직 기절 상태의 자객이 있는 것을 아는 판시엔으로서는 궁금증을 해결할 여유가 없었다.

"저를 죽이려는 사람이 있는데, 조금 전에 제가 기절시켰어요. 그 사람은 지금은 바닥에 쓰러져있고요."

맹인 청년은 "가자" 하더니 곧바로 묻는다. "근데 너 나 알아?"

"우 삼촌! 지금 그런 얘기할 시간이 없어요. 이리로 오세요."

판시엔은 언제까지라도 모른 척할 작정이었던 맹인 청년의 손을 잡아끌고 자신의 집으로 향했다. 맹인 청년은 생각했다. '이 아이가 어떻게 나를 아는 거지?' 그가 판시엔을 딴저우로 데려왔을 때 판시엔은 아직 포대기에 싸인 아이였다. 그러니 그를 기억하지 못하는 게 당연하다. '설마 그 애 할머니가 나에 대해 얘기한 걸까?'

밤은 이미 깊었고, 저 멀리 처량한 개들의 울음소리가 들려오고 있었다. 조금만 더 소란스러웠다가는 어느 집에선가 누군가 자다 깰지도 모르는 일이었다.

판시엔은 조금 힘을 주어 자객의 몸을 뒤집어 보았다. 그리고는 복면을 벗겨 그의 얼굴을 확인한다. 자객의 얼굴은 수척한 편으로, 제법 나이가 들었고, 턱에는 희끗희끗 수염이 나기 시작하고 있었다. 왠지 몰라도 간혹 녹색 비슷한 털도 더러 섞여 있었고, 한마디로 정말 꼴보기 싫은 상이었다.

우쥬는 혼자 놀라고 있었다. 아가씨의 아들이니만큼 판시엔이 분명 남다른 구석이 있을 것이라고는 생각했어도, 네 살밖에 되지 않은 몸으로 이처럼 노련할 줄은, 또한 어둠속에서 다른 사람도 아닌 징두에서 온 페이지에(費介, 비개) 대인을 상대할 수 있을 줄은 꿈에도 생각하지 못했던 것이었다.

판시엔은 자객의 얼굴을 보며 감탄하며 말했다.

"삼촌, 이 자객 정말 이상하게 생겼네요."

"이 사람은 감사원 3처 사람으로 이름은 페이지에다. 천하에 공인된 독 전문가 세 사람 중 한 사람이다. 독을 활용하고, 판별하고, 해독을 하는 게 전문이지. 이러한 대단한 인물을, 고작 네 도자기 베개로 해치웠으니, 네가 운이 좋은 건지 아니면 이 사람이 운이 나쁜 건지 모르겠다."

'이 사람이 운이 나쁜 거예요.' 하고 판시엔은 마음속으로 생각했다.

판시엔도 물론 이 사람 때문에 놀라긴 마찬가지였으나, 상대방은 그가 두 개의 다른 세계에서 만들어진 요물이라는 것, 거기에 어린이의 탈을 쓴 요물이라는 것을 상상도 못했을 것이기 때문이다. 그렇다면 그건 확실히 운이 나빠도 아주 나쁜 편에 속했다.

"손으로 만지지 마세요. 그 사람 몸에 독이 있으면 어떻게 해요."

판시엔이 걱정돼서 말했다. 하지만 우쥬는 하던 일을 멈추지도, 이에 대해 설명하지도 않았다. 그의 행동은 마치 이 세상에는 자신을 해할 수 있는 독이란 없다고 말하기라도 하는 것처럼 느껴졌다.

"삼촌, 이제 어쩌죠?"

그 맹인 청년은 판시엔이 이 세상에서 가장 처음 알게 된 사람이고, 완전히 믿을 수 있는 유일한 사람이며, 더욱이 엄청난 실력을 갖춘 강자임을 알기에, 그는 가능한 한 가장 귀엽고 공손하게 '삼촌'이라는 단어를 빼놓지 않았다. 그러자 생각지도 못한 답변이 돌아왔다.

"엉뚱한 사람을 때렸다."

"예? 엉뚱한 사람?"

판시엔은 갑자기 멍해져서는 고개를 떨궈 누워있는 남자를 바라보았다. 검은 옷을 입고 얼굴은 피범벅이 된 남자.

"하지만 이미 일어난 일은 일어난 거니까. 너무 깊이 생각할 필요없다. 정확히 말하면 이 페이 대인은 네 아버지의 아랫사람의 아랫사람이라고 할 수 있다. 그가 지금 딴저우에 온 것은 널 죽이려는 목적이 아니다. 만일 죽이려 했다면 이미 넌 몇 번은 죽었다."

페이지에는 얼마 전까지 감사원에 있었다. 오십대의 독술가로서 당대 최고의 명성을 가지고 있으나 실제로는 거의 반 은퇴 상태에 가까웠다. 이번에 절름발이 영감이 딴저우로 가라는 명령을 내리지 않았다면, 그가 징두를 떠나는 일은 없었을 것이다. 거절할 용기도 변변히 없는 페이지에지만, 자신이 가르칠 제자와의 첫 만남에서부터 두 번이나 호되게 당할 것이라고는, 게다가 피를 반사발이나 그렇게 철철 흘리게 될 것이라고는, 그리하여 목숨이 날아갈 고비를 넘길 것이라고는 한 번도 생각해본 바 없었다.

하지만 이 아이의 천진난만한 귀여운 모습과 반짝이는 두 눈을 보니, 무서움과 동시에 부끄러움이 밀려왔다. 또한, 이 아이의 신분에 대해 생각하니 끓어오르는 분노를 식힐 방법이 없었다. 페이지에는 갑자기 눈을 크게 뜨더니 여독이 풀리지 않은 갈색 눈으로 맹인 청년을 보고는 자신도 모르게 깜짝 놀라 묻는다.

"우(五) 대인? 우 대인이 어떻게 이곳에? 아참, 아니지, 여기에 있는 게 당연하지."

이 모습을 보고 있는 판시엔은 감사원은 대단한 곳임이 분명해 보이니, 독술의 대가라는 이 페이 대인도 대단한 인물일 것이라고 추측했다. 우삼촌의 말에 따르면 이 페이 대인이 자신의 아버지의 아랫사람의 아랫사람이라는데, 그렇다면 호부를 다스리는 차장이라는 호부 시랑(户部侍郎)자리, 아버지의 위치란 얼마나 대단한 것인가? 그건 그렇고 아버지는 지금껏 사생아인 자신을 방치하지 않았던가?

기왕 페이지에 대인이 우 삼촌을 잘 알고 있다고 하니, 판시엔은 이번 일에 대해서는 자기가 나설 게 없다는 생각이 들었다. 그냥 계속해서 아무것도 모르는 아이처럼 굴면 될 것 같은 형국. 다만 오늘의 일로 인해 우 삼촌과 페이 대인 모두 그가 네 살짜리 어린아이답지 않은 정신을 가지고 있다고 의심할 것이 걱정이었다.

날이 밝아오고 있었다. 멀리서는 닭 우는 소리가 들렸고 집에서는 물을 끓이기 시작하는 소리가 어렴풋이 들려왔다. 딴저우 성은 이제야 간밤의 잠에서 깨어나기 시작했다. 사람들 누구도 관심을 두지 않는 작은 잡화점은 마치 언제 문을 열었냐는 듯 닫힌 그대로였다. 잡화점 깊숙이 어두운 방안에 더 어두운 우쥬의 목소리가 들렸다.

"절름발이 영감은 무슨 생각을 하는 건가?"

독술계에서는 제일가는 대가라 불릴 지라도, 페이지에는 냉정함으로는 둘째가라면 서러운 이 맹인 청년의 앞에서는 두려움을 느꼈다. 그는 얼굴에 억지웃음을 지어 보였다.

"도련님이 언젠가는 징두로 돌아가셔야 하니, 일찍부터 준비하는 것도 나쁠 게 없고, 장래에 많은 도움이 될 것 같습니다."

우쥬는 고개를 들어 그를 한 번 '본다'. 물론 우쥬가 맹인임을 잘 알고 있지만, 페이지에는 이 검은 천 뒤로 그가 사람을 죽일 수도 있는 날카로운 눈빛으로 자신을 쳐다보고 있는 그런 느낌을 받았다.

"우 대인이 만일 이견이 있으시면, 저는 바로 징두로 돌아가지요. 아마 감사원 원장님도 대인의 의견을 존중하실 거라 믿습니다."

우쥬는 고개를 저으며 말한다.

"절름발이 영감이 널 보냈다는 것은 그렇게 간단한 문제가 아니다."

감사원에서, 특히 조정에서 숱한 사람들이 사적인 자리에서는 원망 섞인 말투로 원장을 '절름발이'라고 칭한다 해도, 이토록 아무렇지 않게 그를 그렇게 부를 수 있는 사람은 온 세상에 황제 폐하와 이 맹인 청년, 딱 둘 뿐일 거라고 페이지에는 생각했다.

"원장님은 계속해서 아가씨가 남기신 상자를 찾아왔는데 아직도 찾지 못했습니다. 그로인해 문제가 생길까 항상 노심초사하십니다. 혹시 우 대인께서는 그 상자의 행방을 알고 계신지요."

"아가씨가 돌아가셨을 때 상자는 이미 훼손됐다."

누가 들어도 뻔한 거짓말이었다. 페이지에는 잠시 침묵한 후 묻는다.

"우 대인, 근데 도련님이 조금 이상하지 않아요? 네 살밖에 안됐는데 패도진기(霸道真气)를 사용하다니…… 그런 진기를 가르치시면 어떻게 합니까? 무슨 일이 일어날까 걱정도 안 되시나요?"

"나도 이상하다. 진기는 내가 가르친 게 아니다. 어쨌든 네가 그를 가르치면서 고생할 것 같다."

페이지에는 찌릿해오는 자신의 머리 위 아픈 상처를 만지며, 우쥬의 말에서 나쁜 조짐을 느꼈다. 우쥬는 페이지에가 가게를 떠난 후 잡화점 구석의 밀실로 들어간다. 그리고 밀실 안 수북한 먼지 아래 외로이 놓여 있는 상자를 본다. 검은 천이 눈을 가리고 있으니 그가 무슨 생각을 하는지는 도통 알 수가 없으나, 다른 한편 그가 무슨 생각을 하는지는 명명백백해 보이기도 했다.

판씨 별저에는 낮에 특이한 선생 하나가 찾아왔다. 이름을 이야기하자 노마님은 친히 선생을 맞았다. 어떻게 그녀의 신임을 얻었는지는 알 수 없으나 그는 판씨 집안 도련님의 두 번째 선생이 되었다. 이 사건에 대한 소문은 재빨리 퍼져나갔다. 하지만 머리에 하얀 붕대를 휘감은, 딱 보기에 늙은 망나니에 지나지 않아 보이는 저런 자가 어떻게 저 귀여운 도련님의 선생이 되었는지는 여전히 모든 시녀들의 수수께끼였다.

판시엔은 공부방에서 페이지에 선생님을 안마하는 중이었다. 기어들어가는 목소리로 어떻게든 잘 보이려 노력하는 제 모습이 스스로 생각해도 조금은 민망했다.

"그런데 저한테 무얼 가르쳐주실 거예요?"

페이지에는 히죽거리며 흐린 갈색 눈동자 안에 기괴한 눈빛을 번쩍인다.

"글쎄, 나는 독, 독밖에 몰라. 그러니 나는 네게 독살이란 어떻게 하는 것인지, 어떻게 하면 독살을 피할 수 있는지에 대해 알려줄 거야."

처음엔 이 말을 하면 아직 어린 판시엔이 놀라서 울 거라 생각한 페이지에는, 이내 이 아이는 여느 또래 아이들과는 다르니 아닐 수도 있겠구나 생각이 들었다. 하지만 이토록 담담할 줄이야. 판시엔은 무서워하기는커녕 눈빛이 더욱 초롱초롱해졌다.

페이지에가 이곳에 온지도 어느덧 한 달이라는 시간이 지났다. 페이지에와 판시엔은 딴저우에서 몇 십리 떨어진 무덤가에 있었다. 날은 서서히 밝아오고 있었지만 오싹한 기운은 더해가고 있었다. 페이지에는 두 손을 모으고 무덤 가에 서서, 무덤 안에 쭈그리고 앉아 있는 조그만 제자를 보며 미간을 살짝 찌푸렸다. 이번에는 여행을 간다고 핑계 삼아 노마님께 며칠간의 휴가를 낸 참이었다. 물론 판시엔을 데리고 무덤에 데려와 시체들을 파내는 일을 시키기 위해서였다. 독살을 실습하기 위해서는 반드시 사람의 신체에 대한 이해가 선행되어야하기에 이런 일은 필수인 것이었다.

판시엔이 아무리 보통의 꼬마들과 다르다 하더라도, 묘지의 음산한 기운에 바로 적응하는 것이라든가, 배운 지 얼마 안 된 내용들을 토대로 시체를 해부하는 모습을 보고 페이지에는 어안이 벙벙했다. 그는 항시 시체와 마주하는 사람으로서, 지금껏 그 누구도 이렇듯 평정심을 가지고 시체를 마주하는 모습은 본적이 없었다. 게다가 네 살밖에 안된 소년이라니. 커다란 천으로 입과 코를 막은 아이는 무덤 안을 꽉 채운 악취에도 아랑곳하지 않고 깜찍하고 맑은 눈망울을 반짝이며, 고사리 같은 손으로 반은 썩어버린 시체에서 내장을 꺼내 이어붙이고 있었다. 무척이나 괴기스럽고도 무서운 장면이었다.

한편 판시엔은 자신의 두 번째 인생도 참으로 처량하다고 생각하고 있었다. 마스크를 벗고 손을 씻은 뒤, 판시엔은 그 시체가 가지고 있는 특징들을 하나 둘 자세히 기록하기 시작했다. 그리고 그가 앓았을 질병에 대해 분석하고, 그것을 페이지에가 준 검정 공책에 자세히 써넣었다. 모든 기록을 끝마치자 판시엔은 일어나 물었다.

"스승님, 이제 무얼 하면 될까요?"

판시엔의 작은 얼굴은 조금 창백해져 있었고, 그의 긴 속눈썹은 미세하게 떨리는 중이었다. 페이지에는 판시엔이 이렇게나 오래 버틸 수 있을 거라곤 생각지 못했다. 그런데 그때 페이지에가 뭐라 답하기도 전에 판시엔은 마침내 더 이상 참지 못하고 무덤 밖으로 뛰쳐나왔다. 그러고는 '우웩' 하는 소리를 내며 사정없이 게워내기 시작했다. 담즙이 나올 때까지 토사물을 뿜어대더니 잠시 후 겨우 편해지는 것 같았다.

그제서야 페이지에는 판시엔이 다른 어린이들과 별반 다를 것이 없다는데 안도했다. '항상 다른 영혼이 살고 있는 것 같더니만, 아니군.' 하며, 갑자기 조금은 미안해지기까지 했다. 네 살밖에 안된 아이에게 이런 일을 시키는 것이 지나치게 잔인한 것만은 부인할 수 없는 사실이었기 때문이다.

"됐다. 일단 직관을 갖게 되었으니, 나머지는 다음에 이어서 하자꾸나."

"딴저우는 너무 작아서 죽는 사람이 별로 없어서 아쉬워요. 그게 아니라면 신선한 시체를 원 없이 얻을 수 있었을 텐데."

페이지에는 미간을 찌푸리고 고개를 돌려 판시엔의 초롱초롱한 눈동자를 바라본다.

"왜……너는 무서워하지 않는 거지? 왜 너는 내가 이런 일을 시키는 것에 화를 내지 않는 거야?"

판시엔은 잠시 침묵하더니 이유를 말하기 시작한다.

"만일 스승님께서 배우고 관찰하기 위해 살아있는 사람을 독살해야 한다고 하시면 저도 엄청 무섭겠죠. 그러니 차라리 시체를 파는 게 훨씬 덜 무서운 일 아닐까요?"

"이 세상에는 네가 무서워할 만한 일이 더 많단다."

"그렇겠죠. 근데 저는 아직 네 살 반밖에 안돼서 잘 몰라요."

"나이가 어리다는 것은 핑계가 못돼. 네가 이해하지 못하더라도 이것만은 꼭 기억해야 한단다. 너 같은 신분은, 그러니까 말이야, 사생아라는 존재는, 나중에 여러 음모와 공격의 상황을 마주할 가능성이 아주 많단다. 어떤 때는 값싼 동정심이 자신을 죽이는 무기가 되기도 하고."

이 말을 하고 나니, 페이지에는 문득 이 아이가 자신이 하는 말을 다 이해하는지도 모르겠다는 생각이 들었다. 파헤친 무덤을 다시 잘 정리하고 돌아가는 길. 노인 하나와 아이 하나라는 이상한 조합의 사제가 햇살이 비쳐오는 동쪽을 향해 걷기 시작했다. 저 멀리 어렴풋이 보이는 도시의 성벽을 바라보며 스승이 말했다.

"징두에 네 아버지 재산은 엄청나단다. 나중에는 그 재산 때문에 너랑 싸우려고 드는 사람들도 많을 거야. 그러니 넌 반드시 강해져야 해. 더 많이 배워야 하고 말이다."

판시엔은 내뱉진 않았으나 내심 속으로 생각했다. '그깟 재산이 뭐라고.'듣자하니 아버지는 황제폐하의 신임을 받고 있다 했다. 재작년에 징두에서는 한바탕 북새통이 있었는데, 그 와중에 많은 황족과 관료 및 귀족들이 죽었단다. 그럼에도 그의 아버지는 황제폐하의 두터운 신임 속에 갈수록 관직이 높아져만 가고 있다고 했다. 재산 때문에 자신이 죽을 수도 있다는데 그 이유가 무엇인지, 징두에서 가장 무섭다는 감사원 사람을 이곳까지 보내 아버지가 그에게 굳이 가르치려는 이유가 무엇인지, 판시엔은 아직은 아무것도 알 수 없었다.

"알겠어요. 스승님이 제게 독술을 가르치시는 건, 사실 제가 독살을 당할까봐 걱정돼서 그러시는 거죠?"

"사람을 죽이는 방법에는 여러 가지가 있지만, 가장 손쉽고 원인을 발견하기도 어려운 것이 바로 독이지. 내 임무는 일 년 안에 너에게 독에 대한 모든 지식을 전수하고, 앞으로 그 누구도 너를 독살하기 위해 음식 안에 독을 넣을 수 없도록 하는 일이야."

"근데 왜 하필 지금이어야 하는데요? 이전에는 제가 독살당할 것이 걱정되지 않으셨나요?"

가끔씩은 분명히 해둘 필요가 있는 문제들이 있다. 판시엔은 상대가 자신을 이상하게 보는 것도 신경 쓰지 않고 계속해서 추궁을 이어갔다.

"그건 말이다, 지난 달 판 대인의 둘째 부인이 아들을 낳았거든. 백작부의 자산을 두고 너와 다툴 수도 있는 경쟁상대가 생긴 셈이지. 그 둘째 부인이라는 사람과 감사원 사이에도 모종의 관계가 있고 말이야. 네 아버지 위치는 말이다, 널 보호하기 위해 오랫동안 사람을 보내는 게 쉽지 않아. 사람들의 주의를 끌기가 쉽거든. 하지만 너에게 사고가 생기는 것 또한 원치 않기에 나를 보내서 너를 가르치도록 한 게야."

판시엔이 이 말 하나하나를 시시콜콜 따지지 않았다. 단, 이해가 되지 않는 듯 되묻는다.

"저는 사생아예요. 아버지의 백작 지위를 물려받을 자격이 없다고요. 그러니 그 부인이 저를 그렇게까지 신경쓰실 필요는 없을 텐데요?"

"이 세상에서 어떤 일을 완전히 이해한다 할 수 있겠니? 지금은 우 대인이 너를 몰래 보호하고 있지만, 그도 너의 궁극적인 보모가 될 수는 없단다. 누군가 밥에 독을 넣어도 우대인은 쉽게 죽지 않겠지만, 너는 쉽게 죽을 수 있지. 그렇게 네가 죽는다면 또 얼마나 많은 사람들이 너로 인해 죽을지는 아무도 모른단다."

판시엔은 더욱 어리둥절해서, 지금껏 한 번도 보지 못한 아버지가 도대체 어떤 권세를 가진 것인지 알 수는 없어도, 보통의 호부 시랑의 권세보다는 훨씬 큰 게 틀림없다고 속으로 생각했다.

여명이 밝아오고 있었다. 페이지에는 판시엔의 손을 잡고 판저우를 향해 걸었다. 커다란 그림자 하나와 조그만 그림자 하나가 땅위에 길게 늘어져 있었다.

"사실 가장 무서운 건 죽는 게 아니지."

"그럼요?"

"앞으로는 진기를 이용해 감정을 통제하려고 하지 말거라. 사람의 감정이란 그렇게 감출 수 있는 게 아니란다. 네 몸에 있는 패도진기를 절정의 단계에 이를 정도로 수련하였을 때 그것을 통해 감정을 통제하려 한다면, 그건 바로 사람을 죽이는 괴물이 되는 것과 같단다."

"알고 계셨군요?"

판시엔은 그제서야 시체에 대한 공포와 두려움의 감정을 억누루고 있던 진기를 자신의 몸에서 분산시켰다.

제2장

꼬마 판시엔

이후 일 년이라는 시간 동안 판시엔은 징두에서 온 페이지에 선생에게 독약에 대한 각종 지식을 습득했다. 가끔은 성을 나가 도처를 누비며 약의 일종인 마전자(马钱子)나 각종 식물성 독약을 찾기도 했고, 이외에 각종 균류도 찾아 먹었다. 배탈이 나기도 부지기수였다. 바로 옆에 독약 분야의 대가를 두지 않았다면 아마 이미 저세상으로 가고도 남았으리라. 더 깊은 지식을 얻기 위해 판시엔은 수없이 많은 유혈 사태를 겪어왔다. 물론 페이지에가 지도했다. 짧은 꼬리 흰 토끼를 죽이는 수업도 있었고, 이리저리 팔짝 뛰며 도망가는 두꺼비를 죽여야 하는 수업도 있었다.

그전에는 항상 잡화점에만 머무르던 우쥬도 페이지에가 딴저우에 온 이후로는 더 이상 그를 피하지 않았다. 판시엔이 몰래 잡화점으로 숨어들어 아이들에게 허락되지 않는 술을 마실 때면 우쥬가 옆에서 안주를 만들어주곤 했다. 판시엔은 가끔씩 이상하다는 생각이 들었다. '우 삼촌은 어머니를 지키던 무사인데, 왜 내가 술을 마시는 것에 개의치 않는 것일까?' 판시엔은 자신의 어머니가 보통 사람이 아니라는 것을 어느 정도 파악하고 있었다. 무엇보다 이토록 충성스러우면서도 실력 또한 무시무시한 엄청난 강자를 무사로 둘 수 있던 사람이라니.

하지만 그런 우쥬가 앞으로도 자신의 곁에 있을지는 의문이었다. 물론 지금은 언제나 멀지 않은 곳에서 그의 보호가 자신을 살피고 있음을 느낄 수 있었다. 우쥬의 도움의 손길은 언제나 뜬금없이 나타났다. 어떤 때는 골목 끝 후미진 대나무 밑에서, 어떤 때는 길가 두부상인 매대 옆에서였다. 판시엔은 삼촌의 보호에 이미 익숙해질 대로 익숙해져 있었다.

이전 생에서 중증근무력증이라는 병마로 인해 자유롭게 움직일 수가 없었던 판시엔이었기에, 이번 생에서만큼은 자유롭게 다닐 수 있다는 사실이 그 무엇과도 바꿀 수 없이 소중했다. 이른 아침부터 신체를 단련하고, 무공을 수행하며 보내는 하루하루. 판시엔은 페이지에가 봐도 무서울 정도로 성장하고 있었다. 판시엔의 몸속에는 진기가 차차 안정적으로 쌓이는 중이었다. 하지만 어느 지점에 도달할 때에는 진기가 갑자기 흔들리기도 했다. 페이지에는 이게 마음에 걸렸다. 왠지 저 멀리 징두에 있는 판씨 집안에 알 수 없는 위험이 되지나 않을까 하는 막연한 걱정이 생겼다.

밤이 깊었다. 촛등을 켜놓은 책상에 기댄 페이지에는 거위 털붓을 들어 흰 종이 위에 무언가를 써내려가고 있었다. 하얗게 새기 시작하던 그의 머리카락은 맨 처음 판저우에 왔을 때보다는 훨씬 검어져, 몇 살은 더 어려진 듯 보였다. 그때 문밖에서 문을 두드리는 소리가 들렸다.

"들어오너라."

"스승님, 뭐 쓰고 계세요?"

페이지에는 굳이 판시엔의 눈을 피할 필요 없다는 듯이 자기가 쓰고 있던 종이를 차분히 옆으로 밀어놓고 묻는다.

"무슨 일이냐?"

판시엔과 일 년 정도 되는 시간을 보내는 동안, 그의 성격도 많이 변했다. 무수한 관원들과 대도들의 혼을 쏙 뺄 만큼 무섭게 호통을 치던 감사원 독약의 대가가 도대체 무슨 일인지 몰라보게 온화해졌다. 이상하게 이 아이만 보면 기분이 좋았다. 이처럼 어린 아이가 어떤 고생도 마다하지 않고 열심히 따라오려는 것, 독물도 무서워하지 않고 어떻게든 해보려 하는 모습이 페이지에의 마음을 은근하게 녹였다. 그 무엇보다 주요한 것은 다섯 살이라 믿기지 않는 판시엔의 영민함이었다.

어느 날엔간 페이지에에게 진지하게 이런 말을 건넨 적도 있었다.

"스승님, 제 부모님에 대해 진정 알고 싶습니다."

이미 일 년동안 네 차례나 물어본 질문이었다. 그때마다 아무 말도 하지 않았던 페이지에이다. 하지만 이번에는 한마디로 답을 했다.

"네 아버지는 정말 대단하신 분이란다. 네 어머니는 더 대단한 분이고 말이야."

안 하니만 못한 말이 있다면 바로 이런 것이리라. 감사원은 조정에서도 가장 음험하고 무서운 기관이라고들 하는데, 페이지에는 그 감사원 3처의 우두머리다. 그렇다면 그의 지위는 아주 높고도 대단하다고 할 수 있었다. 과연 숨은 고수들이 곳곳에 포진돼 있는 소위 와호장룡의 징두에서조차 사람들을 벌벌떨게 할 만한 그런 인물이었다. 그런 독약의 대가가 어느 날 스난 백작의 말 한 마디에 이 멀고도 먼 딴저우까지 와서 백작의 사생아를 가르치는 것이니, 그것만으로도 스난 백작이 징두에서 얼마나 큰 권세를 누리고 있는지를 가늠할 수 있었다.

판시엔을 낳다가 죽었다는 그의 어머니 또한 도대체 어떤 여자였는지 알 수 없어도, 만만치 않은 사람임을 쉽게 알 수 있었다. 혈연으로 엮여 있기 때문인지 아니면 다른 이유 때문인지는 몰라도, 그는 항상 어머니에 대해 왕성한 호기심을 가지고 있었다. 이유 없이 너무 좋고 너무 보고 싶었다.

하지만 판시엔은 오늘밤에도 제대로 된 대답을 듣기는 글렀다 싶어 화제를 바꾼다.

"스승님, 제가 진기를 수련하고 있는 방법에 문제가 좀 있는 것 같아요. 스승님이 좀 가르쳐 주세요."

페이지에는 독술에 있어서만큼은 천하제일이라고 자부하고 있었지만, 다른 분야에 대해서는 도무지 아무것도 가르쳐주려 하지 않았다. '사람의 생명은 유한하고 살인의 방법은 무한하나니, 제일 훌륭한 살인 방법을 익히는데 우리는 유한한 생명을 사용해야 하느니라.' 하는 것이 그의 지론이었다. 물론 페이지에에게 있어 가장 훌륭한 살인 방법은 독살을 의미했다.

그런데 오늘 판시엔의 적극적인 질문에 페이지에는 호기심이 일었다. 그는 두 손가락으로 판시엔의 맥을 짚어 보았다. 그런데 뭔가 수상한 게 느껴졌다. 평소 맹인 청년의 실력을 믿어 의심치 않았기에 지금껏 판시엔이 수련해온 진기에 문제가 있을 거라 생각해보지 않았던 페이지에이지만, 오늘 판시엔을 진맥해 보니 그의 진기에 분명 무언가 심상치 않는 것이 있음을 알 수 있었던 것이다. 그런 그의 반응에 판시엔은 수상한 낌새를 채며 묻는다.

"무슨 문제라도 있나요?"

"지난번까지는 네 진기가 사납다고만 생각했는데, 그래도 이 정도인 줄을 미처 몰랐구나."

"어느 정도이길래요?"

"상당히 사납구나."

"그게 뭐예요?!"

페이지에는 독술의 대가이지 무술의 대가는 아니었다. 그렇기에 판시엔의 진기 중 무엇이 어떤 상태인 것인지에 대해서는 제대로 판단할 수가 없었다. 그럼에도 이 아이의 몸 속에 있는 진기의 위험만큼은 분명히 간파할 수 있었다. 그는 판시엔에게 우 삼촌을 찾아가라고 했다.

그러자 판시엔은 페이지에가 생각지도 못한 대답을 했다.

"우 삼촌은 수련을 안 해요. 어떻게 하는 지도 모르는 걸요."

"물론 우 대인이 너를 가르칠 짬밥은 아니지. 세상에 그가 못하는 무술이 있더냐?"

페이지에는 눈앞에 있는 이 아이가 자신의 은퇴 후 인생에서 가장 큰 위안이 되기를 기대하고 있었다. 판시엔이 자신의 뒤를 이어 독술을 더욱 더 발전시키기를. 그런데 들자하니 우쥬는 생각이 다른 것 같아 갑자기 원망스러운 기분이 들었다.

"우 삼촌이 그렇게 대단한 분이세요?"

페이지에는 감사원에서 회자되는 전설 같은 이야기에 생각이 미쳐 바로 말을 이어갔다.

"너 혹시 4대 종사에 대해 들어본 적이 있느냐?"

물론 판시엔은 잘 알고 있었다. 천하의 백성들로부터 마치 신처럼 떠받들어지는 무술계 최대강자 네 사람. 그들이 바로 4대 종사였다. 페이지에는 말했다.

"물론 세상 사람들은 우매하고도 완고하여 싸움을 잘하는 사람만 쳐주지만, 누가 알겠느냐? 독술도 일단 경지에 오르고 나면 그것 또한 종사로 볼 수도……"

판시엔은 헛기침을 두 번 한다. 페이지에도 조금 민망해져 찻잔을 옮기며 말을 이어간다.

"제일 신비스럽다는 신묘를 제외하면 경국에 대종사는 두 명이 있는데, 그중 하나는 현재 징두의 수비를 맡고 있는 예중(叶重, 엽중)의 작은아버지로, 성은 예(叶, 엽), 이름은 류윈(流云, 류운)이란다."

"스승님, 근데 지금 우리 우 삼촌 이야기를 하고 있었던 거 아니예요?"

"뭐가 그리 급할고. 네 어머니가 처음 징두에 왔을 때, 예류윈의 조카, 그러니까 지금 징두를 수비하고 있는 예중을 돼지대가리가 될 때까지 팬 일이 있었단다. 그때 예류윈이 네 어머니를 찾아오라 하명했지."

판시엔은 순간 멍해졌다. 한 번도 본 적이 없는 자신의 어머니가 한때 이처럼 엄청난 문젯거리였다는 사실이 신기하기만 했다.

"그런데 다음 날 예중이 느닷없이 태평별원으로 가서 네 어머니한테 찻상을 대접하며 잘못을 빌었단다. 아무도 예상하지 못한 일이 벌어진 거지."

"네?"

"이 사건은 줄곧 비밀에 부쳐졌다. 들리는 바에 따르면 예류윈과 우쥬 대인이 황궁에서 한바탕 했다는 것 같더구나."

"마지막에는 누가 이겼어요?"

판시엔은 눈동자를 크게 뜨고 물었다. 우 삼촌의 실력이 상당하다는 것은 알고 있었지만, 이 정도일 줄이야.

"결과는 아무도 모른단다. 아마 비겼을지도 모르지. 최소한 우 대인이 지지는 않았을 거다. 듣자하니 예류윈이 돌아와서는 검은 복면으로 얼굴을 가린 채 반 년 동안이나 수련했던 검술까지 버리고 손발을 쓰는 고전적인 무술을 완성시켜 진정한 대가로 거듭났다고들 하지."

"다른 세 명의 대종사는, 스승님 모두 만나 보셨어요?"

"경국의 다른 한 명의 대종사는 황궁 내에 있다는데, 누구인지는 비밀에 부쳐져 알 수가 없지만, 들리는 말에 의하면 태감(太監) 중 하나라 하더라. 북쪽의 제나라 북제(北齊)에도 대종사가 있는데, 그 나라 국사(国師, 국가의 스승)이자 변태같은 까까머리 쿠허(苦荷, 고하)지."

"까까머리요?"

판시엔은 이번 세상에는 불교라는 종교도 스님이라는 종교인도 없는 줄로만 알고 있었다.

"쿠허는 고행을 하는 승려란다. 전설 같은 이야기가 있는데, 일찍이 쿠허가 신묘(神廟)의 푸른 계단 아래서 세 달 동안이나 무릎을 꿇은 채 추위를 이기고 이슬만 먹고 버티는 모습에 신묘의 사람들이 감동을 했다는 거야. 그리하여 지금처럼 하늘이 주신 신학을 배우게 되고 대종사까지 됐다는 이야기지."

"신묘요?"

"신묘는 신을 모시는 사당이란다."

"스승님, 그게 무슨 말씀이에요?"

"신묘는 가장 신비로운 곳이라고 할 수 있는데, 듣기로는 신을 모시는 우주 같은 곳이라고 하더구나. 하지만 안타깝게도 운이 뒤지게 좋은 그 새끼 말고는 어느 누구도 그곳을 찾지 못했고, 어디에 있는지, 어떻게 생겼는지 아는 사람도 하나 없단다."

"그렇다면, 당초 신묘라는 건 없는 게 아닐까요?"

페이지에는 판시엔의 머리를 있는 힘껏 친다.

"그냥 말썽부리는 건 용서하지만, 신묘에 대해 그런 불경한 이야기를 하는 건 봐줄 수 없다."

판시엔에게는 의심을 하는 전생의 버릇이 남아있어 여전히 납득이 되지 않았다.

"신묘가 진짜로 존재한다는 증거라도 있나요?"

"쿠허가 신묘의 보살핌을 받아 대종사에까지 올랐는데, 다른 증거가 더 필요한 게냐?"

여전히 판시엔은 이해할 수 없었으나 그만 두기로 했다.

"스승님이 한참 동안 말씀하셨지만, 그런데 제 몸에 있는 진기에 도대체 무슨 일이 있는 건지는 말씀을 안 해주셨는데요."

"말하지 않았느냐. 네 몸속의 진기가 매우 사납다고 말이다. 네가 아무리 수행해서 속성으로 만든 진기라도, 네 단전과 요소 요소에 모여 있는 진기의 양이 지금 너의 신체 나이가 용납할 수 있는 범위를 훌쩍 뛰어넘은 것이야."

"그렇게 심각한 건가요?"

"뭐, 정확하진 않지만."

"그럼 지금 절 겁주시는 건가요?"

"이놈이! 너를 겁주려는 게 아니라, 걱정하는 게다. 술을 담고 있는 가죽 포대 같은 게 바로 지금의 너인데, 포대가 아무리 크다 하더라도 그 안에 담기는 술이 계속해서 많아진다면, 그런데도 계속해서 술을 붓는다. 그러면 어떻게 되겠느냐? 그 포대가 터져버리는 것, 내가 걱정하는 것은 바로 그것이다."

판시엔은 최근 무공을 수련할 때 허리 부근이 타들어가는 듯한 느낌 외에는 이상하다 느낀 바가 전혀 없었다. 그러니 스승의 말을 알아 듣긴 해도 믿을 수는 없었다.

"스승님이 저를 술 포대에 비유하시니, 이제 무슨 말씀인지 알겠네요."

"네가 어떻게 몸 속 진기를 운용하는지 평소에 수련하는 대로 보여 다오."

판시엔은 눈을 감고 마음을 모았다. 금세 수행의 상태로 들어간 그의 몸 안에서는 배 아래로 따뜻한 온기가 조금씩 생기더니 부풀어 이윽고 몸의 여러 경로를 따라 사지로 천천히 뻗어나가고 있었다. 페이지에는 두 눈을 감고, 이 어린 아이의 손목에 자신의 손을 얹었다. 그리고는 곧바로 미간을 찌푸렸다.

"일부러 통제하지는 말거라. 그래봤자 고작 다섯 살밖에 안 되는 네 진기가 아무리 사납다 한들 날 상하게 하지는 않으니."

"네."

판시엔은 자신의 몸에서 나오는 진기의 강도를 줄곧 통제해왔다. 하지만 스승의 말을 들어보니 아이의 진기가 성인을 해치는 것은 불가능할 것 같았다. 다시 한번 눈을 감고 전력으로 진기를 운용해보았다. 그랬더니 이번에는 몸속 진기가 마치 고대하고 있던 지령을 받기라도 한 듯 튀어 올라 환호하며 단전으로부터 뛰쳐나오더니, 배부터 등까지 온갖 곳을 돌고 돌아 알 수 없는 괴상한 경로를 따라 손목에서 모였다.

그때 공부방 안에 묵직한 소리가 울려 퍼졌다. 페이지에는 급히 두 눈을 떴다. 판시엔의 손목 위에 올려놓은 페이지에의 손가락이 순수결정의 진기에 한방을 맞은 듯했다. 손가락 사이로 타들어갈 듯 뜨거운 감각이 한차례 지나갔다. 그러더니 곧 명치까지 통증이 느껴지며, 결국 '푹' 하는 소리와 함께 피를 토하고 말았다.

판시엔 또한 명치가 조여 왔다. 고개를 돌려보니 페이지에의 참상이 보였다. 놀라 자빠질 일이었다. 페이지에는 손을 내저으며 아무

일 아니라는 듯 입술 주변의 피를 닦았다. 하지만 판시엔의 눈빛을 보니 오싹해져 혼잣말을 했다.

"이제 다섯 살인 놈의 진기가 어찌 이리 살벌할 수가 있지? 계속해서 수련을 한다면 몸 속 진기가 폭발하여 죽는 것은 아닐까."

스승의 말에 판시엔은 순간 멍해졌다. 속으로 '내가 이토록 대단한가?' 하고 생각해보다가 감동의 마음이 밀려왔다. 제자 때문에 다친 스승이 다친 자신을 신경 쓰는 대신 제자의 미래에 대해 이처럼 걱정해준다니 말이다. 이때 페이지에가 말했다.

"내 생각에는, 뭔가 잘못된 게 있는 것 같구나. 그런데 우쥬 대인이 왜 널 신경 쓰지 않는 거지?"

"스승님, 진짜 연세를 너무 많이 드셨나 봐요. 제가 아까 말씀드렸잖아요. 삼촌은 이런 식의 수련을 해본 적이 없다니까요."

"아니, 내공이 없는 자가 4대 종사 중 하나인 예류원과 맞서 싸워 대등한 대결을 했다고? 비록 그 당시는 예류원이 아직 검을 쓰고 있던 때이긴 하지만, 그래도 절대 그럴 수는 없는 법이야."

"스승님, 내공 진기가 없는 사람은 우 삼촌처럼 대단한 실력가가 될 수 없는 건가요?"

판시엔은 자연스럽게 이 세계에 처음 온 날 밤이 기억났다. 한 치의 오차 없는 정확한 동작이란 상상을 초월하는 역량이 뒷받침돼야 하는 법. 이때 역량이란 속도를 뜻한다. 맹인 청년의 등에 업혀 있던 그때, 그의 손에 쥐어져있던 것은 피가 철철 흐르는 쇠막대기였다.

'하지만 우 삼촌의 속도는 보통 사람이 다다를 수 있는 경지가 아니던데.'

페이지에는 대답은 하지 않고 고개를 저으며 침상으로 가더니 약 주머니 하나를 판시엔의 손바닥 위에 올려 놓는다.

"가져 가거라. 매우 귀한 약이란다. 만일 장래에 수련을 하다 잘못

된다면, 한 알을 먹거라. 물도 충분히 마시고."

"스승님, 감사합니다."

"비록 네 나이는 어리지만 지금 내가 하는 이야기를 명심하거라. 네 집안의 일은 네가 생각하는 것보다 훨씬 복잡하단다. 여기에는 단지 네 존망만이 걸린 게 아니고, 아마도 수많은 사람들의 목숨이 걸려있을 게야. 그러니 너는 반드시 신중해야 한다. 네가 다 크기 전에 네 자신을 지키는 법부터 배워야 장래에는 다른 사람들도 지킬 수가 있을 거다."

"장래에, 누구를 보호해요?"

"예를 들어 나처럼 너와 관계를 끊어버릴 수 없는 사람들."

판시엔은 자기 방으로 돌아와 문을 열었다. 방 구석에는 우 삼촌이 가만히 앉아 있었다. 밤이 깊은 데다 등도 켜지 않아 어두컴컴했다. 하지만 그의 눈을 감싸고 있는 검은색 천이 까만 밤보다 더 까맸다.

그의 뜻밖의 방문에 놀라 판시엔이 반갑게 불렀다. "삼촌!"

"책은 두 개로 나눌 수 있다. 첫 번째 책은 '패도의 권'이라 부르고, 두 번째 책의 제목은 없다. 이 책들은 아가씨가 네게 남긴 책이다. 그래서 네가 어릴 때 내가 네 곁에 두었다. 나는 인간의 이런 무공을 수련한 적이 없으니 내가 널 가르치는 것도 불가능하다. 하지만 이 진기는 사나운 것이 정상이다. 완성하지 못한 것은 너 자신의 문제다."

우쥬는 다짜고짜 단조롭고도 감정이 묻어나지 않는 어투로 말하고는 곧바로 가버렸다.

'진짜 간단하고도 혹독한 해석이구만. 진짜 냉정하면서도 기묘한 사람이야.' 판시엔은 한숨을 쉬고는 침대에 올라 비밀 서랍 속 제목 없는 그 책을 꺼내 보았다. 진기가 단전에 충분히 쌓인 후에는 의식하지 않아도 그것이 맥을 통해 돌고 돌다가 일부는 역류하여 허리 뒷부분 위쪽의 설산혈(雪山)에 들어간다는 것을 그는 수련 도중 발견했다. 그 설산혈은 척추를 관통하며, 그 설산혈의 신경이 대뇌에 직접 연결돼 몸을 제어한다는 것도 알고 있었다. 전생에서 배운 것인지 현생에서 페이지에를 통해 배웠는지가 확실하지 않을 뿐. 요는 조금만 부주의해도 병신이 될 수 있으며 그렇게 되면 평생을 또 다시 침상에 누워있게 된다는 것이었다.

하지만 몸속의 패도진기는 허리 뒤쪽 설산을 통과하고 나면 무척 진정되고 평온해지는데, 한바탕 희열감 같은 것이 휩쓸고 지나가면 몸 전체가 비로소 편안해졌다. 마치 한여름에 아이스크림을 먹는 기분이랄까? '그런데 내가 수련을 잘못한 건가? 아니면 이 수련법 자체에 문제가 있나? 우 삼촌 말로는 이 수련법을 완성하지 못한 것은 나 자신의 문제일 뿐이라고 했는데.' 판시엔은 다시 생각에 잠겼다.

'이걸 해야 하는 것인가 말아야 하는 것인가, 이거 진짜 문제인데.'

원래 계획대로라면 페이지에가 딴저우로 와서 판시엔을 가르치는 일은 이미 여름에 끝났어야 했다. 하지만 페이지에는 딴저우의 공기와 바닷바람이 좋았고, 별저의 음식도 입에 맞았다. 무엇보다 판시엔이 마음에 들었기에 몇 달을 연장했다. 하지만 유감천만하게도 징두로 돌아오라는 서신이 있었다. 작별인사는 피할 수 없는 일이었다. 노마님은 특별히 잡아두려 하지는 않았고 감사인사를 마지막으로 보내주었다.

딴저우의 서쪽 길을 따라 징두로 가는 길. 한 켠에는 스승과 제자가 작별의 대화를 나누고 있었다.

"진기 수련을 하지 말라고 일렀거늘, 왜 말을 듣지 않는 게냐?"

"스승님, 그래도 요 며칠 간 큰 문제는 없었잖아요."

"그렇담 어젯밤에 술을 훔쳐 먹으러 주방에 갔을 때, 왜 술병들이 다 부서져 있었던 거지?"

"알고 계셨네요……"

최근 몇 개월 그의 몸 속 진기가 하루가 다르게 날뛰고 있었기에 사실 이런 일들은 비일비재했다. 요 근래는 시녀들에게 귀신 이야기를 해주는 일도 자제하고 있었는데, 시녀들이 무섭다고 자신의 곁으로 다가왔을 때 자신의 진기가 혹시나 돌이킬 수 없는 실수를 저지를까 겁이 나서였다.

"독을 이용하는 법을 안다는 것은 세상에서 가장 강력한 살인법을 안다는 것인데, 뭐 굳이 다른 것까지 배울 필요가 있느냐?"

"하지만 독이란 무고한 사람까지 쉽게 죽이잖아요."

페이지에는 갑자기 판시엔을 뚫어지게 쳐다보며 묻는다.

"너 확실히 여섯 살 맞느냐?"

"철이 일찍 드는 게 제 잘못은 아니잖아요."

페이지에는 어이가 없었다. 물론 자신이 이 작은 괴물과 함께 지내는 가운데 정신이 혼란스럽지 않은 적은 손에 꼽을 만했고, 누가 뭐래도 쉬운 일은 아니었다. 그는 아이의 머리를 쓰다듬으며 뒤돌아 딴저우 성을 바라보았다.

"만일 나중에 네가 징두로 올라와 의사가 되고 싶거든 꼭 나를 찾아오렴."

"네."

판시엔은 진심을 담아 공손히 작별인사를 올렸다.

"진기는 배우지 말거라."

"스승님은 진짜 걱정이 너무 많으셔요."

"나이가 너무 들어서 그런가 보지. 그런데 진기란 진짜 쓸모가 없어. 위력이 너무 세고 통제가 안 되거든. 동이성(东夷城)에 산다는 그 검을 쓰는 괴물이 내게 빚진 게 있으니, 만일 너가 원한다면 그의 제자가 될 수 있도록 내가 주선은 해주마."

"스승님이 말씀하셨던 그 동이성의 검괴요?"

"그래. 4대 종사 중 하나지. 너보다는 조금 더 강할 걸?"

사실 판시엔의 관심은 다른데 있었다.

"스승님이 그 사람을 아세요?"

"그 친구가 어릴 적에, 누가 그의 병을 좀 봐달라고 해서 봐줬단 다. 그 괴물은 백치임에 틀림없었지. 매일 나뭇가지를 들고 멍하니 있었거든. 내가 대충 치료해주었는데, 몇 년이 지나 사고검법(四顾 劍法)을 만들어 대종사가 되었다지 뭐냐?"

판시엔은 의심스러운 눈빛으로 물었다.

"뭐, 대충 치료하셨다고요?"

페이지에는 토라진 척하며 마차로 걸음을 옮겼다.

"독약에 대한 많은 지식과 그것을 해독하는 많은 방법, 그것들을 모두 다 네게 전수했단다. 단, 가장 중요한 한 가지를 아직 알려주 지 않았지."

"그게 뭐예요?"

"해독은 어렵지가 않단다. 독을 만드는 것 또한 어렵지 않고. 가장 어려운 것은 독약을 어떻게 넣느냐 하는 것이란다."

이 말을 끝으로 페이지에는 떠나갔다. 그의 뒷모습을 바라보며 판 시엔은 그 마지막 말을 곰곰이 곱씹었다. 페이지에와 공부하는 사 이 판시엔은 이 세상에 무색무취한 독약을 찾는 일은 어렵다는 것 을 배웠다. 그러니 어떻게 독약을 쓰는가가 관건이다. 그런데 갑자 기 쓴웃음이 나왔다. 자신이 자객이 될 것도, 황제를 독살할 것도 아 닌 마당에 이런 걱정은 왜 하는가 싶어서였다. 그저 징두 판씨 저택 에 있다는 그 여자, 즉 아버지의 둘째 부인이 죽지 못하도록 제 몸만 지키면 되는 걸.

　마차는 점점 멀어져 갔다. 마차가 일으킨 먼지들이 다시 도로 옆으로 차곡차곡 쌓여갔다. 판시엔은 마차를 향해 다시 한번 공손히 절을 한다. 마차에 타고 있는 그 변태 같은 늙은이가 딴저우를 처음 오게 됐을 때 도무지 내키지 않으리라는 것을 판시엔은 잘 알고 있었다. 하지만 일 년 동안 자신에게 최선을 다했던 페이지에 선생의 정성은 거짓이 아니었다. 그 생각을 해보니 조금은 아쉬운 마음도 들었다. 페이지에 선생, 아니 페이지에 스승님은 정말 너무도 좋은 사람이었다. 못생겨도 좀 많이 못생겼을 뿐.

　페이지에가 떠난 후 판시엔은 한동안 일상에 잘 적응하지 못했다. 소위 동년배들과 노는 게 쉽지 않았던 터였다. 사실 페이지에는 그동안 그가 유일하게 대화할 만한 상대였다. 별저의 입구에서 가만히 사람들이 왔다 갔다 하는 모습을 지켜보면서 판시엔은 외로움을 느꼈다. 이 기나긴 어린 아이로서의 시간을 어떻게 보내야 하는지 걱정이 앞섰다.

　문득 그가 처음 이 세상에 왔을 때 생각해낸 기막힌 아이디어가 기억났다. 하지만 이내 허탈한 웃음을 지을 수밖에 없었다. 전생에서 대부분의 시간을 침상 위에서 보낸 그이기에 능력은 보잘것없어도, 이 세상 사람들보다 더 나은 점도 있을 것이라고 생각했었다. 이를테면 비누를 만들어 본다던가, 유리를 만들어 본다던가 하는 류의 일이다. 하지만 놀랍게도 이 세상에는 이미 비누가 있었고, 유리도 있었다. 페이지에가 딴저우를 떠나는 날 보니 마차도 사륜마차에다, 옆에 호위 무사의 말을 보니 말안장도 있었고, 말발굽까지도 있었다. 이게 뭐람.

　딴저우성 하늘이 갑자기 어두어지더니 새들이 떼 지어 낮게 날아가기 시작했다. 판시엔은 한 손으로 시녀의 손을 잡고 별저로 향하는 중이었다. 나머지 손에는 두부를 들고 있었다. 성 안의 모든 사람들은 다 알고 있었다. 백작의 이 사생아는 보통의 귀족 도련님들과는 매우 다르다는 것을. 제일 좋아하는 일을 꼽으라면 하인의 일을 돕는 것이고, 특히 그는 시녀를 돕는 것을 좋아했다. 따라서 이런 장면을 목격하는 일에 사람들은 이미 익숙해져 있어, 아무도 놀라는 사람이 없었다.

페이지에가 딴저우를 떠난 지도 이제 어언 7년이라는 세월이 흘렀다. 판시엔은 이미 청초하고도 아름다운 소년으로 자라나 있었다. 집으로 돌아온 후 판시엔은 하인에게 일러 두부를 주방에 가져다 두게 하고는 할머니를 뵈러 갔다. 요새 부쩍 몸이 편찮으신 할머니께 문안 인사를 드리고, 할머니 옆에 있던 종이 한 장을 옷 섶에 숨겨 공부방으로 돌아온다. 옷섶에서 꺼낸 종이를 징두에 있는 여동생으로부터 온 편지 옆에 놓으며 입이 함지박만큼 벌어진다.

황제는 올해 경국 개혁의 원년을 갑작스레 선포한 바 있었다. 달력도 경력(慶歷)으로 바꾸었다. 징두의 고관대신들은 겉으로는 아무 말도 하지 않았지만 남모르는 곳에서는 불평불만이 많았다. 특히 고리타분한 문인들이라면, 고문학파이든 현대문파이든 아니면 국립교육원의 선생이든 죽만으로 연명하고 있는 서생까지 모두가 이의를 제기하기 시작했다.

개혁원년에 새로운 정책들이 연달아 발표되었다. 사실 새로운 의미는 딱히 없었고, 역사를 정리하는 차원 정도에 머물렀다. 놀랄 일이라면 조정의 신문발행 정도? 신문? 이게 어떻게 갖고 놀아야 하는 장난감인지 아는 사람이 아무도 없었다. 신문이 처음 발간되었을 때 사람들은 모두 놀랐으나 이 일에 대해 얘깃거리를 삼는 사람은 금세 사라졌다. 신문은 황실의 통제 하에 있기에, 매일매일 황제가 직접 본 후 발간되었다. 그러니만큼 재미있는 문장 같은 건 찾아보려 해도 찾아볼 수가 없었다. 더군다나 은표 1장이나 하는 비싼 가격 탓에 신문을 한번 사본 귀족들이 황제에게 사기를 당했다느니, 황궁에 새로운 정원을 짓기 위한 수작이라느니 하며 수군대기 시작했다.

누군가가 보기엔 소위 신(新)정책이라는 것은 황제의 쓸데없는 작당이라고 하지만, 모든 사람들은 알고 있었다. 황제는 지금껏 쓸데없는 일을 한 적이 없다는 것을. 판시엔이 불안해하는 지점은 이 신정책이 매우 낯익다는 것이었다. 세상을 바꾸는 데 관심이나 욕심은 전혀 없는 판시엔이지만, 이 세상에서 개혁이라고 부르는 것의 방향이 자신의 전 세상과 무언가 비슷한 점들이 있었다. 그래서인가 그는 이 일의 배경에 무엇인가가 숨겨져 있지 않을까 의심했다.

한참을 생각해도 도무지 이해할 수 없었다. 그는 고개를 가로로 저으며 신문을 내려놓고 생각했다. '그렇다고 황제폐하가 나처럼 시간을 초월한 존재도 아닐 테고, 특별한 영웅심이나 강한 의지를 갖춘 그런 사람인걸까?' 이내 그는 더 이상은 쓸데없는 생각에 시간을 낭비하지 말고 편지를 쓰는 일에나 집중하기로 했다.

황제의 새로운 정책 중 그에게 도움이 되는 정책도 있었다. 그건 바로 우편법이었다. 우편 배송을 위한 길이 개통이 된 것이다. 이제 그는 다른 사람들, 이를테면 아버지의 둘째 부인이 훔쳐볼 것을 걱정할 필요 없이 멀리 징두에 있는 동생과 서신을 주고받을 수 있게 되었다. 따져보니 동생 판뤄뤄는 이미 열 두 살이었다. 어릴 적 귀신 이야기에 홀린 것인지 다른 이유 때문인지 이유는 잘 알 수 없어도, 이 판씨 집안 적통의 아가씨는 멀리 떨어져 있는 사생아 오빠에게 적지 않게 의지했다. 그리고 종종 편지를 보내 안부를 물었다. 이전 반 년간의 편지는 대부분 할머니에 대한 그리움과 딴저우 생활에 대한 추억을 담고 있었으며, 최근 반 년 간의 편지는 집안문제도 있었지만 대부분 징두 저택의 무료한 일상에 대한 내용이었다.

편지봉투를 뜯어본 판시엔의 말끔한 얼굴에 한줄기 근심의 빛이 어렸다. 내용인즉슨 최근 징두에서 그녀의 생활에 대한 것이었다. 판뤄뤄는 황족이나 귀족의 여식들만 입학이 허락되는 학교에 들어갔는데, 이는 이 세계에서는 그녀와 같은 신분의 사람들이 예외 없이 행하는 종류의 일이었다. 편지의 행간에는 그녀의 나이에 걸맞지 않은 걱정들과 외로움이 가득 묻어났다. 징두 저택에서는 아들을 낳은 부인, 즉 아버지의 둘째 부인이 기고만장해 있었고, 공무로 바쁜 아버지는 이 외로운 딸을 살피기에는 역부족인 것 같았다.

판시엔은 붓을 들어 깊은 고민 끝에 답장을 써내려갔다. 내용은 좀 모호했어도 하고 싶은 말은 명확했다. 아버지와 함께 할 시간을 찾아보고, 아버지께 애교도 좀 부려보면서 이따금 가슴 속 깊은 한을 이야기하되 원망은 하지 말라는 이야기였다. 다음으로는 아버지 둘째 부인과 거만한 남동생에게 당당함을 뽐낼 필요가 있다는 것. 잘해주면 괴롭힘을 당하기 쉬우니, 괴롭힘을 당하지 않으려면 최소한 반항의 의사를 표시해야 한다고도 썼다. 또한, 집의 하인들에게 잘 해주고, 특히 아버지 동료들에게는 순진하면서도 순수한 눈빛으로 공손한 모습을 보여주라고 덧붙였다.

마지막으로 아버지 둘째 부인과는 최대한 덜 부딪치도록 하되 작은 고통은 잘 받아들이라고, 그리고 그 사건을 아버지가 알도록 만드는 것이 중요하다고 썼다. 남자들의 스스로는 결코 알 수 없는 미묘한 보호본능이지만, 특히 상대가 딸이라면 가지고 있기 마련인 촉이 있기 때문이다. 그러나 이러한 가족 내 갈등에서도 지켜야할 선은 있는 법. 판시엔은 속으로 생각했다. '뤄뤄는 현명하니까 내 말을 잘 이해할 거야. 그런데 내가 전생에 로맨스 소설에서 배운 이런 방

법이 과연 먹힐까?'

두 달 후 판뤄뤄에게 회신이 도착했다. 그 방법이 통했는지는 몰라도, 어쨌든 아버지 둘째 부인이 자신을 학대하는 사건은 없었으며, 요즘 부인이 매우 즐거워 보인다는 것이었다. 다만 판뤄뤄는 지난 편지에서 이해할 수 없었던 부분을 물었다. '왜 하인들에게 잘해줘야 하는가'였다. 생각해보니 이 계급사회에서는 판시엔처럼 관계를 평등하게 바라보는 관점이 거의 없다시피 했다. 그래서 그는 회신에 이렇게 첨언했다.

'존중, 그것은 다른 이에게도 좋지만 나에게도 좋단다.'

징두에 있는 판뤄뤄는 아직 어리지만 다른 아이들과 사뭇 다른 점이 있었다. 정신연령이 이토록 높은 오빠와 편지를 주고받는 사이 그녀는 점점 판시엔의 영향을 받을 수밖에 없었고, 편지의 어휘도, 세상을 보는 관점도 몰라보게 달라지기 시작했던 것이다.

시간은 또 그렇게 일 년이 흘러갔다. 편지를 쓰는 일은 재미있기는 했지만, 쓰는 횟수는 예전만 못했다. 판시엔의 팔이 최근 몇 년 사이 나아지지 않았기 때문이다. 이 모두가 칠년 전 어느 밤에 시작되었다.

페이지에가 떠난 후 적막한 어느 밤, 판시엔은 잡화점에서 우 삼촌이 마련한 술을 마시고 있었다. 우쥬가 술을 마시지 않기에 판시엔은 혼자 술을 마시는데는 이골이 나 있었다. 어느 정도 취기가 돌자 판시엔은 실눈을 뜨고 귀여운 얼굴을 하며 무표정한 우쥬를 바라보며 묻는다.

"삼촌, 어떻게 이렇게 오랫동안 모습에 변화가 없으세요? 마치 나이를 먹지 않는 사람 같아요."

판시엔은 자문자답하듯 연이어 대답한다.

"절대 강자는 영원한 청춘을 잡아둘 수 있다죠? 하지만 삼촌은 내공을 연마해 본 적이 없다면서요?"

"삼촌, 이 세상에서 가장 강한 무사는 몇 명이에요? 무사에 품수도 있나요?"

"아홉 개요?"

취할 대로 취한 자는 자신의 말의 모순도 알 수 없는 법이다.

"삼촌은 몇 품이에요?"

"품수가 없나요?"

"그럼 동이성의 사고검 검법을 쓰는 그 백치 무사는 몇 품이에요?"

"또 품수가 없어요?"

"징두의 그 누구누구의 숙부라는 그 예류원은 몇 품이에요?"

"또 품수가 없다고요?"

이 모든 것은 사실 판시엔의 자문자답이었다. 그리고 이 모든 질문과 답의 끝에 판시엔은 히죽거리면서 말한다.

"안되겠네. 그럼 나도 품수가 없도록 연마해야지."

우쥬는 무채를 썰고 있었다. 그의 칼날은 매우 빨랐다. 칼날은 도마를 치자마자 튀어 올라왔고, 무채는 마치 특별히 고안된 도구를 이용한 듯 종잇장처럼 얇게 썰려 있었다. 게다가 무채들 크기는 각각 조금의 차이도 없이 균일했다. 우쥬는 판시엔의 마지막 말을 듣고는 고개를 돌렸다. 잠시 멈칫거리는가 싶더니 판시엔 옆으로 와서 그의 손에 식칼을 들려주었다.

판시엔은 마지못해 식칼을 잡고 도마 위의 무를 보며 잠시 멍해졌다. 밤마다 무덤을 파 시체를 해부하던 그 시절 이후 이렇게 또 다시 학습이 시작된 것이었다. 언젠가는 도움이 될지언정 참혹하기 그지없는 두 번째 학습 여정이.

깊은 밤, 잡화점 뒷방에서 '톡톡' 하는 가벼운 소리가 들렸다. 우쥬가 무심히 말한다.

"오늘은 써는 속도가 너무 느리다."

판시엔은 이마에 송골송골 맺힌 땀 방울을 닦고, 자신 앞에 산무더기처럼 쌓여있는 무채를 보았다. 잠시 살짝 웃고는 팔을 한 바퀴 돌리고는 몇 년에 걸쳐 썰어놓은 무채 쪽을 쳐다본다. 현재 그가 무채를 써는 속도는 이미 우쥬 삼촌의 속도를 거의 따라잡은 듯했다. 균일한 모양새도 조만간 갖추게 될 것이라고 생각했다. 다만 오른쪽 팔의 붓기가 가라앉기만 한다면 말이다. 하지만 냉정하게 말해 무채를 써는데 여전히 소리가 나는 것을 보면 삼촌 같은 경지에 이르려면 아직도 가야할 길이 참 멀구나 하고 느껴지기도 했다.

판시엔은 '무 따위를 써는 게 수행에 얼마나 도움이 된다고.' 하는 의심을 하다가도, 우 삼촌이 4대 종사와 겨룰만한 강자라는 생각에 이르면 이 모든 수행을 달게 받아들이게 되었다. 물론 우쥬의 훈련은 무채 썰기에 그치지 않았다. 그는 기마자세를 시키기도 하고 암벽을 타게 하는 등 다소 전통적인 훈련 방법도 사용했다. 다만 그 정도나 구체적인 요구사항이 별나다면 별났다. 기마자세를 시키기를 너무 심하게 시켜서 한동안 화장실에서 볼일을 볼 수 없게 한다던가, 무썰기를 시키기를 너무 심하게 시켜서 팔을 못 들게 한다던가, 그중에서도 가장 고통스러운 훈련은 사흘에 한 번 딴저우 외곽에서 삼촌과 펼쳐야 하는 대련이었다. 말이 좋아 대련이지, 그것은 절대 강자인 우쥬가 판시엔에게 일방적인 폭력과 구타를 가하는 것에 지나지 않았다. 웃을 수도 없고 울 수도 없는 피와 눈물의 역사가 판시엔의 유년시절을 가득 채웠다.

우쥬가 가르쳐준 바에 따르면, 그의 어머니는 사람들을 훈련시킬 때 '세 가지를 통한 한 가지 강조법'이라는 원칙을 따랐다고 했다. 말하자면, '어려움을 통해, 엄격함을 통해, 실전의 필요성을 통해' 훈련을 시작하고, '어마어마한 운동량을 강조' 하며 훈련을 지속하는 것이다. 판시엔은 우쥬로부터 이 원칙을 귀에 못이 박히도록 들었다. 다시 생각해보니 전생의 체육계에서라면 금메달을 노려볼 수 있는 정말 유용한 방법이 아닐 수 없었다.

그의 몸속 알 수 없는 패도진기는 최근 몇 년 간 점점 더 왕성해지기 시작했다. 단전이 아닌 허리 뒤 설산혈에 모아지는 경우에도, 판시엔처럼 신체가 다 발달하지 않은 아이의 경우 진기는 경맥을 침범하면서 때때로 밖으로 새나가는 경우가 생기는데, 이럴 때마다 판시엔은 그 주변에 있던 가구 같은 살림살이를 부수곤 했다. 이런 일이 앞으로도 지속된다면, 언젠가는 진기의 축적 속도가 신체 경맥의 성숙 속도를 상회하여 몸을 폭발시키고 종국에는 사망에 이르게할 수도 있었다.

우쥬라고 진기의 이러한 생동에 대해 뾰족한 해결 방안이 있는 것은 아니었다. 다만 계속 판시엔의 신체를 단련시켜주고, 전신의 기능을 조절시켜주어 판시엔의 몸을 최상의 상태로 만들어주려고 노력했다. 또한, 무채를 썰게 하는 방법 등으로 그의 마음을 단련시켜 조급해하지 않도록 만들었다. 판시엔은 자신도 모르는 새 발전을 이루어 이제는 진기를 안정적으로 통제하는데 제법 익숙해졌다. 다만 너무 고통스러웠다.

아침 일찍 잠에서 깨어난 판시엔은 눈을 비비며 시녀의 헝클어진 이불 속으로 뛰어들어갔다. 아직도 남아있는 포근한 온기와 향기로운 살내음을 맡으며 그는 만족한 듯 미소를 지었다. 바로 그때 누군가를 호되게 꾸짖는 소리가 후원에서 들려왔다.

판시엔이 옷을 입고 나가보니, 후원의 조우(周, 주) 집사가 스스

(思思, 사사)라는 시녀를 향해 온갖 욕설을 하며 혼을 내고 있었다. 집사가 입에 올리는 단어들이 너무 심해 차마 입에 담을 수 없는 정도였다. 집사가 화가 난 이유는 간단했다. 황급히 물을 끓이러 가는 스스가 제대로 머리를 빗지도 않고 옷매무새도 단정치 못했다는 것이었다.

조우 집사는 몇 년 전 징두에서 온 사람으로, 아버지의 둘째 부인이 보낸 것을 알기에 판시엔도 주시하고 있었던 참이었다. 페이지에 선생님의 말에 따르면 그녀의 아들이 판시엔의 첫 번째 경계대상이었기 때문이다. 하지만 그동안 할머니의 감시 하에 그가 착실하게 일하고 별일 없이 지냈기에 최근 들어서는 크게 신경 쓰지 않고 있었다. 그런데 그 조우 집사가 판시엔의 시녀를 혼내며 험한 말을 하는 것에 그는 기분이 몹시 언짢았다.

판시엔은 후원으로 가 말했다.

"얘는 내 시녀야."

"도련님, 하지만 동시에 판씨 집안의 시녀이기도 하니, 판씨 집안의 규율을 따라야 하지요."

조우 집사는 가식적인 웃음을 지으며 말했다. 표정이나 칭호, 어떤 것도 딱히 무례하지 않았지만 '도련님'이라는 세 글자를 길게 늘어뜨리는 꼴이며 은근히 사람을 깔보는 듯한 모습에 기분이 나빠졌다. 그동안 판시엔은 특별히 사생아라는 자각이 없이 살았다. 하지만 이 일로 징두의 판씨 집안 사람들은 자신을 어떻게 바라보는지 알게 되었고, 자신도 모르게 말문이 막혔다.

보이는 장면이 썩 보기 좋지 않았기 때문에 시녀 중 몇몇이 조용히 노마님을 찾아 진상을 아뢰었다. 나머지 시녀들과 하인들은 긴장 속에서 상황을 관망하고 있었다. '같은 판씨 집안'의 '다른 장소'인 징두 저택과 딴저우 별저라 하지만, 사람들은 모두 판시엔 도련님의 사생아 신분이라는 게 그리 유리할 것이 없다는 것을 잘 알고 있었다. 그리고 징두 판씨 저택의 둘째 부인이 딴저우 별저의 상황까지 다 통제하고 있다고도 생각했다. 그러니 그 부인의 심복이라 할 수 있는 조우 집사가 도련님께 이렇게 함부로 할 수 있는 게 아닐까 하는 생각에도 이를 수 있었다. 이 집안 사람들의 마음에는 결국 이 방대한 가산을 물려받을 사람은 징두에 있는 그 도련님이지, 지금 자신들의 앞에 있는 이 열 세 살 소년이 아니라는 생각이 자리잡고 있었다.

시녀와 하인들은 모두 하나같이 판시엔을 아꼈지만, 이런 상황에서는 스스 본인 외에 누구도 감히 징두에 있는 부인에게 밉보일 수도 있는 위험을 감수할 수 없었다. 판시엔은 그런 하인들의 고충을 잘 알고 있었고, 슬픔이나 아픔 또한 한순간에 불과한 것이라 생각했다. 차분히 앞에 서 있지만 낯빛이 어두워진 조우 집사를 보며, 판시엔은 속으로 조우 집사가 왜 이렇게까지 참을 수 없었는가를 생각하고 있었다.

조우 집사는 징두 판씨 집안에서 집사 서열로는 두 번째를 차지하고 있었다는데, 듣자하니 크지 않은 과오를 저질러 이곳으로 보내졌다고 했다. 물론 이건 표면상의 이유일 뿐 진짜 이유는 따로 있었다. 판시엔의 아버지인 스난 백작 판지엔(范建, 범건)의 정실부인은 이미 십여 년 전에 세상을 떠났다. 그 다음에 두 번째 부인을 맞이한 것인데, 그녀는 몇 년 전 아들을 낳으며 지위가 한층 상승했다. 게다가 그녀는 집안 배경도 좋았기 때문에 이제 첫 번째 부인 행세를 하고 싶어 했다. 그런 미묘한 시기에 그녀의 심복이 이곳 딴저우로 왔다면, 그것은 좌천인가? 아니면 중용인가? 당연히 후자일 테지만, 이 두 번째 부인의 진짜 속내가 무엇인지 그것은 여전히 잘 알 수 없었다.

자신이 맡은 바 임무를 완수하기 위해 조우 집사는 남의 눈에 띄지 않게 별저를 관리했고, 특히 노마님을 받들었다. 하인들에게도 웃는 낯으로 대하며 집안일에 대해서는 거의 손대는 법이 없었다. 다만 그는 판시엔을 볼 때면 언제나 참기 힘든 무언가가 올라왔다. 어딜 가나 보이는 판시엔의 얼굴, 그 얼굴은 맑고 예쁘장하기까지 했는데, 매분 매초 그런 얼굴이 자기 옆에 있다는 것이 편치가 않았다.

조우 집사가 자애로운 표정으로 하인들과 인사를 하고 있을 때, 판시엔은 그 예쁜 얼굴로 꽃밭에서 그를 조용히 바라보았다. 또, 조우 집사가 미간을 찌푸리며 한창 장부를 살펴보고 있을 때에도 판시엔은 맑은 모습으로 자기 방 툇마루에 앉자 천진난만하게 그를 바라보았다. 뿐만 아니라 이 댁 노마님께 머리를 조아리고 있을 때에도 판시엔은 귀여운 얼굴로 할머니 옆에 앉아 호기심 가득한 눈으로 그를 바라보았다.

이런 식의 대면이 몇 달 지나자, 조우 집사는 미쳐버리기 일 보 직전이 되었다. 그는 이러한 정신적인 긴장 상태를 견디기가 벅찼으며, 자신의 상황을 들킨 것만 같아 꺼림칙했다. 그가 여기 온 진짜 이유가 자기를 상대하기 위함임을 이 아이가 알고 있는 것만 같았다. 사생아 주제에, 게다가 어린아이에 불과한 존재가 어른들 세계의 음모를 알 것 같지는 않았지만, 그럼에도 자신을 계속 빤히 쳐다보는 그 눈빛은 무엇 때문인가? 이번에 이렇게 굴욕을 주었는데도, 판시엔이 평정심을 유지하는 비결은 무엇인가? 사실 판시엔의 관찰은 그냥 호기심에서 기인한 것으로 집안 내의 갈등이 진짜인지 아닌지를 알고 싶었기 때문일 뿐이었고, 징두의 그 부인이 어떤 수단으로 자신을 다루려고 하는지 궁금했던 것뿐이었다.

하지만 오늘 조우 집사가 시녀를 교육시킨다는 명목으로 자신의 체면을 구기려고 하는 것을 보고는, 또한 오늘은 평소와 다른 어조로 '도련님'이라 부르는 것을 들으니, 자신이 잘못 생각해왔다는 것을 판시엔은 깨달았다. 이것이 진짜 세상이었다. 집안의 음모와 투쟁이란 예술작품처럼 한가히 즐기는 것이 아니라 진짜 누군가를 죽일 수도 있는 문제였다. 자신의 삶과 자기 곁의 사람들을 지키기 위해서라면 무언가를 해야 할 수도 있는 상황이었다.

"듣자 하니 몇 년 전 시녀 하나를 쫓아내셨다는데, 그러실 필요가 없는 일이었습니다. 오늘 이것이 바로 규율이라는 것입니다. 도련님, 아직도 모르시겠어요?"

조우 집사는 판시엔의 눈빛이 싸늘하게 바뀐 것도 눈치 채지 못하고 어린아이를 다루듯 말했다.

"그래서 나한테 경고하는 거야?"

조우 집사는 손사레 치며, 냉소적인 눈빛을 보낸다.

"감히 제가 어떻게. 다만, 제가 이곳에 부임하기 전에 징두 마님께서 도련님이 아직 어리시니 잘 보살피라 하셔서요."

"설마 너는 내가 도련님으로 자세를 바꿔서 네 그 주둥이를 때린 대도 무섭지 않은 거야?"

조우 집사는 크게 웃더니, 웃음을 거두고 정색했다.

"도련님은 어릴 적 어머니를 잃고, 배울 분이 많지는 않아도 적지 않은 경전을 읽으신 것으로 알고 있는데, 갑자기 대장부의 기세로 사람을 괴롭힌다면 하인에게 너무 가혹하지 않겠습니까? 아버님께서라도 아시면 노여워하지 않으실까 두렵습니다."

판시엔은 이 말에 놀란 듯 몸을 돌려 시녀 스스를 잡아끌고 자기 방안으로 들어갔다. 이 모습을 보고 조우 집사는 눈에 냉소가 흘렀다. 그는 마음속으로 생각했다. '사생아 주제에, 갑자기 내 앞에서 주인인 양 행세하려 하다니, 자기 분수를 알아야지. 분수를 알고 가만히 엎드려 살아간다면, 징두에서 결정을 내리기 전에 내가 너를 편히 살도록 해주지.'

판시엔과 스스가 방안으로 들어가는 모습을 보고 하인들은 한시름을 놓았다. 마음속으로는 충돌이 나지 않아 다행이라고 생각하면서도, 또 다른 한편으로는 집사에게 굴욕을 당한 도련님을 불쌍하게 생각했다. 스스의 눈은 젖어 있었다. 그녀는 너무 억울한 나머지 잠시 후 노마님께 이 일을 알려야겠다고 작정하고 있었다. 하지만 그녀는 판시엔의 평온한 눈 안쪽에 서린 냉랭한 기운을 보지 못했다.

이어서 일어난 일은 그 누구도 예상치 못한 것이었다. 판시엔은 스스의 손을 끌고 방에 들어가서 두 개의 긴 의자를 가지고 나왔다. 그중 하나를 문 앞에 두고는 스스에게 그 위에 앉으라 청하고, 나머지 의자는 후원으로 가지고 갔다. 하인들과 시녀들은 여전히 모여 있었고, 조우 집사는 조금 전에 자신이 행한 영웅적인 행동을 되내고 있었다.

판시엔은 의자를 조우 집사의 앞에 놓았다. 그게 무슨 의미인지 알 수 없어 물어보려는 순간 판시엔은 그 의자 위를 밟고 올라섰다. 열 세 살의 그가 의자에 올라가니, 이제야 조우 집사의 키와 얼추 비슷해졌다. 사람들은 의아해서 쳐다보았다. '저기서 무엇을 하시려는 거지?' 이때 판시엔이 오른 손을 번쩍 들더니 입으로 '아~ 아~' 이렇게 두 번을 외치며 손을 더 높이 올렸다.

"무슨 일을 하시려는……"

이 말이 조우 집사의 입에서 채 다 나오기도 전에, '짝' 하는 소리와 함께 그의 목이 돌아가며 입에서는 침방울이 뿜어져 나왔다!

판시엔은 손을 또 한 번 올리더니 살벌하게 다시 귀싸대기를 때렸다! 조우 집사는 뺨을 맞고 땅으로 쓰려져, 예닐곱 번을 구르다 돌계단에 부딪히고 나서야 겨우 멈췄다. 그가 멈춘 곳은 마침 스스의 발밑이었다.

조우 집사를 포함한 모든 사람이 멍하니 서 있었다. 그는 어린 아이의 힘이 이렇게 셀 것이라곤 단 한 번도 상상해본 적이 없었다. 더군다나 이 아이가 자신을 때릴 것이라고는 더더욱 상상해본 적이 없었다. 판시엔은 의자에서 뛰어내려와 손을 비비더니 옆에 있는 어느 시녀가 손에 쥐고 있던 손수건으로 자신의 손을 닦았다. 그리고는 손으로 얼굴을 가린 채 땅바닥에 대고 신음하고 있던 조우 집사를 바라보며 말했다.

"경전을 읽었다는 것이 사람을 때리지 못한다는 의미는 아니야. 내가 비록 하인들을 학대한 적은 없다만, 오늘 네게 귀족 자식이 주인 행세를 한다는 것이 무엇인지를 똑똑히 알려줄 수 있어서 기쁘기 한량없구나."

조우 집사는 놀라움과 분노로 마음이 복잡했다. 어떻게든 일어나보려 했으나 명치가 아렸다. 피를 한 바가지 토했는데, 그 피 안에는 이도 몇 개 빠져 있었다. '이 어린 아이의 손아귀 힘이 어찌 징두 저택의 호위 무사보다 셀 수가 있지?' 처참히 땅에 쓰러져 판시엔을 힘없이 바라보는 조우 집사의 눈에는 공포와 함께 의문이 자리 잡고 있었다.

판시엔은 침착하게 이야기하기 시작했다.

"난 너 같은 사람들의 사고방식을 정말 이해할 수가 없어. 너는 아마 내가 사생아라는 내 신분을 잊었다고 생각했겠지만, 내가 보기에 네가 너의 신분을 잊은 거야. 그래, 내가 사생아라 하자. 그래도 난 아버지의 아들이고, 너를 때릴 수 있지. 그런데 너는 나를 때릴 수 있니? 내가 때리면 때리는 대로 넌 그냥 받아들이고 참아야 하지. 웃을 테면 웃어봐. 아니면 내 할머니나 징두로 가서 아버지 둘째 부인에게 울면서 일러바쳐. 근데 알아둘 게 있어. 이 후원에 다시는 못 들어와. 내가 네 꼴도 보기 싫으니까."

판시엔은 말을 끝마친 후 바지에서 먼지를 털어내고는 돌계단 쪽으로 향했다. 그리고는 의자에 앉은 채로 아무 말도 못하고 있는 하녀 스스를 불렀다.

"잠깐 나가자."

그렇게 그들은 별저를 나갔다. 뒤에 남은 시녀와 하인들의 얼굴에는 자신들도 모르는 새 공포가 엄습했다. 그토록 상냥하고 귀엽기만 하던 도련님이 갑자기 이렇게 냉혹한 면모를 드러낼 줄은 상상도 못 했기 때문에 이 반전의 충격은 더욱 공포스러웠다.

이때 노마님이 후원으로 왔다. 그녀는 땅에 쓰러져 계속해서 피를 토하고 있는 집사를 보며 손자를 떠올렸다. 순간 그녀의 눈빛에는 의미심장한 미소가 숨김 없이 그대로 드러나 있었다.

딴저우 서쪽으로 40킬로 정도 떨어진 해변에는 암석이 가득 메워진 곳이 있었다. 해풍이 파도를 일으켜 파도가 암석에 부서지면 이윽고 새하얀 거품이 일어나는 그런 곳이었다.

판시엔은 작고 좁은 골목을 따라 걸어와 바다를 등지고 서서 뒤에서부터 들려오는 소리, 귀를 멀게 할 것만 같은 커다란 소리를 들으며 고개를 들어 앞을 바라본다. 앞으로는 깎아지른 듯한 절벽이 서 있고, 바닷가의 산이 구름 위로 떠 있다. 마치 천지가 만들어 낸 듯, 산 뒤로는 아득히 멀고도 기다란 몇백 리 길이의 원시림과 연못으로 이어져 도저히 걸어서는 산 정상까지 갈 수 없을 것 같다. 암벽을 타고 올라가면 모를까?

판시엔은 절벽을 오르며 동시에 조금 전 자신의 집 후원에서 있었던 일을 생각하는 중이었다. 오늘의 사건은 참 이상하다. 징두 둘째 부인의 심복은 일 년 동안 기껏 잘 지내다가 왜 하필 오늘 실수를 하여 자신에게 기회를 주었을까?

"집중하지 않으면 죽는다."

산정상의 깎아지른 암벽 위에, 볼품없는 옷을 걸친 우쥬가 해풍과 맞선 채 서 있었다. 물론 검은 색 천이 여전히 눈을 가린 상태로 자신을 '주시하고' 있었다. 판시엔은 겨우겨우 정상에 올라 양반다리를 하고 앉았다. 잠시 숨을 고른 후 일어나더니 오늘 있었던 일을 전하며 우쥬에게 가르침을 청했다.

"네 생각에, 한 번의 귀싸대기로 그 집사를 평정할 수 있다 생각하나?"

"가능해요. 할머니만 제 편이라면요."

"그럼 됐다."

"그런데 이해가 안 되는 게, 딴저우에 일 년 반 동안이나 있으면서 그런 추악한 모습까지는 보일 필요가 없던 그 사람이, 왜 오늘 그런 일을 벌였느냐는 거예요. 곧 딴저우에도 뭔 일이 있을 거고, 더 이상은 속마음을 감추는 노력조차 하고 싶지 않고, 이미 제가 징두에 있다는 그 도련님께 위협이 되지도 않고, 그래서 더 이상 겉으로도 제게 아부할 필요가 없는 상황이 아닐까요?"

이런 말을 하면서도 판시엔은 의아했다. 하지만 우 삼촌은 이 문제에 대해 관심이 전혀 없었다. 아니 더 정확히 말하자면 판시엔과 관련된 모든 문제에 반응하지 않는 것 같았다. 판시엔은 마음속으로, '삼촌이 앞을 못 보기에 내가 짓는 갖가지 표정을 볼 수 없어서 그런가' 하고 추측해보았다.

"별일 아니다."

"누가 저를 죽일지도 모르는데, 그게 별일 아니라고요?"

"나와 페이지에가 너를 이렇게 준비시켰는데, 네가 아직 그런 일조차 제대로 처리하지 못한다면 그게 바로 큰일이다."

판시엔은 우쥬의 말이 맞다고 생각했다. 동시에 우 삼촌이 자신을 대신해서 그 일을 처리해주지는 않을 거라는 걸 알았다. 어쩔 수 없이 이번 일을 통해 스스로를 시험해보는 계기로 삼아야겠다고 결심했다. 언젠가는 그도 징두로 갈 것인데, 그곳은 바다보다 깊은 물이 있고, 조우 집사보다 더 센 적들이 있으며, 보이지 않는 위험들로 가득한 곳 아니던가.

"시작!"

"아휴."

시작한 지 한참 후에 절벽 위 한 구석에서는 판시엔이 상반신을 벗은 상태로 다 죽어가는 듯 신음하며 그만하자 애원하고 있었다.

"다시!"

나무 방망이 하나가 하늘에서 나타나 사정없이 그의 등을 때리기 시작했다. '펑' 하는 묵직한 소리가 사방을 에워쌌다. 보통의 경우 판시엔의 몸 안에는 패도진기가 자연스럽게 반응하기에, 이런 경우 그의 등에는 보이지 않는 보호막 같은 게 생겨 그의 등을 보호하는 것이 마땅했다. 하지만 우쥬의 방망이질은 믿기지 않을 정도의 속도로 내려치기에 미처 진기가 반응을 하기도 전에 방망이의 모든 힘이 그의 등에 내리꽂혔다.

판시엔은 무릎을 꿇은 채로 복숭아뼈를 계속 문지르며 온 얼굴을 찡그리고 죽을 만큼 아파하고 있었다. 하지만 수년간의 경험이 말해주듯, 우 삼촌에게는 잘못을 빈다든가 그만하자고 한다든가 하는 수작은 아무런 소용이 없었다. 판시엔은 저만치 떨어져 있는 눈먼 삼촌을 바라보며 머리를 굴려보았다. 삼촌이 정한 규칙에 따르면 판시엔이 우쥬를 한 대라도 맞서 때릴 수 있다면 설령 그게 옷자락을 스치는 것에 불과하더라도 판시엔의 승리로 간주하기로 되어 있었다. 하지만 아무리 요리조리 피해보아도, 결론은 언제나 부러지지만 않을 뿐 부러진 만큼이나 아프다는 것.

"아야야야야……"

다시 우 삼촌의 나무 방망이가 손목을 가격한다. 판시엔의 신음이 마치 노래처럼 들렸다. 그의 신음은 경극의 노래처럼 소리가 높은 음에 길게 걸려 있다가 이윽고 파도소리에 묻혀 공기 중으로 사라졌다.

판시엔은 숨을 한번 크게 내쉬고 기와 정신을 모두 모아 명상의 상태로 들어갔다. 얼마쯤 지났을까? 바닷바람에 정신을 차리고 보니 태양은 이미 방향을 바꿔 저쪽으로 넘어가고 있었고, 우 삼촌은 그리 멀지 않은 곳에 편한 자세로 바닷바람에 맞서 흔들리지 않는 고고한 깃발처럼 서 있었다.

판시엔은 자신의 몸이 어느 정도 회복되었음을 알았다. 진기 또한 충분히 차 올라있었고, 경맥의 충격도 거의 다 가셨다. 비록 손목의 통증이 아직도 남아 있었지만 집에 돌아가서 약이나 바르면 될 일이었다. 부드러운 바닷바람을 함께 맞으며 판시엔과 우쥬는 절벽 앞으로 나란히 걷고 있었다. 그때 갑자기 판시엔이 외쳤다.

"징두, 언젠가는 가고 만다!"

"가서 뭘 할 거냐?"

"더 넓은 세상은 어떤 모습인지 봐야죠."

"그 세상은 아주 위험하다."

"삼촌이 저를 보호해주실 건데 뭐가 무섭겠어요."

"아가씨와 함께 세상으로 나간 후 나는 기억을 잃어버렸다. 그러니 이 세상의 많은 사람들이 나도 해할 수 있다. 당연히 너를 해할 수도 있고."

"삼촌, 근데 너무 겸손하신 거 아닌가요?"

"징두에서 내가 옆에 있으면 오히려 네가 더 위험해질 수도 있다."

"그렇다면 제가 삼촌을 보호해드릴게요. 헤헤"

그 말을 들은 우쥬는 그제서야 판시엔을 향해 얼굴을 돌렸다. 그리고 판시엔의 눈을 '주시' 하더니 말했다.

"아가씨도 그런 말을 한 적이 있다."

판시엔은 머리를 띵 맞은 듯, 자신의 무모함이 그 어머니란 여자 쪽의 유전일지도 모르겠다고 생각했다.

"왜 이 세상의 모습을 보려는 거지? 네가 지금 서 있는 이곳도 이 세상의 일부가 아니냐?"

우쥬가 마치 깊은 생각이라도 하는 듯 물어보았다. 판시엔은 뭐라 말해야할지 몰랐다. 이왕 이 세상에 온 이상, 당연히 이 세상 모습이 궁금하기도 했지만, 사실 가장 궁금한 것은 따로 있었다. '나는 어떻게 이 세상에 온 것인가? 우 삼촌이 말하는 아가씨란 누구인가? 신묘라고 하는 것은 도대체 무엇인가?'

칠 년 전 스승 페이지에가 그를 가르치러 딴저우까지 왔을 때, 그가 신묘에 대해 언급한 적이 있었다. 그때 판시엔은 죽음을 앞둔 사람이 갓난 아이의 모습으로 이 곳에 온 것을, 신의 영역이 아니면 어떻게 설명할 수 있겠는가 생각해보았다. 그렇기에 신묘에 대해 더욱 궁금했고, 그것이 무엇인지를 스스로의 힘으로 확인하고 싶었다.

징두도 꼭 한 번 가보고 싶은 곳이었다. 뤄뤄 동생은 둘째 부인의 계략 속에서 어떻게 버티고 있는지? 페이지에 스승님, 그 의문스러운 변태 같은 노인네는 무엇을 하고 있는지? 무엇보다 전생에서는 병상에만 누워 지내다 아이의 몸을 빌려 태어난 현생에서, 그저 딴저우라는 시골에서 살고 있는 판시엔의 마음에는 불꽃 같은 것이 타올라 매일매일 조금씩 커지고 있었다. 그 불꽃이 판시엔의 정신과 욕망을 자극하면서, 무엇이라도 하고 싶게, 무엇이라도 얻어내고 싶게 만들고 있었던 것이었다.

"한 번뿐인 삶이라면, 수많은 풍경들을 보고 수많은 사람들을 만나고 해야 단 한 번뿐인 이 시합을 가장 재미있게 즐기는 것 아니겠어요?"

이것은 판시엔의 진심이었다. 병상에 누워있을 수밖에 없던 전생에서, 혹시라도 다시 한번 살아볼 수 있다면 살고 싶은 삶에 대한 답이 바로 이것이었기 때문이다.

"그래서 어떻게 할 생각이냐?"

"일단은 혼자서도 잘 살 수 있어야죠. 스스로를 보호할 수 있는 능력이 필요해요."

"그리고는?"

"그러고 나서 저는 세 가지 목표를 이룰 거예요."

우쥬는 조용히 귀를 기울였다.

"첫 번째, 저는 아이를 아주 아주 많이 낳을 생각이에요. 두 번째, 책을 아주 아주 많이 쓸 거예요. 마지막으로는 아주 아주 좋은 인생을 살 거예요."

판시엔은 눈 깜짝 안하고 이런 당돌한 바람을 말했다. 한 치의 머뭇거림도 없었다. 하지만 한참의 시간이 지나고 나서야 판시엔은 인정할 수밖에 없었다. 자신의 마음 깊은 곳에 숨겨져 있던 욕망이 여자를 좋아하는 마음, 명예를 향한 탐욕이라는 것을. 그는 갑자기 부끄러웠다.

우쥬는 판시엔이 말한 세 가지 목표의 의미에 대해 한참을 생각하고는 결국 냉정한 분석 결과를 내렸다.

"너는 많은 부인을 얻고 싶어 하는 거다. 많은 대필을 구해야겠고, 많은 몸종을 가져야 한다. 그러기 위해서는 돈을 많이 벌어야한다. 돈을 많이 벌기 위해서는 많은 권력이 필요하다. 권력을 가지려면 국가 권력의 중심에 가까이 있어야 한다."

이렇게 말하며 뒤를 돌아 날렵한 걸음으로 걷기 시작한다.

"네가 열여섯 살이 되면 우리는 징두로 간다."

판시엔은 이 말을 듣고 우쥬를 뒤쫓아 간다.

"삼촌, 제가 힘들게 제 속 얘기를 했는데, 삼촌도 뭔가 말해줘야 하는 거 아닌가요?"

"알고 싶은 게 뭐냐?"

"제 어머니요. 왜 징두에서 우리가 쫓기고 있었던 거죠?"

"어머니의 일은 네가 열여섯이 되는 해에 모두 이야기해 주겠다. 아가씨가 내게 남긴 명령이다. 우리를 죽이려던 사람들은 네가 알 필요가 없다. 그들은 삼 년 전 모두 죽었다."

제3장

첫 번째 암살 시도

때는 정오였다. 딴저우로 돌아오는 길 성 외곽에 채 다 오기도 전에 판시엔은 삼촌과 헤어져 혼자 성으로 돌아왔다. 판시엔이 집에서 점심을 먹을 거라 했기 때문에 모든 하인들이 그를 기다리던 참이었다.

"도련님이 돌아오셨다!"

하인들은 재빨리 밥을 차려 상에 올렸다. 거실 한 켠의 원탁에 판시엔과 할머니가 마주보고 앉았다. 식탁 가운데에는 일고여덟 가지 음식이 차려져 있었지만, 거실 분위기는 심상치가 않았다. 하인들은 판시엔의 젓가락만 쳐다볼 뿐 아무도 밥을 먹지 않는 것이었다. 어린 시녀 몇 명은 배가 몹시 고픈지 물만 몰래 조금씩 들이켜고 있었다.

이 집에는 불문율이 하나 있었다. 그 법칙은 판시엔이 정하고 할머니가 묵인한 것으로, 집안 사람들은 모두 길들여져 있었다. 그 불문율이란 판시엔이 모든 음식을 한 젓가락씩 맛보고 만족을 표해야 다른 사람들도 비로소 밥을 먹을 수 있다는 것이었다. 물론 할머니도 이 법칙에서 예외는 아니었다. 판시엔이 왜 그런 법칙을 정했는지는 모르지만, 몇 년 전 판시엔과 제일 가깝게 지내던 시녀인 동알(冬兒, 동아)이 간을 본다며 음식을 먼저 먹었다는 이유로 쫓겨난 적이 있을 만큼, 이 법칙은 이 집안의 가장 큰 규율이었다.

문제는 판시엔이 한 젓가락씩 맛을 볼 때 느릿느릿 먹는 편인데다, 매우 천천히 씹어 넘긴다는 것이었다. 한참의 시간이 지나 모든 음식을 한 번씩 맛보고는, 판시엔은 웃으며 일어나 식탁 위에 놓인 칭챠오쥬하오(清炒竹蒿, 청초죽고)를 가리키며 하인들에게 말했다.

"이거 진짜 맛있다!"

하인들과 시녀들은 안심하고 재빨리 음식을 덜어낸 후 모두 함께 밥을 먹기 시작한다.

"할머니, 이제 진지 잡수세요."

판시엔은 일어서서 예절 바른 식사인사를 한 후 두 손으로 밥그릇을 잡고 예를 갖춰 할머니 앞에 놓는다. 이어 자신의 밥그릇을 들고 칭챠오쥬하오로 젓가락을 바로 옮겨 순식간에 다 먹어버렸다. 그 음식이 정말 마음에 드는 듯했다. 하지만 판시엔의 눈에는 알 수 없는 웃음이 조금 섞여 있었다. 마치 오랫동안 찾고 있던 무엇인가를 드디어 찾은 듯 보였다. 그 이유를 알 수 없는 시녀들은 오늘 집사의 뺨을 날리던 판시엔의 모습을 상기하면서 자신들도 모르는 새 긴장하고 있었다.

"나는 방으로 가져가서 마저 먹을게."

판시엔은 옆의 시녀에게 말했다. 사실 어른이 식사를 마치기 전에 먼저 자리를 뜨는 것은 예의에 어긋나는 일이지만 할머니는 나무라지 않았다. 판시엔은 방으로 돌아와 구토를 돕는 분말을 입에 털어 넣더니 손가락을 목구멍으로 가볍게 갖다댔다. 그렇게 남은 음식물을 다 토해내더니 자신이 직접 제조한 약을 물과 함께 먹었다. 그리고는 잠시 동안 진기를 운용하여 전신으로 보내 보고 몸에 특별한 문제가 없음을 확인하고는 마음을 놓았다.

그는 칭챠오쥬하오를 보고 고개를 절래절래 저으며 침상 뒤에 놓인 변기로 갔다. 사실 음식에는 독이 들어 있었다. 독은 감사원의 밀정들이 주로 사용하는 묘구자(猫扣子)였다. 감사원 제일의 독술 대가인 페이지에가 판시엔의 스승이며, 판시엔이 페이지에의 유일한 제자이니만큼, 판시엔은 처음 한 입부터 묘구자가 들어있음을 알아챘다. 알아챌 수 있었던 유일한 단서는 아주 미세한 쓴맛이었다.

페이지에가 떠난 후 판시엔은 언제나 음식에 주의를 기울여 왔다. 아버지의 둘째 부인이 언제라도 그에게 독을 사용할 수 있다고 생각했기 때문이었다. 그래서 그때부터 밥을 먹을 때마다 그런 이상한 광경을 연출하는 것을 불문율로 삼은 것이었다. 이런 맹독은 자칫하면 하인들에게는 치명적일 수 있으나 자신에게는 큰 영향을 끼치지 않는 만큼, 반드시 그가 모든 음식을 제일 먼저 먹어야 했다.

판시엔이 주방에 들어오는 모습을 보고 하인들은 급히 일어났다. 주방장이 의자를 내밀면서 웃으며 물었다.

"도련님, 혹시 밥이 부족하셨나요? 뭐 더 드시고 싶으신 게 있으세요?"

"칭챠오쥬하오, 정말 맛있더라."

"도련님이 좋아하셔서 정말 기뻐요."

"아주 신선하던데, 언제 산 거야?"

"아침에 산 거라 아주 신선해요."

"그렇구나. 그런데 오늘 외부 사람이 주방에 들어온 적이 있었나?"

"재료를 매일 배송해주는 하(哈, 합) 사장이 병이 났다고 오늘은 그 조카가 왔었어요."

"할머니께는 내가 주방에 들어와서 훔쳐 먹었다고 말하면 안 돼."

좁은 골목길 어느 집 담벼락 앞에 판시엔이 있었다. 그는 담벼락 위에 손가락을 얹고 팔에 약간의 힘을 주고는 고양이가 담을 타듯 가볍게 벽을 타고 올라갔다. 그 집은 판시엔의 집에 음식 재료를 배달하는 하 사장의 집이었다.

집안의 하인과 시녀들은 모두 할머니가 손수 뽑으셨으니 의심할 여지가 전혀 없었다. 만일 문제가 있다면 하필 오늘 병이 걸렸다는 하 사장일 것이다. 조사를 하지 않을 수 없었다. 하 사장의 방은 아주 캄캄했지만 판시엔은 진기를 이용해 제법 훤히 볼 수 있었다. 조용히 방안으로 들어가 보니 피 냄새가 코를 찔렀다.

하 사장의 시체는 침대 위에 놓여 있었는데, 그 위로 면포가 덮여 있고, 면포 밖으로 두 발만 삐죽이 나와 있었다. 피 냄새가 심하지 않은 것을 보면 자객이 이미 뒷처리를 끝내놓은 것 같았다. 판시엔이 페이지에 스승으로부터 특훈받은 코를 갖고 있지 않았다면 놓쳤을 만큼, 아주 미세한 냄새였다.

판시엔은 방구석에 서서 최대한 호흡을 조절했다. 그는 우쥬에게 배운 방법을 이용해 점점 평정심을 찾아갔다. 그리고 진기를 운용하여 자신의 심장 소리마저 길 밖에 나는 소리에 맞춰 조절하고 있었다. 자객은 필시 이 방에 있을 것이기 때문이었다. 어둠이 자객도 판시엔도 모두 가리고 있었다.

감사원에서 즐겨쓰는 독을 사용한 것을 보아 그를 죽이려던 사람은 감사원 관원이 분명한데, 판시엔은 페이지에 스승의 가르침을 통해 이미 감사원의 엄격한 규율에 대해 잘 알고 있었다. 독을 쓰더라도 무조건 밤까지는 기다리다 상대가 죽은 것을 확인한 연후에 야밤을 틈타 현장을 떠날 것. 지금 이곳에 누가 있다면 그가 바로 자객일 것이었다.

하지만 상황이 판시엔이 예상한 것과는 조금씩 어긋나기 시작했다. 그가 가만히 방안을 살펴보고 있는데, 하 사장의 시체 외에 다른 인기척이 전혀 없었던 것이다. 판시엔은 천천히 벽에 붙어 방 안쪽으로 들어갔다. 혹시라도 자신의 몸이 가구 같은 것에 부딪혀 들킬 것을 우려해서였다. 벽에 붙어 창문 가까이 왔을 때 바깥의 빛이 창호를 통해 안으로 들어왔다. 하 사장은 부자가 아니었기에 집에 유리창을 쓰지는 못했고, 때문에 방안은 그리 밝지 못했다. 판시엔은 조용히 창문 옆으로 가 희미한 빛과 어둠의 반전효과를 활용했다. 자신의 존재를 숨기기 위함이었다.

제법 긴 시간이 흘렀다. 판시엔은 미간을 찌푸리며 생각했다. 내가 잘못된 판단을 한 것인가? 자객은 이미 떠나버렸는가? 그렇다면 조우 집사에게 먼저 손을 썼어야 했던 것은 아닌가? 그렇다면 여기부터 온 것은 큰일이었다. 판시엔은 하 사장의 시체를 조사해 사인을 확인하기 위해 침대 옆으로 다가가고 있었다. 그때, 할 수 있는대로 참고 있는 듯한 누군가의 숨소리가 희미하게 들려왔다. 이 소리가 그동안은 창밖에서 들려오는 시장 소리에 묻혀 들리지 않다가 판시엔이 침대와 가까워지자 들리기 시작한 것이었다.

판시엔은 그 소리를 못 들을 체 하며 태연히 침대 앞으로 가 섰다. 창 밖에서는 여전히 물건을 파는 상인들의 소리가 생생하게 들려오고 있었고, 저 멀리에서는 마차가 다가오는 소리가 어렴풋이 들렸다. 이 집 바로 앞은 시장이었던 것이다. 시장과 이 집이 마주한 사잇길은 마차가 간신히 지나갈 수 있는 아주 좁은 길이었다. 때마침 마차가 시장 골목으로 진입하고 있었다. 양쪽 길가의 상인들은 방해된다며 욕을 하기 시작했다. 골목이 너무 좁았던 탓에 상인들은 저마다 매대를 조금씩 뒤로 물려 길을 터주고, 마부는 감사 인사를 하며 지나가다가, 실수로 계란 한 판을 엎어버리고 말았다. 이에 시장은 욕설을 내뱉고 고함을 지르는 사람들로 순식간에 아수라장이 되었다.

그 소란에 맞춰 판시엔은 재빨리 오른발을 들어 바닥을 밟고는 높이 뛰어오른 뒤, 손에 들고 있던 가늘고 긴 비수로 하 사장의 시체 옆에 숨어 있던 자객을 향해 찔렀다. 그리고 재빨리 자신의 왼손으로 그의 목을 잡았다. 고요하던 자객의 얼굴은 금세 죽음의 공포로 물들었다. 그는 두꺼운 입술을 덜덜 떨며 뭔가를 말하려 하고 있었다.

판시엔은 심장이 한번 오그라들더니 오싹한 느낌이 들었다. 그는 자객에게 말할 기회나 반격할 기회를 잠시도 주지 않은 채, 그 목을 있는 힘껏 비틀었다. '큭' 소리와 함께 자객의 목이 부러졌다. 자객은 한쪽으로 머리를 덜렁거리며 그 자리에서 죽어버렸다. 판시엔은 자객의 목에서 손을 댄 채로 있다가 부러진 관절이 이내 딱딱해지고 피가 차가워지는 것을 확인 한 뒤에야 그 위에서 손을 떼어냈다. 그리고 그제서야 무릎을 꿇어 땅바닥에 털썩 주저앉아서는 큰 한 숨을 내쉬며 가슴을 쓸어내렸다.

한참이 지난 후에야 겨우 평정이 찾아왔다. 식은땀으로 옷은 이미 몸에 딱 달라붙어 있었다. 판시엔은 자객의 어깨에서 자신의 비수를 뽑아냈다. 칼과 골육이 분리되는 소리에 소름이 끼쳤다. 판시엔은 자객의 옷 소매를 더듬어 그 속에 감춰져 있던 독과 화살을 꺼냈다. 그리고 자신의 비수를 조심스레 칼집에 다시 넣었다. 곧이어 자신의 손에 죽은 자객과 그 자객에게 죽은 하 사장의 시체를 번갈아 한 번씩 보고는 주저없이 몸을 돌려 자리를 떠났다.

처음으로 그가 사람을 죽인 날이 그렇게 지나갔다.

다음 날 할머니는 아침 식사를 마치고 판시엔을 따로 불렀다. 할머니는 별다른 감정 없이 상냥하게 말했다. 평소에는 판시엔에게 다소 엄격했던 할머니가 오늘따라 더 자상하게 느껴졌다.

"무엇을 해도 좋단다. 다만 무슨 일을 하거든 항상 뒤처리를 잘 해야 한다는 것만은 명심하거라. 조우 집사 일은 나도 잘 알고 있다. 다루기가 힘든 인간이었지. 내가 그를 징두로 돌려보냈다. 이제 더 이상 한 사람이 집안을 엉망으로 만드는 꼴을 볼 수가 없구나."

판시엔은 순간 아차 싶었다. 어제 외출한 사이 조우 집사에 대한 일을 까맣게 잊어버리고 있었던 것이다. 독살 시도와 자객의 등장은 조우 집사와 떼놓을 수 없는 관계를 갖고 있음에도 불구하고 말이다.

집안 음식에 독을 넣는 것은 '집안 내부' 누군가의 도움이 없이는 불가능했다. 하지만 별저 저택의 하인들은 할머니가 한 명 한 명 직접 뽑으셨기에, 사실상 의심할 수 있는 '집안 내부' 사람이라고는 징두에서 내려온 조우 집사밖에 없다고 볼 수 있었다. 게다가 조우 집사가 집안 음식의 안전을 마지막으로 확인해야 하는 위치에 있었다는 점까지 고려하면 더 이상 의심의 여지가 없었다. 안 그래도 껄끄러운 아버지의 둘째 부인의 사람이라 주시하고 있던 터에, 조우 집사가 며칠 전, 일 년 반만에 처음으로, 마치 더 이상 판시엔 따위에게 잘 보일 필요가 없다는 듯 대들었을 때 무언가 수상하긴 했었다. 다만 하 사장집에 먼저 가서 자객을 처리해야 했기에 나중에 집에 와서 조우 집사 문제를 정리해야겠다고 생각하고 미뤄두었던 것이었는데, '첫 살인'의 충격이 판시엔의 사고를 어딘가 고장나게 한 것 같았다.

밖으로 나온 판시엔은 시장을 지나가며 눈앞에 펼쳐진 광경을 보고서야 그제서야 '뒤처리를 잘해야 한다'는 할머니의 말씀을 마음 속 깊이 이해할 수 있었다. 시장 한편에는 집 한 채가 완전히 폐허의 상태로 서 있었다. 신기하게도 근처의 건물들은 그대로였는데 그 집 하나만 쑥대밭이 되어있었던 것이다. 그리고 그 곳에는 건물의 잔해 외에는 아무것도 남아있지 않았다.

사방에서는 이러쿵저러쿵 의견이 분분했다. 판시엔은 작은 키로 어른들 틈새에 서서 화재가 나서 두 사람이 죽었으며, 그 둘 모두 얼굴을 확인할 수 없었다는 이야기를 엿들을 수 있었다. 불에 타버린 그 집은 어제 판시엔이 자객을 죽인 그 집이었다. '시체를 불태워서 흔적을 없애다니.' 판시엔은 조금 전 말씀하신 조우 집사를 징두로 돌려보낸 일과 바로 지금 자신의 앞에 잿더미로 무너져 있는 집의 일 사이에 모종의 관계가 있음을 알았고, 무슨 일이 벌어진 것인지를 알게 되자 그는 자신도 모르는 새 할말을 잃었다.

그토록 근엄하기만 하시던 할머니, 자신을 사랑하지 않는다고 생각했던 할머니가 자신을 위해 이렇게 많은 일을 벌이셨고, 게다가 아무런 실수도 없이 이토록 과감하게 일처리를 하셨다는 것이 놀라왔다. 판시엔은 사람들 사이에 섞여, 여전히 탄내가 피어나는 검은 나무들의 잔해를 바라보면서 무엇인가 한 가지를 더 배운 것 같았다.

옆에 있던 한 사람이 자신을 알아보고 말을 걸려고 하자 판시엔은 못들은 척하며 시장을 빠져나왔다. 그리고는 자신도 모르게 어느새 언제나 익숙한 잡화점 앞에 서 있었다.

"조우 집사는 징두로 쫓겨 갔어요."

판시엔이 말했다. 우쥬는 가게 안에 서서 고요한 거리를 바라보며 아무런 반응도 보이지 않았다.

"어제 내가 갔던 그 집이 불에 싹 타 없어져 버렸어요."

우쥬는 여전히 반응이 없었다.

"삼촌 생각에도 제가 조우 집사 관련된 일을 뒤처리를 제대로 못한 거 같아요?"

"동감을 바라는 거냐? 네 나이에 이런 일들을 처리하는 법을 알지 못하는 건 지극히 당연하다."

우쥬의 목소리에는 여느 때와 달리 약간의 호기심 또는 생기가 담겨 있었다.

"살인이라는 건 기분이 너무 나빴어요. 그리고……"

시장의 폐허 속에서 판시엔이 깨달은 게 있다면, 그것은 우쥬에 대한 고마움이었다. 시대를 가로질러 이 세계로 온 자신에게, 만일 페이지에와 우쥬의 가르침이 없었다면 자신은 지금의 이런 능력을 갖추지 못했을 것이라는 거다. 더 일찍 죽었더라도 이상할 게 없었다. 이런 권력의 암투와 온갖 비밀이 넘쳐나는 상황에서는 약간의 지식으로는 도무지 버틸 수가 없다. 권력의 풍랑 한가운데 있는 사람들은 누구라도 저런 야비하고 복잡한 술책에 이미 정통해 있기 때문이다. 그들과 비교해보면 자신은 여전히 젖먹이에 불과했다.

"살인하는 느낌과 살인당하는 느낌, 무엇을 선택할래?"

우쥬가 물었다.

판시엔은 스스로 놀랍게도 망설였지만, 결국 살인당하는 것을 선택하고 싶지는 않았다. 우쥬는 판시엔의 대답을 기다리지 않고 이어 말했다.

"이미 넌 대답을 알고 있다. 그러니 더 이상 묻지 마라."

우쥬는 명패를 하나 주며 말을 이었다.

"네 할머니가 조우 집사를 내쫓기만 하고 죽이지 않은 건 징두의 판씨 집안에서 그 일이 커지지 않게 하려는 것이다."

그 명패는 판시엔에게 낯이 익었다. 그것은 별저에서 명령을 내릴 때 사용하는 것으로 조우 집사의 것이었다. 그는 고개를 돌려 의심스러운 눈빛으로 우쥬를 보았다.

"삼촌이 그 사람 죽였어요?"

우쥬가 고개를 끄덕였다. 판시엔은 마지막으로 이 사건에서 제일 이해가 안되는 부분을 진지하게 물었다.

"자객이 사용하는 독 종류와 행동 방식을 볼 때…… 진짜 감사원이 개입된 건가요?"

"그건 페이지에한테 물어 보거라."

경국 개혁 원년, 봄빛이 가득한 아름다운 어느 날이었다.

티엔허다다오(天河大道, 천하대도) 길 동쪽으로는 조정의 각 부처가 모여 있었고, 널따란 길을 가운데 두고 양편에는 아름다운 나무로 만든 웅장한 건물들이 줄지어 있었다. 평민들은 이곳으로 다니지 않았다.

예전에 길 입구에 있던 군부는 더 이상 보이지 않았다. 대신 돌로 만든 으리으리한 사자상이 그 자리를 대신했다. 사자상은 긴 이빨과 날카로운 발톱을 위협적으로 드러내며 아침 햇살에 반짝반짝 빛나고 있었다. 하지만 오후가 되어 개와 늑대의 시간이 되면 기괴한 모습으로 변해 오래 전 역사를 간직한 괴수처럼 보이기도 했다. 하지만 어떻게 해도 이 사자상 하나에 경국 군의 위세를 다 담는 것이 역부족이라는 것만큼은 분명했다.

경국의 진정한 권력의 중심은 북쪽에 있는 성, 그 안에서도 아주 깊숙이 자리 잡은 궁궐에 있었다. 황궁의 건축은 각 부처의 건물보다는 크지 않았지만, 대신 하늘에 닿을 듯 높은 전망대가 우뚝 솟아 위용을 자랑했다. 두터운 황궁 벽과, 광활하기 그지없는 그 안의 광장이 극도로 신성한 느낌을 자아냈다.

경국의 관원들은 황궁에 머무르고 있는 황제가 특출 난 재능을 겸비한 위대한 전략가임을 모두 잘 알고 있었다. 하지만 관원들에게 가장 두려운 곳은, 즉 절대 권력을 피부로 느낄 수 있는 곳은 각 부처도 아니고 황궁도 아니며, 성 서쪽에 반듯하게 서있는 회색 건물, 보기만 해도 모골이 송연해지는 건축물이었다.

그곳이 바로 감사원이었다.

경국에는 세 개의 원(院)과 여섯 개의 부처로 나뉘어 있었다. 세 개의 원이라 함은 감사원, 교육원, 그리고 옛날의 군부에서 승급된 추밀원이었다. 이 세 곳 중 가장 큰 권력을 가지고 있는 곳은 두말할 것 없이 감사원이었다. 감사원은 단독으로 조사와 체포를 진행할 수 있었으며 심지어는 사안을 직접 판단하고 단죄도 할 수 있었기 때문이다. 어찌 보면 쇠사슬에 묶이지 않은 맹수와도 같다고 볼 수 있었는데, 이 감사원은 황제의 은밀한 특수기관이기도 했다. 더 정확히 말하면 오로지 황제의 명만 받는 특권 기구였던 것이다.

알만한 경국의 관원들은 모두 조마조마했다. 현 황제는 매우 명석한데다 가히 영웅호걸이라 할만했기에, 음흉하기 그지없는 감사원의 천(陳, 진)원장을 포함해 수많은 감사원 밀정들을 당해낼 수가 있겠지만, 그 다음에는? 그 다음에는 누가 이 맹수를 우리에 가둘 수 있을 것인가? 감사원의 고문을 받아본 경험이 있는 관원들은 모두 한 목소리로 비난했다. 감사원은 사실 맹수가 아니고, 그저 음흉하고도 비열한 한 마리 야생 들개에 지나지 않는다고 말이다.

오늘 감사원에서는, 밖에서는 볼 수 없는 어느 밀실 안에서 은밀한 대화가 오가고 있었다. 야윈 얼굴에, 단정한 입 주위로, 수염 하나 없는 나이든 노인이 바퀴의자에 앉아 무릎 위에는 부드러운 양모 담요를 덮고 있었다. 밀실의 유리창은 검은 천으로 빈틈 하나 없이 가려져 있어 실낱같은 빛줄기 하나까지 모두 차단하고 있었다. 이 노인은 오래 전 북쪽에서 일어난 전쟁에서 중상을 입고 그 뒤로는 빛이란 빛은 모두 무서워하게 되었다.

"페이지에, 딴저우에서 일어난 일은 조사가 어떻게 마무리되고 있나?"

노인은 앞머리가 하얗게 센, 요상하게 생긴 동년배 남자를 향해 웃음 띤 얼굴로 물었다. 페이지에는 의자에 앉아 차를 마시고 있었다. 그는 원장의 입술 주변에 번져나는 미소를 보며 씁쓸한 표정으로 말했다.

"화재 사건의 자객 일은 감사원의 소행이 분명해 보입니다. 동산루(東山路) 관할이지요. 징두 외부 일은 감사원 4처 소관이니, 4처의 누군가가 판씨 대인의 둘째 부인 측과 결탁을 한 것으로 보입니다. 대략 맥락은 이렇습니다."

"아이의 신분은?"

페이지에는 실눈을 떴다. 그의 눈동자에는 확신할 수 없다는 듯 자신없는 기색이 감돌았다.

"저는 아이의 진짜 신분을 알고 있는 전체 여덟 명 가운데 누구도 발설하지 않았다고 믿습니다. 우 대인은 비록 아가씨의 최측근 수행원이었어도 밖으로 드러난 적이 없고, 지금껏 세상 사람들은 그를 보지 못했습니다. 유일하게 본 사람이 예류원 정도인데, 그는 이미 대종사가 되었으니 딴저우에 놀러 갈 일도 없고요. 세상에서 우 대인 같은 수수께끼도 흔치 않은데, 그런 만큼 누군가 우 대인을 통해 그의 신분을 추측하는 일 같은 건 걱정하지 않으셔도 되겠습니다."

원장의 손가락은 시들어 말라 있었고 손가락 마디마디 불거져 있었다. 그는 그 손가락 마디로 책상을 가볍게 툭툭 치며 마치 깊은 생각에 잠겨 있는 듯 말했다.

"그날 밤 우쥬를 본 흑기병들을 몽땅 죽이는 일을 자네에게 맡긴 것이, 물론 내가 시키기도 전에 자네가 먼저 직접하겠다고 나서긴 했지만……지금 생각해보니 내 잘못된 판단이었네.”

페이지에는 움찔했지만 이내 독약을 수차례 마셔 옅어진 연갈색 눈동자를 번뜩이며 낮은 목소리로 말했다.

“그날 밤 이미 많은 사람들이 죽었습니다. 불필요한 살육이 세상에서 제일 우둔한 짓이라고, 당시 아가씨께서 하신 말씀을 원장께서는 잊지는 않으셨을 것입니다.”

“오!”

원장은 마치 유쾌한 과거의 일들이 떠오르는 듯 미소를 지었다. 이 미소 뒤에 숨어 그는 지금껏 숱한 사람들의 운명을 바꾸는 지령을 내려왔다. 하지만 그 짧은 미소마저 이내 사그라들더니 그는 차갑게 말했다.

“동산루는 4처의 명령을 받았네. 그 문서의 서명은 완전했으니 명령을 받은 동산루가 책임질 필요는 없고. 그렇다면 이 일은 누군가 감사원 관원과 결탁해 멋대로 처리해 벌인 것인데, 내 힘을 이용해서 내가 보호해야할 자들을 죽이려고 하다니, 이리 영악할 데가! 도대체 누가 무엇을 시험하려 하는 것인지…… 판지엔의 둘째 부인도 만만한 여자는 아니지만 단순히 자신의 친아들과 그 아이의 상속 문제 때문이었다면 감사원까지 동원했을 리가 없지. 동원할 능력도 없고. 혹시 그 여자 뒤에 만만치 않은 누가 더 있는 건가?”

“4처 처장 옌뤄하이(言若海, 언약해)가 관리만 잘했어도 이런 일은 벌어지지 않았을 텐데 말이죠. 서명 한번 잘못해서 3년 간의 녹봉을 삭감 당하고 심지어 자신의 맏아들 옌빙윈(言冰云, 언빙운)을 북제로 보내게 돼버렸으니……”

페이지에의 탄식 섞인 말을 덤덤히 듣던 원장은 책상 위에 적어둔 문서에 마지막 결론을 보태고는 자신의 이름을 적어 다음과 같이 서명했다.

'쳔핑핑(陳萍萍, 진평평).'

페이지에는 원장이 하는, 이 무미건조한 서명을 볼 때마다 매번 실소가 터져 나왔다. 하지만 참아야 했다. 그의 그 우아한 서명에는 고관조차 저승으로 보낼 수 있는 힘이 있었기 때문이다. 또한, 그의 서명으로는 고관의 아들이라도 적국으로 보내 원하는 정보를 빼낼 때까지 경국에 발을 못붙이게 만들 수도 있었다. 한마디로, 죽느니 만도 못한 무시무시한 일들을 시킬 수 있는 힘을 가진 서명이었다.

원장은 겸연쩍게 웃더니 말했다.

"나와 판지엔은 어려서부터 같이 컸지만, 그의 가족 문제로 골머리를 앓게 될 줄이야 누가 알았겠는가? 사람을 시켜 황실의 누가 그 일을 벌인 건지 알아보게."

"그런데 그 분들은 그 아이가 이미 죽었다고 생각하고 계실 겁니다. 그때 그 금으로 된 표식이 목에 걸려 있던 아이의 시신을 그 분들이 직접 확인하셨습니다."

"폐하는 항상 감사원이 황실과 귀족, 그리고 조정 대신들과 일정한 거리를 두게 하셨네. 그런데 감사원 사람인 자네가 판씨 집안 사생아의 선생을 맡은 것은 확실히 이상하지. 아무리 은밀히 진행했다 하더라도 황실의 누군가도 눈치를 챘을 것이야. 그게 태후든 재상이든 간에, 그 아이의 신분은 아직 정확히 모른다해도, 우리 감사원과 판씨 집안이 대체 어떤 관계인지 무척 궁금했을 거야. 배후의 누군가가 판지엔의 둘째 부인이 자신의 친아들을 걱정하는 마음을 이용해, 또 감사원 안에 결탁한 누군가를 통해 그 아이의 암살을 시도하면서, 우리 감사원과 판지엔이 그 사건에 대해 어떻게 반응하는지를 시험해 본 거야. 그러니 우리가 이후 조사를 벌이는 것도, 그들이 보고 싶어했던 반응 중 하나가 아니겠는가? 우리가 조사 좀 한다고 그들도 예민하게 반응하지는 않을 테야. 이제 알아들었는가?"

페이지는 순간 한 가지 의심이 생겼다. '딴저우 암살 시도 건을 원장이 고의적으로 누설한 게 아니고서야, 어떻게 이렇게 빨리 황궁 쪽으로 칼날을 겨눌 수 있는 것인가?' 원장은 바퀴의자를 밀어 창가 쪽으로 가서는 검은 색 천을 살짝 들추어 창밖을 바라보더니 담담히 말했다.

"상자에 대해서는, 우쥬가 사실대로 말하든 말하지 않든 간에 다른 사람들 손에만 들어가지 않으면 되네."

"그 상자가 얼마나 큰지, 어떤 모양인지 도통 아무런 단서가 없는 게 안타까울 따름입니다."

"내가 지옥으로 가면, 당신도 얼른 따라와서 같이 장기나 둬 주게."

"저는 좋은 사람입니다. 천당에 갈 겁니다."

밀실의 구석에서 검은 '그림자'가 한 줄기 바람처럼 날아들었다. 동시에 원장의 몸을 비추던 한 줄기 햇살이 도망가 버렸다. 소리도 전혀 내지 않은 이런 움직임은 어느 밤 징두 외각에서 보았던 그것, 한 번의 검술로 지팡이를 쥐고 있던 법술사를 해치워버린 그 고수의 몸짓이었다.

"장기는 그림자 대인이 둬 줄 것 같습니다."

창밖에는 햇빛이 밝게 빛나고 있었고, 멀리 황궁 안 몇 개의 건물 위에 얹은 유리 기와에서는 금색 빛이 깊고도 영롱하게 빛나고 있었다. 대로의 행인들은 감사원의 문앞을 지날 때면 모두 약속이나 한 듯 자신도 모르게 길 건너편으로 빙 돌아서 갔다. 감사원의 음산한 기운에 감염되는 게 두렵기라도 한 듯 보였다.

감사원의 문 앞에는 비석 하나가 문패마냥 서 있었다. 거기에는 몇 마디 글귀가 적혀 있었고, 그 위로는 순금 도장까지 돼 있었다.

'나는 경국 국민들 모두가 구속받지 않기를 바란다.

타인의 학대에 굴복하지 말고, 재난에 좌절하지 말고,

부정한 일에 대항해 바로잡기를 두려워하지 말며,

잔혹한 악인에게 아첨하지 말고……'

— 낙관인 : 예칭메이(叶轻眉, 엽경미)

예칭메이가 도대체 누구인지는 아무도 몰랐지만, 징두 사람들이라면 누구나 감사원이 건립될 당시부터 그 비석이 그 자리에 있었음을 알고 있었다. 그 비석은 영원히 사라지지 않을 것 같은 금빛을 발하고 있었으며, 그 빛줄기는 멀리 황궁의 황금빛 처마와 서로 상응하고 있었다. 마치 두 개의 건물이 가진 모든 어두운 기운을 모조리 감싸 안고 있는 것처럼 보였다.

딴저우에는 평화가 다시 찾아왔다. 까닭모를 이유로 불에 타 죽은 야채 배달상이나, 그와 함께 발견된 정체모를 한 구의 시체에 대해서 사람들은 더 이상 관심이 없었다. 관아에서도 화재 진상에 대한 제대로 된 설명을 내놓지 못했다.

판시엔의 공부방에서는 향초의 은은한 향이 퍼져나가고 있었다. 마음을 무척이나 편안하게 해주는 향이었다. 판시엔은 붓 하나를 쥐고, 대략 네 손바닥 크기만 한 화선지에 글을 써내려가고 있었다. 그의 옆에는 시녀 스스가 가느다란 손가락으로 먹을 쥐고는 천천히 먹을 갈면서 도련님이 쓰고 있는 종이에 눈을 떼지 못했다.

판시엔은 글을 쓰며 깊은 생각에 빠져 있었다. 〈홍루몽〉(중국 청나라 조설근(曹雪芹)이 지은 장편 연애 소설-역주)을 베껴 쓰고 있는 그는, 시 한 편을 표절하는 것이 생각보다 복잡한 일임을 뼈저리게 느끼는 중이었다. 판시엔은 일 년 전부터 지금까지 약 열다섯 장(章)을 완성한 상태였다. 이상하게도 전생에 대한 기억 대부분이 남아 있었고, 오히려 더 또렷해진 것도 같았다. 지금 쓰고 있는 조설근의 아름다운 글귀가, 그 외우기 어려운 꿈속 대화 내용이나 법정 판결문 내용까지 모두 선명하게 기억이 났다. 다만 주인공이 처한 배경이 현재의 세계와 다소간의 차이가 있어 사람들이 이해할 수 있을지 몰라 조금씩 고쳐 쓰고 있기는 했다. 하지만 고전은 고전이어서, 시대가 달라져도 변하지 않는 것이 있음을 다시 한번 절감하며 그는 홍루몽에 대한 자신감이 높아졌다.

판시엔이 〈홍루몽〉을 베껴 쓰고 있는 이유는 간단했다. 전에 우쥬 삼촌에게도 말한 것처럼 이후 징두에서의 생활에 대비하여 정신적인 것부터 물질적인 것까지를 모두 준비하기 위함이었다. 이 아름다운 장편의 명문(名文)들은 시 몇 구절과는 비교할 수 없어서, 술자리에서 대충 한번 읊을 수 있는 게 아니었다. 착실한 사전 준비가 필요했다.

이 글을 쓰면서 판시엔은 앞으로의 인생에 대해서도 마음이 갔다. 그건 아마도 경국과도 연관이 있는 것 같았다. 현재 조정에서 고위 관직에 있다는 아버지 때문일지도 모를 일이었다. 아니라면 징두에서 살고 있는 동생 때문일 수도, 혹은 아직까지 한 번도 보지 못해 궁금증을 자아내는 둘째 부인 때문일 수도 있었다.

그는 먹이 마르기를 기다렸다 종이를 접어 봉투에 집어넣고는 징두에 있는 판뤄뤄 앞으로 보낼 준비를 했다. 판시엔은 그동안 〈홍루몽〉을 쓰는 족족 징두로 보냈다. 이 세상 사람들과 이 아름다운 글을 함께 나누고 싶은 욕망 때문이었다. 좋은 그림을 들고 평생 다른 사람들에게 보여주지 않는 수집가가 있다면 그는 변태이거나 그림 도둑, 둘 중 하나일 것이라고 판시엔은 언제나 생각했다.

판시엔은 변태는 아니었다. 물론 도둑놈일 수는 있지만, 이 세상 사람들은 그가 이 글을 훔쳐왔다는 걸 아무도 알 수 없었기 때문에 그는 망설임 없이 어린 동생의 나이 따위 염두에 두지 않고 그것을 그녀에게 보냈다. 제목은 〈석두기〉('홍루몽'은 홍루몽 이외에 '금옥연', '정증록' 등 다양한 이름으로 불리는데, '석두기'도 그중 하나다- 역주). 동생에게는 이 소설의 내용은 사실 조설근 공자가 쓴 것으로, 그가 매월 보내주는 원고를 받아 공유하는 것이라는 식으로 대충 둘러댔다. 〈석두기〉 앞부분 15장에는 조금은 야한 내용이 나와 있어 살짝 걱정을 하기는 했지만, 다행히도 판뤄뤄는 의미를 정확히 이해하지 못하고 대충 읽는 것 같았다. 그러면서도 소설에 재미를 붙였는지 깊이 빠지기 시작했고, 조 공자에게 좀 더 빨리 써달라고 부탁해달라며 보채기까지 했다.

오늘 마쳐야할 〈홍루몽〉의 표절 분량을 다 마치고, 판시엔은 여느 때처럼 책을 읽기 시작했다. 그의 방에는 징두에서 보내온 책들로 가득했다. 이 책들을 하나하나 읽으며 그는 아직 한 번도 보지 못한 아버지에 대한 마음이 조금씩 호감으로 바뀌고 있음을 알 수 있었다. 사람이 성장하기 위해 무엇이 가장 필요한가를 아는 사람이라는 믿음이 생겨서였다.

보내오는 책의 내용은 온갖 분야를 망라하고 있었다. 농사법으로부터 법률에 대한 것까지, 실용서도 있었으며, 이 세상에서 소위 경전이라 불리는 것들도 있었다. 이런 책들로 한 방의 한 면이 가득 찼다. 어떤 분야의 공부이든지, 그것이 독에 대한 지식이든, 수행이든, 경전이든, 판시엔은 최선을 다해 임했다. 주변의 사람들보다 자기가 특별히 낮지 않다는 것을 알고 있었기 때문이다. 현생에 자신이 떨어진 세상이 평균 아이큐 50인 세상도 아니고, 자신이 조금이라도 앞서는 게 있다면 그것은 다름 아닌, 이 지구의 역사가 천천히 쌓아

올린 지식의 일부를 가지고 있다는 것 정도, 그리고 다른 아이들보다 조금 더 일찍 자각을 시작했다는 것 정도에 불과했다.

다만 아쉬운 점은 경전들의 내용이 전생에서 보았던 것들과 표현 방식만 조금씩 다를 뿐 큰 줄기에서는 그다지 다를 것이 없다는 점이었다. 한비자, 순자, 노자, 공자 등을 베껴 써서 이번 생에 일대의 학술가가 될 수도 있겠다는 야심은 일찍이 버릴 수밖에.

기름 타는 소리를 내며 흔들리던 등잔의 불꽃이 다시 밝아졌다. 판시엔은 책을 읽다가 엎드려 잠이 들었다.

다음 날 일찍 세수를 마친 판시엔은 할머니께 문안 인사를 드리고 거실에서 아침식사를 했다. 자객 사건이 있은 뒤 그는 할머니를 새롭게 보게 되었다. 매일의 문안 인사와 매일의 규칙은 이전과 달라진 게 없었지만 할머니에 대한 마음가짐만큼은 달라졌다. 그는 더 많은 이야기를 할머니와 주고 받았고, 확실히 더욱 친밀해진 것 같았다. 자신을 돌보는 몇 년 간 할머니가 얼마나 많은 신경을 썼는지도 알게 되었다.

할머니에 대한 소문 하나가 생각났다. 원래 판씨 가문은 징두에서 이름난 가문이었지만 판지엔의 집안은 그 판씨 가문의 먼 친척 중 하나였던 탓에 여기저기 치이기도 했는데, 그래서인가 할머니가 판지엔을 낳은 이후 곧바로 황제 혈통의 집안 중 하나인 쳥왕 집안(诚王府, 성왕부)에 유모로 들어가길 결심했다는 것이다.

전 전대의 황제는 문란한 생활에 빠져 있다가 한창 나이에 죽었고 그에게는 아들이 없었다. 황위를 이어받을 가능성이 가장 높았던 황제 혈통 집안의 아들, 즉 친왕전하(亲王殿下)가 둘 있었지만, 이 둘 중 하나는 북위국(北魏)의 자객에게 암살당했고, 나머지 하나는 북위국의 자객에게 암살당한 친왕이 자신이 암살되기 전에 보낸 다른 자객에게 암살을 당했다. 결론적으로 황당하고 막장에 가까운 복잡한 과정을 거쳐, 이 피바람이 몰아치는 황제의 자리에 오른 이는, 평생을 조심조심 살아온 청왕이었다.

청왕은 몇 년 간의 태평성대를 잘 이끌다가 승하했고, 그 자리를 이어받은 이가 청왕의 아들이자 현재의 황제 폐하다. 황제는 군대를 친히 이끌어 서쪽의 만이국(蛮夷)과 북쪽의 위국을 정벌했다. 말 그대로 천하가 모두 전쟁터였다. 그 결과, 최강자의 자리를 지키던 북위는 북제(北齐)와 작은 제후국들로 쪼개졌다. 이 모든 일에서 예외가 있다면 동이성(东夷城)으로, 동이성만은 시종일관 중립을 지키며 모든 전쟁의 위협을 피해갔다.

흔히 황제를 평가할 때 문무(文武)를 기준으로 삼지만, 현재 경국의 황제는 문치(文治)는 차치하더라도, 무력 하나만 놓고 보아도 경국 역사상 최고의 통치자라 평가받고 있었다.

판씨 별저의 할머니는, 보기에는 보통의 평범한 노인에 지나지 않았으나, 추상같은 판단력과 무소불위의 권력을 가진 채 언제나 황궁의 은밀한 곳에 있는 경국 최고 황제의 유모였던 것이다.

판시엔은 바닷가의 절벽위에서 눈을 감은 채 명상에 잠겨 심오한 경지로 빠져드는 중이었다. 이것은 흡사 연애하는 감정과도 비슷했다. 연애를 할 때 쓴맛과 단맛을 모두 맛보게 되듯이, 패도진기 운용할 때도 희비가 복합적으로 몰려왔고, 몸에는 신기한 변화를 가져왔다. 예를 들어, 갑자기 힘이 불끈 솟고, 반응이 빨라지지만, 그 진기란 언제나 말을 듣지 않고 요리조리 도망 다니며, 자신을 위험에 빠뜨렸다.

최근 몇 년 동안은 우 삼촌이 옆에서 도와주었기에 체내의 진기가 많이 다듬어지고 견고해졌지만 오늘은 매우 위험한 관문을 지나야

했다. 오늘이 〈패도의 권〉 수행의 마지막 날이었다. 우쥬는 양반다리를 하고 집중하고 있는 판시엔을 보면서 옆에 편히 서 있었다. 손에는 알맞게 힘을 주어 나무 곤봉이 쥐어져 있었다.

판시엔은 진기를 운용하기 시작했다. 십년이 넘게 그랬던 것처럼, 단전에 쌓았던 진기가 천천히 밖으로 흐르기 시작했다. 복부의 경맥을 따라 사방을 퍼지고, 기혈로부터 몸 뒤쪽으로 순환하기 시작하다가 신장 부근의 설산혈로 흔적도 없이 들어가 사라진다.

여전히 많은 진기가 남아 있었다. 그 남은 진기들은 마치 뜨겁게 달궈진 단도처럼 경맥의 벽을 미세하게 살살 긁어대기 시작했다. 나머지 진기들은 여전히 판시엔의 가슴과 배 사이의 경맥에 가로로 흩어져 움직이면서 경맥의 벽을 조금씩 넓히고 있었다. 그 벽이 넓어질수록 진기들이 움직임은 더욱 빨라졌고 곧이어 엄청난 폭발력을 가지게 되었다.

판시엔의 두 눈은 꼭 감겨 있었지만 그 위에 눈썹이 멈추지 않고 계속해서 떨리고 있었다. 이 모든 고통을 참아내고 있는 그의 몸에서 옷은 이미 식은땀으로 흥건히 젖어있었다. 짧지 않은 시간이 흐르고, 동쪽 바다의 수평선 위로 태양이 번쩍 떠올랐을 때, 그 따사롭고도 불그스름한 빛의 덩어리가 절벽 위 두 사람을 비춰 짧은 그림자와 긴 그림자를 만들어내고 있었다.

갑자기 판시엔의 진기가 역류하기 시작했다! 그 사나운 기운이 결국 경맥을 뚫고 나와 기문혈부터 천추혈까지 압박하더니 이마 위 인당혈을 반으로 쪼갤 듯 무지막지한 칼처럼 내리 꽂혔다. 판시엔은 벼락이라도 맞은 듯 이마를 하늘로 향한 채 누워 붉은 빛에 무방비로 노출돼 있었다. 입은 크게 벌어져 있었으나, 어떤 소리도 낼 수 없었다.

"옷을 벗어!"

우쥬가 나무 곤봉으로 판시엔의 정수리를 사정없이 내려치자 '펑' 하는 소리가 울려 퍼졌다. 진기는 판시엔의 인당혈에서 나와 정수리 쪽으로 치고 올라갔는데, 이때 어렴풋이 밝은 빛이 번쩍였다. 일곱 가지 색을 띤 그 빛은 약간 끈적거리는 느낌이었으나 그게 진짜 무엇인지는 제대로 알 수가 없었다. 그 빛이 모인 곳에서부터 한 줄기 번민이 몰려왔다. 판시엔은 그저 하늘을 향해 고통을 없애달라고 기도하는 것밖에는 할 수 있는 게 없었다.

사실은 우쥬가 판시엔의 이마 앞 진기가 맺힌 곳을 나무 곤봉으로 내리 친 것이었다. 실제 방망이가 때린 것은 그의 이마였으나, 그는 영혼을 얻어맞은 듯 머릿속이 번쩍했다. 마치 하늘 위를 떼 지어 날아가던 철새 한 무리가 번개를 맞아 양쪽으로 갈라지고 그 사이에 한 줄기 광명의 빛이 쏟아져 내리는 듯했다.

"옷을 벗어!"

우쥬가 한 이 명령은 경국 오경 중 하나인 〈숙위로〉에도 나와 있는 비법으로, 경전에 따르면 4대 종사 중 하나이자 북제의 국사인 쿠허의 스승이 하늘로부터 큰 가르침을 받아 깨달음을 얻어 남긴 한 이야기에서 유래했다고 한다. '무릇 사람의 신체는 껍데기에 불과한 것으로 벗어버릴 때 큰 도를 이룰 수 있느니라.'라던가.

판시엔은 전생에서도 불교에서 이와 비슷한 말을 들은 적이 있었다. '껍질과 같은 육체를 벗어버리며, 곤죽의 내려침으로 우매함을 날릴 수 있다.' 그래서인가 판시엔은 우 삼촌의 말을 듣자마자, 그 말의 숨은 뜻을 헤아릴 수 있었다. 순간 정수리의 통로가 더 넓어지는 듯하더니, 하늘의 빛을 받으며 마음은 더욱 또렷해지고 정신은 안을 향해 더 단단히 모였다. 현재의 고통은 하늘과 땅이 자신에게 주는 선물일 뿐이며, 타인에게는 고통일 뿐이라도 그것은 자신과는 아무런 관계가 없다는 생각이 들기 시작했다. 생명에 대한 모든 집착을 내려놓고 신체의 모든 감각 또한 내려놓은 그 순간, 판시엔은 마침내 '패도의 권'의 마지막 관문인 '무관(末关)'의 경지에 이를 수 있었다.

천지의 패도진기는 사실 한 사람의 신체에 담을 수 있는 것이 아니므로 자신의 신체를 버려야만, 즉, '내부세계'와 '외부세계'가 연결될 때에만 비로소 운용할 수 있는 것이다. 다시 말해, 자신과 천지의 기를 관통시켜서 스스로를 자연의 일부로 만들 때에만 이 만만치 않게 사나운 진기를 조절할 수 있는 것이다.

이 경지에 이르러서야 드디어 가장 위험한 마지막 관문을 통과할 수 있었다. 시간이 흐르면서 몸속의 진기는 점점 평정을 찾아가기 시작했고, 드디어 뚫린 정수리의 혈을 통해 진기가 자유롭고도 편안하게 들어와 곧바로 설산혈을 향해 들어가기 시작했다. 신기한 것은 설산혈이 마치 큰 바다와도 같이 평온해졌고, 그곳에서 흘러나온 진기들이 다시 단전으로 돌아갔다는 점이었다.

그의 몸속에서 일어나는 진기의 '순환'은 이제 최종적으로 자연스럽게 완성되었으며, 완전한 순환의 통로가 만들어졌다. 동시에 외부 환경에 맞춰 호흡이 일어나기 시작했다.

판시엔은 무표정한 모습으로 서 있는 우 삼촌에게 힘없이 웃으며 말했다.

"고마워요 삼촌. 하지만 이번에는 너무 세게 때리신 것 같아요."

그의 감각은 매우 약해져 있었지만, 정신만큼은 그 어느 때보다 왕성해진 느낌이었다. 진기의 새로운 흐름에도 익숙해져갔다. 진기는 여전히 좀 사납게 움직이기도 했지만, 그에 대한 불안은 확실히 줄어들었다.

마침내 그는 그동안 무협 소설 속에서만 보아왔던 진기를 자기 스스로 수련하여 완성했다는 사실에 뭐라 말할 수 없는 감격을 느꼈다. 천천히 양 손을 몸 옆으로 내려놓자 '푸우' 하며 마치 달궈진 쇠

송곳으로 얇은 종이를 뚫을 때 나는 소리가 났다.

땅바닥에는 손바닥 모양으로 얕은 자국이 생겨났고, 그 주변은 매우 매끄러웠다. 판시엔은 자신의 손바닥과 땅바닥에 새겨진 손바닥 모양을 여러 번 맞춰보았다. 그 모양이 서로 같은 모양임을 알 수 있었다. 판시엔은 감격하여 외쳤다.

"진짜, 멋진 걸!"

"진기가 밖으로 나온 거다. 조금 있으면 없어진다."

"삼촌, 삼촌은 진기 수련을 해 보신 적도 없다면서 어떻게 그걸 가르치실 수 있는 거예요?"

"난 누가 수련하는 것을 본 적이 있다. 그러니 오늘도 어떻게 해야 하는지 안 것이다."

"조금 전엔 진짜 위험했어요. 만일 삼촌이 방망이로 저를 한 대 때리지 않으셨다면, 전 아마 식물인간이 되었을 거예요."

"식물인간이 뭐냐?"

판시엔은 어떻게 설명해야 할지 몰라 그냥 못들은 척 하늘만 쳐다보고 있었다.

오늘 〈패도의 권〉 1권을 모두 완성했다는 기쁨도 잠시, 며칠 동안 계속 머릿속을 맴돌고 있는 의문들이 다시 떠오르기 시작했다. 즉, 왜 자객이 갑자기 자신을 독살하려 했냐는 것이다. '스승님이 독에 대해 가르쳐주고 간 것은 바로 이런 상황을 염두에 둔 것이었단 말인가? 아버지의 둘째 부인은 담이 큰 건지 멍청한 건지 왜 '독살'로 죽이려 한거지? 잘못하면 할머니도 같이 죽일 수 있었다는 것인데, 그것은 결국 황제 유모를 죽이는 꼴이 되는 것 아닌가?'

또한 감사원은 무슨 관련이 있는지, 그리고 아버지가 이 사건에 대해 정말 아무것도 관련이 없는지도 궁금했다.

이런 저런 생각을 하고 있는데 갑자기 절벽 아래에서 노랫소리가 들려왔다.

"네가 왜 왔지?"

우쥬는 고개를 갸웃하며 물었다. 여전히 무표정했지만 평소보다는 긴장한 것 같았다. 그리고 판시엔을 바라보고 짧게 "숨어라" 라고 이른 후, 절벽 아래로 '뛰어내렸다'.

판시엔이 지금껏 본 우쥬의 모습 중 가장 충격적인 '비행'이었다.

노래를 하던 이가 타고 있던 배는 이 '비행의 일격'으로 반 이상이 부서졌다. 그럼에도 그는 반파된 뱃머리에 유유히 서서 말했다.

"이십 년 전 자네와 한 번 겨루고 그 이후로는 한 번도 싸울 만한 상대를 찾지 못했다네. 징두로 돌아간 후 예중을 만나 물어보니 그놈도 너를 몇 년 동안이나 보지 못했다더군. 그래서 나는 네가 진짜 예(葉, 엽) 아가씨와 함께 다른 세계로 가 버리기라도 한 줄 알았지. 크게 상심하여 술을 두 항아리나 마셨네. 그중에 하나는 쏟았지만. 물론 눈물도 좀 쏟았고. 그런데 여기저기 돌아다니던 끝에 조금 전 해수면 저 편에서 엄청난 기운을 느꼈더니. 그래서 와 봤더니, 어찌 알았겠나? 그게 진짜 자네일 줄은. 몇 년이나 보지 못한 오랜 친구를 만난 셈 아닌가? 그런데 보자마자 살기를 띠다니…… 나도 널 죽일 수 없지만, 너도 날 죽일 수 없다는 걸 우리 둘다 잘 알지 않는가?"

노래를 하던 이가 긴 탄식을 한번 하고는 이어 말했다.

"난 자네가 신묘로 간 줄 알고 있었네. 그런데 왜 딴저우에 와 있는 거지?"

"넌 내가 널 죽이려고 했던 이유를 알고 있다."

우쥬는 상대방이 묻는 말에 답하지 않고 차갑게 말했다.

"그리고 나를 알고 있는 몇 안 되는 자들 중 네 입이 가장 가볍다. 그러니 너를 죽여서라도 입막음을 할 수 있다면 나는 언제고 그렇게 할 것이다."

"자네는 아직도 성격이 지랄맞구나. 자네나 나나 어느 정도 경지에 오른 사람들이라면, 자네처럼 살인을 즐기기란 쉽지 않은데 말이야."

"나는 결과에만 신경을 쓴다. 지금껏 그 수단에 대해서는 고민해본 적이 없다. 어쨌든 이제 네가 궁금해하던 사람도 만났으니, 가라."

우쮸의 말은 공허하면서도 또 한편으로는 명료하게 들렸다.

"사실 나는 절대로 입이 가벼운 사람이 아니라네."

이 말을 끝으로 그는 양팔을 가볍게 털며 뒷짐을 졌다. 그리고는 바다 위에 반파된 배 위로 호방하게 올라탔다. 반만 남은 배로 어찌할까 싶었지만, 그 위에 서서 양손으로 노를 젓는 듯한 자세를 취하더니, 내공으로 배를 움직여 딴저우를 향해 유유히 나아갔다.

우쮸는 그가 멀어져가는 방향을 보면서 아무런 말도 하지 않았다.

"저 사람은 대체 누구예요?"

절벽에서 내려온 판시엔은 그동안 아래에서 무슨 말이 오고갔는지는 알지 못했고, 그저 조금 전 자신의 눈 앞에서 펼쳐진 우쮸의 '비행'에만 넋이 나가 있었다.

"예류윈."

"역시."

판시엔은 감탄을 내뱉으며, 우쮸를 따라 딴저우 방향으로 걸어갔다. 우쮸는 조금은 걱정이 되었다. 이 세상에서 아가씨와 자신의 관계를 아는 사람은 몇 없었는데, 하필 예류윈이 그중 한명이었고, 하필 그는 입이 가장 가벼운 자였다. 무엇보다 그가 딴저우에 나타난 것이 미심쩍었다. 우쮸는 근본적으로 '우연'이라는 것을 믿지 않던 것이다.

동시에 판시엔도 믿을 수 없는 어느 '우연'한 사건의 배경을 추론하고 있었다. 그는 자신의 아버지가 전임 황제의 사생아, 즉 현재 황제의 배다른 형제가 아닐까하고 추측했다. 할머니가 현재 황제의 유모로 들어갔다는 것은, 즉 전 황제가 자신의 아이 둘을 같이 돌보게 하기 위함이 아니었을까 하는 생각이었다. 배다른 형제가 황제가 된 마당에 아직도 그 앞에서 무릎이나 꿇어야 하는 자신의 신세를 한탄한 아버지가, 감사원을 포함한 모든 자원을 동원해 사적인 세력을 모으고 있는 것은 아닐까? 그리하여 언젠가는 황제의 가산을 뺏어오겠다는 야심을 갖고 있는 것은 아닌가 하고 생각했다. 대단해 보이는 어머니와 결혼을 한 것도, 가족의 이익을 지키기 위한 전략의 일환이었으며, 이후의 반역이라는 대업을 이루기에도 꼭 필요한 일이 아니었을까?

판시엔이 진지하게 이런 추론을 이야기해도, 우쥬는 여전히 무표정했지만, 속으로 소년의 미친 상상력만큼은 경의를 표해주었다. 사실 우쥬는 자신의 생사나 안위에 대해서는 전혀 관심이 없고, 단지 판시엔만을 걱정했다. 판시엔을 달에 비유한다면, 보름달이라고 하기에는 뭣하고 그저 수줍은 초승달 같은 아이 정도라고 할 수 있었지만, 그의 뒤에는 감사원의 페이지에도 있고, 그의 옆에는 맹인 호위무사 우쥬도 있었다. 사실 죽고 싶어도 쉽게 죽을 수 있는 상황이 아니었다.

오늘 판시엔은 4대 종사 중 한명인 예류원을 향한 '우쥬의 비행의 일격'을 절벽 옆에서 직접 눈으로 보면서 마음 속 깊이 느낀 바가 또 하나 있었다. 그것은 무술의 예절이라는 무도(武道)라는 것이 차의 예절이라는 다도(茶道)나 혹은 책의 예절처럼 뭔가 예술적인 매력이 있다는 것이었다. 판시엔은 이제부터 〈홍루몽〉을 베껴 쓰는 대신 전심전력으로 수행을 해야겠다고 결심했다.

우쥬는 일전에 스스로에 대해 말하기를 자신은 대단한 검법이나 권법을 알지 못하며, 대신 어떻게 하면 '살인'을 잘 할 수 있는지에 대해서만 연구했다고 한다. 즉, 자신의 관심 덕목은 정확성, 직접성, 신속성이라는 것이다. 그러면서 덧붙였다.

"에둘러 들어가 공격하는 것, 물러서며 지키는 방식은 믿을 것이 못된다. 상대방을 공격하기 위해서는 직선으로 들어가야 하고, 가장 빠른 속도로 해야 하며, 가장 짧은 거리로 해치워야 한다. 그래야만 가장 회복 불가능한 상해를 입힐 수 있다."

우쥬의 오늘의 '비행'이 정확히 그런 공격이었다.

무채를 썰고 있던 어느 날, 판시엔은 저려오는 자신의 오른 팔을 주무르며 등 뒤에서 자신을 쳐다보고 있는 우쥬를 향해 물어보았다.

"제가 지금 몇 품정도 되나요?"

"진기의 수준은 7품 정도라고 할 수 있고, 통제 능력은 3품정도 된다."

판시엔은 재빨리 계산해보았다.

"그럼 평균 5품 정도라고 할 수 있네요. 9품까지 있다 하니, 그 반보다는 높으니 이제 졸업할 수 있는 거 아닌가요?"

우쥬는 고개를 젓는다.

"만일 운이 좋으면 7품 고수를 죽일 수도 있겠지만, 운이 나쁘면 시정잡배에게도 죽을 수 있다."

예류원이 오고 간 후 딴저우에서의 생활은 안정되어갔다. 자객이 오는 일 따위는 다시 일어나지 않았다. 들은 바에 따르면 징두에 있는 아버지 둘째 부인은 큰 병을 앓고 나서 조금 자숙하고 있는 중이라고 했다. 판뤄뤄는 징두에서 매달 한 번씩 편지를 부쳐왔고, 판시엔은 매일 두부를 먹고, 책을 옮겨 쓰고, 할머니께 효를 다하고, 잡화점에서 혼자 술을 따르고, 무채를 썰고, 삼촌에게 '훈련'을 명분으로 얻어터지는 가운데 한가로운 나날들을 보내고 있었다. 오늘도 절벽에서 판시엔을 두들겨 팬 우쥬가 입을 열었다.

"올해 몇 살이냐?"

"열 여섯이요."

우쥬는 참 이상하고도 신비로운 인물이었다. 판시엔이 보기에 그의 인생은 처량 맞기도 했는데, 삼십이 넘는 세월을 살면서 변변한 애인이나 친구도 없고, 판시엔 외에는 말할 상대도 없었다. 심지어 딴저우 사람들은 그가 맹인일 뿐 아니라 벙어리이기도 한 줄 알고 있었다. 사람들을 또한 그가 늘 눈을 가리고 있는 이유를, 검은 천 뒤에는 무시무시한 상처가 있기 때문이라고, 그래서 다른 사람들에게 보여주기를 꺼려하기 때문일 거라 생각했다.

페이지에 스승은 우 삼촌을 우 대인이라고 불렀었다. 이 호칭으로 미루어 보아 삼촌은 이전에 분명히 관직 사회의 일원으로서 뒤섞여 살았음을 짐작해볼 수 있었다. 하지만 그가 행동하는 모습을 보면 그것은 관(官)과는 거리가 매우 멀어 보였다. 오히려 그는 매우 소박하고 또 다른 한편으로는 음식도 먹지 않는 신선같아 보이기도 했다.

판시엔은 갑자기 한 가지 가능성을 떠올리고는 한참을 생각하다 물었다.

"혹시 삼촌도 하늘에서 내려오신 건가요?"

판시엔은 내공의 세계를 알게 되면서 심지어 하늘의 세상의 존재까지도 조금씩 믿게 되었다. 그래야만 자신이 이 세상에 오게 된 일 같은 것도 설명할 수 있기 때문이었다. 그럼에도 십여 년간 곁에 있어온 삼촌이 신선이라고 한다면, 그건 받아들이기 매우 힘들 것 같기는 했다. '시대를 건너 살아가는 것도 좀 이상한 마당에, 거기에 신선의 협객까지? 너무 나간 건가?'

"내가 아가씨와 함께 도망 나왔던 곳이 기억나는 것 같다."

"그러니까 삼촌은 신선이 아니라는 말이죠? 어머니도 선녀는 아닌 거고요."

"이 세상에 신선은 없다."

"신묘는 있다고 하시지 않았어요?"

"신묘에 신선은 없다."

"삼촌, 방금 뭐 생각나신 건가요?"

"나는 중요하지 않는 것들은 잊어버린다."

우쥬는 자리에서 일어나 바다를 바라보고 있었다. 마치 무언가와 이별을 하듯 고개를 끄덕이며 말했다.

"돌아가자. 너에게 말해줄 게 있다."

판시엔은 그제야 우쥬가 이전에 했던 약속, 즉 열여섯이 되면 어머니에 대한 말을 해주겠다던 약속을 삼촌이 아직 잊지 않고 있다는 것을 알았다.

제4장

징두로

　3월의 딴저우는 봄의 기운으로 만연했다. 이 산 저 산에는 이름 모를 노란 꽃들이 가득했고, 사람들은 가가호호 꽃을 따서 차를 만들어 마셨다. 모두가 문 밖으로 나와 한가로이 수다 삼매경이었다. 딴저우의 거리는 그윽한 꽃향기로 가득했으며, 사람들의 마음은 가벼웠다.

　저녁에는 항상 봄비가 내렸다. 따뜻한 바닷바람이 밤기운에 녹아내려 소리 없이 땅을 적셨다. 검은색 지붕과 청색 돌바닥 거리는 옅은 안개로 자욱했다. 봄비는 잡화점 외부의 천막에 부딪혀 가벼운 소리를 내고 있었다. 그 비는 천막 위에 쌓여있던 얇은 먼지를 씻어내 주기도 했고, 안으로는 집중하기에 더 없는 환경을 조성해 주었다.

오늘도 잡화점 문은 열리지 않았으나 판시엔은 할머니께 허락을 받고 잡화점으로 조용히 건너와 땅콩을 까먹으며 술을 마시고 있었다. 별저의 사람들은 그가 잡화점을 좋아하는 이유를 단지 맹인이 빚은 좋은 술을 맛보기 위해서라고 알고 있었다.

도마 위에는 식칼이 놓여 있었고, 도마는 오랫동안 사용되지 않은 듯 물기 하나 없이 바싹 말라있었다. 한바탕 땅콩 껍질을 까더니, 판시엔은 입에 그 땅콩을 넣어 천천히 씹으며, 그 향이 코로 올 때까지 기다렸다가 손가락 세 개 만한 크기의 도자기 술잔을 들어 '캬' 하는 소리와 함께 술을 마셨다. 그가 오늘 마시는 술은 징두에서 선물로 온 것이었다. 높은 도수가 부드럽게 넘어가며 오랫동안 퍼지는 향이 마치 전생에서 마셔봤던 명주 마오타이 같은 느낌이었다.

판시엔은 조급해하지 않았다. 우쥬 삼촌은 매우 단순한 사람이어서 자신을 그렇게 오랫동안 기다리게 하는 법이 없기 때문이었다. 우쥬는 판시엔의 맞은편에 자리 잡는 대신, 조금 어두운 방 한구석으로 가 평상시와 같이 아무런 감정도 싣지 않고 말을 시작했다.

"아가씨의 성은 예(叶, 엽)고, 이름은 칭메이(轻眉, 경미)이다. 오래 전에 나는 아가씨와 어떤 집에서 나왔다."

'예칭메이……' 판시엔은 처음으로 자신의 어머니의 이름을 알게 되었다. 이유는 알 수 없어도 따뜻한 느낌이었다. 다시 술 한 잔을 마셨다. 성급하게 그 집이 어디냐는 식의 질문은 하지 않았다.

"우리는 동이성에서 몇 년을 살았다. 아가씨는 타고난 천재였는데, 뭐든 다 이해할 수 있었고 자비심도 충만했다. 열세 살이 되었을 때 동이성에서 장사를 시작했다. 아가씨는 어렸기 때문에 실제로는 모든 일을 다 했어도 지배인 역할의 사람을 하나 세워 두었다."

판시엔은 잔을 들며 더 이상 참지 못하고 물었다.

"그런데 장사를 하는 것과 자비심이 많은 것 사이에 무슨 관계가 있어요?"

그는 자신의 어머니가 천재라는 것, 열세 살에 장사를 시작했다는 것은 하나도 궁금하지 않았다. 최근 몇 년간 알게 된 것만 종합해 봐도 그의 어머니가 일반적인 논리로는 이해할 수 없는 비범한 인물이라는 것을 알고도 남을 만했기 때문이다.

우쥬는 담담하게 말했다.

"아가씨는 불쌍한 사람들에 대한 걱정이 많아 좋은 일을 하기를 좋아했다. 동이성에 물난리가 났을 때 죽집을 제일 많이 열었던 이가 아가씨였다. 좋은 일을 많이 하려면 돈이 많이 필요했고, 그래서 아가씨는 돈을 벌려고 했다."

판시엔은 이 논리에는 어떻게 반박해볼 수 없었다.

"장사는 잘 되었지만, 점점 사람들이 그 상점의 실제 주인이 나이 어린 아가씨임을 눈치 채기 시작했다. 그렇게 눈치 챈 사람들은 모두 내 손에 죽어 나갔다."

우쥬가 담담하게 장사가 잘 되었다고 말하는 것은 장사가 엄청나게 잘 되었다는 뜻이리라. 판시엔은 우쥬가 담담히 말했을지라도 당시의 상황은 살벌했을 거라는 것을 추측할 수 있었다. 열세 살의 어린 여자아이가 엄청난 부를 갖게 되면 세상은 당연히 악인들의 탐욕을 자극하는 방식으로 굴러가게 돼있다. 오래 전 일인데도 판시엔은 걱정이 되었다. 그리고 갑자기 뭔가가 생각난 듯 물었다.

"어머니의 성이 예라고 하셨는데, 그럼 설마 그 예씨 집안인가요?"

"그렇다."

"진짜 그 예씨 집안?"

판시엔은 말을 잇지 못할 정도로 놀랐다. 그도 알고 있는 그 집안에 대한 지식에 따르면, 예씨 집안은 천하의 제일 가는 상인 집안으로서 부유하다는 말 정도로는 표현이 안 될 정도의 부자이다.

우쥬는 말을 이어갔다.

"이후에 아가씨는 내가 너무 많은 사람을 죽여야 한다는 이유로 동이성에서의 장사를 접고 경국으로 넘어와 징두에서 생활하기 시작했다."

판시엔은 이 모든 과정이 그리 단순한 이유 때문은 아니었을 거라 생각했다. 천하제일의 상인이 갑자기 동이성의 모든 기반을 뒤로하고 경국에 왔다면 거기에는 또 다른 어떤 큰 이유가 있었을 것이다.

"징두로 온 이후 아가씨는 다시 장사를 시작했는데, 또 잘됐다. 그 뒤 몇 명의 사람을 알게 되었고, 그중 하나가 판지엔이었다. 모든 사람들이 아가씨의 말을 잘 따랐고 아가씨의 생각대로 움직였다. 하지만 경국의 어느 거물과 이해관계가 부딪힐 거라고는 아무도 생각하지 못했다."

"그게 제가 출생했을 때의 일인가요?"

"당시 경국은 서쪽, 북쪽 할 것 없이 사방에서 전쟁을 벌이고 있는 중이었다. 그래서 징두에는 이렇다 할 만한 인물이 없었는데, 나 또한 할 일이 있어 자리를 비우느라 징두를 떠나 있었다……그리고 그때 아가씨는 그 거물이 보낸 사람에 의해 죽임을 당했다. 나는 곧바로 태평별원으로 돌아와서, 너를 구하고, 너를 안고 딴저우로 왔다."

이건 판시엔도 이미 잘 아는 내용이었다. 그리고 그 '원수'는 십 몇 년 전에 이미 다 죽었을 것이고, 그것을 복수하려는 사람은 아마 자신의 아버지일 것이고, 감사원과도 분명 모종의 관계가 있을 테다.

이야기가 다 끝나고 판시엔은 더 무슨 이야기를 해야 할지 몰랐다. 우쥬 삼촌도 더 이상 이야기를 이어가지 않았다. 잡화점 지붕 위로 빗소리가 조금씩 커지고 있었다.

"이게 끝인가요?"

판시엔은 그 대단했다는 어머니의 일생이 이렇게 간단한 몇 마디 문장으로 끝나는 걸 도무지 받아들일 수 없었다. 그녀는 어떤 장사를 했으며, 어떤 일을 하고 다닌 건가? 어쩌다 경국의 거물 집단이 그녀를 적으로 삼았나? 어째서 그녀는 감사원의 페이지에 같은 인물이 자신의 이름을 듣자마자 그리움에 가득 찬 눈빛을 만들어 보이도록 하는 것인가?

"기본적인 이야기는 다 했다."

한참 생각한 끝에 우쥬는 말했다. 우 삼촌은 확실히 달변가가 아닌 것만은 분명했다. 판시엔은 알고 싶은 사실들에 대한 질문을 던졌다.

"어머니는 무슨 장사를 했어요?"

"사치품, 군기계, 선박, 식량, 기본적으로 돈이 되는 건 다 했다."

우쥬는 생각나는 대로 대강 내뱉었지만, 판시엔은 그 단어들을 듣자마자 매우 놀랐다. 양쪽의 세계를 모두 겪은 자신의 경험에 따르면, 이런 종류의 장사는 엄청난 배경을 가진 사람들만 할 수 있는 것이기 때문이었다. 어머니와 같이 아무런 배경이 없는 사람이 맨바닥에서부터 시작해 이런 일을 해냈다는 것이 어떻게 가능했을까?

"그럼 어머니가 돌아가신 후에 그 장사들은요?"

이건 판시엔이 관심을 가질 만한 일이긴 했다. 경국의 법률에 따르면, 판시엔이 어머니가 남긴 엄청난 유산을 계승할 단 한 사람이기 때문이었다.

"예씨 집안의 모든 장사는 경국 국고인 내고로 귀속되었다."

판시엔은 고개를 저으며, 유산 상속에 관한 재판에 대한 생각을 떨쳐냈다. 아쉬움을 숨기지 못한 채 판시엔이 말했다.

"예칭메이의 명성이 당시 매우 선풍적이었다고 하던데. 페이지에 스승님 말씀으로는 어머니가 징두에 들어가자마자 어떤 거물을 때렸다고 하던데."

가게 안을 밝히고 있던 기름 등불이 어두워졌다 밝아졌다 했다. 판시엔의 말에 우쥬는 잊고 있던 일이 생각난 듯, 입가를 실룩이더니 부드러운 웃음기를 만들었다. 판시엔은 순간 손목이 굳어져, 도자기 술잔을 탁자 위로 떨어뜨렸다. 술잔은 떼구루루 굴러갔다.

'웃었다……삼촌이 드디어 웃었다.'

판시엔은 속으로 크게 외쳤다. 앞을 보지 못하는 삼촌이 웃은 건 이번이 처음이었다. 다시 말해 16년 만에 처음으로 판시엔이 삼촌의 웃는 모습을 본 것이다. 삼촌이 그 웃음을 보인 건 판시엔의 어머니가 한 지난 일을 언급한 바로 그 순간이었다.

우쥬 삼촌의 얼굴에는 눈을 가린 검은 천 외에 어떠한 세월의 흔적도 남아 있지 않았다. 동안이라 볼 수 있는 얼굴이었으나 항상 얼음같이 차가웠고 감정을 드러내는 일은 웬만해서는 없었다. 공포나 상심, 슬픔 따위의 감정은 얼굴에서 찾아보기 힘들었고, 더더구나 웃는 얼굴은 없다고 생각하면 되었다. 그렇기에 예전의 일에 대한 언급이 삼촌의 입술 꼬리를 올라가게 만들었을 때 판시엔은 어색하고도 신기하게 느껴졌다. 도무지 웃지를 않던 사람이 갑자기 웃으니, 마치 천년설 위에 꽃이 피어난 기분이었다. 따뜻하고 찬란했다.

판시엔은 겨우 정신을 차렸다. 우 삼촌의 대답이 이미 시작되고 있었다.

"아가씨를 예칭메이라고 부르는 사람은 많지 않았다. 그냥 아가씨라 불렀다. 그럼에도 예칭메이라는 이름은 현재까지도 징두에서 매우 유명하다."

판시엔은 사실 이 말에 모순이 있다고 생각했다. 그 이름을 아는 사람도 별로 없다는데, 유명하다는 것은 또 무엇인가? 판시엔이 이런 의문을 품을 수 있었던 이유는, 감사원 정문 앞 돌비석에 금빛으로 빛나고 있는 그 글귀와 그 옆의 서명 낙인에 대해 이때는 판시엔이 알지 못했기 때문이었다.

"아버지는요?"

"난 아가씨에 대한 것만 이야기한다."

"치사하네요."

"네가 태어나기 전, 나는 사고를 당했고, 기억을 잃었다."

"삼촌은 저보다 더 능글맞아요. 됐어요. 그냥 이야기하지 마세요. 그런데 어머니는 어떻게 생겼었어요?"

우쥬는 잠시 생각에 잠기더니 대답했다. "빛이 났다."

우쥬는 이야기를 전달하는 능력이 형편없었지만, 그가 하는 말들의 행간을 읽어보면, 그 당시 그 어른 여자아이가 징두에서 했던 일은 참으로 다채로웠다는 것을 알 수 있었다. 판시엔의 마음속에는 징두로 가고 싶다는 강한 충동이 일어났다. '징두로 가야겠다.'

우쥬는 일어서서 판시엔에게 자신을 따라오라 손짓했다. 판시엔은 호기심에 가득 차 방 안쪽으로 따라 들어갔다. 우 삼촌이 돌벽을 살짝 누르자, 벽에서 경쾌한 소리가 나더니 열렸고, 그 안에 숨어 있던 밀실이 보였다. 판시엔은 어리둥절한 채 우쥬를 따라 밀실로 들어갔다. 그 곳에는 먼지가 뽀얗게 쌓인 채 구석에 아무렇게나 놓여 있는 상자 외에는 아무것도 없었다. 그 상자는 남자 성인의 팔 하나 정도 되는 길이에 폭이 그리 넓지는 않아서, 가늘고 기다란 모양이었고, 검은색 가죽으로 싸여있었다.

"아가씨가 나랑 징두에 들어가기 전에 딴저우에 잠시 머문 적이 있었는데, 그때 이 상자를 두고 갔다. 그동안은 내가 보관해왔지만 이제는 네가 직접 보관해라."

판시엔은 신이 났다. 상자 위의 먼지들을 털어내고 보니, 잠겨있는 황동 좌물쇠가 보였다. 판시엔은 어머니가 자신에게 남긴 것이 무엇인지가 너무 궁금하여, 상자를 이리 저리 뒤집어보고 열어보려고 가까스로 노력했지만 그것을 열 방법은 전혀 없었다.

"열쇠는 없다."

우쥬가 분주하게 움직이는 판시엔을 보더니 말했다.

"참 빨리도 알려주시네요. 그럼 열지도 못하는 이 상자가 무슨 소용이 있어요?"

"어떤 이들에게 네가 죽었다고 믿게 하기 위해 열쇠는 그곳에 남겨두어야 했다."

판시엔은 잠시 인상을 찌푸리더니, 자신의 허벅지 옆 칼집에서 비수를 꺼내 들고 상자를 요리조리 살피며 칼이 들어가기 쉬운 부위를 찾아보고 있었다. 그 모습을 본 우쥬가 한 마디 했다.

"나도 못 연다."

판시엔은 바로 포기했다. 다만 상자의 무게를 가늠하기 위해 한 번 들어보았다. 생각 외로 묵직했다. "여기에 수십 만 장의 은표가 있을 수도 있는 거 아닌가요? 아, 안타깝네. 열쇠는 어디에 있어요?"

"징두."

이로써 판시엔이 징두를 가는 것은 '바람'이 아니라 '의무'가 되었다. 이 상자를 열기 위해서는 어쩔 수 없이 징두로 가야한다. 판시엔은 마음이 급해지며 이제나 저제나 딴저우를 떠날 수 있을까 생각하고 있었다. 이미 징두 판씨 저택에서 자신을 데리고 가기 위해 사람이 오고 있는 중이라는 건 까마득히 모르고 있었다.

경국 신력 4년의 봄. 텅즈징(藤子京, 등자경)은 이제 곧 그 도련님을 보게 될 것이다.

규율에 따르면, 딴저우에 도착하자마자 바로 별저로 가서 노마님께 인사를 드려야 했다. 하지만 그는 이번 임무가 사실 좀 자신이 없었다. 그래서 잠시 수행하는 하인들을 시켜 꽃차를 사게 하고 자신은 이곳 술집에서 잠시 숨을 돌리는 중이었다.

몇 년 전 딴저우로 파견되었던 조우 집사는 현재 생사를 알 수 없는 상태였다. 판씨 집안의 모든 하인들은 징두의 마님이 딴저우 도련님을 어떻게 생각하는지를 잘 알고 있었고, 그녀가 보낸 조우 집사가 여기로 와서 무엇을 했는지도 잘 알고 있었다. 그런데 결과적으로 그가 실종되었다면, 더 이상 설명은 필요치 않았다.

이런 걸 생각해보면, 이 도련님에 대해 다시 생각해볼 수밖에 없었다. 도련님이 당시 열세 살에 불과했다는 것을 감안한다면 조우 집사의 일의 배경에는 필시 노마님이 있었을 것이다. 징두든 딴저우든 판씨 집안에 노마님은 한 분이시다. 모든 징두 사람들은 현재 판씨 집안의 모든 권력이 이 노마님으로부터 나온다는 것을 잘 알고 있었다. 만일 노마님이 이 도련님의 편이라면, 아무리 징두의 마님이라도 무엇을 할 수 있을까?

다만 텅즈징이 확실히 이해할 수 없는 것은, 왜 천 원장이 징두로 돌아오기 전까지 그가 이 임무를 완수해야 하는가였다. 아무리 생각해도 두 가지 일은 관련이 없었는데, 물론 그가 어떤 생각을 하든지 정해진 시간 안에 이 도련님을 데리고 징두로 돌아가야 한다는 사실만큼은 변함이 없었다.

별저가 이렇게 시끌벅적한 일은 별로 없었다. 모든 하인과 시녀들은 거실 한쪽에 모여, 가운데 서 있는 말쑥한 청색 옷차림의 징두 사람들을 호기심 가득한 눈으로 훑어보고 있었다. 사실 징두와 딴저우는 거리가 만만치 않아 왕래가 그렇게 많지 않았는데, 징두에서 온 수많은 하인들을 보니 무슨 큰 일이 생겼나 싶어 별저의 하인들은 긴장하는 것이었다.

텅즈징은 예를 갖춰 손을 모아 무릎을 꿇었다. 노마님께 몇 차례 절을 드린 후 문안인사를 올렸다. 스난 백작이 전하는 이야기를 몇 마디 한 후, 조용히 한쪽에 서서 노마님의 처분을 기다렸다.

그는 판씨 집안 내에서 노마님이 차지하는 위치를 익히 알고 있었기에, 숨소리조차 크게 내지 않고 노마님의 어깨를 주무르고 있는 소년만 슬쩍슬쩍 훔쳐보았다.

그 소년은 매우 예뻤다. 속눈썹이 길었으며 붉은 입술은 얇았다. 눈에서는 온화한 빛이 뿜어져 나왔으며 전체적으로 미소가 가득했다. 어찌 보면 여자 아이 같이 생겼고, 친근하게 느껴졌다. 텅즈징은 이런 보석 같은 아이가 하필 사생아로 태어나다니, 하늘도 참 불공평하다는 생각을 했다.

노마님은 살며시 눈꺼풀을 올리고선, 잠시 생각에 잠긴 후 낮은 목소리로 말했다.

"알았다. 먼길 오느라 고생했으니 일단 가서 좀 쉬어라. 스스야, 따뜻한 물과 음식을 좀 준비하거라."

하인들은 일제히 바삐 움직이기 시작했다. 텅즈징은 감사인사를 하며 거실을 나섰다. 사실 가야할 길이 급했지만, 노마님의 말씀을 거역할 수는 없었다. 그는 판시엔을 다시 한번 눈 여겨 보고는 곧바로 물러났다. 거실은 일순간 조용해졌다.

"너도 방금 한 이야기 들었지? 네 아비가 너를 징두로 보내라는 구나. 넌 어떻게 생각하느냐?"

할머니는 자신의 손을 판시엔의 손바닥 위에 올리더니 가볍게 두 번 치며 묻는다. 판시엔은 겉으론 미소를 지었지만, 내심 아무 예고 없이 왜 하필 이때 징두로 자기를 부르는지 의아했다. 만일 본인의 사생아에게 일종의 발판을 마련해주려 준비해 두었다 해도, 봄에 치르는 과거 시험이 이미 시작된 지금은 아무리 빨리 간다해도 한 달은 더 걸릴 텐데, 시기적으로 앞뒤가 맞지 않는 것 같았다.

"저는 징두에 가 본적이 없어서 궁금하긴 하지만, 조금 무서워요."

이 말은 반은 사실이고 반은 거짓이었다. 징두가 확실히 궁금하긴 했지만, 미지의 세계에 대한 막막함 같은 것이 있을 뿐 무섭지는 않았다.

"그래서 넌 가고 싶은 게냐?"

"네. 어릴 때부터 딴저우에 줄곧 있었으니, 한번 나가고 싶다고는 생각했어요."

"오, 이 늙은이를 더 이상은 보필하기 싫다는 게냐?"

판시엔은 웃으며 말했다.

"아까 그 사람도 말했잖아요. 아버지가 이번 기회에 전체 별저를 징두로 옮기려 한다고요. 할머니도 같이 가시는 것이니, 그런 걱정은 하지 마세요."

할머니는 가만히 고개를 저으며, 판시엔의 손을 잡아 본인 앞으로 이끈 후 조용히 말했다.

"나는 늙어서 그 먼길을 가기 힘들구나. 가고 싶으면 혼자 가거라. 난 여기 남아 별저를 돌보는 것만으로도 충분하다."

판시엔은 할머니가 징두에 가지 않으실 거라는 생각은 해본 적이 없기에, 뭐라 답해야 할지 몰랐다. 후원에는 징두에서 온 사람들이 사온 꽃차가 한구석에 쌓여 있었다. 차 향기가 후원 여기저기에 퍼졌다. 꽃들 사이로 노란 나비 몇 마리가 춤을 추고, 꽃나무 위에는 갓 태어난 아기 새 한 마리가 낭랑한 목소리로 울고 있었다.

"가거라. 새끼 봉황 한 마리가 첫 울음을 울면, 가서 세상을 봐야하는 법이지."

후원의 새소리를 들으며 할머니는 미소 지었다.

"만일 너 혼자 징두로 가면, 어린놈이 적잖이 억울한 일을 겪지 않을까 걱정이 된다마는, 견뎌낼 수 있겠지?"

노마님은 판시엔이 겉으로는 침착한 듯하나 속으로는 꼭 그렇지만도 않다는 걸 잘 알기에 마음이 짠했다. 그녀는 판시엔의 머리를 쓰다듬으며 당부했다.

"어떤 일이 있더라도, 아버지와 이 할미를 봐서 잘 참아 보거라."

판시엔은 할머니의 말의 의미를 잘 아는 터라 쉽게 대답하기 힘들었다.

"너 3년 전 조우 집사 일, 기억하지."

"그럼요."

"애비 둘째 부인인 류씨는 그리 총명하지는 않단다. 그렇다고 우둔하지도 않고."

"그 말씀은 그 부인도 누군가로부터 당했다는 말씀인가요?"

할머니는 이 말에 시원한 대답을 하지 않고 말을 돌렸다.

"솔직히 난 널 징두로 보내기 싫구나. 거기는 비바람이 너무 세서, 혹시나 네가 그걸 못 견딜까 걱정이 된단다. 네게 몇 마디만 더 하마."

"새겨듣겠습니다."

"넌 참으로 총명해서 사실 별 걱정을 할 게 없다만, 지난 번 일을 보면 너무 착하고 여린 네 심성이 걱정이구나."

"착하고 여리다는 건 좋은 거 아닌가요?"

할머니는 손자가 어떻게 생각하는지를 짐작하면서도, 차가운 눈빛으로 보내며 낮은 목소리로 말했다. "만일 네가 정말 징두에 가고 싶다면, 나처럼 일을 처리해야 하느니라."

"네?"

"마음을 독하게 먹어야 한다."

할머니는 조금 피곤한 듯 의자에 몸을 기대어 눈을 감고 정신을 가다듬으며 말했다. "이 세상은, 겉으로 보기엔 태평스럽지만, 마음을 독하게 먹지 않으면 결국 당하게 되어 있단다."

"네 애미도 참으로 총명하고 지혜로웠다만, 마음이 너무 착해서 그렇게······"

할머니는 갑자기 두 눈을 크게 뜨고 판시엔을 바라보더니, 한자 한자 똑똑히 말했다.

"다른 사람이 널 죽게 할 바에는, 차라리 네가 그 사람을 죽여야 할 것이다."

판시엔은 잠시 아무 말도 하지 않다가 대답했다.

"걱정 마세요. 할머니."

"그럼 가서 잘 해 보거라. 네 애비가 이렇게 급하게 부르는 걸 보니 징두에 무슨 일이 있긴 한가 보구나."

할머니는 십년 넘게 함께 지내온, 눈에 넣어도 아프지 않을 손자를 자신의 눈앞에서 보고 있으니, 인자한 눈빛이 더욱 깊어졌다.

"나는 징두로 가지 않고 이곳 딴저우에 남아 있을 테니, 만일 돌아오고 싶다는 생각이 들면 언제든 돌아오렴."

판시엔이 자신의 방으로 돌아와 책상 위에서 오랫동안 생각해보니, 막막하기도 하고 아쉽기도 한 마음이 들었다. 이윽고 정신을 차려보니 이미 밤이 깊어, 책상 위 등에는 이미 불이 켜져 있고, 시녀 스스는 그의 옆에 엎드려 턱에 팔을 괴고선 그 등을 멍하니 쳐다보고 있었다.

"무슨 일이야?"

스스는 한참을 멈칫 하더니, 마침내 용기를 내어서 말했다.

"도련님, 징두에 가셔서 좋아요?"

"뜬금없긴."

"도련님, 징두는 눈뜨고 코 베어가는 곳이래요. 게다가, 도련님은 정식 신분도 없으니, 그 둘째 마님 밑에서 고생이나 하실까 걱정이 돼요."

"괴롭히면 피하면 되고, 내가 출세를 못할 것 같으면 조그만 병원이나 차리면 되지, 뭘 그리 걱정이야?"

"도련님은 분명 뭐라도 되실 거예요. 책도 그리 많이 보셨는데, 내년에 과거 시험을 치시면 분명히 붙으실 거고, 장래에는 고관이 되셔서 가문을 빛내실 거고요."

판시엔은 스스가 이렇게 진지하게 이야기하는 것을 보고는 더 이상 말을 잇지 않았다. 지금까지 그는 자신이 가문을 빛낼 거라는 생각 따위는 해본 적도 없었다. 아버지에 대한 감정이 전혀 없었기 때문이다. 할머니에 대한 감정과는 차원이 달랐다.

"도련님은 왜 저는 안 데리고 가세요?"

마침내 스스가 정말로 말하고 싶은 말을 꺼냈다. 그녀는 가엽기 그지없는 눈빛으로 판시엔을 바라보며 말을 이어갔다.

"징두에 있는 시녀들은 모두 둘째 마님 말씀만 들을 텐데, 도련님 주변에 의지할 사람이 아무도 없으면 어쩌시려고요?"

스스는 판시엔보다 두 살 위였다. 여염집 같으면 벌써 시집보냈을 나이였지만, 딴저우 사람들이라면 누구나 판시엔이 가장 아끼는 사람이 스스라는 것을 알았고, 그리하여 스스의 집안 사람들이나 별저의 사람들이나 그녀를 시집보낼 생각을 하지 않았다. 판시엔은 스스를 쳐다보며 진심어린 말을 했다.

"징두에서 내가 어떻게 될지도 모르니 너를 데려가는 건 말이 안되지."

스스도 모르는 바는 아니었다. 하지만 지금 도련님과 이별한다면 다시는 못 볼 것 같은 서운한 기분이 들어 애꿎은 책상 위만 훔치고 있었다. 그런 그녀의 분주함을 보며 판시엔도 울적해졌다.

징두는 멋진 곳도 많을 테고, 재미있는 일도 많겠지. 하지만 양지에서의 공격도, 음지에서의 공격도 피할 수 없을 것이다. 판시엔 자신은 딴저우 같은 작은 도시에서 늙어가는 것보다 이런 걸 감내하는 것이 낫다고 생각해서 자발적으로 선택한 것이지만, 자기 주변의 사람들에게 이런 위험을 강요할 수는 없었다. 따라서 그가 아끼는 스스는 데려갈 수가 없었던 것이다. 나중에 징두에서 자리를 잡는 날이 온다면 생각해 볼 수 있을까? 물론 그때까지 몇 년이 걸릴지는 알 수 없는 법. 판시엔은 집을 나서 삼촌의 잡화점을 들렀다가, 동알의 두부가게도 들러서왔다.

텅즈징은 자신의 임무가 이리 쉽게 완수될 거라고는 꿈에도 생각하지 못했다. 판시엔 도련님은 적절한 신분이 없기에 분명 둘째 마님 밑에서 있으려고 하지 않을 것이며, 어떻게 해서든 딴저우에 남아 있고 싶을 거라고 생각했었다. 노마님이 딴저우에 남겠다는 결정은 자기가 상관할 문제가 아니었다. 노마님과 주인님이 알아서 결정할 일이었고, 자기는 도련님만 징두로 모셔 가면 되는 상황이었다.

세 대의 마차가 별저 입구에 서 있었다. 딴저우 사람들이 이른 아침부터 나와서 빙 둘러서 있었다. 판씨 집안 도련님이 징두로 가는 길을 배웅하기 위함이었다. 사람들은 별저 입구에 서서, 판시엔이 이 집의 문을 밟고 나오는 마지막 순간을 기다리고 있었다. 이때 후원에서 판시엔은 시녀들이 바삐 움직이는 것을 흐뭇하게 바라보고 있었다.

어느 시녀가 외쳤다. "아차, 칫솔을 안 쌌네!" 이 한마디에 시녀들이 사방에서 칫솔을 찾느라 한바탕 난리가 났다.

판시엔은 이 세계로 온 후 큰 발명을 하지는 않았다. 그래도 굳이 꼽자면, 칫솔의 털을 말털에서 돼지털로 개량한 것 정도, 면화를 이용해서 베개를 좀 더 부드럽게 만든 것 정도, 액체 비누를 만든 것 정도였다. 얼마인지 모를 시간을 기다려 칫솔까지 챙기자, 몇 무더기의 짐이 마차에 빼곡히 다 실렸다. 판시엔은 마지막으로 배웅하려는 할머니를 부축해 밖으로 나왔다.

사방의 익숙한 사람들에게 인사한 후, 무리에 섞여 있는 붉은 눈을 보았다. 스스였다. 아마도 밤새도록 운 것 같았다. 평소에 입지 않는 긴 셔츠 차림의 판시엔은 가슴을 활짝 펴 할머니를 향해 절을 했다. 그리고 일어서서 이 세상의 예법으로는 가당치도 않은 작별인사를 한다. 할머니를 꼭 껴안고, 주름살 가득한 이마에 오랜 뽀뽀를 하고는, 조그맣게 속삭였다.

"할머니, 스스를 꼭 좋은 데로 시집보내 주세요."

별저 사람들은 모두 판시엔의 이런 제멋대로의 행동에 놀랐지만 못 본 체 했다. 놀란 건 할머니도 마찬가지였다. 언제나 예의 바르고 공손하던 손자가 이런 엉뚱한 행동을 할 줄이야. 할머니는 판시엔의 이마를 가볍게 툭 치며 말했다.

"이게 무슨 야단이냐? 그 일은 할미가 알아서 잘 처리하마."

판시엔은 주위의 익숙한 얼굴들을 향해 모두 한 번씩 눈을 맞추고는 잠시 침묵한다. 그리고는 손을 가슴에 모아 주변의 모두에게 공손히 인사했다.

"몇 년 동안 모두 고생 많으셨습니다." 하인과 시녀들은 이런 예절을 감히 감당할 수 없어 급히 자리를 떴다.

"징두에 있는 네 아비를 더 이상 기다리게 하지 말고 이제 가거라. 스스는, 네가 거기서 자리를 잡는 대로 내가 보내마."

판시엔은 변변한 대답도 못한 채 마차에 올랐다. 바퀴가 굴러가기 시작하더니 이윽고 딴저우를 떠나고 있었다. 따사로운 햇빛, 파란 하늘, 떠가는 구름, 모든 것이 아름다웠다. 마차는 잡화점을 그리고 두부가게를 지나갔다. 판시엔은 한 때 자신의 시녀였다 쫓겨난 두부가게의 어린 주인과 그 옆의 아이를 보고 환하게 웃었다. 판시엔의 자리 밑에는 오래된 검은 가죽 상자가 있었다. 그는 자신이 손수 준비한 부드러운 침구를 펴고 그 위에 누웠다. 그는 이렇게 딴저우와 작별을 했다.

그는 아버지가 자신을 징두로 부른 진짜 이유를 알고 싶었다. 마차가 딴저우를 벗어나 몇십 리 길을 가고 있을 때 그는 호위대를 이끌고 있는 텅즈징을 불렀다. 텅즈징은 마차의 한편에 들어와 앉았다. 판시엔의 하얀 침낭을 더럽힐까 저어해 두 다리를 어디다 둬야 할지 몰라 안절부절하고 있었다. 마음 또한 편치 않았는데, 이 도련님을 방탕아로 추측하고 있었기 때문이었다.

판시엔은 허리를 곧추 세운 후 실눈을 뜨고는, 실력이 썩 괜찮아 보이는 이 중년 남자를 쳐다 보면서 말했다.

"딴저우에서 꽤 멀어졌으니, 이제 아버지가 나를 이렇게 급히 부르는 이유를 알려줘."

텅즈징은 말을 꺼내기가 쉽지 않은 듯 머뭇거리고 있었다. 판시엔은 반짝이는 눈빛으로 그의 두 눈을 똑바로 쳐다보았다. 그리고는 속삭이듯 물었다.

"내 신분을 잘 알잖아. 뭘 그리 망설여?"

텅즈징은 멋적은 웃음을 지었으나 이내 공손한 태도로 대답했다.

"도련님, 너무 심각하게 받아들이실 것 없어요. 아버님께서 도련님을 징두로 부르신 것은, 도련님의 앞길을 이제부터 차근차근 마련해 주시려는 겁니다."

"마차에 우리 둘밖에 없는데, 굳이 숨기실 이유가 있어? 정 말하기 곤란하면, 나 여기서 내려 돌아간다."

텅즈징은 침착한 표정으로 살짝 웃는다.

"도련님은 농담도 참……"

말을 다 마치기도 전에, 판시엔은 갑자기 말을 자른다.

"나도 가끔은 농담할 기분이 아닐 때가 있어."

텅즈징은 생각했다. '네가 징두로 가기 내키지 않아 한다는 건 모두가 아는 사실인데, 왜 노마님께 가기 싫다고 하지 않았지?' 한참의 침묵이 흐른 후, 텅즈징이 결국 침묵의 무게를 견디지 못하고 말한다.

"이번에 이렇게 급하게 도련님을 징두로 모시는 것은, 사실 아버님께서 도련님의 혼사를 준비하고 계시기 때문입니다."

"내가 혼인을 한다고?"

"네." 텅즈징은 공손히 대답했다.

판시엔은 그의 나이에 혼인 소식을 알게 된 여느 아이들과는 달리 침착하게 묻는다. "상대방은 누군데?"

그의 나이 열여섯, 이런 권력자의 집안에서는 혼사 얘기가 나올만한 나이였다. '왜 이렇게 급하게 진행하시는 걸까?' 판시엔은 혼사의 배경이 단순하지 않을 거라 예감했다.

"그건, 저도 잘 모르겠습니다. 듣자 하니 현명하고, 덕이 있는 분이라고 하던데요. 징두에서 평이 좋으신 분입니다."

텅즈징은 자신의 생각을 조심히 전했으나, 판시엔의 의문은 하나도 해결되지 않았다. 사생아라는 자신의 신분에, 부모의 배경이 만만치 않은 상황, 이런 경우라면 누구도 시집보내려 하지 않을 것이기 때문이다.

판시엔이 눈빛이 점점 더 차가워지는 것을 보고, 텅즈징은 입을 열었다. "다만, 그 아가씨가 몸이 좀 불편하다고, 최근에 병을 앓아서, 그래서 조금 급하다 하더군요."

판시엔은 '그럼 그렇지' 하고 생각하며 상황의 전모가 그려졌다.

"도련님, 근데 왜……"

"왜 화를 안 내냐고? 우선, 내가 징두에 간다는 것이 이 혼사를 받아들인다는 의미는 아니고, 둘째, 만약 내가 이 혼사를 받아들인다면, 그건 반드시 내가 그 여자가 맘에 들어야 하는 것이고, 셋째, 나는 여자가 병상에 누워있다는 게 그렇게 굴욕적이라 생각하지는 않고, 넷째, 자네는 모르겠지만, 사실 난 실력이 썩 괜찮은 의사이거든."

텅즈징에게는 이 네 가지 이유가 좀 황당했다. 특히 마지막 이유는 더더욱. 도련님이 의술을 안다고? 그렇다 해도 이 혼인이 비극에서 희극으로 급변할 거라고는 생각할 수 없었다. 아가씨의 몸상태가 그리 만만치 않아서, 황궁의 어의조차 고치지 못했다는데, 도련님이 어떻게 고친단 말인가?

4월도 다 끝나가는 어느 날이었다. 징두의 성 밖 도로 주변으로 풀은 잘 다듬어져 있었고, 그 위로 오가는 젊은 남녀의 발소리에 꾀꼬리들은 놀라 도망가고 있었다. 성을 감싸 안고 있는 강을 따라 양편에 길게 늘어선 버드나무만이 우아한 자태로 무심한 듯, 천리 밖에서 온 그 백성을 내려다보고 있었다.

세 대의 검은 마차가 줄을 지어 성안에 들어가기만 기다리고 있었다. 마차의 장막이 열리더니 미소를 가득 담은 맑은 얼굴이 나타났다. 판시엔은 징두의 성벽을 한번 바라봤다. 여기저기서 봄을 즐기고 있는 사람들을 둘러보며 말했다.

"이게 징두의 맛이로구나."

몇십 일 만에 징두에 도착한 길이었다. 오는 길에서 새로운 사람들과 푸른 하늘을 구경하며 여행의 기쁨도 느꼈고, 텅즈징을 비롯한 호위들과도 제법 친해졌다. 텅즈징이 손으로 부축하여 그가 마차에서 내리는 것을 도와주었다. 두 발을 땅에 딛고, 천천히 발을 옮기며, 특히 신발의 밑창이 땅에 더 많이 닿도록 애썼다. 징두의 흙에는 뭔가 더 특별한 것이 있는지 확인하고 싶어서였다.

징두로 들어가는 길은 출입 통제가 삼엄해서 줄이 제법 길었다. 판씨 집에서 마중 나온 사람은 없었다. 아마 그의 신분이 그리 떳떳하지 못했기 때문인 것 같았다. 차례를 기다리며 잡담을 나누는 중 사람들 사이에서 갑자기 소동이 일어나더니, 사람들이 일제히 비켜서기 시작했다. 그들 사이로 한 무리의 기병이 달려오고 있었는데, 속도가 무척 빨랐다. 기병대는 성문을 향해 달려가면서도 잠시도 멈추지 않았다.

대오의 제일 앞에 선 말 위에는 짧은 치마를 입은 소녀가 타고 있었다. 머리에는 노루가죽으로 만든 하얀 모자를 쓰고 있어 아주 세련돼 보였다. 검푸른 눈썹과 빛나는 눈빛, 특히 그 눈빛이 아름다웠다. 말 위에서 걱정스러운 표정을 숨기지 못한 채 다급히 성안으로 들어가는 모습이 무슨 일이 일어난 듯 보였다.

그 무리를 보고 판시엔은 감탄했다.

"역시 징두에는 예쁜 여자들이 많구나." 라고 말하며, 속으로는 자신의 '부인'이 될 사람이 어떤 모습일지 궁금했다. 텅즈징은 옆에서 가볍게 헛기침을 두 번 했다. 판시엔은 속으로 '감탄 한 번 한 것 가지고 저럴 것까지야?' 라고 생각하며 말했다.

"징두의 스타일이 꽉 막히진 않았나보네. 아가씨가 치마를 입고 말을 타는데도 뭐라 하는 사람도 없고."

텅즈징은 '스타일'이 무슨 말인지 몰랐지만 그저 설명했다.

"방금 지나간 분은 징두 수비군 예중 대인의 무남독녀입니다. 누가 감히 입을 댈 수가 없지요. 도련님, 징두에서는 말을 좀 조심하시는 게 좋습니다."

마차 옆에 서서 성문 입구를 바라보니, 과연 그 기병들은 성문 앞에 줄을 서지 않고 영패(令牌)만 검사 받고 바로 성 안으로 들어가고 있었다. 하지만 판시엔의 순서가 왔을 때, 성문을 지키는 관병들의 표정을 보니, 딱 공무원이 공무를 처리하는 표정이었다. 마차로 다시 돌아와 앉자 자신의 마차가 오랜 시간 기다렸어야 했던 이유를 깨달았다. 이 세 대의 마차에는 판씨 집안의 표식이 없었다.

제5장

소동

징두 동쪽 성에는 고관과 귀족이 살고 있어 평민들이 살 곳은 없었다. 그래서인가 동네는 조용한 편이었다. 말끔한 거리에 비슷한 간격으로 하나씩 저택이 자리 잡고 있었는데, 저택의 문 앞에는 모두 돌로 된 사자상을 세워두었다. 수십 개의 사자상이 집 앞을 지나다니는 마차를 하루 종일 지겹도록 쳐다보고 있었다.

대로를 지나가는 검은색 마차 하나를 유심히 보는 사람은 아무도 없었다. 마차는 판씨 저택의 근처에 이르러 골목 안으로 꺾어 들어가더니, 구석에 있는 나무 그늘 아래 섰다.

판시엔은 마차의 장막을 젖히고, 텅즈징의 도움을 받아 마차에서 내렸다. 주위를 한번 둘러보더니 고개를 끄덕인다. '끄윽' 하며 나무

문을 열고, 하인들이 그를 맞으러 나왔다. 판시엔은 순간 그들을 뭐라 부를지, 어떻게 인사를 해야 할 지 도무지 알 수가 없었다. 그래서 아무 말도 하지 않고 그저 웃으며 텅즈징을 따라 문안으로 들어갔다. 하인들은 안도의 한숨을 쉬며, 마차 뒤에 가득 쌓여 있는 짐을 옮기기 시작했다.

문 안에는 판시엔을 맞이하는 남자 하인 하나가 몸을 꼽추처럼 숙이고는 길을 안내했다. 후원은 길게 이어져, 꽃과 풀로 가득했다. 얕은 연못도 갖춰져 매우 정갈하고 우아한 풍경을 연출했다. 가는 길에 시녀 몇몇을 보았는데, 그들은 판시엔 일행을 위해 말소리를 낮추고는 정갈한 몸짓으로 길 한켠에 비켜서 있었다. 한 치의 흐트러짐도 없어 보였다.

한참을 걸어도 아직 내원(內院)에 다다르지 못했다. 그 웅장하고 호화스러움에 판시엔은 감탄을 금할 수 없었다. 도대체 딴저우 별저의 몇십 배가 되는 건지 가늠할 수가 없었다. 한 평이 금과 같다는 징두에서 이렇게 넓은 저택을 가진 곳을 보니, 판씨 집안의 권세는 역시 대단한 듯했다.

여느 사람 같으면 심리적인 위축을 느낄 만한 규모의 커다란 저택이었다. 하지만 판시엔은 여느 사람이 아니었고, 두 가지 세상을 한 몸에 지닌 채 생사를 넘나들었으니, 행동에도 거리낌이 없었다. 더구나 그는 자신의 사생아 신분을 그리 부끄러워하지도 않았다. 만일 그것에 대해 부끄러워해야 할 사람이 있다면 그것은 바로 아버지라 생각했기 때문이었다. 이런 연유로 그는 떳떳할 수 있었으며 남의 이목 같은 것은 전혀 신경 쓰지 않았다. 사방을 둘러보고 만면에 웃음을 띠고는, 조심스럽거나 어색해하는 시늉 하나 없이, 저택을 감상했다. 늘어진 버드나무를 보면 한 번씩 만져도 보고, 연못 위의 다리를 건널 때는 물속의 금빛 잉어도 보는 등, 더 이상 태평할 수가 없었다. 이런 판시엔의 모습은, 저택의 하인들에게 놀라울 수밖에 없었다. 이 도련님이 어떤 사람인지 대강 알겠으나, 좋다고도 안 좋다고도 평가를 할 수도 없고, 그저 보통 사람들과 다른 느낌인데도, 그 느낌을 이 세상 언어로 표현하기가 어려웠다.

드디어 내원 앞에 도착하자 텅즈징이 조용히 알렸다.

"도련님, 이 안으로는 제가 들어갈 수 없습니다. 그러니 도련님 혼자 들어가세요."

길을 안내하던 남자 하인은 여기서부터 어리고 예쁜 소녀로 바뀌었다. 판시엔은 그녀 뒤를 따라 후원으로 들어갔다. 중년 부인이 절제된 몸짓으로 황동 대야를 가지고 오더니, 무릎을 반으로 꿇고 예를 갖춘 후, 그의 얼굴을 씻어 주었다. 판시엔은 조용히 손을 닦고 수건을 돌려주며 "고마워"라고 인사했다. 중년의 부인은 '고마워'라는 말을 듣고 조금 놀라는 기색을 보이며 물러갔다. 판시엔은 그제서야 징두는 딴저우랑 달라서, 이런 식으로 하녀들에게 예를 차리며 말하는 것이 적절하지 않을 수도 있겠다는 생각을 했다.

얼굴을 다 씻었는데도 그를 집안으로 데리고 들어가는 사람이 없었고, 아는 체하는 사람도 없었다. 사생아를 초장에 길들여야 한다고 생각했는지도 모르겠다 생각하니 판시엔은 조금씩 짜증이 나기 시작했다. 심호흡을 한 번 하며 마음을 가다듬었다. 눈을 들어 저택을 이리저리 둘러보다 하얀 색 벽에 검은 처마를 발견했다. 깔끔하고 단아하게 꾸며진 모습이 꽤나 기풍있게 보였다.

사실 시녀 몇 명이 그의 옆에 서 있었는데, 그들이 특별히 푸대접한 건 아니었고, 단지 이 도련님의 특수한 신분 때문에 어떻게 불러야 할지, 어떻게 대해야 할지 모르는 만큼 둘째 마님이 오길 기다리고 있었던 참이었다. 이 도련님이 정실부인에게서 나지는 않았지만, 현재 둘째 마님도 정실부인은 아니지 않는가. 여하튼 입장이 난

처했다.

시간이 이렇게 천천히 지나고, 검은 처마의 그림자가 길어지고 있었다. 판시엔은 대충 속으로 결심을 하고는 자신을 여기까지 데려다 준 어린 시녀를 손짓으로 불렀다. 시녀의 용모는 깨끗하게 예뻤으며, 얼굴에서는 빛이 났다. 나이는 꽤 어려 보였다.

"도……도…… 무슨 시키실 일이라도?" 그녀는 도련님이라고 부르고 싶었을 테지만, 그렇게 불러도 되는지 확신이 서지 않아, 난처해서 얼굴마저 빨개지고 말았다.

판시엔은 그 모습에 살짝 웃고는 말했다. "의자를 하나 가져다주렴."

어린 시녀는 시키는 대로 거실에서 나무 의자를 하나 갖다 주었다. 판시엔은 의자에 앉은 채로 고개를 들어 하늘을 구경했다. 빛이 어떻게 변하고 있는지에 집중한 채 주위의 시선에는 아랑곳하지도 않았다. 나이든 시녀들은 이 광경을 보고 '나이도 어린 사람이 예를 갖춰 인사도 드리지 않고, 어른이 오시기도 전에 이런 식으로 행동하는 경우가 어디 있나' 하며 놀랐다.

마침 그때 회랑 안쪽에서 아주 가벼운 발걸음 소리가 들려오고, 은은한 향기가 바람에 실려왔다. 사람을 참 기분좋게 만드는 소리와 향기였다. 고개를 돌려 판시엔이 그곳을 보니 어떤 귀부인이 만면에 웃음을 띠며 걸어오고 있었다. 부인의 얼굴은 아름다웠는데, 두 눈동자는 검었고, 몸에는 긴 치마가 가볍게 날리고 있었으며, 걸을 때마다 금방울들이 흔들리고 있었다. 몸에서 감출 수 없는 귀티가 흐르고 있어 도무지 어떻게 인사를 해야 할지 가늠이 안됐다. 판시엔은 그저 의자에서 일어났다.

부인은 멀리서 판시엔을 보고는 온화하게 말했다.

"시엔, 오느라 고생했구나. 앉거라."

역시 스난 백작부 둘째 마님다웠다. 마님의 성은 류(柳, 류), 이름은 루위(如玉, 여옥)으로, 십여 년 전에 백작부에 시집을 왔다. 그의 집 배경은 꽤나 막강했는데, 삼대 안에 한 명의 공주, 즉 왕의 부인을 배출한 집안출신이기 때문이었다. 그녀가 스난 백작에게 시집올 당시, 의문을 품은 사람들이 많았다. 무슨 생각으로 류씨 집안 같은 곳에서 딸을 판지엔에게 시집보내냐는 것이었다. 비록 판지엔이 이미 스난 백작의 지위에 올라 있었으나, 사실 판씨 가문의 먼 친척에 지나지 않아 격이 맞지 않았기 때문이었다. 하지만 그 이후로 십 년 간 스난 백작의 이름이 여기저기 회자되고, 관직이 점점 높아지면서, 사람들은 류씨 집안의 안목을 인정하게 되었다. 그럼에도 여전히 이상한 것은 판지엔은 지금껏 그녀를 정실부인의 자리에 앉히지 않는 것이다. 그것은 정서상으로나 류씨 집안의 지위로 보나 이해할 수 없는 일이었다.

판시엔은 만면에 웃음을 띠고, 둘째 마님께 예를 갖춰 인사를 드렸다.

"시엔, 이모를 뵙습니다."

류씨는 얼굴 가득 웃음을 지었지만, 눈동자에는 확실히 알 수 없는 감정이 잠시 스쳐갔다. '이모?' 그녀는 이런 칭호를 들어본 적이 없었다. 마님과 이모의 차이를 모를 리 없는 이 소년이 자기를 그렇게 부른 것이다.

"들어 오거라, 오는 길이 멀었지? 처마 밑에 그리 앉아 있다니, 다른 사람이 보면 판씨 집안은 참 이해하기 힘들다고 하겠구나."

이해하기 힘들다? 다른 사람들이 이해하고 말고를 떠나서, 판시엔은 그녀가 자기에게 사생아의 신분을 확인시켜준 것으로 받아들였기에, 돌려 말하는 방식도 참 대단하다는 생각이 들었다. 하지만 그녀가 그런 식의 독살을 시도할 만큼 바보가 아님은 확실해 보였다. 삼 년 전 자신을 독살하려고 시도한 것이 정말 이 귀부인이었는지는 더욱 알쏭달쏭해졌다.

판시엔은 류씨와 거실로 들어가며 이런저런 잡담을 나누었다. 누가 봐도 정말 자애로운 어머니와 효심 깊은 아들의 모습이었다. 내온 차를 보니 확실히 좋은 차였다. 차려진 간식 또한 나무랄 데 없었다. 차와 간식을 들며 징두로 오는 길에서 들은 이야기, 딴저우의 할머니에 대한 안부, 딴저우의 소식, 징두와 다른 몇 가지를 이야기하고 나니 더 이상 할 얘기가 없어졌다. 판시엔과 류씨는 약속이나 한 듯 입을 닫았다.

둘 다 상대방이 보통내기가 아니라는 것을 확인했으므로, 말장난으로 서로를 탐색하는 일은 별 의미가 없다고 느꼈다. 거실의 분위기는 딱딱했다. 시녀들은 차를 바꾸러 올 때마다 발걸음 소리가 나지 않도록 최대한 주의를 기울였다. 판시엔과 류씨는 크게 개의치 않고, 찻잔을 들어 서로를 한 번씩 쳐다볼 때마다 온화한 표정을 주고받을 뿐이었다.

류씨는 말을 붙여 볼수록 이 소년이 만만치 않다고 생각했다. 이런 상황에서 자유롭게 행동하는 것하며, 긴장하거나 구속된 느낌이 전혀 없었기 때문이었다. 어떤 손님에도 뒤지지 않는 것이, 도대체 딴저우의 노마님은 무엇을 어떻게 가르친 건지 내심 궁금해졌다.

딴저우의 노마님을 생각할 때마다, 그녀는 후회가 몰려왔다. 그때 자기가 그렇게 이용당해서는 안 되었는데, 결국 그때의 실수로 이 사생아가 이렇게 버젓이 그녀의 집에 들어오는 것을 막지 못했기 때문이었다. 그때의 교훈으로 류씨는 이후의 일을 처리함에 있어서는 더욱 조심하게 되었다.

"네 아버지는 지금 호부 시랑을 맡고 계신단다. 너는 내년에 과거를 볼 거니, 아니면 지금 바로 호부로 들어가 일을 시작할 거니?"

"아버지가 하라시는 대로 하겠습니다. 그런데 아버지께서는 언제 돌아오시나요?"

징두에서 보고 싶은 사람 몇이 있는데, 지금 그의 앞에 앉아 있는 귀부인도 그중 한사람이며, 페이지에 스승, 뤄뤄도 그중에 있었다. 그러나 지금 무엇보다 가장 보고 싶은 사람을 꼽으라면 바로 아버지였다. 어떻게 천하의 최고 부자 예씨 집안 출신 어머니로 하여금, 시원치 않은 판씨 가문 방계 남자를 마음속에 품게 했는지가 궁금했기 때문이었다.

약간 묘한 것은, 판시엔은 예칭메이가 자신의 어머니인 건 받아들일 수 있었으나, 아버지를 받아들이기가 쉽지 않았다는 점이다. 어쩌면 우쥬 삼촌의 영향일 수도 있고, 어쩌면 남자로서의 본능적인 반응일 지도 몰랐다.

"아버지는 곧 돌아오실 게다. 돌아오시면 부자지간에 대화를 잘 해보렴. 너무 조급하게 굴어 아버지를 화나게 하진 말고. 최근에 조정이 그렇게 편안하지는 않단다."

이 말을 할 때, 내원의 큰 문 쪽에서 약간의 소동이 있었다. 시녀들이 황급히 그 소동의 주인공을 데리러 갔지만, 주인공의 걸음이 너무 빨라 시녀들은 인사도 채 못 마쳤다. 그 주인공은 열네다섯 될까 말까 하는 소녀였다. 이 소녀는 그다지 예쁘다 할 수는 없었지만, 눈썹 사이가 이상할 정도로 깔끔했다. 선천적으로 몸이 허약했기에 가진 특유의 냉기도 있었다. 하지만 이 냉기는 차가운 미인이라 부를 때의 그런 종류의 차가움은 아니고, 알기 힘든 종류의 것이었지만, 결과적으로 주위 사람들과 거리감을 만들었다.

판시엔은 그 소녀를 보고 웃으며 아무 말도 하지 않았다. 속으로는 고관대작의 딸답지 않은 이러한 냉담함이 혹시 최근에 자신이 보낸 소설과 관련이 있을까 싶어 걱정했다. 판시엔의 얼굴을 뚫어져 라 쳐다본 후에야, 소녀는 그 냉담함을 차차 거두었다. 냉담이 사라 진 대신 그곳을 채운 것은 홍조였다. 그녀는 곧바로 말을 걸려다 이 내 거두고는 반보 정도 뒤로 물러서서 가벼운 몸짓으로 옷매무새 를 가다듬었다. 그녀는 예를 갖춘 후 부드러운 목소리로 아주 공손 히 말했다.

"오라버니를 뵙습니다."

"뤄뤄야, 적당히 해."

두 사람은 눈빛을 주고받았다. 그 눈빛에는 아무 것도 없고, 그저 기쁨만이 있었다. 몇 년 동안이나 서신을 주고받은 사이기에, 서로 가장 깊은 곳까지를 이해하는 오누이 한 쌍이었다. 바로 그때, 어디 선가 난데없이 아이의 목소리가 울려 퍼져, 두 사람의 십 년만의 아 름다운 재회를 산산조각 냈다.

"네가 판시엔이야?"

판시엔은 고개를 돌려, 높은 난간을 훌쩍 넘어 들어온 그 아이를 봤다. 열한두 살 정도 돼 보이는, 약간 통통한 소년이었다. 소년의 왼 쪽 뺨에는 또래 아이들이라면 누구나 싫어할 검은 곰보 자국이 있었 다. 통통한 이 소년은 물론 류씨 부인이 십여 년 전에 낳았다는 아들 이 확실해 보였지만, 판시엔은 짐짓 모르는 척 물었다.

"이 분은 뉘신지?"

"나는 판스쳐(范思辙, 범사철), 판씨 집안의 떳떳한 도련님이지. 네가 그 사생아구나?"

통통한 소년이 비열한 말투로 이어 물었다. 판시엔은 류씨 부인 이 이 상황을 어떻게 수습할지가 궁금해서 고개를 돌렸으나, 이미 류씨 부인은 자리를 뜬 후였다. 판시엔은 헛웃음을 지을 수밖에 없 었다. '이건 뭐 친아들의 난동으로 나를 공격하겠다는 수법인가? 어

쨌든 품위를 손상시키는 일이 발생해도 아직 어린애라 그렇다는 핑계를 댈 수 있으니까.'

그는 입가에 엷은 미소를 지으며 마음속으로 생각했다.

'이 잘난 도련님 한번 제대로 교육을 시켜, 말아.'

판스져는 판시엔의 웃음을 보며 약간 겁이 나기도 했지만 겉으로는 여전히 허세를 부리며 아무 말도 하지 않았다.

이어서 일어난 일은 판시엔의 예상과 완전히 일치했다. 판뤄뤄가 책상에서 회초리를 집어 들고는, 판스져를 보고 조용히 말했다.

"손 내밀어."

"왜 그래, 누나?" 판스져는 크게 놀랐지만 본능적으로 손을 내밀었다.

'짝짝' 무섭게 내리치는 소리가 두 번 있은 후, 판스져의 손에는 붉은 자국이 남았다. 눈에는 눈물이 흘러내리고 있었지만 그는 입술을 꽉 깨물며 말했다. "누나, 왜 외부……."

'외부인'이라는 말을 다 하기도 전에, 판뤄뤄는 다시 아무 표정의 변화도 없이 회초리를 세게 두 번 녀석의 손바닥 위로 휘둘렀다.

판뤄뤄는 동생을 향해 조용히 이야기했다.

"첫 번째, 형님의 이름을 그렇게 직접적으로 부르면 안 된다. 두 번째, 넌 이 집안에서의 네 자신의 신분을 알 터이니, 그런 비열한 말을 하면 안 된다. 세 번째, 잘못을 했으면, 당연히 벌을 받는다. 인정해 안 해?"

판스져가 어떻게 인정을 하겠는가? 대신 그는 아무 대꾸도 하지 못하고, 판시엔을 한 번 노려보더니 후원으로 뛰어갔다. 멀리서 우는 소리가 점점 크게 들려왔다.

"저 녀석은 매번 울 때마다 가서 엄마를 찾아." 판뤄뤄는 고개를 저었다.

"어떻게 네가 회초리로 쟤를 때릴 수 있는 거야?"

"아버지께서 동생을 가르치라고 하셨거든."

"이건 지금 이 세상을 보는 내 관점과는 약간 차이가 있는데?"

"남성 권력에 대한 문제?"

"응, 그리고 가족 내 권한 분배와 관련한 문제?"

"지금 난 아마 약간의 권력을 갖고 있는 것 같아."

"그래도 지금의 네 권력은 남자에 완전히 의존하고 있는 권력이라는 것을 잊지 마."

"오라버니도 잊지 마. 지금 오라버니가 말하는 그 남자가 우리들의 아버지라는 것을."

속사포처럼 쏟아지는 질문과 답변들이 끊임없이 오갔고, 판시엔과 판뤄뤄는 서로를 쳐다보며 즐겁게 웃었다. 둘 밖에 아무도 없었기에, 판뤄뤄도 조금 전의 진지함은 버리고 얼굴 가득 웃음꽃을 피우기 시작했다.

판시엔 또한 비슷했다. 편지를 주고받을 때마다 그랬던 것처럼, 자기 논리를 펼치며 이야기를 나눌 수 있는 유일한 대상이 판뤄뤄였다. 그건 어쩌면 처음 편지를 주고받기 시작했을 때 아주 어렸던 판뤄뤄 덕분에, 오히려 판시엔이 세상과 인생을 바라보는 관점에 무의식적으로 많은 영향을 받은 탓일 수도 있었다. 십 년이나 보지 못했기에 어색할 수도 있는 사이였지만, 재미있는 대화를 나누며 두 사람 간의 심리적 거리는 급속히 사라져 버렸고, 마치 헤어진 적이 한 번도 없는 오누이 같았다.

"생각보다 잘 지내고 있는 것처럼 보이네. 내 걱정은 쓸데없는 것이었나 봐."

"모두 오라버니의 충고 덕택이야."

전생에 봤던 연애소설이 진정 효과가 있었단 말인가?

"최근에 류씨는 비교적 분수를 잘 지키는 편이야."

판뤄뤄는 둘째 부인을 류씨라 불렀는데, 거실에 둘밖에 없었기 때문일 것이었다.

"내가 저 멀리 딴저우에 있었어도, 류씨 집안이라면 징두에서 날아가는 새도 떨어뜨릴 수 있다는 걸 들었을 정도니까 너무 쉽게 보지는 마."

"물론 그럴 순 없지."

판뤄뤄가 눈꺼풀을 내리니, 속눈썹이 하얀 피부위에 살짝 걸쳐져 예쁘기 그지없었다. 둘의 대화를 방해하는 사람이 아무도 없었다. 판시엔은 이것이 너무 좋았다. 판시엔은 차를 한 모금 마시며 진지하게 물었다.

"넌 내가 이번에 징두에 온 이유를 모르지?"

판뤄뤄는 알쏭달쏭한 표정으로 오라버니를 쳐다봤다.

판시엔이 당황하며 묻는다. "뭐야?"

"오라버니가 징두를 온 이유는 많은 사람들이 이미 알고 있어. 징두의 명문가 자녀들은 모두 궁금해하고 있지. 오라버니를 이번에 징두로 오게 한 일이 결국 성공할 확률이 얼마나 될까하면서."

판시엔은 조금 놀랐다.

"난 아버지가 날 징두로 오게 한다면 조용히 부를 거라고 항상 생각해왔는데. 그리고 징두에는 날 아는 사람이 없을 텐데. 왜 나의 일에 사람들이 호기심을 갖는 거지?"

판뤄뤄는 놀리듯 말한다. "오라버니가 아니라, 그 아가씨가 엄청 유명하거든."

"너도 그 아가씨를 알아?"

"나의 미래의 새언니가 될 사람은 린(林, 임)씨 집안의 아가씨야. 나뿐 아니라 징두 사람이면 누구나 다 알걸?"

판시엔은 더욱 놀라며 묻는다.

"어떤 린씨? 얼마나 유명하길래?"

"오라버니는 계속 딴저우에 있었으니 징두의 일에 그리 큰 관심이 있진 않았겠지만, 나는 황궁에서 만드는 종이에 인쇄되는 그 물건을 항상 보고 있지. 황실에서 할머니께도 항상 한 부를 보냈을 텐데. 뭐, 오라버니가 몰래 팔아 버렸을 테지만."

판시엔은 기억을 더듬어 최근의 신문 기사를 상기했다.

"설마 그 린씨 집안이 재상 린뤄푸(林若甫, 임약보)댁을 말하는 거야? 그 아가씨가 최근에 세상을 시끄럽게 했던 그 사생아 사건의 주인공이야?"

지난 십 년간 태평성대인 경국은 매우 번창한 상태였다. 백성들은 먹고 살만하고 마음은 안정돼 있었다. 이런 시대에는 소위 천고의 제1황제, 천고의 제1통치 등으로 불리는 것들이 있기 마련이지만, 천고의 제1간신도 그 뒤에 따라오게 되어 있었다.

재상 린뤄푸는 가난한 집안 출생으로 과거시험을 통해서 관료 사회에 들어왔다. 처음에는 수저우(苏州, 소주)에서 한직으로 벼슬을 시작했으나 우연히 징두로 발탁이 되고는 계속해서 관직이 높아졌다. 이부 시랑에서 반평생을 보내고, 마침내 현재는 문관 최고 자리에 오르게 된 것이다. 린 재상이 거쳐 간 관직을 살펴보면, 문관부터 군사 관련, 인사 관련, 감찰 관련 등, 관직의 높고 낮음을 떠나 두루두루 다양한 방면을 거쳤음을 알 수 있었다. 들리는 바에 따르면 황궁에 아무 기댈 곳도, 배경도 없었다는데, 그럼에도 경국의 복잡한 관직사회를 유유히 떠다니며 한 번도 무너지지 않았다는 점이 사람들을 매우 의아하게 만들었다.

린뤄푸는 표면상으로 매우 청렴해 보였지만, 그 속은 매우 음흉했다. 뇌물을 수없이 받았으며, 문관계통과 황실 귀족의 권력 다툼

속에서도 많은 사람의 미움을 샀다. 그러나 몇 십 년 동안의 노력을 통해 이미 경국 문관계통에 수많은 잔가지들을 펼쳐 놨으니, 큰 산이 쉬이 넘어지지 않듯이, 몇 명의 상주문으로 그를 꺾을 수야 있었겠는가?

시간이 지나면서, 고관 중 몇몇은 진상을 알게 되었지만, 황제가 신경 쓰지 않는 마당에 어느 누가 그 권력을 뺏을 수 있겠는가? 당시 고관들은 재상에 대한 황제의 신임이 매우 두텁다는 것을 알고 있었고, 따라서 절망할 수밖에 없었다. 그런데 누가 상상이나 했으랴. 그런 린뤄푸가 갑자기 사생아를 딸로 두었다는 것이 밝혀질 줄은.

이 세상에서 고관들이나 부유한 상인들이 첩을 몇이나 두는 것은 다반사지만, 재상 대인은 이런 면에서 깨끗하다 언제나 자부하던 사람이었는데, 갑자기 사생아라니. 도덕적으로 많은 충격을 받을 수밖에 없었다. 제일 중요한 것은 이 일이 신문에까지 소개됐다는 것이다. 그 이후로도 무수한 추측들이 난무했지만, 그럼에도 황제가 아무 일도 없는 듯 재상 대인을 대하는데, 누가 감히 그를 끌어내릴 수 있겠는가?

탄핵을 담당하는 관청인 어사대에서 이 기회를 놓치지 않고 린뤄푸를 맹렬히 공격했으나, 조정의 황제가 직접 나서 이 사건을 묵살했으니, 이제 더 이상 긴 말이 필요 없었다. 하지만 그 사생아는 사람들 주목을 받기 시작했고, 징두의 백성들이 차나 음식을 먹을 때마다 간식이나 반찬처럼 거론되는 인물이 되어 버렸던 것이다.

판시엔은 자기에게 시집올 여자가 재상의 딸일 것이라고는 생각지도 못했고, 사생아일 것이라고는 더더욱 생각하지 못했다.

바깥이 소란해 고개를 돌려 거실 밖을 보니, 아버지가 돌아오신 것 같았다. 촛등은 이미 밝혀져 있었지만, 하늘은 아직 채 어두워지지 않았다. 거실 중간에는 식탁 가득 음식이 성대히 차려져 있었고, 다섯 명이 탁자 주변에 둘러앉아 있었다. 십여 명의 시녀와 하인들은 그 옆에서 시중을 들고 있었다. 하지만 대화 소리뿐 아니라 발자국 소리조차 나지 않고, 심장 고동 소리가 들릴 정도로 고요했다.

류씨 부인이 하는 행동이 특이했는데, 서서 손님에게 음식을 먼저 권한 뒤, 가장이 먼저 식사하도록 시중을 들고서야 그 옆에 앉았다. 항상 이렇게 하는 듯했다. 판시엔은 자기 앞의 중년 남성을 보면서 마음속으로 '저 사람이 나의 아버지인가' 하고 생각했다. 판지엔은 영웅다운 면모가 있었다. 턱 아래로 턱수염을 길러 위엄이 있어 보였다. 조용히 밥을 먹고 판지엔이 앞서자 판시엔도 뒤따라 서재로 들어갔다.

판시엔이 처음으로 아버지와 독대한 순간이었다. 하지만 감격스럽기보다는 오히려 경계심이 들었다. 그의 마음 깊은 곳에서는 아직도 상대방에 대해 진정한 혈육의 정 같은 것을 느껴보지 못했기 때문이었다.

판지엔은 자기 눈앞에 서있는 판시엔의 수려한 용모에 아이의 어머니를 보는 듯하여 어지러워졌다. 잠시 후 그는 부드럽게 말을 건넸다.

"네 엄마와 정말 닮았구나."

판시엔은 할 말이 없었다. 그는 자신의 어머니를 본 적이 없었기 때문이었다.

"딴저우에서의 생활은 어떠하였느냐?"

"그럭저럭 괜찮았습니다."

"네 성격으로 미루어 봤을 때, 내가 널 왜 징두로 데려왔는지를 텅즈징에게서 알아냈으렸다?"

"네."

"억울하냐?"

"그렇지 않습니다. 저는 징두로 오는 마차를 탔을 뿐, 그 아가씨에게 장가간다고 하지는 않았습니다."

이 말을 입 밖으로 내자, 서재 안은 쥐 죽은 듯이 조용해졌다.

판지엔은 조용히 판시엔을 바라보며 물었다.

"그 아가씨에게 장가를 간다는 것이 어떤 의미인지 아느냐?"

"판씨 집안이 지금처럼 황제폐하의 변함없는 은덕을 받는 것에 더해, 조정에 또 다른 큰 대들보를 잡게 되는 의미라고 생각합니다."

판시엔의 말에는 조소의 빛이 서려 있었다. 그는 앞에 있는 중년 남성에게 어떤 감정도 없으며, 오히려 방관자적 입장을 유지할 수 있을 것이라 생각했었다. 하지만 아무리 명의상이라도 아버지인 사람이 자신의 사생아를 십여 년 동안이나 딴저우에 방치해 놓고 거들떠 보지도 않다가, 이제 와 재상 집안과 엮기 위한 수단으로 징두에 불러 정략 결혼을 시키겠다니, 화가 나지 않을 수 없었다.

"아주 좋아, 결국 너도 화를 내는 구나."

판지엔은 입술 끝이 조금 올라가기 시작하더니, 얼굴에 미소가 점점 퍼졌다. "딴저우의 소식은 항상 듣고 있었다. 그런데 넌 화를 낼 지 모르는 사람 같더구나. 이제 겨우 열여섯인데, 감정을 숨기기만 한다면 너무 힘들 게야."

"그래서 어떻다는 말씀이세요?"

판시엔은 의아해하는 눈빛으로 아버지를 바라보면서 속으로 마음을 굳혔다.

"우선 제가 아버지께 알려 드려야 할 일이 있습니다."

"무슨 일이냐?"

"저는 쉽게 통제될 수 있는 사람이 아닙니다."

판시엔은 에두르지 않고 말했다.

"나는 널 통제할 수 있을 거라 생각해본 적이 없단다. 비록 네가, 나의 아들이라 하더라도 말이야."

판지엔은 소년의 두 눈을 바라보았다. 냉랭하던 판시엔의 눈이 조금 흔들리는 것을 보고는 이어 말했다.

"그러나 재상 집안과의 혼사는 반드시 치러져야 하고, 이 일에 대해서는 너와 상의해서 결정할 수가 없구나."

"한번 시도해 보실 수는 있지 않나요?"

판지엔은 몸을 앞쪽으로 숙여, 판시엔의 눈을 더욱 가까이서 보며 말했다.

"너는 아버지를 너무 과소평가하는 듯하구나. 조정에서 차지하는 판씨 집안의 지위 때문에 내가 아들까지 팔 거라 생각하느냐? 고작 린뤄푸를 위해 내가 그렇게까지 할 이유는 없다."

이 말이 거짓처럼 들리지는 않아 의아한 판시엔은 생각했다. '그럼 정략 결혼도 아닌데, 왜 지금 나를 재상의 사생아에게 장가보내려는 거지? 그 아가씨 정도면 정말 얻기 힘든 배필이라는 등의 단순한 논리는 아닐 텐데.' 판지엔은 판시엔의 생각을 짐작할 수 있었기에 곧바로 그의 의혹을 해소시켜 주었다.

"너는 그 아가씨의 어머니가 누군지 알고 있느냐?"

판시엔은 그 아가씨가 재상의 사생아라는 것에만 관심이 꽂혀 있었기에, 그의 어머니는 흔하디 흔한 불쌍한 여자 중 하나에 불과할 거라 생각했는데, 아버지가 하는 말의 어조를 보면 분명 뭔가가 있는 듯하여 호기심이 발동했다.

판지엔이 부드러운 목소리로 말했다.

"린씨 집안 아가씨의 어머니는 장(長) 공주로, 폐하의 친여동생이다. 장 공주는 명목상 미혼으로 황실의 장사를 관리하고 있다. 황실과 경국 전체에 끊임없이 자금을 제공하고 있는 셈이지."

판시엔은 놀라 할 말을 잃었다. 그 아가씨가 장 공주의 딸이라면, 재상과 장 공주가 한몸이라는 것이고, 동시에 막강한 몸통이라는 것인가. 재상 대인이 최근 그렇게 고속 승진을 한 이유가 이것이었나. 이 비밀을 아는 사람이 천하에 몇 안 될 텐데, 아버지와 황제의 관계가 특별하지 않았다면 어떻게 이런 사실을 알았을까. '이렇게 큰 비밀을 내게 말해서는 안 될 텐데' 하며, 그는 갑자기 우쥬 삼촌이 했던 말이 떠올라 물었다.

"장 공주가 관리하는 황실의 장사라는 것이, 혹시 원래 예씨 집안의 장사 인가요?"

"그렇다. 장 공주는 딸 하나밖에 없기에, 폐하가 일찍이 장 공주의 딸에게 황실의 자금줄인 내고(內庫, 황실의 장사-역주) 관리권한을 주기로 했다. 그러니 누구라도 린씨 집안 아가씨와 혼인하려 안달이지. 혼인을 한다는 건 장 공주의 사위가 된다는 것이고, 그건 곧 내고의 주인이 된다는 것을 의미하니까."

판시엔은 너무 많은 말을 해서 조금은 피곤한 기색이 있었지만, 마음 속 깊은 곳에서는 흥분이 됐다. 그는 의자 손잡이를 잡고 일어나서는, 판시엔의 두 눈을 응시하며 말했다.

"내고는 원래 네 어머니 것이었다. 그래서 아들인 네가 어머니를 대신해 그것을 찾아와야 한다. 그런 만큼 이 혼인은 꼭 해야 하는 거야!"

오랜 시간의 침묵 후에 판시엔이 먼저 열었다.

"아버지의 깊은 뜻에 소자는 탄복하였습니다. 하지만 황실이 걸려있는 일인데, 아버지는 저희가 이런 식으로 어머니의 가업을 되찾아오는 게 성공할 수 있을 거라 생각하시는 건가요? 제 견해로는 아버지의 꿈이 커도 너무 큰 게 아닌가 싶습니다만."

"이 아버지가 호부 시랑, 즉 천하의 돈을 관리하는 곳에 있다. 이후의 일은 내가 모두 처리하마.”

판지엔은 자신 앞에 있는, 객관적이고도 정확한 판단력을 지닌 이 소년을 더욱 높게 평가하고 있었다.

“이것을 말해줘야겠구나. 린뤄푸는 비록 이 일에 있어 큰 발언권은 없다만, 그래도 린씨 아가씨의 친아버지로서 이 혼사에 대해 회의를 품고 있다. 그런 만큼 징두에 처음 온 네가 조금은 겸손해질 필요가 있다. 괜히 문제를 일으켜서 다른 사람에게 발목 잡히는 일은 없도록 하거라.”

판시엔은 아직도 이해할 수 없는 부분이 있었다. ‘린뤄푸가 재상 대인이자 문관 최고의 지위에 있다면, 판씨 집안에 대해 황제 폐하가 품고 있는 마음속의 위치를 분명히 알고 있을 텐데, 이 혼사를 왜 기뻐하지 않고 반대를 하려는 것일까? 설마 자기가 사생아 신분이라서? 아니면 자기 딸도 사생아라서?’

“모든 사람은 입장이 다르고, 고려하는 부분도 다르단다. 판씨도 징두에서 큰 세력이고, 린뤄푸도 문과의 우두머리로 큰 세력이다. 실제 두 집안의 혼사는 아주 큰 사건이지. 린뤄푸가 주저하는 것은, 황제폐하가 그 자신의 이기적인 셈법을 알아차릴까 겁이 나기 때문이다.”

판시엔은 좋은 향이 솔솔 나는 침대에 누워 손가락으로 부드러운 비단 이불을 만지며 아버지와의 대화를 곱씹어 보고 있었다. 징두에서의 생활이 편치 않을 거라는 것은 잘 알고 있었지만, 처음부터 이런 복잡한 일에 엮일 줄은 몰랐다.

서재를 나오기 전에는 류씨 부인이 자기를 독살하려고 했던 일에 대해 물어보려 했었는데, 나와서 생각해보니 영 내키지 않았다. 그래도 고관대작의 집인데, 분명 음지의 영역에서 관리할 이런 지저분한 일들을 대놓고 말하는 것이 타당할까 하는 생각이 들어서였다. 그러니 일단 덮어두기로 한다.

판지엔은 예상보다 직설적으로, 자신의 본심을 숨기지 않고 심지어 속을 다 보여주는 것처럼 말했다. 그럼에도 판시엔이 헷갈리는 것은, 판지엔이 이 혼사를 통해 내고의 통제력을 찾으려는 것이 죽은 어머니를 위해서인가, 아니면 다른 목적을 위해서인가 하는 거였다.

여기까지 생각이 이르니 자신이 진짜 그 중병을 앓고 있는 여자와 결혼을 해야 하는가에 대해 진지한 고민이 시작되었다. 판씨 집안이 그 린씨 집안 아가씨를 어떤 목적을 위해 이용한다는 생각을 하니, 상대방이 불쌍하기도 했다. 어떻게든 기회를 찾아 그 아가씨를 만나야 하는 것 아닌가? 그나저나 상자에는 무슨 물건이 들어 있을까? 상자의 열쇠는 징두 어디에 있는 것일까?

이런 저런 생각에 판시엔이 침대에서 몸을 뒤척이고 있을 때, 판지엔도 서재에서 생각에 빠져 있었다. 열여섯이 되어서야 처음 본 아들 판시엔의 맑고도 잘생긴 얼굴을 보니, 예전 예칭메이 생각에 한동안 넋이 나갔다. 판지엔은 혼잣말을 했다.

'당신의 아이가 이렇게 컸소. 예전의 당신과 참 많이 닮았구려. 나이가 어린데도 모든 것을 이해하고 있는 듯 했소. 쳰핑핑은 그 아이가 징두에 오는 것을 반대했지만, 나는 그의 휴가를 틈타 시엔을 징두로 불렀지. 폐하가 예씨 집안의 사업을 그에게 돌려주겠다고 약속한 바 있소. 그러니 맘 놓으시오. 우리들이 있는 한 누구도 그 아이를 해치지 못할 것이요.'

햇빛이 구름으로 들어갔다 나왔다 하고 있었다. 도로 양 쪽에는 고목에 새 가지들이 돋아 바람에 가볍게 흔들리고 있었다. 늦봄이다. 산자락과 호숫가에는 연꽃이 피기 시작해 장관을 이루고 있었다.

판씨 집안 마차는 거리를 천천히 지나가고 있었다. 앞뒤로 호위들을 거느린 모습에서 집안의 권세가 느껴졌다. 판시엔은 눈을 반쯤 감고, 뤄뤄가 비파껍질을 살살 벗겨 그 안에 있는 시고 단 열매를 그의 입에 넣어 주면 홀랑 받아먹는 중이었다.

이것은 판스져의 눈에는 불가사의하기도 하고 공포스럽기까지 한 장면이었다. 제 눈앞의 열다섯 살 누나라는 사람은, 모든 방면에서 뛰어난 인재라 불리고 있으며, 눈은 하늘같이 높고, 성품은 빙산과 같이 차가워, 웬만한 인재와 귀족들이 감히 접근도 못하는 사람인데, 갑자기 이 판시엔 이 녀석에게 저렇게 잘해주고 있다니.

판뤄뤄는 자신도 모르는 새 오라버니를 숭배하는 마음으로 보느라, 동생 따위는 안중에도 없었다. 단지 어떻게 하면 오라버니를 편하게 해줄까만 고민했다. 오라버니는 딴저우에서 숱한 고생을 했으며 징두로 오는 과정도 험난했다는데, 오자마자 린씨 아가씨와 결혼까지 해야 한다니 너무도 불쌍하게 여겼기 때문이었다. 물론 그 아가씨는 매우 좋은 사람이지만, 사실 그녀의 눈에는 오라버니가 아깝다는 생각이 들었다. 게다가 그 아가씨는 몸도 안 좋다지 않는가.

판시엔은 그런 일은 신경 쓸 겨를도 없이 징두에서의 일들을 생각하고 있었다. 류씨 부인은 예전의 그 사건으로 확실한 교훈을 얻었는지 지금은 별다른 낌새가 없었다. 오만방자하다고 들어왔던 남동생도 뤄뤄의 관리 덕인지, 지금껏 아무일도 벌이지 않았다. 이렇게만 지낸다면, 징두 판씨 집에서 지내는 것도 해볼 만한 일 같았다.

한편 판스져는 판시엔의 얼굴을 보면서 제법 잘 생겼다고 생각했다. 그럼에도 자신만이 진정한 판가의 도련님이고, 얼굴만 번드르르한 저 사람은 외부인일 뿐이라 생각했다. 단지 신경 쓰이는 것이 있다면 누나가 판시엔을 매우 높게 평가하는 것이었다.

"이 거리에서 나를 건드릴 수 있는 사람은 없지. 네가 징두에 왔으니, 이틀 동안 내가 손수 구경시켜 주지."

판스져는 판시엔 들으라는 듯 거만하게 말했다. 판시엔은 부드러운 방석에 반쯤 몸을 걸치고 앉아, 그의 말을 듣고는 피식 웃음이 났다. 판스져가 직접 자기를 데리고 다니며 징두를 구경시켜준다는 것도 뜻밖이었지만, 같은 마차를 타고 다니게 될 줄은 더욱더 몰랐다.

"내가 동생 놈에게 물어보고 싶구나. 너는 왜 우리를 따라오고 싶었느냐?"

"동생 놈이라고 부르지 마. 나는 판가 정식 도련님이야."

"그렇게 도발하는 것은 좀 위험하지 않을까? 내가 네 가산을 두고 경쟁하려 들면 어쩌려고 그래? 머리를 써야지. 이런 기술에 대해서는 네 어머니께 많이 배워야겠구나."

판시엔은 동생의 머리를 쓰다듬으며 말했다. 판스져는 판시엔의 웃음에 오싹해져 누나 뒤로 숨었다. '도대체 이런 말을 대놓고 하는 오만방자함은 어디서 나오는 것인가?'

대화를 나누는 사이 마차는 징두의 번화가에 도착했다. 마침 정오를 맞은 거리에는 사람들로 가득 찼다. 양쪽 편에 위치한 식당들에서는 지나가는 손님을 잡으려는 호객행위가 한창이었다. 텅즈징은 한 식당으로 가서 자리를 잡고, 판스져와 판뤄뤄는 호위의 보호를 받으며 국수를 사러 갔다.

판시엔은 자리에 앉아 식당 기둥에 적혀 있는 글씨를 보며 감탄하고 있었다. 그때 수수한 차림새의 아낙이 아이를 안고 도둑처럼 슬그머니 다가와서는, 최대한 목소리를 낮추어 말했다.

"책 필요 없으신가요? 8처에서 심사받지 않은 것들이에요."

8처라는 것은 감사원의 8처를 말하는 것으로, 그들은 신문 및 인쇄물을 검열하는 일을 했다. 그곳의 심사를 통과해야만 간행물이 세상을 나올 수 있는 것이다. 야한 내용이나, 폭력적인 내용 혹은 폐하의 심기를 건드리는 문장들은 통과되기가 힘들었다. 하지만 그렇게 금지된 것들은 또 다른 통로로 유통돼 사람들의 손에 들어가기 마련이었다.

아이를 안고 있는 이 부인은 그런 유통 경로의 마지막 지점이라 할 수 있을 것이었다. 징두의 백성들에게 이런 광경은 매우 익숙했고, 관아에서도 그리 심각한 내용이 아니면 눈감아 주는 것이 관례였다.

판시엔은 주위를 살피고서는 낮은 목소리로 물었다. "무슨 책입니까?"

부인은 아이를 한손으로 옮겨 안으며, 가슴속에서 꺼낸 책은 겉표지는 전부 빨간색이었고 나쁘지 않은 모양새였다. 그녀가 은밀하게 일렀다.

"이건 지금 징두에서 제일 유행하는 소설이에요."

책을 건네받아 첫장을 펼치자마자 판시엔의 얼굴 가득 화색이 돌았다.

제목은 쓰여 있지 않아도, 첫 페이지의 첫 구절을 읽자마자 판시엔의 입은 벌어질 수밖에 없었다. '이 여자의 타고난 색기를 누가 알았으랴, 남자의 몸을 밀어내며, 몸구석 구석 뼈와 근육을 하나하나 애무하기 시작하는데.' 이것은 자기가 써서 뤄뤄에게 보내준 표절 작품, 〈석두기〉의 한 부분이었던 것이다.

아낙네는 이 책의 첫 구절이 예상대로 예비 고객의 마음을 움직였구나 싶어, 목소리를 낮춰 말한다.

"이건 글의 일부 발췌 문장이고, 뒤에는 흥미진진한 내용이 더 많아요."

이건 양의 머리를 걸어 놓고 개를 파는 식의 뻔한 수법이지만, 판시엔은 별 소리 없이 흥정도 없이 바로 은전을 꺼내 책 한 권을 샀다. 아낙네가 만족한 표정으로 떠나고 있을 때쯤 판뤄뤄와 판스져가 돌아왔다.

"뭐 하고 있었어?"

판뤄뤄가 미소 지으며 오빠에게 물었다. 판시엔이 대답하기도 전에 판스져는 냉소를 지으며 말했다.

"난 다 봤지. 그 여자 손에 들려있던 책을 샀구만. 이런 큰길가에서 보기도 민망한 그런 것을 사다니."

깜짝 놀란 판뤄뤄에게 판시엔은 조용한 곳에 가서 이야기하자고만 했다. 마침 음식이 다 준비되었다고 텅즈징이 알려왔다. 그는 여동생의 손을 잡아 식당으로 올라갔다. 식당에는 사람이 많았지만, 3층은 방이 있어 조용했다. 판시엔은 눈을 이리저리 굴리더니 판스져를 보고 살짝 한번 웃어주고는, 손에 있던 책을 여동생에게 건네주었다.

판뤄뤄는 첫 페이지만 보았을 뿐인데도 눈동자 가득 놀란 빛을 숨기지 못하고 눈을 몇 번 깜빡인 후 변명하듯 말했다.

"오빠, 나도 이런 건 처음 봐요."

판시엔은 이미 알고 있었다는 듯, "너를 탓하는 게 아니야." 하고 말한다. 그는 〈홍루몽〉을 베껴 편지로 보낼 때 이미 동생이 이 내용을 책으로 만들어 친한 친구들과 나눠볼 것임을 알았다. 다만 이 세상에도 지난 세상에 만큼이나 해적판의 위력이 대단하다는 게 놀라웠을 따름이다.

"내가 썼다는 건 아무도 모르겠지?"

판시엔은 이리저리 책을 넘겨보다가, 글쓴이가 '조설근'이라 돼있는 것을 보고 안도했다. 음식이 나오기 시작하자, 더 이상 이 일에 대해서는 언급하지 않았다. 그런데 판스져가 긴 침묵을 깨고는 얼굴가득 흥분한 표정으로 판시엔을 바라보며 물었다.

"이 책을, 정말 네가 썼다고?"

이 말을 듣고 나서야 판뭐뭐는 자신과 오빠의 대화를 그가 전부 들었다는 것을 알았다. 만일 녀석이 류씨에게 말하면 일이 복잡해질 거란 생각에 마음이 착잡했다. 하지만 판스져의 표정은 흥분에서 존경에 가깝게 바뀌고 있었다.

　"그런데 왜?" 판시엔이 물었다.

　"아니 그냥 놀라서 말이야. 네가 이 책을 썼다는 것이."

　"너도 이 책을 본 적이 있는 거야?"

　"아니, 선생님이 보셨다더라고. 선생님이 감탄하셨다면서, 작가의 필력이 좋고 가슴에는 한이 있는 것 같다고."

　그것은 매우 높은 평가였다. 판시엔은 아랑곳도 하지 않고 웃으며 말했다.

　"그러니까 네가 날 존경한다는 거지?"

　"난 선생님을 존경하지. 근데 선생님이 네가 쓴 책을 좋아하더라고."

　그는 이제서야 누나가 왜 이 자식을 좋아하는지 알 것도 같았다. 판스져는 부러운 듯 덧붙였다.

　"물론 나는 좋게 보진 않지만, 요즘 이 책을 몇 권으로 나눠서 팔면서, 한권에 은자 8량이나 받더라고. 대충 몇 자 써서 이렇게 많은 돈을 벌다니. 정말 대단해."

　"난 이걸로 돈을 번 적이 없는데?"

　판시엔은 판스져가 자신을 높게 평가하는 이유가 글의 내용 때문이 아니라 돈이 되는 글이기 때문임을 알았다. 생각해보니, 호부 시랑으로 경국의 재정을 관리하는 아버지를 둔 집안의 분위기에서 자란 그가 돈 버는 일에 갖는 남다른 관심도 이해가 갔다.

　판스져는 흥분한 듯 손가락을 움직이며 말했다.

　"아, 그럼 넌 쓰기만 하면 되겠다! 네가 돈을 벌고 싶다면, 내가 투자하지!"

판시엔은 자신의 동생이 자신이 생각했던 것보다 순진하다는 것을 알게 되었고, 제 엄마와는 딴판으로 다른 동생을 보며 앞으로 어떤 일이 펼쳐질지가 문득 궁금해졌다. 급히 태도를 바꾼 판스져는 판시엔에게 공손히 차를 권하고 있었다. 그때 방 밖에서 갑자기 큰 목소리가 들려왔다.

"어디서 이런 망측한 것들이 왔느냐? 이토록 음흉한 일을 꾸미고도 어찌 인재라 불리겠느냐?"

음식점 이름은 일석거(一石居)였다. 징두에서 제법 부와 권세를 가졌다는 자들이 오고가는 곳이기에 가능하면 아무도 소란을 피우지 않았다. 이 복잡한 권력 관계가 얽힌 곳에서는 누가 보고 있을지 알 수 없는 노릇이기 때문이었다. 판시엔에게 시비건 자는 징두 토박이 중 하나로, 성은 허(贺, 하), 이름은 종웨이(宗纬, 종위)라는 자였다. 그는 몸 곳곳에서 항상 거만한 기운이 뿜어져 나오는 사람이었다. 그런 그가 오늘 이곳에서 술을 몇 잔 마시고 취기가 돌 때쯤 옆방에서 〈석두기〉라는 음탕한 소설에 대해 이야기하고 있는 것을 듣게 된 것이었다.

그의 말을 듣고 판스져는 판시엔을 욕하는 것은 곧 자신의 체면을 깎는 일이라고 생각이 들어 크게 화가 났다. 그가 식당에 쳐둔 발을 젖히며 나가보니 그곳에는 허종웨이와 그의 친구 몇몇이 있었다. 한편 판시엔은 어제 아버지가 징두에서 겸손하게 지내야 한다고 한 당부가 생각나 판뤄뤄에게 눈빛으로 몇 마디를 건넸다. 용케 판시엔의 생각을 읽은 판뤄뤄는 고개를 저으며, 판스져가 그 정도의 난동을 부리지는 않을 거라 안심시켰다. 판스져는 거드름을 피우며 무리에게 다가가 물었다.

"지금 그 말은 네가 한 것이냐?"

검은 피부에 광대뼈가 튀어나와 볼품없는 얼굴의 허종웨이가 방에서 나온 사람을 보고 거리낌 없는 태도가 더욱 기고만장해져 술기운에 말했다.

"어린 나이에, 이렇게 교양 없이 지껄이다니, 도대체 어느 집안에서 교육을 받은 것이냐?"

판스져는 몇 마디로 끝내려던 계획을 급히 바꿨다. '교양'이라는 단어를 듣자마자 평소 어머니가 자기를 나무라던 기억이 생생히 떠올라 화를 주체할 수 없었기 때문이다.

"이 새끼, 너는 어떤 집의 쓰레기인데?" 하며 뛰어올라 그의 얼굴에 싸대기를 날렸다.

허종웨이는 일석거 같은 식당에서 누군가 이런 말도 안 되는 행동을 할 수 있다고는 상상도 하지 못 했다. 예기치 않은 한 방을 맞고 뒤로 밀려난 그는 머리에 두건도 벗겨져 여러모로 모양이 빠지는 상황이었다. 허종웨이의 친구들도 모두 징두에서는 내노라하는 인물들이었다. 그중에서도 꽤 실력을 갖춘 한 사람이 이 상황을 보고 크게 노해 외쳤다.

"백주대낮에 이렇게 무엄할 수가, 여기에는 법도 없느냐?"

"법? 이 도련님이 곧 법이다!"

그러고는 주먹을 쥐고 죽기 살기로 허종웨이를 향해 내려쳤다. 그때 갑자기 손 하나가 옆에서 쓱 나타나 판스져의 손목을 잡았다. 판스져의 손목에는 마치 달궈진 쇠로 돌돌 말아지는 듯한 고통이 뼛속까지 전해져왔다. 그가 다급히 외쳤다.

"거기 누구 없느냐?"

판스져의 손목을 잡은 사람은, 허종웨이의 친구 중 음침한 얼굴을 가진 자의 호위였다. 판씨의 호위들이 급하게 올라왔지만, 그들도 그 호위에게 다같이 가슴을 한 대씩 맞고는 움찔 할 수밖에 없었다. 그 호위가 모시는, 음침한 얼굴의 사람이 말했다.

"이 아이를 떼어내거라."

호위가 팔을 한번 움직이자 판스져는 새끼 병아리마냥 튕겨져 나왔다. 그래봐야 몇 마디 말싸움 정도로 그칠 줄 알았던 일이 예상 외로 심각해진 것을 보고 판시엔은 난감했다. 심지어 상대방 호위는 험악한 고수였고, 판스져는 중상을 입은 듯 보였다. 판시엔은 몸을 가볍게 날려 판스져의 옷깃을 잡은 후, 자세를 바꿔서는 오른손으로 그의 혈을 몇 번 짚어 안정시키더니 판뤄뤄에게 판스져를 맡겼다. 그리고는 고수를 바라보며 부드럽게 말했다.

"내 동생이 아직 어려 잘못을 저지르긴 했어도, 이렇게까지 때리는 것은 좀 과하지 않나 싶은데."

가히 틀린 말이 아니었기에 주위 사람들은 모두 조용해졌다. 그 음침한 청년은 눈도 마주치지 않은 채 거만하게 술만 마시고 있었다. 이 청년의 태도에 허종웨이는 기세등등해져 다시 분노 섞인 말투로 말했다.

"네 동생이 이토록 비열하기로, 벌 조금 준 것뿐인데, 뭐가 문제야?"

이때 텅즈징이 올라왔다. 그는 이 광경을 보고는 판시엔에게 귓속말로 몇 마디를 했다. 그 음침한 얼굴의 남자가 예를 관장하는 부서의 우두머리인 예부 상서(礼部尚书) 궈요우즈(郭攸之, 곽유지)의 외아들이자, 현재 궁중에서 편집을 맡고 있는 궈바오쿤(郭保坤, 곽보곤)이라는 것이었다.

마침 방 안에서 판뤄뤄가 나왔다. 그녀의 명성을 익히 들었고, 시낭송회 등을 통해 이미 안면이 있는 무리는 놀라서 몸을 일으키고는 그녀에게 인사를 했다. 궈바오쿤은 판뤄뤄를 보자 눈빛을 반짝였다.

"나는 누가 또 이렇게 난동을 피우나 했더니, 스난 백작의 자녀

분들이셨구만."

그 무리는 판씨 집안이라 해봤자, 돈을 다루는 호부 시랑에 불과할 뿐이라 생각했다. 숨겨져 있는 내막을 알지 못하는 그들로서는, 시랑이라는 자리가 아무리 고위 관직 중 하나라 해도 예부 상서에 비해 떨어져도 한참 떨어진다 생각하니 판시엔을 보고 무시하듯 말했다. 특히 궈바오쿤의 아버지는 직급이 매우 높은 데에다 자신도 궁에서 일하고 있으며, 다음 황위를 이을 태자와도 관계도 좋은 만큼 무서울 게 없었다. 그는 '차악' 소리를 내며 손 안에 부채를 거만하게 펼치며 말했다.

"정말 웃기는 구나, 판씨 집안 사람 중 권세로 사람을 괴롭히는 사람이 있었다니. 이를 두고 어떻게 선비라 할 수 있겠느냐?"

판시엔은 슬쩍 웃더니 조소하듯 말했다.

"선비? 책 읽는 사람은 배우지 아니하면 재능을 넓힐 수 없고 뜻이 없으면 배우지도 못한다 하였거늘, 소위 인재라 불리는 이들이 대낮부터 책은 읽지 않고, 여기에 와서 술이나 퍼마시며 떠들어대고들 있으니, 너희의 뜻은 어디에 있고, 선비는 또 어디에 있단 말인가?"

무리 중 서생 하나가 이 말을 듣고 긴장한 얼굴로 물었다.

"판씨 집안의 권세에 기대 이렇게 방자한 말을 해도 되는 것이냐?"

판시엔은 침착하게 대꾸했다.

"처음 징두에 와서 재밌게 놀아볼까 하고 있었는데, 뼈밖에 없는 말라 비틀어진 놈이 부채질이나 하는 폼을 보니 이런 게 품격이라는 것이구나? 그렇다면 난 배우지 않으련다."

판시엔은 지금까지 소위 인재라 하는 놈들을 좋아해본 적이 없다. 그러니 이들의 반응 따위 그러려니 하고 동생들을 데리고 돌아가려하고 있었다. 그런데 계단에서 궈씨 집안 호위들이 그들을 둘러싸기 시작했다. 궈바오쿤은 부채를 책상 위에 던져버리며 도발했다.

"너 오늘 집에 가긴 힘들 것이다!"

텅즈징을 비롯한 판씨 집의 호위들도 모두 와서 판시엔과 두 동생을 둘러싸며 보호하고 대치를 시작했다. 양 진영은 당장이라도 한 판 붙을 태세였다. 오가는 말이 점점 줄어들고, 대신 긴장이 고조되고 있었다.

"붙어!" 판시엔이 텅즈징에게 말했다.

텅즈징이 한 번의 기합소리를 지르며 궈씨 집안의 그 고수에게로 갔고, 둘은 서로 섞여 사방으로 주먹을 휘두르며 싸우기 시작했다. 징두의 고관 귀족들의 경우 그들의 호위들이 죽을힘을 다해 싸우는 동안 주인들은 그 옆에서 시끄럽고 따분한 경기를 보듯 관망하는 것이 일반적인 관례였다. 하지만 판시엔은 달랐다. 그는 조용히 앞으로 다가가 수없이 오고가는 주먹질 사이에서 빈 공간을 찾아 주먹을 한번 세차게 휘둘렀다.

'파' 하는 명쾌한 소리가 울려 펴졌다. 판시엔이 빛의 속도로 오른손을 거두는 바람에 마치 아무 일도 일어나지 않은 듯 보였다. 하지만 궈씨 집안의 고수는 이미 온 얼굴에 피범벅이 된 채 땅에 쓰러져 있는 게 아닌가! 판시엔은 자신의 한방이 가진 위력에 매우 흡족했다. 페이지에 스승의 말이 맞았다. 거기 한방이면, 9품 고수들도 고통을 참을 수가 없는 법이다. 궈바오쿤은 자기 집 제일가는 호위 무사가 어이없게 자빠져 있는 모습에, 아연실색하며 손가락으로 판시엔을 가리켰다. 그리고 떨리는 목소리로 외쳤다.

"너희들, 비겁하게 두 명이서 한 명을!"

아무렴, 어떻겠는가? 판씨 일행은 당당히 계단을 내려오고 있었다. 마침 문 열리는 소리가 나더니 들어오는 또 다른 한 무리가 있었다. 아마도 밖에까지 들리는 시끄러운 소리에 무슨 일인가 하여 확인하러 오는 길 같았다. 그중 귀티가 철철 흐르는 남자 하나가 판뭐뭐를 보고는 다가와 말했다.

"뭐뭐로구나. 외출하는 모습 오랜만이네."

그는 짙은 눈썹에 맑은 눈, 오똑한 코에 얇은 입술, 한마디로 준수한 용모까지 겸비한 뛰어난 인재처럼 보였다. 판뭐뭐는 예상하지 못했다는 듯 예를 갖추며 인사했다.

"세자께서 여긴 어떻게." 그리고는 곧바로 판시엔을 소개했다. 그는 징왕(靖王, 정왕)의 세자였다. 징왕 집안은 판씨 집안과 왕래가 있었기에 징왕 세자는 판씨 집안의 사정을 잘 알고 있었다. 그래서 판뭐뭐의 소개를 받자마자 판시엔의 정체를 곧장 알아 차렸다. 하지만 동시에 조금 놀라기도 했다. 이렇게 자신감 있고 미소로 가득한 얼굴을 한 이 자가 지방에서 십 년 넘게 방치돼 있었던 그 사생아라고 과연 누가 믿겠는가?

귀바오쿤은 징왕 세자에게 인사를 먼저 하고는 귀씨 집안과 판씨 집안의 충돌에 대해 설명하기 시작했다. 세자는 매우 흥미로워하며 판시엔에게 물었다.

"그대는 왜 책 읽는 사람들을 좋아하지 않는다 하였나?"

"사람들은 모두 책을 읽으니, 사람이란 모두 책을 읽는 사람이고, 저도 책을 읽고 있는데, 어떻게 책을 읽는 것에 다른 의견이 있겠습니까? 다만 소위 인재라고 불리는 사람들에 대해 다른 의견이 있을 뿐입니다."

이 말을 듣고 모여 있던 사람들은 주먹만 잘 쓰는지 알았던 고수가 이런 신선한 화법을 구사한다는 게 신기했다. 세자는 판시엔에게 더 큰 흥미가 생겼다.

"그렇다면 그대는 어찌하여 소위 인재라 불리는 사람들을 무시하는 것인가?"

"지금의 세태에 문제가 있습니다. 책을 읽는 사람들이 술집과 기방에만 가면 곧바로 인재가 됩니다. 인재라는 개념에는 기름기는 많고 책의 기운은 너무 작아, 나라보다는 기방 여주인에게 더 도움이 되는 듯합니다."

그의 말은 매우 날카로웠고, 독했으며, 거기에는 해학이 있었다. 다른 사람들은 갑자기 나타난 이 판씨 집의 도련님이 징왕 세자와 이리도 다정히 이야기를 나누는 모습에 의아했다. 특히 궈바오쿤 쪽, 싸움도 안 되고, 말싸움도 안 되는 그로서는, 물론 그와 가까운 태자가 이 세자보다 위에 있긴 하지만 여긴 황궁도 아니므로 참으로 답답할 노릇이었다.

징왕 세자가 한 잔하며 이야기 더 나누기를 권했으나, 판시엔은 완곡히 거절하며 다음을 약속했다. 징왕 세자는 판시엔의 신분을 잘 알고 있었기에 억지로 잡아 잡담하는 것은 과하다는 걸 알고 있었다. 징왕은 혼자서 술잔을 기울이며 탄식했다. '궈바오쿤은 아버지의 권세와 자신과 태자의 관계에 기대 판씨 집안을 백안시 했으렷다. 그런 안목을 가진 자가 아직까지 살아있는 게 신기할 따름이구나.'

황족인 세자는 폐하와 판씨 집안과의 관계를 잘 알고 있었다. 판시엔의 친근한 미소를 떠올리며 그가 말했다.

"오늘 이후로 징두 사람들은 그 말끔한 외모에 말도 잘하고 싸움도 잘하는 그 도련님을 알게 되겠구나. 재상 어른이 오늘 일을 안다면 두 집안의 혼인에 어떤 일이 생길지 모르겠네. 이 혼인이 성사된다면, 판씨 집안은 왼손에는 호부를 가지고 오른 손에는 황실의 돈줄인 내고를 가지게 되는 것인데, 이것 참."

말하던 중 그는 갑자기 기억이 난 듯 참모에게 말했다.

"맞아, 처음 내가 자네를 참모로 뽑을 때 내가 말했었지? 자연을 즐기는 일에 대해서만 조언해 달라고. 내 아버지가 조정의 권력과

거리를 두는 왕이셨듯이, 아들인 나도 아버지의 뒤를 따를 거네."

참모는 조용히 생각했다. '만일 세자께서 진정으로 권력에서 멀어지길 원하셨다면, 왜 2황자와 그토록 친하게 지내시는 건가요?'

마차에서 판시엔이 뜬금없이 물었다.

"허종웨이는 뭐 하는 사람이지?"

판스져가 듣자마자 곧바로 대답했다.

"태학의 학생인데, 가난하지만 집현관에서 제법 글 좀 쓴다하는 학생이라 들었어. 이름도 조금 알려지고, 시도 몇 편 썼다고 하던데, 내년에 과거를 본다던가? 최소한 세 과목만큼은 좋은 성적을 받을 거라고 사람들이 그러던데?"

판시엔은 잠시 침묵하더니 여동생에게 말을 걸었다.

"겉으로는 충직해 보이고 참을성도 있어 보이지만 속으로 꾸미는 것도 능한, 사실 난 이런 성격의 사람을 좋아하지 않아. 너도 조심하고, 가능하면 왕래도 하지 말고."

판뤄뤄는 한치의 망설임도 없이 고개를 끄덕였다. 그녀는 동생을 데리고 먼저 집으로 돌아갔다. 원래 판시엔은 판뤄뤄와 판스져 모두를 데리고 하루 종일 징두를 돌아보려 했지만, 이후에 할 일을 생각해보니 그냥 혼자인 편이 나을 것 같았다. 판스져에게는 〈석두기〉와 관련한 일에 대해 아무에게도 말하지 말기를 당부했다. 별 뜻은 없고 그저 판스져가 자신의 말을 얼마나 잘 듣는지를 시험하기 위함이었다.

마차는 티엔허 대로에 도착하자 한편에 멈춰 섰다. 판시엔이 마차의 장막을 젖혀 밖을 보니, 각 부문의 관청들과 함께 우뚝 솟은 추밀원이 눈에 띄었고, 저 멀리 어두운 회색빛 사각형 건물도 보였다. 탕후루(사탕종류-역주)를 파는 가게에 물어 감사원의 위치를 확인한 후, 그는 탕후루 하나를 먹으며 걸어갔다.

티엔허 대로 양쪽에는 얕은 계곡 물이 있었다. 대로에서 각 관아로 들어가기 위해서는 작은 다리를 하나 건너야 했는데, 계곡 물이 유리처럼 맑아 물 위로는 다리의 그림자가 비쳤다. 도로 양쪽의 나무가 다리를 향해 가운데로 가지를 뻗어 아름다운 장관을 연출하고 있었다.

감사원의 입구에는 푸른 석회암으로 만들어진 건물이 있었다. 그 건물을 보고 있자니 영 보기가 힘들었다. 마치 페이지에 스승의 얼굴처럼, 빛바랜 색과 구닥다리의 냄새가 주위와 조화를 이루지 못했다. 판시엔은 곧바로 감사원 정문으로 들어갔다. 한 가지 이상한 점은 주위에 지나가던 관원들과 행인들까지 그를 이상한 눈으로 쳐다보는 것이었다. 그는 자기의 몸을 둘러보았다. 아무리 봐도 특별히 주의를 끌만 한 이유가 없는데 무슨 일인지 의아했다. 그는 옆에 지나가던, 감사원 관원으로 보이는 사람 한 명을 붙잡고 말을 걸어보았다. 그의 얼굴에는 죽음의 그림자가 가득했고 조금은 긴장한 듯 보였지만 한편으로는 친근해 보이기도 했다. 페이지에 스승도 대략 이런 느낌이 있었던 것 같긴 했다.

판시엔은 최대한 친근하게 인사를 건넸다. "안녕하세요."

죽음의 그림자로 가득한 얼굴의 그 사람은, 감사원의 건물과 닮은 느낌을 자아내는 얼굴로 판시엔을 바라보며 대꾸했다. "안녕하세요."

인사가 왠지 모르게 어색하게 느껴졌다.

"외람된 말씀이지만, 사람들이 저를 자꾸 쳐다보는데, 왜 그런지 아시는지요?"

그는 '어린 친구가 참 재미있네' 생각하면서, 하얀 이가 다 드러날 정도로 호방하게 웃었다.

"여태 한 번도 낯선 이의 발길이 닿지 않던 곳에 갑자기 낯선 이가 출현하면 자연스레 사람들이 쳐다보게 되는 것 아닐까요?"

"감사원도 관아인데, 사람들이 와서 공무를 보지 않나 봐요?"

웃음이 터진 그 남자는 노화 때문에 움푹 패인 두 볼을 한 곳에 모으는 듯하더니 대답했다.

"징두 사람들은 이 건물을 피해서 걷지요. 공무에 관해서라면, 우리 감사원은 공무는 보지 않고 감사원 업무만 한답니다. 감사원의 업무는 다른 6부 관아와 엮이지 말아야 한다는 폐하의 지시가 내려진 이후로는 다른 관아들과 왕래는 전혀 없답니다."

판시엔은 이제서야 사태 파악이 좀 되는 것 같았다.

"제가 확실히 실례를 했네요."

"그런데 우리 감사원이 무슨 일을 하는지 혹시 모르시는 건가요?"

"대충은 압니다."

페이지에 스승이 감사원의 거물인데, 판시엔 자신이 페이지에의 제자이니, 보통사람들보다는 더 많은 이해를 하고 있다 할만 했다.

"그런데도 여기를 이렇게 막 들어오신 건가요? 보통사람들은 이곳을 염라대왕이 사는 곳이라 여긴답니다."

"그렇다면 그건 제가 아주 어릴 때 염라대왕을 봤기 때문일 수도 있겠네요."

남자는 웃으면서 판시엔의 어깨를 툭툭 쳤다.

"하하, 훌륭해요, 훌륭해……그나저나 제가 더 도울 일이 있을까요?"

판시엔은 소매에서 은자 몇 개를 건네며 예의바르게 물어봤다.

"혹시 페이지에 어르신은 계시나요?"

남자는 순간 멍하니 입을 크게 벌리고는 아무런 말도 하지 않았다. 지금까지 별생각 없이 농담 따먹기를 하던 남자는 일순 돌변하여 공손히 물었다.

"페이 대인을 찾아오셨나요?"

그는 이 물음과 동시에 손을 정교하게 놀려 판시엔의 손에 있던 은자를 어느새 자신의 소매 춤 안으로 넣었다. 이 동작은 간단하면서도 아름다웠다. 최소한 십년은 넘게 해온 듯 매우 정확했다. 판시엔은 고개를 끄덕였다. 남자는 조금 전 판시엔의 어깨를 쳤던 손을 닦고는 몇 보 뒤로 물러섰다.

"페이 대인은 지금 변경 순찰 중이셔서 징두에 계시지 않습니다."

판시엔은 감사원 원장이 휴가에서 돌아오려면 3개월은 더 있어야 한다고 텅즈징으로부터 들어 알고는 있었다. 역시나 미꾸라지 같은 페이지에 스승이 상사가 외유중인 틈을 타 농땡이를 치는구나 생각했다. 그는 남자에게 감사 인사를 하고 떠나려다 다시 물었다.

"그런데 존함이?"

"소인은 왕치니엔(王启年, 왕계년)이라고 합니다."

왕치니엔이라는 이 감사원 관원은 생각했다. 누군가 감사원까지 와서 페이지에 대인의 이름을 입에 올렸다는 것은, 그게 누군지는 몰라도 최소한 자기보다 윗사람일 것이리라. 판시엔은 남자가 페이지에라는 이름을 듣자마자 무의식적으로 독약의 위험을 없애기 위해 자신의 손을 닦고 뒤로 물러선 것이라는 것을 알고 있었다. 판시엔은 말했다.

"페이지에 대인이 돌아오면 제자가 왔었다고 전해주세요."

감사원 대문을 나서니 햇빛은 도로 양쪽에 서있는 높은 나무들을 비추고 있었다. 판시엔은 서쪽으로 조금 가다 물가 옆 난간에 올라 거리를 지나다니는 사람들을 바라보았다. '이제 어디로 가야 하나?' 집으로 가기는 싫었다. 집에는 자신이 예뻐하는 여동생이 있었지만, 류씨, 아버지, 남동생 등에까지 생각이 이르니 집에 가는 게 썩 내키지 않았다. 판시엔은 자신에게 속한 것들은 그것이 무엇이든 용감히 쟁취하여 포기하지 않을 생각이었다. 다만 아직 이 세상에서 자신에 게 속한 것이 무엇인지가 명확하지 않았을 뿐이다.

'어차피 나는 본래 이 세상에 속한 사람도 아니지 않는가?'

페이지에가 판시엔의 스승인 걸 알면서도 아버지는 그에게 스승 을 찾아가라는 말은 한 번도 하지 않았다. 이유는 알 수 없어도, 페 이지에는 판시엔에게 가장 믿을 만한 사람이었고, 심지어 이제는 그 리 못나 보이지도 않았다. 이런 저런 생각을 하며 난간에서 내려와 그는 자신도 모르는 새 다시 감사원 쪽을 향하고 있었다. 정문에 이 르자 사람들이 그곳을 피해 멀리 빙 둘러 지나가고 있음을 알아볼 수 있었다.

구름이 걷히고 햇볕이 따갑게 내리쬐고 있었다. 문득 그의 눈앞에 금빛이 어른거렸다. 그제서야 감사원 정문에 서있는 널따란 비석이 보이기 시작했다. 마치 호랑이 한 마리가 땅바닥에 드러누워있는 듯 했다. 돌로 만들어진 비석 위에는 글자가 새겨져 있었다. 마지막에 쓰여 있는 생소하면서도 친근한 이름이 그의 눈에 들어왔다.

'예칭메이.'

판시엔은 놀랐다. 다시 한번 천천히 그 이름을 보았다. 어머니의 이름을, 다른 곳도 아닌 감사원 앞 비석에서 마주칠 줄이야 생각이 나 했겠는가? 평정을 찾으려 했으나 마음은 쉽게 진정되지 않았다. 어머니는 매우 부유한 사람이었다지만, 그렇다고 이런 특별대우를 받을 까닭은 없다. 심지어 그녀의 죽음이 경국 황실 귀족과 연결돼 있음이 명확한 상황에서는 더더욱.

우쮸 삼촌의 말대로 십여 년 전 난리 때 예씨 집안과 원수인 자들 은 모두 죽임을 당했다 하지만, 그자들과 가깝던 자들이 아직 조정 에 남아있지 않다고 누가 보장할 수 있겠는가. 예씨 집안의 사업을 황실에서 모두 가져간 만큼 지금껏 황실에서 금기의 이름이었을 예칭메이의 이름을 이곳에 버젓이 새겨놓다니, 감사원 원장이라는 사람, 간이 커도 너무 큰 게 아닌가? 이런 복잡한 생각들이 삽시간에 머릿속을 스쳐 지나갔다. 판시엔은 다시 한번 표정을 가다듬고 소매를 걷어 올린 후, 마치 아무 것도 보지 않은 듯 동쪽을 향해 걸어가기 시작했다.

비석 위의 이름을 보고 난 후, 판시엔은 자신에게 시집올 재상의 딸에게 생각이 미쳤다. 예씨 집안의 장사를 지금 관리하고 있는 장공주란 자가 바로 그녀의 어머니이기 때문이었다. 만일 이 세상에서 판시엔이 마땅히 소유를 주장해야할 것이 있다면, 그중 하나는 분명코 그 장사였다.

텅즈징이 그 아가씨가 산다는 곳을 이미 알아줬지만, 그의 신분 때문에 아직 확실한 결정을 할 수 없었다. 감사원에 와서 먼저 페이지에를 찾은 것도 감사원을 통해 그녀를 볼 수 있는 방법을 알아보기 위한 것이었다. 거기에 더해 가능하다면 페이지에 스승에게 그녀의 병 치료도 부탁해볼 작정이었다. 페이지에가 징두에 없으리란 생각을 한 번도 해보지 못한 판시엔은 슬슬 걱정이 되기 시작했다. '정말 혼인하는 당일에야 미래의 아내가 어떻게 생겼는지 볼 수 있단 말인가? 지금 도망가기에는 너무 늦었는데.' 걱정은 점점 더 커져갔고, 그것보다 슬픈 것은 여기가 어딘지, 마차가 어디에 있는지조차 그가 아무것도 모른다는 점이었다. '젠장, 징두는 넓기도 넓고.'

판시엔은 이미 징두 외곽 가까이에 와 있었다. 그곳은 황량했고 신을 모시는 사당 하나만 우두커니 서 있었다. 번화한 징두에서라면 이렇게 휑한 곳을 찾는 것도 쉽지는 않을 것 같았다. 휑하다는 말보다는 깨끗하다는 말이 더 잘 어울릴 수도 있을 것처럼, 사당의 돌계단, 지붕의 처마 위에도 먼지 하나 찾아볼 수 없었다.

그는 고개를 들어 눈 앞의 검은 목조 건물을 보았다. 신비롭다기보다는 아름답다고 하는 편이 어울리는 건물이었다. 정문은 짙은 검정색으로 칠해져 있었으며, 아주 장엄했다. 그 위에는 가로로 긴 현판이 걸려 있었고, 그 위에는 '경국 사당'이라는 글자만 적혀 있었다. '이곳이 경국 사당이라고?'

듣기로는, 경국 사당은 그 정체를 알 수 없는 '신묘'와 소통하는 경국의 유일의 장소이자, 황실이 신에게 제사를 지내는 곳이라 했다. 징두에 오기 전부터 판시엔은 신묘가 어딘지는 몰라도 최소한 경국 사당은 한 번쯤 찾아봐야겠다는 생각을 하고 있었다. 물론 그것은 16년 동안이나 그가 마음속에 품어 왔던 의문에 대한 답을 찾아보기 위함이었다.

'나는 왜 이 세상에 왔는가?'

판시엔은 돌계단에 올라 오랫동안 아무도 찾지 않은 듯한 나무문을 밀어 보았다.

"멈춰라!"

그의 뒤에서 낮은 목소리가 막아섰다. 깊은 눈매에 매부리코를 가진 중년 남자였다.

"어서 뒤로 물렀거라. 사당 안에는 지금 기도를 드리고 있는 분이 계시니 방해하지 말고."

마치 부유한 집안의 종이라도 되는 듯 보이는 남자의 어투는 관원 같았으나 행동은 사나워서, 결국 판시엔의 가슴을 밀쳐내기까지 했다. 판시엔은 자신도 모르는 새 두 손을 교차하여 자신을 밀어내는 그의 손목을 휘어잡았다. '팍' 소리가 울려 퍼졌다. 두 사람은 모두 놀란 듯이 상대방을 쳐다보았다. 서로의 수법이 흡사하여 마치 두 마리의 뱀이 서로 몸을 섞듯 떨어질 줄 몰랐기 때문이었다.

중년의 남자는 작은 기합소리와 함께 눈에 빛을 뿜기 시작했고, 한 줄기 커다란 강과 같은 압력을 판시엔의 손목에 주입하기 시작했다. 판시엔은 등이 타는 듯했다. 무거운 신음 소리를 내고 나니 몇 년간 잠재워두었던 패도진기가 깨어나면서 단전에서부터 튀어 올라 상대방의 진기와 맞서 싸웠다. '웅' 하는 소리와 함께 돌계단 위에 있던 먼지가 두 개의 어두운 기운이 부딪쳐 만들어내는 충격에 쓸려 공중 위로 올라가다가 원 모양을 만들더니 곧바로 흩어져 버렸다.

둘은 순식간에 떨어지면서 몇 보씩이나 뒤로 밀려 났다. 남자는 입을 가리며 기침을 두 번 했지만 판시엔은 아무 일도 없다는 듯 그 대로였다. 남자는 판시엔의 두 눈을 보며 물었다.

"그 어린 나이에 그렇게 사나운 패도진기를 가지고 있다니, 어느 집안의 자식이냐?"

"제가 누군지는 신경 쓰실 거 없고, 사당에 기도나 하러 왔을 뿐인 저를 어인 연유로 막아서시는 건지 이유나 알려주시죠?"

"사당 안에 귀인이 계시다. 그러니 넌 여기서 잠시 기다려라."

남자는 상대방의 수법이 자신의 것과 매우 비슷한 만큼 자신과 모종의 관계가 있으리라는 생각이 들어 그제서야 살기를 거두었다.

"경국 법 중에, 사당에서 기도하기 위해 줄을 서야 한다는 법은 없는 것 같은데요?"

남자는 판시엔의 말에는 신경도 쓰지 않은 채 안으로 들어가더니 문을 닫아 버렸다. 판시엔은 무슨 말을 하고 싶어 입을 열었지만, 침만 한 번 삼키고 소매에서 손수건을 꺼내 입을 닦았다. 남자의 실력은 자신과 차이가 꽤 많이 났다. 조금 전 대결에서 만일 그가 오른쪽 집게손가락으로 상대방의 손목 혈을 몰래 누르지 않았더라면 하마터면 판시엔은 중상을 입을 뻔했다. 어차피 현재로서는 이길 수도 없는 바, 오늘은 그대로 돌아가고 다음번에 한 번 더 도전해 보기로 마음을 먹었다. 판시엔이 몸을 돌려 돌아가려던 참이었다. 사당에서 문이 열렸다. 아까 그 남자였다.

"어르신께서 이렇게 전하라 하셨다. 소년은 중앙 사당엔 들어오지 말고, 옆 편전에서 기도를 하여라."

그는 다시 강조했다. "중앙의 사당은 들어오지 마라. 알아들었느냐?"

판시엔은 몸을 돌려 그 음산한 사당을 다시 한번 보고는, 소매를 가다듬고, 높은 난간을 밟고 들어갔다. 그리고는 뒤도 한번 돌아보지 않고 곧바로 편전으로 걸어 들어갔다. 중년 남자는 공손하게 중앙 대전(大殿) 밖에 서서, 대전 안에서 뒷짐을 지고 벽화 감상 중인 귀인을 향해 보고했다.

"어르신 말씀대로 소년을 편전으로 보냈습니다."

귀인의 나이는 대략 마흔 정도 되어 보였다. 영웅적이라는 말로는 다 담을 수 없을 만큼 비범한 얼굴이었다. 눈썹과 눈 사이에는 천하를 호령하는 한 줄기 빛이 나오고 있었다. 다만 보일 듯 말 듯 지친 기색에 그 빛이 많이 가려져 있었다.

"그 소년은 뉘 집 자식인데 너랑 상대가 되더냐?"

"모르겠습니다. 다만 그 걷는 모습이 어르신과 좀 비슷해 보이기는 했는데, 꼭 어르신 집안 사람들과 비슷해 보였습니다."

귀인은 의아하게 생각하며 "설마 리즈지아(李治家, 이치가)의 자식이더냐?"

"소인이 교류가 많진 않지만, 징왕 세자만큼은 알고 있습니다."

귀인은 다시 돌아 벽화를 보았다. 언제나 생각할 일들에 싸여있는 그로서는 모처럼의 이 편안한 시간을 방해받고 싶지 않았다. 소년을 편전에 가게 한 것도 바로 그런 이유에서였다. 귀인은 갑자기 미간을 찌푸리더니 말했다.

"근데 이 꼬마 아가씨는 뒤에서 좀 쉬고 있으라 했더니 편전에 가서 뭘 하는 게야?"

"소인이 어서 가서 처리하겠습니다."

중년 남자가 깜짝 놀라 급하게 말했다. 그가 떠나려는 찰나, 사당 밖에서 사당 문이 열리더니 급하게 사람 하나가 뛰어와 봉랍된 편지를 건네주었다.

한편 판시엔은 편전 쪽으로 걸어가다가 중앙 대전을 힐끗 쳐다보다 '저기서 누가 기도를 하고 있기에 그런 고수를 보내 나를 막았지?' 기침이 나와서 보니 판시엔의 하얀 손수건에 피가 번져 있었다.

편전은 작은 사당으로 푸른색 돌로 둘러져 있었고, 그 안에는 아무도 없었다. 고행 중인 수도자나 신의 석고상 같은 것을 보게 될 것이라 기대했던 판시엔은 아무 것도 없이 텅 빈 사당을 보고 조금은 실망했다. 편전 중앙에는 향을 피우는데 사용하는 제법 넓은 탁자가 놓여 있었고, 그 위에는 보드라운 황색 천이 바닥까지 늘어져 내려와 그 아래 푸른 돌바닥을 가렸다. 탁자 위에는 향 피우는 도자기 병 안에 세 개 정도 되는 향이 반쯤 타고 있어 실내에는 신비로운 향 냄새로 가득했다.

판시엔이 중앙으로 걸어 들어가 벽에 그려진 그림들을 만져보니, 전생에서 보았던 유화와 비슷한 것같았다. 언뜻 보면 산 위가 배경인 듯도 하고, 바다 위가 배경인 듯도 하고, 심지어는 화산 분출구 안이 배경인 것 같기도 한, 명확히 알아보기 힘든 형상들이었다. 무언가 화가의 의도가 담겨있는 듯했다.

그는 여기서 답을 얻어 가야겠다는 지금까지의 생각을 포기하고, 대신 옆에 있는 방석을 가져와 탁자 앞에 무릎을 꿇고 두 손을 합장하여 조용히 기도를 드리기 시작했다. 전생에는 무신론자였어도 현생에서는 신을 믿을 수밖에 없는 그였다. 그가 아니라 누구라도 그와 같은 경험을 한다면 이럴 수밖에 없지 않을까?

도자기 병에서 올라오던 향의 연기가 약간 흔들렸다. 동시에 판시엔의 귀도 민감하게 반응하기 시작했다. 어떤 소리가 들려오는 듯했다. 그때 앞의 탁자가 미세하게 흔들리기 시작했다. 판시엔은 눈을 크게 뜨고 놀라움을 금치 못했다. '설마 하늘이 나의 기도를 들은 것인가?' 그는 자신의 눈을 그 넓은 탁자에서 떼지 못한 채 한참을 쳐다보고 있었다. 그리고는 마침내 원인을 찾아낸 듯 그의 눈이 번쩍였다. 그는 재빠르게 움직여 왼손으로는 허벅지에 있는 비수를 꺼내며 동시에 오른손으로는 손을 뻗어 탁자 아래까지 늘어져 있던 천을 확 열어 젖혔다.

천이 젖히고, 눈앞에 펼쳐진 것은 너무나도 놀라운 광경이었다.

순백색의 치마를 입고 있는 소녀였다!

그 소녀가 탁자 아래에 쪼그리고 앉아 놀란 듯 판시엔을 쳐다보고 있었다. 소녀는 이루 말할 수 없이 아름다웠고, 보드라운 피부에 긴 속눈썹을 가진, 마치 영화에서 막 튀어나온 여주인공 같았다. 큰 눈에 눈빛은 아주 부드러워서 보는 사람에게 영원한 안식을 가져다줄 것만 같은 호수를 닮았다. 판시엔의 시선은 그녀의 얼굴을 멈추었다. 이마는 약간 크고, 코는 오똑하며, 피부는 새하얗고, 입술은 일반적인 미녀에 비해 약간은 두꺼운 얼굴. 하나하나 떼어보면 완벽하다 할 수 없을지 모르나, 다 모아놓고 보니 타고난 듯한 수줍음과 뒤섞여 그의 심장을 쉼 없이 콩닥거리게 만드는 위력이 있었다.

여자 아이 또한 경건하게 기도를 하고 있던 소년을 쳐다봤다. 예쁘게 생겨 마치 이 세상 사람이 아닌 듯한 맑음이 그의 긴 속눈썹과 조화를 이루고 있는 소년. 하지만 순간 이런 상황이 적절치 않음을 생각하고는 발그스름해진 두 뺨을 급히 가리고 그 자리를 뜨려 했다. 하지만 여자 아이는 이미 귀까지 빨개진 후였다. 그녀는 그에게서 눈을 떼는 것이 못내 아쉬웠으며, 마음속으로 그가 어느 집 소년인지가 몹시 궁금해졌다.

세상이 멈춰버렸다. 판시엔은 손으로 열어젖힌 천을 여전히 잡고서 시선은 소녀의 얼굴에 머물러 있었다. 그 소녀 또한 십분 용기를 내어 그를 마주보고 있었다. 두 사람은 한참동안 그렇게 서로를 쳐다보았다. 결국 부끄러움을 감추지 못해 고개를 먼저 돌린 것은 소녀 쪽이었다. 판시엔의 시선은 계속 소녀의 입술 위에 머물렀는데, 그녀의 입술은 너무나도 반짝반짝 빛나고 있었다. 곧 판시엔은 그녀의 입술 위를 빛나게 하는 범인의 정체를 알게 되었고, 그것으로 인해 그녀를 한참 동안이나 가슴 속에 간직하게 되었다.

범인은 다름 아닌 닭다리였다. 그녀의 손에는 기름기가 가득한 닭다리가 하나 들려있었던 것이다. 이 세상 사람 같지 않은, 순백의 옷을 입은 선녀 같은 이 소녀가, 엄숙한 경국 사당의 탁자 아래에서 닭다리를 훔쳐 먹고 있다!

이런 충격적인 대비에 판시엔은 입을 벌려 한참 동안 넋을 놓고 말을 하지 못했다. 얼마의 시간이 지났는지 탁자 아래에서 이윽고 목소리가 들렸다.

"너, 너, 너는 누구니?"

한쌍의 아름다운 남녀가 동시에 입을 열었다. 떨림의 소리까지도 닮아 있었다. 판시엔은 처음 들은 소녀의 부드러운 목소리에 온몸에 힘이 빠질 듯 포근한 느낌을 받았다. 그런데 그때 명치가 한번 찌릿하더니 피를 토해내고 말았다.

"아!" 소녀는 놀라기보다는 안쓰러워하는 표정으로 판시엔의 고통을 자신의 고통처럼 느끼는 것 같았다. 판시엔은 그를 걱정하는 소녀의 모습에 대수롭지 않다는 듯 말했다.

"괜찮아, 토하고 토하다 보면 곧 익숙해져."

소년의 말이 참 멋스러우면서도 익살스럽다는 생각에 소녀는 피식 웃음이 났다.

"여기에 계속 숨어 있을 거니?"

소녀가 수줍게 고개를 저었다. 이때 밖이 사람을 찾는 움직임으로 소란스러워졌다.

"아가씨, 또 어디로 숨으신 거예요?"

순간 소녀의 눈빛이 어두워졌다. 곧 가야했기 때문이었다. 밖에서 나는 소리가 이 소녀를 찾는 목소리임은 판시엔도 단박에 알 수 있었다. 순간 지금 헤어지면 다시는 못 볼지 모른다는 생각에 그는 불안해졌다.

"내일도 여길 와?"

고개를 젓는 소녀의 얼굴빛이 창백했다.

"넌 중앙대전에 있는 그 귀인의 가족이니?" 판시엔은 떠보듯 물었다.

대답을 하는 대신 그녀는 탁자 밑에서 나와 바람처럼 뛰어나가 버렸다. 편전 문을 나가기 전에 고개를 한번 돌려 판시엔을 마지막으로 쳐다보고는, 자기 손에 들려 있는 닭다리를 보며 귀엽게도 입맛을 다셨다. 소녀는 '삼촌이 보시면 또 뭐라 하시겠지'라는 생각에 소년에게로 다시 다가가 그 닭다리를 건네주고는, 아름다운 미소를 남기고 떠나 버린다.

판시엔은 방석에 털썩 주저앉아 고개를 숙여 그 닭다리를 보면서, 소녀가 하늘에서 떨어진 선녀가 아니라 확실히 현실에 존재하는 사람이 맞음을 확인해 보았다. 그러고 나서 결심했다. '무슨 수를 써서라도 이 소녀를 찾아내야지. 만일 아직 혼인 전이라면, 아니지, 혹시

어떤 바보 같은 놈과 혼인을 약속했더라도 반드시 뺏어오고 만다.'

손에 닭다리를 꼭 쥐고 경국 사당 문을 나서니, 저 멀리 동쪽으로 가고 있는 마차 행렬이 보였다.

'아마 그 소녀는 저 마차들 중 하나에 타고 있겠지.'

푸르른 길가의 나무들이 강렬한 햇빛에 불이 붙어 나뭇잎들까지 불타오를 것만 같았다. 판시엔은 닭다리를 한 입 물어뜯으며, 이 닭다리가 그 소녀의 입술 곁에 머물렀었다는 생각만으로 마음이 불타오르는 기분이었다.

"닭다리야, 닭다리야, 너는 저 소녀에게 한 입 물어뜯길 수 있었으니, 너야말로 이 세상에서 가장 행복한 닭다리로구나."

성 안으로 돌아오는 길, 판시엔은 집으로 돌아가는 길을 잘 찾지 못했지만, 그래서 한 참을 헤매야 했지만 급하지 않았다. 검은 천으로 눈을 가린 젊은이가 그의 뒤편 먼발치에서 쇠막대기를 들고 황혼에 물들어가는 것도 모른 채 가만히 서 있었다.

공디엔(宮典, 궁전)의 마음은 판시엔처럼 편하지는 않았다. 어르신이 바람 쐬러 나오실 때만해도 오늘 이렇게 많은 일들이 일어날 것이라고는 예상하지 못했었다. 이름을 알 수 없는 소년 하나가 부하 호위 무사들의 봉쇄를 무너뜨리고 사당 안에 들어오질 않나, 시녀들은 도대체 뭘 하고 있었기에 아가씨가 편전에 들어가 있게 하질 않나. 그를 더 불편하게 한 것은 어르신의 표정이 어두웠다는 사실이었다. 마치 화가 난 것처럼 보이기도 한 그의 표정은, 아마 조금 전 전달받은 편지 내용이 맘에 들지 않아서인 것 같았다.

마차 안으로부터 귀인의 냉랭한 목소리가 밖으로 울려 퍼졌다.

"천핑핑이 아직도 출발하지 않았다면, 모가지를 끌고서라도 데리고 와."

"네." 공디엔은 대답은 했지만 속으로는, '누가 그 일을 해낼 수 있 겠습니까?'라고 생각했다.

길게 심호흡을 하고나서 마음을 가다듬었는데, 돌아보니 뒤에 있 는 부하 호위 무사들이 상심한 표정으로 분노를 삭이지 못하고 있 었다. 누군가에게 호위대 전부가 당했다는데, 심지어는 그들은 그 가 누구인지도 확인해 볼 수 없기 때문이었다. 공디엔은 갑자기 무 서운 생각이 들었다. '여덟 명의 5품 호위들을 동시에 처리할 수 있 다는 것은 대종사급의 실력이 아니던가! 만일 상대가 자객이었다 면, 방금 어르신이 위험에 처할 뻔하지 않았는가?' 여기까지 생각 하니 온 몸이 오싹해지며, 더 이상 이 문제를 생각하고 싶지도 않았 다. '그래, 돌아가면 이 일에 대해 반드시 조사해 봐야지.' 라고 결심 할 뿐이었다.

대오의 가장 끝에 있는 마차는 다른 마차들과 달리 창가에 우아하 게 꽃장식이 돼 있었다. 조금 전 닭다리를 훔쳐 먹던 소녀는 그 마차 의 안에서 밖을 바라보며 입술 끝이 살짝 올라가 있었다. 어떤 기억 을 되내이는 중인 듯했다. 아가씨가 이렇게 기분좋은 모습을 오랜만 에 보는 시녀는 재미있다는 듯 물었다.

"아가씨, 오늘 무슨 좋은 일 있으셨어요?"

"삼촌이랑 같이 밖에 나오면 항상 기분이 좋아. 최소한 그 음침한 방에 있는 것보다는 훨씬 좋아."

"그래도 어의 말로는 아가씨의 병에는 바람을 많이 쐬면 안 좋대 요."

병이라는 말을 듣자마자 소녀는 우울해졌다. '자기의 삶이 얼마 남지 않은 이때 이 잘생긴 소년을 보게 된 것은 좋은 일일까, 나쁜 일 일까?' 그녀는 또한 자신이 곧 시집가기로 돼 있는 판씨 집안의 사생 아를 떠올렸다. 어머니가 반대하고 아버지도 그렇게 찬성하는 편은 아닌 혼사지만, 삼촌의 뜻을 누가 꺾을 수 있으리오? 이렇게 생각하니, 한 조각의 근심이 가슴으로 와 콕 박혔다. 소녀는 급히 하얀 손수건으로 입을 가린다. 몇 번 기침을 하니 하얀 손수건에 피가 묻어 나왔다. 시녀는 당황하여 우는 듯한 목소리로 묻는다.

"또 피를 토하셨어요? 이 병은 어떻게 해야만 좋아지는 거래요?"

소녀는 조금 전 소년이 한 말을 떠올리며 담담한 미소로 대답했다.

"괜찮아, 토하고 토하다보면 곧 익숙해질 거야."

판시엔이 마침내 마차를 찾아 집에 돌아오니 날은 저물어 있었다. 거실에는 저녁상이 차려져 있었고, 귀가가 늦은 판시엔을 향해 판스져는 원망하는 말을 몇 마디 했으나 류씨 부인은 아무 말도 하지 않는다.

밥을 다 먹고 나니 오랜만에 기분이 좋아진 판지엔이 판시엔과 판뤄뤄에게 마작 놀이를 제안했다. 판스져는 마치 회계 선생이라도 된 양 옆에 앉아서 주판알을 튀기며 점수 계산을 돕는다. 이 순간만은 단란한 하나의 가족처럼 보였다. 몇 번의 패가 돌았다. 판시엔은 이날 운이 따라주지 않았다. 자신의 자리를 양보할 사람을 찾다가 류씨 부인과는 아직 서먹했기에 판스져에게 내어주었다. 판스져는 엉겁결에 자리에 앉으며 매우 신이났다.

얼마나 지났을까? 판시엔은 후원을 몇 바퀴 돌고 와서 책상 위의 상황을 보고는, 눈이 동그래져 할 말을 잃었다. 판스져 앞에만 동전이 수북이 쌓여있었고 나머지 세 명은 망연자실, 거의 아무 것도 남지 않은 자신 앞의 책상을 바라보고 있었다. 판시엔은 그날 낮에 마차 안에서 있던 일이 떠올랐다. 판스져는 돈에 관해서는 누구보다 열정적이며, 돈을 버는 일에 있어서만큼은 가히 천재적인 듯싶었다.

판시엔은 호기심을 갖고 판스져 옆으로 가, 이 열두 살 소년이 어떻게 하는지를 자세히 보았다. 한 순배가 돌고 나니 저절로 존경심이 우러나왔다. 어린놈의 손이 얼마나 민첩한지, 한 손으로 패를 돌리면서, 쥐고, 만지고, 내고, 다른 한 손으로는 주판알을 튕기는데, 그 살찐 손가락이 주판알을 튕기는 소리란 이 얼마나 경쾌한가! 행운의 여신은 또 판스져의 손을 들어주었다. 점수를 계산하는 방식이 매우 복잡한데도 판스져는 그 모든 걸 척척 계산하고 있었다. 그런 판스져의 모습을 뚫어져라 바라보는 판시엔을 보며 류씨 부인은 옆에서 한숨을 쉬고 있었다. 자기 아들이 이토록 재물을 탐하는 모습을 판시엔이 다 본 만큼, 이제 판시엔이 판스져를 어떻게 생각할지가 걱정되기 시작했다.

하지만 판시엔의 눈에 판스져의 얼굴에는 난폭함이나 제멋대로인 기색은 하나도 없어 보였다. 오히려 '이상주의자'들만이 가질 수 있는 의연함과 과감성을 가지고 있어, 기회만 주어진다면 언제든 대단한 인물이 될 수 있는 아이처럼 보였다. 물론 경국에서는 출세하기 위해서는 과거에 급제하고 백작지위를 물려받는 것이 유일한 길인 바, 그의 현재 상황으로는 그것이 쉽지 않을 것이라는 것임은 자명해 보이니, 판스져의 앞길이 순탄하다 할 수는 없었다. 이 시대의 상인은 천시당하는 계급이었고, 재정을 담당하는 관청인 호부도 있고 황실의 장사도 있었음에도, 민간의 상인은 또 다른 이야기였다.

오늘의 마작이 다 끝났다. 판스져는 놀이가 끝난지 오래 지났는데도 여전히 장부를 기록하는 중이었다. 판시엔은 궁금해져 물었다.

"아직도 받을 돈이 더 있는 거야? 뭘 그리 적는 거야?"

뤄뤄가 대신 설명을 했다.

"아버지는 설에 손님들이 오실 때 정도만 마작을 허락하시는데, 스져한테 매번 이길 때마다 동전까지 정확히 계산하지 말라시면서,

대장부가 그런 사소한 이익을 추구해서는 안 된다고 말씀하셨거든. 얘는 아버지의 말씀을 감히 대놓고 거역하지는 못하지만, 자기 장부에만큼은 자기가 얼마를 더 받아야 하는지를 꼭 적어 놓고는 우리한테 갚으라고 해.”

“네가 이렇게 계산을 잘 한다는 걸 이제야 알았구나. 근데 넌 커서 뭘 하고 싶은 거야?”

“당연히 책을 읽어 훌륭한 관리가 되어서 집안을 빛내야지!”

“진짜로? 여기는 우리 셋밖에 없으니 그냥 진심을 말하면 어때?”

이 말에 판스져는 그동안 느껴보지 못한 안도감을 느꼈다. 일반적으로 관리의 자녀들은 엄한 아버지와 자애로운 어머니를 두었지만, 자기의 경우는 아버지와 어머니 모두 엄하고, 심지어 자신의 관리를 맡은 누나는 더 엄한 상황이었다. 그런 그가 ‘진심’이라는 두 글자를 들으니, 순간 얼떨떨해지면서 자기 눈앞의 이 형과는 어머니와 달리 좀 친해져볼 수 있을 것 같다는 생각이 들었던 것이다.

“나, 나는 돈을 벌고 싶어.”

“어떤 일이든, 네가 좋아하면 되는 거야. 돈 버는 것도 그런 것 중에 하나지. 나는 널 응원해!”

“그 응원이 힘이 되게 하려면, 아버지 입에서 그래도 괜찮다는 말이 나오게 해주면 될 것 같은데.”

“몰래 하면 어때?” 판시엔은 악마처럼 그를 유혹하고 있었다.

판스져는 정신이 번쩍 들면서 무언가 생각이 난 듯이 열정적이 되었다.

“형, 그럼 형이 쓰고 있는 그 책 원고를 나한테 주라. 그럼 내가 돈 벌어 줄게.”

‘형’이라는 단어가 아주 자연스럽게 들렸다. 판시엔은 조금 놀라서 물었다.

"그런데 그렇게 벌어서는 한참 걸리지 않을까?"

"형, 혹시 돈이 급한 거야? 그냥 한번 해 보자는 건데."

판시엔은 판스져가 자기를 약간 갖고 노는 것임을 알아차린 후 버럭하면서 말했다.

"부탁을 하려면 최소한 계획서는 보여줘야지!"

"계획서가 뭐야?"

판스져는 구해달라는 눈빛으로 누나를 보았다. 판뤄뤄가 설명을 해줬다.

"그러니까 어떻게 할지에 대해 적은 간단한 내용 같은 거야."

판스져는 고개를 끄덕이며 생각했다. 사실 어렸을 때부터 그는 마음속에 원대한 목표를 세웠는 데, 그것은 정말 열심히 노력해 나중에 예씨 집안에 버금가는 부자가 되는 것이었다. 물론 지금 자기를 응원해 주고 있는 형과 그 예씨 집안과 어떤 관계가 있는지 그는 꿈에도 상상하지 못했다. 유모가 판스져를 데리고 가서 씻기는 동안, 거실에는 오누이 둘만 남아 있었다. 판시엔이 조용히 걸어서 나가니 판뤄뤄도 뒤따라 걸어갔다. 오누이는 약속이나 한 것처럼 복도를 지나 연못 옆에서 발걸음을 멈췄다. 판뤄뤄가 먼저 입을 열었다.

"오라버니는 계획한 대로 모두 할 수 있을 거 같아?"

"편지에도 한 번 썼지만, 인생은 모든 이에게 공평하게 한 번뿐인데, 이 인생을 어떻게 살아야 할까? 나는, 지나간 일들을 생각해보면 허송세월 했을 때 후회스럽고, 바쁘게 살지 않았을 때 부끄럽더라고. 그래서 나는 죽음을 맞이한 순간에 이렇게 이야기하고 싶어. '나는 하고 싶은 일은 다 해봤고, 성공하지는 못했지만 최소한 노력은 했다!' 고 말이야."

달빛이 연못을 비추어 온 집안이 은색으로 번지고 있는 밤이었다. 안 그래도 멀끔한 판시엔의 얼굴이 오늘밤 따라 더 짙고 멋져 보였다. 판뭐뭐는 오빠를 쳐다보며 존경의 눈빛을 보냈다.

"다가올 3년에 집중하고, 내 앞의 3미터만 보고."

"스져가 좋아하니, 스져에게 어쨌든 노력해보라 했고, 그렇게 하면 후회는 없을 거고, 최소한 허송세월하지는 않을 테니."

판뭐뭐도 뭔가를 깨달은 것 같았다. 판시엔은 다시 한번 일러두었다.

"어쨌든 살아가야 하는 인생, 자신이 잘 살 수 있는 방법을 찾고, 그 일을 재미있게 할 수 있다면, 그게 삶을 살아가는 이상적인 방식이 아닐까?"

"이해했어."

"너 혹시 마작할 때 스져 표정 봤니? 이 말밖엔 안 나오더라. '열심히 하는 자가 가장 아름답다' 고 말이야."

판뭐뭐는 피식 웃으며 속으로 생각했다. '그런 얼굴에도 아름답다는 표현이 적용될 수 있을까?'

"웃지 마. 그런 면에서 보면 넌 확실히 스져보다 못한 거야. 최소한 스져는 인생에서 자신이 뭘 하고 싶은지는 확실히 알고 있잖아. 너는 어때? 징두 사람들이 모두 너를 최고의 여성 인재라 하지만, 넌 도대체 무엇을 하고 싶은 거니? 시를 쓰고 문장을 쓰는 것도 삶을 살아가는 작은 방식 중 하나지만, 만약에 진짜 그게 좋다면 심심풀이로 하지 말고 진짜 열심히 해보는 건 어때?"

판뭐뭐는 오라버니의 따뜻한 마음이 느껴졌다. 서신으로 주고받았던 스승과 제자 사이의 문답 같은 것들이 마침내 눈앞에서 펼쳐지게 된 것인데, 이것이야 말로 행복이 아닌가 하는 생각이 들었던 것이다. 둘이 헤어질 때쯤 판시엔은 사당에서 보았던 소녀 생각에 만면에 웃음을 지으며, 동생이 황실 귀족들의 집을 자주 드나드니 혹시 알 수 있을지도 모르겠다는 생각이 들었다. 하지만 판뭐뭐는 고개를 저으며 물었다.

"그녀를 어디서 봤다고?"

판뤄뤄에게 오라버니는 향상 제 나이보다 성숙한 선생님 같은 존재인데, 그런 존재를 실의에 빠지게 만든 여자가 있다니, 그게 과연 누구인지 무척이나 궁금해졌다.

"만일 너조차 모른다면 정말 찾기 힘들 수도 있겠구나. 맞다! 너 일전에 린씨 아가씨를 본 적이 있다고 했지?" 판시엔은 또 다른 중요한 일이 생각났다는 듯 말했다.

"린씨 아가씨를 직접 본 적은 없어. 그분이 그렇게 아무나 편하게 만날 수 있는 그런 신분은 아니라서 얼굴을 드러내는 경우가 거의 없거든. 근데 듣기로는 예씨 집안 아가씨와 사이가 엄청 좋다던데? 단짝이라나봐. 거의 매일 본다던데."

"예씨 아가씨?" 판시엔은 요즘 '예'자 성씨만 들리면 좀 예민해졌다.

"징두 수비를 맡고 있는 예중 대인의 딸, 예링알(葉靈兒, 엽령아)이라는 아가씨야."

판시엔은 징두에 온 첫날 보았던 말을 타고 있던 그 소녀가 기억이 났다. 영민한 판뤄뤄는 오라버니의 생각을 미루어 짐작하면서 충고했다.

"오라버니, 그렇게 무턱대고 가면 안 돼. 린씨 아가씨는 몸도 좋지 않고, 듣자 하니 근래 반 년 동안은 특히 안 좋아졌다던데, 만일 충격을 받아서 무슨 일이라도 생기면 어쩌려고?"

"병이 그렇게 심각하대?"

"어렸을 때 폐결핵에 걸렸다는데, 지금까지 그렇다네."

판시엔은 '폐결핵'이라는 단어에서 한참을 머뭇거렸다. '이번 세상에서 폐결핵은 불치의 병인가 보다. 장 공주의 딸이니만큼 어의가 치료할 텐데도 못 고치는 것이라면, 내가 아무리 페이지에 스승으로부터 의술을 배웠다고 하더라도 어의를 넘어설 수가 있을까?'

다음 날 아침 그는 아버지, 류씨, 여동생 모두 나가고 없는 집에서 하인이 차려준 죽을 한 그릇 먹고는 그 소녀를 다시 볼 수 있는지 경국 사당으로 한번 가볼 참이었다. 막 집을 나서려는데 판스져가 달려와서 판시엔의 옷자락을 잡아 공부방으로 끌고 가 종이 한장을 꺼내보였다. 무슨 일인지 궁금해 판스져의 얼굴을 한번 쓱 보니, 눈이 벌겋게 충혈돼 있는 것이 어제 밤을 새기라도 한 모양이었다.

"어젯밤 잠을 못 잔 모양이구나. 네 어머니가 보시면 한마디 하실 텐데?"

판스져는 웃으며 "형에게 배웠잖아. 몰래 몰래."

판시엔은 웃으며 판스져가 밤새 쓴 '계획서'를 열심히 읽기 시작했다.

"난 징두에 대해서는 잘 모르니 서점의 위치는 네가 잘 고민해서 정해봐. 다만 내 원고를 다른 사람들이 베껴서 출판하는 문제는 어떻게 막을 수 있을까?"

"집에 요즘 일도 별로 없는데, 하인들을 시켜서 거리를 돌아다니게 하다가 그런 짓이 발각되면 작살을 내라고 하면 되지."

"그들을 그렇게 무시하면 안 돼. 사실 이윤이 적지도 않은데, 그들 뒤에 어떤 배경이 있을지 어떻게 알고."

"무서울 게 뭐가 있어? 이 책은 우리 집안 건데. 베껴 쓰는 사람이 잘못한 거 아니야?" 판스져는 흥분해서 반박했다.

"경국 법에는 베껴 쓰는 걸 처벌하는 조항이 없잖아. 다시 말하면, 이 책은 8처의 심사를 통과 못 한 거니까, 네가 관아에 고발을 해도 아무 소용이 없는 거야."

판스져는 음흉한 미소를 지으며 말한다.

"그건 문제가 안 돼. 서점을 열 생각이면, 아버지께 8처에 편지 한 통만 써 주시라고만 하면 돼."

아버지와 감사원의 관계를 생각해 보면 확실히 가능한 일이긴 했다. 하지만 그렇다 하더라도 모든 문제가 해결되지는 않는다.

"금서(禁书)라는 꼬리표를 떼어냈다 하더라도 베껴 써서 유통시키는 사람들을 일거에 없애기는 쉽지 않아 보이는데?"

"그건 문제가 안 되지!" 판스져는 판시엔을 보며 자신만만하게 말한다. 그리고 '진짜 집에만 있는 아낙네 같은 소리만 하네' 하고 생각한다. "만일 아무 명분이 없으면 규율을 만들면 되고, 규율이 만들어졌는데도 불법 유통을 한다면, 그건 관청이 해결하게 하면 되고."

"규율? 판씨 집안의 책 하나 때문에 조정에서 법을 만들진 않을 것 같은데?"

판스져는 당연한 듯 말했다.

"법률에는 당연히 손을 안 대고, 징두 수비에 관한 조례만 바꾸는 거야. 그건 아주 간단해. 다행히 예중 대인의 딸인 그 흉악한 아줌마랑, 징왕 집안의 마음씨 착한 로우지아(柔嘉, 유가) 군주(郡主, 황제 형제자매인 왕의 딸-역주)가 사이가 좋으니, 뤼뤼 누나에게 징왕 저택에 들러 한 마디만 해달라고 하면 끝나는 일이야."

드디어 판시엔도 관심이 가기 시작했다.

"징두 수비 조례가 책 파는 것에도 관련이 있니?"

"수비 조례에 유랑민들이나 불법 장사를 하는 유랑 상인들을 관리하는 조항이 있지."

판시엔은 감탄하지 않을 수가 없었다. 동생에게 진짜 대단한 상인의 자질이 있었기 때문이었다. 관아와 상인의 결탁이라든지, 도시를 관리하는 조항을 끌어다 쓴다든지 하는 이런 대범한 수법이란, 목적을 이루기 위해서라면 손에 잡히는 게 뭐든 갖다 쓰는 모습이 타의 추종을 불허했다.

"그럼 네 생각에 이윤은 얼마나 되는데?"

"총 68회인데, 10회를 한 권으로 묶고, 한 권에 은자 8량을 받고. 징두에는 64만 명이 사니까, 1000명에 한 권씩 계산하면 600벌 정도 팔 수 있고, 그럼 총 은자 35,840량이 되는 거지. 동환루의 임대료는 좀 비싸니까 자본금이 약간 필요하지만, 그것만 있으면 돼. 걱정할 필요 없어."

판스져는 청산유수처럼 말을 이어갔다. 자신이 일찍부터 계산해온 것이라 잘 알고 있다면서.

"더 정확히 계산해보면, 1년에 최소한 은자 수천 량은 벌 수가 있다고. 만일 다른 책방이 망하게 된다면 훨씬 더 많이 벌 수도 있고."

"징두 사람들이 아무리 금전적으로 넉넉하다지만, 한 벌에 50은자가 넘는데 그걸 감당할 수 있을까?"

판스져는 괴물이라도 보듯 판시엔을 쳐다보며 말한다.

"지금 형이 쓴 책이 어떤 상황인지는 알고는 있는 거지?" 그는 탄식을 하며 이어 말한다. "며칠 전에 징두의 부윤(府丞) 대인 집 아가씨가 형의 책을 읽느라 밥도 안 먹어서, 아가씨 어머니가 책을 다 불살라 버렸대. 그런데도 그 아가씨가 괴로워하며 말했대. '내 보배를 불살라 버려 내 병이 이렇게 오래 가는구나' 하고. 형, 여기 징두는 다른 곳과 달라. 관원들은 유행에 아주 민감하고, 또 매일 할 일이 없는 아가씨들이 몇 명인지나 알아? 백 벌, 천 벌 파는 건 정말 일도 아니라고."

판시엔은 얼이 빠져 그 아가씨에게 간식거리라도 사들고 가 위로라도 해야 하는 것은 아닌가 하는 생각이 들었을 정도였다. 하지만 다시 정신을 차리고 물었다.

"그렇게 간단한 일도 아닌데다가, 너는 학교 가서 공부도 해야 하는 마당에 장사할 시간이 어디 있어? 몇 년 있다가 다시 이야기하는 걸로 하자."

"몇 년 후라고? 앓느니 죽겠다!"

판시엔은 웃지도 울지도 못하고 걱정스레 말했다.

"넌 어쨌든 판씨 집안의 아들이니, 진짜 장사를 한다면 어떻게 네 어머니나 아버지 눈을 속이겠니? 그분들이 이 일을 아시면 너를 삶아 먹으려 하지 않으실까?"

"그건 맞아. 그래서 지배인을 세워 뒤에 숨어 있을 작정이야."

이것은 판시엔이 생각해 본 적이 없는 것이었다. 성격은 포악하기 그지없는 동생이 장사 하나에서만큼은 가히 천재적임에 감탄하지 않을 수 없었다. '어떻게 이런 생각까지 할 수 있는 것인가?' 보아 하니 판스쪄는 이미 마음을 굳힌 것 같았다. 어쩔 수 없이 판시엔은 그 동안 모아둔 은표를 꺼내 뤄뤄의 것까지 합쳐 스쪄에게 전해주었다. 그리고는 좀 천천히 준비하라고, 그리고 시작하기 전에 아버지와 상의해서 일을 크게 만들지는 말라고 당부해 두었다.

판스쪄는 만면에 웃음을 띠고 돈을 세면서 좋아했다.

"형에게 이렇게 많은 돈이 있는 줄 처음 알았네."

판스쪄가 그 돈에 자기가 모아둔 돈까지 합치니 서점을 열기 위해 필요한 자본금에 얼추 가까워졌다. 판시엔은 더 이상 말을 돌리지 않고 다만 조심스럽게 동생에게 충고했다.

"상층에 있는 사람들과의 관계는 위로 갈수록 어려울 거야. 아버지의 이름을 빌리는 상황이 아니라면, 이럴 때는 일에 연루된 사람들에게 무엇이라도 약속해 주고 하는 편이 좋아."

"형, 그건 당연한 거 아니야? 뇌물은 당연히 줘야지. 나중에 형이 고관대작이 되면 그들에게 돌려받을 날도 반드시 있을 거야."

판시엔은 판스져의 당돌함에 어이가 없어져 더 이상 말을 이어가지 못하고 집을 나섰다. 멀리 경국 사당은 햇빛을 받아 더욱 장엄해 보였다. 검은색의 둥근 처마가 햇빛을 받으니 신성해보이기까지 했다. 오늘 사당의 주위는 어제 보다 훨씬 번잡스러웠다. 시시때때로 사당으로 들어가 기도를 하는 사람들도 보였다.

'그런데 어제는 왜 그렇게 조용했던 것이었을까?'

판시엔은 어제 귀인이 사당에서 머무는 반나절 정도, 사당의 길 옆에는 방어진이 쳐져 있었다는 것, 그럼에도 자신이 문까지 제멋대로 걸어가 고수와 한 판 붙을 수 있었던 것은 누군가가 용인해 주었기 때문이라는 것을 알지 못했다.

우쥬는 그를 항상 용인했다. 술을 마시는 것도, 소동 피우는 것도, 심지어 경국 사당에 들어가는 작은 일까지도. 그는 직접 자신의 손으로 그 많은 호위대를 기절시켜 줌으로써, 판시엔을 용인해 준 것이다. 이 일들이 이후에 엄청난 소동을 불러오게 할 줄은 아직 그 누구도 몰랐다.

판시엔이 오랜 시간을 기다려도 그 소녀는 나타나지 않았다. 그는 짜증을 내며 집으로 돌아올 수밖에 없었다. 집에 와 보니 판스져는 책방에서 일생일대의 대업을 준비하고 있는 중이었고, 판뤄뤄는 어디 갔는지 없고, 후원에는 공손히 대기 중인 시녀밖에는 아무도 없었다. 판시엔은 잠시 망설이다 편안한 옷으로 갈아입고 아버지의 서재로 들어갔다.

판지엔은 고개를 들어 그를 보고는 꾸짖었다.

"징두에 온 지 며칠 되었다고 그런 소란을 피운 거야! 어제 술집에서의 일은 나도 이미 알고 있다. 앞으로는 피할 수 있으면 되도록 피하거라."

"네. 근데 아버지, 언제쯤 린씨 아가씨를 만날 수 있나요?"

"그 아가씨의 신분이 좀 특수해서, 성은 린씨이지만 사실 재상 집 안과 그리 많은 관계를 갖고 있지는 않다. 폐하는 장 공주에게 딸을 볼 수 있는 시간을 되도록 많이 주려고 그 아가씨를 군주(郡主)로 봉 하고 지금까지 궁에서 생활하게 하고 있다. 그런 아가씨인데, 네 놈 이 보고 싶다고 해서 마음대로 볼 수 있겠느냐?"

아버지의 말을 이해는 했지만 판시엔은 포기하지 않고 대꾸했다.

"저는 그저 장래 제 부인이 어떻게 생겼는지 알고 싶은 것뿐인데 요?"

"네가 그녀에게 장가가는 것은 그녀 때문이 아니라, 그녀로 대표 되는 어떤 것 때문이지 않더냐. 넌 일체의 비현실적인 생각을 버려 라. 마치 단단한 돌멩이처럼 진부한 온정 따위는 부숴버려라."

판시엔은 실눈을 뜨고 웃으며 대꾸했다.

"제 생각에는 아버지 말씀이 더 진부한 것 같은데요."

"그럼 넌 원래 너의 것이었던 것을 되찾아 오기 싫다고 지금 말 하는 것이냐?"

"딴저우에 머물면서 저는 많은 것을 배웠는데, 그중 하나는 자신 이 원하는 것과 자신의 능력이 맞아야 한다는 것입니다. 만일 어머 니의 장사를 제가 가져오려면 걸맞은 능력이 있어야겠지요. 하지만 그 이전에, 가져올 수 있더라도 그것은 반드시 제가 원한다는 전제 하에서 이뤄져야 한다고 생각합니다. 만약에 제가 그런 과정에서 발 생하는 일들을 원하지 않는다면 아무것도 하지 않을 생각입니다."

판지엔은 한숨을 내쉬며, 자기 눈앞의 아들놈이 제 애미를 닮아 남의 말에 설득당하는 그런 종류의 인간이 아님을 알고서 하는 수 없다는 듯 말했다.

"두 집안의 혼인을 추진하는 것은 우리 판씨 집안도, 재상 집안도 아니다. 사정이 좀 복잡하지만, 네가 그 아가씨를 보고 싶으면 직접 방법을 강구해 보거라. 내가 자리를 만들어주긴 힘들 것 같구나."

판시엔은 절을 한번 하고 대답했다.

"아버지께서 허락만 하신다면, 방법은 제가 생각해보겠습니다. 그런데, 재상 대인이 마지막까지 동의하지 않으시면 이 혼인은 어떻게 되는 건가요?"

"내가 말하지 않았느냐? 린씨 아가씨는 린씨 가문에 속한 것이 아니라고, 굳이 말하자면 명의상 린씨 가문의 사생아이지만, 사실상은 폐하의 수양딸, 궁중에서는 군주의 신분인 것이다. 그런데 재상 대인이 동의하지 않는다고 해서 뭘 할 수가 있겠느냐?"

5월, 완연한 늦봄의 날씨였다. 그럼에도 판시엔에게는 아직도 한기가 느껴졌다. 아무리 생각해봐도 답을 알 수 없는 것 천지였다. 자신의 혼인을 추진한 게 황실 내 거물이고, 내고의 귀속과 관련하여 재상 대인조차 발언권이 없다고 한다면, 황실 내의 거물이 황제인 건가, 아니면 태후인 건가? 더군다나 그들은 왜 나를 짝으로 맺어주려는 건가? 아버지 때문에? 아니면 어머니의 존재 때문에?

"일전에 아버지가 한번 말씀하셨지요. 이 혼인의 배후에 뭔가 숨겨진 게 있는지 폐하가 의심하실까봐 재상 대인이 주저하신다고요. 그런데 이 혼사가 진정 황실에서 허락한 거신 거라면 그분은 뭘 두려워하시는 거죠?"

판시엔은 무언가 모순이 있음을 느껴졌다. 판지엔은 약간 주저하더니 곧 대답했다.

"사실 장 공주가 이 혼인을 반대하고 있단다."

'이건 또 뭐야? 이런 막장이 있나? 미래의 장인과 장모 둘 다 혼인을 반대하는데, 내가 굳이 이렇게까지 이 혼인을 해야 하는 이유는 뭐란 말인가? 이런 상황이라면 차라리 사당에서 본 귀인 가족, 그 순

190

백색 옷을 입고 있던 아가씨에게 장가를 가자.' 이런 생각을 물론 입 밖으로 내지는 못했다. 어쨌든 이런 상황에서도 여전히 황실에 있는 거물의 힘에 기대 혼인을 진행하고 있는 것을 보면, 판씨 집안이 얼마나 많은 음지의 힘을 동원하고 있는지는 잘 알 수 있었다.

"장 공주가 반대하는 이유는 뭐예요?"

어차피 둘 다 사생아 출신인데, 뭘 그리 고자세를 취할 게 있을까?

"폐하께서는 그 군주를 매우 아끼신단다. 심지어 동생인 장 공주보다 더 아끼시는 것 같구나. 이전에도 분명히 말했지만, 만일 군주가 혼인을 하게 되면, 장 공주는 손에 있는 권력을 군주의 미래 사위에게 다 내려놓아야 해."

"장 공주는 그렇다면 권력을 원하는 거네요? 그럼 그때 재상에게 시집은 왜 안 갔대요?"

"결국 '정(情)'이라는 것이 사람을 해한단다. 그때 공주가 재상 린뤄푸에게 시집을 갔더라면, 린뤄푸는 귀족은 되었겠지만 그때까지 그가 배운 것들은 아무런 쓸모가 없어졌겠지. 그렇다면 지금 같은 문관 최고의 휘황찬란한 권세를 가질 수 있었겠느냐?"

황실의 사위가 되면 조정의 관료가 되지 못한다는 것은 판시엔도 알고 있었다. 그저 허울 좋은 작위 하나 정도로 만족해야 한다는 것을.

"너도 만일 린씨 아가씨를 부인으로 맞이하게 되면, 물론 그 군주는 황궁에서 부르는 칭호일 뿐 황실의 족보에 정식으로 올라가 있지는 않지만, 네 벼슬길에는 문제가 생길 수도 있단다."

판지엔은 그가 이 부분을 걱정하는 것일 지도 모른다는 생각에 숨김없이 말했다. 판시엔은 자리에서 일어서며 웃으며 말했다.

"나머지는 나중에 다시 이야기하시죠."

판지엔은 판시엔에게 내일 징왕 집에서 개최하는 시회(詩會)가 있으니 준비해 두라고 말했다. 판시엔은 순간 '또 누구 것을 표절해야 하나' 하는 생각에 머리가 지끈했다.

"나는 네가 시를 짓는 재주가 있음을 잘 알고 있다. 어떤 곳에서는 그렇게 숨길 필요가 없단다. 궁중에 네 혼인을 밀어주고 있는 사람이 있다만, 네가 징두의 문인 세계에 이름을 날리기라도 한다면, 그것은 분명 혼인에도 도움이 될 것이다."

판시엔은 쓴 웃음을 지을 수밖에 없었다. 역시나 자기가 여동생에게 보낸 편지는 아버지께 들킨 것이 분명해 보였고, 그가 쓴 〈석두기〉 또한 그에게서 숨길 수는 없었을 것이다. 그동안 모른 척하다 이제서야 말을 꺼낸 아버지의 그 인내와 노련함에는 탄복할 수밖에 없었다.

제6장

시회(詩會)

징두에는 고명한 시회, 즉 시 애호가들이 시를 짓거나 감상하기 위한 모임이 두 개 있었으니, 하나는 징왕이, 다른 하나는 태자가 여는 시회였다. 이 자리는 비가 오든 눈이 오든 달마다 꼬박꼬박 마련됐다. 신분상승을 꿈꾸는 빈궁한 인재들과 하급 시인들은 끊임없이 이 경연의 장에 모여, 어떻게 하면 한 수의 시로 세상을 놀라게 할 수 있을까를 머리를 쥐어 짜가며 고심했다.

징왕은 황제의 친동생이다. 돈은 많다 해도 권력기반이 취약한 징왕이기에, 문인들은 구태여 말하자면 징왕보다는 태자가 여는 시회를 선호한다 할 수 있었다. 그럼에도 징왕 세자의 칭찬 한마디가 가진 힘이란 쉽게 무시할 수 있는 게 아닌 까닭에, 징왕 저택에서 열리는 시회에도 역시 손님이 그치지 않았다. 어떤 이들은 마차를 타고, 어떤 이들은 가마를 타고, 또 어떤 이들은 걸어서 징왕의 시회를 찾았다. 신분에 상관없이 초대장만 있다면 그 누구라도 입장하는 것이 문제가 되지 않는 곳, 그곳이 바로 이 경연장이었다.

판시엔은 가마 안에서 좌불안석하며 애꿎은 입만 문대고 있었다. 그의 청으로 뤄뤄가 동행해 주었으나 긴장한 탓인지 안하던 멀미까지 날 것 같았다.

"얼마나 더 남았지?"

"저 길목만 지나면 곧 도착입니다." 텅즈징이 애써 웃음을 참으며 대답했다.

징왕 저택의 문 앞에는 선비 몇몇이 경연장에 속속 도착하는 사람들을 공손한 예로 맞이하고 있었다. 하지만 징왕 세자까지 직접 문앞에 마중 나와 있으리라고는 판시엔은 전혀 생각지 못했다.

"뤄뤄 로구나!"

징왕 세자의 성은 리(李, 이), 이름은 홍청(弘成, 홍성). 그는 기방을 자주 들락거리는 풍류가라 하여 특히 여인들에게 평이 썩 좋지는 않았지만, 판뤄뤄는 그에 대한 예의를 한껏 갖춰 인사했다. 판시엔을 본 게 한 번뿐인 리홍청이지만, 판시엔과의 인연을 소중히 여기는 듯 환한 미소를 지으며 둘을 집안으로 이끌었다.

이들이 리홍청을 따라 거실을 거쳐 물이 흐르는 화원을 지나가는데, 그 옆으로 이토록 개방적인 나라에서 좀처럼 보기 힘든 장면이 펼쳐졌다. 남자들과 여자들이 멀찍이 떨어져 앉아 있으며, 심지어 여자들이 앉아 있는 곳은 호수 건너편, 층층이 하얀 비단 천을 걸어놓은 정자 위였다. 이에 크게 실망한 판시엔은 호수 이편에 앉아 저기 너머 바람에 날려 춤추고 있는 하얀 천을 하릴없이 바라보고 있었다. 판 집안과 비교적 친분이 있는 세자는 판시엔이 편히 있을 수 있게 챙긴 뒤, 주변의 다른 손님들과 인사를 나누며, 특별한 인물 몇 명이 오늘 참석할 예정이라는 언질을 슬쩍 주었다.

판시엔은 오늘 이곳에 흐르고 있는 어두운 기운은 알아차리지도 못한 채 그냥 앉아 마냥 태평했다. 앞에 놓인 술을 바라보다 기꺼이 한 잔을 따르고는 입에 털어 넣었다. 몇 잔을 마시자 조금씩 취기가 돌기 시작했다. 마침 옆에서는 시를 낭송하는 소리가 들려오고, 시원한 바람도 불어왔다. 이내 잠시 졸았나 싶더니만 퍼뜩 정신이 들었다. 무심코 그의 시선이 가 닿은 저 편에는 궈바오쿤과 허종웨이 일행이 가장 편해 보이는 자리에 앉아 있었다. 바로 얼마 전 술집에서 얽혔던 이들이었다. 판시엔은 미간을 찌푸리며 생각했다.

'지난번에 일어난 판씨와 궈씨의 싸움을 똑똑히 봤으면서, 장왕 세자는 왜 오늘 두 집안을 모두 부른 게지?'

판시엔이 쳐다보는 것을 느끼기라도 했는지, 궈바오쿤은 호수 건너편 아가씨들에게 뽐내던 성숙하고도 진중한 자태를 거두고 고개를 돌려 판시엔을 마주 보았다. 순간 안색이 변하더니 궈바오쿤은 손에 들고 있던 접이식 부채를 책상 위에 던져 버렸다. 판시엔은 희미한 미소를 띠며 궈바오쿤을 바라보며 막역한 사이의 인사이기라도 한 듯 고개를 몇 번씩 끄덕였다. 궈바오쿤 일행은 할 말을 잃은 나머지 낮은 목소리로 잠시 몇 마디를 주고받았다. 잠시 후 궈바오쿤은 경직된 표정을 누그러뜨려 최대한 밝게 만들어 보이지만, 옆에 있던 허종웨이는 만큼은 꿈쩍하지 않고 굳은 표정 그대로였다.

호수 저편 하얀 천 아래에는 아가씨들이 시를 짓고 있었다. 그녀들이 시를 완성하면 징왕 저택의 여사(女士), 즉 기록과 문서를 맡은 여자 하인들이 그대로 베껴 쓴 후 건너편으로 보내고, 남자들이 모두 모여 품평하는 방식이었다. 세자가 말을 꺼냈다.

"문학의 도(道)로 말할 것 같으면 서로 간의 경쟁이라 볼 수는 없

겠지만, 그렇다고 여기 있는 군자들이 여인들에게 일부러 져줄 필
요는 없겠소."

모인 이들이 오늘은 무슨 주제로 시를 지을 지에 대해 이야기하고
있는 와중, 궈바오쿤이 손을 들어 제안했다.

"오늘 시는 호수를 주제로 해 봄이 어떻겠습니까?"

주위 사람들이 모두 좋다고 동의했다. 궈바오쿤은 이어 판시엔을
쳐다보며 목소리 높여 외친다. "오늘 판씨 도련님도 오셨으니, 판씨
도련님부터 시작하는 것은 어떨지요?"

오늘의 시회는 아버지가 명했듯 그저 징두 사람들에게 자신의 얼
굴을 알리는 자리라고만 생각했던 판시엔은 자신에게 시작(詩作)을
청하는 권유에 손사래를 치며 답했다.

"저는 시 짓는 능력이 미천합니다. 저 대신 제군들께 부탁드리지
요."

그가 물러서는 모습을 보고 궈바오쿤은 판시엔이 빛 좋은 개살구
에 지나지 않는 것 아니겠냐며 도발한다.

"일전에 술집에서 고차원적인 논변을 펼치며 천하의 호걸들을 희
롱하더니만 오늘만큼은 한 수 가르치시는 데 이리 인색하시니, 그
연유는 눈이 너무 높은 까닭인지요, 아니면 입만 번지르르 하신 까
닭인지요?"

궈바오쿤의 비꼬는 태도에 이곳에 모인 사람들은 두 사람 간에 악
감정이 있음을, 시를 빌어 궈바오쿤이 판시엔에게 한판 붙고 있는 것
임을 알아차렸다. 모인 사람들 대부분은 징왕 집안의 손님이었기에
판시엔이 누구인지는 미처 알지 못했다. 다만, 세자가 잘 아는 것으
로 보아 어쩌면 판씨 집안 사람일지도 모르겠다는 추측을 해볼 뿐,
스난 백작 판지엔의 아들이라는 데까지 생각이 미친 사람은 없었다.
사람들의 의견이 분분히 갈리는 것을 보며 차를 한잔 마시던 궈바오

쿤은 음흉한 미소를 띠며 말한다.

"여기 있는 판 형으로 말할 것 같으면, 최근에 징두로 오신 바로 그 분, 여러분께서 익히 알고 계신 그분이 맞습니다."

사람들은 바보가 아니었다. 이 말 하나로 사람들은 판시엔의 정체를 깨닫고, 제각각 안쓰러워하는 표정으로 혹은 약간의 무시를 품은 표정으로 사생아 판시엔을 바라보기 시작했다. 판시엔은 얼굴색 하나 바꾸지 않고 싱글벙글하며 시 짓기를 거푸 마다했다. 징왕 세자는 웃고 있는 판시엔의 얼굴을 보며, 도저히 그의 속을 가늠하지 못한다. 그래서 모여 있는 사람들을 향해 딱 잘라 말했다.

"시는 뜻이 있어야 짓는 법, 판씨 형이 오늘 시를 지을 뜻이 없다 하니 제군들은 강요하지 마시오."

"판씨 가문의 아가씨는 시와 문학에 있어 뛰어남이 온 징두에 두루 퍼져 있는데, 같은 집안 도련님은 묵언수행을 하시는 것을 보자 하니, 놀랄 노자구료."

모인 사람 중 하나는 이토록 심하게 거절의 의사를 밝히는 판시엔의 모습을 오만방자하게 보았다. 그래서 그는 비웃음을 담아 꼬집었다. 이에 궈바오쿤도 장단을 맞췄다.

"확실히 성씨는 같아도 다른 집에서 크다 보니 다르기도 하겠지요."

경국의 분위기는 개방적인 편이나, 사생아라는 신분이 공식적으로 거론되는 일은 흔치 않았다. 그럼에도 굳이 저렇게 꼬집어 말하는 것을 들으며 시회 장소에는 어색한 공기와 침묵으로 순식간에 싸늘해졌다.

호수 건너편 정자에서는 아가씨 대여섯이 과일을 먹으며 담소를 나누고 있었다. 그중 특히 옅은 황색 갑옷을 입은 여인이 있는데, 그녀는 판시엔이 징두에 처음 들어섰을 때 스쳐 지나간, 징두 수비군의 무남독녀 예링알이었다. 예링알은 호수 건너편을 한번 훑은 후 판뤄뤄를 향해 물었다.

"뤄뤄, 너네 집안 그 잘난 사람도 여기 왔니?"

판뤄뤄는 쥐고 있던 붓을 책상 위에 내려놓고 담담히 대꾸한다.

"예링알, 너는 입만 열면 너네 집안의 무기라도 되는 것 같구나. 오늘은 어느 싸움터에 다녀왔기에 이런 냄새를 풍기는 거니?"

옆에서 이 말을 엿들은 아가씨들은 무척 놀랐다. 평소에는 온순하기 그지없는 판씨 아가씨가 돌연 이런 식으로 말하는 것이 도무지 믿기지 않기 때문이었다. 판뤄뤄 옆에서 먹을 갈던 징왕의 딸, 로우지아 군주가 이 둘의 대화를 듣고서는 천진난만하게 말한다.

"평소에 그리 사이가 좋더니만, 오늘은 두 분 모두 뭐라도 잘못 드신 거예요?"

예링알은 토라지며, "오늘 판씨 아가씨가 이렇게 나올 줄이야 누가 알았겠어요?" 라고 말했다.

판뤄뤄도 응수했다. "제 오라비에 대한 이야기를 그토록 무례하게 하니, 제가 어떻게 가만히 있을 수 있겠어요?"

"내가 어디가 무례했다는 거야? 도대체 그 사람이 네 집안 족보에 정식으로 올라가 있기라도 한 거야?"

판뤄뤄는 예링알이 왜 이토록 화가 났는지 충분히 알고 있기에 더 이상 상대하지 않고 정자 밖으로 나갔다. 어떤 연유인지는 몰라도 예링알도 판뤄뤄를 따라 나갔다. 군주는 어찌할 바를 몰라 한다. 예링알이 아까 말한 '그 사람'이란 게 누구인지, 또 저 둘은 왜 화가 난 것인지 도무지 알 길이 없다. 정자 밖에서 예링알을 본 판뤄뤄는 곧장 말한다.

"너가 린씨 아가씨와 의좋은 사이라는 건 잘 알고 있지만, 그건 네 사정일 뿐이고. 마찬가지로 린씨 아가씨가 우리 오라버니한테 시집 오는 걸 달갑게 생각하지 않는 것은 린씨 아가씨의 사정일 뿐이고. 다시한번 우리 오라버니에 대해 불손하게 이야기한다면, 그동안의 우정도 더 이상은 기대할 수 없을 거야.”

예링알은 원망하듯 말했다.

“어제 네가 우리 집에 왔을 때, 린씨 아가씨가 너희 오빠한테 시집가는 게 나는 싫다고 말했잖아. 그러니 집에 돌아가거든 그 말 좀 전해달라고 부탁도 했고. 그런데 오늘 네가 그 오라버니까지 데리고 여길 오다니. 내가 너희 집안의 생각을 모를 거라 착각하지는 마. 이 시회 자리를 빌려 재상 대인의 눈에 들려는 거 다 알고 있으니까.”

판뤄뤄는 속으로 혀를 차며, ‘이 아가씨들이 사태를 파악한다는 게 오라버니 수준과는 달리 아주 단순하구나’ 하고 생각했다.

“그럼 어제 네 그 말을 누구에게 전하면 됐을까? 우리 아버지? 아니면 오라버니 본인? 잘 알아둬. 우리 같은 집안에서는 혼사를 맘대로 정할 수 없는 법이라는 걸 말이야.”

“그렇지만, 네 오라버니의 신분은, 그런 신분의 사람에게 린씨 아가씨가 어떻게 시집을 가겠어?”

“우리 오라버니는 어머니가 없지만 아버지가 계시고, 네가 아끼는 그 린씨 아가씨는 아버지도 없고 어머니도 없는데, 그럼 어떤 신분인 거지? 평등한 신분인 건가?”

린씨 아가씨는 재상의 사생아로서, 재상은 그녀를 차마 딸로 인정할 수는 없었다. 어머니 쪽으로 말하자면, 경국의 황실은 더욱 더 이런 비밀스러운 일을 공개적으로 인정하는 일과 거리가 멀었으니, 그녀한테 아버지도 어머니도 없다는 판뤄뤄의 말은 꼭 틀린 것만은 아니었다.

“너는 지금 이 혼사가 이미 결정된 일이라고 생각하는 거니? 뭐,

아무도 모르지. 앞으로 어떤 일이 생길지는."

판뤄뤄는 이 말이 조금 무서웠지만, 아무런 내색 없이 앞으로 한 발짝 예링알을 향해 다가갔다. 그리고는 그녀의 눈을 똑바로 쳐다보며 압박이라도 하듯 말한다.

"내가 충고 하나 하는데, 이 혼사에 대해서 어떤 쓸데없는 일도 하지 마. 나도 아직 이 혼사가 정해졌다고 생각하지 않고, 우리 오라버니라고 네가 그토록 마음속 깊이 아끼는 아가씨를 보고 도망쳐버리지 말라는 법도 없으니까."

"네 오라버니가 어떻게 감히 린씨 아가씨한테 그럴 수 있다는 거야?"

"궁금한 게 하나 있는데, 판씨 집안과 린씨 집안의 일에 네가 왜 이렇게 나서는 거지?"

예링알은 약간 당황한 기색을 보이며 대답한다.

"너도 알다시피 린씨 아가씨 몸이 좋지 않잖아. 상황이 이런데 굳이 아가씨가 원치 않는 시집까지 가야겠어?"

어떤 소녀가 나름의 사연이 없으며, 어떤 소녀가 스스로 원치 않는 시집을 가고 싶을까? 판뤄뤄의 마음도 그와 똑같다. 지금 린씨 아가씨의 상황은 확실히 안됐기는 안됐다. 그렇다 해도 자신이 할 수 있는 건 아무것도 없었다. 여기까지 생각이 미치자 갑자기 좋은 생각이 하나 떠올랐다.

"우리 아버지가 명의(名醫) 한 분을 알고 있는데, 린씨 아가씨 병을 한번 보여 볼까?"

예링알은 징두 수비군 예중 대인의 무남독녀로 배움이 무척 깊었다. 다만 무술의 측면에 국한되다 보니 그다지 우아한 성품을 가진 것이 아닐 뿐. 그렇다고 대종사의 조카라는 신분도 있는데 행동이 마냥 천박할 수는 없는 노릇이다. 단지 린씨 아가씨를 많이 아끼다

보니 그녀의 처지가 안타까워 참을 수 없었던 것뿐이었다. 일전에 징두에 소문이 파다하게 퍼진 일이 있었다. 린씨 아가씨가 징두에서 멀리 떨어진 딴저우 판씨 집안의 사생아에게 시집가기로 결정됐다는 것이다. 이 말을 듣자마자 린씨 아가씨는 분노와 수치심이 동시에 몰려와 각혈을 토하다 병세가 위중해졌다. 당시 징두 바깥에 있던 예링알은 그 소식을 듣자마자 징두로 돌아왔고, 때마침 바로 그때 성 밖에서 판시엔과 예링알은 마주쳤던 것이다.

그 뒤로 얼마 지나지 않아 또 다른 소문이 들렸다. 판씨의 그 사생아가 이미 징두로 돌아와 있으며, 그의 성격으로 말할 것 같으면 그 집안의 또 다른 도련님 판스져 만만치 않게 막돼먹었다는 것이었다. 그 소문을 듣고 화가 난 예링알이 린씨 아가씨를 보러갔을 때, 별 말을 주고받지는 않았어도 린씨 아가씨의 표정에 묻어난 부끄러움과 약간의 화색을 알아챌 수 있었다. 마치 마음에 둔 사람이 생기기라도 한 듯한 모습이었다. 만일 그렇다면 여자로서 얼마나 견디기 힘든 일인 것인가?

예링알은 궁에 들어가 자신의 아버지에게 이 혼인을 막아 달라 부탁했다. 하지만 아버지가 예상 밖으로 대노하며 방도가 없다고 딱 잘라 말하니, 예링알은 하는 수 없이 판뤄뤄를 불러 이 혼인을 물러 달라 애원해보는 수밖에 없다 판단한 것이었다. 사실 가능성이 그리 높다고 생각한 것은 아니었지만, 그간의 우정에 기대 한번 시도해 본 것 정도였다.

"명의 따위 필요 없어."

"만약 진짜 린씨 아가씨를 아낀다면 명의에게 보이는 걸 거절할 이유가 있나?"

"어의도 방법이 없다는데, 너가 말하는 명의가 무슨 수로."

예링알은 최대한 감정을 억누르며 더는 판뤄뤄의 기분이 상하지 않도록 말을 아꼈다.

"그 의사는 페이지에 선생님의 제자야."

예링알은 눈을 반짝이더니 판뭐뭐의 두 손을 꼭 잡는다.

"그렇다면 꼭 좀 부탁해줘."

예링알과 판뭐뭐가 정자로 돌아왔을 때 아가씨들은 그 둘의 얼굴이 뜻밖에 매우 평온해진 것을 보고 안도했다. 예링알은 시녀들이 베껴 적은 시들을 호수 양 편으로 주고받는 모습을 보자 판시엔에게 생각이 미쳤다. 그리고 시녀 중 하나에게 혹시 판시엔이 지은 시가 있는지를 물었다. 시녀는 판 공자가 지은 시는 아직 없음을 공손히 알리며, 오늘 호수 저편에서 일어난 일들을 상세히 전했다.

군주는 판뭐뭐를 보며, "뭐뭐, 오늘은 왜 시를 짓지 않아요?" 하고 묻는다. 그 동안 옆에서 하는 이야기를 가만히 듣고 있던 판뭐뭐는 호수 저편에서 자기 오빠가 모욕당한 사정을 알게 되었다. 문득 그녀는 다른 공자가 지은 시를 보며, "이런 사람들도 시를 짓는다는 말이지?" 라고 쏘아붙인다. 그러고는 몸을 돌려 붓을 쥐고 일필휘지로 몇 구의 시를 적어 시녀에게 쥐어주며 분부했다.

"이 두 편의 시를 보낸 사람들에게 보이거라."

그 시녀는 명을 받고 호수를 건넌다. 한편 호수 건너에는 궈바오쿤이 판시엔의 신분을 암암리에 암출는 바람에 분위기가 어색해진 상태였다. 태자와 친분이 있다는 무리들이 이토록 체통도 지키지 못하는 게 무지 못마땅해진 징왕 세자는 한소리 할까 말까 망설이다, 판시엔이 무언가를 준비하는 모습에 잠시 주춤했다. 이때 시녀가 판씨 아가씨가 지은 시를 세자에게 건네주었다. 세자는 눈을 반짝이며 말한다.

"좋구나!"

주위의 참모와 손님들이 모두 모여 시를 자세히 들여다보다 강한 인정의 의미로 고개를 끄덕이기 시작했다. "과연 좋구나, 다만……"
그들은 이 시가 여자가 썼음을 인정하기가 뭣 했으나, 판씨 집안과
징왕의 관계를 염두에 두고 더 이상의 말을 아꼈다.

호수 저편에서는 판씨 아가씨가 자신이 쓴 시에 대해 설명하고
있었다.

"이건 우리 오라버니가 열 살 때 쓴 시인데, 여러분께서 한번 읽어
보시라 베껴서 쓴 것일 뿐이에요."

이 시가 지금껏 한 마디 않고 있는 판시엔이 쓴 시라니! 주위 사람
들의 눈빛이 이리저리 흔들리기 시작했다. 한편으로는 매우 놀라우
면서, 다른 한편으로는 이해하기 힘들었다. 열 살에 이와 같은 시를
쓰다니, 그럼 판시엔이란 이 작자는 천재란 말인가? 수많은 시선의
세례를 받으며 판시엔은 그저 수줍은 미소를 띠고 자신의 손을 만지
작거리고 있을 뿐이었다.

그런 모습에 세자는 웃음이 터져 나왔다. 하지만 판씨 아가씨의
말을 도통 믿을 수가 없었다. 열 살의 소년이 이런 시를 쓸 수는 없는
노릇. 아마 전날 밤 판시엔이 시를 써 판뤄뤄에게 주고, 이 같은 방
식으로 사람들을 놀래키기를 부탁한 것이겠거니 생각할 수밖에 없
었다. 세자는 이런 연출이 사실이라 해도 이렇다 할 반감 없이, 일견
매우 호방해보이기만 하는 판시엔이 이런 세심한 시를 쓸 수 있다는
사실에 마음이 갔다.

판시엔은 징왕 세자의 이런 생각을 알지 못했다. 다만 이 시는 당
나라의 시선 맹호연(孟浩然)이 대신 장구령(张九龄)에게 아첨하여
쓴 시로서, 여기 있는 사람들의 수준 보다는 조금 많이 높다는 것 정
도를 알고 있을 뿐. 이 모든 상황에 화가 난 궈바오쿤은 냉소를 띠
며 말했다.

"그렇다면 판 형은 또 다른 좋은 시도 있소? 이게 열 살 때 쓴 대

작이라고 하니 하는 말이요."

귀바오쿤이 한 말의 행간에는 이 시가 판시엔이 썼다는 것을 믿지 못하겠다는 것이 드러나 있었다. 판시엔은 한 숨을 내쉬며 혼자 생각했다. '왜 사람들은 나로 하여금 이런 일을 하게 만드는 것일까? 시를 짓는 것에 있어 이 세상 누가 나를 이길 수 있단 말인가? 나는 당나라 시인 이백과 두보에서부터 북송 시인 소동파에 이르기까지, 시의 신(詩神)이라 불리는 이 세 사람 모두가 들어와 있는 몸, 그렇다면 가히 오천 년의 실력이 쌓인 시 괴물이라 할 수 있을 텐데 말이야.' 판시엔이 드디어 입을 연다.

"전 지금까지 한 번도 주제를 받아 시를 쓰는 일 따위는 하지 않았습니다."

귀바오쿤은 꿈쩍도 없는 그의 모습을 보며 입술을 깨물며 말한다.

"그렇다면 판 형이 마음대로 한 수 지어서 징두의 인재들에게 시범을 보여주시구려."

판시엔은 이 경멸스러운 자를 힐끗 쳐다보고는 시를 한 수 갈겨쓰고 바로 일어나 화장실로 가버렸다. 시가 나오자 탄성이 터지고 사람들이 모두 놀란다. 꽃잎은 떨어지고 물은 흐르고, 천 명의 군사를 전부 휩쓸어버린 것이다!

두보(杜甫) 〈높은 곳에 올라(登高)〉

바람 빠르고, 하늘 높아 원숭이 울음 애달프네,　　風急天高猿嘯哀,

물가는 맑고, 모래는 깨끗한데 새들은 빙빙 도네.　渚淸沙白鳥飛回.

끝없이 펼쳐진 낙목에선 나뭇잎 부스스 떨어지고,　無邊落木蕭蕭下,

끝없이 흐르는 장강은 세차게 흘러가네.　　不盡長江滾滾來.

만 리 길 서글픈 가을에 변함없이 나그네 되어,	萬裏悲秋常作客,
한평생 많은 병 있으나 홀로 누대에 오르네.	百年多病獨登臺.
어려움과 고통으로 귀밑머리 모두 희어지고,	艱難苦恨繁霜鬢,
최근에는 늙고 쇠약하여 술을 멀리 한다네.	潦倒新停濁酒杯.

세자는 '좌악' 소리를 내며 손에 쥐고 있던 부채를 접더니 크게 감탄했다. 무리 중 한 사람이 "이런 시를 지었으니, 판 공자는 더 이상 시를 쓰지 않아도 될 것 같소." 라고 극찬한다. 인재라 불리던 호숫가의 사람들이 일제히 말을 잃었다. 그들은 오늘 그 어떤 시를 쓰더라도 이 시를 이길 수는 없으리라는 걸 잘 알고 있다. 시회에 참석한 모든 사람들이 판시엔이 쓴 시 하나로 인해 영원한 침묵 속으로 빠져든 것 같았다.

그리하여 시회는 조용히 끝이 났다. 시회가 끝나고 해산하자마자 판시엔은 그길로 가마에 올라탔다. 텅즈징과 몇몇의 호위들이 함께 있다. 판뤄뤄가 가마에 오르며 판시엔을 향해 고개를 끄덕였다. 판시엔은 일이 계획대로 잘 돌아가고 있음을 눈치챘다. 다시 정신을 집중하여 그날 저녁의 일을 계획하기 시작했다. 텅즈징이 보고한다.

"궈바오쿤은 상서(尚书) 저택에 머물고 있습니다. 사흘에 한 번 꼴로 궁에 들어가는데, 명목상으로는 황실 문서를 편집하려는 목적이지만, 실상은 태자께 책을 읽어드리러 가는 것입니다."

판시엔은 미간을 찌푸리며 묻는다.

"태자의 나이가 몇인데 아직도 책을 읽어드리나?"

"태자는 황후의 친아들입니다. 황자(皇子) 중 셋째로, 올해 열아홉이 되셨습니다."

"내가 기억하기로 세 번째 황자는 더 어린데?"

텅즈징은 이런 기본적인 사실도 모르고 있는 게 놀랍다는 듯 말했다.

"태자는 앞으로 황제가 될 분이어서 황자의 순서에는 넣지 않습니다."

"궈바오쿤에게 무슨 일이 생기면, 내가 난처하게 될까?"

"아마도 그럴 것 같습니다."

"뭐라 해야 하나, 만약에 모욕 같은 것을 준다면 말이지……"

"그렇다면 소신이 대신 죽겠습니다."

"개소리는 집어치우게. 자네가 죽으면 나한테 좋은 게 뭐가 있다고. 그리고 진짜 어떻게 되는 건지 알고나 하는 소리야?"

정확히는 몰라도 자칫 잘못되면 징두를 몇 년씩이나 떠나 있어야 한다는 것을 직감하였음에도 텅즈징은 아무런 망설임 없이 대답한 것이었다. 그는 자신 앞에 있는 이 청년을 믿고 있으며, 그런 일을 당하더라도 그로 인해 더 좋은 미래가 있을 것을 믿기 때문이었다.

판시엔은 텅즈징의 태도에 흡족해하며 말했다. "내가 직접 할 거야."

텅즈징은 놀라 말릴 기세다. 하지만 판시엔이 덧붙였다.

"나도 궈바오쿤을 때려 내 손을 더럽히는 일 따위는 하기 싫지만, 그렇다고 내가 너나 집안의 호위들을 시켜 일을 처리하면 나중에 관아에서 일이 더 커질 거야. 아버지는 고작 하인 몇 명 때문에 나서지는 않으실 테고 말이야. 하지만 내가 움직인다면, 나는 신분이 다르잖아. 그러니 벌을 받더라도 훨씬 가볍겠지. 판씨와 린씨 양가 사이의 혼인도 곧 있을 거고, 아버지를 포함해 궁에서도 이 혼사를 바라는 귀인들 모두가 내게 무슨 일이 생기는 걸 달가워할 턱이 없으니."

텅즈징은 어렵게 설득을 시작한다.

"절대로 도련님께서 직접 손을 쓰시면 안 됩니다. 거듭 말씀드리자면, 징두에서 권세가의 자녀들이 싸움 한번 하는 일쯤은 별 것 아니지만, 만일 아버님과 황실까지 엮여버리면 이건 진짜 말이죠……"

판시엔은 "소탐대실이라고 해야 하나? 아니면 소동쯤으로 해두어야 하나?" 라며 웃으며 다음과 같이 농한다.

"아버지가 날더러 이름을 알리라 했으니 이렇게 하는 게 가장 좋은 방법 아니겠느냐?"

텅즈징은 할 말을 잃어버렸다.

판시엔은 더 이상 설명하지 않고 물었다. "징왕 세자는 초청했지?"

"네."

"어디로 정했어?"

"취선거(醉仙居, 취한 선녀가 머무르는 곳이라는 뜻-역자 주)로요."

"술집 이름 한번 우아하구나."

"아, 도련님, 기생집입니다."

판시엔은 어안이 벙벙해져, 숨을 한번 내뱉고는 고개를 돌려 말했다.

"마대 자루나 제대로 준비해 둬."

징두 서쪽으로는 류징허 강이 흐르고 있었다. 류징허의 강물은 창산(참山)으로 흘러가기 전 속도가 완만해지면서 거대한 거울 같은 모양의 호수를 이루었다. 매일 저녁이 되면 그 호수 위에 놀이 배들이 자유롭게 떠다니고, 배 위의 화려한 불빛이 사람들의 이목을 끌고 있었다. 백성들은 그 배 위에서 어떤 일이 일어나는지 알고 있지만, 그것이 무엇인지를 감히 입 밖으로 내는 사람은 없었다.

취선거는 그중 제일 큰 배는 아니었어도 가장 높은 배였다. 이층 규모로 아름답고 정갈하게 꾸며져 있었다. 물론 그 외관도 돋보였지만, 무엇보다도 그 배를 특별하게 만드는 것은 지금 징두에서 가장 유명한 스리리(司理, 사리리)라는 아가씨가 타고 있다는 점이었다. 그런 연유로 취선거는 꽤 유명했고, 들어가려면 돈을 많이 줘야했고, 그럼에도 매일 저녁 수천 금을 들고 스리리 배의 장막 속 행운의 주인공이 되기 위해 달려드는 얼간이들로 붐볐다. 하지만 오늘은 무슨 일인지 그렇게 안달하는 누구도 배에 올라타지 못했다. 이미 어느 공자가 와서 오늘 하루 종일 빌려 두었다는 기방 주인의 설명을 듣고서야, 고래고래 소리 지르던 얼간이들도 '어떤 방탕아 새끼가 돈을 얼마나 쓴 거야?' 라고 중얼거리며 돌아갔다.

판시엔은 탁자 위에 있는 잘 차려진 안주와 가녀린 여인의 손으로 건네는 술을 마시며 자기는 확실히 방탕아 체질임을 자각하고 있었다. 비록 이 돈은 텅즈징이 스난 백작부에서 가지고 나온 것이었지만, 그 돈이 적지 않음에 생각이 미치자 적잖이 아깝게 느껴졌다. 심지어 아버지가 이 일을 아시게 되면 어떤 반응일지를 생각하니 불안해지기까지 했다.

하지만 그와 별개로 그를 더욱 불안하게 하는 것은 지금 품에 안고 있는 이 아가씨였다. 스리리는 눈썹이 버드나무잎 같았고, 눈동자는 검었으며, 입술은 색칠한 듯 엷은 붉은 빛을 띠는데, 또 그 입을 열면 교태가 철철 흘렀다. 무엇보다 참기가 힘든 것은 그녀의 풍만함이었는데, 그녀의 품에 안기니, 한 번 한 번의 스침만으로도 정신을 잃을 지경이었다.

한편 스리리는 예쁘장한 공자의 심장이 갈수록 빠르게 뛰는 것을 느끼고 자신도 모르게 웃음이 나왔다. 햇병아리 같은 판씨 도련님을 더 놀려 주고 싶은 마음에 그의 품에서 벗어나 자신의 입 한가득 술을 가득 머금고 그의 입으로 조금씩 흘려주었다. 배는 천천히 연안을 떠나가고, 아가씨도 점점 판시엔의 품에서 떨어져 나가고 있었다. 판시엔은 전생과 후생을 다 합쳐 서른이 넘는 남자 인생을 살아온 몸으로, 갑자기 이렇게 강력한 자극을 받으니 정말 참아내기가 힘들었다. 쑥맥 같은 판시엔의 표정을 보면서 '열서너 살에 시녀와 몸을 한 번도 섞여보지 않은 공자가 어디 있다고' 하는 생각에 스리리는 의아했다. 이렇게 준수한 외모의 도련님에게는 더더욱 매우 드문 일이라 할 수 있었다.

판시엔은 자신의 두 생을 통틀어서 난생 처음으로 기방이라는 곳에 온 것이었다. 너무 긴장이 된 나머지 그는 상대방에게 어떤 말도 하지 못했다. '경국 기방의 아가씨들은 이렇게 감각적으로 세련되게 사람을 접대하는구나' 하는 생각을 하면서도 아무 말도 하지 못하고, 그저 그의 왼쪽 손이 자신도 모르는 사이 스리리의 허리에 가 있을 뿐이었다.

분위기가 순식간에 어색해져 버렸다.

다른 배는 비교적 시끌벅적했는데, 텅즈징은 부하 몇을 데리고 기방 주인의 접대를 받으며 술을 마시고 있었다. 기방 주인이 시중을 들어줄 아가씨가 필요한지 물었을 때 몇몇 하인들의 심장은 거칠게 뛰고 있었지만, 텅즈징은 단호하게 거절했다. 도련님을 따라다니는 동안 자기의 실력을 보여줄 변변한 기회조차 없었는데, 오늘 같은 날 술에 취해 일을 망쳐버릴 수는 없는 노릇이었다. 기방 주인도 그렇게까지 강요할 마음이 없었던 게, 이미 받을 돈은 미리 다 받은 후였기 때문이었다.

주인 이름은 성은 스리리와 같은 '스(司, 사)'였으며, 이름은 스링(司凌, 사능)이었다. 올해로 서른 정도 되었으나 우아한 자태를 잃지 않았다. 술을 몇 잔 마시고는 텅즈징의 귀에 대고 슬쩍 물었다.

"자기는 엄청 당당해 보이는데, 어느 가문에서 일을 맡고 있어?"

"예약할 때 말하지 않았나? 우리집 도련님이 판씨 집안 사람이라구."

"징두의 판씨는 5대 성씨 중에 하나인데, 어떤 집을 말하는 거야?"

텅즈징은 대답하지 않았다.

스링은 갑자기 궁금증이 동하여 캐묻듯이 묻는다.

"손이 몹시 크신 걸 보니, 아마 호부 시랑 댁인가?"

어차피 의도적으로 이곳을 방문한 것인 만큼 부정하지는 않았다. 스링은 감탄하며 말한다. "역시 스난 백작 집안의 도련님이시구나."

그 순간 호숫가에 몇 개의 붉은 등이 켜지더니, 누군가 이쪽을 향해 뭐라고 외치고 있는 듯 보였다. 주인은 몸을 일으켜 어찌할 바를 모르고 있었다. 텅즈징은 예리한 눈으로 징왕 집의 호위 무사를 알아보고 배를 접안하여 그 사람들을 태우게 했다. 징왕 세자는 배에 오르자마자 뒷방으로 갔다. 세자의 호위와 텅즈징은 서로 아는 사이였기에 그들끼리 술을 마셨다. 뒷방에서는 징왕 세자가 판시엔의 놀란 얼굴을 보더니 놀리기 시작했다.

"리리 아가씨가 이번에도 사람을 잡아먹진 못 하겠구만. 자넨 거기 멀리 숨어서 뭐하는 건가?"

판시엔은 속으로 '다음에 나 혼자 오면 네가 안시켜도 내가 리리 아가씨를 먼저 덮칠거야' 라고 생각했다. "세자께서는 왜 이리 늦게 오셨습니까?"

"자네가 딴저우에서 커서 징두의 규율을 잘 모르나 본데, 징두에서는 집에서 저녁밥을 다 먹고 나서야 밖에 나와 '밤의 색'을 감상할 수 있다네."

'밤의 색'을 감상한다는 것은 참 묘한 말이고, 그런 규율은 들어본 적도 없었지만, 판시엔은 달리 대꾸하지 않았다. 그는 웃으며 술 한

잔을 권했다. 사실 판시엔과 징왕 세자는 고작 세 번밖에 만나지 않았지만 둘은 죽이 잘 맞았다. 징왕 세자는 황실의 다른 사람들처럼 난폭하지 않았으며, 판시엔도 다른 권세 가문의 자녀들처럼 세속적이지 않았고 오히려 소탈한 편이었다.

편안한 두 사람과는 달리 스리리는 좌불안석이었다. 도대체 누구를 모셔야 할지 난감했기 때문이다. 돈은 판씨 도련님이 냈지만, 세자의 신분이 판시엔보다 더 높은 만큼 참으로 난감했던 것이었다. 세자의 이름은 리홍청(李弘成 , 이홍성). 그는 스리리의 난감함을 재빨리 눈치 채고 판시엔 곁에 있으라는 눈치를 준다. 이를 본 기방 주인은 감히 세자를 혼자 앉게 할 수 없어 다른 아가씨를 한 명을 더 데려왔다. 아가씨의 성은 위엔(袁 , 원) 이름은 멍(梦 , 몽)으로, 역시 최상급이라 할 수 있는 아가씨였다. 위엔멍과 스리리는 작은 탁자에 마주보고 앉아 각자 세자와 판시엔의 시중을 들게 되었다.

술자리의 분위기가 익어가고, 밤도 익어가고 있었다. 더불어 징왕 세자와 판시엔의 감정도 익어가고, 모두를 만족시키는 하룻밤이 지나가는 중이었다. 하늘 위에서 달의 움직이는 모습을 보다가, 둘은 눈을 한번 맞추고 싱긋 웃는다. 그리고 각자 자신의 여자를 데리고 배의 방안으로 들어갔다.

취기가 오른 사리리의 눈이 가늘어진다. 판시엔은 그녀를 뒤에서 안고 앉아 있다. 스리리의 손가락은 판시엔의 다리 살을 부드럽게 타고 논다. 아리따운 여인의 향기가 퍼졌다. 판시엔은 터질듯한 심장을 진기로 겨우 억제하고, 몰래 한 손으로 자기가 직접 제조한 환 하나를 꺼내 가볍게 부쉈다. 잠시 후 스리리는 혼미해져 옅은 미소를 띤 얼굴로 잠이 들었다. 배 안에 마취약의 향기가 퍼지고 있었다.

배도, 배 안에 탄 사람들도 모두 잠이든 한밤중이었다. 징왕 세자는 큰 일을 치른 듯 득의양양한 표정으로 뱃머리 옆에 서 있었다. 품에는 위엔멍을 안고 미소 지으며 어느샌가 사라져버린 사람들 몇에 대해 생각하고 있었다. 위엔멍이 장난스럽게 물었다.

"판 공자는 어디 갔어요?"

세자는 가볍게 그녀의 코끝을 건드리며 물었다.

"내 앞에서도 아무것도 모르는척 하는 게냐?"

"판 공자가 무슨 일을 꾸미는진 모르겠지만, 어쨋든 그는 세자 전하께 숨기는 게 없나봐요. 다만 스리리 아가씨가 아무것도 모를까 봐 걱정이에요."

"나를 오늘 끌어들였다는 게 바로 그가 영리한 자임을 알려주는 거네. 그가 무슨 일을 꾸민 건진 나도 모르지만, 난 오늘 그의 방패막이 정도의 구실이겠지? 하지만 만약 내가 그걸 기꺼이 받아들인다면? 그는 앞으로는 나에게 감출 수 없을 거야. 그나저나 네가 보기에 판시엔이 스리리에 대해 어떻게 생각하는 것처럼 보이더냐?"

"판 공자는 스리리를 엄청 맘에 들어하는 것 같아 보이던데요? 그런데도 거사를 치르지 않고 다른 일을 보러 갈 줄이야."

"앞으로 스리리랑 왕래를 많이 하거라. 이후에도 판시엔이 여기 자주 올지 모르니."

"네."

마치 부하가 대답하듯 위엔멍이 대답했다.

"넌 판시엔이 누군지 아느냐?"

"그럼요. 호부 시랑 판지엔 어른이 아끼는 사생아잖아요. 세자 전하가 경국의 돈줄을 쥐려 한다는 걸 소인은 잘 알고 있답니다."

리홍청은 웃으며 고개를 저었다.

"난 그런 야심 따윈 없다. 그냥 순수하게 판시엔이 사귈 만한 친구라 생각할 뿐이다."

사실 이 말은 반은 맞고 반은 틀렸다. 홍청은 판시엔이 개인적으로도 호감이 갔지만, 한편으로는 판씨와 린씨의 정략혼인의 의미에 대해 매우 잘 알고 있었다. 미래에 판시엔이라는 젊은이가 호부와 내고, 즉 경국의 방대한 자금줄을 모두 장악할 것이었다. '나중에라도 2황자와 태자 간에 권력 다툼이 일어나면 결국 마지막에 가장 중요한 무기는 돈' 이라고 그는 생각하고 있었다.

궈바오쿤은 오늘 시회에서 체면이 깎여 속상한 마음을 술 한 잔으로 겨우 다스리고 있었다. 하지만 자신의 집에 있는 고집쟁이 아버지에 생각이 미치자 어떻게 해야 할지 걱정이 앞섰다. 또, 내일 궁에 들어가면 무엇으로 태자를 재밌게 해줘야 할지 생각하니 더더욱 심란해졌다. 그러는 찰나 가마가 급하게 멈추어 섰다. 그 바람에 무방비 상태의 궈바오쿤의 이마가 가마 앞에 찧였다. 너무 아프고도 화가나 수행원들에게 소리를 질렀다.

"이 바보 같은 놈들, 가마를 이따위로 들어?"

아무런 대답이 없었다. 심상치 않은 기운을 느끼고 가마에서 내려와 보니 길가도 조용했다. 이건 분명히 집으로 가는 뉴란지에(牛栏街, 우란가) 거리가 맞았다. 그런데 그때 복면을 하고 검은 옷을 차려입은 세 사람이 가마를 둘러싸기 시작했고, 그제서야 그는 자신의 호위들이 바닥에 쓰러져 있음을 발견했다. 도적을 만났다고 생각한 궈바오쿤은 속으로 생각했다. '징두의 치안이 왜 이 모양인 거야?' 그는 너무나 놀란 나머지 말까지 더듬었다.

"너, 너, 너희들은 누구냐? 뭘 원하는 게냐?"

뉴란지에 거리는 너무도 조용했다. 보통 밤이 되면 이 길을 지나가는 사람들이 없는 만큼 궈바오쿤의 상황은 절망적이라 할 수 있었다. 그는 살려달라고 소리를 질렀다. 하지만 그 소리를 크게는 낼 수 없었다. 그때 어디선가 맑고 부드러운 목소리가 들려왔다.

"난 판시엔이다. 오늘은 내가 널 좀 혼내주고 싶은데."

궈바오쿤은 놀라 뒤를 돌아보았다. 그러자 어디선가 마대자루가 나타나서는 그를 머리부터 덮어쌌다. 그 바람에 그는 옆길에서 나오고 있는 판시엔을 보지는 못했다. 마대 안에서는 좋은 향이 났다. 그 때문에 오히려 정신이 맑아졌는데, 그것은 기절하는 것보다 더 처참한 일이었다. 이어 폭풍 같은 매질이 시작되었다. 세 명의 복면을 한 사람들이 인정사정없이 그를 주먹으로 갈기고 발로 처참히 밟아댔다.

궈바오쿤은 콧대가 부러진 통증을 머리끝까지 느끼며 피를 철철 흘렸다. 결국 그는 고통을 참지 못해 울기 시작했고, 살려달라고 애원했다. 판시엔은 끊임없이 몸부림치는 마대자루를 보면서 몇 대 더 날려주고는 텅즈징과 함께 야밤의 어둠 속으로 사라져 버렸다.

반 시진 정도 지났을까, 궈바오쿤이 마대자루에서 몸을 비집고 나와 보니 몸 전체에 시퍼렇게 멍이 들어 있었다. 그는 여전히 바닥에 쓰러져 있는 호위들을 보며 화가 머리끝까지 나서 욕설을 뱉으며, 호위들을 발로 차서 일으켜 세웠다. 호위들은 마취약에 취해 있어 쉽게 깨어나지 못했다. 하지만 깨어나자마자 자신들이 모시는 공자의 머리가 돼지대가리처럼 부어 있는 모습을 보고는 정신이 번쩍 들어, 가마에도 아니고 직접 업어서 집까지 모셔갔다.

그날 밤 궈씨 집안은 발칵 뒤집어졌다. 그리고 다음 날 새벽부터 징두 관아에 사람을 보내 메이즈리(梅执礼, 매집례)에게 고소장을 제출했다. 메이즈리는 인사를 관장하는 이부 시랑(吏部侍郎)과 징두 관아의 부윤(府尹)을 겸직하고 있는 사람이었다. 고소장에는 어젯밤의 일들이 상세히 묘사돼 있었고, 그 끝에는 판씨의 사생아와 그 호위들을 엄중히 다스려 줄 것을 청하는 내용과, 그렇지 않으면 상서의 얼굴이 뭐가 되겠냐는 호소로 끝마치고 있었다.

스리리는 아름다운 꿈을 꾼 듯했다. 그 꿈에서 남편으로 보이는 사람을 만나 몇 번을 같이 뒹굴고 난 후에야 눈이 살짝 떠졌다. 눈을 떠서 보니 그녀의 곁에는 조금은 낯설지만 미남임에 분명한 남자가 잠들어 있었다. 그녀는 이 남자가 판 공자라는 것이 기억났다. 하지만 술을 그리 많이 마시지 않았음에도 아무 기억도 나지 않는 게 아무래도 이상하게 여겨졌다. 갑자기 짜증이 밀려왔다. 결국은 거절당했던 것인가? 지난밤 그의 품 안에서 넋이 나가 있었던 기억이 떠오르며 얼굴이 살짝 달아올랐다.

옆에 누운 남자의 미동이 느껴지자 스리리는 곧바로 자는 척을 했다. 잠이 깬 판시엔은 스리리의 자는 모습에 한 번 더 불끈했으나, 한 번 품에 안아보고는 온몸에 배인 좋은 향기로만 만족하기로 하고 방을 나섰다. 판시엔이 배에서 떠난 것은 날이 밝기 전이었다.

한편, 이날 아침 징두 관아 부윤인 메이즈리는 고소장을 받아보았다. 그는 심장이 뛰기 시작했는데, 원고나 피고 모두 보통 인물이 아니었기 때문이었다. 원고는 예부 상서 궈요우즈의 독자이자 궁중 편집인인 궈바오쿤이었고, 피고는 호부 시랑 판지엔 집안의 판시엔이었다. 고발의 내용은 판시엔이 궈바오쿤을 길가에서 흠씬 두들겨 팼다는 것이다.

이 고소장에서 이 두 집안의 성을 보니 메이즈리는 의기소침해질 수밖에 없었다. 현재 조정은 두개의 파벌로 나눠져 있는데, 하나는 태자를 옹립하는 파였고, 다른 하나는 겉으로 드러내진 않아도 은밀히 2황자를 중심으로 뭉친 파였다. 예부 상서 궈바오쯔는 태자의 스승인 만큼 당연히 태자 파였다. 반면 호부 시랑 판지엔은 표면적으로는 아무 파에도 속하지 않았으나 사실 징왕 집안과 우호적 관계였는데, 그 징왕 세자가 공공연한 2황자 파였다. 그러니 이 안건은 일견 단순해 보여도 사실상 태자와 2황자간의 파벌싸움으로 비화될 수 있는 시한폭탄 같은 것이었다.

생각이 여기까지 미치자, 메이즈리는 이처럼 경거망동한 판시엔에 대해 원망이 들었다. 이 사생아가 딴저우에 쳐박혀 징두의 상황에 대해서는 아무것도 모르고 길가에서 날뛰다 자신을 곤란하게 한 것이라 여겼다. 이 일을 어떻게 수습해야 할지 뾰족한 수도 생각나지 않았다. 하지만 고소장에 사건이 자세히 기록되어 있는 만큼, 증인도 있고 증거도 있으니 재판을 열지 않을 수도 없는 노릇이었다. 그는 스난 백작 저택 사람을 보내 판시엔을 데려오게 하는 한편, 뒤로 몰래 사람을 보내 호부 관아로 가서 판지엔에게 이 일에 대해 귀띔해 주도록 했다.

판시엔은 저택에 앉아 징두 관아에서 자신을 데리러 온 관리들의 행동을 자세히 관찰 중이었다. 판씨 집안과 황실의 친분을 생각하면, 자신을 데려가는 것이 아무리 그들이 당면한 직무라 할지라도, 자기가 꼭 잡혀가야 하는가는 또 다른 문제라 할 수 있었다.

"무슨 소동이냐?"

류씨 부인의 목소리가 들렸다. 그녀는 우아하게 걸어 나오다 관리들을 보고 잠시 인상을 찌푸렸지만, 이내 하인들에게 차를 내오라 명하고는 살짝 판시엔을 쳐다보았다. 판시엔은 무고하다는 듯 어깨를 살짝 으쓱했다. 거실에는 몇 명의 관리들이 부인과 마주 앉아 좌불안석이었다. 그들의 신분으로는 감히 받아보기 힘든 대접을 받고 있었기 때문이었다. 판씨 집안이 이렇게 대접하는데도 자신들이 그 집안이 원하는 대답을 하지 않았을 경우 일이 어떻게 전개될지를 가늠해보며, 먹이 사슬의 맨 끝에 있는 자신들의 풍전등화 같은 운명에 대해 괴로워하지 않을 수 없었다.

앞뒤 사정을 소상히 들은 류씨는 대답했다.

"그 말은 사리에 맞지 않네. 우리 집 큰 도련님은 어제 징왕 저택에서 열린 시회에 참석하고 돌아와 집에게 계속 책을 읽고 있었는데, 어떻게 그렇게도 먼 거리에서 궈씨 집안 아드님을 때릴 수가 있었겠는가?"

"그건 궈 공자가 직접 입으로 말씀하셔서, 그런데 판 공자가 어제 집에 계속 계셨다는 건 확실한 건가요?"

관리 하나가 반신반의하며 물었다.

그러자 온화했던 류씨의 눈빛이 한순간 날이 선 칼처럼 순식간에 변하며 그들을 사납게 노려보기 시작했다. "그럼 우리 판씨가 거짓말을 한다는 건가?"

류씨가 다시 가벼운 웃음을 지으며 물었다.

"궈씨가 주장하는 것은 우리가 아무 이유 없이 막무가내로 때렸다는 것이냐? 세상에는 도리라는 것이 있고 인정이라는 것도 있는데, 그들은 고소를 하고 우리는 그냥 당하는 그런 것이 어디 있단 말이냐? 우리 판씨 집안이 그렇게 부유하거나 귀하다고 말할 순 없어도 징두에서의 면이 있는 것인데, 너희들이 똑똑히 이야기해 보거라. 오늘 누가 고소장을 제출한 것이냐?"

"궈씨 집안의 집사였습니다."

대답을 하면서 관리는 '도대체 판씨 가문이 부유하지 않다면 징두에 부유한 가문이 어디 있는가' 하고 생각했다.

집사가 고소장을 제출했다는 말을 듣자마자 류씨는 책상을 치며 불같이 화를 냈다.

"집사가 고소장을 제출했기로서니 우리 집에 와서 도련님을 데려가겠다고 법석을 떠는 도리가 도대체 어디에 있느냐? 궈 공자가 맞았다고? 어느 정도 맞았기에 그러느냐? 궈 공자가 고소장을 직접 제출하든지, 그게 아니라면 내일 우리도 우리 집사를 시켜 관아에 고소장을 접수해야겠구나. 궈바오쿤이 세력을 이용해 사람을 괴롭히고서는 계집애처럼 뒤에 빠져있다고 말이다. 나의 이 논리가 맞든 안 맞든 너는 궈바오쿤에게 직접 관아에서 기다리고 있으라 일러라!" 이 말을 뱉자마자 류씨는 큰 목소리로 집사를 불렀다. "쉬(徐, 서) 집사!"

쉬 집사는 상황 파악을 바로 마치고는 달려왔다.

"정(鄭 , 정) 선생을 불러 열 몇 장의 고소장을 쓰라 하거라. 내일부터 우리집은 매일 징두 관아에 가서 궈씨 집안을 놀래서 죽이는 대신 지쳐서 죽게 할 것이다." 이게 끝이 아니었다. "정 선생은 몇 년 전 너희 관청 부윤의 형사법 스승이었다 하니, 고소장에는 문제가 없을 것이다."

'지쳐 죽는 사람은 궈씨 집안이 아니라 징두 관아겠지' 하고 생각하며 관리들은 하는 수 없이 잘못을 빌었다. "부인, 조금만 용서해 주십시오. 이번 일은, 확실히 저희가 잘못 찾아온 듯합니다."

류씨가 길고 긴 실랑이에 목이 말라 차를 한 모금하려 손을 뻗었다. 언제 나타났는지 판시엔이 웃으며 찻잔을 냉큼 건네주었고, 눈이 마주치자 이 둘은 각자 바로 고개를 돌렸다. 관리들은 두 손을 바닥에 짚고 잘못을 빌면서 물었다.

"그럼 저희들이 어떻게 하는 게 좋을까요?"

류씨는 무거운 신음 소리를 한 번 토하고는 드디어 기다리던 순서가 왔으며, 더 이상 지체할 이유가 없다는 듯 대꾸했다.

"사람을 때렸다는 게 뭐가 대수인가?"

"결코 대수가 될 수 없죠."

판시엔이 맞장구를 쳤다.

이어서 류씨는 "우리 판씨는 왜 궈씨가 우리를 이토록 억울하게 만드는지 모르겠구나." 라고 울분을 토했다.

"며칠 전 술집에서 약간의 충돌이 있었는데, 궈 공자가 약간 손해를 봤습니다. 말하자면 제가 잘못했지요."

판시엔이 장단을 맞췄다.

류씨는 놀라며 말했다.

"그런 일이 있었느냐? 그럼 그건 네가 잘못한 거지. 그런데, 설마 궈 공자가 그것 때문에 원한을 가지고 무고한 우리를 고소한 거란 말이냐?"

판시엔은 탄식하며 대답했다. "대강 그런 것 같습니다."

관리들은 오고가는 두 사람의 만담을 끊으며 말했다.

"그런 말씀은 법원에서 다시 하시지요. 궈씨 집안의 고소장에는 정반대로 판 공자가 그때 일로 원한을 갖고 밤거리에서 사악한 짓을 했다고 적혀 있으니까요."

류씨가 판시엔에게 물었다. "술집에서의 결론은 그래서 어떻게 났느냐?"

"제가 궈 공자 호위의 코뼈를 부러뜨리고 말았습니다." 판시엔은 자책하듯 말했다.

"너는 괜찮았느냐?"

"제게 어떻게 무슨 일이 있겠습니까? 술집에서 사람들이 보고 있었는데, 제가 어디 손해 볼 사람입니까?"

류씨는 탄식을 하며 고개를 돌려 관리들을 보고 이야기했다.

"자네들도 들어보게. 원한을 가질 사람은 손해본 사람이지, 우리 같이 유리한 입장에 있는 사람이 왜 원한을 가지겠는가?"

관리들은 법원에서 이 말 저 말을 다투는 것은 봤어도, 법원도 아닌 곳에서 스스로 판결을 내리는 모습은 본 적이 없었기에 어안이 벙벙해 도대체 무슨 말을 해야 할지를 몰랐다. 류씨는 상스러운 인상을 주지 않으며 어물쩍 손을 뻗어 관리의 손에 적지 않은 은표를 쥐어주었다. 그리고는 바로 도도한 귀인의 모습으로 되돌아와 담담히 이야기했다.

"우리들이 관아에 가서 궈씨 집안이 어떤 명목으로 그러는지 지켜볼 것이야. 하지만 지금 당장은 그럴 수는 없으니, 자네들도 메이(梅, 매) 대인에게 가서 고하거라. 궈 공자가 관아에 가는 날 우리도 관아에 가서 그와 대질할 것이라고 말이다."

관리들은 속으로 이건 규칙에 위배된다 생각했지만, 손에 들려 있는 돈의 액수에 놀라서는 눈을 한번 찔끔 감고 판씨 저택을 떠날 수밖에 없었다. 곧 판씨 저택은 모두 평정을 찾았다. 거실에는 류씨와 판시엔 둘뿐이었다. 판시엔은 그녀를 보고 속으로 생각했다. '이렇게 똑똑하고 현명한 여자가 몇 년 전에는 왜 그리 어리석은 짓을 했을까?' 오늘 본 류씨의 기술은 탄복하지 않을 수 없었다. 일을 처리함에 있어 당장의 우위를 점할 수 있느냐보다 더 중요한 것은, 일을 잘 처리하기 위한 시간을 벌 수 있는지의 여부이기 때문이다.

류씨는 차를 한 모금 마신 후 담담하게 말했다.

"왜 이런 일을 벌인 거니?"

"아버지께서는 제 이름이 징두에서 어서 많이 알려지길 바라셨는데, 시 한 편으로 이름이 나는 건 재미가 없잖아요. 이렇게 조정 상서의 아들과 송사까지 가면 얼마나 유명해지겠어요?"

"때릴 거면 그냥 때리면 되지, 신분까지 밝히면서 때릴 건 뭐냐? 이렇게 귀찮은 일이 생기잖니." 류씨의 말에는 화가 약간 묻어있었다.

"만일 제가 때린 것이라 하지 않는다면 어떻게 유명해질 수 있겠어요?"

류씨는 그를 보며, 이 반반한 놈이 제 친아들 보다 얼마나 대단한 재주를 가졌는지는 모르겠지만, 최소한 겉에서 보기에는 사고치는 것만큼은 제 친아들과 별반 다를 바가 없구나 생각하며 실의에 빠졌다. 판시엔은 그녀의 생각을 알 수는 없었어도 자기가 정말 궁금한 것을 확인하고 싶었다.

"그런데 왜 저를 도와주신 거예요?"

류씨는 판시엔의 직설적인 질문에 조금은 놀랐다.

"내가 성은 류씨지만 그래도 판씨 집안사람이 아니더냐."

판시엔은 이 말은 믿을 수도 없을뿐더러, 믿더라도 있는 그대로 다 믿을 수는 없다고 생각했지만 그렇다고 뭐라 해야 좋을지 알 수 없었다. 거실은 바늘 하나가 떨어지는 소리조차 다 들릴 만큼 조용해졌다.

"메이 대인은 내 아버지의 제자다. 내가 이미 그에게서 편지를 가져오라 사람을 보냈다. 네 아버지는 이미 소식을 접했을 테니 큰일은 없을 거다. 그들에게 돈을 두둑이 주기도 했고." 류씨는 피곤한 듯 두 눈을 감으며 "오후에 집사가 너를 징두 관아에 데리고 갈 거다. 텅즈징은 어제 너를 따라다녔으니 오늘 관아에 갈 때에는 데리고 가지 말거라. 너무 과시하는 듯 보일 수도 있으니."

판시엔은 이 말을 들으면서 배경도 있고 재능도 있는 류씨가 왜 아버지의 첩이라는 위치에 있을까 도무지 이해가 되지 않았다.

정오가 지나자 판씨 집안은 만반의 준비가 끝났다. 칠 건 치고 답변은 어떻게 해야 하는지에 대해서도 세밀하게 준비해 두었다. 또한 사람을 보내 궈바오쿤이 이미 법원에 와 있다는 것을 확인했다. 류씨는 정말 나무랄 데 없이 마차와 수행원들을 준비하여, 관아로 향하는 그들의 모습을 마치 승전군이라도 되는 듯 만들었다. 판시엔은 사실 관아에 가는 일을 대수롭지 않게 여겼다. 징두에 온지 얼마 안 돼 이런 큰 일을 벌였으니 어떻게 봐도 지혜롭다고까지는 할 수 없었지만,

이 기회를 통해 아버지의 숨은 실력을 가늠해봐야 이후의 일에 실수가 없을 듯했다. 또한 자신의 몸에 똥물을 먼저 끼얹으면 필요한 시기에 재상이 먼저 파혼의 이야기를 꺼낼 명분을 줄 수도 있었다. 마지막 이유는 아주 단순한데, 궈바오쿤을 한 대 때려주고 싶기도 했다. 술집에서 그가 여동생을 바라보던 눈빛에는 분명 문제가 있었고, 징왕 저택 시회에서의 모욕적인 처사도 그냥 넘어갈 수가 없었다.

관아의 문 밖에 이르니 생각보다 많은 사람이 몰려 있었다. 하인들이 도와줘서 겨우 비집고 들어갈 수 있을 정도였다. 그는 냉기를 뿜어내는 징두 관아의 돌바닥에 서서 벽에 그려진 일출 그림과 삭막하게 사방을 감싸고 있는 관리들을 보았으나, 사실 긴장된다기보다는 약간 흥분되었다. 밖에서 구경하고 있는 사람들도 그 못지않게 흥분돼 보였다. 그들은 필사적으로 비집고 들어와 좋은 자리를 차지하려 하였고, 심지어 난간 위에 올라가 있는 자도 있었다.

판시엔의 옆에는 징두 관아 부윤 대인과 친분이 있다는 정퉈(鄭拓, 정탁) 선생이 있었다. 그가 고개를 돌리고 판시엔에게 낮은 목소리로 질문을 해왔다.

"도련님, 저택에서 이미 맞춰 보긴 했지만, 제가 마지막으로 한 번 더 묻겠습니다. 이 사건에 있어 도련님께서 정말 때리셨나요? 부윤 어른 앞에서는 당연히 부인해야겠지만, 그래도 제게는 솔직히 말씀해주셔야 제가 대응을 잘 할 수 있을 듯합니다."

판시엔은 진지한 얼굴로 말했다.

"정 선생님, 제가 감히 선생님을 속이겠어요? 저는 절대 궈 공자를 때리지 않았습니다."

정퉈는 판시엔의 친근하면서도 성실한 용모를 보고는 흐뭇해서 그의 어깨를 다독였다.

위엄이 가득한 호명 소리와 함께 징두 관아 부윤 메이즈리가 뒤에서부터 걸어 들어왔다. 잠시 후 붕대를 전신에 감은 남자가 바퀴의자를 타고 들어왔으며, 그 뒤에는 소송 대리인이 종이 부채를 살살 부치며 따라 들어왔다. 판시엔은 실소를 금할 수 없었다. 자기가 때린 게 얼마나 된다고 저 당당한 상서의 아들이란 자가 이런 식으로 값싼 동정심을 유발하는 연극까지 하는가 싶었기 때문이었다.

바퀴의자에 앉은 이는 물론 궈바오쿤이었다. 그는 정말 안 아픈 데가 없었고, 특히 콧대는 미치도록 아팠다. 판시엔이 간과하고 있었던 사실은 그의 진기가 일반 사람과 달리 아주 매섭다는 것이었다. 그의 진기 맛을 본 자가 어떻게 반나절만에 좋아질 수 있겠는가? 궈바오쿤은 아무 일 없다는 듯 법원에 서 있는 판시엔을 보자 눈빛으로나마 미칠 듯한 분노를 뿜어대고 있었다.

판시엔은 별다른 신경을 쓰지 않고 있었다. 낮은 목소리로 뒤에 부채를 들고 있는 사람의 정체를 정뭐에게 물어 보고서야 대리인이 송스런(宋世任, 송세임)이라는 자임을 확인했다. 사실 그는 고관 집안의 대변만 맡는 사람이어서 소위 '부유한 입'이라는 별명으로 불리는 사람이었다.

부윤 메이즈리가 나무망치를 한 번 두드리니, 관아 내외는 잡음이 동시에 사라졌다. 난간에서 난동을 부리던 자들도 쥐 죽은 듯 조용해졌다.

"누가 참석하였는가?"

원고 피고 모두 각자 대답을 하고 나자 송스런이 소장을 올렸다. 메이즈리가 대충 보는 듯하더니, 다시 그곳을 정뭐에게로 줘서 판시엔이 확인해보도록 했다. 판시엔이 자세히 보니 그가 생각한 것과 크게 다르지 않았다. 그는 고개를 끄덕이며 다시 소장을 건넨다. 사실 소송 같은 일은 실제 소설에서 보는 것처럼 화려하지가 않다. 설명과 해명으로 이루어진 것이 바로 소송이다. 궈바오쿤은 어제 밤 길거리에서 판시엔과 그의 호위들에게 맞았다고 주장했고, 정퉈는 판 공자가 집에 있었음을 주장했다. 일단 여론은 바퀴의자에 탄 궈 바오쿤의 우스꽝스러운 모습보다는 매끈한 판시엔의 외모에 더 후한 점수를 주었다.

"감히 대인께 묻겠습니다. 흉흉한 악당이 이곳 법정에 서 있는데, 어찌 대인께서는 묶어 놓으시지 않습니까?"

송스런은 소장의 내용이 명백한데도 부윤이 아무 말도 하고 있지 않으니, 혹시 판씨 집안에 편파적인가 하며 문제를 삼았다.

정퉈가 말했다.

"송 선생님, 속단하지 마십시오. 궈 공자가 어제 습격을 당했다는 데, 소장에 보면 마대 자루에 안에서 구타를 당했다고 명백히 적혀 있습니다. 그렇다면 이해할 수 없는 것은 마대 자루 안에 있었다면 어떻게 때린 자의 얼굴을 보았겠으며, 또 그게 어떻게 판 공자의 소행이라는 판단을 내릴 수 있겠습니까?"

"그건 판 공자의 목소리를 들었기 때문입니다. 더군다나 판 공자 는 자신의 이름을 당당히 밝혔다던데, 그걸 이제 와서 부정할 작정 입니까?" 송스런은 조롱하는 듯 판시엔을 쳐다보며, "사내대장부가 자신이 한 일조차 감당하지 못합니까?" 라고 물었다.

판시엔은 상대방이 자기를 자극하려 한다는 것을 잘 알고 있었기 에, 조금은 어처구니없고 억울하다는 표정을 일부러 지어 보였다. 정 퉈도 뒤지지 않고 상대방을 조소하는 듯한 말투로 말했다.

"목소리? 제가 경국의 법률을 그리 자세히 연구해 보았어도, 목 소리를 증거로 죄를 확정하는 사건 같은 건 지금껏 한 번도 들어보 지 못하였습니다."

정퉈의 말은 논리정연해서 지켜보던 백성들도 고개를 끄덕이게 만들었다. 바퀴의자에 앉아 있는 궈바오쿤은 더 이상 통증을 참지 못하고 욕을 내뱉는다.

"교묘한 말과 궤변을 멈추거라! 저 따위 사생아 새끼가 판씨 집안의 권세를 이용하여 이토록 오만방자 한 걸 보니, 법도 눈에 들어오지 않나 보구나!"

정뭐는 단호한 얼굴을 하고 냉랭하게 말했다.

"궈 공자는 궁중의 편집인으로서 거친 언변을 삼가주시기 바랍니다. 공자께서는 태자의 곁에 계신 분으로서 궁의 체면을 손상하는 것은 누구도 원하지 않을 것입니다."

이 말은 궈바오쿤을 자극했다. 게다가, 권세로 따지자면 판씨 집안이 어떻게 해도 태자와 가까운 궈씨 집안을 이길 수는 없을 것이라는 것을 암암리에 공표함으로써, 권세를 운운하는 궈바오쿤이 말은 더 이상 발붙일 곳이 없어졌다. 판시엔은 얼굴에 어떠한 표정도 드러내지 않았지만, 속으로는 정뭐에게 매우 감탄하고 있었다. 정뭐가 그가 만들어 놓은 상황을 하나도 빠짐없이 잘 활용하고 있었기 때문이었다. 그때, 신기하게도 하나도 조급할 것 없이 침착해 보이는 송스런이 미소를 지으며 말했다.

"부윤 대인, 저희 집 공자가 몸이 불편하니 잠시 쉬어갈 수 있을까요?"

잠시 휴정하는 사이 송스런은 판시엔과 정뭐에게 공손히 예를 올리며 말했다.

"지금까지 흐름으로 보면, 판 공자께서는 사람을 때리셨다는 사실에 대해 인정하지 않으시겠지요." 이유는 알 수 없어도 그의 얼굴에는 당당함이 있었고, 마치 이제부터 진정한 전쟁이라는 선언 같아 보였다.

다시 변론이 이어지자 송스런이 판시엔을 추궁하듯 물었다. "판 공자는 어젯밤에 계속 저택에 계셨다고 했지요?"

정톼가 대응했다. "그렇습니다. 저택의 온 하인들이 증언할 수 있습니다."

송스런은 쓴웃음을 지으며 말했다. "증인들을 올려라."

메이즈리는 변수가 있음을 드디어 알아차리고 고개를 끄덕였다. 곧 궈씨 집안 사람들이 한 무리의 사람들을 이끌고 법원으로 들어왔다. 이 사람들의 복장은 제각기 달랐는데, 음식을 파는 사람, 야간 경비, 가마꾼 심지어 기생까지 있었다. 정톼는 느낌이 좋지 않았다. 송스런이 입을 열고서야 사람들은 어떻게 된 영문인지를 알게되었다. 이 사람들은 징두의 밤거리에서 일해 먹고 사는 사람들이었으며, 주위 사람들의 심문을 통해 이 사람들의 증언을 확보할 수 있었다. 그들의 증언을 종합해보면, 어젯밤 판씨 집의 가마는 징왕 저택에서 집으로 가지 않았으며, 대신 성의 서쪽으로 갔다가 한밤중에야 슬쩍 돌아왔다는 것이었다.

실눈을 뜨고 그들을 바라보던 판시엔은 궈씨 집안을 인정해주지 않을 수가 없었다. 반나절밖에 안 되는 시간 동안 저렇게 많은 사람들을 찾는다는 것은 쉬운 일이 아니었다. 정톼는 별 생각이 없는 듯한 판시엔을 쳐다보고는 조급한 마음에 낮은 목소리로 이야기했다.

"죽는 한이 있어도 인정하시면 안 됩니다. 이 사람들은 궈씨 집안이 돈으로 매수한 사람들이에요."

판시엔은 탄식을 하며 대꾸했다. "궈바오쿤은 진짜 맞은 게 분명하고 상처가 이렇게 심한데, 단지 내게 누명을 씌우려고 돈을 써가면서까지 이렇게 많은 일을 벌였겠어요? 논리상으로 봐도 말이 안 되죠."

정톼는 갑자기 상대방의 입장을 대변하고 있는 판시엔의 모습에 어안이 벙벙해졌다. 이때 송스런이 조롱하는 눈빛으로 판시엔을 보며 물었다.

"판 공자는 지난 밤 저택에 있었다면서요? 왜 징두의 이 많은 사람들이 공자가 저택으로 돌아오는 모습은 보지 못했을까요? 감히 묻습니다. 한밤중 도대체 무엇을 하러 갔을까요? 남몰래 숨어서 못된 짓을 꾸민 것은 아닐까요?"

징두 부윤 메이즈리는 판시엔을 보면서 어떻게 대답을 하는지 지켜보고 있었다. 법원에는 침묵이 흘렀다. 판시엔은 조금은 비밀스러운 당혹감을 감추지 못하며 조그만 목소리로 말했다.

"어젯밤에 저는……취선거에 가서 밤을 보냈습니다."

취선거가 어떤 곳인지는 모두 알고 있었다. 기방에서 밤을 보낸다는 것은 어찌 보면 숨어서 못된 짓을 꾸몄다는 말과 딱 어울리는 말일 수도 있어서, 사람들은 소란스러워졌고 자연히 장내는 웃음바다가 되어 버렸다. 메이즈리는 이 해명을 듣고 안도의 한숨을 내쉬었지만, 송스런은 여전히 용서가 안 된다는 말투로 물었다.

"취선거요? 감히 묻겠습니다. 증인이 있나요?"

"스리리라는 아가씨가 증언을 해줄 수 있을 것입니다."

"그래요? 그런데 스리리 아가씨는 오늘 이미 징두를 떠나 수저우로 갔다고 하던데 너무 공교롭지 않나요? 스리리 아가씨가 증언하는 것을 누군가가 두려워했던 건 아닐까요?"

판시엔은 고개를 들어 송스런을 똑바로 쳐다보았다. 궈씨 집안이 만반의 준비를 했다는 것까지는 알겠으나, 어떤 방법으로 스리리를 떠나보냈는지에 대해서는 확신할 수가 없었다. 판시엔이 아무 대답이 없자 송스런은 득의양양해져 메이 대인에게 말했다.

"이번 일은 이제 분명해진 듯합니다. 판 공자가 사람을 때리고, 그 사실을 덮으려 한 후, 부윤 대인에게 이 사실을 숨기려고까지 한 것입니다."

정튀가 갑자기 웃으며 "황당한 소리입니다! 우리집 도련님이 밤에 잠시 놀러나갔다는 것이 어찌 큰 죄가 된단 말입니까?"

"판 공자가 놀러나갔다니, 그렇다면 감히 묻겠습니다. 왜 처음에는 저택에 있었다고 말하셨나요?"

"꽃과 버드나무(花柳, 화류)를 벗 삼아 잠을 잤다는 소리가 좋게 들리지는 않지 않습니까? 그러니 부득이 하게……"

송스런은 말을 끊으며 "꽃과 버드나무를 벗 삼아요? 지금 꽃은 어디 있습니까? 또 버드나무는요?"

그는 주위를 둘러보며 낭랑하게 말했다.

"어제 궈 공자와 판 공자는 크게 다퉜습니다. 그리고 밤에 어느 악당이 궈 공자를 갑자기 습격하더니 스스로를 판시엔이라 하였습니다. 판 공자는 어젯밤 밤새 집으로 돌아오지 않았고 어디를 갔었는지도 정확히 말하지 못합니다. 누가 나쁜 사람인지는 이제 불을 보듯 뻔한 것 아닙니까?"

메이즈리는 냉랭하게 그 대리인을 보며 속으로, '지금 이 안건이 네가 말한 대로 해결이 될 수 있을 거라 생각하는가? 이게 그냥 일반적인 형사 사건으로 보이는가?' 라고 생각하며 물었다.

"판시엔, 어제 밤의 행적을 증명할 수 있겠소?"

판시엔은 잠시 생각을 해보더니 대답했다.

"사실 어제 징왕 세자와 함께 놀러 갔었습니다. 근데 그분이 증인이 될 수 있나요?"

이 안건은 이제 징왕 세자까지 연루되었다. 도대체 이것을 어떻게 심사하란 말인가! 메이즈리는 얼굴이 검게 변하더니 옆에 있는 두 사람을 불러 몇 마디를 나누었다. 그리고는 우선 이 사건을 잠시 동안 미루겠다며, 판시엔에게 멀리 가지 말고 징두에 머무르라 명했다. 물론 궈씨 집안은 만족할 수 있는 결론은 아니었으나, 판시엔 측이 내세운 증거라는 것이 감당하기에는 너무도 버거운 것이었기에 집으로 돌아가서 다시 상의하는 것 외에 지금으로서는 할 수 있는 게 없었다. 구경하던 사람들은 김빠진 결론에 낙담하여 한바탕 소란스러워지더니 곧 각자 흩어졌다.

판시엔이 정퉈와 같이 관아를 나설 때, 송스런은 밖에서 그들을 기다리고 있었다.

"판 공자!" 송스런은 공손히 예를 갖췄다.

판시엔은 무슨 일인지 몰랐으나 자신도 예를 갖춰 인사했다.

송스런이 낮은 목소리로 사과했다.

"궈씨 집안에 제가 받은 바가 있어 오늘은 부득하게 기분을 상하게 해드렸습니다."

판시엔은 "스리리 아가씨는 진짜 징두를 나갔나요?" 하고 물었다.

송스런은 더 없이 공손하게 그렇다고 대답했다. 판시엔이 그의 눈을 똑바로 쳐다보며, "당신이 한 건가요, 아니면 궈씨 집안에서 한 건가요?" 라고 물었다.

"저는 판 공자님이 하신 줄⋯⋯설마 어젯밤에 진짜 취선거에 있으셨던 건가요?"

"설마 당신은 내가 진짜 궈바오쿤을 때렸다고 생각한 거요?"

이때 휴정이 공식 선언되었다. 송스런은 몸을 돌려 조그마한 가마에 올라 관아의 문을 나섰고, 판시엔과 정퉈는 같은 마차를 타고 집으로 향했다. 정퉈는 감탄하며 말을 했다.

"이 일이 이렇게 결론이 나든, 궈씨 집안이 여기저기 밉보이게 된 것은 확실하네요."

"언젠가 잘못할 사람들은, 스스로 구실을 만들어서라도 잘못을 해 버리는 게 나아요."

"도련님의 화류계의 명성이 시의 명성에 이어 하루 만에 전 징두에 퍼지겠네요."

궁의 깊은 곳에는 황색 유리 기와들이 햇빛을 받아 금빛 춤을 추고 있었고, 주황색 높은 담벼락은 알 수 없는 압박감을 더하고 있었다. 전각의 후원에는 인자한 눈썹과 선량한 눈을 가진 노마님이 눈을 반쯤 감고 옆에 있는 관원의 말을 듣고 있었다. 그 앞에는 귀부인이 시중을 들고 있었으며, 돌 탁자 위로 온갖 신기한 과일과 채소들이 놓여 있는 게 보였다. 귀부인은 단정한 외모에 봉황의 눈과 주홍빛 입술을 가지고 있었다. 미간 사이에는 조금의 기색이라도 보이지 않도록 삼가며 노마님이 놀라지 않도록 조심히 과일을 깎고 있었다.

"황후야, 네가 이런 일을 하느냐? 이런 일은 아랫것들을 시키면 되잖니. 너는 후궁도 돌봐야 하고 어머니의 예를 천하에 펼치기도 바쁠 터인데 이런 일까지 직접 하다니."

눈을 뜬 노마님은 귀부인이 건네주는 과일을 받아 들고 웃는 얼굴로 신성하게 말했다.

"무릇 효도란 최선을 다 해야 함으로 알고 있습니다."

이 귀부인과 노마님으로 말할 것 같으면, 귀부인은 경국의 황후이며, 그녀가 시중들고 있는 노마님은 황제의 생모이자 현재는 황태후의 자리에 있었다. 다만, 황태후 옆에 한 사람이 더 앉아 있었다.

"염려치 마라. 그리고 너희들은 모두 물러가거라." 태후가 분부했다.

여자 호위들과 궁녀들은 모두 물러갔고, 이제 태후와 여자 둘만 남았다. 태후가 눈을 감으며 물었다.

"일전에 들은 그 판씨 아이의 시를 어떻게들 생각하느냐?"

황후는 미소를 지며 대답했다.

"저는 정숙한 부인에 속하지 못하여 문자의 높고 낮음을 이해하지는 못합니다만, 듣기에는 매우 좋아 보였습니다."

"평범한 재능을 가진 아이라면 지을 수 없는 글 아니더냐? 다만……"

태후가 말을 잇지 못하자 황후가 맞장구를 치듯이 말했다. "다만, 어쩌하신가요?"

"그저 슬픔과 우울로 문구가 너무 무겁더구나. 더구나 이런 어린 나이에 벌써 노년의 기운이 서려 있으니, 그 아이도 박복한 자일까 겁이 나는구나."

이 말을 듣고서 옆에서 아무 말없이 침묵하던, 궁중 복장을 하고 있는 미인의 눈에서는 눈물이 흘러내리기 시작했다. 무슨 일이 그녀를 상심케 했는지 모를 일이었다. 황후는 급히 위로하며 말했다.

"태후께서 그리 말씀하시니, 만일 판시엔이라 불리는 그 아이가 정말로 박복하다면, 태후마마가 복을 약간 보태 주시지요."

그녀가 우는 것이 세상에서 가장 싫은 태후는 온 얼굴을 찌푸리며 말했다.

"내가 아이를 셋 낳았는데, 황제는 말할 필요가 없고, 둘째는 노는 것을 좋아하니 진정 하늘의 즐거움을 안다 할 수 있을 것이다. 그런데 너 이년은, 몇 십 년을 울고만 있으니, 그렇게 울고도 아직 깨달은 바가 없느냐, 진정……"

아름다운 여인은 울며 말했다.

"제 아이가 이미 박복한데, 황제 오라버니가 그 딸을 하필 판씨 집안의 그 박복한 아이에게 시집보내라 하시니 어찌 해야 하나요? 천알(晨兒, 신아, 린완알의 아명-역주)의 병이 차도가 없다면 어떻게 하나요?"

궁중 복을 차려입은 이 여자는 판시엔의 장모가 될 수도 있는, 지금까지 시집을 가지 않은 장(長)공주였다. 태후는 참다못해 욕을 하며 말했다.

"천(晨)이의 병은 네가 그 아이에게 복을 주지 못함으로 말미암은 것인데, 아직도 할 말이 남았느냐? 판씨의 아이가 어때서? 천이에게 충희(沖喜, 집안에 중병을 앓는 사람이 있을 때 결혼식 등 좋은 일을 거행하여 액땜을 하는 일-역주)를 해주기 위해 두말 않고 그 아이를 딴저우에서 데리고 오기까지 하고, 이름도 신분도 없는 아이라는 사실에 대해 따지지도 않으며, 판지엔이 이렇게까지 우리 황실을 위해서 마음을 쓰고 있는데, 네가 판씨는 안 된다고 해서는 아니 된다."

태후는 가슴이 들썩거릴 정도로 화가 나 있었다. 황후는 이를 보고 급히 태후에게로 가서 태후의 가슴을 쓸어내려주려 했지만, 태후는 황후의 손을 뿌리쳤다. 그리고는 조금 누그러진 어투로 말했다.

"다시 말하지만, 천이는 시집 갈 상대가 필요하다. 그리고 그 아이의 신분을 알고도 그 아이를 받아주려는 조정의 대신과 장군은 아무도 없다. 그 아이를 제외하고는. 판……판 뭐라고 했지?"

황후가 급히 나섰다. "판시엔입니다."

"그래, 판시엔. 너도 이전에 들었잖니. 확실히 재능이 있는 아이인데다 천이와 잘 어울린다고. 그러니 천이도 그리 속상하지는 않을 게다." 태후는 숨을 크게 두 번 가다듬고 다시 말을 이어갔다. "그리고 폐하가 이미 이 혼인을 허락한 마당에 다시 한번 소동을 벌이는 것이 무슨 소용이 있느냐?"

장 공주는 선대 황제의 고명딸로서 지금의 황제 폐하의 즉위 후에 바로 '장 공주'로 봉해졌다. 청왕 집에 있을 때부터 항상 궁을 출입하여 모든 귀여움을 독차지하였으니 성격이 경박하거나 사나울리 없었는데도, 걸핏하면 봄가을을 타며 떨어지는 꽃잎에도 눈물을 흘리고 동쪽으로 흘러가는 냇물에 눈물을 떨구고 이런 식이었다.

그녀는 약간 원망스러운 듯 말했다.

"황제 오라버니도 그래요. 어디도 안 되고 판씨 집안이 아니면 안 된다고 하는데, 판씨 집안과 재상 대인이 어떤 사이인지……"

태후는 사납게 책상을 치더니 입술을 깨물고는 차가운 목소리로 말했다.

"내가 몇 번을 말했느냐, 내 눈앞에서 그놈의 이름을 올리지 말라고. 너는 더 이상 잃을 체면이라는 게 없는지 모르겠지만 난 아직도 그 체면이라는 게 있다! 몇 년 동안 그놈이 천이의 얼굴을 보지 못하게는 했을지언정 내가 그놈 앞길을 막은 적은 없다. 당시 그놈이 네게 장가들고 싶어 했는데도, 그놈의 앞길을 망칠까 네가 거절한 것을 알고 있었기 때문이다……좋다! 네가 그놈에게 앞길을 열어주고 싶으면, 내가 그놈의 앞길을 막지는 않으마. 지금 그놈은 벌써 문관의 최고 자리에 올랐으니 넌 이미 네 바람을 이루지 않았느냐? 하지만 더 이상은 네가 그놈과 엮이는 것을 볼 수 없다. 천이의 혼사에 있어서 그놈은 어떠한 발언권도 없다. 알아들었느냐?"

장 공주는 흘러내리는 눈물을 닦아내며 떨리는 목소리로 대답했다. "알겠습니다."

오고가는 이야기를 가만히 듣던 황후가 낮은 목소리로 말한다.

"홍(洪) 공공(公公, 태감의 다른 명칭-역주)이 보낸 사람이 전하기를, 오늘 징두 관아에서 사건 하나를 심사 중에 있다 합니다."

태후는 그제서야 웃으며 말했다.

"오? 어떤 사건이길래 그 늙은 개가 갑자기 관심을 가지는 게냐?"

이 '늙은 개'라는 말에 황후와 장 공주는 웃음이 나왔지만 티를 낼 수는 없었다. 내시 홍 태감(太監)이 궁에서 차지하는 지위는 좀 특별했는데, 오직 태후만이 그를 이처럼 반은 하대하고 반은 친근하게 부를 수 있었다. 그녀들은 감히 엄두도 낼 수 없는 일이었다. 황후는 사건을 마저 전했다.

"이 안건은 새벽부터 관아를 떠들썩하게 만들고는 이제서야 결과가 나왔다고 합니다. 듣기로는 예부 상서 궈요우즈의 독자 궈바오쿤이 판씨 그 아이를 고소했다 합니다. 고소 내용인즉슨 어젯밤 길거리에서 궈바오쿤이 그 아이에게 흠씬 맞았다는 것이랍니다."

태후는 흥미진진해했다.

"판시엔이라는 아이, 참으로 재밌구나. 징두에 온 지 며칠이나 되었다고 상서의 아들을 때리다니. 관아에서 어떤 일이 일어났는지 빨리 이야기 해다오."

그러더니 갑자기 무엇인가 떠오른 듯 물었다.

"징두 관아에서 형벌을 내리지는 않았겠지? 만일 태형을 받는다면 10월에 있을 혼사는 어떻게 하느냐?"

황후는 웃으며 대답한다.

"모후(母后)께서는 걱정이 과하십니다. 판시엔이 아무리 정상적인 신분이 아니라 하더라도 스난 백작의 혈육이고, 그리 뛰어난 재능과 학식까지 겸비하고 있는데, 어찌 그가 그냥 맞기만 하겠습니까?"

"그럼 되었다. 궈바오쿤이라는 자는 태자랑 붙어 다니는 그 아이를 말하는 게냐?"

황후는 조금 불안하여 작은 목소리로 "그렇다"고 대답했다. 그러자 태후가 차가운 목소리로 말했다.

"그 토끼 같은 놈은 권세를 등에 업고 소동만 피우니, 더 이상 이야기 할 것도 없다. 판시엔이 아주 잘 때렸구나."

이야기를 듣고 있는 장 공주의 표정은 전혀 변함이 없었으나 마음만은 복잡했다. 그녀의 어머니가 덮어놓고 판씨 집안의 사생아가 궈바오쿤을 잘 때렸다고 두둔할 것이라고는 생각해보지 못했기 때문이었다. 하지만 지금은 여러 이야기를 꺼내기에 적절치 않음을 알았기에 그녀는 황후의 기분을 맞추며 말했다.

"그 귀 편집인도 나름 징두에 이름이 있는 자인데 길거리에서 맞다니, 그것 또한 말이 안 되는 일이지요."

태후는 아무런 반응도 보이지 않고 담담히 물었다.

"그래서 그 사건의 심판 결과는 어떻게 됐느냐?"

황후는 있었던 일을 태후에게 전했다.

"홍청이 증인을 선다고? 뭔가 인연이 있나 보구나."

태후의 말은 담담했다. 하지만 황후는 태후가 제일 싫어하는 일이 황실과 조정 대신들이 가까워지는 일임을 알고 있었다. 그래서 재빨리 화제를 그쪽으로 돌렸다.

"듣자하니 귀 편집인이 두들겨 맞은 그 밤 판 공자와 세자가 함께 류징허에서 놀았다고 합니다. 하지만 이 사건이 징왕 세자와 관련 있는 것 같이 보이지는 않습니다."

잠깐의 침묵이 흐른 후, 황궁 후원의 분위기가 무거워지자 태후가 몸을 일으키며 말했다.

"피곤하구나."

태후의 이 한마디에 밖에 있던 황궁 어멈들과 궁녀들이 급히 달려와 태후를 부축하여 가마에 태워 궁으로 모시고 돌아갔다.

황태후의 가마가 사라져 가는 모습을 보고서야 황후와 장 공주는 몸을 일으켜 서로를 쳐다보았다. 황후가 먼저 쓴 웃음을 지으며 말을 꺼냈다.

"보아하니 태후는 판씨의 아들이 기방에 가서 자고 온 것을 좋아하지는 않아도, 입 밖으로 어떤 말도 내지는 않네. 천이는 진짜 그 아이에게 시집을 가게 생겼어."

장 공주는 한숨을 쉬며 황후의 말을 받았다.

"저는 다만 판시엔의 인품이 걱정될 뿐이에요, 하지만……판씨 집안과 징왕 집안의 관계가 돈독하니 황후도 조심하세요."

황후는 장 공주의 말에 순간 오싹해졌다. 혼인이 성사될 경우 폐하는 황실의 장사인 내고(内库)를 판씨 집안에 줄 예정이었다. 그렇게 된다면 판씨 집안은 부자지간에 하나는 호부를 다른 하나는 내고를 가지게 되는 셈인데, 이는 결국 경국의 돈의 흐름을 좌지우지하게 된다는 의미였다. 게다가 징왕 세자는 명실상부한 2황자의 사람이었고, 판씨 집안과 징왕 집안의 관계가 2황자로까지 나아가면 태자의 자리가 위태로워지는 것은 시간 문제였다. 여기까지 생각이 이르자 황후는 자신도 모르게 눈썹을 찌푸리며 말했다.

"판지엔 이 늙은이가 도대체 황제에게 어떤 마취약을 꽂았기에 폐하를 저리 움직일 수 있었던 것인지 도무지 이해가 안 되네."

장 공주는 미소를 띠며 말했다.

"류씨 부인을 궁으로 부른 지 한참 되셨지요?"

"류씨는 똑똑한 사람이야. 3년 전 네가 판저우의 사생아를 없애자는 말을 꺼냈을 때 이미 그녀의 칼을 한번 쓴 셈이기에 류씨의 경계심도 이미 높아진 만큼, 그 칼을 다시 이용하기는 쉽진 않을 거야."

서른이 넘어도 아름답기가 그지없어 한 떨기 꽃 같은 장 공주가 웃으며 말했다.

"설마 류씨가 입을 가볍게 놀리지는 않았겠지요? 전 류씨와 어렸을 때부터 잘 알았던 터라 그녀가 황소고집 고집불통을 좋아한다는 걸 알고 있지요."

황후는 잠시 침묵한 뒤 이야기를 이어간다.

"난 아직까지도 폐하가 왜 내고를 판씨 집안의 관리 하에 두시려는지 모르겠어."

"황제 오라버니는 우리 둘의 관계가 너무 가까운 것도 탐탁지 않아 하세요. 그러니 일찍이 제 손에서 내고를 뺏으려고 결정하셨겠지요. 저는 다만 쳰 원장이 그것에 동의하지 않았다는 것에 더 호기심이 간답니다. 쳰핑핑이 부모님을 뵈러 고향을 다니러간 틈을 타 판지엔이 입궁해서 폐하를 뵙고는, 이 혼사가 이루어지지 않을까 겁이 난다고 아주 호들갑을 떨었단 말입니다."

판씨 저택의 서재에서는 판지엔이 아들의 말쑥한 모습을 보며 약간은 화를 누그러뜨린 채 훈계 중이었다.

"지금 이 혼사를 위해 내가 얼마나 많은 시간과 심혈을 기울였는지 아느냐?"

"네가 무슨 생각을 하는지를 내가 모를 거라 생각하는 게지? 너는 이 혼사를 망치기 위해 스스로 악명을 자초하여 궁에 있는 그 사람이 널 차버리게 만들려고 하는 거 아니냐?"

판시엔은 아버지가 이렇게까지 다 알고 있을 줄은 생각하지 못했기에 그저 고개를 떨군 채 아무말도 하지 못했다.

"징왕 세자를 이용하여 일을 벌이는 건 좋을 게 없다고 내가 말하지 않았느냐. 궈씨가 태자파이고 징왕 세자가 2황자파라는 것을 모두가 아는 마당에, 궈바오쿤을 때리고 징왕 세자를 끌어들이는 행동은 사람들의 눈에 우리 판씨 가문이 이미 2황자 편에 섰다고 보이지 않겠느냐?"

"경국의 모든 사람들은 아버지와 징왕이 사이가 좋고, 뤄뤄와 징왕의 딸인 로우지아 군주가 어렸을 때부터 친구인 걸 이미 잘 알고 있어요. 두 집안 사이의 친밀함이 특별하다는 것을 모두가 알고 있는데, 아버지께서는 왜……?"

"네 할머니가 폐하의 유모였기에 징왕 또한 할머니의 손에서 컸다는 것을 잊지 마라. 당시 폐하는 일로 바쁘셔서 모두 내가 모시고 놀았기에 두 집안의 감정이 좋은 것은 당연하다. 그럼에도 사는 사이고 공은 공인 법, 나랏일은 나랏일일 뿐이다. 궁에서의 일을 어떻게 우리 같은 신하가 논할 수 있겠느냐? 태자는 여전히 태자이고 미래에 황제가 될 분이니, 폐하의 만년 통치가 끝난 후엔 우리 판씨 집안도 당연히 태자에게 충성해야 한다."

판시엔은 이 말에 모순이 있다는 듯이 물었다.

"태자가 만일 태자가 아니면요, 그럼 어떻게 돼요?"

대역죄에 가까운 아들의 부도덕한 말을 듣고 판지엔은 놀라거나 훈계하려 하지는 않았다. 그저 담담히 이야기를 이어갔다.

"그건 폐하의 결정이다. 폐하가 결정을 내리기 전에는 현재의 진영을 유지하는 것이고, 우리는 오직 실수를 범하지 않도록 조심해야 하는 것이다."

"알겠습니다. 판씨 가문은 태자의 편에 서도 안 되고, 2황자의 편에 서서도 안 되며, 단지 폐하의 편에 서야 한다는 말씀이지요?" 판시엔은 마침내 궈바오쿤을 때리면서까지 얻고 싶어 했던 말을 이끌어냈다.

"맞다. 만약 네가 잘못된 곳에 서있지 않으려면 절대 서둘러서는 안 된다. 영원히 제일 강한 쪽에 붙어 있다면 실수를 할 일이 없다. 천하에서 제일 강한 분은 바로 폐하이시다."

"만약에 폐하에게 무슨 일이라도 생기면요?"

판시엔은 좋고 나쁨의 판단 없이 건조하게 물었다.

"폐하께서는 혈기왕성하시다. 미래는 미래고, 그게 곧 너희들 세대의 일일 것이다. 그건 그렇고 네가 속 편히 법정을 들어간 그 시간 조정에서 우리 집안은 궈씨 가문과 얼마나 치열한 경쟁을 했는지 아느냐? 대리사(大理寺), 형부(刑部), 이부(吏部) 등 모든 관아에 두 가문의 그림자들이 있다. 궈씨 집안은 심지어 마지막에는 감사원까지 찾아갔다. 쳔핑핑이 없었기에 망정이지 아니었다면 넌 오늘 돌아올 수 없었을 게다."

"쳔핑핑?" 경국 전체에서 암중 최고 권력자인 그를 판시엔이 모를 리 없었지만, 판씨 집안과 감사원의 관계가 매우 밀접함을 알고 있었던 까닭에 판시엔은 이해가 가지 않았다. "쳔핑핑이 있었으면 왜 제가 돌아오지 못했어요?"

"그가 이 혼사를 반대하기 때문이다. 이번에 널 급하게 징두로 오게 한 것도, 쳔핑핑이 고향을 가느라 폐하 앞에서 어떤 것도 청해볼 수 없는 틈을 노렸기 때문이다. 단순히 그 아가씨의 병 때문에 그런 것이 아니었다."

판시엔은 이해가 다 안 된다는 듯 물었다.

"페이지에 스승이 제 스승이시고, 아버지가 쳔 원장과 관계가 좋은데도 그 분은 왜 반대하시는 거죠?"

"겉으로는 나와 감사원의 관계가 그리 깊은 게 아니다. 반대하는 이유는 간단하다. 그건 그가 이번 일을 바라보는 관점이 나와 다르기 때문이고, 그렇기에 완전히 다른 판단을 하는 것이다."

"어떤 관점이요?"

판지엔은 잠시 고민하다 이 아이에게 일부 사실을 알려주기로 마음먹었다.

"폐하는 지금의 태자에 매우 만족하시지는 않는다. 그런데 태자의 생모인 황후와 장 공주가 친하고, 장 공주는 내고 돈의 출납을 쥐고 있는 만큼, 태자가 너무 일찍부터 황실의 장사라는 큰 자금줄을 가지게 되는 것에 폐하가 안심하지 못하는 것이다."

판시엔은 크게 놀라며 물었다.

"애초에 폐하는 태자가 머무르는 곳인 동궁(东宫)의 주인이 바뀔 수도 있다고 생각하시는 거군요?"

"폐하께서는 일생을 모두 한 필의 말 위에서 만드신 분인데, 무엇이 불가능하다 생각하시며 무엇이 두렵다 생각하시겠느냐? 다만 그는 부자지간의 반목을 원치 않으실 뿐이고, 그래서 이를 이용해 뒤에 있는 세력에게 경고를 보내는 것뿐인 게야."

'뒤에 있는 세력? 지금의 형세로 보면 태자 뒤의 세력은 황후, 장 공주 그리고……재상? 태후?' 판시엔은 이렇게 생각해보며 묻는다.

"폐하께서는 이 문제를 해결할 수 있는 더 좋은 방법을 많이 갖고 계시겠죠? 아버지께서 말씀하셨듯 내고의 장사는 줄곧 감사원이 관리해 왔을 거고요. 그런데 왜 굳이 저를 장 공주의 딸에게 시집보내는 걸 선택하신 거죠?"

"왜냐하면 내가 그렇게 건의했기 때문이다."

판지엔은 판시엔을 보고 있었지만, 마치 먼 곳을 바라보는 듯 혹은 다른 어떤 사람을 바라보는 듯했다. 판시엔은 아버지가 더 이상 이 문제에 대해서 설명해주지 않을 것이라는 생각에 화제를 돌려 물었다.

"그럼 쳔핑핑은 왜 반대를 해요?"

"쳔핑핑은 네가 다른 길을 가야한다고 항상 생각하고 있다."

판시엔은 갑자기 감사원 정문 앞의 돌비석을 떠올리며 마음속에 품은 강한 의심을 참지 못하고 물었다. "근데 왜 감사원 정문에……?"

"네 어머니 이름이 있냐는 그 말이냐? 그건 간단하다. 원래 경국에는 감사원이 없었다. 네 어머니가 '감사원이 있어야겠다' 고 말한 후에……" 판지엔은 뭔가 재밌는 기억이 떠오른 듯 웃으며 말했다. "감사원이 생겼다."

이건 뭐, '하나님이 말씀하셨다. 빛이 있으라. 그래서 빛이 있었다'도 아니고.

오늘밤 처음으로 판시엔은 당시 예씨 가문이 가지고 있던 무서울 만큼 커다란 힘에 대해 알게 되었다. 경국이 천하로 정벌을 다니느라 재정적인 위기가 있을 때, 예씨 집안은 재정적인 뒷받침을 해주었다. 또한 지금까지도 모든 대관들을 벌벌 떨게 만드는 감사원, 즉 황제가 전체 경국의 역량을 하나로 모아 만든 감사원도 그의 어머니가 설립한 것이었다. 게다가 감사원 설립 당시 조직기구의 설계에서부터 방대한 지출에 이르기까지 모든 것은 그의 어머니 손으로 처리되었다. 감사원 입구에 '예칭메이'라는 이름이 쓰여 있는 것은 하등 이상할 것이 없는 일이었다. 또한 판시엔이 어릴 때부터 내내 감사원의 감시망 안에 있었다는 것도 당연한 것이었다. 판시엔은 아버지를 바라보며 말했다.

"아버지, 앞으로 제가 할 말에 화내지 마세요."

"괜찮다. 내가 언제 네게 화를 내더냐?"

판시엔은 어떻게 말을 해야 하나 고민을 했지만, 어떻게 단어를 조합해야 할지 도저히 알 수 없어 그냥 직접적으로 말해 버렸다.

"제가 진짜 궁금한 게 있는데요……어머니는 아버지의 무엇이 맘에 들었대요?"

"네 어머니의 이름을 생각해 봐라."

판지엔은 한바탕 웃음을 터뜨렸다. 최근 몇 년간 이렇게 즐겁게 웃어본 적이 없었다. 그는 손을 내저으며 그에게 서재를 나가보라 했다. 판시엔은 화원에 이르러서야 아버지가 한 말의 의미를 알아내고는 피식 웃었다.

성은 예(葉), 이름은 칭메이(經眉, 經 가벼울 경, 眉 눈썹 미, 천하의 남자를 경시한다는 뜻-역주).

이런 이름을 가진 여자가, 어떤 남자인들 맘에 들어 했겠는가?

제7장

천생연분

　판뤄뤄는 그날 낮 징두를 한바탕 떠들썩하게 만든 사건이 생각나 물었다. "오라버니가 이전에 말했잖아. 만일 자신이 원치 않는 일을 하려면 반드시 명확하고도 강력한 이유가 있어야 되는 거라고. 그렇담 오늘 관아에서의 일에는 분명 이유가 있었을 것 같은데, 원하는 결과는 얻은 거야?"

　"비교적 만족스러운 결과지. 최소한 아버지가 조정에서 어느 편에 서있는지를 알게 되었고, 판씨 집안이 조정 내에서 미치는 영향력이 내가 상상했던 것보다 훨씬 크다는 것도 알게 되었으니까. 다만 내 혼인이나 다른 여러 가지 일에 대한 정확한 배경들은 아직 잘 모르겠어. 내가 모기로라도 변해서 궁에 잠입해 그 거물들의 대화를 들을 수는 없는 노릇이니까."

판뤄뤄는 탓하는 어조로 말했다.

"고작 그것 때문이라면 그렇게 위험한 행동을 하지는 않아도 됐잖아."

판시엔은 웃으며 해명하듯 말했다. "어쨌든 궈씨 성을 가진 그 망나니를 손봐줄 참이었고, 그 참에 징두의 물이 얼마나 깊은지도 본 셈이지."

판시엔은 여동생에게 고개를 돌려 묻는다.

"약속은 정했지?"

판뤄뤄는 고개를 끄덕이고는 방긋 웃으며 말한다.

"근데 만일 오라버니를 알아보면 어떻게 하지? 징두의 사람들이 오라버니가 이리도 급히 색시를 만나고 싶어 하는 줄 알면 모두 웃겨 죽을 텐데. 더구나 그중 몇몇 사람들은 즐겁지 않을 수도 있고 말이야."

"상관없어. 일단 이 일부터 확실히 해야 돼."

아침 일찍 징두 수비군 예씨 집안의 마차가 스난 백작 저택의 문 앞에 섰다. 마차 안에서 예링알은 조바심이 나는 듯 초조하게 기다리고 있었다. 잠시 후 판뤄뤄는 누런 얼굴 빛의 등이 굽은 젊은이를 데리고 나왔다. 예링알은 눈빛을 한번 번쩍이더니 그를 앞으로 모셨다. 예링알은 예를 갖춘 뒤 "판 아가씨 고생 많으셨어요." 하고 인사를 건네고는 몸을 조금 틀어 등이 굽은 젊은이에게 웃으며 묻는다.

"선생님이 페이지에 대인의 제자이시라고요?"

젊은이의 누런빛 피부는 눈가에 있는 몇 가닥의 주름과 썩 잘 어울렸다. 보기에는 약간 정신이 어떻게 된 것 같기도 해보였다. 그가 손을 모아 대답을 했다.

"그렇습니다."

"고생이 많습니다."

젊은이는 웃으며 공손히 대답했다.

"아픈 이가 급하다니 어여 가시지요."

예링알과 판뤄뤄는 마차 하나에 타고, 뒤에 젊은 의사 선생은 다른 마차를 타고 갔는데, 그가 바로 판시엔이었다. 그는 아침 일찍부터 판뤄뤄의 눈썹연필과 분첩을 도움으로 분장을 마쳤다. 어릴 적에 본 페이지에 스승의 모습을 많이 참고한 탓인지 자신이 보기에도 나쁘지 않았다. 앞의 마차에서는 예링알과 판뤄뤄가 한참 대화를 나누고 있었다.

"정말 고생했어." 라고 말하는 예링알의 얼굴에는 약간의 주저함이 있었다. "그런데 저 사람 진짜 페이지에 선생 제자 맞아? 좀 어려보이던데."

판뤄뤄는 웃으며 답했다. "나도 의원은 나이가 지긋해야 실력이 좋은 건 줄로만 알고 있었어. 어쨌든 일단 가서 한번 진찰받아보게 하자. 페이지에 대인의 의술은 어의조차 인정하는 수준이잖아. 우리 집안과 페이지에 대인은 나름의 관계도 있으니 저 사람더러 가서 보라 하는 것도 나쁘지 않을 거 같아."

황궁에서 그다지 멀지 않는 고요한 별원으로 두 대의 마차가 앞뒤로 들어가고 있었다. 별원에는 수많은 궁중 호위들이 배치되어 있었고 그들 모두의 허리춤에는 뽑기 쉽게 단검이 채워져 있었다. 예링알이 익숙한 듯 안으로 들어가고 있는데, 갑자기 정문의 호위가 그녀를 막아섰다.

"무슨 짓이냐?"

호위는 난감하다는 듯이 말했다. "예 아가씨는 들어가셔도 무방합니다만."

예링알은 약간 화가 났지만 웃으며 판뤄뤄의 손을 잡으며 말한다.

"이 분은 스난 백작 집안의 아가씨이자 징두에서 가장 유명한 여성 인재란다."

그래도 호위가 머뭇거리자, "오늘 의원 분을 모셔서 언니의 진찰을 할 건데 네가 지금 막아서는 거야?"

호위의 얼굴에는 여전히 난감한 표정을 감출 수가 없었다. 호위는 예링얼의 옆에 선 등이 굽은 의사를 보고 마음속으로는 '자기 몸도 저런 사람이 어떻게 군주의 병을 본단 말인가?' 하고 생각했기 때문이었다.

"예 아가씨, 미리 말씀해 주셨으면 이렇게까지 막아서지는 않았을 텐데, 오늘은 쉽지 않겠어요. 의원 분도 방문 명단에 등록이 안 돼 있고, 만일 무슨 일이라도 일어난다면……"

"이 선생님은 감사원 페이지에 대인의 제자분이야."

예링얼은 호위의 눈을 똑바로 쳐다보며 이야기했다. 판시엔을 바라보는 호위의 눈빛이 갑자기 공손해졌다. 그는 자신도 모르는 새 반보 뒤로 물러서며, 이렇게 어린 나이에 얼굴이 음침하고 병색이 도는 것은 언제나 독을 다루고 있기 때문일 거라 확신하고 있었다. 들여보낼 충분한 명분을 찾은 만큼 호위가 이들을 안 들여보낼 이유가 없었다. 세 사람은 조용히 별원으로 들어가 군데군데 꽃밭들을 지나, 그중 한 꽃밭 사이로 나 있는 작은 돌길을 따라 별원의 깊은 곳에 자리 잡은 작은 건물로 들어갔다.

궁녀 출신으로 보이는 세 명의 시녀가 차를 내오고, 이내 나이든 어멈 하나가 거만한 태도로 말했다. "예씨 아가씨가 오셨군요."

예링얼은 어멈을 좋아하지 않기에 냉랭하게 답했다. "린 언니는?"

"아가씨는 지금 주무시고 계십니다. 근데 예 아가씨는 오늘 어인 일로 오셨는지요?"

겉으로는 공손해 보였지만 사실상은 도전하는 말투였다. 예링얼은 이 어멈과 더 이상 말싸움을 하기는 싫다는 듯 낭랑하게 말했다. "린 언니를 진찰할 의원 선생님을 모셔왔으니, 린 언니에게 채비해 달라고 전해줘."

하지만 어멈은 물러서지 않고 말했다. "아가씨의 신분을 잘 아실 텐데요. 궁중의 어의 외에는 누가 감히 아가씨를 진찰을 하실 수 있으실까 생각이 됩니다만."

판시엔은 황실의 규칙을 잘 몰랐기 때문에, 문 앞의 호위도 그렇고 이 늙은 어멈도 그렇고 이렇게 강하게 버틸 것이라고는 생각을 못했다. 참지 못한 판시엔은 판뤄뤄에게 눈짓을 했다. 판뤄뤄는 바로 알아차리고 웃으며 일어나 예링알을 향해 말했다.

"규칙에 맞지 않다고 하니 그럼 우리 가죠."

역시나 예링알은 이 말에 황급히 일어나 그 어멈을 향해 한 차례 막말을 퍼부었고, 그 늙은 어멈은 얼굴색이 변해 급한 듯 총총 나가버렸다. 린씨 아가씨의 방에 들어가니 그윽한 향기가 퍼져 있었다. 이 향은 아픈 사람이 요양하는 데 도움이 되는 특수한 향이였다. 다만 그 향이 너무 진해 아가씨 방이라면 응당 있을 여인의 향기가 아주 옅었다. 예링알이 장막을 열고 뭐라 말한 뒤 판뤄뤄도 가서 몇 마디를 했는데, 듣자하니 문안인사 같은 것을 나누는 것 같았다. 그 아가씨는 기침을 몇 번하고 숨을 고르는 중이었다. 판시엔은 마음속으로 한 장면을 상상하고 있었는데, 그건 처음 본 신부의 얼굴이었다.

"선생님, 들어오시죠."

판시엔은 일어나 바깥 장막을 열고 들어가 시녀가 가져다준 둥근 의자에 앉았다. 그는 진짜 의원인 양 턱에 난 수염을 몇 차례 가다듬고는 입을 열었다.

"아가씨 손을 좀 내밀어 주시지요."

얇은 장막 넘어 희미하게 보이는 소녀가 손을 장막 밖으로 내밀더니 부드러운 팔베개에 올려 놓았다. 판시엔은 그 하얀 백옥 같은 손목을 보자 순간 멍해지면서 마음이 동했지만, 다시 진정하고 자신의 손가락을 그녀의 손목 위에 올렸다. 그의 손가락과 그녀의 손목이 닿는 순간, 왜 그런지 몰라도 전율이 살짝 왔다.

예링알은 의원의 진맥을 방해할 수는 없어 가만히 있었지만, 손가락 하나로 진맥하는 모습을 보며 페이지에 대인의 신묘한 소문들이 떠올라 나름의 믿음을 키워가고 있었다. 하지만 누가 알았겠는가. 판시엔이 페이지에 스승에게 가르침을 받은 기간은 고작해야 일 년이고, 그가 자랑할 만한 게 있다면 그저 약을 좀 사용할 줄 안다는 것과 전생에서 배운 약간의 지식 정도인 것을. 그럼에도 그가 한 손가락으로 진맥하는 특이한 장면을 연출한 것은 주위 사람들에게 그가 뭔가 다름을 보여주기 위한 장치일 뿐이었다.

판시엔은 고개를 저으며 손가락을 거두었다.

"맥이 너무 약하면서 동시에 매우 급하군요. 허약하면서도 왕성한 불이 함께 있으니 실로 난감하네요. 좀 더 정확한 판단을 위해 이 아가씨의 얼굴을 한번 볼 수 있겠소?"

"안됩니다!" 시녀가 망설임 없이 거절했다. 경국이 아무리 개방적이라 하더라도, 특수한 신분을 가진 아가씨의 얼굴을 어의조차 보지 못했는데 어찌 감히 이름도 모르는 의원이 볼 수 있겠는가? 판시엔은 약간 실망하며 물었다.

"듣자 하니 어의의 판단은 폐결핵이라지요?"

"네."

"아가씨가 항상 피로하고 기침을 하시지요?"

"네."

"몸이 점점 야위어 가지는 않나요?"

"네."

"항상 열이 나서 불편하지 않나요?"

"네."

시녀의 대답이 너무 빨라 판시엔은 약간 짜증이 났지만 다시 물었다.

"항상 식은땀을 흘리나요?"

"네." 시녀는 말을 끝나기를 기다렸다는 듯 대답했다.

하지만 판시엔은 못 들은 척하며 손을 뻗어 그 부드러운 손바닥을 만지작거리고 있었다. 린씨 아가씨는 이 의원 선생님의 이러한 대범한 행동에 너무 놀라 급히 손을 뺐다. 판시엔의 이 동작은 매우 빨라 다행히 아무에게도 들키지는 않았다. 판시엔은 잠시 침묵한 후 물었다.

"각혈은 하지 않나요?"

"이미 시작했어요. 입춘 때에는 좀 괜찮았는데, 최근 며칠 사이에 다시 각혈을 하시네요." 그나마 이 의원이 예상하는 증상이 비교적 정확했기 때문에, 시녀는 안심을 하며 일말의 희망을 품었다.

병상에는 아리따운 아가씨 하나가 누워, 밖에서 들려오는 의원 선생의 목소리에 어찌해야 할지 몰라 전전긍긍하고 있었다. 그 목소리가 이토록 귀에 익은 걸 보아 경국 사당에서 봤던 그 소년의 목소리임이 분명했다. 하지만 그가 어떻게 여기까지 올 수 있겠는가? 게다가 페이지에의 제자라니. 그럼에도, 그럼에도. 그녀의 두 손은 비단 이불을 꽉 쥐고 있었는데, 혈색이 좋진 않아도 매력적인 붉은 빛이 얼굴 위로 번지고 있었다. 이 일을 어찌하면 좋을까? 분명 이 장막 뒤에 그 소년이 있는데, 어떻게 하면 얼굴을 볼 수 있을까?

장막 밖에서 들리던 대화가 끝나가고, 진맥을 하던 의사선생이 이제 곧 떠난다는 소리에 린은 결국 참지 못하고 몸을 일으켰다. 그녀는 침대 머리맡에 반쯤 기대고 온몸의 힘을 모아 모기 같은 목소리로 입을 열었다.

"잠깐만……"

그 자리에서 이 소리를 들은 사람들의 반응은 제각각이었다. 시녀들은 급하게 달려와 무슨 일인가를 물었고, 예링알은 살짝 관심을 보였다. 뤄뤄는 오늘 아가씨의 얼굴은 못 봤어도 목소리를 들었으니 오라버니에게 소득이 전혀 없었던 것은 아니라고 생각하는 중이었다. 그때 판시엔은 장막 뒤의 그 침대를 멍하니 바라보며 이상하게도 사당에서 만난 아가씨의 얼굴을 쳐다보는 것 같은 느낌에 사로잡혔다. 지금 들은 그 목소리 또한 자신의 생각이 틀리지 않았음을 증명하는 것 같았다. 경국 사당에서 그 닭다리 아가씨가 한 말은 고작 한마디였고, 정확히는 '너, 누구야?'라는 말이었으나, 그는 이 한마디를 무엇보다 확실히 기억하고 있었으며 한순간도 잊은 적이 없었다. 장막 뒤 사람이 누구인지를 판시엔은 바로 알아차릴 수 있었다. 미칠 것 같은 행복감이 찾아와 온몸을 마비시켰다.

예링알은 다가가서 다급히 말했다. "언니, 누워있어. 왜 일어나려고 해?"

"이 선생님이 말씀하시는 게……일리가 있는 것 같아서." 아가씨는 어떻게 말을 이어가야 할지 모르겠다는 듯 머뭇거리다 말했다.

"얼굴을 보시면, 혹시……선생님께 도움이 되지 않을까 싶은데."

시녀들은 다급한 구조요청의 눈빛을 예링알에게 보냈고, 예링알도 이 선생의 의술에 약간의 의심이 생겼던 터라 몇 마디 권고를 했으나, 린씨 아가씨는 계속 고집을 피웠다. 예링알은 머리가 살짝 아팠지만, 린에게는 제멋대로 해볼 날도 그리 많이 남아있지 않다는 생각과 함께, 일말의 희망이라도 있다면 포기하지 말자는 생각이 동시에 들었다. 예링알은 장막을 열어 젖혔다.

조금씩 걷히는 장막을 지켜보면서 판시엔은 긴장 속에 두 사람의 재회를 고대하고 있었다. 드디어 장막이 열리고 그 사이로 드러난 건 뽀얀 피부에 초롱초롱한 두 눈을 가진 발그스름한 얼굴의 예쁜 아가씨였다. 옆에 있는 사람들과 달리 두 사람의 시선은 오직 상대방만을 주시하고 있었다.

판시엔의 시선에는 환희와 기쁨이 가득 찼다!

린의 시선에는 망연자실한 실망감이 몰려왔다!

하지만 판시엔은 바로 알아차릴 수 있었다. 그가 변장한 모습에 그녀는 자신을 알아볼 수가 없다는 것을. 린은 이 낯선 의원을 보면서 망연자실해 있었던 것이다. 예링알은 그런 그의 시선이 못마땅해 재촉했다.

"멍하니 서서 뭐하시는 거예요?"

판시엔은 미소를 머금고 침대로 다가가 자신의 기억속에 새겨진 그 얼굴을 확인하며 말했다.

"안색이 안 좋으셔서 큰일입니다. 반드시 제가 조금 전 이야기한 방법으로 식사를 하시고 약을 드셔야해요. 아시겠죠?"

린은 현기증이 나는 듯 손으로 침대를 짚고서 작은 목소리로 대답했다. "고생하셨습니다." 하지만 의아했다.

'분명 목소리는 그 사람인데, 왜 그가 아니지?'

젊은 의원이 문을 향해 걸어 나가려는 모습을 바라보며 린은 조바심이 났지만 별 도리가 없었다. 명의상 군주의 신분인 자신으로서는 얼굴을 보이는 것으로도 이미 커다란 모험이었다. 그를 쫓아가 경국 사당에 간 적이 있었는지, 그렇다면 하얀색 옷을 입은 소녀를 보았는지, 그 닭다리는 기억하는지와 같은 질문을 할 수는 없는 노릇이었다.

'그래, 아니지 아니야. 분명 그 사람은 아니야. 단지 목소리가 비슷할뿐. 요 며칠 잠을 잘 못 잔 대다 그 목소리를 너무 생각해서 뭔가 홀린 것 뿐일거야.' 린이 이렇게 단념하려 하고 있을 때쯤 판시엔은 걸음을 멈추고 기괴한 웃음과 함께 작별 인사를 한다.

"양 젖을 마시고, 육식을 해야 해요. 그래도 배가 고프면 닭다리를 드시고요."

린은 눈을 번쩍 뜨며 물었다.

"요 며칠 식욕이 없어서 자주 구토를 했어요."

"너무 걱정하지 마세요. 토하고 토하다 보면, 곧 익숙해집니다."

지켜보는 예링알과 시녀들이 이 의사 양반이 드디어 미쳤다 생각했다.

판씨 집안의 마차에는 소리없이 얼굴 가득 웃고 있는 판시엔과 그 옆에서 몰래 킥킥거리는 판뤄뤄 둘이 타고 있었다. 오라버니가 억지로 웃음을 참고 있는 모습에 판뤄뤄가 말했다.

"웃고 싶으면 그냥 웃을 것이지, 참을 건 뭐야?"

이 말이 떨어지기가 무섭게 유쾌한 웃음 소리가 마차 밖까지 터져 나갔다. 그 소리에 길을 가던 행인들과 마차 앞에서 호위중이던 텅즈징은 깜짝 놀랐다.

"세상이 참 묘하다니까."

오라버니의 즐거운 모습에 판뤄뤄도 더욱 즐거워졌다.

"린씨 아가씨가 오빠가 사당에서 만났다는 그 아가씨인 줄은 생각도 못했어."

"이제부터는 린씨 아가씨라 부르지 말고, 새언니라고 불러."

"10월에 혼사라도 하고 나면 그러지, 뭐가 벌써 그리 급하다고? 재상 대인과 장 공주가 오라버니를 안 좋아한다며? 오라버니도 좀 전까지는 혼인을 물릴까도 했고."

"그때는 그때고 지금은 지금이지. 지금은 재상 대인이고 장 공주고 다 상관없고, 감사원 그 원장 대인이 징두에 돌아온다 해도 아무 상관없어."

그 모습에 판뤄뤄가 신기하다는 듯 물었다.

"나도 오늘 처음으로 린, 아니 새언니를 봤지만, 예쁘긴 해도 오빠가 말한 것처럼 천상의 선녀까지는 아니던데?"

"뭐라고?!"

린씨 아가씨는 성은 린(林 , 임)이고 이름은 완알(婉兒 , 완아), 아명은 이천(依晨, 의신)이다. 어릴 적부터 궁중에서 자라 친구가 없는 그녀의 신세는 애처롭기 그지없었다. 자신의 아버지가 재상 대인임을 알고 있었으나 자주 볼 수는 없었고, 오히려 외삼촌과 더 가까운 편이었다. 특히 혼처를 정한 후부터는 그녀의 어머니도 그녀를 돌볼 권리를 박탈당했다. 최근에는 조금 나아졌대도 외로운 건 마찬가지였다. 가장 가까운 친구 예링알이 오빠들과 함께 딩저우(定州, 정주)라는 국경 지대에 주로 있었기에 말상대가 언제나 변변치 않았다.

올해 초부터는 알 수 없는 이유로 삼촌이 그녀의 아버지와의 관계를 끊다시피 했다. 처음에는 아버지를 난감하게 만들어 관직에서 떠나게 하려는 의도인 줄 알았으나, 나중에 알고보니 다른 이유가 숨겨져 있었다. 삼 년 전 비밀리에 정해진 그 정략 혼인이 갑자기 수면위로 떠오른 것이다. 판시엔? 딴저우에 있다는 호부 시랑 대인의 사생아. 린완알은 쓴웃음을 지을 수밖에 없었다. 상대방 또한 고단한 운명을 타고나, 아버지와 어머니를 보지 못했다고 들었기 때문이다. 그 사람에게 꼭 시집을 가야 하는 이유는 무엇일까? 그녀의 신분이 떳떳하지 못하기 때문에?

린완알은 그 의원라는 자를 잊을 수가 없었고 도무지 입가에서 웃음을 감출 수도 없었다.

봄밤, 더 없이 좋은 밤이 되었다. 판시엔은 어느 저택 뒷벽을 작은 소리 하나 없이 나뭇잎처럼 사뿐히 뛰어넘었다. 몸에 뒤집어쓴 먼지는 밤의 색에 가려져 보이지 않았다. 아무리 번화한 징두라도 밤늦게까지 등을 밝히는 그런 곳은 많지 않았다. 판시엔은 깜깜밤 한 가운데로 뛰어갔다. 얼굴에 스치는 청량한 밤바람이 마음을 편안하게 해주었다. 그리 오래지 않아 그는 낮에 들렀던 황실 별원 옆 작은 골목에 다달았다. 우쥬 삼촌의 말에 따르면 7품 내공에 3품의 통제력을 가졌다는 판시엔 자신보다 더 강한 고수가 나올 지도 모를 일이었다. 그는 별원 내 작은 건물을 보며 때를 기다렸다.

그는 반드시 오늘 린씨 아가씨를 만나, 자신이 누구인지를, 자신이 그녀가 시집올 그 남자임을 알려주고 싶었다. 고요하고 어두운 밤, 야간 순찰 중인 관원의 소리가 났다. 이제 그는 당분간 나타나지 않을 것이다. 판시엔은 벽의 뒤로 가서 숨을 고르고 몸의 진기를 이용해 천천히 벽을 기어오르기 시작했다. 별원 내부에는 호위가 그다지 많지 않았다. 정문 앞에서 불침번을 서는 사람 외에 따로 순찰을 도는 사람은 없는 것 같았다. 판시엔은 그제서야 마음을 조금 놓고 살금살금 그 작은 건물을 향했다. 고개를 들어 위를 보니 불이 꺼진 것 같았다. 벌써 자는 건가? 혹시 몸이 더 안좋아진 건가?

'치익' 하는 소리와 함께 문을 열고 판시엔이 방안으로 들어갔다. 비수를 사용해 창문을 열고 검은색 옷을 입은 소년이 들어오는 모습을 린완알은 보았다. 순간 그녀는 무의식적으로 소리를 질렀다. 하지만 곧 그 검은 옷 사이로 사당에서 본 그 예쁘장한 얼굴의 남자를 보자, 입 밖으로 나오려던 소리가 목구멍 속으로 다시 들어가 버렸다. 판시엔의 동작은 매우 날쌨다. 거기엔 첫사랑에 빠진 남자가 가져야할 수줍음 같은 것은 찾아볼 수 없었다. 그대신 그는 노련하게 몸을 돌려 창문을 닫고는 침대로 다가와 장막을 제치고 은은한 향을 피워 방안 가득 향이 퍼지게 만들었다.

린완알은 향을 맡자마자 정신이 조금 혼미해지는 것 같았다. 하지만 정신을 바짝 차리고는, 그 소년이 피운 것이 마취 향임을 알았다. '설마 말로만 듣던 강간범인가?' 하는 생각에 린완알은 사람을 부르려 소리칠 준비를 하고 있었다. 그때 판시엔의 손바닥이 린완알의 부드러운 입술에 닿았다.

"소리 지르지 마."

판시엔은 천천히 손바닥을 뗐다. "나야."

소년에게 악의가 없음을 알아차리고 린완알은 평정을 되찾았다.

"저 호위들을 어떻게 한 거야?"

린완알을 지키는 여자 호위들은 모두 옆에 있는 바닥에 잠들어 있었다.

"이 향은 긴장을 풀게 하는 효과가 있지만 사람을 해치진 않아. 그냥 잠깐 잠든 것뿐이야."

린완알은 안심도 되면서 기다리던 소년을 만나 기쁜 마음도 없지 않았지만, 그보다 무서운 마음이 더 컸다. '도대체 누구지? 신분은 뭘까?' 하는 생각이 들었다. 판시엔은 린완알의 눈에 서린 공포를 알아채고는 말했다.

"무서워할 필요 없어. 오늘 낮에 온 그 의사가 바로 나야."

판시엔의 심장이 뛰고 그의 마음이 동하기가 무섭게, 갑자기 목뒤가 서늘해졌다. 린완알 손에 쥔 한자루의 단검이 차가운 기운을 내뿜으며 판시엔의 목을 겨누고 있었다. 린완알이 말했다.

"네가 누군지는 몰라도, 지금 가면 더 이상 이 일에 대해 추궁하지 않을게."

"조금 이따 갈게. 오늘은 그냥 널 보러 온 거야."

판시엔은 목에 있는 칼은 아랑곳 않고 실실 웃으며 말했다. 이 말을 마치더니 그는 앞섶에서 기름 종이로 포장된 꾸러미 하나를 꺼냈다. 그는 목의 칼은 전혀 신경쓰지 않았다. 판시엔은 기름 종이를 펼치고는 맛좋은 냄새를 풍기는 닭다리 하나를 그녀의 입으로 가져다주었다.

"그날 사당에서 닭다리를 먹고 있었잖아. 네가 좋아하는 것 같아서 내가 특별히 가져왔지."

린완알은 웃을 수가 없었다. 도무지 이게 무슨 상황이며, 이 소년이 왜 이러는 것인지를 알 수가 없었기 때문이었다. 게다가 호위들에게 이 모습을 들키면 어떻게 될지 알 수가 없었다. 린완알은 떨리는 목소리로 말했다.

"제발 부탁이야. 빨리 가."

"무서워하지 마. 요즘 온통 네 생각뿐이었어. 사당에서 널 본 이후로 줄곧 보고 싶어 죽는 줄 알았어."

린완알은 수줍어하며 말했다. "무슨 얼토당토 않은 이야기야. 나는……" 린완알은 입술을 한 번 깨물더니 이어 말했다. "나는 이미 시집 가기로 한 집안이 정해져 있어."

"네 혼처가 정해진 거 나도 알아." 판시엔은 미소를 지으며 그녀를 바라보고 말했다.

린완알은 이 소년을 처음 본 그 순간의 장면이 떠올랐다. 묵묵히 서로를 복잡한 심경으로 바라보던 그때. 갑자기 가슴이 먹먹해졌다. "알면서도 왜 안 가는데? 진짜 사람을 불러서 널 어떻게 하기라도 바라는 거야?"

"내가……그 판시엔이야."

죽음 같은 침묵이 얼마나 지속됐을까? 갑자기 린완알의 눈에서 눈물이 뚝뚝 떨어지고 있었다. 그녀는 재빨리 눈물을 훔치고는 낮은 목소리로 말했다.

"제발 그만해."

"내가 말하는 거 진짜야, 어떻게 해야 믿겠어?"

"니가⋯⋯판 공자?"

린완알은 한참을 쳐다보더니 점점 눈동자가 맑아지며 다시 묻는다.

"너, 너⋯⋯진짜 너?"

"아까 내가 동생이랑 같이 왔었잖아. 내가 판시엔이 아니라면, 왜 내 동생이 낯선 남자를 도와 너를 보게 해줬겠어? 미래의 새언니가 될 사람한테."

린완알 생각에도 일리가 있는 말이었다. 그래도 또 다시 캐물었다.

"너, 그러면 지난번 사당에도 나를 보러 온거야?" 이 모든 일이 소년의 계획이었다는데 생각이 미치자 린완알은 갑자기 화가 나기 시작했다.

"하늘에 맹세컨데, 그날 사당에서 널 본 건 우연이었어, 정말 우연히 만난 거야. 오늘 너를 보고서야 네가 누구인지를 알게 된거고."

판시엔은 긴장한 듯 기침을 두 번 하고는 조용히 말했다.

"이게 다 인연인 거지."

린완알은 부끄러운 듯 고개를 떨구었다.

"그럼 왜 오늘 여동생이랑 같이 날보러 온 건대?"

판시엔은 당황했다. 자신이 그녀의 병을 치료한 후 혼인을 거절할 생각이었다는 것은 절대로 말할 수 없었다. 대신 그는 나긋하게 대답했다.

"듣자하니, 린씨 아가씨의 몸이 안 좋다지 뭐야. 아가씨를 보러 갈 방법은 없고, 그러니 이렇게 와서 이런식으로라도 볼 수밖에. 그런데 누가 알았겠어? 사당에서 마주친 그 닭다리 아가씨일 줄이야."

'닭다리 아가씨?'

린완알은 마음이 약간 상했다.

이때 아래층에서 사람이 일어나 올라오고 있는 소리가 들렸다. 판시엔은 온갖 고생 끝에 갖게된 이 시간을 이렇게 마무리할 수는 없다는 생각에 짓궂은 미소를 짓고는 린완알의 이불 속으로 쏙 들어가 버렸다. 큰 침대에 큰 이불인만큼 캄캄한 밤 누가 본다고 해도 들킬리는 없었다. 순간 린완알은 아연실색했지만 가까워지는 발자국 소리에 가만히 있을 수밖에 없었다. 방안으로 들어온 사람은 늙은 어멈이었다. 린완알은 부끄러웠으나 급히 이불 속으로 들어가 몸을 최대한 가장자리로 향한 채 깊은 잠에 빠진 듯한 시늉을 했다.

잠시 후 린완알은 팔꿈치를 뒤로 쿡 찌르고는 목소리를 낮춰, 부끄러운 듯 혹은 화가난 듯 말한다.

"사람이 갔는데, 안나가고 뭐해?"

판시엔은 이런 귀한 기회를 준 늙은 어멈에게 감사하는 마음이 솟구쳤다. 나갈 이유가 어디에 있겠는가? "갑자기 졸리네. 좀 누워있어야겠구만."

린완알은 장래의 남편이 될 사람이라는 자의 무뢰함에 당황했다. "이게, 지금 말이 된다고 생각해?"

판시엔은 조용히 웃으며 린완알에게 좀 더 가까이 다가가 코끝 가득 그녀의 체취를 맡는다.

"말이 안 될 건 또 뭐야?"

"이……이……말이 새어 나가면 내가 어떻게 사람들을 보라고." 린완알은 부끄러운 듯 얼굴을 이불에 박고는 판시엔의 온기로부터 도망가 침대 가장자리까지 몸을 움직이고 있었다. 이러다 침대 밖으로 떨어질까 걱정이 된 판시엔은 이쯤에서 몸을 일으킬 수밖에 없었다. 하지만 온몸 가득한 욕구가 도무지 채워지지 않는 듯 침대 옆에 앉아 린완알의 차가운 손을 잡는다. 린완알은 빼보려 했지만 쉽게 뺄 수 없었고, 이내 포기한 듯 가만히 있었다.

판시엔은 그녀의 눈을 보며 이야기했다. "내 이번 생은 정말 운이 좋아."

"뭐라고?"

"한 아가씨를 좋아하는데, 그 아가씨는 내가 그녀를 좋아하기 전부터 이미 나의 부인이 될 사람으로 정해져 있었다는 거야. 어떻게 이런 일이 있을 수 있지? 그러니 내가 진짜 억수로 운이 좋은 사람이라는거 아니겠어?"

판시엔은 어깨를 한번 으쓱하고는 덧붙였다.

"린씨 아가씨. 앞으로 엄청나게 많은 일들이 펼쳐질 테고, 그중 대부분은 나도 아직 이해가 안돼요. 나중에 제게 시집을 오시면 그런 많은 복잡한 일들을 맞이하실까 겁이 나기도 하네요. 아마 신중하게 생각하셔야 할 걸요?"

린완알 또한 이 혼인의 배경에는 수많은 이해의 교환과 재분배가 있음을 잘 알고 있었다. 그래서 처음부터 망설였던 것이기도 하고 그래서 병세가 악화되기도 했다. 하지만 오늘만큼은 자신이 마음에 두고 있었던 사람과 함께 있으니 더 이상 바랄게 없었다.

판시엔은 후원에서 아침을 먹는 중이었다. 그의 마음은 더 없이 편안했다. 자신이 죽어서 이 세상으로 온 것은 정말 운이 좋은 일이었다는 것 외에는 달리 말할 것이 없었다. 그 모습을 본 판스겨가 살며시 물었다.

"형, 오늘 왜 이렇게 즐거워? 서점 위치는 이미 봐 놨어. 언제 보러 갈래?"

"너 지배인을 구한댔지? 너가 잘 알아서 해. 혹 문제가 있으면 나한테 말하고. 네가 어려서 문제가 된다면 판씨 집안 사람 중 아무나 둘 정도 데리고 가고."

"형이 큰 사장이고, 책도 형이 쓴 거고, 돈도 형이 반이나 냈는데 가서 보긴 봐야지."

'큰 사장'이라는 말에 판시엔은 즐거운 듯이 말했다. "좋아, 그럼 이틀 뒤에 가자. 근데 너 수업 빼먹는 걸 아버지가 허락하지 않으실 텐데."

"형이 나랑 가자고만 해주면 돼."

"이번 서점만 잘되면, 나중에 네가 커서 할 수 있는 장사가 많을 것이야."

판스져는 그게 무슨 말인지 모르는 듯 머리를 긁적이다 사라졌다. 옆에서 듣고 있던 판뤄뤄가 묻는다.

"그 혼사는 받아들이기로 한 거야?"

"부모님의 말씀인데 어떻게 거스를 수 있으리오." 자신도 말하고 나니 좀 멋쩍은 듯 판시엔은 덧붙였다. "혼인은 당연히 해야지. 근데 혼인 때문에 발생할 일만큼은 신경 쓰이긴 해. 잘못한 게 아무것도 없는데 그렇게 많은 사람들에게 밉보여야 한다는게. 사실 그걸 내가 다 가질 수 있을 것 같지도 않고, 아무리 생각해도 다른 좋은 방법이 떠오르지도 않고 말이야."

판뤄뤄와 오라버니가 이야기하는 것은 황실의 장사, 내고 문제였다. 사실 이것은 매우 골치가 아팠다. 장 공주가 그토록 오래 관리해 왔다는 걸 고려해보면, 재상이나 태자파의 사람들이 그 돈을 가지고 장난을 치지 않았다고는 누구도 장담할 수 없었기 때문이다. 만일 이것을 판시엔이 진짜로 넘겨 받는다면, 어쨌든 장부는 한 번씩 검사해 보아야 할 일이고, 그런 상황에서는 적지 않은 사람들에게 문제가 될 것이다.

판뤄뤄가 물었다. "장부검사를 안 하면 안 될까?"

"안 해도 상관은 없겠지. 하지만 어쨌든 이전의 장부를 봉해버려야 할 텐데, 이전에 일어난 더러운 일들이 우리 책임으로 되면 완전 망하는 거지. 그런데다 돈줄이 끊기게 되면 누군가는 엄청 화가 나지 않을까?"

"이러면 어떨까? 린씨 아가씨랑 혼인만 하고 장사는 나 몰라라 해버리면? 예전에 아버지와 황제폐하 사이의 약속이라 하니까, 이번에 아버지가 한 발 양보하시더라도 폐하가 화내실 일은 없지 않을까?"

판시엔은 고개를 저으며 그날 저녁 아버지의 표정을 생각했다. 아버지는 어머니의 가업을 꼭 돌려받아야겠다고 생각하는 듯 보였다. 이유는 몰라도 이 부분을 아버지에게 포기하라고 하는 것은 쉽지 않을 것 같았다. 그리고 그 자신도 포기하고 싶지는 않았다. 본래 어머니가 자신에게 남기신 자신의 것인데, 황실이 왜 그것을 누리고 있는가? 게다가 돈이 많다는 건 절대 나쁜 일이 아니다. 이번에 서점을 내는 것은 연습의 일환이기도 하고, 다른 한편으로는 자신이 장사에 재능이 있음을 누군가에게 꼭 보여주고 싶었기 때문이기도 했다.

판뤄뤄는 걱정이 된다는 듯 물었다.

"만일 누군가가 극단적인 방법을 쓰면 어떻게 하지?"

판시엔은 잠시 생각하더니 말을 이어갔다.

"장 공주나 궁중의 거물이라는 사람들을 아직 하나도 보지는 못했지만, 내고를 십년이나 관리한 장 공주는 분명 똑똑한 사람일거야. 그런데 이 상황에서 나를 죽이기라도 하면, 그게 그녀의 짓이든 아니든 사람들의 주목을 받을 게 뻔하고, 폐하의 명령에 대한 거부가 되는 셈인데, 아마 그렇게 할 수는 없을 거야."

동촨루(东川路, 동천로) 거리에 정한 서점의 위치는 판시엔 일행이 보기에 확실히 나쁘지 않았다. 사방팔달로 교통이 편리하고 태학(太学)과도 멀지 않은데다, 징두에서 과거를 보려는 학생들이 이곳을 매일 지나다니기 때문이었다. 그중에 제일 중요한 사실은, 이 길이 그리 번잡하지 않아 각 집안의 아가씨들이 자신의 시녀를 시켜 책을 사오게 하기에 편리한 위치였다는 사실이었다. 판시엔은 고개를 끄덕이며 판스져와 가게 안으로 들어갔다. 가게 안에는 집안 사람 중 하나가 나와 공손히 인사를 했다. 판시엔도 인사를 건넸다.

"췌(崔, 최) 선생님, 수고가 많으십니다."

"둘째 도련님께는 이미 말씀드렸는데, 일 년에 얼마나 번다고 이렇게까지 신경을 쓰시다니, 그럴만한 가치가 있는 일은 아닙니다."

판시엔은 그가 이전에 호부에서 일했던 관원인 걸 알고 있었고, 그때 그가 만지던 돈의 규모에 비해 지금의 이 장사가 분명 보잘것없으리라는 생각으로 말을 이어갔다.

"동생이 좋아하니 취미삼아 하는 것이지요."

판시엔은 이 일을 아버지께 영원히 속일 수 없는 만큼, 차라리 집안 사람에게 정식으로 도움을 요청했다. 그러자 아버지가 췌 선생을 보내 자신의 두 아들이 사고를 치지 못하도록 감시하게 한 것이다.

그때 경여당(庆余堂)에 부탁한 지배인이 도착했다. 믿음직스럽게 생긴 얼굴에 눈빛도 맑은 게 바른 사람처럼 보였다. 판스져도 매우 만족하며 서점에 관한 사항을 논의하기 시작했다. 개업 날짜를 정하고 감사원 8처의 심사를 받기까지는 한참의 시간이 더 필요했다. 하지만 그때까지 딱히 할 일은 없고 이제부터의 일은 경여당에서 온 지배인이 맡으면 되는 것이기에, 판씨 집안 사람들은 더 이상 신경을 쓸 것도 없었다. 판시엔은 사람들이 왜 이토록 경여당을 믿는 것인지 궁금해 조용히 물어보았다.

"지배인님 성이?"

"'예(叶 , 엽)'입니다."

"예 씨요?"

"네, 경여당의 17명의 지배인 성이 모두 '예'입니다. 이는 징두 사람들이 모두 다 아는 공공연한 사실인데요."

"전부 다요? 그렇다면 이십 년 전 그 예씨 집안과 관계가 있나요?"

지배인이 대답했다. "아, 벌써 이렇게 많은 시간이 흘렀군요. 사실 지금의 젊은이들은 예씨 집안을 모를 거라 생각했어요. 맞습니다. 저희들은 모두 당시 예씨 집안의 지배인들이었습니다. 그러다 문제가 생겨 장사가 모두 황실로 넘어가면서 저희들도 각자 자신의 살길을 찾아야 했습니다. 하지만 조정에서는 저희에게 직접 장사하는 것은 허락하지 않았고, 그러다보니 이렇게 어정쩡한 상황에 놓이게 되었죠. 말하자면 저희들은 남의 장사를 도와줄 수 있을 뿐, 직접 장사를 할 수는 없답니다."

상대방이 예전 어머니의 수하에 있었다는 생각에 친근감이 생겼다.

"예씨가 일을 당한후, 조정은……."

판시엔이 말을 다 끝맺지 못했음에도 지배인은 그 말을 이해했다. 왜 예씨 집안을 뿌리 뽑지 않았느냐는 질문이었다. "저희들도 그렇게 예상했었기에 지금까지도 저희는 조정에서 징두를 떠나라 하면 어떡하나 하는 두려움에 떨고 있지요."

"언제 한번 경여당 좀 구경시켜 주시죠? 여쭤보고 싶은게 너무 많아요."

판시엔은 예기치못하게 징두에서 어머니와 관련된 곳을 찾았다는 기쁜 마음에 지배인에게 부탁했다.

판시엔은 집으로 돌아온 후 아버지의 서재로 갔다. 그리고 오늘 있었던 일에 대해 이야기하며 아버지에게 물었다.

"경여당이 진짜 당시 예씨 집안의 사람들이 모여 있는 곳인가요?"

"당연하지."

판지엔은 자신의 짧은 수염을 만지며 당시의 기억을 떠올리는 듯 말했다. "이 사람들이 처한 상황은 그리 간단치 않단다. 그들은 당시 예씨 집안이 각지에 파견한 지배인들이었는데, 네 어머니가 어떤 거물에게 미움을 사면서 비극이 일어났지. 당시 예씨 집안의 세도를 생각하면 조정에서도 그리 간단한 문제는 아니었는데, 만일 예씨 집안이 일거에 몰락하면 경국도 몇십 년간 혼란에 빠질 수 있기 때문이었다. 그래서 가까스로 생각해낸 방법이, 일단 예씨 집안 사업을 황실 소속으로 하고, 최소한 표면적으로는 다른 관원들이 장난 칠 여지를 없애버린 것이지. 그리고 나서……"

판시엔은 말을 끊으며 물었다.

"어머니를 죽인 그 원수들은 도대체 어떻게 죽었나요?"

"넌 아직 어려서 당시 경국에서 일어난 일들을 모를테지."

"누군가 반역을 해서 폐하를 끌어내리려 했고, 결국 이러저러한 일이 일어난 끝에 한달에 걸쳐 피바람이 불었다는 것 정도는 페이지에 스승님께 몇번인가 들었어요."

"그렇다. 첫 번째 피바람에서 예씨 집안을 모함하려 했던 모든 이들이 우리들의 손에 죽었지."

판시엔이 물었다. "우리들이 누구예요?"

"나와 쳔핑핑이다. '우리들'이 이십 몇 년 동안 폐하를 따르면서 한 일 중에 가장 잘 한 일이지."

"그 이후에는 어떻게 됐어요?"

"좀 전에도 말했지만, 예씨의 사업은 모두 내고로 귀속되었다. 당시 조정을 안정시키기 위한 유일한 방법이었지. 문제는 그 지배인들은 모두 네 어머니가 교육했던 사람들인데, 아무리 네 어머니의 총명함과 지혜에 못미친다해도 그냥 놔두면 제2의 예씨 가문이 나오지 않는다고 장담할 수 없다는 거였다. 그래서 폐하는 이들을 모두 징두에 모아 놓고 다시 한번 교육시켜 아무도 사업을 소유하지 못하게 했다. 그래도 관리자로서 장사만큼은 이어갈 수 있게 했는데, 그게 현재의 경여당이란다."

"이 지배인들이 그런 이유로 징두에서 십 여년을 지냈다는 건 좀 비참한데요? 아버지, 이 사람들을 모두 이용해 무엇을 하면 조정에서 관심을 보일까요?"

판지엔은 고개를 저으며 대답했다.

"경여당의 지배인을 이용하는 건 각 왕들의 집안이 자신들의 사업을 유지하는데 있어 가장 선호하는 방식이지. 조정은 이에 대해 관여할 수 없고. 그렇다고 네가 지배인 17명 모두를 이용한다는 건 과해보이는데?"

"만일 조정에서 그렇게 걱정된다면, 그 당시에 모두 죽여버릴 수 있었던 거 아니었나요?"

"당시 네 어머니에게 사고가 났을 때, 나는 폐하를 따라 서쪽에서 전쟁을 하고 있었다. 천핑핑은 북제 국경에서 비밀 임무를 수행하다가 상황을 듣고 바로 징두로 돌아오게 되었지. 우리가 징두로 돌아왔는데도 네 어머니 수하의 지배인들을 다 죽인다는 건 사실 쉽게 할 수 있는 일은 아니었다."

판지엔은 이야기를 잠시 멈추고는 다시 이어 말했다. "최근 조정 내의 세력 관계에 대해 말해보자꾸나. 3년 전 류씨가 사람을 보내 너를 독살하려던 것 때문에 네 원한이 좀 남아있단 걸 알고 있다. 사실 두 가지 일은 연결돼 있단다. 류씨가 그 어리석은 일을 한 것은 그녀가 모자란 탓도 있겠지만, 사실 궁중의 사람에게 이용당했다 보는 편이 더 정확할 게다.”

“누구에게 이용당했기에 할머니의 생명까지도 위태롭게 할 수 있는 위험까지 감수했던 건가요?”

판시엔이 냉랭하게 물었다. 판지엔은 눈썹을 찌푸리며 대답했다.

“내가 류씨를 두둔한다고는 생각하지 마라. 다만, 당시 그녀가 네게 보낸 사람은 표면적으로는 류씨의 명령에 따르는 것처럼 보였으나 사실은 궁에 있는 사람의 명을 따르고 있었어. 류씨는 이 사건에서 그 죄를 대신 뒤집어쓰는 역할을 했지.”

“설마 그들이 제가 예씨 집안의 아들이라는 걸 알고 있었나요?”

“당연히 모르지!”

판지엔은 왼손으로 의자의 손잡이를 꽉 쥐며 단호히 말했다. “이 비밀을 아는 이 중 너를 죽이려는 자는 없다. 만일 너를 상하게 하려는 자가 있다면 그런 이유 때문은 아닌 것이야.”

“설마 징두에서 아버지와 어머니의 관계를 아는 사람이 아무도 없단 말씀이에요? 누군가 아버지와 예씨 집안의 관계를 알았다면, 아버지의 사생아가 예씨 집안의 사람이라는 걸 의심하는 사람이 하나도 없었다는 것은 좀……” 판시엔은 아무리 생각해도 의문이 풀리지 않아 다시 말했다. “그럼 이유가 뭐였는데요? 당시 저는 열셋 밖에 안된 아이였고, 딴저우에 있었고, 사실 징두의 어떤 것과도 엮여 있지 않았잖아요.”

“그때 폐하가 네 혼처를 정했고, 장래에 황실의 장사를 네가 관리할 거라고 선언하셨다. 그때 네가 처음으로 황궁 사람들의 입에 오르내리기 시작한 거였지. 일개 어린애가 황실의 이 많은 돈을 뿌리채 가져간다고 하니, 소위 황궁의 귀인들이 어떻게 생각했겠느냐?”

“깔끔하게 저를 죽이고 싶었겠죠.”

“감사원은 몇 년 동안 이 사건을 조사했지만, 사실 관계는 다 파악했어도 결정적인 증거가 없어 그들을 어떻게 할 수 없었단다.”

“증거가 있었다해도 그들을 어떻게는 못할 것 같은데요. 감사원은 결국 신하고, 그들은 어쨌든 주인이잖아요.”

판지엔은 고개를 끄덕였다.

“나를 죽이고 싶어한 그 귀인들은 누구죠?”

“황후, 그리고 장 공주.” 판지엔은 잠시간의 침묵 뒤 말을 이었다. “하지만 넌 이미 잘 컸고 징두에도 들어왔으니 그들이 너를 다시 건드리거나 폐하의 분노를 사가면서까지 헤치려 들지는 않을 거라고 생각한다.”

“그건 너무 낙관적인 생각 아닌가요? 저를 죽인다고 황제가 자기 부인이나 여동생을 어떻게 하겠어요?”

판지엔은 이 말에 대답을 하는 대신 화제를 돌렸다.

“이제 곧 징왕 세자가 너와 가까워지려고 노력을 할 것이다. 그러면서 분명 너와 2황자가 만날 자리를 주선할 것이니 각별히 조심하는 것이 좋을 듯하구나.”

판시엔은 징두의 모든 세력들이 좋든 싫든 이 부분에 대해 어떤 입장을 표명해야함을 잘 알고 있었다. 황자(皇子)의 세력다툼이란 천하를 계승하는 권리에 대한 싸움이고, 진부한 싸움이라고 생각할 수도 있겠지만, 시대를 막론하고 불가피한 연출이기도 했다. 가리고 있는 두꺼운 장막을 제치면 그 뒤에는 수많은 은밀한 쟁투가 벌어지고 있었고, 거기에 참여한 사람들은 칼로든 입으로든 다른 사람들을 향해 그리고 스스로를 향해 어떤 연기를 보여주어야 하는 법이다. 이런 가운데 판씨 집안이 어느 편에도 기움 없이 황제의 편에 남아있으려고 한다면 필시 엄청난 노력이 필요한 것이었다.

판시엔이 나간 후 판지엔은 오늘 나눈 부자간의 대화를 곱씹고 있었다. 당시 자신이 지불해야 했던 참혹한 대가가 생각나 입술 주변에 경련이 일었다. 이어 징두에서 혈흔이 낭자했던 그 한 달의 시간이 생각났다. 아무도 모르는 그 캄캄한 밤, 황후의 아버지가 그의 칼 앞에서 벌벌 떨던 그밤, 단칼에 그의 목을 베어버렸던 그밤.

별다를 것 없는 한가로운 날들의 연속이었다. 판시엔은 집에서는 큰 도련님 대접을 분에 넘치게 받고, 가끔씩 동촨루의 서점에 들러 진행사정을 확인하고, 췌 선생과의 친분도 쌓아갔다. 이틀에 한 번 꼴로는 밤마다 황실 별원을 참새 방앗간처럼 드나들기도 했다. 이제 닭다리 아가씨는 창문을 닫지 않은 채 조용히 그를 기다리고 있었다.

그가 그곳을 자주 드나드는 것은 뜨거운 사랑 때문만은 아니었다. 무엇보다 린완알의 병을 그냥 놔둘 수가 없는 탓이었다. 황실의 사람들은 지나치게 완고한 나머지 린완알에게 기름기가 있는 음식을 먹게 하기가 쉽지 않았다. 그래서 판시엔은 매번 그녀가 먹을 것과 자신이 만든 환약을 손수 전해주었고, 이제 린완알의 얼굴에는 혈색이 돌기 시작했다. 턱도 몰라보게 둥그스름해졌다. 하지만 병의 근원을 완전히 뿌리뽑지 못했기에 페이지에 스승이 올 때까지는 기다려야 했다. 판시엔은 혼인 후 창산(苍山)에 있는 판씨 별장으로 데려가 꼭 보양을 시키겠노라 결심했다.

두 사람은 그새 많이 가까워져 있었다. 신기하게도 그들 사이에는 비슷한 부분이 많았다. 외모나 기질이나 심지어 세상과 사물을 바라보는 관점에까지 공통점이 많았는데, 이제는 서로 말하지 않고 있어도 상대방의 생각을 꿰뚫을 수 있는 지경에까지 이르렀다. 이날 판시엔은 린완알을 보다가 그녀의 얼굴에서 그녀의 어머니를 떠올렸다. 몇 년 전 자신을 죽이려 했던 여자. 심정이 조금은 복잡해졌다. 눈치가 빠른 린완알은 그런 그의 표정을 금세 읽고 물었다.

"혹시 최근에 무슨 일이 있었어?"

판시엔은 잠시 침묵하다 용기를 내어 말을 꺼냈다.

"만일 나중에 나와 장 공주 사이에 무슨 일이 생기면, 네 입장이 난처해질 텐데, 너한테 피해가 될까 걱정이 돼."

"왜 일어나지도 않은 일을 미리 걱정해? 난 어려서부터 병을 앓아서 언제 죽을지 모른다는 생각에 날짜를 손꼽은 적도 많아. 그런 만큼 일어나지 않는 일 따위는 미리 걱정하지 않는다구."

판시엔은 안쓰러운 마음에 린완알을 꼭 껴안으면서 말했다.

"나도 네가 하는 말을 알 것 같아. 나도 이전에 너와 같은 상황에 처해 있었거든……"

모든 일이 다 끝이 있듯 편안한 생활도 결국 끝이 있는 것이다. 이 날 오후에는 징왕 세자 리훙청이 마차를 타고 판씨 저택으로 왔다. 리훙청은 한참을 기다려도 판시엔이 오지 않자 헛웃음이 나왔다. 그는 속으로 '이 판 공자는 간이 참 크기도 하구나. 조정의 난다 긴다하는 고관들 중에도 나를 기다리게 할 수 있는 사람은 몇 안되는데 말이야.' 하고 생각했다. 한편으로는 징두에 온지 얼마나 되었다고 거물을 패지 않나, 훌륭한 시로 이름을 날리지 않나, 군주와의 혼사로 온 세상 사람의 주목을 받지 않나, 최근 징두에서 벌어진 일련의 일들을 떠올리며 판시엔의 비범함에 대해 생각했다.

이런 생각을 하고 있을 때 판시엔이 들어왔다. 판시엔은 우선 지난 밤에 있었던 일에 대해 감사를 표했다. 리훙청은 웃으며 슬쩍 말했다.

"우리가 그렇게 많이 만난 사이가 아닌데도 취선거를 통째로 빌려 나를 초대했다 해서 아주 감사하게 생각하고 있었네만, 자네 마음 속에 그런 생각이 있을 줄이야. 궈바오쿤 그 친구를 마대에 담아 버리다니. 때리고 싶으면 그냥 때리면 되지 그런 복잡한 수를 쓸 줄이야."

판시엔이 자책하듯 대답했다.

"징두에서의 경험이 미천해 사람을 때리는 게 그리 간단한 줄 미처 몰랐습니다. 진작 알았더라면 그냥 징왕 저택 안에서 한 대 때려줄 걸 그랬습니다."

"하하. 그래도 그건 좀 그렇지 않나. 그랬다면 내가 어떻게 자네를 보호해 주겠나."

판시엔은 환하게 웃으며 다시 한번 감사의 뜻을 전하고 오늘의 용건을 물었다. 리훙청이 대답했다.

"이번 일은 자네에게 숨기기도 그렇고, 더구나 우리 두 집안 간의 정을 생각하면 그냥 소상히 이야기하는 편이 나을 듯하네. 원래는 2황자가 나더러 자네랑 자연스럽게 만날 수 있는 자리를 마련해달라 부탁했다네. 그런데 그렇게 하면 오히려 자네의 반감을 살 듯도 하고 자네를 속이는 게 되는 셈이니, 그냥 직설적으로 말하겠네. 내일 2황자가 류징허 강에서 연회를 여는데 그 자리에 자네를 특별히 초대했다네."

"그런데 제가 잘 이해가 안되는 게, 2황자 같은 높은 신분의 분이 왜 저 같은 사람을 눈에 두시는 건가요?"

"자네는 정말 모르는 겐가, 모르는 척하는 겐가? 지금은 폐하가 혈기왕성하시지만 일은 멀리 봐야하지 않겠나. 조정의 모든 눈은 지금 황자 문제에 쏠려 있다네. 대황자는 타고난 무인으로 밖에서 군대를 이끌고 있는 중이고, 태자는 황후의 친아들이나 품행이 그리바르진 않지. 3황자는 너무 어리고. 우리 징왕 집안은 딱히 한쪽 편을 들지는 않지만, 자네에게만 살짝 말하면 황자 중에서는 2황자와 친분이 좀 있다네."

리훙청은 주위를 살피며 조용히 말했다. 판시엔은 생각지 못한 징왕의 솔직함에 놀라 물었다.

"무슨 일인지는 알겠어요. 그런데 2황자는 왜 저를 보고싶어 하시는 건가요?"

"10월에 이뤄질 자네 혼사 때문이네. 상응하는 능력을 갖춘다는 전제하에 내년쯤이면 폐하가 자네 손에 내고를 주실거야. 우리들로서는 엄청난 일이지. 왜냐면 장 공주가 관리하던 내고의 은전이 보나마나 확 줄어 있을 텐데, 쉽게 해결할 수 있는 문제가 아니지 않겠는가. 언젠가는 장부를 투명하게 조사해야할 텐데 그렇게 되면 어떻게 되겠는가?"

"그래도 너무 이르지 않나요? 혼인은 10월이고, 제가 그 내고라는 것을 받는다 해도 빨라야 내년 혹은 후년의 일인데요."

"그렇지. 그러니 내일은 그냥 밥만 먹자는 걸세. 지난 번에 내가 도와 준 일에 대한 보답 정도로 생각하면 어떻겠는가? 내 말만 들을 필요는 없네. 내일 2황자를 보면 또 새로운 생각들이 많이 떠오를 거야."

판시엔은 결국 초청에 응했다. 그리고 다시 공부방으로 돌아와 붓통 안에 세워진 붓 몇 자루를 보며 생각했다. 궈바오쿤을 때릴 때 징 왕세자가 판시엔 자신을 보호하게 만든 것은, 자신이 일부러 꾸민 일인데, 이게 도리어 상대방으로 하여금 자신을 포섭할 기회를 주고 말았던 것이다.

'징두에서 오랫동안 살아남기 위해서는 반드시 좋은 편에 서야해. 아버지는 영원히 폐하의 편에 설 수 있겠지만, 아버지가 현재의 태자의 편에 서더라도 내가 어떻게 할 것인가는 또 다른 문제다. 이미 태자의 어머니인 황후가 나를 죽이려 했고, 지금도 궁에서 누군가는 내가 죽기를 바라고 있을 테니까.'

제8장

뉴란지에 암살 시도

2황자의 연회 장소가 류징허라는 말을 듣자마자 판시엔은 갑자기 이런 의문이 떠올랐다. 소송이 있었던 그날 왜 하필 스리리는 징두를 떠난 것인가?

징두의 치안은 괜찮은 편이어서 판씨 집안의 마차는 네 명의 호위만을 데리고 따뜻한 봄빛 속에 성의 서편으로 달리고 있었다. 왕춘먼(望春門, 망춘문) 문을 지나 뉴란지에 거리를 지나니 판시엔은 그날 밤 일이 생각나 웃음이 나왔다. 이 웃음의 의미를 아는 텅즈징을 포함한 세 명의 호위들도 그와 함께 유쾌한 웃음을 지었다.

그때 갑자기 미간을 찌푸리게 하는 익숙한 향이 콧속에 들어왔다. 쿠런지엔 (苦忍礆, 고인감) 이라 불리는, 주로 서만 (西蛮) 족들이 즐겨 사용하는, 화살촉에 바르는 독이었다.

"흩어져!"

판시엔이 소리를 지르며 마차 밖으로 뛰어나와 누군지 모르겠지만 가장 가까운 호위를 잡아 끌었다. 그가 이 향을 맡았다는 것은 이미 궁수가 지척에 와 있다는 의미이자 조짐도 없는 암살이 곧 시작될 것이라는 의미였다.

그 찰나, 거대한 바윗돌이 골목 저쪽에서부터 파도처럼 밀려오더니 마차와 부딪혀 마차를 산산조각 냈다. 이어 화살이 폭포수처럼 부서진 마차가 있던 자리로 쏟아지기 시작했다. 텅즈징을 제외한 판씨 집안 호위들은 모두 5품의 고수들이었기에 크게 당황하지 않고 허리춤의 칼을 뽑았지만, 이미 궁수가 너무 가까웠기에 세 명의 호위 모두 다리에 화살을 맞고 말았다. 그럼에도 그들은 그런 몸을 이끌고 벽으로 올라가 남아있는 궁수들의 머리를 박살내려 해보았지만, 잠시 뒤 화살의 독이 온몸에 퍼져가기 시작하자 순식간에 시작된 마비증상에 도저히 손을 쓸 수 없는 지경이 되었다.

그들이 머리를 들어 앞을 보았을 때는 이미 어느 거인의 어마어마한 두 손이 그들의 이마 쪽을 향하고 있었다. 판시엔은 오동나무 뒤에 숨어 처음의 화살 폭포를 피하고는 적당한 때를 기다리는 중이었다. 순간 검은 옷을 입고, 검은색 칠이 된 검을 든, 여자 검객 둘이 그를 둘러쌌다. 판시엔은 발끝을 바닥에 비틀어 박은 뒤, 무릎을 살짝 구부려 좌측의 검이 자신의 가슴 옆을 스쳐가도록 하고 곧이어 오른쪽에서 오는 검도 아슬아슬하게 피했다. 그 자객들의 검들은, 날쌔기가 귀신 같았지만 그렇다해도 속도에서나 정확도에서 우쥬 삼촌의 나무 몽둥이를 따라갈 수는 없었다. 자객들과 판시엔이 뒤엉켜 싸우는 시간이 길어질수록 자객들의 속도는 느려지고 있었으며, 무엇보다 그녀들은 그의 몸에 도무지 검을 찌를수가 없었다!

그때 우당탕탕하는 굉음과 함께 골목의 벽을 부수며 거인이 나타났다. 그리고는 화살에 다리를 맞아 오동나무 밑에 쓰러져 있는 호위에게로 갔다. 텅즈징이었다. 나머지 세 명의 호위는 이미 숨이 다했다. 거인이 텅즈징에게 다가가는 모습을 본 판시엔은 바로 달려가고 싶었으나 도저히 검객들을 거둘 수가 없었다. 이때 쓰러져 있었던 텅즈징이 갑자기 거인의 머리 위로 튀어 오르더니 자신의 허리춤에 있던 단도로 그의 목을 찔렀다. 거인은 잠시 고개를 갸웃하더니 오른 손을 들어 텅즈징의 단도를 잡아 파리라도 되는 듯 아무렇지도 않게 뽑아냈다. 그리고는 다시 한번 큰 소리를 내며 주먹을 날렸다. 화살에 묻어있던 독이 온몸으로 퍼져나간 텅즈징은 자신의 왼쪽다리에 그 주먹이 다가오는 것을 피할 수 없었다. 다리 뼈는 부서졌고 여기저기 선혈이 낭자했다.

한편 판시엔은 두 검객의 검들이 양쪽에서 자신의 가슴을 향해 교차하도록 유도했다. 그리고 그 순간을 놓치지 않고 두 손을 비비면서 분홍색의 연기나는 분말을 검객의 얼굴에 흩뿌렸다. 검객들이 재빨리 그곳을 벗어나려 하는 찰나 판시엔은 패도진기를 폭발시키고 양팔을 펼쳐 양 손바닥으로 좌우 검객의 목을 동시에 쳤다. 짧은 신음과 함께 이들은 목뼈가 부러졌고 입에서 피를 토하며 힘없이 땅으로 떨어져 버렸다.

그때 판시엔은 텅즈징의 머리로 향하는 거인의 손을 보았다. 판시엔은 냉정을 되찾았다. '우쥬 삼촌은 왜 안오고 있는지,' 판시엔은 왼손으로는 환약을 입에 넣으며 오른 손으로는 텅즈징의 앞을 막아, 그의 머리로 향하는 거인의 손과 공중에서 부딪혔다. 오동나무 위에서 나뭇잎들이 모두 후두두 떨어졌다. 오른손은 떨어져나갈 듯 아팠다. 그것은 한 번도 겪어보지 못한 강한 힘이었지만, 자신의 내공 또한 통제되고 있지 않음을 느낄 수 있었다.

그때 이상한 일이 일어났다. 한줄기 바람이 골목으로부터 불어와 판시엔의 몸을 감싸고 돌았는데 그것은 매우 기분나빴고, 교묘하게도 판시엔의 동작을 방해하고 있었다. 판시엔은 그 괴물의 그림자 뒤로 희미한 사람을 본 것도 같았다. 대나무 삿갓 같은 것을 쓴 사람이었다. 판시엔이 다시 정신을 차려보니, 괴물은 여전히 기분 나쁘게 웃으며 판시엔을 바라보았는데, 그 눈에는 공포로 가득했다.

"니놈 대가리를 산산조각 내주마."

괴물은 괴성을 지르며 손바닥에 힘을 모으고 있었다. 판시엔은 마음 속 깊은 곳에서는 공포와 분노가 동시에 튀어나와 소리 없는 외침을 만들어 내고 있었다.

"FUCK YOU!"

이 생사의 순간, 그의 주위에 고요하던 진기가 걷잡을 수 없이 분출하고 있었다. 엄청난 진기가 뒤쪽 설산혈로부터 뿜어져 나와 체내 순환계를 따라 오른팔로 모여들고 있었다. 오른팔이 철로 만들어진 것 같은 느낌이었다.

"죽어라!"

커다란 외침과 함께 판시엔은 모든 힘을 주먹에 모아 괴물의 복부를 강타했다. 괴물의 얼굴에는 기괴한 표정이 스쳐갔다. 괴물의 복부에는 엄청난 구멍이 생겼다. 하지만 이런 중상을 입었음에도 괴물은 쓰러지지 않고, 오히려 자신의 커다란 손으로 판시엔의 오른팔을 내려쳤다. 판시엔의 팔은 썩은 두부처럼 뭉개져 버렸고 사방으로 피가 튀었다. 판시엔은 모든 힘을 다 폭발시켜 괴물의 가슴을 파고들며 왼손으로 꺼낸 비수로 상대방의 목을 가격했다.

괴물의 복부에 생긴 구멍에서는 내장들이 힘없이 흘러내려오고 있었고 비수가 꽂혔던 목에서는 피가 분수처럼 뿜어나오고 있었다. 그제서야 괴물은 도저히 믿을 수 없다는 듯 판시엔을 바라보며 바닥에 쓰러져버렸다.

세상이 순식간에 조용해졌다.

맑은 바람이 불어왔지만 피비린내를 없앨 수는 없었다. 판시엔은 호흡을 가다듬어 보았지만 서 있기조차 힘들었다. 골목 입구에 있는 대나무 삿갓을 쓴 사람의 그림자는 판시엔을 향해 웃어보이더니 뒤돌아 떠나려 하고 있었다. 판시엔이 왼손으로 비수를 꺼내 던졌다. 골목 어귀의 그 남자는 목을 쥐며 땅바닥으로 쓰러졌다. 숨은 이미 끊어진 듯했다. 그의 손가락 사이에는 얇고 긴 화살촉이 있었다.

"병신!"

판시엔은 무심한 듯 욕을 한번 해주고는, 재빨리 텅즈징의 곁으로 가 환약을 하나 먹였다. 해독이 되는지 텅즈징은 차츰 정신이 돌아왔다. 판시엔은 천을 찢어 텅즈징의 다리를 지혈하고 상처에 약을 뿌렸다. 텅즈징은 판시엔을 보며 말했다.

"도련님, 도련님의 상처는……"

판시엔은 전신이 피였고 이쁘장한 얼굴도 피범벅이 돼 흉악해 보였다. 오른팔이 너무 아파왔지만 진기를 조금 운용해보니 경맥에 문제가 생긴 것 같지는 않았다.

"너나 빨리 누워 있어." 판시엔은 텅즈징 옆에서 자신의 상처를 천으로 감쌌다.

아무말 없이 두 사람은 친구 혹은 또 다른 적이 오기를 기다리고 있었다.

뉴란지에 거리에서 일어난 습격 사건은 징두에서 뜨거운 화제가 되었다. 경국은 태평성대가 지속되던 중이었고 삼엄한 경계덕분에 살인 사건도 거의 없었는데, 백주대낮에 호부 시랑 판지엔 대인의 아들이 살해의 위협을 받는다는 것은 보통 일이 아니었다. 특히 누군가 궁수까지 동원해 그를 죽이려했다는 것은, 조정의 마지막 한계선을 건드린 것에 다름없었다.

방대한 경국의 기구들이 움직이기 시작했고, 오래지 않아 이 사건의 진상이 드러났다. 여기에는 물론 판시엔의 증언이 한 몫했다. 가슴에 구멍이 난 괴물은 제법 유명하여 누군지 손쉽게 밝힐 수 있었다. 괴물의 이름은 청쥐슈(程巨樹, 정거수). 북제의 유명한 악한으로 몸을 칼처럼 단련시켜 힘이 무척 세고 진기가 아주 강한 진정한 7품 고수였다. 판시엔이 목을 부서버린 여자 검객들은 동이성(东夷城)에서 온 살수들로 이들 또한 북제의 지시 하에 활동하는 자들이었다. 다만 그 법사의 신분은 감사원만이 알 수 있었는데, 감사원은 그 정보를 비밀로 했다. 북제의 국사(国师) 쿠허(苦荷, 고하)와 관련된 인물이었기 때문이었다.

증거들로 볼 때 이번 암살의 배후에는 북제가 있음은 부인할 수 없이 명백해 보였다. 다만 이해할 수 없는 것은 왜 북제가 판시엔을 죽이려 했느냐였다. 그가 징두에서는 제법 명성이 있기는 했지만, 천하를 놓고 보면 미미하기 짝이 없는 존재임에도 이런 암살을 북제가 시도했다는 것은 의아한 일이었다.

하지만 여기저기 비밀스러운 정보 창구를 가지고 있는 경국의 진정한 권력자들이 볼 때에, 북제의 이번 '암살의 수'는 대단히 뛰어나 보였고, 심지어 아름답기까지 했다.

판시엔은 장래에 내고를 이어받을 가능성이 높았고, 실제로 판시엔이 이어받든 받지 않든 현재 판시엔은 그 가능성만으로도 태자와 2황자간의 싸움에서 중요한 존재가 되었다. 지금 판시엔에게 무슨 일이 일어난다면, 판시엔의 내고 장악으로 돈줄을 잃어버리게 될 태자측이 의심받을 것이 뻔했다. 혹은 태자에게 이런 누명을 덮어씌우려는 계략이라고 2황자 진영이 의심을 받을 수도 있었다.

북제는 이런 사실을 간파한 것이다!

어떤 의심이든 경국 조정에 엄청난 파장을 몰고 올 게 분명했던 것이다. 판시엔이 아무리 미미한 존재일지라도 그의 생사만큼은 매우 중요해 보였다. 감사원 2처의 분석에 따르면 북제의 이런 도발은 경국 내부의 혼란을 일으키면서, 경국이 암암리에 준비해오던 북제 정벌 계획을 미룰 수밖에 없게 하는 귀신 같은 묘수였다!

다만 전제는, 판시엔을 죽여야 한다는 것이고 배후에 대한 어떤 단서도 남기지 말아야 한다는 것이었다. 하지만 불행히도 그들이 몰랐던 것은 그들이 죽이려 한 그 자가, 독 화살에 맞고도 5품 궁수들의 포위 공격을 뚫고, 두 명의 검객을 죽이고, 이어서 7품 고수를 쓰러뜨릴 수 있는 실력자였다는 사실이었다.

침대에 누워있는 아들을 보러온 판지엔이 얘기했다.

"감사원과 형부의 연합조사 결과 북제가 한 짓으로 확인됐다. 2황자가 류징허에서 약속을 정한 것은 네가 스리리를 연모한다 생각했기 때문이었다는데, 누가 알았겠느냐. 그 취선거가 징두에 대한 북제 염탐의 본거지였다는 것을."

그리고는 냉정하게 덧붙였다.

"네가 몹시 화가난 것은 잘 알고 있다만, 이 사건은 여기에서 덮는 것으로 하자구나."

"이만하자구요?" 판시엔은 마음이 불편한 듯 화제를 돌려 물었다. "스리리는요?"

"북쪽으로 도망가는 것을 감사원 4처가 잡아서 징두로 압송하는 중이다."

"그녀가 죽지 않길 바랍니다."

판시엔의 목소리는 냉담했다. 판지엔은 웃으며 말했다.

"감사원이 관리하는 사람들은 죽기도 쉽지 않다."

판시엔은 힘겹게 돌려누으며 대답했다.

"아버지는 이번 일이 그렇게 단순하다 생각하세요? 궁수가 이렇게 쉽게 징두로 들어올 수 있었다고요? 듣기로는 그 궁수의 시체가 다음 날 불타버렸다던데 무엇인가를 숨기고 있는 사람이 있는거 아닌가요? 제가 이런 것들에 대해 신경쓰지 않기를 바라신다는 것도 알아요. 하지만 저는 최소한 누가 절 죽이려했는지에 대해 알 권리가 있어요."

"나도 황제의 '비밀스러운 힘'의 일부를 관리하고 있다. 감사원에 비해 보잘것없어 보여도 충분히 대단한 것이지. 태자와 2황자, 심지어 재상과 장 공주까지 용의선상에 올려놓았어도, 북제와 결탁된 사람을 밝히지 못한 이런 상황이라면, 가만히 있어야 한다. 너무 많은 적을 만들지 말라는 것이다. 이게 내 충고이니 네가 잘 받아들일 수 있으면 좋겠구나."

판시엔은 고개를 끄덕였다.

"그렇다면 제가 직접 밝힐 방법을 모색해 볼게요."

판지엔은 내심 아들의 태도에 만족하며 몇 마디 위로의 말을 보태고는 거실을 떠났다.

아버지가 나간 후 판시엔은 어둠컴컴한 방안 구석을 원망과 분노가 가득한 눈빛으로 바라보았다.

"그날 왜 날 도와주지 않은 거예요?"

우쥬는 검은 어둠 속에서 나왔다. 검은 천으로 눈을 가리고 있었으므로 아무런 표정이 없었다.

"내가 왜 도와줘야 하지? 내가 이전에 말했다. 나와 페이지에가 널 가르쳤는데, 이런 조그만 일도 처리하지 못한다면 그건 네 문제다."

"그 괴물 같은 놈은 7품 고수였다고요. 삼촌이 말했듯 내 진기가 7품이고 통제가 3품이라면 어떻게 내가 그놈의 상대가 되겠어요? 내 문제이니 내가 죽었대도 상관 안 하셨을 거예요?"

"그래서 네가 죽었나?" 우쥬가 두 번째 반문을 했다.

판시엔은 믿지 못하겠다는듯 물었다.

"삼촌, 당시 제 가까이 계셨어요?"

"그래."

"그런데 왜 안 도와주셨어요?" 판시엔은 낮은 목소리였지만 분노하고 있었다. "호위 셋이 죽었고, 텅즈징도 크게 다쳤다고요!"

"난 너 이외에 누구의 생사에도 관심없다."우쥬는 냉정하게 말했다. "네 주변 사람들은 네가 불러 모았으니 그 사람들의 생사를 통제하고 싶다면 네가 그 사람들의 인생을 보호해야하는 것이다. 그러니 호위의 생사는 네 책임이지 내 책임이 아니다."

우쥬는 무표정한 얼굴로 덧붙였다. "더구나 나는 너를 많이 도울 수 없다. 내가 네 곁에 있으면 어려운 일들이 많이 생긴다. 그러니 드러내놓고 네 곁에 있는 일 따위는 없을 것이다. 네가 죽으려 하거나 이미 죽은 경우가 아니라면 말이다. 사람이 온다."

우쥬는 다시 암흑 속으로 사라져 버렸다.

온 사람은 지금 판시엔이 만나고 싶지 않은 손님이었다. 징왕 세자 리홍청은 걱정스러운 얼굴로 침대로 다가와 낮은 목소리로 말했다.

"오늘 이야기 들었느냐? 북제가 절대 인정할 수 없다고 하자 태학의 학생들이 홍려사(鴻臚寺)를 부쉈다고 하던데."

홍려사는 경국 외교를 관장하는 기구로, 북제와 그밖의 기타 제후국들과의 금전과 문서 출납 및 그와 관련된 사무를 보는 곳이었다. 판시엔은 쓴웃음을 지으며 답했다.

"북제는 당연히 인정하지 않겠죠."

"황제 폐하께서 북제 사절단을 징두 밖으로 쫓으라는 명을 이미 내리셨다."

판시엔은 입꼬리를 올리며 피식 웃었다. "외부인에 대해서는 속도 한번 빠르시네요."

뼈가 있는 판시엔의 말에 리홍청은 잠시 침묵하더니 말을 이었다.

"며칠 동안 너를 보러 오려했으나 회복이 덜 되었다기에 기다렸다."

"밥 먹자고 하셔서 가다가 암살을 당할 뻔 했으니까요. 그런데 원래 시원하게 말씀 잘하시잖아요. 오늘은 왜 이리 주저하시나요?"

리홍청이 자책하며 입을 열었다.

"이번 일은 확실히 나 때문이야. 취선거가 북제의 염탐 장소라고 누가 생각이나 했겠나?"그는 잠시 깊이 생각하더니 다시 말을 이었다. "오늘은 2황자를 대신해 사과하러 왔네. 그가 직접 오려고 했으나, 자네도 알겠지만 요즘 암살 시도 건으로 좀 시끄러워야지. 많은 사람들이 이 사건의 뒤에 나랑 2황자가 있다고 하던데, 태자 전하께 누명을 씌우기 위해서라고들 하더군."

판시엔은 웃을 수도 울 수도 없어 가만히 있었다.

"그렇게 빤히 날 쳐다보면, 설마 내가 했다고 말이라도 해야 하는건가?"

판시엔은 웃음이 터져 나왔다. 판시엔은 처음부터 이 일로 징왕 세자를 의심하지 않았다. 조정에 별다른 지지세력이 없는 2황자로서 판씨 집안의 지지를 잃어버린다는 것은 큰 손실이었기 때문이다.

리홍청이 떠나고 얼마 안있어 다른 손님이 방문했다. 감사원 1처의 관원이 감사 결과를 알리러 온 것이었다. 그에 따르면 암살 사건은 조정의 관원들도 엮여 있는 데다 알 수 없는 배경도 관련돼 있어서 감사원의 소관이 되었다고 했다.

"이름이?" 판시엔은 실눈을 뜨고 상대방을 바라보았다. 그는 이전에 멋모르게 감사원에 들어간 이래 처음으로 감사원의 관원을 상대하는 것이었다.

"무티에(沐铁, 목철)라 합니다."

얇은 입술에 검은 피부를 가진 무표정한 관원이 대답했다. "중상이라 하셔서 오늘에야 몇 마디 여쭙겠으니 협조해 주시면 감사하겠습니다."

판시엔은 베개 밑에서 페이지에로부터 받은 명패를 꺼내 훌쩍 던졌다.

"같은 식구니까 말할 게 있다면 기탄없이 말해."

무티에는 명패를 자신의 두 눈으로 확인하고는 당황해 몸을 일으킨후 판시엔의 앞으로 가 무릎을 꿇고 앉아 예를 올렸다.

"대인을 뵙습니다."

페이지에 스승이 판시엔에게 준 명패는 감사원의 '제사(提司)' 였다. 판시엔은 그것의 정확한 의미를 알지 못했으나, 사실 이 제사는 감사원 8개 부처와 별개로 움직일 수 있는 직위를 뜻했다. 무티에가 명패를 보자마자 무릎을 꿇고 인사를 올린 것은 바로 그때문이었다.

판시엔은 물었다. "페이지에 대인은 언제 돌아오시나?"

사실 이 문제는 판시엔에게 매우 중요했다. 일단 완알의 건강에 대한 근본적인 해결책이 필요했기 때문이며, 또한 상의할 사람이 필요했기 때문이었다. 우쮸 삼촌은 원하는 때 볼 수가 없는 바람 같은 사람인데다 아버지는 많은 걸 숨기는 듯했기 때문이다.

"며칠 더 걸릴 듯 합니다."

"조사 결과는?"

"궁수의 시체가 다 불타버려서 성을 순찰하는 관리를 최근에 조사했는데 거기에도 별다른 단서가 없었습니다."

"순찰사? 누가 이 부분을 관리하는데?"

"지아오즈형 (焦子恒, 초자항) 입니다."

"응?"

"태자 쪽 사람은 아닙니다."

"스리리는 언제 징두에 돌아오지?" 판시엔은 그녀가 이 사건의 유일한 단서일 수도 있다 생각하며 물었다.

"급하게 도망가던 것을 잡아둔 상태이니 아마 며칠 더 걸릴 듯합니다."

무티에는 북제가 암살시도를 한 사람이라면 이 사람은 뭔가 중요한 인물일 것이란 판단으로 열정적이 되었다.

"대인, 대인이 징두에 오신 지 얼마 안되셨으니 소인이 조금이라도 도움이 된다면 언제든 분부만 내려주십시오."

판시엔은 무티에의 의도를 알아채고 말했다.

"그럴 필요까지야. 사실 나도 뭘 해야 할지 아직 몰라. 게다가 나를 따라다니다간 백주대낮에도 목숨을 잃을 수 있어."

판시엔은 갑자기 얼마 전 죽은 세 명의 호위무사 생각에 마음이 불편해졌다. 그가 징두로 온 이래 항상 그를 따라다닌 그들이었지만 이름도 물어보지 않았는데 그새 죽어 버린 것이다. 갑자기 무엇을 해야할지 생각이 난 판시엔은 앞에 있는 감사원 관리에게 물었다.

"감사원에 왕치니엔이라는 사람이 있지 아마?"

왕치니엔은 전병 가게 앞에서 매운 향에 코를 한번 찔리고는 눈물을 뚝 흘렸다. 최근 며칠간 겪은 일은 그가 감당하기 버거운 것이었다. 감사원에서 제명당해 봉급이 끊긴 데다 노후 보장까지 사라져 버린 것이다. '아직도 한창 나이인데 집에 있는 부인과 딸을 어떻게

부양해야 하나. 도대체 누구에게 밉보인거지?'

그는 사실 자신이 제명당한 이유를 알고 있었다. 주인의 주인이 경국사당에 바람의 쐬러 갔을때 어떤 소년이 거기로 들어온 적이 있었는데, 당시 그 길을 지키고 있던 호위들은 모두 기절해 있었다고 한다. 감사원에서 조사한 결과 그 소년은 경국 사당에 들어가기전 감사원에 들렀고, 그때 왕치니엔과 많은 이야기를 나눴다는 관원들의 증언이 있었다고 한다. 결과적으로 왕치니엔에게는 별다른 혐의가 없다는게 밝혀졌지만 누군가 책임을 져야하니만큼 희생양으로 그가 지목된 것이었다.

왕치니엔은 조사과정에서 그 소년이 페이지에 대인의 제자라는 것은 말하지 않았지만 이렇게 생각하고 있었다. '페이지에 대인이 돌아오시면 말을 한번 드려봐야지.' 울상이 된 왕치니엔은 힘없이 어깨를 늘어뜨린 채 정처없이 걷기 시작했다.

"왕 형." 누군가 미소를 띠며 그를 막아섰다.

그를 보자마자 왕치니엔은 그가 1처의 무티에라는 것을 알아봤다. '저 자는 지금 뉴란지에 사건을 맡고 있다 했는데. 평소 자신과 이야기를 나누던 상대가 아니었는데, 무슨 일로 나를 부르는 것일까?' 의심쩍은 얼굴로 왕치니엔이 대답했다.

"무 대인, 무슨 일로 그러십니까?"

무티에의 아첨하듯 은근하게 말했다.

"축하해요 왕 형, 정말 축하드려요."

어리둥절한 왕치니엔이 조용한 방안에서 예쁘장한 공자를 마주하고 있었다. 상대방을 정확히 알아볼 수 있었는데, 그가 바로 자신을 감사원에서 쫓겨나게 한 소년이었다. 소년의 명패를 보고서야 그는 자신이 건 도박이 옳았다는 것을 알았다. 이 공자는 페이지에의 제자일뿐 아니라 강력한 뒷배도 있는 것 같았다.

"내가 한 말 다 이해했지?" 판시엔은 미소를 지으며 왕치니엔을 바라보았다.

"잘 이해했습니다. 판 공자." 왕치니엔은 허리춤에 두둑해진 은표를 만족스럽게 만지작거리며 다시 고쳐 대답했다. "아, 판 대인"

"내가 징두에 온 지 오래지 않아 이렇다할 수하도 없고 스승도 없어. 사람이 하나 있긴 한데, 텅즈징이라고, 지금은 부상을 입어 몇 개월 동안은 거동이 힘들 거야. 사람을 더 구할 방법을 찾아봐. 당신이나 나 같은 사람을 감사원에서 차출할 수 있을까?"

왕치니엔은 약간 불안해하며 대답했다.

"사실은 소인이 조금 전 감사원에서 퇴직당했습니다."

"무슨 연유로?"

왕치니엔은 감사원 내부조사와 경국 사당의 일을 설명하기 시작했고, 판시엔에 대한 이야기를 하지 않은 자신의 선견지명과 충심을 특히 강조했다. 판시엔이 물었다.

"제사라는 나의 지위가 당신을 감사원에서 다시 일하게 할 수도 있는가?"

"당연하죠." 왕치니엔은 매우 기뻤다.

"좋아, 그럼 내가 바로 처리하지." 판시엔은 자신이 등용한 이 사람에 대해 반신반의하면서도 겉으로는 온화하게 물었다. "제일 잘하는 게 뭔가?"

"흔적 없이 추적하는 일입지요."

판시엔은 열정적인 왕치니엔의 설명을 한참 듣고서야 자신이 기인 하나를 만나고 있음을 알게 되었다. 그는 경국 북쪽에서 혼자 활동하던 도적 출신으로 북위국과 경국 사이, 그리고 작은 제후국 사이를 오가며 한쪽의 화물을 훔쳐 다른 쪽에 팔고, 또 그쪽에서 훔쳐 또 다른 곳에서 파는 식의 일을 하고 다녔던 것이다. 이러한 방법으로 장물의 출처를 숨기며 타고난 흔적 지우기 능력으로 자본도 필요없는 편한 장사를 하고 있었단다. 그러다가 제후국의 관원들이 서로 연합해 화물을 지키기 시작하면서 더이상의 절도가 쉽지 않아지자 경국으로 들어오게 된 것이다. 그때 예기치 않게 북벌을 준비중이던 감사원장 천핑핑의 눈에 띄어 도적에서 관원으로 변신하게 되었다.

판시엔은 그의 눈을 바라보며 조용히 말했다.

"스리리가 징두로 압송돼 오는데, 누군가는 그녀를 빼내려 할 테고 누군가는 죽이려들 테다. 당신은 어디에도 관여하지 말고 그냥 보기만 해. 그리고 마지막에 누구와 접촉하는지만 확인해 줘."

"대인 염려 마십시오. 소인이 조금 늙긴 했어도, 몇 명 감시하는 일쯤은 문제없을 겁니다."

"내가 지금 송사가 걸려 있어 징두를 떠나지 못하네. 아니었으면 함께 가서 당신의 그 현란한 기술을 구경할 수 있었을 텐데. 왕형, 다른 것은 관두고 일단 목숨이나 잘 보존해. 그게 제일 중요하니까." 판시엔은 웃으며 말했다.

판시엔은 아버지의 서재로 자리를 옮겼다. "아버지, 저 사람이 필요해요."

판지엔은 그를 한번 보더니 웃음을 참지 못하고 말했다. "뭘 감시하려고?"

"장 공주의 별원, 재상집 하인 방, 태자의 기방, 2황자가 자주가는 마구(马球 , 말을타고 공을 치는 운동-역주)장, 징왕 저택의 포도밭…… 아버지도 제가 이런 일에 익숙치 않다는 거 아시잖아요. 전문가들을 좀 붙여주시면 제가 배후에 있는 사람을 찾아내볼게요."

"전문적일 필요까진 없지만 기획을 잘 해야하기는 하지. 아무리 전문가라도 경험없는 사람이 이끌면 일을 그르치는 법이지. 사실 네가 말하는 장소에 이미 사람을 보내 감시하고 있단다. 그런데 한번 물어보자. 징두에 온 지도 얼마 안된 네가 그 장소들을 어떻게 꿰고 있는 것이냐?"

판시엔은 웃음이 나왔다. 아버지는 겉으로는 참으라 해놓고 실제로는 그 배후에 대해 조사하고 있었던 거였다. "하인들과 이야기를 많이 나눠보면 금방 알게 되던걸요?"

판지엔은 책에 머리를 묻고는 이야기했다. "마음의 준비를 잘 해야할 거다. 이번 조사에서 특별한 결과가 나오진 않을거야."

십여 일이 지나고 징두에서 북쪽으로 500리 정도 떨어진 창저우(沧州, 창주)성 외곽에 한 무리의 사람들이 한기와 싸우며 남쪽을 향하고 있었다. 이들은 감사원 4처의 사람들로서 천리를 쫓아 경국에서 도망가던 스리리 일당을 잡아 징두로 압송하는 중이었다. 이미 남쪽으로 많이 달렸기에 며칠 후면 징두에 닿을 예정이었다.

감사원 관원을 이끄는 이가 죄수 호송 마차에 만두를 넣으며 말했다. "이걸 먹어라."

스리리는 초췌한 얼굴에 긴 머리를 산발하고 양쪽 뺨은 구정물이 묻어 있었다. 그녀는 얼굴을 들고는 이를 깨물며 이야기했다.

"나를 징두에 데려간다해도 너희들에겐 아무 말도 하지 않을 것이야."

관원은 조롱하며 말했다. "너는 지금 우리가 너를 징두로 데려가는 게 네 입에서 나온 무언가를 듣기 위해서라 생각하느냐?"

"내가 입을 열면 경국 조정에 큰 혼란을 가져올 테니, 내 입에서 나온 말을 듣고 싶지 않겠지."

"사실 넌 제일 좋은 방법을 처음부터 선택할 수 있었지. 도망가는 대신 북제와 결탁한 사람의 이름을 아무렇게나 말해버리는 것. 그런데도 네가 도망쳤다는 건 네 목숨을 임무보다 더 중요하게 여긴다는 의미지."

이 말은 인정할 수밖에 없었다. 스리리는 말없이 고개를 떨구고 딱딱한 만두를 손가락으로 연신 누르고 있었다. 관원은 냉랭하게 말을 이어갔다.

"우리는 취선거가 너희들의 염탐장소라는 걸 이미 알고 있었다. 그런데 간도 크게 그런 일을 벌일 줄이야. 게다가 곧바로 도망갈 생각을 하다니."

관원이 말을 타고 길을 나서자 스리리는 큰소리로 외쳤다.

"너희들은 나를 지금 죽이는게 나을 게다. 아니면 네 조정의 그 대인이 나를 구하러 올 테니."

"아마 그 대인이 보낸 사람이 널 죽이려고 오는 것일 테지."

이 말이 떨어지자마자 앞산 언덕에는 길을 막아서는 무리가 나타났다.

다만 이 무리는 앞서 두 사람이 예상한 것과 달리 경국과 제후국의 경계에서 활동하는 마적단이었다. 백여 명의 마적단이 여남은 명의 감사원 대오에 덤벼들면 누가 이길지는 불 보듯 뻔했다. 살기로 가득찬 마적단이 언덕에서 내려오는 모습은 백전노장의 기병처럼 보였다.

"기다려……!" 대장 관원은 가까워지는 기병을 보며 왼팔을 들어 낮은 목소리로 명했다. 그러다 더욱 근접해오자 대장은 한발 뒤로 물러서며 오른 팔을 뻗어 외쳤다.

"준비!" 그러자 여남은 명의 감사원 관병들이 대오를 바꿔 화살을 꺼내 전방의 기병들을 조준하기 시작했다.

"발사!" 화살이 한 차례 발사되자 가장 전면에 있던 기병들이 말에서 떨어졌다. 곧바로 후방의 기병들이 달려오고 있었으나, 누가 예상이나 했겠는가? 감사원의 관병들이 가지고 있는 것은 연발화살인 것을.

기병들을 더욱 공포로 모은 것은 호송 마차 뒤 언덕에 매복해 있던 병력이었다. 그 병력을 본 기병들은 전의를 상실하여 호송마차에 타고 있는 여자를 죽이는 임무를 수행할 새도 없이 뿔뿔이 흩어지기 시작했다.

뒤에 매복중이던 병력은 전신에 검은 갑옷을 입은 기병으로, 판시엔이 이 세상에서 처음 눈을 떴을 때 본 그 기병과 같은 대오를 이루고 있었다. 감사원장 천핑핑이 징두를 떠나 일을 볼 때 황제가 친히 붙여준 기병으로, 이름하여 흑기병이었다. 흑기병들은 소리없이 병력을 죽이기 시작했다. 마치 늑대떼가 양떼를 습격하듯 신속하고 잔혹하게 한 명도 남김없이 죽였다.

"다 죽이면 안돼! 다 죽이면 안된다고!"

흑기병 뒤 마차 주변에 있던 페이지에는 돌아가는 상황을 보고 다급히 소리질렀다.

이때 초췌한 손으로 마차의 장막을 여는 노인이 있었다. 그는 주위의 형세를 살피고는 냉랭하게 말했다.

"그럴 필요 없네. 이 잡놈들은 자신의 주인이 누구인지도 모르는 인간이니 대장만 남기면 되네."

페이지에는 화가 난 듯 말했다. "판지엔이 우리가 없는 틈을 타 판시엔을 징두로 데리고 와선 곤궁에 빠뜨렸다는데, 제가 어찌 흥분하지 않을 수 있겠어요?"

노인은 가소롭다는 듯 자신의 무릎의 양모담요를 접으며 말했다.

"나는 고향에 부모님을 뵈러 간 것이지만 자네는 몰래 징두를 빠져나온 것이니, 도대체 누구의 탓인가?"

"누가 판지엔이 이런 앙큼한 생각을 할 줄이나 알았겠어요? 대인, 징두에 돌아가시면 한번 만나보셔야겠어요."

노인의 이름은 쳔핑핑. 경국 암중의 세력을 쥐고 있는 감사원장이었다. 그는 무표정하게 저 멀리 기병 대장을 쳐다보며 담담히 대답했다.

"나는 물론 판지엔의 생각을 알지. 다만 그의 생각은, 진짜 엉망진창이야! 이런 것들을 원한다면, 차라리 안하느니만 못한 것을."

그는 계속 '안하니만 못한 것을'이라는 말을 되뇌이고 있었다.

두 명이 대화를 나누는 사이 기병의 대장은 멀리 도망가는 중이었다. 흑기병을 보자 이미 패배를 예감한 그이지만 그 악랄한 쳔핑핑까지 마주하자 그는 도망가는 것밖에는 방법이 없었다. 흑기병은 그를 쫓아 몇 리 정도 가다가 포기하고 다시 진영으로 돌아왔다.

"종줴이(宗追, 종추)가 따라 붙었나?" 쳔핑핑은 옆에 있던 수하에게 물었다. 수하는 허리를 숙여 그렇다고 대답했다. 멀리 수풀 사이로 회색빛 말을 타고 급하게 달려 기병 대장을 쫓아가고 있는 자가 있었다.

"저건 종줴이가 아니잖아." 페이지에가 의아한 듯 말했다.

쳔핑핑은 그 회색 그림자를 한참 쳐다보더니 갑자기 웃음을 터트렸다.

"우리에게 모습을 보인 것으로 보면 분명 적은 아닌데, 종줴이와 비슷한 수준을 가졌다는 것은, 오래전 감사원에 한명을 떠오르게 하지?"

"왕치니엔이요?"

"그래. 우리 둘이 걱정하고 있는 그 작은 녀석이 드디어 뭔가 한 가지는 배운 듯 하구만." 쳔핑핑은 미소를 지으며 말했다.

왕치니엔을 파견한 후 판시엔은 두문불출했다. 그는 이미 징두에서 유명인사가 되어 있었다. 시회에서 지은 시도 시지만, 그 암살 시도 사건은 사람들의 주목을 사기에 충분했다. 그 사건의 자세한 정황이 감사원에서부터 전해지기 시작했고, 사람들은 더이상 그를 판씨 집안의 검은 주먹이라 부르는 대신 문무를 겸비한 인재라 부르기 시작했다.

뉴란지에 사건이 발생한 후 판시엔은 몇 가지 일들을 숙고하는 중이었다. 요양차 고향에 내려간 텅즈징은 장애를 갖게 되었는지 아닌지 아직 알 수 없는 상황이었고, 죽은 호위 셋은 판씨 집안에서 적지 않은 보상을 하고 심지어 국가에서 포상도 했으나, 그들이 죽은 마당에 별 소용은 없었다. 이 사건은 판시엔에게 가르친 바가 컸다. 즉, 이 세상에서 살아남기 위해서는 단지 예쁜 반려자나 손님을 불러 밥을 나누는 것 말고도, 자신의 힘을 키우는 것, 무공을 수련하는 것 또한 필요하다는 것이다.

확실히 자신이 비수 하나만으로 7품 고수를 죽일 수 있었다는 것은 자신의 진기 운용방법이 쓸모가 있음을 확인하는 계기가 되었다. 다만, '패도의 권' 두 번째 책으로 아직 넘어가지 못한 상태인 것이 마음에 걸렸다. 또한, 방 한구석에 놓아둔 상자에 대해서도 그는 거의 잊고 있었다. 판시엔은 조만간 열쇠를 찾으러 가리라 결심했다.

궁에서 폐하의 성지(聖旨)가 내려왔다. 그의 집을 찾아온 태감이 읽은 성지를 듣자하니, 그가 지난번 적국의 첩자를 죽인 것에 대한 공을 인정해 특별히 태상사협률랑(太常寺協律郎)에 봉한다는 것이었다. 태상사는 종묘의 제사를 관할하는 기구이고, 협률랑은 8품 관리에 불과하지만 경국 사당에 자유롭게 출입할 수 있는 직위였다. 근데 이 성지가 무슨 의미를 가지고 있는 건가?

판뤄뤄는 웃음을 참을 수 없다는 듯이 말했다.

"오라버니는 참 웃긴 게, 자기랑 관련된 일에 대해서는 참 바보같더라. 태상사협률랑은 군주의 사위가 되기 전에 반드시 맡아야 하는 관직이야."

판시엔은 그제서야 의미를 깨닫고 겸연쩍게 웃었다. 드디어 혼사가 확정된 것이다.

"상처는 좀 어때?" 린완알은 판시엔을 보고 원망하듯 말했다.

"몸이 이 모양인데 왜 왔어?"

판시엔은 미소를 지으며 대답했다. "네가 날 걱정하는 게 걱정되니까."

린완알은 걱정이라는 말에 자신도 모르게 마음이 풀려 따뜻한 차 한잔을 판시엔 앞에 두며 말했다.

"난 네 말대로 했어. 내 몸 관리를 잘 하고 있으니까 너도 네 몸 관리 좀 잘해. 이후에 이런 일이 또 벌어지면 어떻게 해?"

"북제가 그렇게 바보는 아니겠지. 이번에 속을 한번 내비쳤으니, 다음에도 같은 방법을 쓴다면 조정에서도 가만있지 않을 거야."

"하지만 조정 대신 몇몇이 아직도 걱정돼. 만일 북제의 이름을 빌려 다시 암살을 시도하면 더 과감해질 것 같아서."

판시엔은 천연덕스럽게 대답했다. "괜찮아, 난 세상에서 가장 운이 좋은 사람이거든."

린완알은 그에게 안겨, 자신도 모르는 새 편안해졌다.

"도대체 누가 너를 죽이고 싶어하는 거야?"

판시엔은 그녀의 몸을 꽉 껴안고 등을 쓰다듬고 있었다. "신경쓰지 마."

린완알은 간지러워 웃음을 참기가 힘들었지만 그래도 계속 안긴 채 물었다.

"만약 내 아버지 어머니가……"

"만약 진짜 장 공주와 재상 대인이 벌인 일이라면 어떻게 할 거야?"

판시엔이 그녀의 말을 자르고 물었다. 린완알은 판시엔의 두 눈을 바라보며 진지하게 말했다.

"네게 시집가면, 난 판씨 집안의 며느리잖아."

그녀의 입장은 분명해 보였다. 이 문제에 대해 많은 생각을 한 끝에 얻은 단단한 결론 같았다. 그녀가 궁중에서 태후의 손에 큰 만큼 린완알과 장 공주의 사이가 일반적인 모녀 관계와는 같지 않다는 걸 알면서도 판시엔은 그녀의 대답이 무척 감동적이었다. 이 남녀는 비슷한 배경과 성장 과정을 갖고 있었기에 서로를 잘 이해할 수 있었고, 그 때문에 경국 사당에서 서로를 처음 본 그 짧은 순간에 평생을 결정할 수 있었던 것인지도 몰랐다.

판시엔은 그동안 궁금하던 것을 물었다.

"맞다. 지난번 경국 사당에서 우리가 처음 만났을 때 너는 누구를 따라 온거야?"

"삼촌. 우리 삼촌은 천하 제일이라는 황제 폐하시지."

"맞다, 그렇지." 대답하는 판시엔은 그런 대단한 사람과 자신이 스쳤다는 생각에 특별한 느낌을 받았다.

판시엔은 린완알의 왼손을 잡고서 그녀의 몸에 난 곡선을 따라 밑으로 내려가 허리 밑으로까지 향했다. 그리고는 곧 그 부드럽고도 풍만한 살을 어루만지기 시작했다. 그녀의 몸을 쓰다듬는 손바닥에 느껴지는 매끄럽고 탄력있는 부드러움에 미칠 것만 같았다.

린완알은 부끄러움을 참고 있었다. 항상 침대 옆에서 이야기를 하는 모습에 자신의 남편이 될 사람은 속세를 떠난 군자라고 생각하며 크게 규율에 어긋난 행동을 하지 않는 모습에 마음을 놓은 린완알로서는 마음 속 깊이 믿음도 가지고 있었던 까닭이었다. 그런데 이렇게 부상을 입고 온 오늘 오히려 강한 색기를 드러내며 자신의 엉덩이를 더듬는 판시엔을 보니 약간의 시간을 주고 싶었던 것이다. 하지만 판시엔의 눈빛이 더욱더 짙은 정욕으로 물들어가는 것을 보고서야 비로소 정신을 차리게 해주었다.

그렇다고 판시엔이 린완알을 어떻게 그리 쉽게 놓아줄 수 있으리오. 살짝 몸을 틀어 그녀를 품에 다시 안으며 부상을 입지 않은 두 발로 커다란 코알라같이 몸부림치는 그녀를 잡아두고는 고개를 숙여 그녀의 붉은 입술에 입맞춤을 했다.

판시엔의 서점이 문을 열었다. 동환루 거리에 사람들이 떼지어 오고 주변 태학의 학생들도 수업까지 빼먹고 구름같이 몰려 들었다. 대부분은 판시엔을 보려는 목적을 가지고 있었다. 징두에 온 지 얼마 안된 사생아가 어떻게 그리 짧은 시간에 그 많은 일들을 벌였는지 온갖 추측과 호기심이 난무했다.

뉴란지에 사건 이후 판시엔은 자신의 삶에 대한 관점을 바꾸었다. 이제는 더 이상 뒤에 숨지 않고 당당히 앞에서 자신과 형제가 이 서점의 주인임을 밝혔다. 서점의 이름은 '담박(澹泊)서점'. 리훙청에게 부탁해 징왕이 쓴 글자를 현판으로 만들어 정문에 걸어두었다.

이 서점이 독점하고 있는 〈석두기〉의 뒷부분을 얻으려는 사람들을 포함해 축하인사를 전하러 오는 사람들로 서점은 인산인해를 이루었다. 스난 백작과의 관계를 맺기에도 마침 좋은 기회였기에, 궁중 아가씨와의 혼인까지 앞두고 있는 판시엔에게 수많은 관원들이 축하 인사와 선물을 전했다.

이때 징왕 세자 리훙청이 왔다. 사람들은 그의 모습을 보고 수근거렸다.

"이 담박서점이 이 정도로 대단한 거야?!"

"징왕 집안과 판씨 집안의 관계가 좋잖아, 몰랐어?"

판시엔은 이렇게 징왕 세자를 움직이는 2황자라는 인물에 대한 호기심이 생기기 시작했다. 둘은 조용한 방안으로 들어갔다. 리훙청은 사방을 둘러보더니 이야기했다.

"적지 않은 돈을 투자했겠구만."

"1700량 정도밖에 안 들었습니다." 판시엔은 차를 따르며, "작은 장사지요. 세자의 눈에 차기나 하겠습니까?"

리훙청은 차를 받으며 손사래를 치고 말했다. "너희 판씨 집안이 돈을 버는 데 재주가 있음은 모든 조정이 알고 있네. 다만 스난 백작은 조정을 위해, 자네는 자신을 위해 버는 차이만 있을 뿐."

판시엔은 웃으며 답했다. "은자를 번다는 것은 결국 조정에 세금을 내는 것이고, 개인의 손에 들어온 돈도 모두 녹슬게 되지는 않는 법이죠. 번 돈을 사용한다는 것은 다른 사람의 장사를 도와주는 일이고, 남의 장사가 잘되면 이 또한 조정의 세금 수입이 증대되는 것이니, 어디에서 장사를 하던 돈을 벌기만 하면 결국 조정의 손으로 들어가게 되어 있고, 그렇게 되면 마지막에는 다시 백성에게 쓰여 다시 백성 곁으로 돌아가게 되는 것 아니겠습니까?"

전체의 의미를 다 이해하지는 못해도 리훙청은 크게 칭찬하며 말했다. "말에 큰 도리가 있어 보이네. 조정은 항상 농업을 존중하고 상업을 장려하였네마는, 역시 자네가 이 장사를 시작하게 된 계기엔 큰 이치가 있었어."

그리고는 갑자기 판시엔의 정혼자 완알의 신분으로 생각이 옮겨가 자신이 중요한 문제를 놓치고 있는 게 아닌가 걱정되기 시작했다.

"스리리가 곧 압송되어 징두에 도착한다는데, 북제와 결탁된 이가 누군지 곧 밝혀질 수도 있겠군. 결론은, 궈바오쿤 사건의 경우처럼 혹시 내 손이 필요하면 어려워하지 말고 연락하라는 걸세."

저녁이 되어 수업을 마친 판스져가 조용히 뒷문을 통해 들어왔다. 오늘 문을 연 이 서점은 위치부터 종이 하나까지, 지배인 선정부터 책 가격 결정까지 모두 자신이 손수 한 것이니 긴장될 수밖에 없고 그래서 최대한 빨리 온 것이었다. 그는 장부를 놓아두는 방으로 가 장부를 보더니 그를 기다리고 있던 판시엔에게 말을 걸었다.

"우리가 생각한 것보다 훨씬 많이 벌었네?" 판스져는 침을 한번 삼키고는 부러움이 가득한 눈빛으로 판시엔에게 말했다. "형, 형은 매일 와서 여기 있을 수 있는데, 난 이렇게 숨어서 들어와야 하니, 그 점은 참 부럽다."

판시엔은 실소하며 물었다. "너 그렇게 상인이 되고 싶어? 아버지의 작위가 널 위해 기다리고 있고, 공부만 좀 하면 미래에는 조정의 모든 돈을 만지는 관리가 될 수도 있잖아?"

판시엔은 판스져를 데리고 서점 문을 나서면서 갑자기 생각난 듯 예 지배인에게 말했다.

"며칠 전 부탁한 일 좀 잘 신경써주세요. 너무 많은 사람들이 알지는 않았으면 좋겠네요."

예 지배인은 이 어린 주인이 왜 그토록 경여당에 가길 원하는지 알 수 없었으나 "네." 하고 대답했다. 판스져가 물었다.

"형, 무슨 일이야?"

"넌 경여당이 어떤 곳인지 아니?"

"당연히 알지." 예 지배인을 데려오기 위해 많은 돈을 지불한 판스져는 그곳이 어떤 곳인지 잘 알고 있었다. "예씨 집안의 지배인들이 모여있는 곳이잖아. 그 사람들이 다 내 사람이면 좋을텐데."

판시엔은 어리둥절하며, 자신이 너무 신중했나 싶었다. '예씨 집안'이라는 것은 이미 오래된 사안으로 특별한 금기어가 아닌 듯 했다. 판시엔은 요즘 행복했지만, 행복이라는 놈은 손에 쥐었을 때 더욱 꼭 쥐어야만 하는 것이다. 그렇기에 더더욱 자신을 암살하려 했던 그 사건에 대해 좀 더 철저한 조사가 필요했다.

왕치니엔이 먼지를 얼굴에 가득 뒤집어쓴 채 책상 앞에 앉아 있었다. 이 방은 판 대인이 준 은표로 얻은 것인데, 위치는 사람들의 주목을 끌지 않을 만한 곳으로 정했다.

판시엔은 차를 내밀며 말했다. "고생했어."

왕치니엔은 차를 마실 엄두를 내지 못한다는 듯 한 모금도 마시지 않고 자신의 임무를 보고했다. "대인이 예측하신 바와 같이 스리리 일행은 징두에 돌아오는 길에 한 무리에게 제지당했습니다. 하지만 감사원이 대비되어 있어서 쉽게 처리했습니다. 대인의 분부대로 소인은 창저우 성에서부터 계속 그 감사원 대오를 따라가며 감시했고, 마적으로 분장한 그들은 상당히 엄격한 규율에 따라 움직이는 것으로 보아 군대로 판단했습니다."

판시엔은 군대까지 연결될 줄은 몰라 놀라며 물었다.

"창저우의 군대였나? 아니면?"

"정확하지는 않습니다만, 대인이 명하신 대로 추적해보니, 마적단으로 위장한 그 군대의 대장은 우저우(梧州, 오주)로 도망갔습니다."

"우저우?"

"맞습니다. 그날 밤 그 대장은 우저우의 군사 관료와 만났습니다." 왕치니엔은 이에 대해 부가 설명이 필요하다는 듯 급히 덧붙였다.

"그런데 저 말고도 다른 사람이 추적을 하고 있었습니다."

"누가?"

"종쮀이 입니다."

판시엔은 약간은 의아해하며 물었다.

"자네가 이전에 말했던 그 자? 자네와 명성을 같이 했다던? 그 사람은 항상 쳔 대인 곁에 있다고 하지 않았나?"

판시엔은 자신과 마찬가지로 감사원도 스리리 배후의 단서를 쫓고 있다는 생각이 들었다.

"네. 멀리에 쳔 원장의 마차가 있었고 흑기병도 있었습니다."

왕치니엔은 곤혹스러운 듯 물었다.

"감사원이 이미 조사하고 있는데, 우리가 계속 할 필요가 있을까요?"

"우저우의 그 군사 관료는 조정의 누구 문하에 있는 사람 같던가?"

"관료의 이름은 성은 팡(方, 방), 이름은 슈(休, 휴)인데, 크게 배경은 없습니다. 다만 징두 순찰사의 팡 장군과 먼 친척 정도 됩니다."

판시엔은 깊이 숨을 한번 들이쉬고는 물었다. "스리리는 언제 도착하지?"

"내일입니다. 원장 대인도 내일 도착할 듯합니다. 판 대인, 원장 대인에게 허락을 받고 스리리를 심문하는 것이 좋지 않을까요?"

"페이지에 대인은?"

"오시지 않는 듯합니다."

그말에 판시엔은 조금 실망했지만 쳔핑핑이 곧 징두에 돌아온다는 말에 그가 먼저 스리리에게 손을 쓸까 걱정이 되었다. 하지만 그래도 자신이 이 세상에 처음 왔을 때 봤던 모습이나, 이후의 페이지에 스승의 가르침을 생각할 때 그래도 감사원은 자신의 적도 아니고, 친구도 아닌, '자신의 사람들'일 거란 믿음을 가져보기로 했다.

징두에 도착한 그날 밤, 쳰핑핑은 궁에 들라는 황제의 명을 받았다. 오랜 시간 이야기를 나누고 극도로 지쳐 집에 돌아왔다. 그 시각 감사원의 행동은 매우 빠르고 정확했다. 감사원은 1처의 관원을 시켜 순찰사 관아에 들어가 조사를 시작했고, 또 다른 관원들은 성 남쪽에 있는 순찰사 장군 저택으로 들어갔다.

장군 저택의 높은 나무 위에 있던 판시엔은 체내 진기를 이용해 최대한 소리를 줄이며 그 장면을 보고 있었다. 하지만 얼마 안돼 이 모든 행동이 끝나버렸다. 감사원 관원들은 실망 가득한 얼굴로 실망스러운 결과를 가지고 나왔다. 순찰사 장군은 벌이 무서워 자살을 시도했고, 감사원이 도착하기 반 시진, 즉 한 시간 전에 목을 매달아 죽었던 것이었다.

사람들이 모두 돌아가고 난 후에야 판시엔은 나무에서 내려와 조용히 그 일을 생각해보았다. 팡 대인이 북제와 결탁되었다는 사실이 폭로되자 자살을 하고 말았다는데, 자살을 한다 해도 칼을 뽑아 목을 베서 죽는 게 어울릴 법한 무관 장군이, 목을 메고 죽었다는 것에는 원망의 기색이 너무도 짙게 배어 있었다. 어쩌면 그가 스스로 원해서 죽은 게 아닐지도 모를 일이었다.

생각이 여기에 미치자 가만히만 있을 수 없었던 판시엔은 왕치니엔이 남긴 주소로 찾아가 보았다. 왕치니엔은 성 남쪽 일반인들이 사는 골목에 살고 있었다. 밤이 되면 나이 지긋한 사람들은 밖에서 차가운 차를 마시고, 부녀자들은 문을 닫아 놓는 그런 곳이었다. 판시엔은 조용히 길을 따라 걸어가 자신이 찾던 집에 몸을 조용히 숨겼다.

판시엔은 담을 넘어 그 집으로 들어갔다. 왕치니엔은 온 얼굴 가득 사랑스러운 표정으로 자신의 아기를 돌보며 부채질을 해주는 중이었다. 순간 이상한 소리가 들려 고개를 들어보니 판 공자의 매끈한 얼굴이 자신을 보고 있었다.

"쉬!" 판시엔은 그에게 손짓을 한번 하더니 조용한 곳으로 그를 데려갔다.

왕치니엔은 저녁시간을 방해받는 것이 불만이라는 듯 물었다.

"대인, 무슨 일이신지?"

판시엔이 장군의 자살 소식을 알려주었다.

"상대방의 손놀림이 잽싸네요. 일이 쉽지가 않겠는데."

"자네가 날 감옥에 데려가서 스리리를 보게 해줘."

"감사원이 지금 조사 중인데 우리가 손을 쓰면 오해를 사지 않을까요?" 왕치니엔은 걱정하며 말했다.

"쳔핑핑이 궁으로 불려갔어. 감옥에서 무슨 일이 있을지 겁이 나."

왕치니엔은 확실히 뭔가를 하긴 해야 한다는 판단을 하며 말했다.

"이번 일에는 발을 담그지 마세요. 제가 처리하겠습니다."

판시엔은 고개를 저으며 말했다. "아니야 같이 가."

이미 밤이 깊은 징두의 암흑 사이로 류징허 강가에만 화려한 불빛이 밝혀져 있었다. 징두에서도 가장 어두운 곳은 역시나 감사원. 감사원은 황제의 명만 받는 조직이었던 만큼 경국의 감옥도 형부나 대리사에 위치하는 대신 감사원에 있었다. 감옥은 감사원의 지근에 있어 골목 하나만 돌면 바로였다. 왕치니엔은 표면상으로는 아직 감사원 사람이 아니었지만 판시엔의 명패를 빌려 감옥을 가는 중이었다. 문을 지키고 있던 호위는 명패를 꼼꼼히 조사해본 후 공손히 두 사람을 안으로 안내했다. 육중한 철문이 굳게 닫혔다.

철문 안에 아래로 향하는 기다란 통로가 있었다. 그 양편으로는 희미한 기름등이 켜져 있었고, 돌계단은 꽤 습했음에도 이끼 하나 껴 있지 않은 것을 보면 매일 세밀히 관리되고 있는 듯했다. 아래로 내려가면서 일정한 간격으로 간수들을 볼 수 있었는데, 판시엔이 뜬어보기로는 최소 4품 이상의 고수 같았다.

얼마나 걸렸을까? 갑자기 공기가 혼탁하게 바뀌더니 사방에 희미한 등이 보였고, 사람을 나른하게 만드는 듯한 것이 속세를 벗어나 황천에 들어선 느낌이었다.

"두 분 대인은 관련 문서나 궁의 명령을 보여주십시오."

눈빛이 탁한 간수 대장이 왕치니엔을 한번 쳐다보았다.

왕치니엔은 매우 공손한 태도로 판시엔의 명패를 건네주며 말했다. "오늘 이 대인을 모시고 심문하러 왔습니다."

대장은 대인의 얼굴을 자세히 보지는 못했어도 명패만큼은 확실하다는 것을 알았기에 고개를 끄덕이고는 책상의 열쇠를 집어 옆에 있는 문을 열어주며 들어가라 했다.

판시엔은 오싹한 기분이었다. 감사원은 역시나 괴기스러운 곳이었다. 그때 그 여자는 어떻게 이런 괴물 같은 기구를 만들었는지, 도대체 어떻게 그런 생각을 하게 되었는지 궁금해졌다. 두 사람은 이내 스리리의 감옥에 도착했다. 한때 아름다움을 뽐내던 여인이 철창 안에 갇힌 모습에 판시엔은 눈살을 찌푸릴 수밖에 없었다. 이런 곳에서도 여전히 침착함을 유지하는 것을 보면 북제에서 어떤 훈련을 받은 것임에 틀림없어 보였다.

판시엔은 머리 위에까지 덮어쓰고 있던 두루마기를 벗으며 스리리를 보고 온화하게 말을 건넸다. "리리 아가씨."

스리리는 인기척을 느꼈어도, 오늘 자신을 심문할 사람이 판시엔일 줄은 꿈에도 몰랐다.

"판 공자?"

스리리는 의외라는 생각을 하면서도 자신의 속내를 최대한 숨기며 말했다.

"아가씨, 취선거에서 헤어진 지 한 달밖에 안 지나 이런 곳에서 다시 만날 줄은 꿈에도 몰랐습니다. 이건 독약이에요. 입을 열라고 강요하는 게 도저히 견디기 어려울 때 삼켜요."

그는 작은 약병을 던져 넣었다. 병은 마른 풀 사이로 두어번 구르고는 스리리 옆에서 멈췄다. 스리리는 이 병을 꽉 쥐어 들면서, 이전에 그토록 온화하던 판 공자가 자신을 죽음으로 유혹하는 악마가 되었다는 사실을 믿을 수가 없었다.

판시엔은 말투를 바꾸어 조곤조곤 말했다.

"살고 싶으면 말을 하지 않는 게 좋을 거야. 너는 바보가 아니니 북제랑 결탁한 그 사람이 누구인지 말해버리면 넌 죽은 목숨이 된다는 걸 알겠지?" 담담하지만 차가운 목소리였다.

왕치니엔은 간수 대장에게 스리리 감옥의 문을 열어달라고 하며 고문 도구를 준비시켰다. 얼마 지나지 않아 한 여자의 참혹하고도 깊은 비명소리가 감옥 전체에 울려 퍼졌다. 한참 후 판시엔은 건초 더미에 기절해서 쓰러져 있는 스리리를 바라보았다. 피로 얼룩진 다섯 손가락이 보였다.

간수 대장이 다시 들어왔을 때 판시엔은 자신의 얼굴을 두루마기에 묻고 잠시 서서 그녀를 다시 한번 바라보았다. 스리리는 여전히 입을 앙 다문 채 창백한 얼굴이었다. 온통 식은땀에 머리카락이 다 젖었고, 눈은 마치 상처입은 암사자처럼 사납게, 마치 판시엔의 모습을 다 뇌에 새기겠다는 듯 뚫어져라 쳐다보고 있었다.

"조금 전 내가 준 약병을 잘 챙겨. 나중에 진짜 참기 힘들면 그냥 삼키기만 하면 돼." 판시엔은 두 번째로 상대방의 죽음을 미끼로 시험하고 있었다. 스리리는 결국 참지 못하고 울음을 터트리며 원망하듯 그를 쳐다보았다.

음습한 기운과 선혈의 비린내가 감옥에서 발효되는 듯했다. 하지만 판시엔에게는 일말의 죄책감도 없었다. 상대방은 자신을 먼저 죽이려한 사람이고, 페이지에 스승의 말처럼, 동정심은 자신과 그 주변의 사람들까지 해할 수 있다는 것을 알기 때문이었다.

"나는 무릇 생명이란 자신이 선택할 수 있을 때 결정해야 하는 거라 생각하기에 독약을 준 거야. 네가 죽는 게 나한테 도움이 될 일은 전혀 없으니, 그렇게 날 원망할 필요는 없어. 난 널 안타깝게 생각은 해도 죄책감을 느끼는 건 아니야. 내 호위 셋이 너희들의 손에 죽었을 때 너희 중 누가 그들의 죽음에 죄책감을 가졌지?"

여기까지 말한 뒤 그는 손을 내저으며 이야기를 계속 했다.

"너는 날 못 믿을지 몰라도, 나도 좋은 일만 하고 살려던 때가 있었는데, 그 결과는 비참했어. 그 뒤로 알게 됐지. 자신이 자기 몸을 움직일 수 있을 때 아직 살 날이 남아있음에 감사해야 한다는 것을 말이야."

스리리는 아무런 말도 하지 못했다.

"스 아가씨, 넓게 생각해. 이 세상에 목숨보다 귀한 건 없어. 아가씨도 본래 경국 사람이었다던데 북제에 생명을 팔았다는 건 돈 때문만은 아닐 테고 뭔가 깊은 복수심이 있었을 거야. 너에 대한 소문이 진짜인지는 몰라도, 만일 네가 진짜 하고 싶은게 있다면 부디 네 목숨부터 보존해. 하지만 네가 살겠다면 당연히 어떤 대가가 필요하겠지."

스리리는 꺼지지 않는 불꽃처럼 이를 꽉 물고 말했다.

"당신이 내 목숨을 보장할 수 있어요?"

"네가 징두에 오자마자 내가 여기에서 너를 심문하는 걸 보면 내가 감사원에서 어떤 위치인지 알 수 있을 텐데."

"내가 당신을 믿을 수 있다고 생각하세요?"

"믿고 말고는 중요한 게 아니지." 판시엔은 온화하게 말했다. "이런 건 원래 도박이야. 다만 너는 수가 거의 없다고 해야 하나? 생과 죽음 사이 네가 택할 여지가 거의 없는 것 같거든."

스리리는 마음에 동요가 있는 듯했다. 왠지 몰라도 그의 말끔한 얼굴을 보자 지난 밤 배 위에서 있었던 일이 생각나며 알 수 없는 원망이 가득차 미친 여자처럼 판시엔의 얼굴에 침을 뱉고 말았다.

판시엔은 재빨리 몸을 피하며 말했다.

"이 세상 선조의 이름을 걸고 맹세하는데, 누구 짓인지 말하면 반드시 널 풀어주마."

한참이 지나도 변화의 기미가 없자 판시엔은 탄식하며 포기하고 떠나려 했다. 그때 모든 사람의 예상을 깨고 스리리는 피식 실소를 던지더니 얼굴색이 변하기 시작했다. 마치 영혼이 그녀의 육체 뒤로 숨는 듯하더니 생존에 대한 욕구가 조심스레 올라오는 것 같았다.

잠시 후 고개를 든 스리리는 창백해진 두 입술로 세 글자를 뱉어냈다.

"우 선생."

판시엔은 그 세 자를 정확히 들었고, 왕치니엔을 바라보았다. 그가 들어본 이름이라는 듯 고개를 끄덕이자, 그제서야 깊은 한숨을 내쉴 수 있었다. 판시엔은 철창 사이로 손을 뻗어 푸른색 독약병을 뺏어 들고 조용히 말했다.

"고마워."

그리고는 몸을 돌려 떠났다. 스리리는 이제야 알았다는 듯, 피가 흐르는 두 손으로 철창을 잡고 떠나는 그림자를 향해 처량하게 외쳤다.

"잊지 말아요. 분명 선조의 이름을 걸고 맹세했어!"

무거운 철문이 소리도 없이 닫히고, 감사원의 감옥엔 다시 평정과 잿빛 어둠이 찾아들었다. 잠깐의 시간이 흐르고 간수 대장이 공손하게 끄는 바퀴의자가 밀실에서부터 나왔다. 쳔핑핑은 바퀴의자에 앉아 정신을 가다듬고는 불현듯 눈을 크게 뜨고 말했다.

"내가 선택한 제사가 어떻게 보이는가?"

"'마음은 독하고 손은 매울 것'이라는 강령 중 절반에만 부합하는 것 같습니다."

"어느 쪽 절반인가?"

"손은 확실히 매우나 뼛속까지 온화함이 남아 있는 젊은이 같습니다."

천핑핑은 흐뭇한 미소를 지으며 나이가 지긋한 얼굴에 안도 같은 걸 드러냈다.

"그렇다면 다행이야. 다행이지. 마음이 온화한데 손이 매운 게, 마음은 독한데 수단이 별볼일 없는 것보다는 훨씬 낫지 않을까? 최소한 스리리에게 답도 얻어냈고."

간수 대장은 냉정하게 물었다. "스리리는 어떻게 할까요?"

천핑핑은 잠시 생각해보더니 잠시 후 담담하게 대답했다. "일단 두고 보지. 만일 우리 사람이 될 것 같으면 시험 한번 해보고. 아닐 것 같으면 그냥 죽여."

"판 제사에게 알릴 필요는요?"

"감사원 전체를 그놈에게 줄 생각인데, 아직 그럴 만한 능력이 있는지는 모르겠네. 그러니 아직 불필요한 것들을 너무 많이 알게 할 필요는 없네."

"네. 1처가 출발 준비를 마쳤습니다."

"우 선생은 이미 팡 장군을 죽이고 징두를 떠났을 테니 잡지 못할 거야."

천핑핑은 오늘 황궁에서 나와 바로 이곳으로 왔다. 다 큰 판시엔의 모습도 궁금한 데다 자신의 모든 것을 이어받을 준비가 되어 있는지도 보고 싶었다. 뉴란지에 암살 사건은 그 또한 우쥬처럼 크게 신경쓰지 않았다. 그것은 작은 일 중 하나에 불과했다. 판시엔이 이 사건을 처리하는 방식에서 나타나는 특징 같은 게 훨씬 더 중요한 것이었다. 하나의 작은 시험이었던 셈이다.

판시엔이 왕치니엔을 통해 알게된 건 우 선생이 징두에서 나름 유명한 우보우안(吳伯安, 오백안)이라는 자로, 그는 태자와 2황자 사이를 오가며 명확한 입장을 취하고 있지는 않았단다. 들리는 소문에 따르면 많은 일의 배후에 이 중년 남자의 그림자가 있다고 했다.

"스리리가 한 말의 진위를 확인할 수 있을까요?"

왕치니엔은 판시엔의 분부를 기다리고 있었다.

"간단해, 우보우안이 징두에 있다면 스리리 말이 거짓이고, 이미 도망쳤다면 참이겠지."

가장 간단한 판단이 진상에 가장 가까이 다가갈 수 있는 법이다. 다음 날 왕치니엔은 우보우안이 이미 징두를 떠났다고 보고했다. 그것은 판시엔의 예상 안에 있었던 만큼 판시엔은 실망하지 않았다.

제9장

배후

　징두에서 18리 정도 떨어진 곳에 멀리 창산의 눈 덮인 정상까지 볼 수 있는 장원(莊園)이 있었다. 이미 초여름에 접어 들었으나 여전히 시원한 바람이 불었고, 포도나무 가지와 잎에 둘러싸인 짙푸른 광경이 무척이나 아름다운 곳이었다.

　판시엔이 그토록 찾아다니던 우보우안은 이 포도밭에 앉아 맞은편 젊은이를 꾸짖고 있었다. "넌 여기 오면 안돼."

　마주 앉아 있는 젊은이는 재상 집안의 둘째 공자인 린공(林琪, 임공)이었다. 그가 대답했다. "우 선생님이 징두를 떠나게 되었는데, 소인이 당연히 배웅해야지요."

　우보우안은 옅은 미소를 띠며, 자신의 가슴속에 천하를 품은 기

306

분이었다. 모든 게 자신의 계산 안에 있었다. 사람들은 그가 단순히 2황자가 태자 사이를 오간다고만 생각할 뿐, 재상과 모종의 관계가 있음은 그 누구도 몰랐다. 그는 다시 꾸짖듯 말했다.

"너무 위험해. 재상 대인은 우리 둘의 음모는 생각도 못하실 텐데, 사람들이 이 사실을 알게 되면 네 아버지는 곤궁에 빠지실 거야."

린공은 음흉한 미소를 띠며 말했다.

"선생님은 우선 라오산(嶗山, 노산)에서 징두가 다시 시끄러워질 때까지만 기다리세요. 태자가 상황을 파악하게 되면 불안해서라도 분명 다시 우리 린씨 집안과 손을 잡을 겁니다."

"그건 맞아. 그런데 린씨 아가씨의 혼사 소식 이후 장 공주가 다시 내고를 통제할 방법이 없어질 수도 있게 되자, 황후 쪽이 매우 냉담해졌어."

연초 재상의 사생아 사건이 알려지고 판씨 집안과 혼인 소식까지 불거지자, 우보우안은 황제가 재상의 면을 깎으려 한다는 생각에 걱정하고 있었다. 아니나 다를까 태자와 재상 집안이 점점 멀어져가기 시작하자 그는 이런 계획을 세웠던 것이다. 판시엔을 암살하면 내고와 관련된 사건이 잠시나마 안정될 것이고, 태자가 암살과 연관됐다는 소문이 나오게 되면 태자는 불안해서라도 재상과 다시 긴밀한 관계를 가질 것이기 때문이다.

재상은 처음부터 이 계획을 강력하게 반대했다. 너무 변수가 많고 위험했기 때문이다. 하지만 둘째 공자만큼은 열정적으로 찬성했기에, 우보우안은 그와 함께 이 계획을 비밀리에 실행했고 군에 숨어 있던 팡씨 형제들까지 재상의 이름으로 움직일 수 있었다. 다만 우보우안이 예상하지 못하였던 것은 판시엔이 그와 같은 습격에서도 살아 남는 것에 더해, 심지어 검객 몇을 죽여 그들이 흔적을 없애는 데도 실패하게 만들었다는 것이었다. 하지만 팡 장군도 죽였고 상황이 여전히 통제하에 있는 만큼 감사원이 배후로 자신을 지목하더라도 재상과의 관계를 밝히는 것은 요원해 보였다.

그때 포도밭에 검은 그림자 하나가 보였다. 눈에 검은 천을 두른 맹인으로 보이는 자가 손에는 피가 뚝뚝 떨어지는 쇠막대기를 들고 있었다. 린공과 우보우안은 밖의 고수들이 이 쇠막대기에 죽었음을 생각해내고는 황급히 일어났다. 그때 린공이 외쳤다.

"너는 대체 누구냐? 말을 하거라!"

우쥬는 아무 대답없이 귀신처럼 포도밭에서 그들이 있는 곳으로 한달음에 달려갔다. 린공은 한번의 기합과 함께 허리춤의 검을 빼내 공격을 시도하였으나, 머지않아 우쥬의 쇠막대기에 등을 뚫리고는 피를 흘렸다. 린공은 자신 앞에 있는 상대를 공포서린 눈으로 바라보았다.

'도대체 누가 재상의 아들인 나를 말할 기회조차 주지 않고 죽이는 것인가?'

우쥬는 린공의 몸에서 쇠막대기를 뽑더니 신속하게 옆으로 가 심장으로부터 분출하는 피를 피했다. 그 모습에 우보우안은 창백한 얼굴로 자신도 모르는 새 입에서 나오는 신음을 손으로 막아보았다.

하지만 우쥬는 천천히 고개를 돌려 그를 '보았다'.

우보우안은 말했다. "난 재상의 사람이 아니다! 이 우보우안으로 말할 것 같으면 징두에서의 인맥이 두터운 바, 그대가 가히 장사라면 영웅심을 가지고 있을 터인데, 만일……" 순간 그는 자신의 목을 관통한 쇠막대기를 바라보았다.

'무공도 못하는 일개의 문관이고, 뛰어난 모사이자 변론의 달인인 나의 말을 왜 듣지 않는 거지? 다 들었다면 나를 죽이지는 못했을 텐데' 하는 생각 속에서 우보우안은 죽어갔다.

우쥬는 이 세상에 몇십 년 머물면서 줄곧 이해할 수 없는 것이 있었다. 동이성이든 북제든, 징두 혹은 여기에서도 자신에게 죽임을 당하는 사람들은 모두 마지막까지 말을 멈추지 않는다는 것이었다. 아가씨가 말한 적이 있었다.

"검은 말보다 강하다."

우쥬는 이 말을 항상 생각하고 있었는데, 사람들은 왜 이 간단한 이치를 알지 못하는가? 그는 쇠막대기를 들고 장원 밖으로 나갔다. 조금은 고독해 보였다.

며칠간 감사원에서는 별다른 소식이 들리지 않았다. 스난 백작도 암중의 실력을 모두 동원했으나 별다른 성과를 내지 못했다. 왕치니엔에게 부탁한 일도 변변한 결과가 없었기에 판시엔은 잠시 조사를 손에서 내려 놓고 있었다.

그러던 어느 날 오후 그는 두 동생들과 함께 징왕 저택에 초대를 받아 갔다. 마침 징왕은 집에 없었다. 리훙청이 미안한 듯 말했다.

"아버지는 태후의 부름으로 궁에 급히 들어가셨다네."

판시엔은 별다른 의미를 두지 않고 그냥 웃어 넘겼다. 그리곤 다 함께 후원의 시원한 그늘 밑에서 수박을 먹으며 여름의 강렬한 햇살을 피해있었다. 징왕의 어린 딸도 자리에 함께 했다. 로우지아 군주였다. 군주는 착하고 예쁜 얼굴에 예의가 바르달까, 아무튼 판시엔이 이 세상에서 본 여자 중 가장 온화해 보이는 모습을 하고 있었다. 올해 열두 살이었다. 그녀는 줄곧 상냥하게 굴며 의미를 담은 듯한 시선으로 판시엔을 바라보았고, 커다란 두 눈에 수줍음을 가득 담고 있었기에 판시엔은 적잖이 당황하고 있었다.

판스져는 하인들과 함께 활을 쏘러 가고, 판시엔은 징왕 세자와 이런저런 이야기를 나누고 있었으며, 아가씨 둘도 두런두런 대화에 빠져 있었다. 그때 징왕 저택 소속의 관원 하나가 다급한 모습으로 다가와 리훙칭의 귀에 무언가를 말하고 갔다. 세자는 갑자기 얼굴 색이 변하여 판시엔을 의심스러운 눈초리로 쳐다보기 시작했다.

"무슨 일인가요?"

"일이 생겼어."

"무슨 일요?"

판시엔은 리훙칭이 이토록 긴장하는 모습에 뭔가 심상치 않음을 느꼈다.

"어제 창산 자락의 한 장원에서 살인사건이 일어났는데, 우보우안과 재상의 둘째 공자 린공이 희생자래."

"뭐라고요?"

리훙칭이 말했다. "그래, 미래 네 둘째 처남이 죽었다고."

우보우안의 죽음은 이미 예정돼 있었다 해도, 우쥬 삼촌이 손을 쓴 것일 텐데 왜 재상의 둘째 공자도 죽였단 말인가? 일전에 자신을 암살하려던 사람이 재상 린뤄푸라는 말인가? 그들이 죽은 장원이 외지에 있다 보니 이 사건이 알려지는 데는 시간이 제법 걸렸다. 사건이 일어난 지 사흘만에 산을 관리하는 관리가 장원에 들어갔다가 시체 여럿을 발견하고 보고한 것이다. 징왕이 오늘 궁에 들어간 것도 이 일과 무관하지 않았다.

판시엔이 오늘 여기 온다는 것을 알고 있는 징왕이 사람을 시켜 이 소식을 자신들에게 전했다는 것은, 혹시 판시엔이 이 소식을 필요로 한다는 생각을 징왕이 안다는 뜻인가? 복잡해진 판시엔의 표정을 읽은 리훙칭은 낮은 목소리로 말했다.

"감사원이 우보우안을 조사하면서, 그가 지난번 네 암살사건과 관련이 있다 했는데, 그들이 이렇게 죽으니 네가 의심을 살까 두렵구만."

판시엔은 매우 '놀란 척' 하며 손을 내저었다.

"이번 일은 저와 전혀 관계가 없어요. 감사원도 찾지 못한 사람을 제가 무슨 수로 찾을 수 있었겠어요? 재상 대인도 그렇게 믿는다면, 저는 앞으로 어떻게 징두에서 살아갈 수 있죠?"

리훙청은 진실처럼 들리는 이 말에 그제서야 안도하며 말했다.

"진짜 네가 한 짓이었다면, 난 자네를 다시 생각할 수밖에 없었을 거네. 그렇지, 감사원도 찾지 못한 사람을 자네가 어떻게 찾나. 난 자네를 믿네. 아버지 쪽에는 내가 자네를 대신하여 말하지. 재상 대인도 그렇게 아무렇게나 생각하진 않으실 거네."

"다만 둘째 공자가 우보우안과 같이 있었던 이유를 재상 대인이 설명하셔야 하는 게 걱정이네요. 우보우안이 북제의 첩자와 연결돼 있다 하던데, 매국죄는 상당히 무겁잖아요."

리훙청은 고개를 끄덕이며 걱정스레 말했다. "재상 대인이 나이가 많으니 우보우안의 일로 정치 공세를 당하게 된다면 이후 살아남기가 쉽지는 않으실 것 같아 걱정이네."

판시엔은 리훙청의 눈을 보면서 속으로 생각했다.

'태자 사람인 재상의 정치적인 적이 바로 당신과 2황자 아니던가?'

판시엔은 집으로 돌아와 곧장 아버지의 서재로 갔지만 아버지는 없었다. 궁에 들어간 것 같았다. 그는 불안한 듯 자신의 공부방으로 와 책상 앞에 앉고서야 자신의 등이 온통 식은땀으로 젖어있음을 알았다. 사실 리훙청이 이 사건을 처음 말해줬을 때 그는 누가 이 일을 저질렀는지 곧바로 알 수 있었다. 우쥬 삼촌의 살인 방식과 흔적을 남기는 방식을 잘 알고 있었기 때문이다. 이 둘을 어떻게 찾아냈는지 몰라도, 우쥬 삼촌의 성격상 판시엔을 죽이려 했던 두 사람이니 일말의 망설임도 없이 죽였을 것이고, 재상의 아들이라는 것쯤은 그의 눈에 들어오지도 않았을 것이다. 판시엔과 관련이 되면 삼촌의 쇠막대기에 금기라는 것이 없었다.

판시엔이 가장 불안한 것은 징왕도 린공의 죽음을 판시엔과 연결시켰다는 것인데, 하물며 재상은 어떻겠는가? 또한 자신의 암살 시도 건에 미래 자신의 장인인 재상 대인이 관련되어 있을 거라는 생각을 하니, 눈앞이 캄캄했다. 또한 린완알을 생각하자 가슴이 아파오기 시작했다. 그녀가 궁에서 큰 터라 린씨 집안과는 그리 깊은 감정교류가 없다 하더라도 혈육의 정이라는 건 그리 간단한 게 아니다. 그는 일어나 책상 주위를 돌면서 점점 결연해지더니 마침내 결정했다. 어떻게서든 평생 완알이 이 사건의 진상을 알게 해서는 안된다는 것.

황궁의 어느 깊은 곳, 천하 제일의 권력을 가진 자의 방안에서 그가 통치하는 광활한 영토에서 올라오는 듯한 기세가 뿜어져 나오고 있었다. 향로에서부터는 은은한 향이 퍼지고, 옅은 붉은 색 돌바닥에는 여남은 조정 대신들이 좌우로 서 있었다. 오늘은 정식 조정 회의가 아닌 탓에 이곳은 태극궁(太極宮)이 아니라 편전(偏殿)이었고, 황제는 천자의 높디 높은 의자 대신 낮고 편안한 침대에 앉아 있었다. 바다빛 비단 옷에 금실로 만든 용 모양의 띠를 허리에 두른 황제는 검은색 머리를 묶고 있었는데 군데군데 은색빛이 보였다. 그는 편히 앉아 있어 다른 신하들보다 낮아보였지만 기세만큼은 천하에서 가장 높은 곳에서 아래에 있는 신하를 굽어보는 듯했다.

천핑핑은 좌측 첫 번째 자리에 있었다. 바퀴의자에 몸을 의지한터라 특별해 보였으나 힘없이 떨궈진 고개를 보면 자고 있는 것 같기도 했다. 재상 린뤄푸는 우측 첫 번째 자리에 있었는데, 오늘은 특별히 작은 원형 의자에 앉아 관복이 바닥에 끌렸다. 깨끗한 눈썹에 맑은 눈을 가진 그에게는 몇 가닥의 하얀 수염만이 그의 진짜 나이를 말해주고 있었다. 두 눈은 벌겋게 충혈되고 입술 주변이 하얗게 튼 모습이 조금 전까지도 울고 있던 모양이었다.

"재상대인, 슬픔을 아끼시게. 그대는 집에서 며칠간 휴양을 해도 좋네. 그 아이를 잘 보내주게." 잠잠한 황제의 말이 방 전체에 윙윙 울려퍼졌다.

린뤄푸는 일어나 공손히 예를 올리고는 오열하듯 말했다. "노신이 감히 그럴 수는 없습니다. 자식 일로 폐하를 놀라시게 한 죄, 달게 받겠습니다." 그리고는 갑자기 큰 소리로 말했다.

"감히 폐하께 청을 드립니다. 죽은 제 아이를 위해 정의를 찾아주십시오!" 이 말을 하고도 그는 꼿꼿이 무릎을 꿇고 있었다.

황제의 입술은 아무도 모르게 살짝 올라갔지만, 어느 누구도 감히 고개를 들어 황제 얼굴을 쳐다볼 수 없었기에 이 세밀한 변화를 알아챈 사람은 없었다.

"판씨 자식의 암살 시도 이후, 또 징두의 한쪽에서 이런 흉악한 범죄가 일어나다니, 징두 관아는 책임을 면치 못하리라. 짐이 잘 처리할 터이니 재상 대인은 마음을 놓으시오⋯⋯각 부처의 대관들은 이 악인을 잡아서 형부를 중심으로 잘 처리하고, 천 원장은 그 옆에서 잘 통솔하라."

천핑핑은 자는 듯 보였으나 갑자기 두 눈을 크게 뜨고 미소를 띄며 '네' 하고 대답했다. 황제는 다시 말했다.

"북쪽의 3사를 잘 조사하라. 천핑핑, 너의 감사원은 일을 잘 해야 하지, 4처는 뭐하는 것이야! 이번에 고향에 내려가서 부모님을 뵙는다고 한 달이나 떠나 있더니 조정 대신들의 자식들이 죽음을 당하고야 돌아오다니!"

신하들은 폐하가 이렇게 화내는 것을 보지 못했고, 심지어 천 원장을 이렇게 꾸짖는 것은 더욱 보지 못한 만큼 매우 놀랐다. 하지만 정작 천핑핑은 안색 하나 바꾸지 않고 변명하듯 말했다.

"징두에 돌아오는 중 조정의 어떤 이가 북제 첩자인 스리리를 강탈하려 시도하는 것을 목도했습니다. 이 스리리라는 자는 이전 판씨 집안 아들의 암살 시도 사건과 관련이 있는 자입니다. 이 사건이 매우 중대한 만큼 우회를 하여 그 첩자를 데리고 오느라 조금 지체하게 되었습니다."

"그런 거였나? 그럼 되었네."

황제는 결국 이 사건을 매우 높게 올려 놓더니, 또 갑자기 가볍게 내려놓았다.

대신들은 마음속으로 생각했다. '폐하는 천 대인을 저리 꾸짖는 듯하시더니 결국 아무일도 아닌 것처럼 하시니, 말하자면 작전 같은 것이었구나. 체통을 무너뜨린 일을 이로써 깔끔히 정리하시려는 거구나.' 이어 천핑핑이 스리리의 일을 꺼낸 것은 대신들에게 어떤 이가 그녀를 빼가려 했다는 사실과 동시에 조정의 거물 중 누군가가 북제와 내통하여 혼란을 가져오려 했다는 사실을 명백히 이야기하려 함이었다.

천핑핑은 바퀴의자에서 몸을 조금 세우고 린뤄푸를 바라보며 이야기했다.

"이 두 가지 사건은 사실……하나입니다."

"그건 또 무슨 소리인가?" 황제뿐 아니라 다른 대신들도 매우 궁금해졌지만 무슨 일인지 린뤄푸만은 난감한 표정을 지었다.

"재상 대인의 마음이 자식의 일로 편치 않으신 걸 알기에 이 말씀을 드리기가 적절하지 않은 듯합니다. 하지만 신하의 한 사람으로서 폐하 앞에서 감히 숨길 수도 없기에, 부디 소인이 말씀드릴 수밖에 없음을 관대히 용서해 주시옵소서. 재상의 2공자 린공이 죽음을 당했을 때, 우보우안과 같이 있었습니다."

"우보우안이 누구인가?" 황제는 미간을 찌푸리며 물었다. "좀 더 자세히 좀 말하게."

우보우안은 이 방 안의 대신 대부분도 알고 있을 만큼 유명하였으나, 태자와 2황자 사이에서 왔다 갔다 한다는 것은 공공연한 비밀이었기에, 재상과 연관이 되어 있을 거라고는 그 누구도 생각하지 못하고 있었다.

쳔핑핑은 대답했다.

"신은 일전에 판씨 아들의 암살 사건을 조사하면서, 북제와 연결된 사람이 우보우안이라는 것을 스리리가 인정하였으며, 서만국 궁수들을 징두로 들여온 사람이 순찰사 팡 장군이라는 것을 알게 되었습니다. 그런데 창저우성 외곽에서 스리리를 빼가려 했던 기병의 대장은 팡 장군의 먼 친척뻘인 우저우의 장군 팡슈의 수하였고…… 종합적으로 이 사건의 기획은 우보우안이 하였고, 팡슈와 팡장군은 모두 집행자로서 북제의 암살시도를 도우려 한 것으로 보입니다."

"도대체 무슨 말이 하고 싶은건가?"

"다른 의미는 없고 궁금할 뿐인데, 왜 린씨 집안의 둘째 공자와 판씨 공자 암살사건의 주모자가 창산 자락에 있는 장원에 같이 있었냐는 것입니다."

이 말이 나온 후 대신들은 웅성대기 시작하였고, 린뤄푸는 몸을 숙여 황제에게 예를 표하고는 침통하게 말했다.

"아들이 현명하지 못하고 행동이 거칠긴 하였으나 그런 일을 할 아이는 아닙니다. 우보우안이라는 신하를 본 적이 있는데, 명성이 징두에 자자한 인재 중 하나였습니다. 만일 우보우안이 이 사건과 관계가 되어있다면, 신도 그 혐의에서 벗어나지 못하는 것 아니겠습니까? 만일 신이 이 사건과 연관이 있다면, 천벌을 받아도 좋습니다!"

재상이 이렇게 엄중하게 말하자 몇몇의 대신들은 그와 함께 무릎을 꿇었다. 이 모습을 보고 황제의 눈에는 웃음기가 가득했다. 황제는 얼굴을 돌리며 얼음 같은 표정으로 바꾸더니 대신들을 일으켜 세운 후 말했다.

"천핑핑이 먼저 죄를 청하였고, 아직 말이 끝나지 않았으니, 일단 끝까지 들어보게."

조정은 항상 이렇게 돌아갔다. 천핑핑은 홀로 위대했고, 문관의 대신들은 다같이 단결하기를 좋아했다. 천핑핑은 린뤄푸를 담담하게 한번 보고는 말했다.

"재상 대인은 화를 식히시지요. 본관은 그저 이해가 안된다고 하였을 뿐입니다. 감사원도 징두에서 매일을 밤낮으로 단서를 찾았으나 우보우안을 찾아내지 못하였는데, 대인의 공자가 어찌 이 모사와 함께 포도밭에서 술을 마시며 담소를 나눌 수 있었는지 궁금하지 않겠습니까?"

"우보우안이 암살 사건의 주모자인지는 지금으로서는 확인할 수 없고 그와 린 공자는 창산의 경치를 그저 구경하러 갔을 수도 있는 것 아닌가. 천핑핑, 이 일은 나중에 다시 논의하세." 황제가 갑자기 입을 열어 천핑핑의 말을 끊었다.

린뤄푸는 '나중에 다시 논의하자'는 말이 한기가 느껴졌다. 그 말은 폐하가 그를 향해 더 이상 핑계를 대지말라 경고하고 있는 것이었기 때문이다. 이건 일종의 교환 같은 것으로, 말로 분명히 하지는 않아도 이심전심 전해지는 그런 교환이었다. 황제가 천핑핑에게 물었다.

"그런데, 네가 좀 전에 두 사건이 결국 하나의 사건이라 말한 것은 무엇인가?"

천핑핑은 무표정하게 대신들을 쓱 둘러보더니 조용히 말했다.

"형부와 감사원의 조사 결과에 따르면, 죽은 자의 상처와 당시 현장을 보면 살인을 행한 자는 동이성의 스구지엔의 일맥인 듯 판단이 된다하여 두 사건이 하나의 사건이라 한 것입니다. 며칠 전 판씨 아들에게 반격을 당해 죽은 자객 중 두명의 여자 검객은, 감사원의 기록에 따르면 모두 동이성 스구지엔 문하에 있는 자들이었습니다. 한 달 전쯤 감사원 보고서를 보고 신이 판단하기에, 스구지엔은 현재 동이성이 아니라 경국에 들어와 있는 듯합니다."

황제는 천천히 눈을 감으며 차가운 목소리로 물었다.

"그는 왜 판씨 집안의 아이를 죽이지 않고 우보우안을 죽인 거지?"

"세상 모든 사람들은 스구지엔이 검에 미친자인 것을 알고 있습니다. 문하의 제자들이 암살을 시도했던 자에게 반격을 당해 죽은 것을 보고 그는 상대방의 실력에 감탄을 할 뿐 복수를 하지 않습니다. 그러나 그가 가장 싫어하는 것이 음모를 꾸미는 것이기에 문하의 제자들이 국가의 다툼에 연루되는 것을 엄히 금하고 있습니다. 만약 우보우안이 스구지엔 문하의 두 검객을 설득하지 않았다면 그녀들은 죽지 않았을 것이니, 그의 입장에서 보면 우보우안이 진정한 복수의 상대인 것입니다." 쳰핑핑은 담담하게 말했다.

거짓말을 하면서도 얼굴색 하나 변하지 않았다.

한참이 지난 후 방안에서는 경국 황제의 위엄있는 목소리가 퍼졌다.

"징두 관아 부윤 메이즈리의 죄를 물어 1년의 감봉과 면직에 처한다. 감사원은 순찰사를 조사하는 동시에 지아오즈형 순찰사를 면직한다. 형부는 계속 두 사건을 처리하되, 완결되는 대로 책을 엮어 동이성에게 그 원흉을 제공하라는 명을 내린다. 이렇게 처리하라."

모든 대신들이 물러간 후 궁녀는 쳰핑핑의 바퀴의자를 밀고 궁으로 들어왔다. 대신들은 아무도 놀라지 않았다. 누구도 쳰핑핑 같이 폐하의 총애를 받을 수 없다는 것을 잘 알기 때문이었다. 또한 그렇기에 사건이 크든 작든 모두 일치단결하여 감사원의 세력에 대항하는 것이었다. 사실 이는 황제의 사적 세력에 대항하는 것에 다름없었다. 이것이 경국이 만들어진 이후 문관들의 일관된 생각이었고, 머릿속에 뿌리 깊게 자리잡혀 영원히 벗어날 수 없을 듯했다. 일부 대신들은 첸 원장이 다리가 마비되었고, 또 자식이 없기에 비로소 이 같은 황제의 신임을 얻을 수 있는 것이 아닌가하는 악의적인 생각도 했다.

조용한 궁의 어느 깊은 곳에는 태감과 궁녀 그 누구도 없이 황제와 첸핑핑 단 둘이 마주앉아 있었다. 황제는 차를 한 모금 마시는 듯하더니, 차 온도가 마음에 들지 않는 듯 미간을 찌푸리고는 잔을 첸핑핑의 바퀴의자로 던져 버렸다. '팍' 소리와 함께 찻잔은 산산조각 나며 사방으로 흩어졌고, 차가 첸핑핑의 바지 자락을 적셨다. 조금 전과 달리 황제는 매우 차갑게 말했다.

"스구지엔? 무슨 이런 황당한 이야기가 있나?"

첸핑핑은 아무 일도 일어나지 않은 듯 만면에 미소를 띠고 매우 공손히 대답했다.

"신은 감히 황제를 속일 수 없습니다. 처참한 상처를 볼 때 형부와 감사원의 판단이 일치합니다."

황제는 입술 끝을 들어올리며 미소를 지으며 그의 두 눈을 바라보았다. 눈에는 약간 특이한 빛이 번뜩이고 있었다. "우씨는 징두에 있나?"

첸핑핑은 고개를 천천히 들어올리더니 입을 열려다 잠시 머뭇거리고는 겨우 말을 내뱉었다. "네. 우 대인은 지금 징두에 있습니다."

황제는 약간 피곤한 기색으로 눈썹을 매만지며 담담히 이야기했다.

"넌 도대체 얼마나 많은 일을 짐에게 숨기고 있느냐? 됐다, 네가 감히 짐에게 숨기고 있으니, 천하의 모든 사람에게 숨길 수 있는 것이겠지. 그 인간들에게 우씨의 존재를 알리지 마라."

"네." 쳰핑핑은 공손히 대답했다.

"그 두 여자 검객은 진짜 스구지엔 문하인가?"

"네."

황제는 갑자기 미간을 찌푸리며 말했다. "스구지엔은 진정 복수를 하기 위해 판씨 아들을 죽이려던 건가?"

"일대 종사들은 모두 허세가 있습니다. 보기에 그는 동이성의 동굴에 숨어 수련을 하고 있는 듯하니, 판시엔이 직접 동이성에 가지 않는 한 괜찮을 것 같습니다. 그리고 이 모든 것은 신이 처리 중에 있습니다."

"알았다. 그 일은 지난 밤 다 논의하지 못했으니 오늘 이어서 하자구나. 네가 한참 후에 징두로 돌아왔는데, 너는 어사들의 상소가 무섭지는 않다 하더라도, 짐은 천하의 신하와 백성들의 의견에 신경써야 하지 않느냐? 네가 그놈에 대한 결정 때문에 심술을 부리고 있는 것 같은데."

쳰핑핑은 긴장한 것인지 흥분한 것인지 오른손 약지 손톱을 문지르고 있었으나 얼굴만큼은 침착하게 보였다.

"이 사건 때문에 재상이 복수심을 가질 듯합니다. 스구지엔이 일을 저질렀대도 어쨌든 판씨 아들로 인해 자신의 아들이 죽었다고 생각할 것입니다. 그러니 이 혼사는 없던 일로 하시지요."

황제는 담담하게 말했다. "그건 상관없다. 이유는 몰라도 징왕이 그놈을 매우 좋아하는 듯하구나. 그가 누군가를 진짜 보호하려고 하면 조정의 그 누구도 나서지 못할 게야. 린뤄푸, 그는 나름 총명한 인간이다. 린공이 죽은 후 누군가에게는 기대야 할 터, 누구에게 기대는 게 이십 년 후 더 좋을지를 생각할 게다."

한 명의 황제와 한 명의 신하가 약속이나 한 듯 동시에 침묵에 빠졌다. 천핑핑이 그 침묵을 깨며 말했다.

"당시에 저는 반대했습니다. 오늘도 여전히 이 혼사에 대해 반대합니다."

황제는 눈을 크게 뜨고 그를 바라보며 말했다.

"너는 짐보다 어리지만 최근 마음 고생 때문인지 많이 늙었구나. 이후부터 이 일에 대해서 많이 관여하지 말라. 이 어린놈의 일이 어디 너를 걱정시킬 가치가 있는 것이냐?"

"이 일만 처리하고 나면 신은 물러나겠습니다."

"무슨 일?"

"폐하, 그 아이에 대한 일 말입니다."

황제는 어투를 더욱 담담하게 하고 말했다. "그의 모친의 것을 그에게 넘겨주기 위해 짐이 이렇게 많이 돌아왔는데, 그건 무엇보다 정정당당히 그에게 물려주기 위함이었다. 짐이 이렇게 마음고생을 하고 있는데도, 넌 왜 그렇게 불만인 게냐?"

"신이 어찌 감히." 천핑핑은 황제가 판시엔에게 예씨 집안의 자산을 되찾아주기 위해 얼마나 많은 일을 했는지 알고 있었지만 정색을 하고 말했다. "신이 이 세상을 떠나게 된다면 감사원을 어떻게 처리해야 할지, 신은 항상 생각해 왔습니다. 만일 감사원이 외부인의 손에 넘어가면 실로 엄청난 위험이 될 것입니다."

황권의 승계와는 달리 감사원 승계는 특별했다. 천핑핑에 대한 경국 황제의 무한한 신뢰, 그리고 황제에 대한 천핑핑의 무한한 충심에 전적으로 의지하는 게 감사원인 까닭이다. 만일 천핑핑이 죽으면 누가 감사원을 이어받던지 간에 경국 조정에는 엄청난 영향을 끼치게 될 것이 불 보듯 뻔했다. 신하가 이어간다면 황족을 위협할 수 있는 수단이 될 수 있었고, 반대로 황자가 이어간다면 엄청난 권세를 지닌 황자가 만들어져 황위 계승에 영향을 끼칠 수 있기 때문이었다.

황제는 두 눈을 감고 무언가 깊은 생각에 빠져 물었다.

"너는 감사원을 그에게 줘야 한다고 생각하는 거냐?"

"맞습니다. 그 아이는 외부인이 아니니 궁을 협박하지 못합니다. 하지만 그의 출신 때문에 천자의 다툼에 참여하지도 못합니다. 그러니 중립을 가장 잘 지킬 수 있을 듯합니다." 쳰핑핑은 천천히 대답했다.

황제는 심경의 변화가 있는 듯 말했다.

"짐이 생각해 보겠네. 몸 관리를 잘 하라. 아직 십 년은 더 살아있을 듯하니, 이 일이 그리 급한 것도 아니지 않나?"

"네." 쳰핑핑은 오늘의 목표는 달성한 듯하여 공손히 예를 갖추고 물러났다.

황제는 일어나 두 눈을 오래 감고 있다 문득 눈을 떠 바퀴의자를 타고 나가는 사람을 돌아보았다. 그는 한 번도 이 쳰핑핑이라는 인간이 자신에 대해 품은 충정을 의심해 본 적이 없었다. 다만 한 가지 항상 궁금했던 것이 있었으니, 왜 이 늙은 개가 그 여자를 그토록 그리워하여 잊지 못하는 것인가였다. 왜 그 아이에게 모든 권력을 주려고 하면서도 조금도 아까워하지 않는가? 그 아이를 생각하자, 천하의 이 존귀한 얼굴에도 조금씩 온화한 기운이 반짝였고, 아직 한 번도 못 봤으니 언제 한번 봐야겠다고 결심하고 있었다.

궁밖으로 나온 마차가 주작대로를 지나 동쪽 방향으로 갔다. 매우 조용하고 하늘은 이미 반쯤 어두워져 있는 곳이 있었다. 마차가 옆으로 꺾어 그 외진 곳에 서니, 그 곳에는 다른 마차 하나가 그를 기다리고 있었다. 감사원 사람과 그 마차 주위의 호위들은 서로 모르는 사이였으나, 약속이나 한 듯 동시에 마차를 벗어나 먼 곳에서 두 마차를 호위하기 시작했다.

각자의 마차에 타고 있던 두 사람은 동시에 장막을 젖혀 상대방을 한번 주시했다. 그들은 쳔핑핑과 판시엔의 아버지, 즉 호부 시랑 판지엔이었다. 쳔핑핑은 얼굴 가득히 정색을 하며 매섭게 소리를 질렀다.

"내가 징두에 없는 틈을 타 폐하께 네 아들의 혼사를 설득하다니!"

판지엔은 두려워하거나 긴장하는 기색 없이 은은한 미소를 지으며 답했다.

"몇 년 전 네가 내 일을 망쳤으니, 이번엔 내가 균형을 맞춘 것뿐인데."

쳔핑핑은 냉랭하게 말했다. "그 냄새 나는 돈을 가지는 게 그리도 기쁜 일인가?"

판지엔은 고개를 저으며 말했다. "돈이 제일 중요하지. 당초에 감사원이 처음 생길 때에도 시엔의 모친이 아니었으면 너희들은 손가락이나 빨고 있었을 텐데."

"지금 내고는 당시의 예씨 집안 소유일 때 같지 않아. 판씨 집안이 가져간다 해도 오히려 낭패를 당할까 걱정이야. 폐하가 린씨 집안에 사생아 딸을 인정하라 강요한 건, 너와 그 재상이 화목하게 잘 지내라는 의미였을 뿐이야. 물론 사람들이 군주가 황자에게 시집을 가는 거란 걸 알기라도 할까봐 그런 것도 있었지만."

"넌 지금 내가 네 생각을 모른다고 생각하지?" 판지엔은 미간을 찌푸리며 말했다. "최근 몇 년 동안 너도 증거를 찾지는 못했더만."

쳔핑핑은 차가운 얼굴로 말했다.

"폐하가 그놈에게 빚이 있다고 생각한다 치자. 하지만 생각해봐.

만일 폐하가 진짜 네 생각처럼 예씨 집안 장사를 그 애에게 주겠다고 생각한다면, 그럼 감사원은 어떻게 하나? 폐하는 뛰어난 재능과 원대한 계략을 가지고 계신 분이기에 절대 한 사람이 두 종류의 무기를 동시에 갖게 하지는 않아. 설사 그게 그놈이라고 해도 마찬가지고."

판지엔은 미간을 더 찌푸렸다.

"네가 어차피 그렇게 생각한다면, 왜 내 아들을 감사원과 엮으려는 건데? 부자가 되게 하는 편이 훨씬 좋지 않아?"

"부자는 그렇게 쉬워?"

"우리가 징두에 있으면, 장 공주도 정신을 차리게 될 거고, 그러면 최소한 몇 년 동안은 평안해 질거야."

쳔핑핑은 차가운 목소리로 말했다.

"잊지마라, 너의……아들은, 겨우 한 달 전에 누군가에게 죽임을 당할 뻔했다."

"내가 조금 소홀했던 것뿐이야, 너는 항상 문제가 없었냐? 만일 네가 빠지지만 않았어도 징두에서 그런 일이 발생할 리도 없었어."

"최소한 지금은 네 아들이니까, 네가 잘 보호해야지."

이 말을 듣고선 한참을 침묵하다 판지엔은 다시 말했다.

"몇 가지 암중 고투에서 내가 지불한 대가가 너보다 훨씬 컸어. 그러니 만일 우리 둘이 해결할 수 없는 충돌상황이 된다면, 네가 내 의견을 존중해 주길 바란다."

쳔핑핑의 긴 침묵의 시간이 지나고 마지막으로 그는 상대방의 말을 인정했다. 판지엔은 냉랭하게 마차의 장막을 내리고 짧게 명했다. 양 쪽의 마차는 각자 길을 달리하여 흩어졌다.

어두운 밤이 황궁을 덮고 있었다. 한 조각의 짙은 먹과 같은 어둠을 배경으로 주홍색의 높은 황궁 벽 주변을 가마 하나가 조용히 돌고 있었다. 가마 뒤에는 멀찌감치 호위 몇이 따를 뿐이었고, 문지기 군사들은 먼 발치에서 이 가마를 계속 지켜보고 있었으나 어떤 이도 다가가 말을 걸지는 않았다.

그것은 재상의 가마였다. 그리고 이것이 재상의 습관이었다.

매번 경국이 어떤 문제나 곤경에 빠질 때마다, 재상은 항상 이렇게 가마를 타고 궁벽 주변을 돌았다. 세상 사람들은 재상이 간신이라고 말했는데, 그건 그의 저택을 보면 바로 알 수 있었다. 재상은 또한 유능한 재상이라 했는데, 그건 경국의 현재를 보면 바로 알 수 있었다. 하지만 간신이든 유능한 재상이든 어떤 시점에는 본래의 역할, 즉 아버지로서 돌아올 수밖에 없었다. 오늘 궁벽을 도는 재상의 가마를 아무도 방해할 수 없는 것은, 그의 둘째 아들이 죽었다는 사실을 모두가 알고 있었기 때문이다.

밤의 색이 점점 더 깊어지고, 황궁에 붉은 등이 하나 둘 켜지기 시작하면서, 그 높은 벽에도 옅은 황색 빛깔이 천천히 퍼지기 시작했다. 하지만 이 곳의 벽은 여전히 칠흑같은 어둠이었다. 조금 외진 이 곳에 가마가 천천히 다가가니, 맞은 편 멀리에서도 등 하나가 흔들거리며 다가왔는데, 또 다른 가마였다. 두 가마가 동시에 멈추자 두 가마꾼들은 동시에 조용히 가마를 내려놓고, 마치 쳔핑핑과 판지엔의 만남에서 그랬던 것처럼 조용히 먼 곳으로 물러갔다. 가마는 자연히 앞으로 쏠렸는데, 안에서 불편할 만도 하거늘 누구도 내리지 않았다. 두 가마는 두 친구가 인사라도 하는 듯, 혹은 첫날 밤 부부가 하늘에 인사라도 드리듯 그렇게 서 있었다.

"뤄푸, 너무 상심하진 마세요."

건너편에 있는 가마 속 사람이 마침내 부드럽고 가냘픈 목소리로 말했다. 역시나 장 공주가 직접 궁을 나와 자신의 정인을 보러 온 것이었다.

이 익숙한 목소리에 재상 대인은 마치 몇 년 전 일들이 떠오르는 듯 담담히 이야기했다.

"장 공주께서 신하의 일에 관심을 가져주시니, 감개무량합니다."

천리 밖에서도 거절하는 듯한 그의 말에, 장 공주의 목소리에 갑자기 서늘함이 묻어났다. "주인과 신하의 구별을……당신과 나 사이에서 왜 갑자기? 당신의 말이 왜 오늘따라 이리 소원하게 들리죠?"

재상은 냉소하며 답했다. "공주 전하, 뤄푸가 무능하긴 하나, 공주 전하 손에 주물러지는 반죽이 되기는 싫습니다."

다른 가마에서 침묵이 흘렀다. 상대방이 이토록 마음 아프게 하는 말을 할 줄은 생각도 못했기에 한참이 지나서야 낮은 목소리로 대답했다.

"린공은 내 아이는 아니지만, 해가 바뀌는 명절마다 항상 선물을 보냈는데, 나도 당신처럼 그 아이를 아끼고……아니 그만 합시다. 오늘 당신의 기분이 안 좋은 듯하니 이런 말은 하지 맙시다."

린뤄푸는 더 긴 침묵 후에 결국 결심한 듯 무거운 목소리로 말했다.

"오늘 장 공주를 만나뵙자고 한건 이 말씀을 드리려고 한 겁니다. 10월에 있을 쳰이의 혼사를 저는 승락했습니다."

궁벽은 매우 어두웠는데, 장 공주 가마 옆의 등불만이 조심스레 어둠을 비추고 있었다. 이 긴 시간의 침묵은, 온화하고 여린 가마 안 여자가 얼마나 놀랐는지, 또 얼마나 분노하고 있는지를 충분히 증명해하는 듯했다. 한참이 지난 후 장 공주의 한 겨울 찬바람 같은 목소리가 가마 밖으로 나왔다.

"쳰이는 나의 딸이고, 나는 걔를 그 판씨 집안의 잡놈에게 시집을 보낼 수 없어."

궁 안에서든 궁 밖에서든 장 공주는 시종일관 온화하고 연약한 모습이었기에 그녀가 이토록 살기있는 말을 할 수 있음은 아무도 상상할 수 없었다.

"당신은……폐하를 꺾을 수 있다고 생각하는 거요?" 린뤄푸의 목소리에는 자신도 모르게 자책과 원망 그리고 실의의 느낌이 실려 있었다. "하물며……폐하는 모든 사람들에게 천이가 나의 딸이라고 말했고, 그것이 결국 그 아이에게는 그리 좋은 일이 되지 않았잖소. 공주가 정말 내고 때문에 그러는 것이라면, 그건 이미 내 고려 사항이 아니요."

장 공주는 떨리는 목소리로 답했다. "당신이 고려하지 않으면, 누가 고려한단 말이에요? 나는 여자일 뿐이고 혼자 궁에 있는데, 그동안 편하게만 지냈겠어요?"

린뤄푸의 얼굴에는 증오하는 표정이 크게 일며 말했다.

"나는 딸이 하나요. 그런데 만나지도 못하고, 단지 궁중 연회에서나 멀찌감치 한번 볼 수 있을 뿐이요. 그럼 이 같은 아버지가 되기는 쉽단 말이요?"

장 공주는 해명하듯 처량하게 말했다.

"그건 어쩔 수 없는 일이었잖아요. 당시에 제가 몰래 임신했을 때, 저는 당신 앞길을 막기 싫었기에 어쩔 수 없이 그 애를 혼자 키울 수밖에 없었어요. 최근 몇 년간 당신을 생각하며 비밀리에 내고에서 돈도 사용하게 해드렸는데, 조금도 날 생각해 주지 않는 건가요?"

린뤄푸는 낮은 목소리였지만 포효하듯 이야기했다.

"나의 앞길? 그때부터 지금까지 내가 언제 앞길을 요구했소? 당시 빈곤한 서생이 지금은 재상이 되었어도, 딸은 보지도 못하고 살아있는 아들은……결국……결국 내 앞에서 비참하게 죽었소. 어디에 내 앞길이 있고, 어디에 내가 원했던 것이 있단 말이요! 당신은 단지 권력을 원했을 뿐, 언젠가 문제가 될 수 있는 사람에게 시집오기 싫어

했고, 안정적으로 남은 인생을 살고 싶어했고, 그것뿐이지 않소! 설마 이것들에 대해 내가 당신에게 고마워해야 하오?"

장 공주는 이 말들을 들으니 화가 치밀어 올라 소리쳤다.

"린뤄푸, 일이 이미 이 지경이 되었는데, 당신은 그런 개소리나 하고 있다니! 만일 당신이 정말 원치 않았다면, 내가 당신을 징두 감찰원에 들어가게 했을 때, 한림원에 들어가게 했을 때 왜 아무 말도 하지 않았지? 이부 시랑을 시켜줬을 때에는? 점점 지위가 높아지니 당신이 나를 기억하지 못한다 해도 좋지만, 갑자기 그런 식으로 나를 모욕하다니!"

"아주 좋소." 장 공주의 목소리가 갈수록 높아지는 것과 달리, 린뤄푸의 목소리는 점차 안정되어 갔다. 하지만 목소리만큼은 원망과 독이 서려 있었다.

"난 차라리 당신의 이런 막돼먹은 모습이 좋아. 슬픔에 잠긴 연약한 모습을 더 이상 바라지 않아."

장 공주는 너무 화가 나 말이 나오질 않았다.

"쳰이의 혼사에 대해 난 이미 결정 했소. 판시엔을 관찰했는데, 어떤 놈인지는 몰라도 최소한 쉽게 죽을 인간은 아니오. 나는 내 딸이 과부가 되길 원하지 않소."

장 공주는 호되게 질책하듯 말했다.

"당신 미친 것 아니예요? 린공이 모함을 당했는데, 당신은 이렇게 급히 판씨 집안을 끼워들인다고? 설마 당신이 정말 쳰핑핑 그 늙은 개를 믿는 건 아니겠지? 스구지엔이 어떤 신분의 사람인데, 어떻게 징두에 와서 사람을 죽여! 판지엔이야말로 진짜 배후의 주모자일지도 모르지."

"죽은 건 내 아들이오, 당신은 내가 그애의 마지막을 아직 보지 못했다고 생각하는 거요? 그 상처는 숨기기도 힘든 것이었고, 스구지엔의 검법은 나도 익히 들어 알고 있소. 설령 내가 잘못봤다고 하더라도, 내 집안의 모사이자 나의 친구, 그 사람만큼은 잘못 볼 일 없소."

더이상 상대방을 설득하기 힘들어 보이자, 장 공주는 말투를 부드럽게 해서 애원했다.

"내가 조사할 동안만 좀 기다려 줘요, 당신이 나를 아끼진 않아도 좋은데, 쳔이만은 판씨 집안에 시집보내지 말아줘요."

잠시의 침묵 후에 린뤄푸가 입을 열었다. "우보우안이 내게 판시엔의 암살 계획을 이야기 했었오. 난 동의를 안했지. 다만 그가 멍청한 그 녀석을 설득할 줄은 몰랐던 거요."

장 공주도 잠시 침묵했다. 상대방에게 더이상 자기와 이 사건이 관련 없음을 믿게 하기 힘들다는 것을 알게 되었기 때문이었다.

"우보우안은 당신의 사람이었소." 린뤄푸의 목소리에는 한기가 서려 마치 한겨울 밤 가마에 걸린 고드름 같았다. "난 그가 당신의 사람이라는 것을 항상 알고 있었소. 당신은 그를 이용해 나를 감시하고 있었지. 하지만 내 아들이 당신 때문에 죽을 것이라곤 정말 꿈에도 생각 못했소. 그러니 이제 그만합시다."

밤바람이 황궁에 불어오기 시작하고 푸른 가마 하나가 암흑으로 들어가는 동안, 등 하나만이 힘없이 그 고독한 가마 옆을 지키고 있었고, 가마 안에서는 한 여자가 은밀히 자신의 울음 소리를 숨기려 하고 있었다. 가마는 한참을 가서야 공주가 잠시 기거하는 광신궁(廣信宮)에 도착했다. 장막을 열더니 얼굴 가득 눈물 자욱인 장 공주가 가마에서 내려왔다. 지나가던 몇몇의 태감과 궁녀는 급히 고개를 숙였고, 감히 다시 고개를 들 생각도 못하고 있었다. 장 공주는 온화하고 연약한 듯 아무런 힘도 없는 듯 돌계단을 올라갔다. 그리고는 눈물 흔적을 모두 지우고, 홀연히 아름다운 미소를 한번 지었다. 이슬 맺힌 버드나무 잎처럼 청아한 자태로 조용히 말했다.

"모두 죽여."

푸른 빛이 몇 차례 번쩍했고, 몇몇 태감은 목숨을 구걸하였지만, 장 공주 곁에 있던 궁녀가 소매에서 단도를 꺼내 목을 그어버리자 모두 죽어버렸다. 한밤의 궁에서, 시체의 머리가 땅에 떨어지는 소리만 가볍게 몇 번 들렸을 뿐이다.

재상의 저택은 징두에서 가장 큰 집은 아니었어도 가장 부유한 집이었다. 징왕을 포함해 여러 부유하고 존귀한 후작들의 집도 그 집에는 미치지 못했다. 밖은 그리 부유해 보이지 않아도 내부에는 전문가라면 한눈에 알 수 있을 고급스러운 물건들이 가득 진열되어 있었다.

린뤄푸가 그 짧은 이십 여년의 시간 동안 이 같은 부를 쌓을 수 있었던 것은, 세상 사람들이 다 알고 있듯 그의 탐욕과 간사한 행동 덕택이었다.

서재에 들어선 후 린뤄푸는 책상 앞에 앉아 긴 시간 동안 아무 말도 하지 않았다.

"대인, 이 시국에 태자와 멀어지는 것은 그리 적절해 보이지 않습니다." 재상의 최측근이자 제일 비밀스러운 모사 위엔훙다오가 차를 올리며 말했다.

린뤄푸는 얼굴 주름 사이사이에 깊은 우수를 띠며, 낮은 목소리로 말했다.

"일이 이 지경이 되었으니, 이 모든 아이들과 린씨 가문을 위해 내가 어쨌든 길을 만들어야 하네. 오늘 조정에 너무 오래 있는 동안 얼마나 많은 사람의 미움을 샀는지 모르겠군. 두 아들과 하나의 딸 중 원래 공(琪)이의 그릇을 기대했는데 이런 화를 당했으니, 이제는 첫째 큰보배와 쳔이뿐인데……어쨌든 그들을 위해 뭔가 계획을 세우는 게 맞는 거지."

린뤄푸의 눈빛은 온화해지면서 덧붙였다.

"아버지로서 몸을 너무 아낄 필요가 없다고 생각하네. 황위 다툼에 대해서는 폐하께서 아직 건장하시니 그리 걱정할 필요가 있겠는가? 다만 내가 그 전에 목숨을 다할까 걱정인 게지……스구지엔이 했다는 것은 확실히 확인한 거지?"

위엔홍다오는 고개를 끄덕이며 말했다. "맞습니다."

린뤄푸는 심호흡을 한 번 한 후 다소 냉랭하게 말했다.

"어떤 땐 손에 쥔 권력이 아무것도 아니라는 생각이 들어……이미 판씨 집안과 감사원이 암중으로 내통한 지 오래 되었으니, 그 일에 내가 찬성만 한다면 그들이 거절하지는 못할 걸세."

"판 시랑은 어차피 폐하와 인정 관계가 있으니, 이 혼사를 추진하는 동시에 그 동안 대인이 어떻게 하셔야 하는지를 한번 지켜보시지요."

린뤄푸는 말했다. "내가 판시엔이라는 불리는 아이를 직접 보면 내 딸과 어울릴 수 있는지 알 수 있겠지."

"하지만 장 공주 그 쪽은……"

재상의 둘째 아들의 비정상적인 죽음이 장 공주의 계획과 불가분의 관계가 있으니 위엔홍다오는 매우 조심스럽게 그녀를 언급했다.

"장 공주 리윈루이(李云睿)가 우보우안에게 암살을 지시한 것은 일석 삼조를 꾀한 거네. 일단은 판시엔을 죽이는것, 두 번째로 그녀가 내고의 권리를 빼앗기지 않을 수 있지. 마지막으로 공이를 설득하여 엮으면 나를 그녀에게 묶어 놓을 수 있지. 다만 그녀가 생각하지 못했던 건, 판시엔은 그렇게 쉽게 죽일 수 없다는 것과 우보우안이 천박한 개 같은 놈이었다는 것이었는데, 그 과정에 내 아들이 죽어버렸어."

린뤄푸는 눈에 한기를 폭발시키며 말을 이었다. "하지만 그녀는 여전히 중요한 한 수를 쥐고 있는데, 그녀가 황제폐하의 심리를 잘 꿰뚫는다는 거야. 청쥐슈 일행이 징두에 들어올 수 있었던 것도 그녀가 내 명의로 거짓 명령을 내렸기 때문일세. 더구나 팡슈를 시켜 창저우에서 그들을 암살하게 한 것을 통해 북제의 계획임을 명백히 드러냈고."

위엔홍다오는 미간을 찌푸리며 말했다.

"원래 장 공주는 폐하의 심리를 이용해 병사를 크게 일으키려던 것이군요."

"폐하는 북벌 당시 원하는 것을 다 얻지 못하셨기에 항상 마음에 두고 있었지. 폐하는 장 공주가 자기주장을 펼치는 건 그리 달가워하지 않으시나, 그럼에도 이번에 폐하에게 좋은 핑계를 준 것에 대해서는 어느 정도 인정하실 거야. 하지만 당시에 북제와의 조약이 대단히 복잡해서, 이번에도 폐하는 기껏해야 영토 약간을 뺏어오면서 북제의 반응을 살필 거네."

위엔홍다오는 탄식하며 말했다.

"장 공주의 간계는 정말 사람을 놀라게 하는 군요. 상대하기가 버겁습니다."

린뤄푸는 조용히 눈을 감으며 말했다.

"지금까지 난 그녀를 상대할 수 있을 거라 생각하지 않았네. 다음 세대에 넘겨줄 밖에."

이때 서재 밖에서 시끄러운 소리가 났는데, 깊은 밤에 누가 감히 소동을 일으키는지 이미 두 사람은 알고 있었다. 문이 열리고 스무 살 남짓 뚱뚱한 젊은이가 들어왔다. 그 뒤로 몇몇의 늙은 어멈과 하인들이 그를 제재하지 못해 따라오면서 죄를 내려 달라 고개를 숙이고 있었다. 린뤄푸는 손을 내저으며 알았다는 표시를 하고, 얼굴 가득 온화한 표정으로 그 뚱뚱한 아들을 보며 말했다.

"큰보배, 왜 또 심술이 났어요?"

'큰보배'라 불리우는 이 남자의 미간은 조금 넓었고 두 눈은 멍해서 보기에 약간 지적인 문제가 있어 보였다. 하지만 그는 린뤄푸의 말 한마디에 바로 조용해지더니 부끄러운 듯 말했다.

"큰보배는 말을 잘 들어요, 근데 동생이 아직 안 돌아왔어요."이 젊은이는 린뤄푸의 큰 아들이었다. 어렸을 때 한 차례 병을 한번 앓고 나서 이렇게 되어버렸다. 세네 살 정도의 지능이어서 바깥 출입은 거의 하지 않았고, 평소에 재상의 둘째 린공과 가장 친했는데, 그가 이틀 동안이나 보이지 않자 걱정이 된 것이었다.

린뤄푸는 순간 칼로 가슴을 후벼 파는 듯한 고통을 느꼈다.

"둘째 보배는 어디 갔어요. 며칠 후면 곧 돌아올 거예요. 큰보배는 어서 가서 자요."

큰보배는 마침내 안정을 찾고 얼굴에는 우둔하지만 천진한 미소를 지으며 늙은 어멈을 따라 자러 갔다. 잠시의 침묵 후에 린뤄푸는 냉랭하게 말했다.

"나는 지금 아들과 딸 하나씩 있을 뿐인데, 큰보배가 저 모양이니, 위엔 형, 내가 도대체 어찌하면 좋을까?"

"만일 큰 공자를 위한다면, 쳰 아가씨를 판시엔에게 시집보내는 게 좋다고만 할 수는 없을 듯합니다. 결국 판씨 집안은 정치적인 문제에서 벗어나기 쉽지 않을 텐데, 그렇다면 이후의 생활이 안정적이지는 않을 듯합니다. 그런 집안에 큰 공자를 부탁하는 것이 쉽지는 않을 것으로 생각됩니다."

린뤄푸는 고개를 저으며 말했는데, 그 말투에 약간의 냉기가 서려 있었다. "그가 판씨의 성을 가졌으니 그물에서 벗어나지는 못하겠지. 하지만 난 차라리 그처럼 마음이 독하고 수단이 악랄한 사람에게 딸과 큰보배를 부탁하는 것이 안전할 거라 생각하네."

이 말을 다 하고서는 그는 다시 평정을 되찾은 듯 서재의 뒤로 가 비단 장막을 젖히고 그 뒷벽의 천하 세력 지도를 말없이 쳐다보았다. 그의 눈은 가끔 동이성 쪽을 바라보았지만, 대부분은 경국의 북방지역을 쳐다보았고, 특히 경국과 북제 사이에서 복잡한 형세를 취하고 있는 작은 제후국들을 주시했다.

한참이 지난 후 린뤄푸는 미간을 찌푸리며 말했다.

"곧 전략을 만들어 내야해. 큰 전쟁은 아니고, 두 나라가 직접 부딪치는 않겠지만, 북방의 제후국들은 필경 어느 한쪽을 지지할 수밖에 없으니, 반드시 사전에 준비를 잘 해야 해."

위엔홍다오가 바로 대답을 하자 마자 재상 대인은 갑자기 기침을 하기 시작했다. 기침을 너무 급하게 한 탓인지 그의 눈가에는 눈물이 맺혔다. 재상이 뒷짐을 지고 앞에 있는 지도를 보며 계획을 세우는 모습이, 마치 그의 아들이 죽은 일은 없었던 것처럼 보이게 만들었다. 위엔홍다오는 그의 뒤에서 그림자를 보자 감동과 죄책감이 동시에 몰려왔다. 이 생에서 큰 부와 존귀함을 가졌음에도 그렇게 편한 날들을 보내지 못하는 그의 모습이, 어찌 보면 그 공주탓인 것 같았다.

모든 일이 하루만에 발생했다.

다만 암흑 속에서 비밀리에 진행된 논쟁과 교환이 무엇을 의미하는지 아는 이는 없었다. 스난 백작 판지엔과 쳔핑핑의 만남, 재상 대인과 장 공주의 사적인 교류. 이 두 사건을 아는 사람은 조정을 통틀어 열 명도 채 되지 않았다. 판시엔 또한 자신 앞에 놓인 장밋빛 미래에 대해서 알 수가 없었다.

만일 징두에 온 후 몇 개월을 날이 밝기 전의 마지막 어두움이라고 한다면, 그 어두움은 마치 칠흙과도 같아서 너무 지쳐 어떻게 할 도리가 없어 보였다. 하지만 그 뒤에 맞이한 상황은, 마치 하늘에서 맑은 물이 쏟아지는 더없이 상쾌하고 기분좋은 것이었다.

최근 며칠 그는 미래의 둘째 처남과 자신은 아무런 관계가 없다고 최면을 걸고 있었다. 지금으로서 가장 어려운 난제가 바로 린완알을 마주하는 일이기 때문이었다. 비록 그녀가 몇 차례밖에 보지 못한 오빠에 대해 깊은 정을 가지고 있을 리 만무하지만 혈육의 정이란 무시할 수 없었기에, 둘째 오빠가 죽고난 후 그녀는 침울해져 있었다. 비록 그 둘째 처남이 자기를 죽이려한 악당이라 하더라도, 이런 그녀를 보고 있는 판시엔의 마음은 편할 수가 없었다.

다만 판시엔의 마음을 조금 편하게 해 준 것은, 그 죽음과 자신을 엮어 의심하는 이가 없다는 점이고, 재상 대인 또한 그점에서는 마찬가지였다. 다만 판시엔이 예상하지 못한 것은 이미 재상 대인이 시월의 혼사에 대해서 인정했다는 것이었다. 판시엔이 재상 대인의 입장 변화 원인에 대해 고민하고 있을 때, 그의 아버지 판지엔은 그 누구보다도 이 사건의 배후와 의미에 대해서 잘 알고 있었다. 재상과 태자 혹은 재상과 장 공주의 관계에 틈이 벌어진 것이고, 그렇다면 린뤄푸는 새로이 기댈 곳을 찾아야 한다는 의미였다.

판시엔은 왜 쳔핑핑이 자기를 부르지 않는지가 궁금했다. 물론 그가 감옥을 방문했을 때 쳔핑핑이 그를 보았다는 사실을 판시엔은 모르고 있었기 때문이다. 판시엔이 더 곤혹스러운 것은 쳔핑핑도 징두에 왔는데 페이지에 스승이 아직도 흔적조차 보이지 않고 있다는 점이었다.

어찌되었든 조정의 각 세력들은 이 풍파에서 몇 명의 목숨을 대가로 지불하고 나서야 다시 불안한 균형을 유지하기 시작했다. 어떤 사람들은 어쩔 수 없는 변화를 받아들였다. 예를 들면 내고의 권력을 몇 년 후에 넘겨줘야 한다는 것이었다. 또 어떤 사람들은 미래의 자신과 가족을 안전하게 보호할 길을 모색했다. 예를 들면 재상 대인. 이러한 변화는 판시엔에게는 매우 유리하였는데, 최소한 자신의 안전 문제를 더이상 걱정을 할 필요는 없었다.

봄이 지나가고 드디어 여름이 왔다. 온갖 고생을 다 거친 판시엔에게는 너무나 큰 의미로 다가왔다. 이제 여름도 왔으니 혼인이 기다리고 있는 가을도 곧 오겠지?

조정의 명은 이미 동이성에 전달되었으나 동이성은 두 암살 사건과의 관계를 죽어도 인정하지 않으려 했다. 이건 당연한 대응으로써, 동이성의 그 대종사가 동이성 백성들에게 어떠한 전쟁의 화도 입히고 싶지 않으려면 침묵하는 수밖에 없었다. 그와 달리 북쪽에서 진행되는 국면은 긴장의 연속이었다. 징두에서의 사건에 북제가 관여했다는 증거가 꽤 구체적이었기에 부인만은 할 수는 없었던 것이다. 이런 연유로 북쪽의 변방 지역에서는 크고 작은 충돌이 계속되면서 금방이라도 전쟁이 일어날 듯한 분위기가 지속되고 있었다.

이렇게 흘러가던 어느 여름 날 새벽, 아직 타는 듯한 시간이 시작되기 전, 판씨 집안 세 명의 작은 주인들은 왕치니엔을 필두로 한 호위 아래 마차에 올라 징두에서 그리 멀지 않은 판씨 집안의 장원으로 향하고 있었다. 피서를 가는 것이 아니라 추모를 하기 위함이었다. 무덤에는 이미 호위들이 과일들을 차려놓고 향을 피우고 있었다. 판시엔은 아무말 없이 무덤 앞의 비석을 보며 마음이 매우 복잡했다. 지방이 태워지고 그 연기를 참지 못한 판스져가 마차로 돌아왔지만, 판뤄뤄만은 옆에서 오빠를 지키고 있었다.

마차는 무덤을 떠나 가장 넓은 논두렁길을 지나가고 있었다. 힘들게 논두렁길을 지나고서야 장원 밖 크게 둘러진 산자락 아랫마을에 도착하게 되었다. 그 곳에서는 마을 사람 하나가 나와 그들을 맞이했다. 판씨의 친척들이 농장을 관리하고 있는 곳이었다. 판시엔은 호위의 안내를 받으며 서쪽 숲 옆에 있는 작은 집으로 가고 있었다. 텅즈징은 일찍 일어나 반듯한 자세로 판시엔을 기다리고 있었다.

"도련님, 제가 직접 나가서 모시려 했는데 호우산알(侯三兒, 후삼아)이 막아서……"

판시엔은 황공해하는 그를 부축하여 집안으로 들어갔다. "호우산알을 뭐라할 거 없어. 내가 시킨 거야." 호우산알은 이번에 새로 들인 호위였다.

판시엔은 텅즈징을 보며 물었다. "다리는 어때?"

"괜찮습니다. 움직일 수도 있는 걸요. 며칠만 더 있으면 징두로 돌아갈 수 있을 듯 합니다."

"여기서 요양하기 불편하면 빨리 징두로 와."

텅즈징은 판시엔의 옆에 있던 왕치니엔을 보며 속으로 호위 같이 보이지는 않다고 생각하고 조용히 물었다. "이 분은……어떤?"

"이 쪽은 왕치니엔이라고 하네. 내가 지금 감사원에서 직위를 하나 맡고 있는데 다른 사람들에게 말하지는 말게." 그리고는 왕치니엔을 향해 말했다. "내가 이전에 말했었던 텅즈징이야. 자네 둘은 이후에 많이 친해져서 내 생명을 좀 지켜주게."

텅즈징은 얼굴이 붉어지며 민망한 기색을 내비쳤다.

"과분한 말씀이십니다. 사실 도련님께서 저의 생명을 구하셨다고 하시는 게 맞지요."

왕치니엔은 손을 모으며 웃고 있었지만 별다른 말은 하지 않았다. 그도 텅즈징과 마찬가지로 현재의 생활이 너무 만족스러웠는데, 감사원으로 복직했을 뿐 아니라, 월급도 올랐고, 심지어는 원장 대인이 자기를 보러 직접 오시기도 했다. 그런 대우는 문관으로 옮긴 뒤로는 받아보지 못한 특별한 것이었다.

여름의 폭염에 잠자리 소리도 힘이 없었다. 판시엔은 판뤄뤄를 데리고 징두 교외의 류징허 강변에서 산책을 하고 있었다. 텅즈징의 집에서 하루 묵고 징두로 돌아가는 길에 판시엔은 몰래 판뤄뤄만 데리고 빠져나온 것이었다. 시간이 아직 이르고 강 주변의 나무들이 그늘을 만들어 주고 있었기에 더위는 아직 견딜만 했다. 얼마나 걸었을까? 멀리 강 건너편 푸른 숲 속에 있는 민가가 하나 보였는데, 짙은 푸름 곁에 단아하게 위치한 집이었다. 외벽 너머 대나무 몇 그루가 하늘을 향해 뻗어 있었는데, 마치 속세에서 벗어나 홀로 우뚝 서 있는 듯한 기세가 엿보였다.

"저게 태평별원이야?" 판시엔은 물었다.

"응, 듣기로는 몇 년 전까지 예씨 집안 주인이 저기에 살았대. 이후 예씨 집안의 가업이 모두 내고로 귀속되면서 저 별원도 황실의 별원이 되었다고 하더라고. 하지만 로우지아 군주랑 이야기할 때에도 구체적으로 어떤 아가씨가 살았는지는 듣지 못했어."

판시엔은 마음속으로 생각했다.

'저기가 그 여자가 일도 하고 전쟁 같은 생활을 했던 곳이군.'

판시엔은 별말을 하지는 않았다. 사실 그가 여동생을 데리고 여기 온 것 자체가 대담한 행동이었고, 비록 예씨 집안이 징두에서 금기돼 있지는 않았으나, 아버지와 우쥬 삼촌이 모두 조심스러워 하는 것을 보면 아직 그럴 만한 이유가 있는 듯 보였기 때문이었다. 그가 오늘 여기까지 온 것은 저기로 들어가 추모라도 해볼까 한 것인데, 황실의 별원이 되었다는 이야기를 들으니 들어가기가 쉽지 않겠다는 생각이 들었다.

판시엔은 그녀가 아직 살아서 이 세상 어느 구석에서 온화하면서도 냉혹한 미소를 지으며 자신의 일거수일투족을 보고 있진 않을까

하는 생각을 했었다. 하지만 판지엔이 이러한 환상을 완전히 깨버렸는데, 그녀의 무덤이 징두의 매우 은밀한 곳에 있으니 좀 더 크면 찾아가 추모할 기회를 주겠다고 말했기 때문이었다.

판시엔은 이런저런 생각에 한숨을 쉬면서 무릎을 꿇고 그 별원을 보면서 세 번 절을 올렸다. 판뤄뤄는 오빠의 생각을 알 수 없었기에 어리둥절했지만, 총명한 그녀는 이내 눈치를 채고선 판시엔 옆에서 같이 무릎을 꿇고 절을 했다. 강가에는 푸른 나무들이 우거져 있었기에 설령 건너편에 사람이 있었더라도 둘을 보지는 못했으리라.

판시엔은 판뤄뤄의 작은 손을 잡고 일어나 부드럽게 물었다. "넌 왜 절을 했어?"

뤄뤄가 진지하게 말했다. "내가 어떻게 불러야해? 이모?"

판시엔은 한번 크게 웃고는 대답했다. "네가 알아 차릴 거라 생각은 했었지. 오늘 널 데리고 온 것도 너에게만은 이 사실을 숨기고 싶지 않아서였어."

"그래서 어릴 때 오빠가 항상 딴저우에 있을 수밖에 없었구나."

"내 어머니가 바로 그 예씨의 주인인 걸 알아. 네가 어렸을 때 아버지나 류씨 이모가 너에게 이 일을 이야기한 적 있어?"

판뤄뤄는 잠시 생각하고는 고개를 저었다. 오누이는 다시 숲속 사잇길을 따라 걷기 시작했는데, 별원에 너무 가까이갈 생각은 하지 않았다. 대신 길이 어차피 징두 방향이니 중간에 간이역 같은 곳을 찾아 마차 두 대를 빌릴 생각이었다. 그리 멀리 가지 않아 좁은 샛길 끝에 나무다리가 하나 보였다. 태평별원으로 가는 다른 길이라는 생각이 들었다.

가던 길을 다시 간 지 얼마 되지 않아 둘은 찻집을 하나 발견했는데, 대나무로 만들어져 빛은 막되 바람은 통과하는 구조여서 내부가 몹시 시원할 듯했다. 판시엔은 속으로 기뻐하며 동생의 손을 잡고 안으로 들어가 외쳤다.

"차 두 잔 부탁합니다."

돌아오는 것은 조용한 침묵뿐이었다. 찻집에는 사람이 많지 않았고, 가장 안쪽 탁자에 서 있던 중년 남자가 판시엔의 목소리를 듣고 조용히 고개를 돌릴 뿐이었다. 그 사람은 깊은 두 눈에 매부리코를 가지고 있어 사나운 기가 충만해 보였으나, 억지로 그 기운을 누르고 있는 듯 보였다. 판시엔은 상대방이 자신과 경국 사당에서 일합을 겨루었던 그 호위 대장 공디엔이라는 것을 알아보고 놀랐다.

공디엔은 황실 호위의 부통령인데, 황제의 측근인만큼 언제나 황제 곁에 있었다. 그는 예중과 사제관계인 동시에 경국 제1의 무도 집안인 예씨 집안의 자제였고, 쉽게 보기 힘든 8품 상(上) 고수였다. 공디엔은 가벼운 미소를 보이며 한 보 앞으로 나와 무거운 목소리로 말했다.

"후배님, 참 공교롭군요."

판시엔은 어찌할 바를 모르겠다는 듯 여동생을 잡아 자기 뒤로 숨기고는 살짝 웃으며 대답했다.

"오래지 않아 대인을 또 만나뵙네요." 이때 판시엔의 머릿속은 매우 빨리 돌아가고 있었다.

'완알이 일찍이 말했 듯 경국 사당에서의 그 귀안은 황제 폐하인데, 그럼 공디엔은 황제 주위를 호위하는 사람이다. 그런데 지금 공디엔이 여기서 나타났다는 것은 황제도 여기에 있다는 것이겠지?'

그가 공디엔의 수척하고도 높이 솟은 어깨를 한번 훑어보고 시선을 돌리자, 탁자 옆에 앉아 있는 중년의 귀인이 차를 마시고 있는 것을 볼 수 있었다. 마침 중년의 귀인은 고개를 들어 판시엔의 쪽을 바라보았다.

제10장

황제, 경여당

판시엔의 마음은 요동치기 시작했다. 그런 자신의 마음이 얼굴에 드러나 어떤 표정으로 나타나고 있는지 신경 쓸 겨를도 없이 공디엔을 향해 말을 건넸다.

"'원수는 외나무다리에서 만난다더니' 하고 생각하시는 중이시죠? 제가 경국 사당에서 대인께 무례함을 범하긴 했어도, 저도 그 뒤로 며칠동안이나 피도 토하고 고생했다구요."

"저 자를 잡아라."

주인을 걱정시키기 싫은 공디엔은 낮은 목소리로 조용히 명령을 내렸다. 양쪽으로 호위 셋이 명을 듣고 다가왔다. 순간 판시엔은 퇴로가 없음을 확인하고는 몸을 박차 앞으로 나가 공디엔에게 공격을 시작했고, 공디엔은 '너 잘 만났다' 하는 마음에 오히려 기뻤다. 그는 한 손을 들어 호위들을 멈추게 한 뒤 자신의 두 손을 매처럼 활짝 펼쳐 손가락 마디마디 힘을 주어 판시엔의 경맥을 휙 잡아챘다.

판시엔은 이에 대응할 특별한 수가 마련되어 있지는 않았다. 다만, 우쥬와의 오랜 수련에서 얻은 본능적인 반응을 보일 뿐. 손목을 비튼 후 손가락을 움직여 그도 공디엔의 경맥을 잡아 챈 것이다. 순식간에 두 사람 모두 상대방의 손목을 잡은 채 엮여 있는 형국이 되었다. 판시엔도 공디엔도 무척이나 놀랐다. 두 번의 대결에서 모두 같은 모양새로 서로 엮이게 되었다니. 공디엔이 먼저 입을 열었다.

"손목을 비틀어 내 손목을 잡다니!"

그때 판시엔의 설산혈이 '우웅' 소리를 내며 점점 뜨거워지기 시작했다. 그는 곧장 두 팔에서 나오는 진기를 뿜어 상대를 향해 공격했다. 공디엔은 눈썹을 찌푸렸다. 아직 젊은 사람의 진기치고는 매우 사나운 힘이 느껴졌다. 그렇지만 자신이 모시는 주인이 뒤에 있는 상황에 물러설 수는 없는 법이었다. 공디엔도 눈빛을 한번 번쩍이고는 몇십 년 동안 축적돼 있던 진기를 손바닥으로부터 내보내기 시작했다. 함께 엮여 있던 두 사람의 팔이 드디어 풀렸다. 두 사람의 손바닥은 이제 한 곳을 마주하고 있었다.

묵직한 소리가 울려 퍼졌다. 찻집의 사방이 진동하는 바람에 차를 마시고 있던 귀인도 신경이 거슬린 듯 이마에 주름이 잡혔다. 그는 아무런 무공을 쌓지 않은 사람인 듯 어떤 관심도 없어 보였다. 반면 판시엔의 뒤에 있던 판뤄뤄는 찻집을 뒤흔드는 이 진동을 참지 못해 한 발짝 뒤로 밀려났다. 하마터면 넘어질 뻔했다.

이번 대결은 판시엔이 패한 것 같았지만, 그렇다고 공디엔이 아무렇지 않은 것은 아니었다. 공디엔 등 뒤에서 뒷짐지고 있던 손이 덜덜덜 멈춤없이 떨리고 있음은 그의 주인만 볼 수 있었다. 판시엔의 패도진기가 여전히 그의 경맥에 남아 있어, 마치 뾰족한 칼처럼 쑤셔대고 있었다.

"문무가 모두 가능하다니. 요즘 이런 젊은 인재는 흔치 않은데."

칼에 목이 겨눠지는 상황에서도 얼굴색 하나 변하지 않던 판시엔을 향해 중년의 귀인은 칭찬을 담은 미소를 보냈다. 주인이 인재를 얼마나 아끼는지 잘 알고 있는 공디엔은 지난번처럼 주인이 젊은이를 풀어주라 명령할까 걱정스럽기 시작했다. 그는 급히 주인 옆으로 가, 왜 이 젊은이를 잡아 둬야 하는지, 낮은 목소리로 설명했다.

귀인은 잠시 미간을 찌푸렸으나 이내 펴고는, 깊은 연못 같은 두 눈동자에 밝은 빛을 내뿜기 시작했다. 그는 판시엔을 바라보고는 실눈을 뜨며 다정히 말했다.

"역시 그 젊은이로구만. 다 나가거라. 내, 그와 몇 마디 나눠야겠다. 공디엔만 남고 모두 물렀거라."

귀인은 탁자에 앉은 채로 판시엔을 유심히 뜯어보았다. 그의 눈빛은 이전보다 매우 온화하고 담담했으나 자신을 하나하나 훑어보는 시선에 판시엔은 거북해졌다. 그런 그의 마음을 눈치라도 챈 듯 귀인은 자상한 목소리로 물었다.

"너는 어느 집 자손이더냐?"

"저는 판씨 집안 자손입니다. 어제 장원에서 휴식을 취하고 오늘 경치를 감상하기 위해 나들이 나왔다 이곳에 이르렀던 것일 뿐인데, 왜 저희를 막으셨는지 소자는 잘 모르겠습니다."

판시엔은 상대방을 뭐라고 부를지 몰라 머리를 굴려보는 중이었다. 공디엔은 이 말을 듣고서야 이 젊은이가 최근 징두에서 명성이 자자한 그 판시엔임을 알아차렸다. 이어 판시엔의 아버지는 스난백작이며, 그는 황제의 심복이라는 데에까지 생각이 미쳐 어찌할 바를 모르고 있었다. 이때 귀인이 미소를 지으며 물었다.

"네가 판지엔의 아들이냐?"

상대방이 아버지의 이름을 곧바로 부르는 것을 보자, 판시엔은 그의 신분이 가늠되었다. 이번에는 더욱더 공손하게 대답했다.

"네 맞습니다."

"이번 일은 오해에서 비롯된 것이니 마음에 두지 말거라. 네가 징두로 온 지 몇 달이 되었다 들었는데, 지내기는 어떠하느냐?"

판시엔은 상대 같은 높은 신분의 어른이 자신에게 왜 이토록 관심을 갖는지 알 길 없어 당황했으나, 이 기회를 빌어 불쾌한 몇 가지를 고해 바치리라 결심하고 대답했다.

"징두는 매우 크고 지내기도 쉽지 않아 고향 같지는 않습니다."

"네가 말한 고향이 딴저우냐?"

"네, 맞습니다."

"딴저우는 어떤 점이 좋으냐?"

"딴저우는 외진 곳이긴 해도 사람들의 마음이 단순하여, 제가 남을 먼저 해치지 않는 한 남이 저를 해치는 법이 없습니다. 하지만 징두에서는 제가 원하든 원하지 않든, 어떤 일들이 계속해서 제게 영향을 끼칩니다."

이 젊은이가 이토록 솔직하고 직설적인 대답을 할 줄 몰랐던 귀인은 조금은 당황하였지만 얼굴에 옅은 미소를 보이며 말했다.

"징두는 천하에서 가장 번화한 곳이니, 어려운 일도 자연히 제일 많을 것이다. 하지만 판 대인이 너를 보호하고 있고, 판 공자 자네도 문무를 겸비한 인재인 만큼, 앞으로 징두에서의 삶이 그리 고되지 않을 것이야."

판시엔은 귀인의 존엄한 목소리에 자신도 모르는 새 무릎을 꿇고 감사의 예를 드릴 뻔했다. 하지만 여전히 평정을 유지하며 대답했다.

"그렇게 되길 바랍니다."

귀인은 일어나 나가려다 다시 한번 판시엔을 뚫어지게 쳐다보았다. 그리고는 만족스러운 미소를 띠며 말했다.

"이후에 연이 되면 다시 보세."

그리고 판뤄뤄에게로 몸을 돌려 말했다.

"네가 갓난 아기일 때 널 안아본 적이 있느니라. 이리 금방 다 큰 아가씨가 되리라고는 미처 생각하지 못했구나. 이후에 좋은 혼사가 널 기다리고 있을 게다."

판뤄뤄는 당황해 뭐라 답할지 모르고 있었다. 귀인은 자신의 말을 마친 후 흡족한 듯 크게 한 번 웃고는 찻집을 나가 마차를 타고 떠났다. 마차가 떠난 후에도 한참동안 귀인은 가벼운 흥분 상태에 빠져 있었다. 그는 가벼운 탄식과 함께 혼잣말을 했다.

"눈썹이 성기고 야밤에 벽을 타는 능력까지, 예전의 나와 닮았구나."

찻집에 남은 판뤄뤄가 궁금한 듯 판시엔에게 물었다.

"저 분은 어느 집 대인이시지? 아버지와 잘 아시는 듯하던데."

판시엔은 겨우 긴장 상태에서 빠져나와 대답했다.

"황제 폐하야. 이런 젠장, 그분은 왜 이렇게 궁 밖에서 시간을 자주 보내시는 거야? 정말 사람들이 놀라 죽을 수도 있다는 건 생각지도 않으시는 거야?"

이 말에 판뤄뤄는 너무 놀라 입을 가린 채 아무소리도 내지 못했다. 그들은 타들어가는 목을 축이고 찻집에서 나왔다. 마음이 조금 복잡해진 오누이는 다시 길을 나섰다. 그리 오래지 않아 자신들을 데리러 오고 있는 왕치니엔 일행의 마차를 만났다. 마차는 징두로 들어오고 나서도 28리나 되는 산언덕길을 올라야 했다. 몇백 년 전 경국이 이렇게 크지 않았을 때에는 징두로 들어오기전 마지막 언덕이었다. 지금은 언덕이란 이름일 뿐 길이 되어 있었다. 그들이 찾아가고 있는 경여당(庆余堂)은 바로 그곳에 위치하고 있었다.

마차를 멀리에 세우고 판시엔과 판뤄뤄는 걸어서 경여당을 향했다. 길가에는 잘 정돈된 작은 가게들이 있었고, 가게들은 모두 링난(岭南, 영남)에서 온 저렴한 목재로 장식이 돼 있었다. 나무에는 옅은 칠이 돼 있어 나뭇결이 잘 드러나 있었는데, 얼핏 보면 눈이 하나 달린 괴물들이 이 오누이를 호시탐탐 쳐다보기라도 하는 것 같았다. 이때 판뤄뤄가 입을 열었다.

"여기 있는 모든 가게가 경여단 소속이야. 각 집에 한 분의 대(大) 지배인들이 각자 제자를 양성하고 있어. 지배인이 17명이니 17개의 가게가 있는 거지."

이런저런 이야기를 나누는 사이 가장 안쪽에 위치한 아름다운 저택에 도착했다. 집은 규모가 큰 편이었고, 그 안에서 또 몇 개의 집으로 나뉘어지는 것 같았다. 판시엔은 익숙한 느낌이었다. 곰곰이 생각해보니 좀 전 보았던 태평별원의 느낌과 매우 흡사한 것 같았다. 안내를 받고 경여당 안으로 들어가 보니 마흔 살 정도 돼 보이는 사람이 그들을 상대하기 위해 탁자에 앉았다. 경여당의 수석 지배인이었다. 서글서글한 모습이었으나 예전 예씨 집안에서 가장 중요한 장사를 맡았던 만큼 그리 만만한 사람이 아님을 판시엔은 한눈에 알 수 있었다.

"수석 지배인님이라 하여 연세가 있으신 줄 알았으나, 오늘 뵈니 이렇게 젊으신 분이었군요."

수석 지배인은 살짝 웃어 보임으로써 대답을 대신했다. 그는 오늘 판 공자가 이곳에 온 이유를 도무지 추측할 수 없었다. 그 일이 일어난 지도 어언 십 년이 넘었으니 예씨 집안이 금기까지는 아니었으나,

그렇다고 옛날처럼 대단한 것도 아니었기 때문이었다. 이때 판시엔이 다시 이야기를 이어갔다.

"단도직입적으로 말해 저희가 여기에 온 이유는 지금 경영하고 있는 서점의 운영이 생각보다 잘되는 터라, 예씨 제7지배인님께 감사의 마음을 전달할 겸, 그러는 김에 경여당의 모습을 보고 싶기도 해서입니다."

"판 공자가 돈을 써서 저희 경여당에 일을 주신 것인데, 판 공자가 돈을 버시는 것은 당연한 일이지요."

돈 버는 일에 대해서만큼은 자신감이 있다는 듯한 태도였다. 판시엔은 두 손을 공손히 모으고 예의를 차려 말했다.

"사실 수석 지배인님께 특별히 부탁드릴 일도 있습니다."

이 말에 수석 지배인의 마음에는 두려움이 엄습했다. 높은 신분의 이 젊은이가 단지 장사 때문에 그를 찾아왔을 리 만무하고, 다른 이유가 있다면 무엇인지 알 길이 없었기 때문이었다. 그가 대답했다.

"조정은 저희에게 명확한 규율을 내린 바 있어, 저희 경여단은 징두를 떠나지 못합니다. 판 공자의 기개가 이리 높으신데, 과연 저희가 도울 수 있는 일일까 걱정입니다."

"하하. 그건 저도 잘 압니다. 듣기로 조정에서는 언제나 호부와 내고(內庫) 사람들을 이곳으로 보내 경영을 배우게 한다던데, 저도 이번에 학생 하나를 소개할까 합니다."

"그게 뉘신지?"

"판스쪄라고, 바로 제 아우입니다."

수석 지배인은 깜짝 놀라, '판씨 집안의 둘째는 스난 백작의 가산을 이을 사람이 아니던가? 그 귀한 신분으로 어떻게 장사의 길을 가겠는가? 설마 판 공자가 이 일을 꾸며 판스쪄의 작위를 빼앗으려는 건가? 하지만 이런 졸렬한 방법을 쓸 바보는 아닌 것 같은데, 하지만 뻔해도 너무 뻔한 수작 아닌가?' 하고 생각했다.

수석 지배인은 급히 고개를 저었다. 조심스럽긴 하나 결단코 이 일에 끼어들 수가 없음을 단호히 밝히며 말했다.

"판 시랑 어른이 천하의 돈을 관리하시는 만큼 장사의 규모로는 가장 크다 할 수 있습니다. 그런데 이 작은 경여당에서 누가 감히 그 댁 둘째 공자를 가르칠 수 있겠습니까?"

판시엔은 서두르지 않고 자신의 계획을 차분히 관철시켜 나가려 했다. 그는 의자에 앉아 진기를 운용하여 남이 듣지 못하도록 최대한 낮은 목소리로 이야기했다.

"일이 하나 더 있는데, 한번 들어보실런지요? 들어보신다면 제가 감히 한번 말해보겠습니다. 저는 지금 태상사협률랑(太常寺協律郎)입니다. 그리고 아직은 혼인 전이나 미래 제 처가 될 사람은 린씨 집안의 여식입니다."

경여당이 비록 외딴 곳에 있고 정치에 관여하지 않는다 해도 수많은 경로로 첩보를 수집하고 있음을 판시엔은 잘 알고 있었다. 그렇다면 자신의 말이 무엇을 뜻하는지 알아차릴 수 있으리라. 아니나 다를까 수석 지배인의 얼굴색이 갑자기 변하더니 동그란 눈으로 판시엔을 쳐다보았다.

"2년 안에 제가 내고를 장악할 듯합니다. 하지만 저는 아직 미력하여 배움이 필요합니다. 호부는 국가 재정이나 제가 이해하고 싶은 것은 황실의 장사인 만큼, 호부가 제게 큰 도움이 될 것 같지는 않습니다. 그러니 제게는 도움이 필요합니다, 경여당의 도움이."

판시엔은 수석 지배인의 두 눈을 똑바로 쳐다보며 마지막 말의 한자 한자를 또박또박 전했다. 경여당에 갑작스러운 침묵이 찾아들었다.

수석 지배인은 생각했다. '내고? 그곳에는 내가 손수 만든, 모든 것이······ 그건 아가씨가 남긴 것이고, 아무나 접근할 수 없었는데, 조정에서 나 같은 사람에게 그것을 다시 관리하게 해줄까?' 이런 그의 생각을 읽기라도 한 듯 판시엔이 말했다.

"당신들께 징두에 머물라 한 황제의 명은, 제가 읽어본 바로는 주인이 되지 말라는 것이지 내고를 관리하지 말라는 것은 아니던데요?"

상당한 유혹이었다. 경여당 지배인들의 입장에서 각 왕들의 장사 운영은 동전놀음에 그쳤지만, 내고는 이야기가 달랐다. 게다가 그것은 본래 자신들이 이룬 장사가 아니던가? 장 공주가 관리한 다음 망가진 내고를 생각하면, 경여당의 소위 전문경영인들은 치가 떨렸다. 판 공자의 요청이라면 즉 판씨 집안의 요청일 터, 판씨 집안과 황제 사이의 긴밀한 관계를 생각해보면, 황제의 승인이 있다고도 생각할 수 있었다.

판시엔은 웃으며 말했다.

"그저 제안일 뿐입니다. 아직은 시간이 많으니 천천히 생각해 보시죠."

할말을 이미 끝낸 판시엔은 판뭐뭐를 찾아 곧바로 일어섰다. 수석 지배인은 공손한 인사로 이들을 배웅하며 멀어지는 마차를 보고서야 식은땀을 닦아 냈다.

집으로 돌아가는 마차 안, 판시엔은 녹초가 돼 있었다. 음모라는 것을 썩 좋아하지 않음에도, 자신을 위해, 집안을 위해, 그리고 여러 사람들을 위해 그가 어쩔 수 없이 해야 한다는 생각이 들었기 때문이다. 원래의 계획은 예씨의 사업을, 상업적 기질에서 탁월한 둘째 아우 판스져가 천천히 이어받도록 돕는 것이었다. 하지만 자기가 지켜야 할 사람들이 점점 더 많아지자 조바심이 생기고 있었다.

그는 페이지에 스승이 딴저우에서 다짐받았던 내용을 떠올리고 있었다. 자신과 자신 주변의 사람들을 보호하기 위해서는 실력을 높여야 한다는 그 말. 이제 뤄뤄와, 완알, 판씨 집안의 여러 사람들, 거기 더해 경여당의 어르신들까지도 자신이 돌보아야 한다는 생각이 들었다. 물론 아직 그는, 훗날 자신이 페이지에 스승이나 천핑핑 같은 그런 사람들까지 보호해야 하는 날이 오리라고는 전혀 생각하지 못했다.

판씨의 첫째 공자가 경여당에 방문한 일은 최소한 경여당에 예씨 성을 가진 이들에게는 엄청난 사건이었다. 그들이 왕들의 집안에 적지 않은 돈을 벌어다 주었음에도 사실 그들은 지배인에 불과했던 만큼 신분이 높은 사람들의 방문을 받는 경우는 흔치 않았기 때문이다. 밀실의 원탁에 둘러 앉아 회의를 하고 있는 지배인들 중에 어떤 이는 예전의 영광을 생각하고 있었고, 어떤 이들은 얼굴이 창백해져 있었다.

"다른 의견 있나?"

"우선 황궁의 허락에 대해 확인할 필요가 있어요. 예씨의 사업을 다시 맡을 수 있다 해도 제일 중요한 건 안전이라고 생각해요. 아가씨도 항상 강조하셨지만, 살아있어야 뭐라도 하는 것 아니겠어요?"

지배인 중 한 사람의 말에 수석 지배인은 얼굴을 찌푸리며 말했다.

"판씨 집안과 예씨 집안의 관계는 매우 좋았지. 최근 몇 년 동안 감사원과 스난 백작 모두 우리와 호의적인 관계를 유지하고 있는 마당에 스난 백작이 우리를 속이지는 않을 것 같네."

조금 전 이의를 제기한 지배인이 다시 대답했다.

"잊지 마세요. 예전에도 리(李)씨 집안과 우리 예씨 집안의 관계는 무척 좋았다고요. 그래도 마지막에는 그들에게 당하고 말았죠."

'리'씨는 국가의 성이자, 현재 황실의 성이었다. 논의가 여기에까지 이르니 좌중은 모두 조용해졌고 밀실에는 침묵이 흘렀다. 원탁에 앉은 몇몇은 불안한 기색을 숨기지 못하고 있었다.

'태상사협률랑'이라는 자리는 앞으로 황실의 사위가 될 사람에게 부여하는 명목상의 관직이었다. 그 전에는 이 사람들을 동문관(同文館) 6품 사신이라는 관직에 봉해 문학 시종 대신의 역할을 하게 했으나, 생각보다 많은 이들의 시 짓는 실력이 기준에 미치지 못했다. 그래서 이후에는 협률랑의 자리에 봉하는 것으로 바뀐 것이었다. 협률랑은 종묘 등에서 음률을 관장하는 직위이기에, 노래만 몇 마디 흥얼거릴 수 있으면 그것으로 되었다. 이런 명목상의 관직이라도 규율이라는 것이 엄연히 존재하기에 그 자리에 봉해진 자는 태상사에 보고해야 할 의미가 있었다. 그런 연유로 판시엔은 아침부터 우거지상을 하고 태상사로 향하는 중이었다.

정문에는 정4품의 태상사 소경, 즉 태상사의 장이 친히 마중 나와 있었다. 그는 판시엔을 친히 관아로 안내해 작은 방으로 데려갔다. 이 소경 대인 또한 재상이 뽑은 재상의 최측근이니 이런 특별한 배려는 어찌 보면 당연한 것이었다. 판시엔은 음치였던 만큼 불편함을 감추지 못하고 있었으나, 상황을 보아하니 노래는커녕 오전 내내 관청에 앉아 차를 마시거나 신문을 보는 것이 하는 일의 전부인 것 같았다.

그때 밖에서 환희의 외침이 들려왔다.

"이겼다! 이겼어! 하늘이 경국을 도왔구나!"

경국과 북제의 싸움이 결국 경국의 승리로 끝이난 것이었다. 경국의 꼭두각시처럼 움직이던 작은 제후국 사이의 크고 작은 싸움이 드디어 종국에 이르러, 북부의 일부 땅이 경국으로 편입되는 쾌거를 이루었다. 흥분이 가득한 방안에는 모두 한창 전쟁 이야기에 들떠 판시엔이 들어온 것을 눈치 챈 사람은 아무도 없었다. 소경 대인은 빙긋이 웃으며 판시엔을 보고 따라오라는 눈짓을 했다.

그를 따라 판시엔이 도착한 곳은 외진 곳의 조용한 방이었다. 방안에는 돌로 만든 탁자와 마찬가지로 돌로 만든 의자 두개가 전부였다. 소경 대인은 앉으라는 몸짓을 하고는 조용히 물었다.

"사람들은 모두 기뻐 저리 난리인데, 혼자 조용히 앉아 있는 이유가 무엇인지 물어봐도 되겠소?"

소경 대인의 성은 런(任, 임), 이름은 샤오안(少安, 소안)으로, 한때 풍류계에서 꽤나 잘 나가던 인물이었다. 그러다 군주에게 장가를 가면서 태상사에까지 오르게되었다. 판시엔과는 오늘 초면이었지만 둘의 상황상 비슷한 점이 많았다.

판시엔이 대답했다.

"경국이 이기는 것이 자연스러운 일인데, 뭐 그리 놀랄 게 있겠습니까?"

"왜 자연스러운 일인가?"

사실 판시엔은 군사분야에 대한 특별한 견해를 갖고 있지 않아서 두루뭉실 이야기했다.

"폐하는 본디 영명하시고, 장군은 용맹하며, 북제는 마음이 약하니, 싸우면 경국이 이기는 것이 당연하지 않겠습니까?"

"방금 생각이 났네만, 이번에 일어난 양국의 전쟁은 판 대인의 암살 시도와 불가분의 관계에 있지 않소?"

런 소경의 말대로 이번에 경국은 북제를 치고 조(赵)나라를 지원했는데, 주요한 이유 중 하나는 북제에서 파견한 자객이 경국에 들어와 대신의 아들을 암살했다는 사실이었다.

"군사들은 언제나 흉악한 무기이지만, 황제 폐하께서도 이번에는 부득이 사용하실 수밖에 없었죠."

판시엔은 경국이 오랫동안 태평성대를 누리고 있으나, 나라의 근간에는 무도정신이 뿌리 깊이 존재하며 평소에는 그저 이를 숨기고 있을 뿐임을 잘 알고 있었다. 런 소경은 이 말을 높게 평가한 듯 고개를 끄덕였다.

"그렇다 하더라도 이번에는 적지 않은 땅을 얻어냈고, 앞으로도 몇 년간은 안녕할 듯하네. 비록 전쟁의 공은 모두 장군들과 황제 폐하께로 가겠지만, 조정 내에서 두 달간이나 비밀리에 준비해왔던 만큼 조정의 공 또한 크다 할 것이네."

판시엔은 소경이 한 말의 행간에 숨은 의미를 알아챘다.

"조정 모든 대신들의 공 또한 헤아릴 수 없습니다."

"재상 대인과 자네가 곧 장인 사위의 관계가 될 터이니 시간이 날 때 재상 대인을 찾아 뵙는 편이 좋겠네. 그런데 혼자인 편이 나을 거야. 번잡스러운 건 싫으신 눈치야."

다음 날 조정에서는 전쟁에 대한 공훈을 인정해 군사들에게 적지 않은 상과 온갖 칭찬이 내려졌다. 정보 수집에 대한 공로로 감사원도 황제의 상을 받았다. 다만 누구도 예상하지 못한 것은 호부 시랑 스난 백작이 공식적으로 나서서 이번 승리에 대한 재상 대인의 공로를 치하한 일이었다. 스난 백작은 항상 중립을 유지하려 했지만 징왕과의 친분 때문에 2황자의 편에 있다 생각되었고, 재상 대인은 태자 편에 서있다 생각되었기 때문이다. 뜻밖의 이런 모습에 대신들은 웅성거렸지만, 이후에 예정된 두 집안 사이의 혼사를 상기하며 납득을 하는 눈치였다.

더 예상하기 어려웠던 일도 두 개나 벌어졌는데, 하나는 재상 대인 측의 사람으로 모두 알고 있던 예부 상서 궈요우즈가 나서서 재상의 공을 깎아 내리는 말을 한 것이고, 다른 하나는 본래 조정회의에 참석하지 않는 쳰핑핑이 이날 바퀴의자를 타고 참석해 재상을 칭찬한 일이었다. 쳰핑핑이 말했다.

"재상, 고생이 많으셨습니다."

쳰핑핑의 이 한마디에, 그간 우보우안과 북제의 결탁과 관련해 끊임없이 재상을 공격하던 정적(政敵)들은 모두 할말을 잃었다. 그에 더해 마지막으로 황제까지 재상을 직접 거명하며 칭찬하자 린뤄푸의 지위는 쐐기를 박듯 견고해졌다. 그와 동시에 조정에서는 뒷말들이 떠돌기 시작했다. 재상이 이번 혼사를 계기로 2황자 쪽으로 기울기 시작했으며, 그 덕에 조정에 아무런 세력이 없던 2황자가 유망주로 떠올랐다는 것이었다. 사실 이 모든 일의 배후에는, 자신의 포부를 펼칠 수 없어 전전긍긍하던 태상사 런 소경과 이제 막 관직을 얻은 태상사 8품 협률랑이 나눈 사소한 잡담이 크게 작용했음은 아무도 알지 못했다.

먹구름이 군데군데 섞여 있어 날은 약간 어두었으나 타는 듯한 햇빛을 막아주어 기분 좋은, 그 다음 날이었다. 그럼에도 시원하기보다는 찌는 듯한 더위에 가까웠기에 판시엔은 연신 이마에 땀을 닦아내야 했다. 그는 어느 쟈주다오(夾竹道, 협죽도) 길가에 쪼그리고 앉아 매대에 있는 물건을 하나하나 집어들어 찬찬히 살펴보고 있었다. 이 길은 징두에서도 골동품으로 유명한 거리였는데, 날씨가 아주 고약한 며칠을 빼고는 언제나 흙 속의 진주를 찾느라 삼매경에 빠진 사람들을 구경할 수 있었다.

매대 주인은 돈이 좀 있어보이는 손님, 즉 판시엔을 보며 공손히 물었다.

"공자님은 무엇을 찾고 계신가요?"

"비연호(코 담배 병-역주)를 찾고 있어요."

완알이 이르기를 재상 대인이 최근 비연호에 빠져 있다하여 판시엔은 특별히 좋은 비연호를 찾고 있는 중이었는데, 쉽게 찾아지지 않았다.

"그럼 제대로 오셨네요. 여기 청화, 비취, 호박 등 다양한 재질의 비연호가 있습니다. 특히 비취로 만든 것이 좋긴 한데, 이거 한번 보시지요. 연대는 감히 입에 올리기도 힘들 정도로 오래되었고, 품질은 뭐 말할 것도 없지요."

"에메랄드도 있어요?"

판시엔은 제일 좋은 것을 골라야겠다고 마음먹고 있었다. 하지만 주인은 난색을 표하며 말했다.

"그건 너무 귀해서 비연호로 만들지는 않아요. 그런건 황실에서나 쓴답니다. 그래도 꼭 원하신다면 저기 보이는 저쪽으로 한번 가보시지요."

주인이 안내한 커다란 상점으로 들어가자 시원한 바람이 불어왔다. 주위를 둘러보니 바람개비 같은 선풍기가 쉴틈없이 돌아가고 있었다. 깜짝놀란 판시엔은 비연호는 이미 잊어버린 듯 주인을 붙잡고 선풍기의 출처에 대해 물어보기 시작했다. 주인에 따르면 이 선풍기는 작년에 개발된 비교적 신상품으로, 주인이 그것을 만든 사장과 친분이 있어 이곳에 놓고 광고를 하고 있다고 했다.

그는 주인에게서 선풍기를 개발한 사장의 주소를 알아낸 후에야 비로소 비연호를 다시 찾기 시작했다. 주인은 판시엔을 한번 위아래로 훑어보더니, 옷차림에서 돈 냄새를 맡고 뒷방으로 들어가 작은 상자를 조심스레 들고 나왔다. 상자 안에는 붉은색 고급 종이가 그보다 더 귀한 비연호를 보호하기 위한 용도로 자리잡고 있었다. 주인이 단도직입적으로 물었다.

"좋은 것을 원하십니까, 제일 좋은 것을 원하십니까?"

"당연히 제일 좋은 것으로." 판시엔은 주인의 질문에 매우 흡족했다.

주인은 이 말에 들고 있던 상자를 덮어버리더니 한참을 찾은 후 맑은 청색빛의 비취색 비연호를 하나 꺼내왔다. 푸른빛의 광이 빛나는, 흠결 하나 없이 견고해 보이는 비연호였다. 비연호의 표면에는 겨울 강변에 앉아 낚시를 하고 있는 할아버지 그림이 그려져 있었는데, 풍경의 정취가 빼어났을 뿐 아니라 그걸 그린 기술 또한 흠잡을 데 없었다.

"가격을 말씀해 보시죠."

비연호를 쓰다듬는 판시엔의 손끝에 닿는 따뜻하면서도 부드럽고, 간지러운 듯 하면서도 맨들거리는 그 느낌이 아주 좋았다.

"은자 이천 냥 입니다"

판시엔은 최근에 담박서점을 열고 기방에도 가고 하느라 이리저리 돈을 쓰고 나니 수중에 천삼백 냥 정도밖에 남아있지 않았다.

"팔백 냥."

판시엔은 흥정을 해본 적이 별로 없었다. 하지만 전생에서 병원의 간호사들이 무조건 흥정을 해야 하며 흥정을 할 때는 주인이 부르는 가격의 3분의 1에서부터 시작해야 한다고 알려준 것이 기억이 나서 한번 시도해 보았다. 그러면서도 3분의 1을 부르기에는 마음이 놓이지 않아 5분의 2부터 시작한 것이었다. 판시엔의 흥정에 주인은 곧바로 상자를 닫더니 방으로 들어가는 시늉을 했다. 마음이 급해진 판시엔이 주인을 잡으려 엉거주춤하는 사이 예상치도 못한 일행이 나타났다. 왕치니엔이었다. 그는 판시엔에게 은밀한 눈짓을 보내더니 공손히 말했다.

"대인은 잠시 나가서 쉬고 계세요. 제가 다시 물어보겠습니다."

잠시후 왕치니엔의 손에는 비취색 비연호가 들려 있었다. 그는 판시엔의 손에서 사백냥의 은표를 가지고 가서는 흙빛 얼굴로 변해버린 주인에게 건네주고 돌아왔다. 집에 가는 마차 안에서 판시엔은 자신의 손에 든 비연호를 바라보며 짐짓 말했다.

"권력만 믿고 양민을 괴롭히면 되겠나. 물론 악덕상인도 잘못이지만."

왕치니엔은 눈가의 주름을 활짝 피면서 억울한 듯 해명했다.

"그가 악덕상인인 건 아닙니다. 또한 이 비연호가 그 상인의 손에 들어왔을 때 기껏 삼백 냥 정도였으니, 우리가 그를 괴롭힌 것도 아니고요."

"그래? 왕 대인이 골동품에 이렇게 정통한 줄 미처 몰랐구만. 한눈에 매입 가격까지 알아 맞추다니."

"제가 감사원 이전에 무엇을 업으로 삼고 있었는지 생각해보시면⋯⋯"

왕치니엔 일행이 물러가고 집에 돌아온 판시엔에게는 자신의 앞으로 때마침 배달된 선풍기가 기다리고 있었다. 아까 전 다른 상점에서 주문한 수동 선풍기였다. 하인들이 집안으로 선풍기를 옮기는 사이 판씨 집안의 회계담당자가 판시엔에게 다가와 난처한 듯 판시엔에게 말했다.

"선풍기는 훌륭합니다마는, 좀 비싸네요. 5개나 사오신 걸 아시면 마님께서 계산을 해 주실지⋯⋯"

마침 이때 류씨가 나왔다. 그녀는 회계 담당자가 하는 말을 듣더니, 웃는 듯 아닌 듯한 표정으로 판시엔을 쓱 보고는 고개를 끄덕인다.

"계산해 줘."

판시엔은 살짝 웃으며 류씨 부인을 향해 예를 올린다.

"역시 좋은 분이십니다."

지금까지 그 둘의 관계는 예상밖이었다. 적의를 갖기는커녕 가깝다 못해 싫어하는 마음도 거의 없다시피했다. 판시엔은 더 할말이 없어 잠시 머뭇거리다 뭔가 하나 생각난 듯 물었다.

"제가 이 선풍기를 써봤는데 너무 시원해요. 그러니 거실에 두고 쓰시면 좋을 것 같습니다. 다른 집에서 이걸 사용하는 걸 왜 못봤을까요?"

"누구보다 내가 잘 아는데, 그 상점의 물건 가격이 너무 비싸서 쉽게 사지 못한 거란다."

"이건, 혹시 내고에서 파는 건가요? 그런데 이렇게 비싸게 팔면 어떻게 해요? 다른 상점들은 모조품을 만들어 더 싸게 팔 수도 있을 텐데, 왜 그렇게 하지 않죠?"

"사람들이 이게 내고의 장사라는 걸 다 알고 있는데, 누가 감히 모방을 하겠니? 감사원을 시켜 북으로 유배 보낼 죄명을 씌울 수도 있을 텐데."

판시엔은 내고가 이런 식으로 장사를 하니 갈수록 엉망이되어가는구나 생각하고 있었다. 그제서야 류씨는 거실의 선풍기들을 모두 보고 조금 당황하며 물었다.

"그런데 갑자기 5대나?"

"거실에 하나 두고, 아버지와 부인이 쓰시는 방에 하나, 나머지 세 개는 선물하려고요. 징왕 저택, 재상 저택……그리고 공주 저택에 하나요."

판씨 집안에서 공주라 칭해지는 자는 류씨 친정의 그 공주였다. 즉, 홍이공작(弘毅公) 류헝(柳恒 , 류항). 류씨는 어리둥절해졌다. 이 아이가 이렇게 세심하게 신경을 쓰고 있는지도 몰랐던 데다 심지어 자신에게 잘 보이기 위해 무언가 할 것이라고는 한 번도 생각해보지 않았기 때문이었다.

재상 저택에서는 린뤼푸가 비연호를 가만히 만지작거리며 말했다. "이 비연호는 상품(上品) 에머랄드로 만든 것이네. 뚜껑도 아주 정교하고 그림도 나쁘지 않구만. 다만 좀 과한 감이 없지 않아 있네만."

위엔홍다오는 그의 곁에서 대인의 뜻을 알겠다는 듯이 웃으며 대답했다.

"사위가 장인을 뵙고자 보낸 선물인데 합당한 뜻이 있어야겠지요."

린뤼푸는 살짝 미소를 지으며, 책상 앞에 있는 두루마리 한 손으로 풀어 펼쳤다. 노인 하나가 낚시를 하고 있는 그림이었다. 강 묘사 외에는 그리 정밀하진 못했고 대부분 얼음과 눈의 묘사로 그림이 채워져 있었다. 그리고 그림 옆에는 시가 한편 쓰여 있었다.

"대인 저기를 보십시요."

위엔홍다오가 가리키는 곳에는 검은 점이 하나 있었는데, 마치 눈 속에서 피어나고 있는 풀 한 포기 같았다.

"이건……?"

"겨울 강가, 눈 덮인 암벽에 나타난 하나의 푸르름입니다."

위엔홍다오가 흐뭇해하며 해석을 내렸다. 린뤼푸는 자칫 놓치고 말았을 작은 풀 한 포기에 마음이 따뜻해졌다.

"보아하니 자네도 그 젊은이를 좋아하는 것 같구만."

"판 공자는 집안도 좋고, 배움도 나쁘지 않고, 마음씨도 매우 좋은 듯합니다."

"자네 말을 들으니 완벽한 사람 같구만. 쳰이가 그에게 시집가서 행복하기만 하다면 더 바랄 게 있겠나. 다만 그 사건은, 자네가 확실히 확인한 거지?"

갑자기 목소리를 깔고 물어보는 린뤄푸의 질문에 위엔홍다오는 정색을 하며 대답했다.

"창산(蒼山) 사건은 이미 확인했습니다. 지금 페이지에가 동이성과 교섭을 하고 있는 모양입니다."

"그래. 나도 그렇게 생각하네, 사실 나는 판시엔의 재능이나 집안 따위에는 관심이 없어. 오직 그의 마음씨에 대해서만 신경을 쓰고 있다네. 마음이 좋기만 하다면 수단이 조금 사나워도, 내가 이 세상에 없을 때 우리 린씨 집안을 보호해줄 수 있을 거야. 그리고 내 아들 하나와 딸 하나만 보호할 수 있다면 그걸로 만족하네."

린공이 죽은 후 재상 대인은 확실히 우울해져 있는 상태였다. 하나밖에 없는 큰 아들은 정상이 아니고, 하나밖에 없는 딸은 한참 동안 얼굴 한번 볼 수 없었고, 그가 유일하게 의지할 수 있는 것은 주변의 관원밖에는 없었기 때문이다. 하지만 가족을 위한 계획을 세워야 하는 바, 그 계획에 있어서는 딸을 어느 집에 시집을 보내는가가 가장 중요했다.

"밖은 어떤가?"

"매우 좋습니다. 대인과 제가 예상한 것보다 더 좋은 듯합니다."

정원에는 판시엔과 린완알의 큰 오빠 사이에 이야기가 오고가고 있었다.

"왜 하늘은 푸른색이야?"

"왜냐하면 바다가 푸른색이거든."

"왜 바다는 푸른색이야?"

"왜냐하면 빛이 바닷물에 들어가면 푸른색으로 변하는 건데……

응, 내 말을 다 믿지는 말고. 내가 특별히 연구하진 않았고, 그냥 대충 이야기하는 거야."

"왜 연못의 물은 맑지만 푸른색이 아니야?"

"왜냐하면 연못은 얕거든."

"아?"

린완알의 큰오빠는 등나무 의자에 앉아 있었다. 뚱뚱한 체격 탓에 엉덩이의 일부가 의자 밖으로 삐져나와 있었다. 그는 호기심 어린 눈으로 판시엔을 쳐다보고 있었는데, 미간의 모양은 어린아이같이 해맑고 단순했으며 눈빛에서만 가끔식 멍한 기운이 나왔다.

판시엔은 재상 저택 큰 공자의 상태가 좋지 않음을 알고 있었지만, 이렇게까지 심각할 것이라고는 생각하지 못했다. 재상과 만나기 위해 기다리는 동안 판시엔은 큰처남이 될 사람을 이렇게 마주하게 되어 이런저런 이야기를 나누고 있는 중이었다.

"이름이 뭐야?"

판시엔은 얼굴에 미소를 한가득 담고 있었다. 그는 큰처남이 될 이 남자와 이야기를 하면서, 그가 비록 몇 살밖에 안되는 아이의 지능을 가졌어도 사실 반응이 늦다뿐 귀여운 구석이 많다는 것을 발견했다. 최소한 판스져보다는 훨씬 귀여웠다.

큰 처남은 입술을 삐죽하더니 두 볼을 통통하게 부풀려 풍선 모양의 공기를 볼 양쪽으로 왔다 갔다 움직여보이고 있었다.

"나는 큰보배라고 불려. 내 동생은 둘째 보배고, 둘째 보배는 집에 안온지 꽤 됐어."

판시엔은 갑자기 마음이 시렸는데, 죽은 린공을 생각하면 지금 우둔한 처남 앞에서 어떻게 말해야 좋을지 몰랐기 때문이었다. 아이의 지능을 가진 성인과의 대화란, 일반적인 성인이라면 쉽지 않았을 종류의 대화였다 하지만 판시엔은 달랐다. 그는 전생에서는 몇 달간 움직이지도 못한 채 침대에 누워 있었고, 현생에서는 진기를 수련하는 과정에서 언제 식물인간이 될지 모르는 위험을 감수하면서 시간을 보냈기에 인내심 하나는 월등했다. 또한 큰보배가 안쓰럽게 느껴지는 것도 사실이었다. 판시엔은 마음속 깊이, 이 큰보배가 징두에서 만난 그 누구보다 귀엽고도 믿음직스럽게 느껴졌다.

"내가 형에게 물어볼게. 큰보배는 이렇게 뚱뚱한데 형은 그렇게 말랐어?"

"첫째, 큰보배가 나의 형이고, 나는 곧 큰보배의 매부가 될 거야. 둘째, 내가 마른 게 아니라 큰보배가 뚱뚱한 것뿐이야."

큰보배는 고개를 저으며 하품을 크게 한 번 하더니 옆에 있는 탁자에서 과자를 하나 입에 집어넣고 우걱우걱 씹는다.

"큰보배는 뚱뚱하지 않아, 그냥 먹는 것을 좋아할 뿐이야."

"큰보배야, 우리 언제 놀러 나갈까?"

"논다고? 뭐하고 놀아, 응?"

큰보배는 기쁜 듯이 반문했다.

"뜻밖이구만."

재상 린뤄푸는 멀찌감치 떨어져 그들을 바라보며 흐뭇하게 말했다.

"그가 내게 잘보이려 일부러 하는 것 같은가?"

"그렇게 보이지 않습니다. 판 공자 얼굴의 미소는 진심으로 마음속에서 우러나오는 것 같습니다."

"그래. 그를 들어오라고 하게."

위엔홍다오에 대답에 안심을 한 듯 린뤄푸는 크게 한숨을 쉬었다.

판시엔은 재상 저택으로 들어온 후 줄곧 긴장하고 있었다. 재상의 개인 서재에 들어가서야 처음 맞이하는 미래 장인의 얼굴. 판시엔의 오른손 약지가 가볍게 떨리고 있었다. 상대방의 유일하게 멀쩡한 아들이 죽은 것이 자신과 불가분의 관계에 있음을 의식하고 있었기 때문이었다. 하지만 얼굴에는 공손함 외에 어떠한 감정도 담지 않고 말했다.

"린 백부님(아버지보다 나이 많은 아버지의 친구-역주)을 뵙습니다."

판시엔은 칭호를 어떻게 해야 할지 한참 고민하던 차였다. '재상대인'이라고 하는 것은 적절치 않은 듯했고, '장인어른'은 별로였고, '백부님'이라 부르는 것이 판씨 집안과 린씨 집안의 친밀한 관계를 더 강조하며, 곧 있을 혼사를 통해 이 친밀감이 훨씬 더 높아질 것임을 암시하는 효과가 있는 듯 보였다.

린뤄푸는 판시엔의 침착한 얼굴과, 신중한 호칭에 만족했다.

"오늘 판 공자를 초대한 것이 무슨 의미인지 잘 알고 있겠지?"

"백부님은 소자를 이름으로 불러주십시오."

"그러지. 판시엔, 이 혼사에 대해 어떤 다른 의견이 있나?"

"저에게 어찌 의견이 있겠습니까, 기뻐 죽겠습니다." 라는 말을 입 밖으로 내지 않았어도 그의 표정으로 알겠다는 듯 린뤄푸는 내심 안심하며 미소를 지었다.

"자네도 알겠지만 린공이 죽은 후로 나는 그저 아들 하나, 딸 하나가 있을 뿐이네. 천이가 자네에게 시집을 가면 그 아이를 잘 보살펴주게."

판시엔은 거침없이 그렇게 하겠다고 대답했다.

"이 몸은 이미 나이가 들었으니 오래지 않아 저 세상으로 가게 될 거야. 외람된 말일 수 있겠으나 미래의 어느 날 내 아들도 자네에게 맡겨야 한다면 자네는 맡아줄 수 있겠는가?"

판시엔은 잠시 깊이 생각하더니 일어났다. 그리고는 두 주먹을 모아 허리를 굽혀 인사를 하며 대답했다.

"당연한 일입니다."

"이후에 우리는 한 가족인 것이니, 자네 앞에서는 가감없이 이야기할 수 있다 생각하네."

린뤄푸는 판시엔의 눈을 바라보며, 마치 그의 마음속 깊은 곳을 바라보고 있는 듯 한자 한자 똑똑히 말했다.

"비록 내가 완알을 거의 보지는 못했네만, 그 애는 틀림없는 내 딸이네. 그 아이의 성이 린씨이니 만큼 린씨 집안을 챙겨야할 필요도 있네. 일단 혼인이 성사되면, 스난 백작도 알 거라 믿고 있네만, 우리 두 집안은 운명 공동체가 되는 것이야. 이후에 조정 안팎 어디서라도 자네는 이것을 기억해야 하네. 판씨 집안뿐 아니라 린씨 집안의 이익도 자네가 보호해야 하네. 알았는가?"

직설적인 이 말은 또한 재상이 이 혼사에 대해 최종적으로 승인했다는 직접적인 표현이기도 했다. 그 의미를 아는만큼 판시엔은 순간 기쁨이 몰려왔다. 완알에게 장가가는 문제에 있어 이미 황궁의 승낙을 얻었어도 장인어른의 허락이 있어야만 더욱 순조로워짐을 잘 알고 있었기 때문이다. 하지만 동시에 생각이 복잡해진 것도 사실이었다. 처음으로 본 장인으로 말할 것 같으면, 이미 동궁쪽과는 거리가 생긴 듯 보였으나 그렇다고 2황자 쪽으로 갈 생각이 있는 것인지에 대해서는 확실히 알 수가 없었기 때문이다. 세간에서는 모두 판씨 집안과 징왕 집안이 모두 2황자의 조력하에 있다고 생각하는 상황이었고, 이 문제에 대한 아버지의 입장도 잘 알고 있는 판시엔으로서는 마음이 너무 복잡해져만 갔다.

판시엔이 재상을 보고 사흘이 되던 날, 린완알은 황궁에 들어갔다. 그곳에서 태후와 반나절을 보내며 온갖 사랑스러운 손녀 노릇 끝에, 또 어떻게 황제 삼촌을 구워삶았는지 알 수 없지만, 어쨌든 황실의 별원을 떠나 나들이를 가도 좋다는 허락을 받아냈다.

그녀의 몸은 판시엔과 어의의 정성스런 보살핌으로 많이 좋아지긴 했으나 근본 원인이 해결된 상태는 아니었다. 그렇다고 좁은 공간 안에만 머물러야 할 만큼 나쁜 상태도 아니었다. 외출이 가능하다는 이야기에 판시엔은 매우 기뻐 다음 날 일찍 마차를 끌고 황실 별원 밖의 나들이를 준비했다. 판뤄뤄와 판스져도 함께였다.

린완알은 오늘 순백의 긴 치마를 차려 입었고 대나무로 만든 벙거지를 쓰고 있었다. 이 모자에는 얇은 비단이 덧대져 있어 햇빛을 막아줄 뿐 아니라 그녀의 어여쁜 얼굴도 살짝 가리고 있었지만, 그녀의 은은한 입술에 기쁨이 가득 서려있는 것만큼은 가리지 못했다.

산장은 황실의 여름나기를 위한 원시림 같은 곳에 위치했는데, 징두 서쪽으로 약 20리 밖이었다. 린완알의 나들이 동행이 아니라면 감히 들어가보지도 못하는 곳이었다. 판시엔은 혼인 전 린완알과 한 마차를 타고 가는 것이 그녀를 부끄럽게 하고 어멈들을 자극할 것이라는 것을 잘 알고 있어 다른 마차를 타고 따라가는 중이었다.

무더운 날씨였지만, 산장은 밀림 같은 숲 옆에 호수를 바라보고 있어, 해는 가려지고 바람이 불어오는 그런 호수 옆 평화로운 장소에 있었다. 시원한 바람이 불면서 숲속에 남아있던 마지막 열기까지 다 가져간 것 같았다. 판시엔이 호숫가 풀 위에 서서 눈 앞의 경치를 바라보고 있으니 감탄이 절로 나왔다.

'천자(天子)들의 전원생활은 확실히 다르구만.'

판시엔은 하인을 멀리 두고서 완알과 단둘이 풀밭 근처에 앉아서 눈은 저 멀리 호수가를 바라보았다. 그리고는 풀에서 기어나오는 뱀처럼 오른속을 쓱 뻗어 완알의 작은 손을 잡아챘다.

"아가씨 얼굴 보기가 쉽지가 않네요."

린완알의 얼굴은 곧바로 붉어졌는데, 그래도 손을 빼지는 않고 그의 어깨에 천천히 머리를 기대었다. 판시엔이 웃으며 말했다.

"밤에 호숫가에서 별을 볼 수도 있어."

구름 위를 걷는 듯한 판 공자의 모습에 완알은 기분이 좋기도 하고 부끄럽기도 해 자리를 피했다. 판시엔은 하인들과 함께 짐을 다 정리하고는 숯불을 피우기 시작했다. 그리고는 돌을 가져와 징두 할머니에게 부탁해 제작해온 철판을 그 위에 놓았다. 생선에는 조심스럽게 장을 발라 그것을 대나무 꼬치에 끼웠다. 담백하고 맛있는 내음이 불향과 함께 뒤섞여 펴져나가기 시작했다. 꼬치 세개가 먹음직스럽게 구워지자 판스져와 판뭐뭐에게 하나씩 주고는 호숫가로 가서 린완알 옆에 앉았다.

"받아. 먹어보고 맘에 들면, 결혼하고 나서는 내가 매일매일 구워줄게."

린완알은 '결혼'이라는 두 글자에 부끄러워져 고개를 떨구었다. 판시엔은 그런 모습이 너무도 사랑스러운 나머지 하하 웃었다. 완알은 조금은 긴장했어도 눈가에는 웃음기가 가득했고, 그 웃음에는 봄 햇살 같은 따사로움이 섞여있어 사람의 마음을 흔들고 있었다. 그중에서도 판시엔의 마음을 흔드는 것은 웃는 듯 마는 듯 할 때 살짝살짝 드러나는 하얀 이였다. 그녀가 통통한 아랫입술을 깨물 때에는 귀여워서 미쳐버릴 것 같았다.

사랑하는 남녀 옆에 아름다운 산과 호수가 있으니, 시간이 언제인지도 모르게 혹 지나갔다. 벌써 정오였다. 점심은 산장에 들러 먹기로 했다. 깔끔한 집 하나를 골라 하인들에게 음식을 준비하라 이르고 판시엔과 완알은 차를 마시며 잡담을 하고 있었다. 이때 밖에는 마차 소리가 들렸다. 린완알의 손님이었다.

린완알이 초대한 사람은 예링알이었다. 판시엔과 예링알의 냉랭한 관계가 자주 만나면 나아질 것이라는 판단하에서였다. 판시엔은 린완알의 뜻을 알아차렸고 미소를 지으며 다가가 두손을 공손히 모아 예를 갖추었다.

"예 아가씨를 뵙습니다."

또 다른 마차에서도 누군가 내렸다. 큰보배가 어멈의 부축을 받으며 어리둥절한 모습으로 사방을 둘러보고 있었다. 판시엔이 눈짓하자 판뤄뤄는 예링알을 데리고 먼저 들어갔고, 큰보배를 본 완알은 터져 나오려는 소리를 막으려는 듯 손을 들어 급히 입으로 가져갔다. 그럼에도 손가락 사이로 새어 나오는 소리까지 막을 수는 없었던 듯 기쁨의 환호가 들렸다. 그리고 감동이 역력한 표정으로 판시엔을 바라보았다.

큰보배는 판시엔을 알아보고는 어리둥절하던 울상이 함박웃음 가득한 표정으로 변했다. 원래도 조금 넓은 미간을 더 넓히며 앞쪽으로 몇 보를 더 옮겨 판시엔의 손을 잡고 외쳤다.

"꼬마 시엔시엔, 너였구나?"

"큰보배, 그렇게 안 불러주면 안돼?"

판시엔은 부끄러움에 얼굴이 벌게졌다. 그들의 이런 모습을 보고 있는 린완알은 기쁜 마음의 한켠으로는 조금 슬픈 생각이 들었다. 몇 번 밖에 보지 못한 오빠가 과연 자신을 기억할 수 있을지 알 수 없었기 때문이었다. 그럼에도 큰보배가 판시엔을 부르는 호칭에만큼은 웃음을 참을 수 없었다.

"꼬마 시엔시엔?"

판시엔은 어쩔 수 없다는 듯 린완알을 보며 고개를 끄덕였다.

"고마워. 내가 오라버니를 보기 쉽지 않다는 걸 알았구나."

"알았지."

판시엔은 씨익 웃으며 몸을 돌려 큰보배의 커다란 어깨를 툭툭 쳤다. 산장은 산 밑에 자리잡고 있어서 멀리 산등성이와 호수까지 보였다. 큰보배는 자신의 코를 만지작거리며 고개를 저으며 물었다.

"꼬마 시엔시엔, 이 물은 녹색이야. 파란색이 아니고."

"왜냐하면 물이 충분히 깊지 않아서야."

"얼마나 깊은지, 그럼 우리 들어가서 보자."

큰보배는 린완알을 쳐다보고 말했다.

"동생, 너는 왜 안 따라와?"

린완알은 잠시 할말을 잃었다. 몇 번밖에 보지 못한 오라버니가 자신을 기억하고 있다는 사실에 가슴히 아려왔다. 그녀는 바로 명랑하게 "네" 하고 대답하며 앞으로 달려가 큰보배의 다른 쪽 손을 잡았다.

밤이 되었다. 저 멀리에서는 마작의 패를 놓는 소리가 드문드문 들리고, 호위들은 오랜만에 마신 술기운에 꾸벅꾸벅 졸고 있는 평화로운 시간이었다. 시녀들은 낮에 노느라 지친 데다 가벼운 반주까지 걸쳐 모두 곤히 자고 있었다. 주인님들도 비단 장막이 내려진 침소에 들었다. 숲가 저수지에는 개구리들이 우는 소리, 호숫가에서는 물고기들이 물속에서 헤엄치며 물살을 가르는 소리가 이따금 들려 황실 산장의 고요함을 달랬다.

호숫가 가까이 조금 외진 곳엔 천막 하나가 달빛을 등진 채 조용한 숲 가운데에서 호수의 밤바람을 받아내고 있었다. 사방이 고요한 가운데 천막 안 두 사람은 바깥 풍경을 바라보며 조용히 이야기하는 중이었다. 린완알이 먼저 입을 열었다.

"하늘에 별 좀 봐."

"넌 날 믿을 수 있어?"

동문서답이었지만 시대를 막론하고 펼쳐지는 젊은 남녀들의 대화였다. 이내 두 사람은 장막을 걷어 젖히고 하늘에 떠 있는 한무리의 별을 바라보고 있었다. 달빛이 그리 밝지 않아 별들이 더욱 도드라져 보이는 밤하늘이었다. 깊은 어둠이 만들어내는 짙푸른 남색의 배경을 뒤로 하고 떠있는 별들은 마치 온화한 기운으로 대지의 모든 연인들을 감싸안아주고 있는 것 같았다.

린완알은 판시엔의 몸에 기대 그의 품에 안겨 있었다. 린완알의 몸에서 풍겨 나오는 알 수 없는 향기에 판시엔의 마음이 움직였다. 하지만 완알의 헛기침 소리 두번에 그는 겨우 욕망을 자제했다. 두 사람이 별을 보며 이런저런 이야기를 나누고 있는 사이 이야기는 자연스레 판시엔이 재상을 만난 그날로 흘러가게 되었다.

"아버지는……몸은 좀 어떠셔?"

린완알이 조심히 물었다. 그녀는 자신의 아버지를 거의 보지 못했으나 마음속에서는 언제나 신경을 쓰고 있는 눈치였다. 오늘 큰오빠를 보고, 둘째오빠 린공이 먼저 가버린 일을 생각하게 되니, 아버지 혼자 쓸쓸할 듯하여 마음이 아파왔다.

다음 날 아침, 해가 창가에 올라왔을 때 사람들은 제각기 자기 일에 바빴다. 하인들은 일어나 분주히 아침을 준비하고, 린완알은 둥근 탁자에 앉아 큰오빠에게 죽을 먹이고 있었다. 판시엔에게는 눈길도 주지 않았다. 다른 한편에서 판시엔은 바보 같은 웃음을 지으며 자신의 여동생에게 줄 음식을 후후 불어 식히는 중이었다. 두 사람은 한 번도 눈길을 교환하지 않았으나, 그 둘의 얼굴에 알 수 없는 감정들이 물결치고 있음은 모두가 알 수 있었다. 그 감정이 고스란히 전해져서 탁자에 앉아있는 모든 사람들에게 그 행복한 기운이 전해졌다.

아직 이른 시간이었던 만큼 밥을 먹고 난 판시엔은 숲속 조용한 곳으로 가서 수련 준비를 하고 있었다. 그때 뜻밖에 예링알이 건너편에서 다가오며 주먹을 모으고 판시엔에게 가르침을 청했다.

예링알은 이전에 판시엔과 대련한 적이 있었는데, 그날 판시엔에게 패했다. 예링알이 그날 집에 가서 아버지께 그날의 대련을 말씀드렸는데, 예중이 자세히 알아보니 판시엔에 대한 명성이 자자했기에 판시엔에 대해서 크게 칭찬해 주었다. 아버지의 말씀을 들은 그녀는 마침내 판시엔에게 받은 패배를 인정할 수 있었고 오늘은 드디어 판시엔에게 가르침을 청하게 이른 것이었다.

사실 판시엔은 대련을 해 본 적이 거의 없었던 만큼, 과연 7품고수라는 예링알을 가르칠 자격이 자신에게 있는지를 알 수 없었다. 하지만 기쁜 마음으로 열심히 가르쳐보기로 했다. 결과적으로 이 대련은 오히려 판시엔에게 큰 도움이 되었다. 예류원의 산수권법에 대해 자세히 배우는 기회가 되었기 때문이다. 두 손만으로 이렇게 다양한 공격을 할 수 있다는데 감탄하지 않을 수 없었다. 예링알의 두 손에서도 이런 공격력이 나온다면, 예중이나 예류원은 어느 정도일까?

대련 시간 후 뒷산에서 큰보배와 판스져는 말타기와 활쏘기 놀이 삼매경에 빠졌다. 나머지 여자 셋, 즉 린완알과 판뤄뤄 그리고 예링알은 이전의 일은 모두 잊은 듯 친자매들처럼 이야기꽃을 피웠다. 나들이는 그렇게 끝나고 있었고, 나들이에 함께한 사람들 각자는 자신이 원하는 것을 얻어갔다. 예링알은 판시엔의 가르침을, 큰보배와 판스져는 뱃속 가득 생선꼬치와 고기를 얻어 집으로 돌아갔다. 판뤄뤄는 이틀간의 아름다운 풍경을, 린완알은 큰오빠와의 좋은 시간을 얻어갔다. 그 중 판시엔은 그 누구보다 얻은 것이 가장 많은 사람이었다. 일일이 열거할 수도 없을 만큼.

일이 이렇게 마무리되었다면 딱 좋은 결말이었을 것이었다. 그런데 그때 태자가 오고 있었다.

제11장

열쇠는 어디에

태자가 이곳으로 피서를 오고 있다는 이야기를 듣자마자, 판시엔은 두말없이 왕치니엔에게 일러 징두로 돌아가기로 했다. 평화롭던 나들이가 이렇게 황급히 끝났다는 생각에 마음이 불편했지만 그보다 더 마음을 불편하게 한 사실은 양쪽의 마차가 결국 길 위에서 마주칠 수밖에 없었다는 사실이었다.

태자 리청치엔(李承乾, 이승건)은 수려한 외모를 가지고 있었다. 건강이 그리 좋지는 않은지 피부가 유독 하얗고 입가는 검은 빛을 띠었다. 그는 산장에서 피서를 하려는 길에 이렇게 자신의 동생 완알과 예링알까지 보게 될 것이라고는 생각하지 못 했다. 그들은 모두 어려서부터 같이 자란 사이인만큼 오랜만에 만난 반가움을 간략

한 근황 이야기로 풀게 되었다. 완알이 어제 왔다 하룻밤 묵고 간다는 사실에 리청치엔은 걱정스레 말했다.

"조심해야지. 어의도 말했지 않니, 네 병은 찬바람을 맞으면 안되는 병이라고 말이야."

예링알이 끼어들어 말했다.

"린 언니 걱정은 많이 안하셔도 돼요. 요새 명의가 항상 붙어 있거든요."

태자는 예링알의 말에 관심을 기울여 자세히 듣고서야 마침 뒤에 마차에 린완알의 미래 남편이 타고 있음을 알게되었다.

"그 판씨 집안의 자제 말이지? 최근에 아주 유명해졌던데, 어서 가서 내가 얼굴을 보고 싶어한다 알려라."

"오라버니 그만하세요. 그가 놀랄까 걱정되네요."

린완알은 난색을 표하면서 말했다.

"너희는 곧 결혼할 것이고, 그러면 그는 나의 매부가 될 터인데, 얼굴 한번 보는 것에 놀랄 것은 또 무엇이냐? 아버지께서도 곧 궁으로 부르셔서 황실 마마님들께 인사 올리게 하실 생각이셔. 그리고 조만간 조정에서도 중책을 맡아야 할 터인데 이렇게 숨어서 얼굴도 보이지 않는다고?"

꽤나 엄중한 말에 두 대의 마차 사이에는 순식간에 정적이 흘렀다. 그 정적을 뚫고 들리는 소리가 있었다.

"태자 전하를 뵙습니다."

황제가 판시엔으로 하여금 완알에게 장가들도록 한 배후의 의미를 누구보다 잘 아는 것이 태자였다. 그 혼인으로 장 공주 고모가 내고의 권한을 잃게 되고, 그렇게 된다면 지금까지의 장부에 있던 수상한 점이 시시콜콜 드러날 것인 만큼, 내고를 이어받는 사람은 곧 그녀의 적이 된다는 사실 또한 잘 알고 있었다. 사실 이것이야말로 지금 태자가 가장 걱정하는 부분이었다. 그때까지는 아직 2년 정도의 시간이 남아있는 만큼 그리 급한 것은 아니었지만, 판씨 집안과 징왕과의 관계가 돈독한데다, 그 징왕 세자와 자신의 둘째 형도 막역한 사이임을 알기에 더욱 걱정이 되는 것이었다.

동궁의 각료들은 현재 두 파로 나뉘어 있었는데, 판씨 집안을 끌어들여야 하느냐 마느냐는 것이 주요 쟁점이었다. 태자도 그 문제를 고려하는 중이었다. 보통의 집안이라면 신경도 안 썼겠지만, 이 판시엔의 할머니는 황제의 유모가 아니던가? 태자는 잠깐의 생각에서 빠져나와 자상하게 물었다.

"네가……판시엔이냐?"

"소신 판시엔, 태자 전하를 뵙습니다. 태자의 마차가 이곳에 있는데도 일찍 내려 인사드리지 못한 점 용서해 주십시오."

"그래. 모르는 자는 죄가 없다 했다. 다만 완알의 몸이 걱정이 되니, 이후에는 징두의 여느 젊은이들처럼 나가 노는 것을 삼가거라."

"황송하옵니다."

"조만간 동이성과 북제의 사절단이 징두로 올 것이다. 뉴란지에 사건과 연관이 있는 방문인 만큼 조정에서는 네가 부사(사절단 대표인 '정사'를 보좌하는 직위-역주)를 맡도록 할 생각이다. 당분간 네 신분을 따지지 않고 그렇게 하는 것으로, 내가 미리 귀뜸해 주는 것이니 사전 준비를 잘해두어 부임 때 당황하지 말도록 하라."

태자는 담담히 말을 이어가며 자신의 배려가 상대방의 환심을 샀을 거라 속으로 생각하고 있었다. 판시엔은 어리둥절해 대답했다.

"신하는 아직 태상사협률랑으로서, 국사(国事) 담판의 현장에 끼는 것이 적절치 않을까 우려되옵니다."

"정치적 업적을 쌓아두지 않으면 이후 조정에서 어떻게 자리매김 하겠느냐?"

태자는 손을 한번 휘두르며 비교적 만족한 얼굴로 고개를 끄덕이더니, 몸을 돌려 린완알에게 나긋이 말했다.

"넌 좀 더 자주 궁에 들러라. 고모가 널 매우 그리워하는데, 듣자하니 고모가 요즘 계속 머리가 아프다더구나."

태자의 목소리에는 이상한 점이 없고 표정 또한 평범했다. 하지만 그의 눈빛에 불안하고 유약한 기운이 서려있음을 판시엔은 알아챌 수 있었다.

"출발하자."

태자의 명령 한마디에 마차가 천천히 움직여 산장 방향으로 멀어져 갔다. 판시엔은 한참을 움직이지도 못한 채 가만히 있다가 태자 일행이 저 멀리로 사라지고 나서야 휴 하는 한숨과 함께 몸을 일으켰다. 그가 뭔가를 잃어버린 듯한 표정으로 마차가 사라진 곳을 바라보는 모습을 보고는 린완알이 말했다.

"네가 뭘 걱정하는지 알아. 세 오라버니 모두 그렇게 만만하게 사귈 수 있는 사람들이 아니라는 것도 알아. 너는 그냥 한쪽에 너무 치우치지만 않으면 돼."

"제일 나이 어린 황자는?"

판시엔은 이전에 들었으나 명확히 이해가 되지 않아 다시 한번 확인해보았다.

"첫째 오라버니인 대황자는 지금 외곽에서 병사를 이끌고 있고, 2황자는 공부를 하고 있고, 오늘 만난 태자 오라버니가 셋째인데, 법도에 따르면 제일 어린 황자는 4황자 아닌가?"

"태자 오라버니는 좀 달라. 나이로 따지면 셋째이지만 황위를 이을 것이기에 황자의 순위에 넣지 않거든."

"진짜 복잡하구만."

"듣기로는 어르신이 예전에 결정하신 거래."

"어르신?"

판시엔은 린완알이 말하는 '어르신'이 태후라는 것을 알고 있었다. 그 말에 왠지 자신도 모르게 마음 속에 한기가 느껴졌다.

그 후로 며칠은 별일없이 지나갔다. 판시엔은 가끔 태상사에 들르고, 가끔 담박서점에 들러 돈을 수금하고, 가끔 두부 상점에 들러 연구를 하고, 가끔 재상의 저택에 들러 장인어른과 친분을 쌓고, 가끔 황실의 별원에 들러 연애를 하고, 가끔 집에서 동생에게 이야기를 들려주고 남는 시간 틈틈이 〈홍루몽〉도 베껴 썼다. 이게 그가 한 일의 전부였다.

그러던 어느 밤 판시엔은 잘 준비를 하는 중 구석에 아무렇게나 방치돼 있던 검은 가죽 상자에 눈길이 갔다. 이게 무엇인지 몰라도 언제나 궁금증을 자아냈다. 그럼에도 열 수 있는 방법이 없었기에 그냥 저렇게 둔 채로 잊고 있었던 것이다. 만일 이 상자가 쳔핑핑이 얼마나 찾아 헤매는 상자인지를 알았다면, 아마 침대 밑에 큰 굴이라도 파서 숨겨놨을 텐데.

"열쇠는 어디 있는 거야?"

마치 하늘이 이 말을 듣기라도 한 듯 차가운 대답이 귓가에 울려 퍼졌다.

"열쇠는 황궁에 있다."

이어서 아무런 인기척도 소리도 없이 갑자기 검은 몽둥이 하나가 하늘에서 내려와 판시엔의 등을 사납게 때렸다. 우당탕탕하며 판시엔은 급히 몸을 피했지만, 다시 한번 내려치는 몽둥이를 피할 수 없어 땅바닥에 쓰러졌다. 등으로 느껴지는 생생한 고통을 고스란히 느끼며 비명을 질렀다.

"넌 퇴보했다."

우쥬의 목소리는 여전히 아무런 감정이 없었지만, 이전보다 느려진 판시엔의 반응에 대한 불만족이 느껴지는 목소리였다.

"삼촌, 한참 동안 안보이셔서 돌아가시기라도 한 줄 알았어요."

"넌 나를 걱정하지 않는다. 열쇠는 황궁에 있다. 황궁에서 내가 며칠 찾아보니, 세 군데 가능성이 있다."

"황궁에 들어가는 것은 너무 위험하지 않나요?"

판시엔은 화가 났다. 우쥬 삼촌이 아무리 대종사급 실력이라해도 황궁이라는 곳이 어떤 곳이던가. 호위들은 저마다 고수들인데다, 4대 종사 중 가장 신비에 쌓여있는 실력자도 거기 숨어 살고 있다고 페이지에가 말하지 않았던가. 우쥬가 그토록 오랫동안 궁에 있었다니, 만일 들키기라도 했다면, 만일 그 대종사라는 자가 손을 쓰기라도 했다면, 거기에 5백명 황제의 친위대가 손을 보태기라도 했으면, 아무리 삼촌이라도 돌아오지는 못했을 거였다. 하지만 이런 판시엔의 감정은 전혀 아랑곳하지 않고 우쥬는 계속해서 담담히 말했다.

"그 세 곳은 들어가기가 쉽지 않다. 흥경궁(興慶宮), 함광전(含光殿), 광신궁(廣信宮)."

판시엔은 말없이 쓴웃음만 지었다. 이 세 곳은 황궁에서 경비가 가장 삼엄한 곳으로, 각각 황제, 태후 그리고 장 공주의 거처였기 때문이었다. 황궁에서 가장 들어가기 어렵다기 보다는 천하에서 가장 들어가기 어렵다는 표현이 더 적절할 정도였다. 우쥬가 이어 말했다.

"내가 홍스시앙(洪四庠, 홍사상) 태감을 황궁 밖으로 한 시진(時辰, 1시진은 2시간-역주) 동안 유인한다. 그사이 네가 가서 열쇠를 찾아라."

"홍공공(公公, 홍스시앙 태감의 다른 명칭-역주)은 현재 궁중 태감의 우두머리이자, 조정 삼대를 겪은 원로이고, 듣기로는 처음 경국이 세워졌을 때부터 궁중에 있어 세력이 매우 두텁다고는 들었어요. 그런데 제가 황궁에서 열쇠를 훔치는 동안, 삼촌이 특별히 그 사람을 궁밖으로 유인해야 할 어떤 이유가 있나요?"

말을 끝마치자마자 판시엔은 스스로 뭔가를 깨달은 듯 놀란 표정으로 우쮸의 그 검은 천을 바라보며 긴장한 듯 말했다.

"설마 홍공공이, 전설 속 그 신비로운 대종사인가요?"

예전에 페이지에가 판시엔에게 알려준 것이 있었다. 천하에는 4대 종사가 있으니, 동이성의 스구지엔, 북제의 쿠허, 산수검법을 완성한 경국의 예류윈이 그중 셋이고, 나머지 하나는 경국 사람이긴 한데 누구인지, 어디에 있는지도 모른다고. 다만 소문으로 추측해 보건대 경국의 황실에 숨어있을 가능성이 높다고만 했었다.

"난 모른다. 나는 그와 대결해본 적이 없다. 하지만 안다. 지금 황궁 안에서 너를 제일 쉽게 발견할 수 있는 것이 바로 홍스시앙이다."

판시엔은 조용히 아무말도 하지 않고서 속으로 생각했다. '우쮸 삼촌조차 홍 태감을 황궁에서 실력을 가장 가늠하기 어려운 인물이라고 하는데, 그럼 대종사의 신분은 이미 밝혀진 게 아닌가? 예류윈도 죽이지만 못했을 뿐 대등히 싸울 수 있었던 삼촌이라면 당연히 천하의 그 어느 대종사와도 싸울 수 있지 않을까?'

우쮸가 떠난 후 판시엔은 침대에 다시 누워 검은 상자를 보았다. 이제 그 상자는 전과 달리 보였다. 이 상자를 여는 열쇠가 황궁 같은 경비가 삼엄한 곳에 있다면, 이 상자 안에 있는 물건은 분명히 매우 중요하거나 아니면 무시무시한 것일 가능성이 높다. 예를 들면, 변방의 군사 배치 지도? 어머니가 세운 감사원의 고급 밀정 명단? 그것도 아니라면 예씨 집안의 숨겨진 보물지도?

다음 날 판시엔은 판뤄뤄에게 가 바늘을 몇 개 얻었다. 뤄뤄는 반짇고리에서 바늘 몇 개를 꺼내 건네주며 물었다.

"이건 수 놓는 데 쓰는 건데 혹시 옷이 찢어진거야? 그럼 그냥 시

376

녀에게 시키지."

"옷을 깁는 일 보다는 많이 복잡한 일이야. 내가 바늘 세 개를 얻어 갔다는 이야기는 아무한테도 하지마."

판뤄뤄는 영문을 모르는 채 그러려니 하고 고개를 끄덕였다.

혼인 날짜가 다가오니 판씨 집안도 본격적인 준비에 들어갔다. 다른 군주의 사위들과 달리 이제 황실에는 사위의 집을 두지 않기로 규정이 바뀌었다. 그래서 판시엔과 린완알의 신혼집은 스난 백작의 저택과 붙어 있게 되었는데, 두 집의 중간에는 문이 있었고, 앞뒤로 두 집이 통하게 되어 있었다. 판시엔이 살 집의 정문은 백작 저택과 다른 길 쪽을 바라보게 되었다.

판시엔이 새로 살 집에는 수목과 정원들이 이미 배치돼 있었지만 아직 아무도 살지 않았던 만큼 매우 적막했다. 그 집에 검은 그림자 하나가 흔들리고 있었다. 몰래 들어온 판시엔이었다. 그의 오른손에는 두부가 들려 있었고, 왼손에는 바늘 세 개가 들려 있었다. 그는 구석의 후미진 곳을 찾아 조심조심 두부를 버드나무 가지에 걸쳐 놓았다. 그 두부는 아주 부드럽고 흐물흐물해서 금방이라도 으스러질 것 같았다.

판시엔은 두 눈을 감고 조용히 패도진기를 단전에 모은 후 최대한 잡념을 없애고 안정시켰다. 한차례 바람이 일으킨 판시엔은 자신이 바람이 되어 버드나무 사이로 들어갔다 원래 자리로 되돌아왔다. 신체 통제 능력을 이용해 자신의 힘의 방향을 바꿔 원래의 자리로 돌아온 것이다. 마치 교활한 물고기 한 마리가 낚시 그물에 들어왔다 곧장 그것을 희롱하며 튕겨나가는 모습과 같았다.

잠시 후 판시엔은 뒷짐을 지고 천천히 버드나무 가까이로 가 실눈을 뜨고 나뭇가지에 걸쳐진 두부를 살펴보았다. 두부는 그 위에 바늘 세 개가 꽂혀 있는 채로 미세하게 진동하고 있었다. 방금 그 전광

석화의 순간 그가 바늘 세 개를 두부 위에 꽂은 것이었다. 인체구조에 대한 그의 이해를 바탕으로 이런 기술을 살인에 이용하면 분명히 효과가 있을 거라는 생각이 들었다.

뉴란지에 사건 이후로 그는 항상 자신의 몸에 휴대할 무기를 찾고 있었다. 우쥬 삼촌의 무기는 막대기 종류로, 나무로 만든 것일 때도 있었고 쇠로 만든 것일 때도 있었다. 이런 무기들은 많은 경우 스스로의 생명을 보호해주는 수단이 되었다. 사실 그가 좋아하는 것은 페이지에 스승이 준 길고 얇은 비수였다. 그 비수를 사용해 그는 이미 뉴란지에 사건을 포함해 두 번이나 살 수 있었다. 다만 이 무기는 어떤 장소에서는 사용할 수가 없었는데, 그중 하나가 황궁이다.

이왕 황궁에 열쇠가 있다 하니 그렇다면 한번 들어가보자고 판시엔은 생각했다. 우쥬가 어제 내린 그 한 방이, 그 말 한마디가 그를 자극했으며, 다시 한번 열정을 되찾게 해주었다. 판시엔은 자신의 손가락 사이에서 바늘 세 개가 햇빛에 반사되는 모습을 보며 가만히 생각하고 있었다. '어떤 독약을 바르는 것이 좋으려나?'

목표를 정하니 그 이후의 일에 대해서는 더욱 적극적이 되었다. 판시엔은 한껏 들뜬 린완알을 찾아가 황궁의 사정에 대해 이것저것 알아보기 시작했다. 린완알은 황궁에서 큰 만큼 그곳 사정을 잘 알고 있었다. 판시엔이 왜 갑자기 그것에 대해 관심을 갖는지는 몰라도 황궁의 규율에 대해 걱정하고 있는 것이리라 추측하며 린완알은 조용히 그를 다독였다.

"황궁의 마마님들은 모두 나랑 사이가 좋아. 폐하가 그리 여색을 밝히시는 분이 아니라 황궁에는 대황자의 생모이신 닝(宁)재인(才人), 2황자의 생모이신 슈(淑)귀비(贵妃), 3황자의 생모이신 이(宜)귀빈(贵嫔), 그밖에 첩 몇 명밖에는 없어. 특별히 먼저 인사를 드려야할 분은 없을 거야."

판시엔은 속으로 생각했다. '그분들은 당연히 네 생모의 심기를 건드리지 않으시려 하겠지. 저 심원한 장소에 계신 태후가 몹시 아끼는, 내고의 현재 주인 장 공주.' 다만 내색은 하지 않으며 궁금하던 것을 물었다.

"대황자의 생모는 왜 재인의 신분밖에 안돼?"

"닝 재인은 동이성 사람이야. 폐하가 처음으로 북벌에 나서셨을 때 거둬들인 분인데, 전쟁 중 폐하께서 중상을 입었을 때 닝재인이 밤낮으로 간호를 했다나 봐. 그래서 노비의 신분에서 해방되고 궁으로까지 들어와 대황자를 낳으시게 된거지. 하지만 경국 사람이 아니어서인지, 황제를 살리고 장자까지 낳았어도 여전히 태후마마의 환심을 살수는 없었대. 그러니 당연히 황후는 못되는 거고. 다만 점점 지위가 높아져 나중에는 귀비에까지 이르렀었는데, 그만 몇 년 전에 황궁에서 좋지 않은 일이 생기는 바람에 황제가 노하셔서 그 지위를 빼앗고 재인으로 강등시키셨다나봐."

판시엔은 속으로 저 깊은 궁중에서의 암투는 역시나 아주 복잡하다는 생각을 했다. 린완알은 한숨을 한 번 쉬며 이어 말했다.

"다행히 대황자 오라버니는 지금 서쪽 변방에서 큰 공로를 세우고 있어서 닝 재인은 지금의 지위를 그대로 유지할 수 있는 것인데, 요즘에는 마음이 그렇게 편하지 않으신지 사람들을 잘 안만나려 하신대. 사실 내가 어렸을 때에는 거의 매일 가서 놀았었거든. 하지만 2년 전부터는 거의 뵙질 못했어."

내친김에 판시엔이 궁의 비밀들 몇 개를 더 물어보았는데, 린완알은 그 어떤 것도 숨김없이 세세히 다 알려주었다. 마지막으로 판시엔은 오늘의 관건인 문제에 대해 아무렇지 않은 듯 태연히 물어보았다.

"듣자하니 태감의 우두머리인 홍공공이 궁에서 권력이 막강하다던데?"

"홍공공은 개국 때부터 궁에 있었는데, 선황제가 많이 신임하셔서 지금까지도 5품의 태감 대장 직위를 유지하고 있는 거야. 하지만 지금은 나이가 많아서 실질적 관리를 하지는 않고 일반적으로는 태후 궁에 항상 있다나봐."

"언제쯤 나를 궁에 데리고 들어가서 인사시켜 드릴지 한 번 생각해봐줘."

다음 날 판시엔이 태상사에 들러 인사를 드릴 때 런 소경은 판시엔을 조용히 한쪽으로 데리고 갔다. 그리고 낮은 목소리로 묻는다.

"자네 그 일을 아나?"

"무슨 일요?"

"홍려사(鴻臚寺)에서 오늘 새벽 들어온 소식인데, 자네를 차출해 간다나보군."

홍려사는 경국에서 외빈과 각국 사이의 일을 담당하는 기구였다. 판시엔은 이제야 태자가 전에 말한 일이 시작되는구나 속으로 생각하며 물었다.

"소경 대인, 왜 저를 차출할까요? 저는 태상사에 부임하지도 얼마 안됐는데."

"판씨 어르신과 동궁이 어떤 관계가 있는 건가?"

판시엔은 고개를 저었다.

"소경님도 아시겠지만, 저희 아버지는 동궁과의 교류가 거의 없어요. 심지어 다른 대신들과도 왕래를 거의 하지 않으시는데."

소경 대인은 고개를 끄덕였다. 스난 백작 판지엔은 특별히 누군가와 잘 지내지 않는 것으로 유명했다. 그는 그저 황제와 같이 컸다는 특수한 관계에 힘입어, 심지어 재상에게조차 별다른 예를 표하지 않고, 황제간의 권력관계에서도 특별한 치우침이 없었다.

"그건 그렇지. 듣자 하니 동궁에서 자네가 이 담판에 참여하길 제안했다고 하더군."

판시엔은 어떻게 대답해야 할지 몰라서 그저 아무것도 모르는 체하며 놀란 듯 말했다.

"무슨 담판이요?"

"북제에서 사절단이 오기로 되어 있는데, 담판이란 북방의 제후국과의 전쟁에 대한 후속 조치이지. 예를 들어 영토의 재확정이나 배상 문제 같은 거. 동이성에서도 사절이 오는데 그건 지난번 창산자락에서 벌어진 재상 둘째 공자의 암살 사건과 관련된 것이라네. 듣자 하니 적지 않은 돈과 여인들을 데리고 온다더군. 소위 담판이라는 것은 조정과 양쪽 국가 간의 흥정 같은 거지."

런 소경은 자신이 재상 쪽 사람이니만큼 판시엔도 자연히 자기 쪽 사람이라 생각하고 특별히 귀띔해 주었다.

"이번 일만 잘 처리하면 금상첨화일 거야. 어쨌든 장군들이 목숨 걸고 싸워 이겼지 않은가. 하지만 잘 처리하지 못한다면, 즉 황제 폐하가 예상하는 이익을 얻어내지 못한다면 문제가 커질 게야. 예를 들어 동이성 문제 같은 경우, 재상의 아들이 죽었으니 자네가 무르게 처리하면 재상 대인에게 잘못하게 되는 셈인데, 이미 조정에서는 동이성 사절단을 너무 심히 추궁하지 말라는 명이 나왔다네. 그런데 자네의 신분은 특수하지 않은가. 곧 재상의 사위가 될 몸인데, 만일 그저 황제의 뜻에만 따른다면 장인의 심기를 거스르게 될터이니, 여러모로 잘 생각해야 하네."

"소인은 관료 사회가 처음이라 그 심오한 뜻을 모르고 있었습니다. 상황이 조금 복잡하다고만 생각했을 뿐. 더구나 소인은 그저 8품 협률랑에 불과한 만큼, 아무리 홍려사에 차출되었다 해도 언행을 가볍게 하기보다 묵묵히 있는 편이 좋을 듯 합니다."

"그래도 자네는 부사를 맡지 않았는가. 많은 사람들이 자네를 주목하고 있을 거네."

판시엔은 동궁의 진의를 알지는 못했으나, 결국 자기를 끌어들이려는 것이고, 이번 담판에서 황제 편에 서지 말고 재상 편에 서라는 이야기를 하려는 것이라 추측했다.

홍려사는 판시엔의 전생에서 외교부에 해당하는 부서로서, 홍려사의 소경은 외교부 장관에 해당했다. 전생에 들은 외교에 관한 금언 중에는 '약소국을 대함에 있어 외교는 없다'라는 것이 있었다. 경국은 천하에서 제일 강한 나라이니만큼 홍려사도 엄청난 지위가 있는 관아라고 할 수 있을 것이었다. 사방이 측백나무로 둘러싸여 있어서 여름의 뜨거운 기운조차 피해가는 곳이었다. 홍려사에 온 판시엔은 어느 방으로 안내돼 말단 좌석에 앉아 홍려사 소경 신치우(辛其物, 신기물)가 하는 말을 듣고 있었다.

"판 대인, 이번 조정에서는 대인을 부사로 임명했는데, 그 이유중 하나는 대인의 명성을 이용하고자 함이며, 다른 하나는 북제의 일이 대인과 연관돼 있기 때문입니다. 다만 이런 일에 대해서 익숙치 않으시니 너무 조급해하시지는 마시고 천천히 적응해 가시길 바랍니다."

신치우는 제일 말단 좌석에 앉아 있는 멀끔한 젊은이의 뒷배경이 만만치 않음을 알고 있는 만큼 좀 과하게 격식을 차려 말했다. 회의가 끝난 후 신치우는 판시엔을 준비해 놓은 작은 방으로 데리고 가, 그곳을 가득 채운 엄청난 규모의 문서 더미를 가리키며 말했다.

"관련된 자료는 모두 여기 있네. 이번 담판에서 가장 중요한 것은, 북제가 돈으로 배상하여 영토를 되찾으려 할 테지만, 그 영토는 이미 우리가 점령하고 있다는 사실이네. 동이성 쪽은 특별한 요구사항이 없으며, 다만 두 번의 암살 사건이 잘 마무리 되길 원하고 있네.

암살 사건 중 하나는 자네 판 공자와 관련이 있는 사건이네만, 두 명의 여자 자객이 이미 스구지엔 셋째 제자의 제자들임이 증명되었네. 하지만 다른 한 사건은……"

그는 판시엔을 한번 보며 잠깐 머뭇거리다가 이어서 말했다.

"자네도 알겠지만 그 사건은 좀 사정이 복잡해서, 조정에서도 특별한 증거를 제시할 수가 없네. 판 공자, 동궁은 자네에 대해 큰 기대를 가지고 있어."

이후에 별 의미 없는 말을 조금 더 나누고 신 소경은 곧바로 자리를 떴다. 그가 떠나는 모습을 보며 판시엔은 생각했다. 아버지 판지엔도 이전에 말했듯, 태자는 폐하가 정한 황권을 이을 사람이니만큼, 폐하에게 충성을 다한다면 태자에게도 충성을 다해야 하는 것이겠지만, 사실 문제가 그리 간단하지가 않았다. 생각해 보면, 동궁은 판씨 집안을 도무지 믿을 수 없으니 판시엔을 부사로 임명하면서까지 시험을 한번 해보려는 것인 듯했다. 판씨 집안이 태자 쪽으로 조금이라도 가까이 올 수 있는가에 대한 시험, 설령 그게 아주 조금이라도.

그 후 여남은 날 동안에 판시엔은 여러 자료들을 왕치니엔에게 주었고, 그에게 처리해 합당한 방안을 내라고 지시했다. 판시엔은 왕치니엔이 자기 몰래 감사원의 그 절름발이 영감에게 정기적으로 보고를 한다는 것을 오래전부터 알고 있었다. 이왕 이렇게 된 일, 복잡하고 관심도 없는 일은 왕치니엔에게 주면 천핑핑 대인이 어머니의 얼굴을 봐서든 아버지의 얼굴을 봐서든 처리해 줄 것이었고, 자기가 특별히 신경쓸 일도 없다고 생각했다.

아니나 다를까, 며칠이 지나자 왕치니엔은 초췌한 얼굴로 두꺼운 문서를 들고 왔다. 문서의 첫장을 보자마자 판시엔은 두 눈이 반짝였다. 내용은 크게 두 부분으로 나뉘어져 있었는데, 하나는 홍려사의 고위 관원들이 참고하는 내부자료였고, 나머지는 북제와의 담판에 관련한 것이었다.

자료에는 북제의 내부 상황이 상세히 기술돼 있었다. 젊은 황제와 태후 사이에 암투가 있어 쿠허 국사에 의지하고 있다 등등의 내용이 있다. 태후의 친동생인 장닝 후작(长拧侯)은 이번 경국과의 전쟁에서의 패배로 인해 문관 대신들의 공격을 받고 있었으며, 젊은 황제는 배상에 많은 돈을 쓰고 싶지 않아 하고, 이번 기회를 빌어 백성들의 원망을 사고 있는 암중 세력을 약화시키고 싶어 한다고 내용이 쓰여 있었다. 반면 북제 태후의 입장에서는 어떻게든 빨리 이 상황을 수습해 조정을 안정화시키고 싶어하는 중이니, 이번 담판에서는 그저 참으라고만 지시돼 있었다.

이런 숨겨진 암중의 비밀을 홍려사의 관원들이 들었을 리 없었고, 감사원 4처의 북제 첩자가 하나 하나 작은 정보들을 파헤치고나서 잘 엮어본 뒤에야 얻을 수 있었던 확실한 결론이었다.

"아주 좋아. 이런 정보가 손에 있으니 홍려사 관원들은 웃음꽃이 피겠구만. 그런데 이 정보는 얼마나 믿을 만하지?"

왕치니엔은 눈가의 주름이 더 깊어졌는데, 최근 며칠간 잠을 제대로 못 잔 눈치였다.

"아주 믿을 만한 정보입니다. 옌빙윈(言冰云 , 언빙운)이 북제에서 이미 첩보망을 잘 펼쳐 놓아, 비교 참고하였으니 문제가 없을 것입니다."

판시엔은 옌빙윈이라고 불리우는 젊은 공자에게 대해 경외심이 생겼다. 국가의 이익을 위해 마치 어둠 속 쥐처럼 몇 년을 웅크리고 있었는데, 조정 고관의 아들이라는 신분을 생각할 때 그리 쉬운 일은 아니었기 때문이었다. 하지만 옌빙윈이 그렇게 북제에 불쌍하게 웅크리고 있는 이유는 판시엔 자신이 열세 살 때 일어난 암살시도 사건 때문이라는 것을 그는 전혀 짐작하지 못했다.

"좋아, 내일 홍려사로 가서 소경 대인과 상의해 보지."

판시엔은 왕치니엔에게 무언가 말하고 싶었지만 다시 정신을 가다듬고 살짝 떠보듯 물었다.

"다른 일이 더 있나?"

"대인, 이 자료는 홍려사에 제공하시면 안됩니다."

"왜?"

"왜냐하면……이건 감사원의 기밀인데, 소경을 포함한 홍려사 전체는 이 기밀을 접촉할 권한이 없습니다."

"그럼 어떻게 해야 하나? 차라리 감사원에게 말해 정상적으로 얻은 정보를 홍려사에게 직접 주라고 하는 편이 낫겠구만."

왕치니엔은 한숨을 쉬면서 속으로 생각했다. '만약 천 원장 대인이 판 공자가 이번 담판에서 사람들을 놀래킬 정도의 활약으로 앞길을 트는데 도움이 되도록 만들겠다는 생각이 없으셨다면, 6개 부처의 모든 사람들더러 밤을 새워 가며 이 문서를 만들게 하셨겠어요?'

늦여름 더위가 여전히 기승을 부려, 징두의 행인과 길거리의 검은 개들까지 정신이 나간 상태였다. 8월 8일, 마침 큰 명절을 맞이해 북제와 동이성의 사절단이 징두의 서쪽 마지막 관문을 동시에 통과하고 있었다. 경국의 황제는 특별히 지시를 내려 양국 사절단이 황실의 행궁(황제가 외부에 나갔을 때 머무르는 궁-역주)에 머무르게 했으며, 수일 동안의 후한 대접을 받고나서야 마침내 징두로 들어오는 일정을 지시했다. 징두의 백성들은 전부 이 사절단 이야기로 한창이었다. 무료한 생활에 가을 단비 같은 반가운 행사였다.

판시엔은 부사의 신분으로 사절단을 응대하고 있었다. 징두의 서문에서부터 양국의 관원을 맞이하여 그들이 머물 장소까지의 일정을 조율 중이었다. 북제의 사절 관원들의 표정은 좋지만은 않았는데,

결국 전쟁에서 패배한 사람들이었고, 적지 않은 북제의 장수들이 포로로 잡혀 있었던 데다가, 더 중요한 것은 적지 않은 영토 또한 경국으로부터 점령당한 상태였기 때문이었다.

"소경 대인, 이 분은?"

북제 사절단의 수장은 태후의 친동생이었다. 장닝 후작. 그는 마치 높은 곳에서 굽어보는 듯하게 잘생긴 판 공자를 보고 있었다. 그는 속으로 경국이 한 국가의 정사(사절단 대표-역주)를 맞이함에 있어 이런 젊은이를 부사로 임명했다는 것은 자신들에 대한 멸시의 의미라고 생각해 불쾌했다.

"소인 판시엔, 후작님을 뵙습니다."

판시엔은 깔끔한 미소로 적국의 손님을 맞이하고 있었다. 그는 이미 감사원의 정보를 통해, 이 자는 설정 일뿐이며, 사실은 뒷 가마에 타고 있는, 경국 황실 사람들로부터 안내를 받고 있는 장모우한(莊墨韓, 장묵한)이라는 자가 시대의 대가이자 진정한 거물임을 알고 있었다.

판시엔은 자신의 서재에서 조심히 글을 쓰고 있었다. 감사원에서 준 정보를 최대한으로 활용하되, 징두에서 오랜 산 공자의 말투를 흉내내 그 정보의 분석에 의거한 판단들을 다시 쓰고 있었던 것이다. 판시엔의 분석을 듣고, 황제가 직접 지휘하는 감사원 외에, 비슷한 정도의 공포스러운 정보력을 지닌 기구가 또 하나 생겼는가 하는 의심을 지우기 위함이었다. 심지어 이런 기구를 8품 관리가 관리한다 생각하면 기절초풍할 일이 아니겠는가?

"이번 북제 사절단 대표는 누구야?"

판뤄뤄는 자신의 오빠가 이번에 당당히 조정의 일에 참여하게 된 것에 누구보다도 기뻐하고 있었다. 판시엔은 탁자 위에 널부러진 서

류들을 정리하면서 대답했다.

"북제 태후의 동생 장닝호우. 하지만 이번 사절단에서 가장 중요한 인물은 일대(一代) 문단의 대가인 장모우한이야. 듣기로는 천하의 서생들이라면 모두 그를 존경한다고 하던데? 북제에서 어떤 대가를 치를지는 몰라도, 예상밖으로 그가 사절단에 참여했다는 것은 매우 주목할 일이지."

담판의 장소는 홍려사의 제일 큰 방이었다. 북제 사절단과 경국의 관원들 사이에는 큰 책상 같은 것은 없었으며, 일반 가정에서 쓰는 의자 몇 개와 몇 종류의 차가 있었을 뿐이었다. 대화도 일반적인 잡담 같은 것이었다. 판시엔은 제일 아래 사람들이 앉는, 눈에 잘 띄지 않는 의자에 앉아 이 장면을 냉철하게 관찰하고 있었다.

날카로운 칼날을 숨기고 온화한 어조로 주고받는 대화도 그리 오래지 않아 본격적으로 두 나라 대신들의 목소리가 높아지기 시작했다. 몇몇 성격 급한 대신들은 팔을 올려붙이며 곧 의자라도 박차고 나갈 기세였다.

"뭐라고? 이번 북방 전쟁에서 이긴 게 너희 북제야, 아님 우리 경국이야?"

홍려사의 6품 주바오(主薄, 주박)가 더 이상 참지 못하고 북제 사절단을 질책했다.

"전쟁 중에는 흉악한 일들이 너무 많아 우리의 대 북제 폐하께서 백성을 굽어 살피셔 잠시 전쟁을 중지하신 것일 뿐 아직 승패가 갈리지도 않았으니, 누가 이겼다고 할 수 있으리오?"

북제 대신의 얼굴이 철면피처럼 저리도 당당하게 나오니 옆에서 지켜보던 판시엔도 곧장 튀어나가고 싶을 정도였다. 하지만 홍려사의 소경 신치우는 가볍게 미소를 지으며 말했다.

"그렇다면 이번 사절단은 일단 돌아가시고, 두 나라가 다시 한번 싸워서 누가 이기는지 보고 판단해도 늦지 않을 것 같소."

이것은 무엇인가? 명백한 협박이었다. 판시엔은 소경의 말에 감탄을 자아냈고, 북제 사절단은 순간 멍해졌다. 신 소경이 이어서 예상치 못한 말을 이었다.

"북제와 경국 두 나라 사이에, 어디 우호 같은 것이 있기나 했나?"

판시엔은 속으로 껄껄 웃으며, 홍려사 소경의 의외로 단호한 성격에 몹시 놀랐다. 경국이 강성하지 않다면 도무지 나올 수가 없는 장면이었다. 홍려사 판단으로는 이걸로 충분했는지, 주바오가 얼굴 가득 인자함을 품고서 일어나며 말했다.

"대인 여러분, 너무 감정적으로 대하지 마시고, 양국간 우호관계의 초심을 복원하라 하신 폐하의 말씀을 잊지 맙시다."

양측은 다시 한번 소매를 가다듬으며 나갔고, 그날의 차담회는 이렇게 끝이 났다. 고위 관원이란 우아한 자태를 유지하는 듯하지만, 실상 하는 일이라곤 탁자에서의 싸움박질뿐, 실무는 언제나 밑에 사람들이 열심히 하는 것이었다. 담판이 점차 꼬여가면서 더 이상 아무런 진전도 없었다. 한편 북제 사절단 중 장모우한은 궁에 들어가 태후와 이야기를 한번 나누고 온 이후로는 거의 밖으로 나오질 않고 있었다.

이틀 후, 홍려사 안에서는 중요한 논의가 오고가는 중이었다.

"포로 교환이 중요한 한 축이지. 폐하께서는 북제에 잡혀있는 포로들을 어떻게서든 송환하라시며 나머지는 그리 중요하지 않다 하셨네."

신치우는 북제와의 담판장에서 보였던 태도와는 달리 담담히 말했다. 다른 관원이 말했다.

"각 국의 포로 숫자가 나왔는데, 우리가 북제와 제후국들에서 잡아들인 포로 숫자는 약 2천 4백여 명 정도 됩니다. 다른 나라에 잡혀 있는 경국 포로는 천 명 정도이고요. 폐하의 지시에 따르면 2명에 1명 꼴로 교환해도 무방한 것 같습니다."

신치우는 고개를 끄덕이며 부하들의 일 처리 속도에 만족감을 표했다.

"국경을 다시 확정하는 문제에 대해서 황제 폐하의 뜻은 명확하네. 이번에 점령한 영토는 한 치의 양보도 할 수 없다는 것이고, 만일 그래도 북제가 양보하라고 나온다면 대신 치엔룽완(潜龙湾)쪽의 초원과 교환을 하라는 것이네."

치엔룽완은 경국의 서북편에 있는 땅으로, 영토상 경국 땅에 속하지만 북제의 통치를 받는 유일한 곳이었다. 관원들은 분주히 상사의 의도를 적고 있는 중이었다. 그때 한 사람이 머리가 아프다는 듯이 말했다.

"왜 그런지는 모르겠지만, 이 문제 있어 북제가 왜 이리도 강경한지 모르겠습니다. 잡힌 고기가 그물망을 뚫고 나가겠다는 것인지 뭣인지."

첫 번째 담판에서 튀어 나갔던 주바오는 확실히 충동파였는데, 이번에도 손바닥으로 책상을 때리며 욕을 했다.

"그럼 이미 우리가 점령한 땅을 설마 다시 토해내라는 거야?"

신치우는 고개를 끄덕이며 대꾸한다.

"주 대인이 조금 직설적으로 말한 감이 없지 않지만, 맞는 말이지."

다른 사람이 말했다.

"여러분들 모두 잊지 마십시오. 이 땅들은 우리 장군들이 총칼로 싸워 뺏어온 것이고, 피와 살로 되찾아 온 겁니다. 그들의 생명이 대가였던 거죠. 그런데 우리들은? 그저 입으로 몇마디 하는게 다입니다. 그러니 우리들의 입은 국가의 이익을 포기하면 안되는 겁니다. 하나라도, 약간이라도, 한 푼의 돈이라도, 한 치의 토지라도 싸워서 찾아야 합니다."

또 다른 부하가 뒤를 이었다.

"대인의 말씀은 지극히 옳습니다. 다만, 암중의 보고에 의하면, 북제와 태후의 관계가 이번 전쟁의 패배로 인해 다시 복원되고 있는 듯 보입니다. 만일 이번 담판이 깨져 다시 두 나라가 싸우게 되면 북방의 군신들이 일심단결할 것이라 보입니다. 그러면 조금 귀찮아 질 수 있으니, 황제 폐하도 여기까지 가는 것은 원치 않으실 것 같습니다."

다른 이가 말했다.

"북제의 수도가 확실히 너무 멀긴 해. 이런 정보들이 쓸 만한지를 잘 모르겠군."

담판에서 제일 관건은 지피지기인 바, 승리자라는 우세는 경국에 있었으나, 상대방이 모두 경국 수도에 있는 현 상황에서, 북제의 밀정들은 경국 조정의 반응을 곧바로 살펴 알릴 수 있는 것에 반해, 경국은 그러지 못하는 점이 신치우의 고민이었다.

그때 누군가 말했다.

"폐하께 말씀드려 감사원 4처의 협조를 구하면 안될까요? 4처가 북제에 파견한 첩자가 조정의 다른 관아 사람들보다 더 뛰어나지 않습니까?"

사람들은 일시에 눈빛이 반짝였으나, 감사원은 문관들이 벌벌떨게하는 이름이었다. 하지만 이 미친개를 이용해서 적국을 상대할 수 있다면야 두 손 두 발까지 다 들고 찬성할 일이긴 했다. 하지만 예상외로 이 말은 신치우의 화를 샀다. 역정을 내며 신치우가 말했다.

"너희들이 무슨 생각을 하는지 내가 모르고 있었다고 생각하느냐? 하지만 그 여우 같은 조직이 그걸 우리에게 주겠느냐? 안 준다고 해도 우리가 뭘 할 수 있는데? 설마 내가 폐하 앞에 가서 무릎이라도 꿇고 빌어야 한다고 생각하는 것이냐? 그러지. 내가 오늘 저녁에 궁에 들어가 폐하의 지시를 받고 오겠네."

신치우는 다시 평정심을 찾으며 이야기하면서, 가만히 앉아만 있는 판시엔을 한번 쳐다보았다. 판시엔은 전혀 부사 같지 않는 느낌으로 시종일관 웃는 낯으로 말없이 구경만 하고 있었다.

"판 대인, 자네는 이 담판에 대해서 어떻게 생각하고 있는가?"

판시엔은 주먹을 앞으로 모으고 침착하게 말했다.

"소인이 생각하기에 북제는 허장성세를 늘어놓은 것일 뿐, 만일 다시 전쟁을 하고자 하는 마음이 있었다면 이리 급히 사절단을 파견하지는 않았을 거라 생각합니다."

모인 관원들은 시작(詩作)에서나 주먹에서나 범상치 않은 판시엔의 명성을 익히 잘 알고 있었던 만큼 그의 발언에 상당한 기대를 갖고 있었다. 하지만 그가 이렇게도 평범한 말을 하니 실망을 금할 수 없었다.

신치우는 이어서 물었다.

"일리가 있네. 다만 양국의 관계란, 실재가 곧 허상이고, 허상이 곧 실재인 관계이네. 한 나라는 한 사람과 같아서, 감정에 쉽게 흔들리기 쉬우니, 그렇게 이론적으로만 생각할 수는 없는 일이네. 혹시 판 부사는 어떤 증거 같은 것이라도 갖고 있는 겐가?"

판시엔은 속으로 '한 나라는 한 사람과 같다'는 말에 감탄하며 대답했다.

"대인 여러분! 여러분 모두 서생들 마음 속에 차지하고 있는 장모우한의 지위를 아시리라 생각합니다. 북제가 이 사람을 사절단에 포함시킨 것은 단지 화합을 위해서가 아닐 것입니다."

"장모우한이 경국에 왜 왔는지를 안다면 도움이 될지도 모르겠군."

판시엔이 받은 감사원의 문서에는 명명백백히 적혀 있었다. 장모우한이 경국에 온 것은, 첫째는 북제의 태후와 황제가 둘다 몸을 낮춰 장모우한에게 요청했기 때문이며, 둘째는 장모우한이 거만하기 짝이 없어서 양국 간의 관계를 자신이 조율하기 위해서이며, 셋째는 개인적인 사정이 있어서인데, 이 마지막 이유는 정확히 조사가 안되었다고 돼 있었다.

"만일 장모우한을 한 번만 볼 수 있다면 실마리를 찾을 수도 있지 않을까 싶습니다."

판시엔의 뜻밖의 제안에 주바오가 말했다.

"이런 거물은 궁의 연회에서나 볼 수 있을 뿐입니다. 홍려사 관원들이 이런 요구를 했다가 상대방이 거절이라도 하면 방법이 없을 뿐더러 그저 자기를 욕먹이는 것밖에 되지 않습니다."

그러더니 갑자기 그의 눈빛을 번쩍이며 말했다.

"하지만 판 부사는 시작(詩作)으로 제법 이름이 나 있으니, 그 명성을 이용해 접근하면 거절당하지 않을 거라 생각됩니다."

판시엔은 어이가 없다는 듯 속으로 '고작 시 몇 편 썼다고 천하에 이름이 났다고?' 하고 생각하고 있는데, 다행히 신 소경이 그보다 먼저 나서서 대답했다.

"장모우한은 매우 거만하며 경전의 해석에서라면 온 세상에서 손꼽히는 기인인데, 어떻게 판 부사가 그의 눈에 들어오겠소. 내가 보기엔 이번에 북제가 그를 이곳에 보낸 것은 연회 장소에서 무엇인가를 하기 위함인 듯하고, 아마 그의 명성을 이용해 폐하를 설득하려는 게 아닌가 싶소."

회의가 끝나고 판시엔은 가만히 틈을 엿보다 소경 대인을 한쪽으로 불러 자신이 정리한 문서를 그에게 건네 주었다. 신치우는 처음에는 대충 훑다가 내용을 보고는 눈이 번쩍뜨였다. 판시엔이 만들어 올 것이라고는 생각도 하지 못한, 북제와 조정의 상황에 대한 자세한 분석이 담겨 있는 자료였다.

"아주 좋군! 이제부터 우리 홍려사는 담판에서 배짱을 가지고 임할 수 있겠네! 그런데, 판 부사, 이것을 왜 조금 전 다 같이 있을 때 공개하지 않고 나한테 따로 주는 것인가?"

"조금은 황당하다 할 수 있는 추측들도 같이 있어서 공식적으로 말씀드리기 어려웠습니다. 그저 대인께서 개인적으로 참고하시면 됩니다."

신 소경은 내심 매우 감격하여 그 자리에서 내용을 자세히 살펴보았다. 그리고 한참이 지난 후에야 조용히 물었다.

"판 공자! 이 안에 있는 많은 내용들이 조정에서도 모를 만한 비밀로 보이는구만."

판시엔은 순간 마음에 철렁했다. 결국 소경을 완전히 속이기는 쉽지 않을 거라 생각했지만, 이렇게 바로 알아챌 줄이야. 그래도 그는 침착하게 대답했다.

"자세한 사항에 대해서는 소인이 말씀드릴 수가 없습니다."

관료 사회에서는 예측불가능해 보이도록 하는 것이 요긴할 때가 있는 법이다. 역시나 신치우는 더 이상 추궁하지 않고 대신 온화한 미소를 지으며 말했다.

"만일 이번 담판에서 좋은 결과가 있다면 반드시 폐하께 상서를 올려 자네의 공로를 치하하시도록 하겠네."

판시엔은 웃으며 예를 표하고 물러갔다. 신치우는 판시엔이 사라지는 뒷모습을 바라보며 조금은 난감해졌다. 태자의 측근인만큼 신치우는 스난 백작 판지엔이 폐하의 사적 권력을 일부 나눠 가지고 있음을 익히 잘 알고 있었다. 하지만 그럼에도 판지엔은 거기에서 오는 권력을 정치에 공식적으로 드러낸 적은 한 번도 없었다. 그런데 아들이 개입되어 있다는 이유로 판지엔이 그 권력을 이용했을까? 물론 신치우는 판시엔과 감사원의 관계를 전혀 생각하지 못했다. 감사원은 폐하의 사설 특수 기구로서, 황자들도 손을 뻗칠수 없는 마당에 일개 대신의 사생아가 그럴 수 있다고 어떻게 생각하겠는가? 하지만 어쨌든 그는 자신의 마음을 굳혔다. 판씨 집안을 공격하지 말고 같은 편으로 만들자고 태자에게 건의해야겠다는 생각이었다.

동궁에서는 판씨 집안에 대해 크게 두 가지 의견이 있었다. 신치우와 다른 생각을 하는 사람들의 입장은 판씨 집안이 본래 징왕 집안과 사이가 좋고, 징왕 세자는 2황자와 절친한 사이이니만큼, 재상 집안은 판씨 집안과의 결혼을 기해 점차 동궁과 사이가 멀어질 것이라는 생각이었다. 결론적으로 판씨 집안이 2황자의 편에 서게 될 거라는 판단이 깔려 있었다. 하지만 신치우는 그러한 예측에 계속해서 반대해 왔다. 그가 보기에 근본적으로 판지엔은 징왕이나 재상에 끌려다닐 만큼 그렇게 만만한 인물이 아니라고 생각했기 때문이었다.

황궁의 어느 깊은 곳, 신치우는 서재 문 앞에 무릎을 꿇고 엎드려 있었다.

"일어나게."

황제의 목소리가 장막 안쪽에서 울려 퍼졌다. 신치우는 몸을 일으켜 두 팔을 몸 옆에 붙이고 조금도 움직이지 않도록 주의했다. 이 서재에 몇 번이나 왔었던 신치우지만, 알 수 없는 종류의 압박감은 여전했다. 콩알만한 땀방울이 얼굴을 뒤덮었다. 단지 여름 무더위 때문만은 아닌 것 같았다.

장막 뒷편에서 문서를 읽는 소리가 잠시 들렸다가 침묵이 흐르더니, 황제가 담담히 말을 시작했다.

"일리도 있고, 증거도 있어. 아주 좋아. 북제의 태후가 아직도 분수를 모르고 있군. 짐을 대신해 소경이 더욱 강하게 나가게."

"네, 폐하."

"판 시랑의 아들이 이번에 부사를 맡았다고?"

황제의 목소리가 갑자기 달라졌다. 신치우는 황제가 판 부사에게 관심을 가지고 있는지는 전혀 생각하지 못했기에 당황하여 송글송글 더 많은 땀이 맺혔다.

"네."

"오, 짐이 태상사에서 협률랑을 맡게 하였는데, 어찌하여 홍려사로 발탁하였느냐?"

폐하의 목소리는 여전히 온화했지만, 신치우는 긴장한 터라 무섭게만 느껴졌다. 그는 그 무엇보다 숨김없이 솔직하게 말했다.

"최근에 동궁에서 태자와 함께 폐하의 뜻을 읽으며, 경국과 북제와의 담판에 대해 논의한 적이 있었습니다. 판시엔은 이 일에 관련자이기도 하고, 징두에서 나름 문인으로 명성이 높은 데다, 이번 북제 사절단에는 장모우한도 포함되어 있기에, 여러 가지로 적합한 인물이라 생각되어 소신이 건의한 바, 태자가 승낙하였습니다."

장막 뒤에 앉은 황제는 소경의 이 솔직한 태도가 마음에 들었다. 그는 지금까지 조정에서 패거리가 만들어지는 것을 두려워하지 않았다. 그러한 패거리가 암암리에 행동하지 않는다는 전제하에서이다.

"이렇게 해야겠다. 짐이 네게 이 일에 관한 전권을 줄 터이니 태자에게 보고하지 말고 내게 직접하거라."

"네."

신치우와 태자의 관계를 황제는 이미 알고 있었다. 신치우는 태자에게 황제의 뜻을 읽어주는 사람이라는 것. 황제는 두 눈을 모아 미간을 찌푸리는 듯 멀찌감치서 문서를 살펴보았다.

"판시엔은 어떤가?"

"사실 폐하께서 보시고 계신 문서는 판 부사가 분석한 것입니다."

"분석했다고? 점입가경이구나!"

이유는 알 수 없어도 황제의 말투에는 약간의 분노가 섞여 있었다. 신치우는 황제가 분노하는 이유를 짐작할 수 없었기에 엄청난 공포에 휩싸였다. 이 일은 담판과도 크게 관계가 없지 않은가? 신치우가 서재를 나선 후에 황제는 장막을 걷으며 자리에서 나왔다. 화났다기보다는 위엄이 가득한 얼굴로, 분노라기보다는 불가피한 체념의 쓴 웃음으로 태감에게 명령을 내렸다.

"천핑핑에게 입궁하라 하라."

이 경국의 주인, 아니 천하에서 가장 큰 권력을 가졌다는 이 중년의 남자는 서재를 나와 황궁의 복도를 따라 걸었다. 어둑어둑해진 밤하늘의 달을 쳐다보며 입술을 조금 치켜 올렸다. 그리고 자문자답하듯 혼잣말을 했다.

"국가의 무기를 이용하여 직접 홍려사를 돕지 않고, 그 아이에게 주어 앞길을 터준다. 천핑핑, 너는 정말 짐의 감사원을 그 아이에게 줄 생각이구나."

황제가 어떤 인물인가? 판시엔이 분석했다는 그 문서를 보자마자 그는 감사원의 그림자를 단박에 알아차렸다. 하지만 그의 표정은 화간 난 사람의 표정이라기보다 즐기고 있는 사람의 표정에 가까워보였다.

동궁에서는 격렬한 논쟁 중이었다. 논쟁의 두 당사자는 신치우와 동궁의 편집인 궈바오쿤이었고, 쟁점은 말단 8품 관리 판시엔에 관한 것이었다. 둘은 얼굴을 붉히고 핏대를 세우며 이야기하고 있었다.

신치우는 궈바오쿤에게 진지하게 말했다.

"신하는 간언을 해야 하는 자들이고, 나는 황제 폐하의 뜻을 받아 태자께 말씀드리는 사람이네. 태자는 곧 대업을 이어받으실 분인 바, 언젠가는 인재를 영입해야 하시지 않는가. 판시엔은 징두에서 소문난 인재라 명성이 자자하고 자신이 물러설 때와 나아갈 때를 잘 아는 사람인듯 보이는 실로 실력있는 인재네. 더구나 판씨 집안은 경국 황실에서 둘도 없는 집안이니 태자는 당연히 그를 끌어들이셔야 하네. 어느 한 신하의 악감정으로 거절할 수는 없는 일이야."

"설마 소경 대인은 내가 술집에서 그와 다툰 일 때문에 이런다고 생각하시오? 자네는 판씨 집안과 징왕 집안의 관계를 잊지 마시오. 또한 판시엔은 곧 재상 대인의 사위가 될 것인데, 최근 재상 대인의 행동을 모르시고 하는 소리요?"

"글쎄. 나는 경국에 있는 한 분의 황제와, 한 분의 태자만을 알고 있소. 조정 사람을 이리저리 나누어 생각하는 것은 정말 바보 같은 생각일 뿐이오."

신치우 또한 2황자와의 상황을 잘 알고 있었으나, 기본적인 그의 생각은 동궁이 2황자와 대립해서는 안된다는 것이었다. 대립하게 되면 굉장히 위험한 상황을 맞이할 수도 있다고 생각했기 때문이다. 태자가 바르게 행동하기만 한다면, 대의에 입을 댈 자가 누가 있겠는가!

이 둘의 윗쪽 높은 의자에 앉아 있던 태자가 한숨을 쉬며 입을 떼었다. 전체 상황을 보면 신 소경의 말이 정확한 듯했다. 그러나 황권 다툼이라는 것은 패배시에는 죽음이 따를 수도 있는 문제이기에 최대한 신중해야 했다. 여전히 호시탐탐 황권을 노리고 있는 둘째 형이 어떤 일을 벌일지 누가 알 수 있겠는가?

"눈에 보이는 형세는 아직 거기까지 나아가진 않았다고 보네. 본궁(本宮, 궁에 사는 신분의 자가 자기를 일컫는 말-역주)은 한 나라의 주군(主君, 황위를 이어받을 사람-역주)으로서 조정의 많은 인재를 아끼고 있네. 자네들은 일을 너무 복잡하게 만들지 말게."

이것이 황궁의 '어쩔 수 없음'이다, 내가 너를 방어하고 너가 나를 방어하는 것이 명확하더라도, 어느 누구도 대놓고 옳고 그름을 딱 부러지게 말할 수 없는 것이다. 궈바오쿤은 여전히 승복하지 못한 듯 말했다.

"그럼 판시엔은……?"

신치우가 대답했다.

"궈 대인, 내가 보기에 대인은 어떤 사건과 관련해 계속 잘못된 판단을 내리고 있소. 자네를 포함해 많은 관원들이 판씨 집안과 징왕 집안의 관계를 보고 판씨 집안이 2황자의 편에 섰다고 생각하고 있지만, 사실상 명확한 증거가 있소? 만일 진짜 궈 대인이 말하는 대로라면 이번에 동궁이 판시엔에게 기회를 주었어도 그가 받아들였을 리 만무하오. 판시엔이 곧 재상 대인의 사위가 된다는 이유로 궈 대인은 판시엔이 태자께 충성을 다하지 않을 것이라 생각하는 모양인데, 그것은 정말 황당한 소리요."

"뭐가 황당하다는 거요? 조정에서든 암중의 소식에 따르든 재상 대인이 장 공주와 파열음을 내고 있다는 것만큼은 명확하오. 점점 동궁의 영향에서 벗어나려는 시도를 하고 있단 말이오."

"일국의 재상이 황실 사람의 지휘를 받으면 안되는 것은 당연한 것 아니오?"

이 말이 좀 지나치다 생각한 듯 신치우는 바로 태자에게 죄를 고했다. 태자는 상관없다는 듯이 고개를 저으며 계속하라 지시했다. 신치우는 계속해서 말했다.

"궈 대인이 말하는 것은 온통 문제투성이오. 재상 대인이 장 공주와 갈라선 것은 모두 가 다 아는 사실인 바, 그게 동궁과 무슨 관계가 있단 말이오? 그럼 재상 대인이 폐하께 더 이상 충성을 안한다는 의미란 말이오? 아니면 더 이상 태자 전하의 편에 안선다는 의미란 말이오?"

"그렇다면 재상 대인이 최근 동궁에 들리는 횟수가 갈수록 적어지는 것은 무엇이오?"

신치우는 궈바오쿤에게 어이없는 표정을 짓고서 몸을 돌려 태자에게 큰 소리로 말했다.

"전하, 총명한 신하라면 당연히 폐하를 따르는 것이 맞습니다. 그래야만 자신과 자신의 가문이 오래 갈 수 있기 때문입니다. 재상 대인의 행동이 이상해보여도, 그가 태자와 2황자 사이에서 왔다갔다 하는 것은 결국 폐하의 뜻에 따르기 위함입니다. 그럼에도 우리들이 정말 재상 대인을 우리편으로 만들고 싶다면 판시엔이 관건입니다. 재상 대인은 이미 진정한 아들이라고 할 만한 자가 없으니 판시엔이 린씨 집안의 미래가 될 것입니다. 그가 제일 중요합니다!"

궈바오쿤이 코웃음을 치며 말했다.

"징왕 세자와 판시엔의 관계를 그대는 잊지 마시오."

"며칠 전 조사에서 드러난 그 일의 관계자가 누구의 부하인지는 그대도 잊지 마시오. 판시엔과 태자 전하가 우연을 가장하여 만나게 한 것은, 전하가 장 공주와 내고문제로 인한 껄끄러움으로 판시엔을 모욕하기를 바라서였겠지만, 또 그래서 판시엔이 전하를 원망하여 2황자 진영으로 투항하길 바랐기 때문이었겠지요. 다행히 전하께서 영명하시여 그런 얕은 꾀에 당하지 않으셨지만, 그게 다 뭐요?"

신치우는 태자에게도 차분히 말했다.

"판시엔을 얻는 것은 린씨 집안과 판씨 집안, 이렇게 두 집안을 얻는 것이고, 징두에서 이 두 세력을 얻는 것은 문관에서 엄청난 실세를 갖게 되는 일입니다. 더구나 수년이 지나면 내고도 이 젊은이가 갖게 될 것입니다. 일개의 8품 관리가 징두에 가져올 영향은 단순히 몇 편의 시에 그치지 않습니다."

이 말을 들으니 태자는 마음이 흔들렸다. 더 자세히 계산을 해본 후 결정을 하기로 하고 책상을 한 번 치며 말했다.

"좋소, 본궁은 판시엔에게 한번 기회를 주겠으니. 그가 본궁을 실망시키지 않게 하시오."

동궁의 결정에 궈바오쿤은 암울해졌고 신치우는 만족스러웠다. 태자는 자기 스스로가 영명하며 포용심이 있는 사람이라 생각하고 있었다. 다만 이 세 사람 모두 모르고 있었던 사실은, 황후와 장 공주가 판시엔을 암살하려 했던 적이 있다는 사실이었고, 동궁 배후의 그 엄청난 권력과 판시엔 배후의 권력이 두 번이나 크게 충돌했었다는 사실이었다. 한 번은 딴저우에서, 또 한 번은 뉴란지에와 창산자락에서. 그리고 이들은 당연히 몇 년 후 일어날 황당하고도 불가사의한 국면은 상상하지도 못하고 있었다. 황궁의 밤은 다른 어느 곳보다 훨씬 더 아득했고 칠흑같이 어두웠다. 모든 진상과 과거는 그 어둠에 파묻혀 있었다. 그리 머지 않은 미래에 어떤 위험이 다가오고 있는지 아는 사람도 없었다.

감사원 정보를 통해 얻은 뒷심으로 북제와의 담판에는 중대한 변화가 생겼다. 그동안 북제는 시간을 질질 끌면서 경국 조정의 인내심을 시험하고 있었는데, 신치우 대인이 돌연 기세를 올리면서 죽이기라도 할듯 상대방을 찍어 내리려하는 형세였다.

세 번의 담판을 통해 포로교환, 배상, 칭호 등의 문제는 완전히 해결되었고, 가장 큰 난제인 국경 재확정 문제만 남게 두었다. 전반적으로 담판은 순조롭게 진행되었는데, 감사원의 그 문서 이외에 판시엔이 한 일은 거의 없었지만 적지 않은 공이 판시엔에게로 돌아가게 되었다. 담박서점의 일은 경여당 지배인과 판스져가 있어 크게 신경 쓸 것이 없었고, 두 달 후 예정된 혼인은 양가의 안주인들만 분주했을 뿐 판시엔이 할 일은 그다지 많지 않았다. 제일 중요한 것은 류 씨 부인이 이 혼인에 신이 나 있었다는 것이다. 판시엔이 황실로 장가를 가게 되면 판씨 집안 백작 지위에 대한 다툼의 불씨는 꺼지는 셈이기 때문이었다.

2황자는 징왕 세자를 통해 판시엔을 두 번이나 초대했다. 하지만 지난 번 우연히 태자를 보게 된 일의 여파로 판시엔은 둘의 만남을 월말까지 미뤄두고 있었다. 그 때쯤에는 상황이 정리되기를 바라며. 대신 판시엔이 신경쓰는 부분은 장모우한과 스구지엔의 제자였다. 제자 중 하나는 문(文)으로, 다른 하나는 무(武)로 세상을 평정할만 한 인물들로 꼽히고 있었기 때문이었다. 태후의 요청으로 장모우한은 궁중에서 계속 강의를 하는 중이었고, 스구지엔의 제자 윈즈란(云之瀾, 운지란)은 사절단 속에서만 있었다. 윈즈란이 아무리 강하고 원한이 있어도 지금 징두에서 암살을 시도하는 것은 너무나도 바보같은 짓이기에 판시엔은 큰 걱정은 하지 않고 있었다.

진짜 신경이 쓰이는 일은 열쇠에 관한 것이었다. 그는 검은 가죽 상자를 하염없이 바라보고 있었다. 열쇠 구멍은 황동으로 만들어져 있었지만 그 구멍 뒤에는 어떤 장치가 돼 있어 열쇠를 찾지 않으면 어떻게 해서도 열 수 없을 것 같았다.

판시엔은 어떻게든 홍 태감과 관계를 맺어보려 했으나 이 또한 방법이 없었다. 태자와 2황자가 자기를 영입하려고는 하지만 그건 사실 그의 배경이 되는 두 가문 때문이지 판시엔 개인의 뛰어남 때문은 아닐 것이었다. 게다가 황궁이라는 곳이 본래 신하의 사정을 따지는 곳이 아니기에 판시엔이 황궁에 접촉할 방법이 없음은 어찌 보면 당연했다.

2황자가 징왕 세자 리훙청을 통해 판시엔을 초청했을 때 세자에게 살짝 부탁해 보기도 했지만, 리훙청은 고개를 저었다. 그 늙은 개, 훙 태감은 태후의 말에만 움직이기에 기본적으로 궁에서 도통 나오지를 않는다는 대답뿐이었다.

판시엔이 우쮸에게 말했다.

"방법을 바꿔야겠어요. 어떻게 해도 훙공공에게 접근할 방법이 없어 보이네요."

"내가 훙 태감을 밖으로 유인할 거다. 그때 네가 황궁에서 열쇠를 찾으면 된다."

판시엔은 어이가 없었다. 4품에서 6품 사이의 실력을 가지고 있는 자신에게 황궁에 들어가라는 것은 설마 궁에서 죽으라는 걸 의미하는가? 하지만 판시엔은 문득 뭔가 방법이 있을 수도 있겠다는 생각이 들었다. 우쮸가 판시엔의 통제 능력이 3품에 불과하다 했음에도 청쮜슈를 죽일 수 있었던 것을 보면, 우쮸가 판시엔의 능력을 매우 과소평가한 듯도 했기 때문이다.

"만일 진짜 그렇게 위험하다면 굳이 열쇠를 찾을 필요가 있을까요? 단순한 호기심에서라면 그러기에는 위험이 너무 크지 않나요?"

사실 이것은 그가 오랫동안 생각해온 의문이기도 했다.

"너는 아가씨가 네게 남긴 물건에 대해서 알고 싶지 않느냐?"

"알고 싶죠. 하지만 또 다르게 생각해 보면, 어머니는 제가 행복하게, 편안하게, 즐겁게 살아가기를 바라지 않으셨을까요? 만일 자신이 남겨놓은 물건이 자신의 아들을 위험에 빠지게 하는 건 어머니가 원한 일이 아니었을 것 같은데요."

우쥬는 고개를 숙였다. 그의 눈을 가린 검은 천과 까만 밤의 어둠이 마치 하나가 된 듯 보였다. 그는 판시엔을 보고 있지는 않았지만 판시엔은 순간 오싹해졌다.

"너는 현재 생활에 만족하는구나."

우쥬의 목소리는 매우 냉랭했다. 그는 지금까지 의문을 가진 듯한 표현은 거의 사용하지 않았고, 언제나 침착하게 사실만을 말했다. 게다가 판시엔은 징두로 온 이후, 특히 올 여름부터는 실제로 자신의 생활에 매우 만족하고 있던 참이었다.

"하지만 너는 네 생활을 스스로 통제하지 못하고 있다. 지금 이 모든 것은 쳔핑핑과 판지엔이 만든 계획의 일부일 뿐이다."

"설마 그들도 믿을 수 없다는 건가요?"

"나의 습관은 어느 누구도 믿지 않는다는 것이다."

"그런 생활은 너무 힘들어요."

"그들이 죽으면 넌 어떻게 할거냐?"

거의 질문을 하지 않는 우쥬 삼촌의 이 질문이 판시엔의 급소를 찔렀다.

"그럼……"

"어떤 음모, 권력 혹은 다른 어떤 것에도 영향받지 않고 자신을 보호할 수 있는 것만이 힘이다. 넌 이것을 기억해야 한다."

판시엔은 침대에서 일어나 자신의 호위이자 스승이며 큰형인 우쥬에게 몸을 숙여 예를 표했다.

"나는 아가씨가 네게 남긴 상자에 뭐가 있는지 모른다. 하지만 네가 스스로를 보호하기 위해 적이 두려워할 만한 힘을 반드시 가져야 한다는 것은 안다. 결심도 일종의 힘이다. 그러므로 나는 네가 열쇠를 찾기를 원한다."

판시엔이 고개를 들어보니 우쥬 삼촌은 이미 검은 밤 속으로 사라지고 없었다. 십 년이 넘게 알아왔지만 그가 어머니에 대한 기억 이외에 이렇게 많은 말을 한 적이 없었다. 판시엔은 삼촌이 한 말의 의미를 알았다. 징두의 이 변화함이 그의 뼈를 깎아내고 영혼을 부식시켜 그가 어려서부터 갈고 닦아온 냉정함과 역량을 무르게 하고 있었던 것이다. 이건 하나의 경고로써, 판시엔이 더 이상 소위 가족의 권력이나 어머니의 유산에 기대서는 안된다는 일침이었다. 물론 판시엔은 지금도 열심히 패도진기를 수행하고, 열심히 독침에 대해서도 연구하지만, 우쥬 삼촌이 말했듯 그의 마음은 딴저우에 있을 때보다 훨씬 더 유약해져 있었던 것이다.

나와 내 주변 사람 하나 하나를 보호할 수 있어야만 비로소 '나의 힘'이라 할 수 있는 것이다. 엄마가 없는 아이는 한 포기 잡초와 같아서, 그 잡초는 바위 위로 뻗어나가야 하며 햇볕과 비를 무서워하면 안된다. 자신의 뿌리를 더욱 깊게 할수록 줄기가 단단해지는 것이고, 이것이 바로 '정도(正道)'이다.

제12장

장 공주

　동쪽은 이미 붉게 물들었고, 태양은 자신이 점유한 땅으로부터 이사해 아직 잠이 덜 깬 구름 사이로 올라와 징두의 웅장한 건축물들을 비추고 있었다. 황궁의 외벽은 하늘보다도 더 붉었고, 편안해 보이면서도 어딘가 공포스럽게 광장 사람들을 쳐다보고 있었다. 판시엔도 그 광장 사람들 중 하나였다. 그는 높디 높은 벽을 올려다보면서, 또 벽 아래쪽에 깊이를 알 수 없는 문 안의 복도를 들여다보면서, 그 문이 이름모를 괴수의 입처럼 느껴졌다. 다른 사람들과 같이 황권을 상징하는 눈앞의 장엄함을 보면서 판시엔은 경외감을 느꼈지만, 다른 사람들과 다른 것은 그 경외감이 순종을 의미한다고 생각하지는 않았다는 것이다.

　호위들이 검사를 마치고 약간은 고압적인 자세로 허락을 하고서야 판시엔 일행은 궁 안으로 들어갈 수 있었다. 오늘은 인사를 드리는 날이었다. 궁에서 8품 협률랑 판시엔의 입궁을 명한 것이다. 황실의 명이 어제 판씨 집안에 도착하자마자 집에서는 밤새도록 한바탕 소동이 있었고 오늘 입궁하는 사람들이 정해졌다. 판지엔은 동행하지 않을 터, 집안의 수많은 여자들과 친척들이 동행을 자처했던 것이다. 최종적으로는 판지엔의 결정으로 류씨 부인과 판뤄뤄 그리고 두 명의 늙은 어멈이 판시엔과 함께 입궁하기로 했다. 이 두 어멈은 딴저우의 할머니의 연배로, 궁의 규율에 대해 잘 알고 있었기 때문이었다.

　류씨 부인은 이번에 입궁을 자원했다. 그녀가 황실의 마마들과 왕래가 있었음을 생각해보면 그녀의 입궁은 큰 도움이 될 것이 분명했다. 이들의 가벼운 발걸음이 조용한 동굴같던 복도를 경쾌하게 만들고 있었다. 복도가 매우 깊어 그 안쪽까지는 태양이 다가가지도 못했고, 차가운 바람이 외벽을 타고 불어와 눈을 뜰 수조차 없었다. 팔구월의 여름 날이었지만 늦가을의 한기가 느껴지는 듯했다.

　"나 조금 긴장돼."

　판시엔이 가볍게 판뤄뤄의 소매를 끌며 말했다. 판뤄뤄는 방긋 웃었다. 앞에 있던 작은태감이 고개를 돌리며 눈치를 주듯 판시엔을 한번 쳐다보았다. 류씨 부인은 미간을 살짝 찌푸리며 말했다.

　"궁에서는 목소리를 낮추거라."

　류씨 부인의 말에 판시엔은 자신이 지금 있는 곳이 황궁임을 다시 상기하고 긴장되었다. 류씨 부인이 웃으며 조용히 말했다.

　"그렇게까지 긴장할 건 없다. 내가 어렸을 때 여길 자주 왔는데, 그때도 홍공공이 태감들의 우두머리였을 때지. 그때 그 어렸던 태감들이 지금은 이렇게 시중을 들고 있을 줄이야."

이 말을 듣더니 그 작은태감은 황급히 몸을 낮추어 궁을 향해 걸어갔다. 황궁은 너무나 커서 길고 긴 복도를 지나고서야 청색 돌로 뒤덮힌 광장에 다달을 수 있었다. 광장에 다다르자 마치 인생이 한 번에 활짝 열리는 듯한 느낌이었다. 새벽 빛이 태극궁 정전(正殿)의 꼭대기를 비추어 황색의 유리 기와가 반사되었다. 눈을 멀게 할 것 같은 강렬한 빛이었다. 정전 아래에는 큰 원형 기둥이 지붕을 받치고 있었고, 그 앞에는 길고 긴 돌계단이 마치 하늘에 오르는 길처럼 펼쳐져 있어 무척이나 장엄했다.

판시엔은 자신 앞에 펼쳐진 장관을 바라보며 속으로는 황당무계한 생각이 들었다. '내가 지금 자금성에 온 것인가?' 이 우스꽝스러운 생각은 판시엔의 마음을 편하게 해주어 그는 자신도 모르는 새 얼굴에 미소를 띠고 주위의 궁녀들과 태감들을 흘끔거리기도 하고 가끔은 고개를 들어 기와를 살펴보기도 했다. 물론 어디가 무슨 궁이고, 누가 사는 궁인지는 알 수 없었다.

이 모습에 작은태감은 고개를 절레절레 저었지만, 류씨는 웃음을 참으며 속으로 생각했다. '이 아이는 정말 천하에 무서운 게 없는 건가?'

오늘 입궁의 목적은 간단했다. 곧 첸이에게 장가올 판시엔이라는 자가 어떻게 생겼나를 보고 싶은 황실 마마들께 인사를 드리는 일이었다. 목적은 간단했으나 과정은 너무나 복잡했기에, 판씨 저택의 모든 사람이 아침부터 서둘러 일어나 단장하고 황궁 문이 열리는 시간에 맞춰 최대한 빨리 온 것이었다. 그리고선 궁 안 한 구석에서 대기하며 황실의 마마들이 뵙자 하길 마냥 기다리고 있었다.

아침 일찍부터 서두른 탓에 판시엔은 차를 마시면서도 졸음을 참기가 어려웠다. 이 모습에 류씨는 자리에서 일어나 태감에게 가서 말을 건넸다.

"호우(侯) 공공, 오랜만입니다."

그러면서 노련하게 슬쩍 은표를 찔러주었다. 하지만 호우 공공은 정색하며 공손히 대답한다.

"판씨 부인, 부인께서 늙은 종의 입장은 생각해주지 않으시는 건가요? 부인께서 황실의 여러 주인님들과 같이 크셨는데, 제가 어찌 감히 부인께 돈을 받을 수 있겠습니까?"

"이건 자네를 좋게 봐서 그러는 거지, 자네를 매수하는 게 아니네, 뭘 그리 겁내는가?"

"부인께서 오늘 들어오셨으니 주인님들께서 그리 오래 기다리시게 하지는 않으실 겁니다. 다만 아직 시간이 일러 황실 여러 분들이 준비하시는 중일 듯합니다. 조금만 더 앉아계시면 될 겁니다."

태감이 류씨를 부르는 '판씨 부인'이라는 칭호에 판시엔은 귀가 쫑긋했다. 황실에서는 류씨를 이미 정부인으로 인정하는 듯했다. 스난 백작이 류씨를 같이 입궁시킨 것은 현명한 판단이었던 듯, 곧이어 몇몇의 사람들이 그들을 모시러 왔다.

처음 간 곳은 이(宜) 귀빈의 처소였다. 이 귀빈은 3황자의 생모로서, 어머니의 지위는 자식을 따라 귀빈으로 높여진 것이었다. 판시엔이 규율에 맞춰 예를 들이니, 온화한 귀빈의 목소리가 들려왔다.

"일어나거라."

이 귀빈은 수수한 사람이었다. 하지만 '수수'한게 전부일 뿐 판시엔이 기대한 만큼 미녀는 아니었다. 류씨는 귀빈을 바라보던 눈시울을 점점 붉히더니, 잠시 후 이 둘은 손을 꼭 잡고 서로를 바라보며 아무 말도 하지 못했다. 신분을 뛰어넘어 회포를 푸는 잠시간의 대화를 듣고서야 이 귀빈이 류씨의 사촌 동생임을 판시엔은 알게 되었다.

이 귀빈은 눈물을 훔치며 원망하듯 말했다.

"언니가 동생을 궁에 홀로 던져둔 지 3년이나 지났어요. 몇 번이나 황제 폐하께 부탁드렸건만 언니가 거절할 줄은 누가 알았겠어요?"

류씨는 암울한 기색을 얼굴에 잠시 비치더니 한동안 말을 하지 못했다. 한참 후에야 낮은 목소리로 이야기했다.

"나 때문이지. 모든 게 다 내 탓이야."

이 모습을 보며 판시엔은 잠시 스쳐가는 생각이 있었다. 이 귀빈이 언급한 3년이라는 것이 3년 전 딴저우에서의 암살시도 사건을 의미하는 것인가? 아버지 말씀에 따르면 그 암살시도에서 류씨는 죄를 뒤집어 쓸 희생양이었을 뿐 진정한 배후는 따로 있으며, 그 배후는 황실에서도 지극히 지위가 높은 두 여인이라고 했었다. 그런데 류씨가 3년 동안 입궁하지 않았던 것이 바로 그 이유 때문인 것인가?

"앞으로는 자주 보러 입궁할게. 어쨌든 오늘 왔잖아."

이 귀빈의 원망은 웃음으로 바뀌었다.

"판씨 집안 큰 도련님이 황실 최고의 보배에게 장가가는 일이 아니었으면, 내가 언니를 못 볼 뻔했지 뭐야."

귀빈은 판시엔에게 고개를 향하고는 온화하게 물었다.

"네가 판시엔이지?"

판시엔은 자리에서 일어나 매끈한 얼굴 가득 미소를 머금고 다시 한번 인사를 올렸다.

"조카 판시엔, 이모님을 뵙습니다."

이 말은 규율에서 완전히 어긋난 것이었기에 궁녀와 태감은 모두 어안이 벙벙했다. 류씨 부인 또한 너무 놀라며 속으로 생각했다. '내가 네 생모는 아니잖니?' 하지만 낯 두껍게 넉살을 부린 것이 아니나다를까 이 귀빈의 취향을 저격했고, 귀빈은 판시엔은 보고 환하게 웃었다.

"역시나 좋은 아이로구나."

판시엔은 지금껏 류씨 부인과 이 귀빈이 친척 관계인줄 모르고 있었다. 완알에 따르면 이 귀빈은 황제의 총애를 받고 있다고 했다. 그렇기에 여색을 밝히지도 않는 황제가 지금 여섯 살밖에 되지 않는 늦둥이 황자를 낳을 수 있었던 것이다.

이 귀빈은 진심으로 판시엔을 좋아하는 듯 보였다. 판시엔이 전생에서 유행하던 재밌는 이야기를 몇 가지 들려주자 전내(殿內)에는 웃음이 끊이질 않았다. 판시엔은 귀빈마마의 성격이 쾌할함을 알 수 있었다. 그리고 어떻게 이 음산한 황궁에서 그런 성격을 유지할 수 있는지 신기하기만 했다.

즐거운 시간을 보내는 중 해는 점점 더 높이 떠오르고 있었다. 류씨 부인이 물었다.

"3황자는?"

"그 아이는 너무 낯을 가려, 일어나자마자 바로 뒷 전으로 가 올 생각을 안 하고 있네. 밥 먹을 때가 되어서나 얼굴을 보여주지 않을까?"

"그렇게나 수줍어하다니."

분명한 주인과 신하의 관계였으나, 류씨와 이 귀빈은 자매관계이니만큼 말하는 방식에도 거침이 없었다. 이 귀빈은 길고 가느다란 검지 손가락을 뻗어 판시엔을 가리키면서 이야기했다. 그 손가락 위에 발라진 빨간 빛이 마치 사람을 유혹하는 듯했다.

"언니 집의 이 아이는 수줍어하는 아이가 아니야?"

마침 판시엔의 얼굴에 약간의 수줍은 미소가 머물고 있어 귀빈의 말과 잘 어울렸다.

"좋아, 언니랑 뭐뭐는 여기서 나와 이야기를 나누자. 내가 싱알(醒

兒)에게 일러 판시엔을 데리고 다른 궁으로 가라 할게."

이 귀빈은 류씨가 황후나 장 공주 쪽으로 가기 싫어하는 것을 알기라도 하듯이 이렇게 말했다. 이 말에 류씨는 안타까운 듯 말했다.

"그게 어떻게 가능하겠어. 오늘 입궁해 여기를 처음 들른 것도 다른 마마들이 싫어하실까 걱정이야. 입궁하고도 뵈러 가지 않는건 불경하다 여기실 듯해."

"언니, 내가 볼 때 언니는 안 가는 게 좋아. 원래 궁에 들라 한 것은 판시엔이니, 언니는 여기서 나와 있어도 돼. 그것에 대해 이 궁에서 누가 왈가왈부하는지 한번 보지 뭐."

본래 쾌활한 성격인 귀빈이 한 이 말에는 엄청난 위엄이 실려 있었기에 모두가 조용해졌다. 판시엔이 류씨에게 말했다.

"새어머니, 저 혼자 가도 될 듯합니다. 어머니와 뤄뤄는 여기서 이모와 담소를 나누시지요."

그가 예법과 촌수 관계를 뒤죽박죽 만들어 '어머니', '이모'라 말하는 것을 들으며 류씨도 어쩔 수 없이 그렇게 하기로 결정했다. '싱알'이라 불리우는 궁녀가 판시엔을 궁 밖으로 데리고 나갔다. 그 궁녀는 몇 가지 주의사항을 판시엔에게 이야기하고는 판시엔 쪽으로 몸을 살짝 돌려 모기 같은 목소리로 말했다.

"궁의 위아래로 다 손을 써 놨으니 각 궁에서 모두 사람을 보내 모시러 올 겁니다. 그러니 너무 긴장하지 마세요."

판시엔이 귀빈의 궁전을 나서자 류씨는 판뤄뤄에 당부 몇 마디를 하고 이 귀빈의 내실로 들어갔다. 이 귀빈은 묵묵히 류씨 부인을 바라보며 말했다.

"3년 전 언니에게 황궁의 그 두 사람 말을 듣지 말라고 내가 충고했었잖아. 판시엔이 이렇게 잘 살아 있으니, 언니가 판 대인의 마음을 상하게 한 것밖에 더 돼? 언니, 언니는 총명하고 지혜로운 사람인데, 어떻게 그런 멍청한 짓을 저질렀어?"

류씨는 그 질책에 놀라 한참 동안 말을 잇지 못하다 겨우 입을 열었다.

"너도 알잖아. 우리 같은 어머니들은 자신의 아들을 위해 뭐라도 생각하지 않니? 3황자가 아직 어려 네가 모를 수는 있겠다만, 몇 년이 지나면 너도 내가 왜 그런 큰 잘못을 저질렀는지를 이해할 수 있을 거야."

판시엔은 싱알의 뒤를 따르며 황궁의 건축물들에 시선을 옮겼다. 그의 얼굴은 미소로 가득했지만 머릿속은 빠르게 회전중이었다. 지금 이 복잡한 황궁의 길을 머릿속에 다 기억해 두었다가 훗날의 계획에 대비하기 위함이었다. 꽃과 나무들을 지나고, 돌과 풀들을 밟고 지나가고 있었다. 전(殿)은 매우 많았으나 하나같이 모두 크고 삼엄하지는 않았다. 앞에 있는 조용한 궁을 보며 판시엔은 심호흡을 했다. 이 곳은 2황자의 생모인 슈 귀비의 처소였다. 귀비는 조용한 것을 좋아하는 것 같았다. 그녀에 어울리게 궁도 우아하게 꾸며져 있었다. 꽃나무 몇 그루 외에는 특별한 장식이 없었으며, 대나무로 된 장막이 안을 가리고 있었으나, 그 장막도 진한 책향기만은 막을 수 없는 듯했다.

"귀빈 마마를 뵙습니다."

"판 공자, 이리 앉게."

특별한 인사말도 없이 판시엔과 슈 귀비는 장막을 가운데 두고 앉았다. 예고도 없이 슈 귀비는 맑은 목소리로 물었다.

"판 공자는 어렸을 때 딴저우에 있었는데, 징두는 잠시 거쳐가는 장소로만 생각하는 건가?"

판시엔은 이 질문을 듣자마자 그녀가 자신이 시회에서 베껴 쓴 두

보의 시 중 '만 리 길 서글픈 가을에 변함없이 나그네 되어(萬里悲秋常作客)'라는 대목을 염두해 두고 한 질문임을 알아챘다. 그 뒤로도 귀비와 함께 도(道)를 논하였는데, 그 내용이 경전에서부터 운문에 이르기까지 실로 방대하여, 둘 다 입이 바싹 마를 정도였다. 한참이 지난 후에야 둘은 약속이나 한 듯 조용해졌다. 판시엔은 2황자의 어머니가 이렇게 대단한 인재였음을 알지 못해 놀라며 생각했다.

'이런 부인 밑에서 키워진 황자는 또 얼마나 대단할 것인가?'

"긴장하지 말게."

슈 귀비의 성격은 매우 온화했다. 대나무 장막 사이로 희미하게 보이는 그녀의 머리 위 나무 비녀가 몹시도 수수하여 이 황궁과는 전혀 어울리지 않았다.

"완알은 어려서부터 황궁에서 크다 보니, 폐하가 그 아이를 수양 딸로 생각하시기도 전에 우리 같은 할 일 없는 여자들이 그 아이를 딸로 생각하며 키웠다네. 황궁 사람들 중 지위고하를 막론하고 그 아이를 좋아하지 않는 이가 없네. 판 공자는 황궁에서 가장 커다란 보배에게 장가를 가는 것이니만큼, 어른들이 당연히 이것저것 따지려 들게야."

판시엔은 등에서 식은땀 한 줄기가 흘렀다. 원래 알고 있는 내용이지만 이 말을 직접 들으며 자신의 자리가 갖는 무게에 대해 다시한번 느끼게 된 것이었다. 슈 귀비는 판시엔에 대해 비교적 만족하는 듯 더 이상 귀찮게 하지 않고 그를 보내주었다.

"본궁은 책 읽는 것을 좋아하는 까닭에, 폐하께서 내게 진서(보물 같은 책-역주)들을 찾아 주셨네. 내가 사람을 시켜서 그중 몇 개를 베껴 써놓으라고 했으니 가져가게. 일단 다른 궁을 들러야 할 터이니 책들은 이 귀빈 처소로 가져다 놓으라 하겠네."

판시엔은 이 선물이 얼마나 귀한 것인지를 알기에, 그리고 이 귀

비 마마가 2황자를 대신하여 선물하는 것임을 알기에, 더 이상 말을
하지 않고 예를 보이고 나왔다.

 슈 귀비의 궁을 나와 그는 소매로 이마의 식은 땀을 닦았다. 판시
엔은 오늘의 입궁은 단지 인사 몇번에 지나지 않다고 생각했을 뿐
이토록 긴장의 연속일지는 생각도 못했다. 이어 판시엔은 대 황자
의 생모인 닝 재인의 거처로 향했다. 닝 재인은 판시엔이 완알에게
서 이미 들었듯 동이성 사람인 것을 알고 있었기에, 오히려 더욱 정
중히 대했다.

 닝 재인은 마흔 정도 되어 보이는 얼굴에 우아함을 잃지 않은 사
람이었었다. 얼굴에는 동이성 여인네 특유의 온화함이 깃들여져 있
었다. 최근 대황자가 서만국과의 전쟁을 이끌고 있어서 그녀 곁에는
아무도 없었기에 조금은 쓸쓸해 보였다. 린완알이 궁에 있을 때 항
상 들러 놀던 곳이기에, 닝 재인의 완알에 대한 감정은 다른 마마들
과 달리 각별했다.

 닝 재인은 굽어보듯 판시엔을 바라보며 근엄한 목소리로 물었다.
 "자네가 판시엔인가?"
 판시엔은 그녀가 예전에 전쟁에서 황제를 구했고, 대황자를 전사
로 길러냈으며, 그녀 스스로도 엄청난 위엄을 갖춘 사람이라는 것을
알고는 있었기에 그다지 놀라지 않고 침착하게 대답했다.
 "네, 그 신하입니다."
 닝 재인은 판시엔을 위아래로 훑어보더니 별말 없이 그저 이렇
게만 말했다.
 "완알에게 잘 해주게."
 판시엔은 이런 간단 명료함이 너무 좋아 크게 좋아하며 대답했다.
 "마마 걱정하지 마시옵소서."

그녀는 판시엔의 몸을 훑으며 냉랭하게 말했다.

"뉴란지에의 그 일은 수상하네. 난 아직도 자네가 7품 고수를 죽였다는 사실을 믿을 수가 없네. 자네의 이 왜소한 몸을 보면 누가 그 말을 믿을 수 있겠는가?"

판시엔은 어리둥절해져 생각했다. '조금 전 문(文)과 시험을 보고 나온 것처럼, 이제는 무(武)과 시험인 것인가? 마마는 마흔이나 되는 부녀로서, 군신유별, 남녀유별을 어기고 센 주먹을 친히 휘둘러서 나를 한방 먹이기라도 하시려는 건가?'

"하지만 예링알이 자신이 자네의 적수가 되지 못한다 인정하였으니 믿을 수밖에. 오늘은 여기까지 함세. 자네도 다른 곳에도 들어야 하니 오래 붙잡아 두지는 않겠네."

그녀는 이 말을 끝으로 또 다른 말없이 나가버렸다. 판시엔은 뒷통수를 긁적이며 닫힌 나무 문을 보면서 생각했다. '황제 폐하는 진짜 복이 많으신 분이구나. 옆에 두고 있는 여인들이 이렇게 다채로운 매력을 가지고 계시다니. 이 귀빈은 천진난만 쾌활형, 슈 귀비는 지성있는 정숙형, 그리고 닝 재인은, 야만 여친형? 슈 귀비는 학문적 재능이 뛰어난 반면 닝 재인은 외강내유일 듯 보이고, 이에 더해 도무지 예측할 수 없는 황후까지 더한다면, 폐하는 모든 종류의 여인을 한집에 모아 놓고 사는 것인데, 그러면서도 평화롭게 지낼 수가 있다니 이야말로 대단한 수완 아니겠는가. 최소한 나는 그런 능력이 없는데 말이지.'

이어 그는 몇몇의 또 다른 마마들을 뵙고, 잡담을 하고, 하사품을 받고 하는 사이 녹초가 되었다. 하지만 그것을 표정에 드러낼 수는 없었다. 다른 곳도 아니고 황궁인 이곳에, 그 작은태감이 누구의 수하일지, 버드나무 가지 같기만한 옆의 궁녀가 누구의 심복일지 누가 어떻게 알겠는가? 자신의 사소한 감정이 누군가에게 읽힌다면 그 말은 바로 그들의 주인에게로 들어갈 것이고, 그들의 주인은 폐하의 귓가에 바람을 넣을 것이고, 이런 식이라면 살아남을 수 있겠는가? 아무리 자신이 폐하와 차를 마시며 대화를 나눈 사이라 한들 자만할 수 있는 상황은 아니었다. 앞으로도 인사드려야 할, 몇몇의 남은 주인들을 생각하며 판시엔은 다시 평정심을 되찾으려 노력했다. 서늘해 보이는 궁을 바라보면서도 얼굴에는 미소를 잃지 않으려 했다.

요화궁(瑤华宫)은 다른 궁에 비해 확실히 커서 주인의 존재감을 더욱 돋보이게 하고 있었다. 여기에 살고 있는 사람은 경국의 황후로서, 천하의 어머니 지위에 있는 바로 그 여인이었다.

단, 판시엔은 황후와의 만남이 이렇게 간단히 끝날 줄은 생각하지도 못했다. 황후는 얼굴 가득 온화한 미소를 담아, 마치 봄에 불어오는 따사로운 바람처럼 말했다. 귀티가 흐르는 황후의 아름다운 두 볼을 보면서, 그리고 물처럼 맑은 황후의 눈동자를 보면서 판시엔은 속으로 복잡한 감정들이 솟구치고 있었다. '이렇게 청초하고 아름다우며 귀티가 흐르는 사람이, 일거수일투족 우아함이 넘쳐나는 이 부인이, 3년 전에 나를 죽이려 했던 사람이란 말인가?'

무릎을 꿇고 엎드려 절한 뒤 판시엔은 요화궁을 떠났다. 겉으로는 웃음짓고 있었지만 마음속에는 서늘한 바람이 불어왔다. 궁에 사는 주인들에게 3년전 누군가를 죽이려 했던 사건은 그저 사소한 소동에 불과하단 말인가?

광신궁(廣信宫)에 도착하자, 줄곧 자신을 안내하던 태감이 조심스럽게 물러나고, 궁녀 또한 움직임을 삼가며 낮은 목소리로 판시엔에게 말했다.

"판 공자, 들어가시지요."

판시엔은 '나 혼자 들어가면 규율에 맞지 않는 행동을 할 수도 있는데 말이야. 게다가 장 공주가 날 해치려 하면 누구에게 도움을 청하지?' 하는 생각이 들었다. 그렇게 두려웠다기보다 사람들이 무의식적으로 장 공주를 피하는 듯 보여 이상한 기분이 들었다.

걸보기에 장 공주는 매우 연약한 사람이었다. 그녀를 설명하는 많은 수식어가 있었는데, 그녀는 내고의 실질적인 통제자이자 재상의 옛 여인이며, 폐하의 최고 정치 조력자이자 태후의 아픈 손가락일 수밖에 없는 딸. 하지만 판시엔 입장에서 그녀는 단지 두개의 수식어를 가지고 있었다. 이전에 그를 죽이려 했던 원수이자 미래의 장모.

여느 대낮의 궁과 달리 광신궁에는 한기가 느껴졌다. 밖에서 들여다보니 앞에는 깊이 잠든 매화, 더위를 피해있는 난초, 어린 대나무, 그리고 아직 못다 핀 국화가 보였다. 여기 저기 하얀 비단 장막이 춤을 추듯 날리고 있어서, 전체적으로 보면 동화속 세계의 순수함과 앳된 느낌이 있었다.

스무 살 정도 돼 보이는 궁녀 하나가 문 앞으로 나와 판시엔에게 가볍게 예를 올렸다. 그 궁녀의 매우 기다란 눈썹이 매우 차갑게 느껴졌다. 하지만 그녀는 말에서나 동작에서 매우 공손함을 유지하며 판시엔을 안으로 안내했다.

비단, 또 비단, 또 비단. 판시엔은 끝도 없이 이어지는 하얀색 비단 장막을 젖히며 안으로 들어갔다. 광신궁의 비단 장막은 징왕 저택의 화원에서 본 것과는 비교가 안될 정도로 풍성했다. 그 비단이 사방에 흩날리고 있어 조금은 기괴하게도 느껴졌으며, 삼엄한 황궁이라기 보다 어린 여자아이의 비밀의 방같이 보였다.

마지막 비단 장막을 젖히니, 드디어 연분홍색 치마를 길게 차려 입은 여인이 넓은 침대에 누워 있는 모습이 보였다. 한 손은 턱을 받치고 있었고, 잘록한 허리에서는 자연스러운 아름다움이 흘러나오고 있었다. 눈썹과 눈은 마치 그려놓은 것 같았으나 전체적으로 봤을 때는 아름다움보다는 애련함이 더 강하게 느껴지는 모습이었다. 판시엔은 마침내 처음으로 미래 장모 장 공주를 보고, 많은 사람들이 그녀를 처음 보면 그렇듯, 눈만 꿈뻑거리며 아무 말도 하지 못했다. 진짜 사람인지, 그림인지, 어쩌면 선녀인지도 모른다는 생각이 들었다.

장 공주는 올해 서른두 살이었는데, 겉보기에는 이제 막 열여섯 정도 된 수줍은 소녀같았다. 그윽한 눈매나 자연스레 침대밑에까지 흘러내린 부드럽고도 검은 머리카락이 세상의 남자들을 유혹하고 있는 듯했다. 완알과 비슷하면서도 완알이 갖지 못한 절대적인 아름다움을 가지고 있음을 부인할 수 없었다. 판시엔은 너무도 이질적인 이런 그녀의 모습에 놀란 표정을 감추지 못 했다.

판시엔은 냉정을 유지하려고 노력하는 중이었다. 그럼에도 장모라고 부를 수는 없었다. 그녀의 모습이 그 이름과는 도통 어울리지가 않았기 때문이었다. 장 공주는 판시엔을 한 번 보고는, 그 눈에 담긴 수많은 의미를 다 읽어낼 수는 없었지만 그녀가 그의 마음을 요동치게 한다는 것만큼은 확실히 알 수 있었다. 그녀는 마침내 얇은 입술을 살짝 움직이며 말했다.

"직접 의자를 가지고 와서 앉아. 내가 머리가 좀 아파서."

판시엔은 조금 불안한 듯 사방을 둘러보았다. 그리고 이내 장 공주가 속마음이 따로 있다는 것을 알아챘다. 이넓은 광신궁에는 의자가 하나도 없었던 것이다. 그가 어리둥절해 의자를 찾아보고 있을 때 장 공주의 부드러운 목소리가 들려왔다.

"듣자 하니 그대가 의술에 정통하다던데, 완알의 몸도 많이 좋아졌다고 하고. 모두가 그대 덕택이야."

"과찬의 말씀이십니다. 어의가 정성을 다해 돌본 것이 전부일 뿐, 신하는 그저 약간의 민간 요법을 사용했을 뿐입니다."

"응? 민간 요법도 할 수 있어? 두통을 치료하는 민간 요법도 있다던데. 내가 요즘 두통이 심해서."

장 공주는 얇디 얇은 손가락으로 자신의 태양혈을 문지르기 시작했다. 그러자 관자놀이 부분이 조금씩 붉어지기 시작했다. 장 공주는 항상 두통을 달고 사는 사람이라고 완알은 말했었다.

판시엔은 그녀의 행동보다 그녀가 자신을 일컫는 호칭에 대해 더 신경이 쓰였다. 장 공주는 계속해서 판시엔과 자신을 '너', '그대', '나'와 같이 칭하면서 둘 사이를 막역한 사이처럼 취급하고 있었다. 판시엔은 미소를 지으며 말했다.

"두통에도 많은 종류가 있습니다. 스승님이 비법을 전수해 주셨을 때는 저도 두통이 매우 심했을 때였습니다."

"정말 좋은 방법 없어? 요즘 정말 아파 죽겠어."

장 공주는 다른 것은 일절 묻지 않은 채 두통에 대해서만 이야기하며 얼굴에는 근심이 가득했다. 판시엔은 눈꺼풀을 떨구며 정신을 가다듬고 있었다.

"소신이 안마를 배우기는 했으나, 병의 근본을 치유한다기 보다 어디까지나 통증을 잠시 완화하는 효과만 드릴 수 있을 뿐입니다."

장 공주가 눈빛을 반짝이며 부드럽게 말했다.

"그럼 어서 와서 좀 해줘봐."

"그건……적절치 않아 보입니다만."

판시엔은 난감했지만 장 공주는 아름다운 미소와 함께 설득을 시작했다.

"징두에서 인재라 소문이 자자한 네가, 이렇게 겉치레를 중시하는 사람인지는 생각지도 못했네. 며칠 후면 내 아들이 될 텐데 뭘 그리 겁을 내?"

판시엔은 소녀 같은 장 공주의 표정을 보면서, 동시에 그녀의 실제 나이를 떠올리면서, 알 수 없는 증오와 반감이 생겼다. 더구나 '아들'이라는 두 글자가 매우 거북해서 쓴웃음을 지을 수밖에 없었다.

"어른의 명령을 어찌 따르지 않을 수 있겠습니까?"

태감이 동판에 맑은 물을 대령하자, 판시엔은 손을 깨끗이 씻고 장 공주의 뒤로 갔다. 깊은 숨을 한번 내쉰 후, 최대한 자신의 시선이 그녀의 검은 머리카락 사이로 드문드문 드러난 새하얀 피부에 가지 않도록 주의를 기울였다. 그는 그녀의 머리를 향해 천천히 손을 내밀었다. 손가락이 장 공주의 머리카락을 만지기 시작하니 머릿속에서부터 따스한 기운이 전해졌다.

판시엔은 차라리 눈을 감는 게 낫겠다고 생각하고, 자신이 마치 우쥬 삼촌인 것마냥 손 가락의 촉감만으로 태향혈 위치를 천천히 찾아 올라가 그 곳을 엄지 손가락으로 누르기 시작했다. 동시에 검지로는 눈썹을 더듬어 미간의 위치를 확인했다.

한 번 세게 누르자 장 공주는 가벼운 신음소리를 냈다. 아픈 것인지, 시원한 것인지 도통 그 의미를 알아차릴 수 없었다. 그는 마음을 가다듬어 자신이 가지고 있는 인체에 대한 지식을 이용하여 서두르지 않고 부드럽게, 그러나 안정적인 압력으로 그녀의 머리를 주무르기 시작했다.

"음."

장 공주가 잠시 미간을 찌푸렸다. 그리고 이 어린놈의 실력이 제법 괜찮다는 생각을 하고 있었다. 그의 손가락이 가져다주는 섬세한 기운이 그녀가 아픈 곳들은 정확하게 누르면서, 매번의 그 누름마다 아주 편안한 느낌을 가져다주었고, 어느샌가 그녀의 정신도 한결 안정되어 졸음이 몰려왔다.

"페이지에가 가르쳐 준 거니?"

그녀는 눈을 반쯤 감고 침대에 비스듬히 기대어 입술만 가볍게 움직였다.

"혈점은 페이지에 스승님께 배운 것이지만, 안마하는 방법은 제가 스스로 연마한 것입니다."

전생에서 그가 침상에 누워 있을 때, 언제나 그에게 전신 근육을 안마해준 귀여운 간호사의 안마 방법을 판시엔은 모두 기억하고 있었다.

"너무 좋아."

장 공주는 칭찬을 한번 하고는 천천히 눈을 감고 이 젊은이가 가져다주는 편안한 감정을 만끽하고 있었다. 광신궁 안에서는 이 둘의 대화 이외에는 아무 소리도 나지 않았다. 눈을 감은 장 공주의 긴 속눈썹은 새하얀 피부 위로 살짝 살짝 흔들리고 있었다. 돌연 그녀가 입을 열고 말했다.

"곧 완알에게 장가를 갈 테니, 3년 전의 일은 잊어야 해."

이때 판시엔의 손가락은 절묘하게도 장 공주 귀 밑의 모처를 스쳐가고 있었다. 그곳은 소위 급소라 불리는 혈자리였다. 하지만 순간의 멈춤이 끝이 나고 판시엔은 손가락을 다시 움직이더니 의아한 듯 물었다.

"3년 전이요?"

"페이지에는 널 언제 가르쳤니?"

장 공주는 재빨리 화제를 전환했다. 판시엔은 장 공주가 무엇을 떠보려는 것인지를 잘 알고 있었던 만큼 얼굴색 하나 바꾸지 않고 침착하게 대답했다.

"더 어릴 때의 일입니다."

이 말은 3년전 일에 대해서인지, 페이지에에 대해서인지 알 수 없게 만드는 매우 애매모호한 말이었으나 장 공주는 그대로 덮어두었다.

"페이지에가 네 스승이란 것이 알려지지 않았다면, 궁중의 사람들조차 너희 판씨 집안과 감사원이 그렇게 밀접한 관계를 갖고 있음을 아마 몰랐을 거야."

판시엔의 안마는 갈수록 더 부드러워지고 있었지만, 대답만큼은 더욱 더 뼈대를 갖추었다.

"저도 잘은 알지 못하나, 제 아버지와 페이지에 스승이 서로 아는 사이인 듯 합니다."

"그 둘은 당연히 아는 사이지. 처음 북벌 때 네 아버지와 페이지에 둘다 황제 오라버니와 함께 군에 있었는데, 서로 모른다면 더 이상하지 않겠니. 하지만 나조차 그때는 어렸으니 네가 그 일을 잘 모르는 건 당연해."

"네."

말이 많으면 실수가 많아진다는 생각으로 판시엔은 미소를 지으며 더 이상 아무말도 하지 않았다.

"네 할머니 건강은 어떠시니?"

"아주 좋으십니다."

"응. 나도 뵌 지가 오래되었구나. 어렸을 때 할머니를 가장 좋아했거든. 오라버니가 날 괴롭힐 때마다 나를 보호해 주셨는데."

판시엔은 속으로, '당신이 날 죽이고 싶어한다는 걸 아신다면, 할머니는 아마 당신을 때려 죽일거야.' 하고 생각했다.

"폐하의 뜻을 판 대인이 네게도 잘 설명했을 거라 생각하는데."

장 공주는 달콤하면서도 부드러운 말투로 갑자기 무거운 화제를 꺼냈다. 말투와 내용의 극명한 대조가 사람을 소름끼치게 했다. 장 공주가 하는 이야기는 실상 내고에 관한 것일테고, 그렇다면 판시엔이 부인할 수 없었다.

"폐하께서 공주전하께도 잘 말씀하셨다 들었습니다."

"듣자하니, 너는 최근에 서점도 열고 두부 가게도 열었다더구나. 보통 권문세가의 자녀들은 대부분 속세에 대해서는 별 관심이 없는데, 너는 이미 내고를 이어받을 준비를 시작한 모양이지? 난 그걸 높이 평가해. 하지만 두부 가게는 좀 너무 하지 않니?"

판시엔은 헤헤 웃을 뿐, 어떻게 대답을 해야 할 지 몰랐다.

"사실, 난 널 죽이고 싶어."

조금 전까지 화기애애한 분위기는 장 공주의 이 한마디로 순식간에 사라지고 말았다. 말 한마디에 북방의 한기가 광신궁까지 몰려온 듯 했고, 사방에서 춤추는 날리던 하얀 비단 장막도 힘없이 축 늘어진 것 같았다. 하지만 판시엔은 온화한 미소를 가까스로 유지하며 오른발만큼은 조금 뒤로 빼두었다. 언제든 필요하기만 하면 힘을 가장 쉽게 쓸 수 있는 자세였다.

감사원은 일찍이 우보우안과 이 여자의 관계를 확인해준 바 있었다. 벌써 두 번이나 자신을 죽이려 했던 사람이 세 번째 시도를 하지 않을 거라는 보장은 없었다. 엄밀히 말해 갑자기 여기 황궁에서 그런 시도를 할 가능성은 거의 없지만. 하지만 판시엔이 이곳에 혼자 들어온 이후로 보인 장 공주의 표정, 어투가 복합적으로 작용하며 기괴한 분위기를 만들어 냈다. 그리고 그 분위기는 일찌감치 판시엔의 경계 본능을 자극했다. 이 여자는 꼭 미치광이 같았다.

판시엔은 생각할 때 세상에 가장 공포스러운 세 가지는 어린 아이, 여자, 그리고 미치광이였다. 자신이 아무리 이성적으로 분석을 하고 정밀한 판단을 해도 쉽게 이해하거나 예측할 수가 없기 때문이었다. 그런데 지금 그의 바로 앞에 있는, 아름답기 그지없는 이 여인은, '어린아이 같은 미치광이 여자'로 보였다.

마침 그때 궁녀 몇몇이 궁으로 들어왔다. 그중 하나는 몸매가 드러나는 옅은 석류색 궁복을 입고 있었는데, 허리 부분이 조금 볼록

한 것이 칼을 그 안에 숨기고 있는 듯했다. 하지만 판시엔은 못 본 체하며 흔들림 없이 장 공주의 귀밑을 부드럽게 안마했다.

"공주 전하는 왜 저를 죽이고 싶어 하십니까?"

"내가 너를 죽이고 싶어 하는 이유는 이미 많은 사람이 알고 있어. 그리고 이유는 너무나 많아."

장 공주는 여전히 두 눈을 감고 있었다. 판시엔이 손가락으로 자신을 공격할 것이라고는 꿈에도 생각하지 않는 듯했다. 광신궁은 도둑 고양이 한 마리가 슬금슬금 지나가는 발소리까지 다 들릴 정도로 적막했다. 궁녀 몇이 조심스럽게 장 공주 앞으로 왔다. 판시엔은 하고 있던 안마를 계속하고 있었다.

"판 공자 손을 닦으시지요."

궁녀들이 어디선가 따뜻한 물과 수건을 가져왔다. 그는 장 공주를 향해 예를 한 번 올린 후 궁녀들에게도 가벼운 감사인사를 했다. 궁녀가 전해준 따뜻한 물에 손을 씻고 수건을 받아 손을 닦은 후 몸을 숙이며 말했다.

"전하, 좀 편해지셨는지 모르겠습니다."

장 공주는 웃는 듯 마는 듯한 얼굴로 그를 쳐다았다. 부드러운 눈빛이 연약한 여인의 분위기를 발하고 있었다.

"많이 좋아졌어."

장 공주는 몸을 세워 앉으며 어깨 부근의 머리카락을 정리면서 나긋하게 말했다.

"완알이 시집갈 부군이 이렇게 좋은 손 기술을 가지고 있을 줄은 몰랐네. 진짜야. 난 네가, 아까워."

판시엔은 조용히 서서 아무말도 하지 못했다. 이런 여인을 상대해 어떤 말을 하면 어떤 결과를 가져올지 쉽게 예측할 수 없었기 때문이다.

"이제 가봐. 좀 피곤하네."

장 공주의 입 주변은 마치 꽃이 핀 듯 고혹적이었다.

"류씨 언니에게 말 좀 전해줘. 오늘은 날 보러 오지 않아 많이 실망했다고."

판시엔이 광신궁을 떠나자마자 장 공주의 심복인 궁녀가 장 공주의 곁으로 다가와 조용히 물었다.

"공주님, 죽일까요?"

"어린아이 좀 놀려준 것뿐이야. 이런 것도 하지 않으면 궁 생활이 너무 무료해. 다만 제 나이답지 않은 저런 능구렁이일 줄은 몰랐네. 인내심도 있고, 숨기기도 잘하고 말이지."

장 공주는 고양이처럼 허리를 길게 늘어뜨렸다. 그 모습이 게으르기 그지없어 보였으나 동시에 너무나도 매혹적으로 보이게 했다. 장 공주는 처음부터 판시엔을 죽일 마음은 없었다. 하지만 그가 차근차근 대비해 가는 모습을 보고는, 암투를 놀이처럼 생각하는 이 기묘한 여자의 마음에는 불이 붙었다. 황실에서 장 공주가 차지하는 위치, 그리고 비정상적인 심리상태 등을 고려했을 때, 판시엔이 조금만 방심했다면 그녀가 판시엔의 암살을 명령했으리라.

장 공주는 겹겹으로 쳐 있는 하얀색 비단 장막 끝으로 보이는 궁 문을 향해 알 수 없는 미소를 보냈다.

'판시엔, 너는 도대체 어떻게 커 온 거야? 안타까워, 정말 안타깝구나.'

판시엔은 독약을 가지고 놀면서 컸다. 그런 만큼 장 공주가 자기 평생에서 한 번도 본 적이 없는 독약 같은 존재임을 한눈에 알아볼 수 있었다. 또한, 자신이 상대하기 수월하지 않은 상대라는 것도 알 수 있었다. 그는 황궁을 나와 광장에 준비돼 있던 마차를 향했다. 그의 얼굴은 아직도 하얗게 질려있었다.

"괜찮은 거야?"

판뤄뤄는 걱정 가득하게 판시엔을 보았으나, 그가 궁에서 얼마나 힘들고 피곤했을지는 도무지 상상할 수도 없었다. 판시엔은 그저 고개를 저으며, 류씨에게 궁에서 마마님들이 전달을 부탁한 안부를 전하고서는 곧바로 마차에 올라 귀가를 재촉했다. 류씨와 판뤄뤄는 호기심 가득한 눈으로 그를 보았지만, 도대체 왜 판시엔이 이리 조급해하는지 알 수 없었다.

마차가 판씨 저택 옆의 한 골목으로 들어서자, 판시엔은 류씨에게 실례를 구하고 동생의 손을 잡고는 후원을 넘어 날아가듯 서재로 향했다.

"오라버니, 뭐, 뭐하는 거야?"

판뤄뤄가 거친 숨을 고르며, 가슴을 쓸어내리며 말했다. 판시엔은 아무런 해명도 없이 속사포처럼 말을 이었다.

"내가 말하면, 넌 기억해"

판시엔은 손에 잡히는 대로 붓과 먹물, 그리고 종이를 건네주고는 두 눈을 감고 황궁의 복잡한 구조와 동선을 기억해 내기 시작했다. 조금씩 내용을 써나갈수록 판뤄뤄의 얼굴은 점점 더 창백해졌고, 판시엔 또한 기력을 많이 쓴 나머지 얼굴이 창백했다. 다쓰고 나자 판뤄뤄는 판시엔을 한 번 올려다보더니 아주 낮은 목소리로 말했다.

"오라버니, 이거 역모죄야. 큰 죄가 될 수 있다는 거 몰라?"

판시엔은 엉덩이를 의자에 붙이고 한참 동안 입을 열지 않았다. 오늘 궁에서 반나절을 보내는 동안 너무나도 많은 일을 겪어 한마디 할 힘도 남아 있지 않았기 때문이었다. 그는 경국의 법률을 잘 알고 있었으므로 황궁의 지도는 절대로 제작해서는 안 된다는 것도, 그것이 대역죄가 된다는 것도 잘 알고 있었다. 하지만 열쇠를 찾기 위해서는 이 지도가 꼭 필요했다.

판시엔은 한참만에 일어나 책상 옆 지도를 집어들고 매우 만족한 듯 여동생의 머리를 쓰다듬었다.

"다 됐어. 오라버니가 맛있는 거 사 줄게."

판뤄뤄는 화가 나서 지도를 빼앗고 말했다.

"일이 되긴 뭐가 돼? 무슨 일이 됐다는 거야? 오라버니는 이게 얼마나 큰 일인지 알잖아? 안돼! 나 아버지께 이르러 갈 거야."

판시엔은 여동생이 판시엔의 안전과 집안을 걱정해서 하는 말이라는 것을 잘 알고 있었고, 만일 이 지도를 다른 사람에게 들키는 날에는 엄청난 결과를 맞이하게 된다는 것도 잘 알고 있었다.

"걱정 마. 잠시 쉬고 나서 이 지도를 다 외우고 나면 태워버릴 거야."

"오라버니! 왜 이게 필요한데?"

판시엔은 동생의 두 눈을 보고, 한자 한자 똑똑히 말했다.

"왜냐하면 필요한 물건이 황궁에 있거든."

"그렇다면 황궁에 훔치러 갈 거야?"

판뤄뤄는 너무 놀라 날카로운 소리를 지르다가, 이내 자신의 입을 막았다. 판시엔은 진지하게 대답했다.

"맞아. 하지만 훔치는 건 아니야. 왜냐하면 원래 내 것이었거든."

판뤄뤄는 놀란 가슴을 쉽게 진정시키지는 못했지만, 평소의 냉정함과 총명함으로 상황을 짐작하고는 조금 떨리는 목소리로 물었다.

"혹시……예 이모와 관련된 것이야?"

판시엔은 웃으며 말했다.

"이 일을 너에게 숨길 수는 없지. 하지만 상관없어. 너, 오라버니가 어떤 사람인지 알잖아? 하하."

이 간단한 몇 마디는 오누이 사이의 진한 감정을 대변하고 있었다. 판뤄뤄는 오빠의 웃음소리가 전혀 유쾌하게 느껴지지 않았고, 마음속은 여전히 걱정으로 가득했다. 그녀는 오빠가 겉으로는 따뜻하고 부드러운 사람이지만 마음만큼은 매우 단단하고 판단이 냉철한 사람인 만큼 자신이 막을 도리가 없음을 잘 알고 있었다.

"사실 난 이기적이야. 매번 나 혼자 감당할 수 없는 일을 너에게 알게 하는데, 겉으로는 너에 대한 신뢰에서 비롯된다고는 하지만, 생각해보면 너는 그 고민을 나눌 다른 사람이 없잖아. 예를 들어, 예씨 집안 주인인 내 어머니에 관련된 일들, 이번 일만 봐도 그래. 내가 황궁에 물건을 훔치러 가는 일."

"신뢰와 고민을 나누는 건 동전의 양면 같은 거잖아. 아무리 힘들어도 난 오라버니가 내게 숨기지 않는 편이 더 좋아."

북제와 경국의 담판은 계속 진행 중이었으나, 국경을 재확정하는 일은 그리 순조롭지 못했다. 판시엔이 준 분석 덕에 경국 홍려사의 모든 관원들은 매우 강경한 입장을 고수하고 있었다. 하지만 몇 번이나 도장을 찍을 뻔하더니 미루기만 하는 북제 사절단의 두꺼운 낯을 보면 그들도 무언가를 기다리는 듯했다.

이렇게 수상한 음모의 냄새가 풍기는 것을 노련한 홍려사 소경 신치우가 간파하지 못할 리가 없었다. 또 한 번의 무의미한 담판 후, 그는 작은 찻주전자를 들고는 판시엔에게 따라오라는 눈짓을 전했다. 그들이 가는 길마다 정사와 부사를 향해 인사를 하는 사람들이 있어 조용한 곳을 찾기는 좀처럼 쉽지 않았다. 신 소경은 조금은 피곤해 보이는 얼굴로 탄식하며 말했다.

"판 대인, 뭔가 이상하지 않나?"

이번 담판에서도 판시엔은 그저 공부하는 자세로 보기만 하고 있었는데, 그럼에도 북제 사절단의 태도 변화에 이상한 점을 느낄 수는 있었다. 만일 북제가 새로운 실마리를 찾았다면 그것을 내어놔야 하는데 그저 계속 연기만 하는 것은 도무지 납득이 되지 않았다.

"북제가 지금 뭔가 새로운 실마리를 찾으려는 듯합니다."

"내가 내일 입궁해 폐하를 뵙고 감사원 4처의 협조를 얻을 수 있는지 여쭤볼 생각이네. 북제가 무슨 생각을 하고 있는지를 알 수 없으니 도무지 안심이 안되는구만."

판시엔은 난간에 기대어 깊은 생각에 빠졌다. '북제는 대체 무엇을 기다리는 걸까?' 그러다 문득 감사원이 북제에 파견한 첩보망이 떠올랐고, 이미 수년 간 잠복중인 옌빙윈 공자가 생각났다.

판시엔이 무엇을 생각하고 있는지 모르는 신 소경이 물었다.

"판 부사, 또 뭘 숨기고 있나?"

그날 밤, 그 비밀의 집으로 판시엔은 왕치니엔을 불러 자신과 신 소경이 모두 갖고 있는 우려에 대해 이야기했다. 이야기를 듣고 왕치니엔은 난색을 표했다.

"감사원에서도 이미 여드레 동안이나 첩보용 까마귀를 받아 보지 못했습니다."

"그 소식은 네 직급으로는 알 수 있는 소식이 아닐 텐데…… 하지만 네가 어떻게 그걸 알았는지는 추궁하지 않을게. 다만, 감사원으로 가서 북제 첩보망 쪽에 조심하라는 메시지를 보내라고 해줘."

왕치니엔은 다시 고개를 저었다.

"저희는 연락 수단이 그것 하나라, 무슨 일이 있어 그게 끊기게 되면 다시 접속하기가 쉽지 않습니다. 만일 옌빙윈의 신변에 문제가 생기면, 첩자의 우두머리인만큼 더욱 힘이 들구요."

"어찌되었든 안전에 주의하라고 알려야 해."

판시엔은 국가의 이익 때문에 어떤 사람도 희생되어서는 안된다고 생각했다. 특히 옌빙윈은 고관의 자녀이니만큼 그가 적국에 이미 수년 간 잠복해 있다는 사실만으로도 그의 희생은 엄청난 것이었다. 그러한 연유로 판시엔은 경국의 일원으로서, 감사원의 일원으로서 일면식도 없는 옌빙윈에 대해 모종의 경의를 가지고 있었던 것이다.

"다른 일이 하나 더 있는데, 하지만 이것은 감사원을 거치면 안되네. 기억해, 절대 첸 원장이 알게 해선 안돼."

판시엔의 말투는 침착했지만 왕치니엔은 그 속에서 차가운 기운을 느꼈다.

"네."

이 대답을 한다는 것은 왕치니엔이 자신의 목숨을 모두 판시엔에게, 온화해보이나 수단만큼은 악랄한 이 젊은 대인에게 맡긴다는 것을 의미했다. 그럼에도 이것 또한 첸 원장의 지시가 아니었던가?

결국 그날 밤, 좋지 않은 소식 하나가 확인되었다. 경국 감사원 4처의 북제 첩보망이 다행히 대부분은 안전하게 보존돼 있지만, 옌빙윈이 북제 수도의 어느 포목점에서 북제의 황실 고수에게 생포되었다는 소식이었다.

이런 류의 사건이 일어나면 일반적으로 아랫사람부터 꼬리가 잡히고, 추궁을 통해 점차 윗사람으로 수사망이 옮겨가고는 한다. 하지만 첩보망이 안전한데 우두머리가 먼저 잡혀버린 현재의 상황은 다른 가능성을 말하고 있었다. 즉, 경국내부의 고위층 중 누군가가 북제와 내통하고 있다는 것이었다.

옌빙윈이 잡혔다는 소식은 북제의 조정에서 공식적으로 발표하지는 않았다. 그렇게 하면 공식적인 공격이 되는 셈이니 북제로서도 좋을 게 없기 때문이었다. 북제는 옌빙윈을 이용하여 실질적인 이익을 교환하려 하고 있었다.

그리고 경국의 관직 사회로 이야기하자면, 옌빙윈은 감사원의 4 처장인 옌뤄하이의 장자였는데, 공식적으로는 옌뤄하이 대인의 장자가 이미 3년 전에 사망했다는 공식 발표가 있었다. 그 발표와 함께 옌빙윈을 조정에서 북제로 비밀리에 파견한 것이다. 그래서 경국에서도 이 소식을 공식화시키기는 힘들었던 것이다.

며칠 동안 이 소식을 비공식적으로 접한 모든 사람들은 잠을 이루지 못했다.

홍려사의 가장 은밀한 방에서, 신 소경은 두 눈을 감은 채 긴장한 듯 종이 하나를 판시엔에게 건네주는 중이었다. 판시엔이 받아 보니 그것은 한 폭의 그림이었다. 한 점의 구름이 얼음으로 덮인 높은 곳을 떠다니고 있었다. 오늘 담판 장에서 누군가, 즉 그 동안 북제의 사절단 중에 눈에 띄지도 않던 한 사람이 신 소경에게 이 그림을 조용히 건네주었다는 것이다.

'얼음(冰), 구름(云)'

북제의 사절단은 이미 옌빙윈(言冰云, 언빙운)의 소식을 알고 있었으며, 이를 통해 재협상을 시도하고 있었다.

"내부 첩자!"

판시엔과 신 소경은 동시에 입을 열었고, 동시에 입을 다물지 못하고 있었다. 두 사람은 옌빙윈이 고문으로 쉽게 말을 열 사람이 절대 아니라 믿고 있었다. 그런데 이렇게 쉽게 잡힌 데다, 심지어 그의 실명까지 북제에서 알고 있다는 것은, 곧 경국 조정에서 어느 거물이 북제와 이미 비밀 협정을 이루었다는 것을 의미했다.

신 소경이 먼저 말을 꺼냈다.

"태자와 나조차도 옌빙윈 공자가 북제에 있는 것을 얼마 전까지 몰랐네. 조정에서 이 소식을 알 수 있는 자격을 가진 이가 많아야 다섯이 안되네. 만일 그들이 나라를 팔아먹었다면 그것은 정말 믿기가 힘들어. 왜냐하면 그것으로 그들에게 득이 될 게 없기 때문이지. 경국 전체를 황제를 비롯한 이 몇 사람이 관리하고 있는 상황에서 나라를 팔아먹어 얻는 것이 도대체 무엇이란 말인가?"

판시엔과 신 소경은 서로를 쳐다보다가, 둘 다 상대방의 눈에서 걱정을 읽어냈다. 그들 모두 또 다른 엄청난 가능성에 대해 생각났기 때문이었다. 만일 내부 첩자가 아니라면? 만일에 조정의 어떤 거물이 감사원을 공격하기 위한 수단으로 이런 일을 벌인 것이라면?

신 소경은 판시엔의 대답을 기다리지도 않고 고개를 저으며 말했다.

"정말 그 정도로 미친놈이 있을까? 조정에서의 권력 다툼 때문에 전체 경국의 이익을 철저히 등진다?"

판시엔은 속으로 '경국에는 그런 미친 사람들이 생각보다 많은것 같은데' 라고 생각하며 물었다.

"만일 옌빙원 공자가 잡혔다면, 폐하는 어떻게 하실 작정이신가요?"

"북제는 폐하의 결심을 과소평가하고 있어."

신 소경은 저 높이에 계시는 천자(天子)를 생각하며 마음 속에 어떤 힘을 얻은 듯 말했다.

"한치도 양보하지 마라."

"그럼 옌빙원 공자는 어떻게 해요?"

"교환. 포로를 교환하라는 것이 황제의 생각이네. 이전의 포로 교환 협정을 다 폐기하고 다시 하라는 것이야. 북제가 옌빙원 공자를 돌려보내 주는 것이 확인되는 대로, 새로운 포로 교환 담판이 시작되는 거지."

"북제는 이미 대어를 낚은 것에 만족하고 있을 텐데, 과연 동의

432

를 할까요?"

"이번에 우리는 대신 두 명을 북제에 송환하기로 했네. 그럼에도 만일 북제가 여전히 불만족스러워 한다면, 황제께선 3개월 후 춥디 추운 겨울 날 북제 포로 천명의 목을 참수해 북제로 보낸 버린 다음 다시 한번 크게 군사를 일으키신다 하시네."

"그것은 힘으로 협박하는 방법인데, 그렇다 해도 북제로서도 다른 방법이 없어 보이긴 하네요. 다만 북제가 죽기살기로 달려들면, 합쳐서 삼 천명의 포로들을 죽이고 또 죽이고, 결국 너무 많은 피를 보게 될까 겁이 나네요. 그나저나 송환한다는 그 두 명의 포로는 누구누구인가요? 북제가 동의할 만한 사람들인가요?"

"한 명은 이미 잡혀있는지 20년이 된 샤오은(肖恩, 초은)이지. 이 사람은 당시 북위의 첩자였는데, 두 번째 북벌 중에 감사원 천 원장과 페이지에 대인이 직접 흑기병을 끌고 천 리를 달려가, 그의 아들 결혼식에서 생포해 온 자네. 그가 우리에게 잡힌 후 북위의 첩보망은 와해되어 버렸고, 조정은 세 번째 마지막 북벌에서야 당시의 방대한 북위 제국을 이겨 지금의 왜소한 모양새로 만들어 버릴 수가 있었지. 이때 감사원이 샤오은 일로 최대의 공로를 인정받았다네. 만약 샤오은이 북위 수도에서 멀리 떨어진 곳까지 가서 아들의 결혼식에 참석할 만큼 배포가 크지만 않았다면, 사실 조정에서도 그를 붙잡아볼 엄두를 내지는 못했을테고, 전쟁에서도 그리 쉽게 이길 수는 없었을 거야."

판시엔이 수십 년 전 이야기를 들으며 감탄으로 말을 잇지 못하고 있는 사이, 신 소경이 이어서 말했다.

"물론 샤오은은 간도 크게 북위의 수도를 벗어났지. 다만 천 원장의 간이 더 컸다는게 문제였는데, 북위 국경에서 팔백 리나 안쪽으로 들어가, 자신의 두 다리를 그 댓가로 치르고서까지 결국 그를 생포한 것이야. 그때까지는 북위국의 샤오은, 남경국의 쳰핑핑 이 둘이 세상에서 가장 두려운 어둠의 세력들이라 불렸는데, 이후에는 쳰 원장이 천하에 독보적인 존재가 되었지."

판시엔은 쳰핑핑이 그토록 용맹했음을 상상도 하지 못했는데, 바퀴의자에 앉아 있는 그 노인을 다시 생각해보니 엄청난 존경심이 우러나왔다. 판시엔은 잠시 동안 생각에 잠겨 있다가 신 소경에서 물었다.

"샤오은을 보내주고 옌빙윈을, 그럼 우리에게 손해가 아닌가요?"

"어젯밤 몇몇의 대신들도 그렇게 생각하는 듯했네. 하지만 폐하와 쳰 원장은 그렇게 보지 않았어. 샤오은은 곧 여든이 되고, 심지어 쳰 원장에게 크게 한 번 패배한 몸이라서 당시의 그 막강한 힘은 더 이상 가지고 있다고 볼 수 없다는 거야. 하지만 옌빙윈은 모욕과 부담감을 이겨내며 적국에서 몇 년이나 참고 있었으니 공로가 매우 크다 할 수 있지. 결국 늙은이 하나와 경국의 미래를 바꾸는 셈이니, 썩 괜찮지 않은가?"

"근데 설마 북제가 이것도 만족하지 못하는 건가요? 또 누구를 추가하나요?"

"그 여자로 말할 것 같으면, 이전부터 북제가 요구한 거라 황제께서 이 참에 한번에 처리하자고 명하신 거라네. 듣자하니 북제의 황제가 매우 좋아하는 여인이라던데……판 대인도 정말 대단하군, 대단해."

판시엔의 얼굴색이 갑자기 환하게 바뀌더니 놀란 듯 물었다.

"설마 스리리인가요?"

제13장

시선(詩仙)에 등극

　담판은 양측으로 나누어 진행되었는데, 한 측에서는 양국의 사절단이 온갖 미사여구를 동원해 하나의 칭호와 글자 하나하나에 까지도 병적인 집착을 보이며 아귀다툼을 벌였다. 홍려사에서는 싸움 소리가 그치지 않았으며, 누군가는 탁자를 치고, 누군가는 의자를 밟았다. 이 장면을 보고 누가 국가간의 담판장이라 하겠는가, 차라리 야채 시장에서 악다구니하는 장면에 가깝다 하지 않을까?

　다른 한 측에서의 담판은 냉정하고도 직접적이었는데, 홍려사의 관원은 아무도 없었고, 북제 측도 사절단이 아닌 암중의 숨겨진 실권자, 즉 진정한 결론을 낼 수 있는 자들만이 자리하고 있었다.

　감사원 4처의 처장 옌뤄하이는 부하들은 내팽개치고 비밀 포로 협정에 냉담하게 서명하고 있었다. 서명을 한 뒤로는 그 문서에 다시는 눈길을 주지 않았다. 이번 담판에서 빠질 수 있었던 그였지만, 그 협정에 자기 친아들의 이름까지 들어가 있었기에 그가 자원하여 참석한 것이었다. 북제의 관원은 흐뭇한 듯 도장을 찍고는 옌뤼하이에게 조용히 말했다.

"옌 대인, 마음을 놓으십시오. 공자는 본국에서 잘 지내고 계십니다."

"난 오늘 북제의 실권자가 얼마나 대단하길래, 내가 어려서부터 가르쳐 기른 자식을 잡아놓을 수 있었는지 보려고 왔네. 하지만 자네 같은 바보였다니, 도대체 어찌된 영문인지 모르겠군."

"옌 대인, 말씀이 너무 지나치시네요. 공자가 아직 저희 손에 있다는 걸 아셔야 할 듯합니다. 만약 저희들이 바보라면 저희에게 잡힌 공자는 뭐가 되나요? 그리고 대인은 또 뭐가 되시나요?"

"문제는 내 아들이 너희들에게 잡힌 것이 아니라는 거야!"

옌뤼하이는 몸을 일으키며 밖으로 나가면서 소리쳤다. 쳔핑핑은 문 밖에서 나오는 그를 보며 고개를 저었다.

"자네가 그 자리에 너무 오래 있었구만. 이전보다 참을성이 많이 떨어졌네."

"모든 걸 참을 수 있어도, 등에 칼 꽂는 사람만큼은 참을 수 없을 뿐이에요."

옌뤼하이의 말투에 상사에 대한 존경심이 묻어 나왔다. 그는 쳔핑핑의 바퀴의자를 밀어 조용한 곳으로 갔다.

"조정에서 자네와 내가 죽길 바라는 사람이 얼마인지 몰라. 이번에는 우리가 샤오은을 내주며 빙원을 데려오지만, 다음에 내 손에는 샤오은이라는 카드가 없네."

"다음이란 것은 없습니다."

"그 인간을 잡아내야 해. 황제폐하는 이번에 누가 우리를 갖고 논 것인지를 아셨기에 우리 편에 서주신 것이지. 하지만 난 이렇게 희롱당하는 느낌, 딱 질색이야."

"네, 원장 대인. 포로 교환이 그렇게 순조롭지는 않았으나 빙원이 살아서만 온다면, 젊은이에게는 좋은 단련의 기회가 될 것이니까요. 항상 좋은 일만 있을 수는 없으니."

옌뤄하이는 감사원에서 이 일을 처리할 방법을 찾아낼 것임을 알기에 그리 조급하지는 않았다.

"맞아. 그래서 나도 젊은이 하나를 단련시키자고 결정했지. 다만 너무 오래일 필요는 없네. 몇 달이면 충분 할 거야."

"몇 달이요? 이번에 북제 사절단을 돌려보내는 일 말씀이신가요?"

"맞아, 더군다나 옌빙원을 온전하게 데려와야 하는 것이지. 그가 잘 처리해주길 바라고 있네."

"그라니, 그게 누군가요?"

"앞으로 가세. 내가 자네들 8처 모두에게 그를 소개시켜 주겠네."

경국이 상당히 큰 양보를 한 후에야 마침내 북제는 포로 교환 협정을 마무리지었다. 쌍방이 모두 만족해하는 듯했다. 경국은 체면과 토지를 얻었고, 북제는 체면과 샤오은 그리고 황제의 여자를 얻었다. 다만 동이성의 사절단은 조용히 대기하고 있었던 만큼 빠르게 잊혀져가고 있었다. 경국의 조정은 일부러 냉담하게 동이성의 사절단을 대했는데, 창산 암살 사건을 핑계로 더 많은 돈을 얻어내려는 속셈이었다. 동이성은 천하의 거상들이 모이는 곳으로, 경국 조정이 남쪽 항구를 열기도 전부터 서양과 상거래를 이미 하고 있었으며, 무력 부분에서는 스구지엔의 칼끝 하나로 버티는 보잘것없는 나라였을지 몰라도, 재력에서는 전혀 다른 나라였다.

경국의 황제는 3일 후 양국 사절단을 모두 초청해 연회를 열기로 했다. 판시엔도 부사의 신분으로 입궁하게 되어 있었다. 이번이 그에게는 두 번째 입궁이였는데, 그날이 그가 계획한 바로 '그날'이기도 했다.

판시엔은 자신의 방에서 만반의 준비를 하면서 가끔씩 침대 밑의 검은 상자를 흘끔거렸다. 며칠 간의 공무 중에 경국의 힘에 대해 알게 되었지만, 그 시각 조정의 다른 귀인은 입에도 담지 못하는 방법으로 경국의 명성에 오물과 흙탕물을 뿌리고 있었다. 황제는 누가 감사원에 대항하고 있는지를 알고 있다 해도 그를 바로 죽일 수는 없는 노릇. 그 사람이 자신의 부인일 수도, 여동생일 수도, 아들일 수도, 심지어 어머니일 수도 있기 때문이었다.

"나 자신만 생각하자."

이것이 판시엔이 이 세상에 온 이후 스스로에게 수없이 했던 말이었다. 그의 눈빛은 점점 냉정을 찾아갔다. 그는 가늘고 기다란 비수를 잘 챙겨 숨긴 다음, 독약을 묻힌 세 개의 가는 바늘을 머리카락 사이에 꽂아 넣었다.

3일 후 궁궐은 잔치 분위기였다. 궁중 음악이 크게 울리고, 커다란 붉은 등이 높이 걸려 있었다. 오가는 사람들로 북적북적거렸다. 북제의 사절단과 동이성에서 온 사람들은 조정의 극진한 대접을 받는 만큼 얼굴에 웃음꽃이 피었고, 길고 긴 통로를 지나 경국에서 가장 장엄한 곳, 황궁으로 들어가고 있었다. 사람들의 표정만 보면 천하가 이렇게 태평할 수 없었으며, 마치 며칠 전의 전쟁과 암살 사건 같은 건 일어나지도 않은 듯했다.

연회장소는 황궁의 기년전(祈年殿)이었다. 그곳에 명사들이 운집해 있었다. 판시엔이 한 번도 보지 못한 경국 많은 부처의 대인들과 왕공귀족들이 모여 있었는데, 단 쳔 원장과 재상 대인만은 둘다 지병을 핑계로 참석하지 않았다. 그때 옆에 있던 한 어른이 미소를 지으며 말을 건넸다.

"연회의 규율은 많지만 지금껏 폐하는 따지신 적 없으니, 판 공자는 그렇게 긴장하시지 말게."

"소인 시골 출신이라 언제 이런 곳에 와 봤겠습니까? 만일 실수하는 점이 있다면, 대인께서 소상히 잘 일러주십시오."

그 어른은 예부 시랑 장즈치엔(张子乾)이었다. 판시엔은 예부 상서 궈씨 집안과 아직 원한을 다 풀지 못한 상태라 사실은 그를 경계하고 있었다. 그럼에도 상대방이 이렇게 악의 없이 나오니 어쩔 수 없이 자신도 웃는 낯으로 대했다. 장즈치엔은 긴 턱수염을 쓰다듬으며 말했다.

"런 소경이 오늘 조정 회의에서 이번 일에 판 공자의 공로가 컸음을 치하했네. 그러니 누가 자네에게 입을 대겠나마는, 맞은 편에 있는 저 사람들만은 조심하게."

그 둘이 동시에 건너편을 바라보는데, 북제 사절단의 장닝 후작(长宁侯)이 의지할 데가 없는 듯 누군가를 기다리고 있었다. 제일 상석은 여전히 공석 상태였다. 그 자리의 주인공은 장모우한 대가였다. 한편 동이성 사절단의 상석에는 중년의 어떤 남성이 앉아 있었다. 그는 허리춤에 긴 검을 차고 있었기에, 판시엔은 의문이 생겼다.

"왜 저 사람은 검을 가지고서 입궁을 할 수 있었던 거죠?"

"스구지엔의 문하에 있는 사람들은 검을 몸에서 내려놓지 않아, 황제께서 특별히 예외로 둔 것이네."

"그가 바로 스구지엔의 수석 제자인 윈즈란(云之澜)인가요?"

판시엔은 실눈을 뜨고 바라봤는데, 순간적으로 그 남자의 몸에서 풍기는 살의가 느껴졌다.

최근 경국 조정은 동이성 사절단을 일부러 냉대했기에, 9품 검의 고수 윈즈란의 마음이 좋을 리가 없었다. 경국의 궁전에 앉아있어도 얼음같이 차가워 보였다. 판시엔과 윈즈란은 눈이 마주쳤다. 순간 두 눈빛이 교차하며 크게 한번 번쩍였다. 판시엔은 곧바로 고개를 숙이며 가볍게 목을 끄덕였다. 상대방 눈빛에서 검의 기운이 아주 짙게 느껴졌다.

눈빛을 한번 교차하니 궁안의 모든 사람이 갑자기 이들을 주목하기 시작했다. 판시엔이 뉴란지에 사건에서 스구지엔 문하 두 명의 여자 자객을 죽였고, 동이성은 그것을 수습하기 위해서 여기 왔다는 것을 누구나 알고 있었다. 그리고 윈즈란이 판시엔의 몸을 검으로 두 동강 내고 싶어한다는 것도 잘 알고 있었다. 하지만 태자마저 판시엔을 부사로 임명하여 일종의 선의를 표시한 이상, 당파를 막론하고 경국의 모든 대신들은 적 앞에서 일치단결하여 윈즈란을 사납게 쳐다보기 시작했다. 순간 궁의 분위기는 빠르게 식어가고 있었다.

판시엔은 무표정하게 고개를 숙이고서는 체내의 진기를 운용하며 때를 기다리고 있었다. 바로 그 순간 주변이 술렁이더니, 장중한 음악과 함께 태감이 소리 높여 외쳤다.

"폐하가 들어오십니다!"

천하에서 제일 높은 권력을 지닌 자, 경국의 유일한 주인, 황제 폐하가 황후와 함께 천천히 옆쪽에서부터 걸어 나오며 만면에는 온화한 미소를 띠고 있었다. 그들은 중앙에 위치한 의자 앞에 섰다.

"만세, 만세, 만만세!"

대신들이 모두 공손히 무릎을 꿇고 예를 행하고, 사절단의 손님들은 허리를 숙여 예를 행하니, 순식간에 궁안에 남아 있던 일말의 긴장감이 장엄하고도 호탕한 기운으로 바뀌었다.

황제는 높디 높은 곳에 있고, 황후는 그 옆에서 보필하고, 태자는 부모의 아래 두 계단 밑에 홀로 앉아 있었으며, 다른 황자들은 참석하지 않았다. 황제의 시선이 아래에 있는 신하들을 한 번씩 훑더니 말한다.

"일어나게."

연회가 정식으로 시작되었다. 첫 번째로 북제의 사절단 대신들이 열을 맞춰 공과 덕을 말하고, 양국의 전통적 우호를 찬양한 후 물러갔다. 다음으로 동이성의 윈즈란이 나와 무표정하게 몇 마디를 하고서 바로 물러갔다.

"저 동이성 사람은 거만하군요."

황후는 웃으며 낮은 목소리로 황제의 귀에 대고 속삭였다. 천자와 국모가 높이 앉아서 말하니, 그들 사이의 말은 아무도 들을 수 없는 만큼 비교적 직설적으로 말하는 중이었다. 황제는 그럼에도 온화한 미소로 대답했다.

"저런 거만함이라도 없으면 어떻게 스구지엔의 제자라 하겠소?"

일찍부터 궁녀가 차려높은 음식에 군신은 고개를 숙이고 음식을 먹었는데, 황제가 입을 열기 전에는 감히 아무 말도 먼저 할 수 없었다. 자연히 침묵이 흘렀다.

판시엔도 고개를 숙이고 있었으나 시선만큼은 무의식적으로 맞은 편을 향했는데, 줄곧 비어있던 상석에 어느샌가 사람이 와 앉아 있었다. 나이는 지긋하지만 여전히 맑은 눈빛을 간직하고, 이마에 난 주름이 마치 무수한 지혜의 훈장처럼 보이는 얼굴을 하고서, 몸에는 흰색 두루마기를 구름처럼 둘렀으나 풍채는 그렇게 크지 않는 사람. 그가 바로 북제의 대가 장모우한이었다. 그가 언제 그 자리에 와 앉았는지는 정확히 모르지만, 아마 황제가 들어올 때 같이 들어왔을 것이었다. 들리는 말이 거짓이 아니라면 장모우한은 태후와 관계가 있어 지금까지 황궁에 있었을 것이다.

판시엔은 몰래 장모우한을 보느라, 정작 그와 동시에 높디 높은 곳에 앉은 한 여인이 그를 쳐다보고 있음은 알지 못했다. 황후는 판시엔을 보면서 낮은 목소리로 황제에게 말했다.

"저 젊은이가 판시엔이네요, 천 군주의 남편이 될 사람."

"준수하게 생긴데다, 징두에서 나름 시명(詩名)도 있고, 오늘 조정에서는 신치우와 런샤오안이 동시에 그의 재능을 칭찬했다지? 하지만 짐은 태자와 재상의 식객들인 그들이 왜 그에게 그렇게 잘해주는 지가 아직도 궁금하구만."

"그가 곧 재상 대인의 사위가 될 테니, 태자가 그를 신경쓰는 것 아니겠어요?"

"그건 정말 모르겠소."

폐하는 웃는 듯 마는 듯, 황후를 보는 대신 아래 있는 자기 아들을 보면서 약간은 불만스러운 어조로 말했다. 하지만 황후는 폐하가 오늘따라 기분이 별로 좋지 않을 뿐이라 여겼다. 이전과 달리 크게 꾸짖거나 노골적인 평가를 하지 않는 것만으로 기분이 좋아져 그녀는 이렇게 말했다.

"청치엔은 크면 클 수록 더 많은 것을 이해하게 될 거예요."

황제는 한 번 웃고는 더 이상 말하지 않았다.

판시엔은 긴장했는지, 아니면 다른 이유인지 몰라도 끊임없이 술을 마시고 있었다. 도수가 낮은 술인 데다 시큼하면서도 달콤한 맛이 좋아 그는 취기가 오르지 않는 듯했지만, 주변의 다른 관원들이 보기에는 그의 술 마시는 속도와 양이 조금은 위험해 보였다. 예부 시랑 장즈치엔이 보다 못해 걱정스러운 표정으로 말했다.

"판 대인, 만일 여기서 실수를 하면 큰 죄가 되네."

"어르신은 속일 수가 없네요. 약간 긴장했는데 술을 마시니 좀 나은 듯 해서요."

판시엔은 상대방이 주의를 주는 것임을 알았지만, 오히려 진기를 운용해 얼굴에 술기운이 더 올라오게 만들고 눈은 약간 풀리게 했다. 장즈치엔은 그가 취한 모습을 보고 고개를 가로 저으며 말했다.

"재상 대인과 자네의 아버지 두 분이 모두 못오셨지만, 두 분 다 내게 자네를 부탁하였네. 만일 진짜 고주망태로 취한다면 재상 대인과 자네의 아버지께 내가 뭐가 되겠나?"

북제의 사절단은 최근 홍려사에 당한 것이 있는 만큼, 지금 판시엔의 모습을 보고 속으로 음모를 꾸미고 있었다. 판시엔은 담판 내내 부사의 신분으로 침묵하고만 있었는데, 사절단은 이 반반한 얼굴의 젊은이가 일관한 그 침묵이 상당히 불쾌했다. 이번 담판의 뒷배경에 그의 정보가 있었음을 알고 있었기 때문이었다. 장닝 후작은 얼굴에 미소를 지면서 일어나, 높은 곳에 공손히 예를 올리며 말했다.

"폐하, 이번 담판에서 쌍방이 모두 고생했으니, 외신(타국의 신하-역주)인 제가 홍려사 관원들께 술을 한잔 올려 양국의 우의를 증명해도 될지 모르겠습니다."

동이성의 사절단도 판시엔의 모습을 보자 북제 사절단의 의도를 파악했다. 그들은 아무말 없이 옆에서 냉담하게 방관하고 있었다.

용의(황제 의자-역주)는 매우 높기에 황제와 황후는 밑에서 퍼져 나가고 있는 어두운 기운은 전혀 알지 못하는 듯했고, 판시엔의 상태에도 특별히 주의하지는 않았던 바, 그들은 그 청을 허락했다. 태자도 흥미롭다는 듯이 거들었다.

"장닝 후작이 즐거우면 그걸로 좋소."

태자는 무슨 일이 일어날지는 몰랐지만 사실 홍려사 관원들이 약간 걱정되기는 했다. 최근의 담판에서 사람들이 모두 판 부사를 자기 사람이라 생각했는데, 북제 사절단이 그를 만취하게 한다 할지라도 자신으로서는 지금 도울 방법이 없었기 때문이었다.

광기 어린 술의 향연이 펼쳐지고, 북제의 사절단은 각개전투로 공격하기 시작하니 이미 여덟 명 중 여섯은 취해서 쓰러지고, 심지어 마지막에는 장닝 후작이 술을 이기지 못해 쓰러져 버렸다. 결과적으로 그는 장렬히 전사하여 판시엔의 팔에 기대 드러눕고 말았던 것이다. 아래에서 벌어지는 이러한 광경을 보면서 황제의 입술 주변에는 엷은 미소가 피어났다. 그가 말했다.

"궁이 이렇게 시끌벅쩍한 것도 오랜만이구나."

한편, 장모우한은 일관되게 침묵을 지키며 가끔씩 황제가 묻는 말에만 대답할 뿐이었다. 황제 쪽을 바라보고 있던 그의 시선이 아래로 향했고, 그제서야 그는 아래의 상황을 알게 되었다. 북제의 장닝 후작이 잘생긴 젊은이 하나를 안고 쓰러져 있는 것을 보고 그가 황제에게 물었다.

"저 젊은 대인이 시를 짓는다는 판 공자입니까?"

천하의 문학 대가는 자신의 눈을 믿기가 힘들었다. 수려한 세 편의 시로 세상의 명성을 얻었다는 젊은 인재가 저 술주정뱅이란 말인가? 판시엔이 점점 더 취하자 황제도 역정을 내며 소리를 높여 외쳤다.

"판시엔!"

궁안의 모든 사람들이 이 시끌벅쩍 즐거운 장면을 보는 듯했지만, 사실 모든 사람의 귀는 줄곧 높은 곳, 즉 황제를 향해 있었다. 그렇기에 황제의 한마디가 떨어지자마자 궁안의 모든 자리는 일순간 침묵으로 변했다. 오직 판시엔만 상황을 파악하지 못한듯 소리를 지르고 있었을 뿐.

"잔을 비워!"

"판시엔!"

만취한 그의 모습을 보면서 태자가 참지 못하고 큰 소리로 꾸짖었다. 판시엔을 부사로 임명한 것이 동궁의 건의였던 만큼, 그가 체면을 지키지 못하면 태자로서도 좋을 게 없었다. 지금 궁 안의 분위기는 기괴하리만큼 조용했고, 판시엔은 갈피를 잡지 못한 채 제 자리에 우두커니 서 있었다. 눈동자가 풀릴 대로 풀려 주변을 한번 휙 둘러보는 모습이란, 술에 취해 아무것도 거리낄 게 없는 듯했다.

"누가 나를 불렀소?"

판씨 집안이나 재상 집안과 좋은 관계를 맺고 있는 대신들은 모두 판시엔이 뱉은 이 말을 듣고 바로 그 순간 그에게로 튀어가 입을 틀어 막고 싶었다. 다만 사람들이 전혀 예상하지 못한 것은 황제폐하의 반응이었다. 그는 그렇게 화난 듯 보이지도 않았고, 심지어는 유쾌한듯 껄껄 웃기까지 했다.

"판시엔, 짐이 지금 너를 부르고 있네."

'짐이 지금' 이라는 두 마디에, 술에 취하고 안취하고를 막론하고 그 자리의 모든 사람들은 정신이 확 들었다. 그것은 판시엔도 예외가 아니었다. 그는 팔을 한번 돌려서 풀더니 몸을 급히 숙이며 예를 올렸다.

"신하……신하는 죽어야 마땅합니다, 신하……취했습니다."

그가 팔을 한 번 푸는 통에, 옆에서 그에게 기댄 채 뻗어 있던 북제의 장닝 후작이 스르르 미끌어지더니, '퉁' 하는 소리와 함께 바닥으로 떨어졌다. 북제의 모든 관원들은 낭패다 싶은 표정이었고, 경국 관원들은 만족한 듯 입술 주변에 미소를 띠고 있었다. 북제에서 온 사절단 중 유일하게 술에 취하지 않은 두 명이 급히 장닝 후작을 부축해 원래 그의 자리로 데리고 갔다. 황제가 꾸짖 듯 말했다.

"짐은 네가 술을 많이 마셨음을 알고 있다. 그렇지 않았다면 궁에서 실수한 것에 대한 죄로 너를 다스려야 할 것이야."

"신하는 감히 변명할 수 없으나, 멀리서 손님이 오셨으니 어찌 즐겁지 아니하겠습니까? 북제에서 온 대인들을 잘 모시지 않으면 부사의 신분으로 임무를 다하지 못함이 아닐지 걱정입니다."

판시엔은 어쩔 수 없이 몸을 숙인 자세로 변명을 하기 시작했다.

"쯧쯧. 감히 변명을 못한다더니만. 이게 변명이 아니라면 변명을 하겠다고 나서면 아예 짐이 술을 먹였다고 할 판이구만."

황제는 몸을 돌려 황후에게 말했다. 황후는 황제가 쳔 군주를 특별히 아끼는 마음을 알기에, 그 마음은 사위가 될 저 아이에게도 마찬가지일 것이라 짐짓 생각하며, 특별히 꾸짖는 말을 보태지 않고 가만히 있었다.

"판시엔."

황제가 그의 이름을 세 번째 불렀다.

모든 신하들은 귀를 쫑긋 세우고 있었다. 다른 신하들을 대하는 것과 조금은 다른 듯한 황제의 태도에 역시 판씨 집안과 황실의 관계는 특별하다는 생각들을 하고 있었다. 황제가 담담히 말을 시작했다.

"짐과 판씨 집안의 관계는 일반적이지가 않다. 그러니 내 눈에 너는 그저 손아랫사람일지도 모른다. 그러니 군신 관계를 떠나 짐이 말할 때에는 그 잘난 입 좀 닥쳐! 네가 일석거에서 막말을 했음을 내가 모르고 있었을 거라 생각하느냐? 어리디 어린 놈아. 네 입이 정말 잘났다 생각하니, 천하 사람들이 네 눈에 들어오지도 않겠구나."

이것은 확실한 꾸짖음이었다. 하지만 이러한 꾸짖음 안에는 '그의 잘난 입'을 칭찬하려는 의도가 암암리에 숨어 있었기에 신하들은 정확한 의미를 파악할 수 없었다. 아니나 다를까 폐하가 이어 말했다.

"오늘같이 밝은 늦여름 밤, 군신이 화합하고, 국가가 서로 우호를 다지는 밤에, 너는 시에 있어 명성이 있다하니 시나 한 편 지어 그 뜻을 높이라."

그제서야 신하들은 황제가 오늘의 연회를 통해 자신들에게 8품 협률랑이 어떤 인물인지 보여주려는 것임을 알아차렸다. 다만 어린 판 대인이 술에 취해 이 기회를 잡지 못한다면 그에게는 큰 실기가 될 것이라 여겼다. 판시엔은 취기가 한껏 올라 정신이 혼미해보였지만, 황제가 한 말은 알아들었는지 절을 한 번 올리고 대답했다.

"폐하, 신하는 그저 진부한 시 몇 구절만 읊을 수 있을 뿐인데, 어찌 감히 장 선생님 앞에서 제 하찮은 재주를 부릴 수 있겠습니까?"

이 말과 동시에 모든 시선이 장모우한에게로 쏠렸다. 그제서야 그들은 이 자리가 황제가 판시엔에게 단지 기회를 준 것에 불과한 것이 아니라, 천하 온 나라의 백성들에게 무엇인가를 증명하려는 것임을 알게 되었다.

무(武)를 논하자면, 천하에 경국을 상대할 자가 없으리!

문(文)을 논하자면, 경국에도 한 명의 인재가 있노라!

이것이 바로 황제가 이 자리에서 온 천하에 보여주려는 뜻이었다. 판시엔의 대답을 들은 신하들은 사전에 황제와 판시엔 사이에 합의가 있어 북제의 문단 대가를 공격하기로 한 것이 아닌가 의심했다. 하지만 실상은 판시엔 혼자서 저지른 일. 오히려 판시엔은 뭔가 상황이 잘못 돌아가고 있다고 생각했다. 황제가 실눈을 뜨고 자신을 바라보며 왠지 흡족해하는 모습이 자신의 예상과는 상당히 달랐기 때문이다.

황제가 흡족했던 것은 어린 판 대인이 자신의 마음을 꿰뚫어보고 이 판을 움직이고 있다는 점이었다. 그와 동시에 그는 압박을 하는 중이기도 했다. 즉, 만일 좋은 시를 짓지 못한다면 장모우한 앞에서 경국 전체의 얼굴에 먹칠을 하게 될 것이라는 경고가 그 압박이었다.

"만일 네가 시를 지어 장모우한 선생이 그 시를 평했는데, 그것이 아름답지 못하다 하면, 내가 벌주를 내릴 것이야."

황후는 미소를 지으며 자기 남자의 생각을 읽은 듯 말을 보탰다.

일이 이 지경이 되니 다른 방법이 있겠는가? 판시엔은 제 자리로 돌아와, 이미 가득한 취기는 아랑곳 하지 않고 술을 한잔 더 따르고선 입안으로 털어 넣었다.

신하들은 조마조마한 마음에 그를 대신해 마음속으로 숫자를 세고 있었다. 하나, 둘, 셋…… 십오 즈음에 이르렀을 때 판시엔의 두 눈에는 맑은 빛이 나더니 그는 만면에 미소를 띠고 두 입술을 움직여 시를 읊기 시작했다.

술은 당연히 노래와 마주하고, 인생은 짧아 얼마나 되려나!
對酒當歌, 人生幾何!
인생이란 아침이슬 같건만, 괴로워하며 보낸 날들이 많구나.
譬如朝露, 去日苦多。
……
푸른 옷깃의 그대들아, 내 마음 알 길 없구나.
青青子衿, 悠悠我心。
오직 그대들이라는 이유로, 깊은 시름에 잠겼노라.
但為君故, 沉吟至今。
……
귀한 객이 찾아오면, 비파를 치고 저를 불어 반기리.
我有嘉賓, 鼓瑟吹笙。
저 휘영청 밝은 달, 언제 딸 수 있을까?
明明如月, 何時可掇?
……
속 터놓고 회포 풀어도, 옛정은 그립기만 하구나.
契闊談讌, 心念舊恩。
달빛 밝고 별빛은 드문데, 까막까치 남쪽으로 날아가네.

月明星稀, 烏鵲南飛。

나무를 세 번 맴돌아도, 머물 곳은 찾지 못하네.

繞樹三匝, 何枝可依?

산은 높기를 마다하지 않고, 바다는 깊이를 꺼리지 않으니.

山不厭高, 海不厭深。

주공과 같은 인재 맞으면, 천하 인심이 나에게 돌아오리.

周公吐哺, 天下歸心。

- 조조(曹操) 〈단가행(短歌行)〉 中

판시엔이 매번 시를 지을 때마다 듣는 사람들이 자기도 모르게 한 방 먹었던 것처럼, 이번에도 시가 나오자 궁 내의 모든 사람들이 일순 조용해졌다. 그가 읊은 시는 조조의 대작(大作) 중 하나로, 판시엔은 기억이 나는대로 몇 개의 싯구를 대충 얼버무렸다. 하지만 그 싯구 중 제일 수려한 구절, 즉 '주공과 같은 인재 맞으면'이 마침 황제의 마음에 딱 들어맞았다. 조조가 황제의 꿈을 품고 있지는 않았으나 실제로는 그도 황제가 되지 않았던가?

"좋구나!"

잠시의 침묵이 황제의 이 한마디에 끝이 나고, 거대한 궁전 안의 모든 신하가 소리높여 칭찬를 하기 시작했다. 황제의 얼굴에는 만족한 기색이 역력했다. 황제는 장모우한을 바라보며 가볍게 물었다.

"장 선생은 이 시가 어떻소?"

장모우한은 여전히 침착했다. 그는 자신의 생에서 이러한 장면을 무수히 목격했고, 무수히 많은 시를 평가온 사람이기 때문이었다. 그가 천하 서생들의 존경을 받는 것, 심지어 경국의 적지 않은 관원들이 그를 존경하는 것은 그가 언제나 후덕한 안목을 유지하고 불편부

당한 평가를 내리는 사람이었으며, 바다와 같은 해박한 지식을 지니고 있는 자였기 때문이었다.

"좋은 시입니다. 확실히 좋은 시입니다. 중간에 약간 매끄럽지 못한 부분이 있기는 해도, 그 뜻과 수준이 매우 높아 그것을 눈치채지 못하게 합니다. 시를 짓는 사람들은 뜻을 우선시하고, 그 다음에 수준을 중하게 봅니다. 판 공자 이 시에는 뜻이 충분하고 수준이 높으니, 확실히 좋은 시입니다. 경국에 이런 좋은 인재가 있는지 몰랐습니다."

판시엔은 이 문단의 대가라는 자에게 특별한 느낌을 받지는 못했다. 다만 그의 가식과 거드름 피우는 모양새가 좋지 않아 보였다. 관원들은 모두 조용히 오늘 판시엔이 지은 시에 대해 이야기를 나누기 시작했다.

일반적인 상황이라면, 여기에서 끝날 일.

모두의 예상을 깨고 어느 한 사람이 나와 냉랭하게 말하기 시작했다.

"장 선생이 문장의 대가라는 것은 모든 사람들이 아는 바, 이 시에 대해 그가 평하신 말씀을 들으니 판 공자의 수준을 그리 높이 보지는 않으시는 모양입니다만, 참으로 웃음을 참을 수 없습니다. 오늘 열다섯 보 안에 판시엔이 지은 이 시는 차치하고서라도, 이전에 그가 지은 시, 즉 '만 리 길 서글픈 가을에 변함없이 나그네 되어' 한 편만 두고서 말한다 하더라도, 북제에서는 그런 시를 지을 인재가 없지 않습니까?"

이 말은 매우 부적절한 말이었고, 특히 국가의 연회장에서라면 더더구나 무례한 발언이었다. 경국의 황제도 문(文)을 논하는 자리에서 이야기가 이 지경까지 심각해질 줄은 생각지도 못한 듯, 얼굴을 찌푸리며 불쾌함을 표했다.

판시엔은 제자리로 돌어오던 발걸음을 멈추고, 조금 전 어느 신하의 그 발언에 대해 약간의 불쾌한 기색을 표하며 장모우한에게 양해를 구하는듯한 인사를 보냈다. 장모우한은 목청을 두 번 가다듬고는 난색을 표하며 침착하게 판시엔을 바라보았다.

"판 공자의 명성은 이미 북제에도 알려져 있소. '만 리 길 서글픈 가을에 변함없이 나그네 되어'라는 이 구절은 이 늙인이도 항상 읊고 있는 바오."

판시엔은 이 대가의 눈에서 애련함을 읽었다. 그때 판시엔은 자신에게 다가오는 위험을 감지했다. 부적절한 발언을 한 신하가 천천히 자신을 향해 걸어오는데, 술기운에도 급히 얼굴을 돌려보니 그는 전쟁을 앞둔 자의 얼굴을 한 궈바오쿤이었던 것이다. 자기에게 한 방 맞은 궈바오쿤, 태자의 측근이자 궁중 편집인인 궈바오쿤도 오늘 이 자리에 참석한 것이다. 이 상황은 태자도 예측하지 못했기에, 궈바오쿤의 득의양양한 얼굴을 보고는 도대체 무슨 속셈인가 하는 생각에 걱정을 하고 있었다. 장모우한은 두 번의 헛기침에 이어 황제를 향해 예를 올린 후 낮은 목소리로 말했다.

"늙은이는 북제 사람이나 마음만은 북제를 넘어 천하의 글을 향하고 있소. 본래 양국의 우의를 상하게 할 생각은 없었으나 이 말만큼은 해야겠소."

"장선생은 말하여도 좋소."

폐하는 평정심을 되찾으며 말했다. 장모우한은 천천히 판시엔이 베낀 두보의 〈높은 곳에 올라(登高)〉를 읊기 시작했다.

"바람 빠르고, 하늘 높아 원숭이 울음 애달프네, 물가는 맑고, 모래는 깨끗한데 새들은 빙빙 도네. 끝없이 펼쳐진 낙목에선 나뭇잎 부스스 떨어지고, 끝없이 흐르는 장강은 세차게 흘러가네. 만 리 길 서글픈 가을에 변함없이 나그네 되어, 한평생 많은 병 있으나 홀로 누대에 오르네. 어려움과 고통으로 귀밑머리 모두 희어지고, 최근에는 늙고 쇠약하여 술을 멀리 한다네."

궁 안은 어느 때보다 조용해졌다. 천하의 문학 대가가 과연 무슨 말을 이어갈지 경청하는 분위기였다.

"이 시의 앞에 네 구절은 더없이 좋소."

대신들은 이해가 되지 않았다. 이 시는 이미 징두에서 명성이 자자하여 누구나 알고 있는 시로서, 앞의 네 구절도 좋지만, 뒤의 네 구절이 특히 좋아 많은 사람들의 극찬을 불러온 명구였기 때문이었다. 장모우한은 잠시 침묵한 후 차분히 말을 이어갔다.

"앞의 네 구절이 좋다고 한 것이 뒤의 네 구절이 좋지 않다는 말은 아니오. 하지만 뒤의 네 구절은 판 공자가 지은 것이 아니오."

궁 안은 일순간 소란이 일었다가 순식간에 쥐죽은 듯 침묵이 흘렀다. 판시엔은 일부러 놀란 척했으나, 이런 종류의 공격은 이미 수없이 받았던 터라 사실 전혀 놀라지 않았다. 그래서 그는 자신의 취한 몸을 의자에 천천히 기대놓고, 만면에는 미소를 띤 채 장모우한을 바라만 보고 있었다. 이런 방식으로 판시엔의 도덕과 명성에 해를 입게 되면 판시엔이 알아서 혼인을 물릴 거라고 생각하는 누군가가 있음이 명백했다. 하지만 그 누군가, 즉 장 공주는 왜 하필 그리고 어떻게 명성이 이다지도 높은 장모우한에게 이 일을 하게 했는지 도무지 이해할 수 없었다.

그럼에도 판시엔은 거칠 것이 없었다. 자신이 다른 세상에서 온 것을 증명하지 못하는 한, 장모우한은 오로지 현 세상에서 갈고 닦은 학문과 명성만을 가지고 판시엔이 이 시를 베낀 것임을 증명해 내야 했기 때문이다. 이때 황제 미간의 주름은 더욱 깊어졌다. 만일 그 시가 진정 표절이라면 엄중한 책임을 물을 수밖에 없는 사안인 데다, 장모우한이 무슨 근거로 경국의 황궁에서 이런 막말을 하고 있는지를 도무지 알 수 없기 때문이었다. 이때 예부 시랑 장즈치엔이 말했다.

"장모우한 선생은 한 시대의 대가로서, 제자들은 항상 선생의 경서를 연구하고 있으며, 천하의 누구도 선생의 말을 의심하지 않을 것입니다. 하지만 이 일과 관련해서는, 혹시 선생이 어떤 '어린 사람'에게 속고 있는 건은 아닌지요?"

'어린 사람'이 누구인지에 대해서는 궈바오쿤인지, 아니면 다른 누구인지 아무도, 심지어 예부 시랑 장즈치엔도 확신을 못하고 있었다. 이 말에 장모우한은 고개를 들고 지혜로운 얼굴과 침착한 눈빛 속에 말할 수 없이 복잡한 감정을 내비치며 대답했다.

"이 시의 뒤 네 구절은, 제 스승님이 예전에 팅저우(亭州, 정주)을 유람하며 지은 것이요. 스승님의 유작이었기에, 늙은이는 항상 마음 속에서만 수십 년 동안 가지고 있었을 뿐인데, 어찌하여 판 공자가 기묘하게 이 구절을 읽었는지 모르겠소. 하지만 먼지 속에 있던 보물이 마침내 하늘을 보게 된 것이라 생각하여 기분은 그렇게 나쁘지 않소. 다만 판 공자가 이를 가지고 자신의 명성을 떨치는 것만큼은 이 늙은이가 더는 보지 못하겠소. 선비는 먼저 마음과 덕을 닦아야 하는 것이지, 문장의 단어와 문구를 먼저 생각해서는 안되오. 늙은이도 운명처럼 인재를 아끼기에 이 일을 밝히려 하지 않았으나, 경국에 와서 앞에 있는 공자를 보고 그가 반성의 기색이 전혀 없음을 알게되니 참으로 안타깝기 그지없소."

판시엔은 이 말을 듣고 실소가 터질 뻔했다.

하지만 옆에 있는 사람들은 전혀 웃지 못하고 얼음처럼 가만히 앉아있었다. 만일 이 말이 사실이라면 판시엔은 이후 관료 사회나 문단에서 얼굴을 들고 다닐 수 없게 될 것이며, 경국 조정 또한 어려움을 겪을 것이 뻔했기 때문이다. 천하의 모든 선비가 장모우한이 평생에 쌓은 품행과 도덕 그리고 문장을 숭상하기에 기본적으로 그를 의심할 수가 없었다. 게다가 장모우한의 말에 따르자면 이게 그의 스승이 지은 시라는 것인데, 한 시대의 대가 장모우한이 자신도 모자라 그의 스승까지 거론하였는데 누가 감히 의심을 하겠는가.

많은 대신들의 마음 속 깊은 곳에서 이 시는 이미 판시엔이 베낀 것으로 치부되었다. 그리하여 판시엔을 바라보는 눈빛들이 점차 곱지 않게 변해가고 있었다. 그럼에도 이 일은 경국 조정의 체면과도 직결되는 바, 황제는 평정을 유지하며 문연각(文淵閣) 대학사(大學士) 슈우(舒蕪, 서무)만을 뚫어져라 쳐다보고 있었다. 잠시의 줄평한 침묵이 지나가고 대학사가 어렵게 일어나 장모우한에게 예를 올렸다.

"스승님을 뵙습니다."

그 자신도 북제에서 장모우한 문하에서 수학한 적이 있는 터라 마음속 깊이에서 이미 그는 장모우한이 한 말을 신뢰하고 있었다. 하지만 자신을 바라보는 황제의 냉랭한 시선에 어쩔 수 없이 판시엔을 대신하며 말을 꺼냈다.

"판 공자는 줄곧 시 분야의 인재라 일컬어 지고 있는 바, 갑자기 그가 이 시를 베꼈다고 하시면 여기의 많은 사람들이 그것을 믿기는 힘들 것이라 사료됩니다. 그리고……굳이 시를 베낄 동기도 없어 보입니다."

"그럼 너는 이 늙은이가 거짓말을 했다는 것인가?"

슈 대학사는 땀을 비 오듯이 흘리며 더 이상 말을 이어가지 못하고 우물쭈물하다 물러 갈 수밖에 없었다. 그 다음을 이어 그 누구도 말을 하지 못하고 있었다. 그러나 황제는 일반인이 아닌 것. 황제는 침묵을 깨고 차갑게 말했다.

"경국은 북제와 달리 법률을 제일 중시하오. 장 선생이 죄를 물으려 하거든 증거가 필요하오."

황제의 목소리에는 분노가 조금 섞여 있었다. 이 분노는, 장모우한이 정말 판시엔이 표절했다는 것을 제대로 증명하기만 하면 판시엔의 목을 그 자리에서 날릴 것임을 의미하기도 하는 분노였다. 이에 장모우한은 자신의 옆에 있던 종이 한 폭을 집어 들어 안타까운 듯 판시엔을 바라보며 말했다.

"이건 제 스승님의 글입니다. 누구라도 이것을 보기만 하면 그 연대를 짐작할 수 있을 것입니다. 판 공자는 본래가 시의 인재인데, 어찌 이런 무모한 일을 저지르게 되었소? 시는 마음에서 나오는 소리라는 것을 모른다는 말이요? 뒤의 네 시구가 어떻게 판 공자의 나이와 경험에 비추어 써 낼 수 있단 말이요?"

그는 다시 한번 목을 가다듬고 안정적으로 설명을 이어 나갔다.

"'만 리 길 서글픈 가을에 변함없이 나그네 되어', 얼마나 쓸쓸한가? '한평생 많은 병 있으나'…… 이것이 바로 제 스승이 풍전등화 같은 말년의 시간에, 홀로 높은 곳에 올라가 끝없이 밀려오는 강물을 보며 느꼈던 그 슬프고 애처롭던…… 그런데 판 공자는 아직도 이리 어린데 '한평생의 많은 병' 같은 표현을 어떻게 할 수 있단 말이오? 그리고 또 '귀밑머리 모두 희어지고' 같은 구절 또한, 판 공자 같이 삼단 같은 머리의 청년이 그런 구절로 '다사다난'을 읊는다는 것이 과연 말이나 된다는 것이요?"

이 말을 들으며 사람들은 고개를 끄덕였다. 이런 시구는 도저히 젊은이가 쓸 수 성격의 구절이 아니었다는 생각이었다. 장모우한은 마지막으로 침착하게 말했다. 그 말을 꺼내면서 판시엔을 바라보는 그의 눈빛에는 안쓰러움이 가득했다.

"시의 마지막 구절, 즉 '최근에는 늙고 쇠약하여 술을 멀리 한다네'에서 보면, 판 공자의 집안은 화려하기 그지없는데 어찌 초라하다 할 수 있었을까요? 또한, 제 스승이 '술을 멀리 한다'는 글을 왜 쓰셨는지 판 공자는 절대 모르실 거요. '술을 멀리 한다'는 그 구절을 쓴 이유는 스승님이 말년에 폐병에 걸려셔서 더 이상 술을 드실 수 없었기 때문이오."

경국의 대신들은 모두 조용히 아무 말도 하지 못한 채 한마음이었다. 그 글의 진위는 더 이상 중요해보이지 않았다. 이미 제기된 몇 가지 문제만으로도 판시엔이 표절했다는 것을 명백한 사실로 보였기 때문이다.

바로 그때, 고요한 궁전 안에 갑자기 박수 소리가 울려 펴졌다!

판시엔이 제 자리에서 일어나 장모우한을 바라보며 천천히 박수를 치고 있었던 것이다. 사실 그는 마음 속으로 장모우한에게 탄복하고 있었다. 그의 스승이 누구인지는 몰라도, 장모우한이 이 시의 구절만 가지고도 실제로 이 시를 쓴 두보의 처지와 질병까지도 추정하는 것은 정말 한 시대의 문학의 거장이 아니고서는 힘든 일이었기 때문이다. 하지만 판시엔만은 이 모든 것이 모함일 수밖에 없음을 누구보다도 확신할 수 있었기에, 그의 멀끔한 얼굴에 곧바로 거만한 표정을 지으며 만취한 듯한 말투로 말했다.

"오늘 장 선생님뿐 아니라 그 이름 모를 스승님의 명예까지 저버리시겠군요. 정말 도대체 무엇을 위해 그러시는건지 모르겠네요."

사람들은 도리어 판시엔이 미쳐버렸다고 생각했다. 황후는 혹시 판시엔이 무슨 일이라도 저지를까 노심초사하여 호위를 부르라 조용히 명하고 있었다. 다만 황제는 모두의 예상과 달리 냉랭하게 손을 한 번 젓고는 사람들로 하여금 판시엔의 말을 경청하라 명했다. 판시엔은 몸을 흔들흔들 거리며, 조롱의 눈빛을 뿜으면서 큰 소리로 외쳤다.

"술을 가져오라!"

이 상황에서 궁녀들은 감히 움직일 생각을 하지 못했고, 대신들도 미친놈의 발광 정도로 치부하고 있엇지만, 황제만은 조용히 그의 청대로 해주라는 눈짓을 보냈다. 두 근의 술이 판시엔 앞에 차려졌다.

"감사합니다!"

판시엔은 호방하게 웃으며, 한 손으로는 술병의 뚜껑을 날려 버리더니, 술병 채 들어 마시기 시작했다. 고래가 바다를 마시듯 순식간에 술병 안의 모든 술이 그의 뱃속으로 들어가 버렸다. 술을 한번 호탕하게 마시니 취기가 오르기 시작했다. 어차피 마실 술이었으나 이리 급하게 먹으니, 얼굴은 더욱 붉어지고, 두 눈은 수정처럼 빛이 나고, 몸은 이리저리 끊임없이 흔들리고 있었다. 그는 춤추는 사람처럼 비틀거리며 상석까지 걸어가 장모우한의 앞에서 그의 눈을 똑바로 보고 말했다.

"대가 어르신, 여전히 그 주장을 계속 하시렵니까?"

"공자는 반성의 마음을 가지는 게 더 이로울 것이오, 이렇게까지 자신을 상하게 할 필요가 있소?"

장모우한은 자기 코에까지 풍겨져 오는 술 냄새를 맡으며 미간을 찌푸렸다.

"무릇 모든 일은 원인과 결과가 있는 법, 장 선생이 제가 그분의 스승이 쓰신 시의 네 구절을 표절했다 하시니 여쭙지요. 왜 제가 표절을 할 필요가 있었을까요? 제가 누구의 것을 표절했을까요? 장 선생의 문하생들이 천하를 덮고 있지 않다면, 장선생은 제가 표절했다 주장할 기본적인 요건이나 갖출 수 있었을까요?"

책상 위에 놓인 장모우한의 손가락이 가볍게 떨리는 것을 보며, 판시엔은 냉소를 띠며 말을 이었다.

"장 대가님, 이렇게 어린 저를 놀리시는 것도 나쁘지 않습니다만, 제가 이것을 표절했다고 하시면, 그렇다면 제가 이 시구를 쓰기 이전에는 왜 그 구절이 세상에 알려지지 않았던 걸까요? 또한 선생이 말하기를, 제가 아직 백발이 되어보지 않았기에 '귀밑머리 모두 희어지고' 같은 문구를 쓰지 못하고, 또 뭘 못했기에 뭘 못하고……그런데 선생은 모르실 거예요. 제가 벌인 가장 즐거운 소동이 무엇인지를. 그건 바로 제가 세상을 처음부터 다시 살고 있다는 것이지요. 당신은 제 과거를 절대 모르고, 그러니 마음대로 이렇게 저를 모함하시는 건데, 그런 건 하나도 관심이 없습니다. 그야말로 황당하군요!"

진짜 취한 것일지도 모른다. 혹은 이번 기회에 그동안 쌓여있던 울분을 토해 버리는 것일지도 모른다. 속세를 떠난 듯한 판시엔의 얼굴에서 갑자기 미치광이의 표정이 나오고 있었다. 장모우한은 판시엔에게 진지한 충고를 시작했다.

"시가 마음과 경험에서 나온다는 것은 변함없네. 자네는 그런 경험이 없는데, 그러면 어떻게 그 시를 쓸 수 있었나?"

"시는 여전히 문학의 도(道)입니다. 이 시 구절의 도는 모두 하늘에서 온 재능입니다. 자기가 겪어보지 못한 일에 대해서 시를 짓지 못한다고 누가 말했습니까?"

판시엔은 장모우한을 보며 냉랭하게 말했다. 이 말은 몹시 오만방자하게 들렸다. 결국 자신이 천재라는 것이며, 장모우한의 판단이 틀렸다는 것 아닌가? 장모우한은 눈살을 찌푸렸다.

"그럼 설마 판 공자는 언제 어디서나 자신의 인생과 전혀 상관없는 아름다운 시를 지을수 있단 말이오?"

한 평생을 문학에 몸바쳐온 이 시대의 대가는, 무수한 인재들을 보았으나 그런 사람들을 본 적이 없었다. 설사 천재라는 것이 있다 해도 시에서는 그런 능력이란 절대 불가능하다고 믿고 있었다. 상대방이 무슨 생각을 하고 있는지 훤히 들여다보고 있던 판시엔은 알수 없는 미소를 한번 지으며, 장모우한의 탁자 위에 놓여 있던 술병을 집어들고, 다시 한번 단숨에 들이켰다. 그리고 술병을 내려 놓음과 동시에 푸른색 소매를 한 번 휘날리더니.

"종이를 가져오라!"

"먹을 가져오라!"

"사람도 데려오라!"

사람들은 영문을 몰라 쩔쩔매고 있었지만, 황제는 여전히 침착하게 판시엔의 청대로 행하라고 일렀다. 얼마 지나지 않아 그 안에는 몇 개의 책상과 문방사우가 차려졌다. 판시엔은 다시 한번 술병 채 술을 들이켜고는, 고독하게, 그리고 거만하게 중앙의 자리에 서 있었다. 그는 비틀거리며 손을 가지런히 앞으로 모은 후 황제에게 예를 한 번 올리며 청했다.

"폐하의 집필 태감을 한번 빌려 쓰겠습니다."

황제는 고개를 끄덕였다. 한 명의 집필 태감이 책상 앞에 앉아, 하얀 종이를 쫙 펼치고, 먹을 갈았다. 판시엔은 트림을 한 번 꺽 하고는, 고개를 저으며 말했다.

"한 명으론 부족합니다."

"판시엔, 도대체 무슨 난리야!"

옆에 있던 태자가 참지 못해 입을 열었다. 황제는 여전히 침착한 얼굴로 허락했고, 그의 눈동자에는 웃음기가 점점 차올랐다. 마치 앞으로 어떤 일이 벌어질지 예상을 할 수 있다는 듯했다. 판시엔은 미소를 지으며 장모우한을 한번 쓱 본 후, 옆에 있는 세 명의 집필 태감들에게 말했다.

"내가 읊으면 당신들은 쓰는 거야. 만약에 늦게 쓴다, 베껴 쓰지 못했다, 그러면 난 리바이벌은 죽어도 안해."

이 세명의 태감은 '리바이벌'이 무슨 뜻인지, 도대체 무슨 '영문'인지 알 수 없었다. 그 자리의 사람들은 판시엔이 무언가를 준비하고 있음은 알았지만, 그것을 잘 해낼 수 있을지에 대해서는 다들 반신반의하고 있었다.

'그가 뭘 해내더라도 그게 장모우한과 비교할 만한 것일까? 설마 자신이 진정한 이 시대의 시가(詩家)라고 생각하는 것인가?'

밤이 충분히 깊지 않아 늦여름 밤에 불어오는 바람이 충분히 시원하지는 않았다. 하지만 궁전에 긴장이 점점 더 고조되어 가니 마치 전장의 북소리라도 들려오는 것 같이 가슴이 방망이질 했다.

"……아무리 불타도 봄바람이 불면 곳곳에 다시 푸릇푸릇한 들풀이 자라나고……" (당나라 시인 백거이 〈부득고원초송별〉 中)

"……여기저기 핀 꽃들이 사람의 눈을 유혹하고 짧게 자란 풀들은 겨우 말발굽을 덮을 만하네……" (백거이 〈전당호춘행〉 中)

"……하늘과 땅은 영원해도 다할 날이 있지만, 이 한은 잇고 이어져 끊어질 때가 없다……" (백거이 〈장한가〉 中)

어떠한 전조도 없이, 어떠한 준비도 없이, 판시엔의 입에서 한 단락이 쏟아졌다. 당나라 시인 백거이의 모든 작품을 그는 읊고 있는 중이었다. 그 짧은 찰나에 열 수가 넘는 시가 읊어졌다. 그는 작은 책상 옆에 서서 궁 밖의 어두운 밤을 바라보며 자신이 머리 속에 간직하고 있는 모든 명시들을 하나도 빠짐없이 끊임없이 낭송하고 있었다. 세 명의 태감들이 모두 그 시를 받아적고 있었으나, 그 속도를 가히 따라갈 수 없었다.

사람들은 묵묵히 음미하고 있었다. 심원을 알 수 없는 음모와 계략에 맞서, 엄청난 압박의 공격아래, 그는 결국 폭발했다. 미치광이 같은 정념으로 머리에 넣어두고 있던 모든 시를 남김없이 낭송해 버렸다. 태감이 써 내려가든지 말든지, 사람들이 듣든지 말든지. 씹을 수록 향기가 나는 전생의 글들이 그의 얇은 두 입술 사이를 통해 경국 황궁에 끊임없이 울려 퍼지고 있었다.

장모우한의 눈빛에는 점점 기묘한 변화가 나타나기 시작했다. 처음 시작할 때는 단순한 호기심뿐이었던 대신들의 마음도 그 울림을 피하지 못 했고, 그가 읊는 모든 시들은 한 번도 들어본 적이 없었으나 아름답기 그지없는 구절로 가득했다.

'설마, 이걸 전부 판 공자가 지었다고?'

"날이 침침한 걸 보니 밤에 눈이 올 것 같은데, 나하고 술 한잔 할 수 있겠는가……"

백락천이 술을 마시고 있다.

"그대는 모르는가……"

이어서, 이태백이 술을 마신다.

"그림자 마주하니 셋이 되었네……"

여전히, 이태백이 술을 마신다.

"주인이 나와 함께 술을 마시고 취하기만 하면……"

아직도, 이태백이 술을 마신다.

"어제의 날이 점점 나에게서 멀어져 붙잡을 수 없고, 오늘의 날이 나의 마음을 어지럽혀 걱정이 가득찼네……"

이태백이, 술을 너무 많이 마셨다!

사람들은 아까 그가 저지른 실수는 일찌감치 잊어버리고 자리에서 나와 판시엔의 주위로 모여들었다. 그리고 거기에 서서 그가 암송하는 시를 듣고 있었다. 모든 얼굴에는 놀란 기운이 가득했다. 실로 믿을 수가 없는 장관이었다.

세상에 인재들은 많고, 시 분야의 인재들은 더욱 많지만, 지금까지 이런 장면이 연출된 적이 한 번이라도 있었던가. 시를 짓는 것을 본 적은 있었어도, 이렇게 시를 짓는 것은 아무도 본 적이 없었다. 시작이라는 것은 단순히 야채 시장에서 배추를 옮기는 일이 아니기 때문이었다. 하지만 판시엔의 입에서 뿜어져 나오고 있는 시 구절들을 보면 마치 그는 아무런 생각도 하지 않는 것 같았다. 그래서 그저 쉼없이 배추를 옮기는 작업처럼 보였다. 그런데 심지어 그 배추들이 하나같이 모두 걸작이었다.

판시엔은 아직도 시를 외우고 있다.

사람들이 그를 바라보는 눈빛은 점점 이상해졌다. 속세를 벗어나 있는 듯한 그의 얼굴을 보면서 사람들은 생각했다. '하늘에서 시선(시의 신선- 역주)이 내려왔다!' 옆에서 온 힘을 다해 판시엔이 부르는 시를 받아적고 있는 세 명의 태감들은 고개를 푹 숙인 채 멈추지 않고 시를 써내려가고 있었다. 판시엔이 말했듯, 그는 한 번만 읊을 것이기에 그것이 바람처럼 날아가 버리게 둘 수 없었다.

판시엔은 주변에서 일어나고 있는 일을 모르고 있었다. 여전히 두 눈은 감고 있었으나 머리만큼은 매우 빠르게 돌아가는 중이었다. 머리 한편으로는 시구를 기억해내기 위함이었고, 다른 한편으로는 연회가 끝난 후에 해야 할 중요한 일에 대해 생각하기 위함이었다. 시를 듣고 있는 사람들이 이 사실까지 안다면 지금보다도 더 놀라서 기절했을 일.

그는 목이 조금씩 말라 옆으로 손을 뻗었다. 슈 대학사가 술을 대령해, 마치 그의 감정선에 어떠한 방해도 용서할 수 없다는 듯한 조심스러운 태도로 조심조심 그의 손에 얹어주었다.

〈시경〉의 "군자호구"(아름다운 숙녀는 군자의 좋은 배필이다-역주)에서 청나라 문학가 공자진의 "만마제음"(만 필의 말이 한 마리도 울지 않다, 억압된 사회의 정치 국면을 비유함-역주)까지, 당나라의 달빛, 송나라의 봄 강물, 초가집을 지었던 두보, 민물 생선을 삶았던 소동파, 기생집에 드나들었던 두목과 유영, 한 사람에게만 충실한 사랑의 시를 쓰며 아내 몰래 내연녀를 만났던 원진, 줄이 끊어진 거문고를 보며 죽은 처를 그리워했던 이상은, 외조카와의 불륜에 대한 소문으로 억울했던 구양수까지……

판시엔이 눈을 감고 술 한 모금에 시 한 수를 읊어가니, 술 세 주전자에 삼백 수의 시가 나왔다!

전생에서 알던 시인, 전생에서 알던 젊고 늙은 모든 사람들이 모두 대나무 아래에서 노래하고, 정자에서 즐거워하며, 강가에서 홀로 울고. 이것이 전(前) 세상의 모든 것, 판시엔 전(前)생의 모든 것이었다. 이것들이 누구도 예상하지 못한 갑작스러운 방식으로 경국에 강림하여 사람들의 마음을 훔쳤다. 판시엔은 이전 세상에서 만났던, 천고의 풍류를 즐기던 무수한 사람들의 도움을 얻어, 장모우한과 한판 전쟁을 치루었다.

그가 두 눈을 뜨고 장모우한을 바라보았는데, 그의 눈은 마치 다른 세계의 어느 먼 곳을 바라보고 있는 듯했다.

'그대는 보지 못했는가? 황하의 물이 하늘에서 내려와 산산히 흩어져……'

누가 당나라 시인 이백보다 더 소탈할 수 있겠는가?

'저 큰 강 물결, 천고의 풍류 인물들을 모두 쓸어가 버렸네.'

누가 북송 문학가 소식보다 더 호탕할 수 있겠는가?

'어젯밤 비는 적었어도 바람이 거셌지, 깊은 잠에도 술기운은 가시지 않네.'

누가 송나라 여류 시인 이청조보다 더 섬세하고 아름다울 수 있겠는가?

이러한 천고(千古)의 풍류를 어찌 한 사람의 힘으로 대적할 수 있겠는가!

장모우한의 손은 더 이상 잔을 쥐고 있을 수 없을 정도로 덜덜 떨리더니, 술잔을 바닥에 떨어뜨리고 말았다. 술잔은 이윽고 무수한 파편이 되어 부서져 버렸다.

적막 그리고 또 적막.

얼마나 길었는지 알 수 없는 시간이 지나가고 판시엔의 신들린 듯한 공연도 막을 내렸다. 황궁 대전 안의 모든 사람들이 자신들이 지금 느끼고 있는 감정을 표현할 방법을 찾지 못한 채 판시엔만을 넋 놓고 바라보고 있었다. 몇 번이나 자리를 바꾸며 판시엔이 부르는 시를 받아적기에 여념없던 학사와 집필 태감도 바닥에 털썩 주저 앉아 저려오는 오른손을 주무르고 있었으나, 시선만큼은 판시엔으로부터 떼지 못했다.

판시엔은 몸을 이리저리 비틀거리며 장모우한의 앞으로 와 손을 내밀며 딸꾹질을 해대더니 조용히 말했다.

"경전 해석은 내가 당신만 못하지. 하지만 시를 짓는 것에서 만큼은, 당신이……나만 못해."

궁 안은 여전히 조용했다. 판시엔이 뱉은 말은 매우 낮은 소리였으나 모든 사람의 귀에 꽂힐 정도로 선명했다. 그 전에 그가 이런 말을 했다면 조롱거리가 되고 말았겠지만, 적어도 지금 이 순간 이 말을 반박할 수 있는 사람은 아무도 없었다. 장모우한의 명성이 얼마나 높던지 관계없이, 판시엔 조금 전 그 자리에서 낭송한 고대 명시 삼백 수를 들은 모든 사람들은, 그 누구도 판시엔을 넘어설 수 없음을 알 수 있었다. 과거에도 없었고, 현재에도 없고, 미래에도 없을 것임을.

이쯤 되면 판시엔이 시를 베꼈다고 믿을 사람이 아무도 없으니, 자연히 장모우한이 한 말은 거짓말이 되어 버렸다.

장모우한을 바라보는 사람들의 눈빛은 말로 표현할 수 없을 정도로 복잡해졌는데, 누군가는 실망한 듯, 누군가는 가련해하는 듯, 누군가는 멸시의 눈빛으로 그를 보았지만, 대부분은 장모우한의 행동이 놀라웠고 이해할 수 없었다.

'행실이 바르고 고결하다고 알려진 한 시대의 대가가, 왜 자신의 모든 것을 날려버릴 만한 행동을 한 것이었을까?'

장모우한이 판시엔을 바라보는 눈빛에는 마치 괴물을 바라보는 듯한 감정이 실려있었다. 그는 갑자기 알 수 없는 통증을 가슴에 느끼는 듯 하얀 소매로 입술을 황급히 가리더니, 순식간에 피를 토하는 소동을 일으켰다. 황제는 그런 장모우한과 판시엔을 바라보며 웃는 듯 아닌 듯 미묘한 표정을 지으며 말했다.

"이런 아름다운 재능을 평소에는 왜 보이지 않았는가?"

"시는 감정을 연마하는 것일뿐, 싸워서 이기는 기술이 아니……."

판시엔은 취한 것도 같고 아닌 것도 같은 모습으로 황제를 바라보며 말을 더듬었다. 사실 이 말은 모순적이었다. 오늘밤에 시를 써서 장모우한과 싸운 것이 아니란 말인가? 그 싸움에서 완승을 거둔 것이 다름 아닌 판시엔 아닌가? 때마침 판시엔은 뱃속 가득 술기운이 온몸으로 퍼졌다. 그는 엉덩이를 황제의 앞 계단에 걸치고 비스듬히 누워서는, 입술을 파르르 떨고 있는 장모우한을 바라보며 말했다.

"나는 취해서 좀 자야겠으니, 니이미랄."

결국 예전 이태백이 취했던 마지막 자세를 취하며 판시엔은 황제의 발 밑에서 취몽(醉夢)을 꾸었다.

제14장

상자의 비밀

오늘밤은 여느 평범한 밤이 아니다. 판시엔은 소위 '시선'이라는 꼴갑을 떨었고, 한 시대를 풍미한 대가 장모우한은 역사의 무대에서 쓸쓸히 퇴장했다. 황제는 판씨 집안을 잘 보살피라는 명을 내렸고, 태자의 지위는 공고해졌다. 오늘밤과 관련된 소식은 너무나도 많았기에, 동이성 사절단도 각부의 대신들도 모두 집으로 돌아가서 가까운 지인들에게 오늘 본 모든 것을 전했다. 단연 그 소식의 중심에는 8품 협률랑 판시엔이 있었다. 그 사람들의 마지막 결론은 하나, 판시엔은 역시나 시선이었다는 것이었다.

다만 그들이 궁금했던 것은, 판시엔이 이 많은 시들을 다 지어 놓고도 왜 아무에게도 보여주지 않고 있다가, 갑자기 오늘밤에 모두 꺼내어 보여주었는가 하는 것이었다. 시마다 배경도 다르고 감정도 제 각기이었기에, 도무지 한 장소 한 시간에 지은 것이라고 볼 수 없었 기에 그들은 이렇게 이해하고 있었다. 결론적으로 판시엔이 이 전에 생활했던 세계의 수많은 아름다운 문구가 그의 입을 빌어, 원하든 원 하지 않았든 이 세상으로 떨어져 버렸다. 그리고 동시에 앞으로는 이 세상의 정신세계와는 불가분의 관계가 될 운명이었다.

그가 오늘 읊은 시 중에는 사람들이 도저히 이해할 수 없는 단어 나 지명도 있었다. 하지만 그들은 판씨 집안의 작은 대인이 술에 취 한 나머지 발음이 부정확했던 탓이라 여겼으며, 그가 술이 깬 후에 자세히 물어봐야겠다고 생각하고 있었다. 판시엔이 나중에 이 부분 을 해명하기 위해서는 '중국 통사'를 쓰거나, 중국 '4대 명저'를 다 써야할 판인터, 그것은 미치고 팔짝 뛸 일이겠지만, 어쨌든 나중의 문제였다.

판씨 저택으로 돌아가는 마차 안에서 판시엔은 여전히 조용히 잠 을 자고 있었다. 그가 하룻밤 새 지은 시는 명함도 내밀 수 없을 정 도로, 지금은 그가 마신 아홉 근의 술이 문제였다. 사람들이 그의 시 에 도취되고 있을 때, 그는 이미 술에 취해 인사불성이었던 것이다.

그는 태감의 부축을 받아 궁을 나온 후에도 술기운에 흠뻑 젖어 있었다. 속은 말할 수 없이 불편했다. 어쩌면 그래서 의식을 잃지 않 았는지도 모를 일이었다.

마차에 태우고 나서도 궁의 태감들은 판씨 집안 하인들에게 주인 을 잘 보살피라는 당부를 여러 번 하고 돌아갔다. 이 도련님의 머리 가 경국의 보배인 만큼 절대 손상되어서는 안된다는 것이었다.

판씨 저택의 모든 사람들도 오늘밤의 소식을 이미 다 들어 알고 있었다. 이 집안의 도련님이 장모우한에게 엄청난 위력의 싸대기 한

방을 내리쳤다니, 대대손손 가문의 영광이 아니겠는가. 류씨는 더 없는 기쁨을 주체할 수 없었다. 하인이 업어 판시엔을 마차에서 내리고 나니, 그녀가 직접 침실까지 안내해 눕게 했고, 그러고도 모자라 친히 주방에서 해장탕을 끓이고 있었다. 판뤄뤄는 하녀들이 놓칠새라 직접 젖은 손수건으로 그의 마른 입술을 적셔주었다.

난리통에 깬 판스져는 약간은 부러운 듯 질투를 하면서도 한편으로는 존경스러운 눈빛으로 인사불성인 형을 보고 있었다. 서재에서 글을 쓰던 판지엔은 미소를 지으며 속으로 생각했다. '황제폐하께 올리는 상소에는 어떤 글을 써야 할까? 폐하는 이 일에 대해 이상하게 생각하시지는 않으시겠지? 어쨌든 그녀의 아이 아니던가?'

밤이 더 깊어지고 흥분도 가라앉고 나니 사람들은 모두 제각기 흩어져 더 이상 판시엔의 취몽을 방해하지 않았다. 이때 판시엔이 천천히 두 눈을 뜨고는 침대 옆 여동생에게 말을 걸었다.

"내 허리 춤에 담청색 환약 좀."

판뤄뤄는 그가 깨어난 것을 보고 아무것도 묻지 않고 급히 그의 허리 춤을 더듬어 환약을 꺼내 가만히 먹여주었다. 판시엔은 그 후로 한참 동안 눈을 감고 진기를 운용했다. 확실히 환약에는 기묘한 효과가 있는 듯했다. 즉시 복부의 불편함이 사라지고 머리에 남아있던 술기운도 감쪽같이 사라졌던 것이다. 사실 그는 '진짜로' 취했다고 할 수 없는데, 진기를 역으로 운용하여 취기를 더욱 강화했던 것이기 때문이었다. 그가 진짜 취해서 정신이 없는 상태, 알고 있던 시마저 잊어버릴 법한 그런 상황에서 낭송을 한 것이었다면 그것이야말로 정말 엄청난 일이었을 것이다.

"내가 하인들에게는 오늘밤 내가 직접 오라버니를 돌본다 했어."

판뤄뤄는 판시엔이 이제 무엇을 하러 가는 것인지 알기에 무척 걱정되었다. 그런 걱정을 뒤로하고 판시엔은 자신의 신발 밑에 비수,

머리카락 속에 바늘, 그리고 허리 춤에 환약을 차례로 만져 확인한 후 만반의 준비가 다 되었다는 듯 고개를 끄덕이며 말했다.

"최대한 빨리 돌아올게."

황제의 서재는 여전히 밝았는데, 그 밝기가 태감들의 방보다도 훨씬 밝았다. 황제는 근면성실하고 백성을 걱정하는 명군(明君)이었으므로 언제나 밤늦게까지 상주문을 읽었다. 태감들은 오래전부터 습관이 되어 있어, 야식을 따뜻하게 유지한 채로 밖에서 상시 대기 중이었다.

오늘의 연회는 끝이 나고 이미 밤은 깊었는데, 황제는 여전히 휴식을 취하지 않고 책상 앞에 앉아 붓을 잡고 있었다. 그 끝에는 막 갈아둔 붉은색 먹이 묻혀 있어 소리 없이 생명을 죽이는 칼 같기도 했다. 갑자기 그의 붓 끝이 상주문 위에서 흔들리다가 멈추더니, 그의 미간이 점점 좁아지기 시작했다. 옆에 있던 집필 태감이 조심히 물었다.

"폐하 피곤하실 텐데, 잠시 쉬시겠습니까?"

"오늘밤 시를 받아 적을 때, 네 팔이 끊어지지 않은 모양이구나."

"나라에 시 인재가 나왔으니, 종은 매일 매일 받아쓰고 싶을 뿐입니다."

황제는 더 이상 아무 말도 하지 않았으나, 고개 들어 창밖을 바라보며 미소를 짓고는 다시 계속해서 상주문을 읽기 시작했다. 여름밤의 황궁은 매우 크고 또 무척 조용했다. 궁녀들은 반쯤 감은 눈을 이겨내며 졸음을 견디고 있었다. 호위들은 외성(外城)에서 가만히 지키고 있었고, 내궁(內宮)은 평화로웠다.

황토색 옷을 입은 우쥬는 밤과 한몸이 된 듯 보였다. 유일하게 사람들에게 들킬 만한 눈에는 검은색 천이 둘러져 있었고, 호흡과 심장 박동 소리도 이미 최대한 느려져 있었기에, 사방에 불고 있는 온화한 밤바람과 구별할 수 없었다. 설령 누군가가 그의 옆을 지나더라도 특별히 신경을 쓰지 않는 한 들키지 않을성 싶었다.

우쥬는 황궁 서재의 등을 '보고' 있었다. 얼마의 시간이 흘렀는지 모르지만 그는 천천히 고개를 낮추고 검은 복면을 쓴 다음 황궁 다른 방향으로 걸어가기 시작했다. 그가 걷는 길은 교묘히 불빛을 피하는 길이었다. 그는 지세를 빌어 흔적없이 꽃과 풀을 동무 삼아 아무런 소리도 내지 않고, 마치 유령이 한가로이 노닐 듯 삼엄한 궁내를 지나가고 있었다.

실내를 밝히던 기름등불의 불빛이 갑자기 튀어올라 꽃잎처럼 퍼졌다. 이는 분명 좋은 징조였으나 홍스시앙은 은빛 눈썹을 올리며 뭔가 불만족한 기색을 드러냈다. 그는 자신처럼 늙은 자신의 오른손으로 젓가락을 집어 능숙하게 한 알의 땅콩을 기름 등불에 굽고는, 순식간에 입으로 그 구운 땅콩을 집어넣고서, 입으로는 냠냠 씹으며 이 사이로 풍기는 땅콩의 향을 음미하고 있었다. 그러다가 술 한 잔을 따라 가볍게 마시고서야 일어났다.

"궁에 사람이 돌아다니지 않은 지도 꽤 되었군."

그의 눈빛이 맑아보이지는 않았다. 조금은 정신이 없는 듯 창 밖을 보며 낮은 소리로 한마디 뱉더니 손가락을 가볍게 튕겼다. 문은 열려 있었다. 홍공공이 손에 쥐고 있던 젓가락이 마치 두 개의 활이나 되는 듯 강력한 진기를 내뿜으며 '츠츠' 소리를 냈다. 그리고 젓가락은 순식간에 앞에 있던 창문을 뚫고 문 밖 어둠 속으로 날아갔다.

우쥬의 얼굴 앞에까지.

젓가락이 바람을 가르며 날아가는 위력이 정면으로 맞았으면 활에 맞은 것과 같았을 정도로 대단했다. 홍공공이 손가락을 가볍게 튕

긴 힘이 이 정도라니 공포를 자아내기에 충분했다.

왜 그런지 몰라도, 오늘 우쥬의 대응은 평상시보다 약간 늦었다. 그 바람에 젓가락이 우쥬의 오른쪽 어깨 부분의 옷자락을 스치며 옷을 찢어뜨렸다. '츠!' 하고 젓가락은 약간 기울어져 흙바닥으로 떨어진 채 그 끝이 미세하게 흔들리고 있었다. 밖으로 나온 홍 태감은 황토색 옷을 입고 있는 손님을 보며 눈썹이 가볍게 흔들렸지만, 검은 복면 탓에 그가 누군지를 알아볼 수는 없었다. 홍 태감은 만면에 웃음을 보였지만 그의 내심은 전보다 훨씬 사나워져 있었다.

"누구신지?"

"죄송합니다. 실수입니다."

"실수? 허허. 설마 길을 잃었나? 길을 잃어 황궁까지 온 사람은 그대가 처음일 걸세. 닷새 전에 네가 한번 왔길래 그 뒤로도 나는 항상 너를 기다리고 있었지. 네가 누군지 무척 궁금했어. 내 오랜 벗들 외에는 이렇게 간이 클 수가 없거든."

"잡혀서 저의 나라로 끌려가면 면목이 없으니 선배께서 양해해 주시길 바랍니다."

우쥬는 일부러 자신의 목소리에 다급함을 더했다. 감정을 싣는 일을 언제나 잘 하지 못하는 그이기에, 이런 노력은 오히려 그의 목소리를 더 가짜처럼 들리게 했다. 홍 태감은 눈썹을 찌푸리며 다시는 웃을 수 없었다. 상대방이 스스로를 후배라 칭한다면, 그 늙은 괴물들의 제자뻘 정도 된다는 것인 바, 그가 궁에 들어오고 나서야 자신이 그를 발견했다는 것은 그가 최소 9품은 된다는 뜻이었기 때문이다. 하지만 이 황토색 옷을 입은 사람의 목소리는 분명 의도적으로 변조한 것 같았고, 그런 목소리만으로 어떤 정보를 얻을 수는 없었다. 홍 태감은 탄식하며 말했다.

"꼬마야, 여기는 황궁이란다. 설마 네가 마음대로 왔다가 마음대로 갈 수 있는 곳이겠느냐?"

이 말을 마치자마자 홍공공은 오른 손을 펼치며 몸 전체가 미끌어지듯 앞으로 전진해 왔다. 어느덧 우쥬의 몸 바로 앞에까지 와서 그의 쭈글쭈글한 손으로 우쥬의 얼굴을 찍으려 했다. 우쥬는 상대방이 그의 능력을 잘못 판단하고 있음을 알기에, 지금이 눈 앞에까지 온 그를 죽일 절호의 기회라고 생각하고 있었다.

'죽여 말아?'

이것은 이전이라면 우쥬 그 자신에게 전혀 문제가 되지 않을 일이었지만 오늘은 달랐다. 우쥬는 재빨리 머리를 돌려, 홍공공을 죽이는 일이 가져올 대가를 계산했다. 그중 제일 큰 것은 그를 죽이는 것이 궁중의 다른 호위들까지 움직이게 만들 수 있으며, 그렇다면 판시엔의 거사에까지 엄청난 영향을 줄 수 있다는 점이었다.

홍 태감은 오른쪽 손을 빠르게 빼내서 우쥬의 명치를 노렸다. 이 손바닥은 바람의 힘을 사용해 매우 강력했는데 역시나 천하 최고의 공격다웠다. 우쥬는 그에게 기회를 줄 생각이 없었기에 다시 두 보 물러섰다. 이 두 보의 퇴각은 간단히 보일 수 있어도, 그 팽팽함이 이루 말할 수 없는 최정상 고수들의 대련 중에는 좀처럼 쉽게 할 수 없는 것이었다. 그 두 걸음은 우쥬의 몸을 약간 흔들리게 했을 뿐이지만, 수십 년간 수련해온 홍 태감의 진기를 낭패로 만들어 버리는 결과를 불렀다. 홍 태감의 주름은 더욱 깊어졌다. 홍 태감은 우쥬를 보고 말했다.

"나를 속일 수 있다고는 생각하지 마라. 거기 서라, 다시 스구지엔의 동굴로 돌아갈 생각도 하지 마라."

'샤샤샤샤'소리와 함께 우쥬는 몸을 돌려 마치 뒤에 홍 태감이 없다는 듯 검을 등에 메고 황궁의 벽 쪽으로 달려갔다. 그 속도가 너무 빨라 풀 위를 달리는 듯했고, 주위로는 온갖 먼지와 연기를 일으키고 있었다. 홍 태감의 두 눈에는 암울한 눈빛이 번쩍였다. 그는 궁중의 다른 호위를 부를 겨를도 없이 두 팔을 펼치며, 마치 말라 비틀어진 날개를 넓게 펼치고 있는 검은 까마귀 한 마리처럼 우쥬를 쫓았다. 얼마 지나지 않아 둘은 높디 높은 황국의 벽 앞에 도착했다. 홍 태감은 자신 앞에 서 있는 황토색 옷을 입은 사람이 어떻게 이 벽을 넘을까 궁금해하며 차갑게 앞을 바라보았다.

우쥬는 벽의 아랫쪽으로 충돌할 듯 들이 받았다. 그는 속도를 전혀 줄이지 않고, 그저 오른쪽 발로 밑에 있는 돌을 밟았다. 그러고 나니 그 돌은 순식간에 흙 속으로 박혔고, 앞을 향하던 속도의 힘은 순식간에 위를 향했다. 마치 귀신이 하늘로 날아오르는 듯했다. 그리고서 검으로 벽을 한 번 찍어 지렛대처럼 이용하여 묘기를 하듯 담을 넘었다. 태감은 체내의 진기를 뿜으며 벽 앞에서 튀어 올랐다. 손가락을 내밀어 우쥬의 검이 뚫어 놓은 구멍을 한 번 누르고서 그 힘으로 다시 올라 궁벽을 한 마리 커다란 새처럼 날아올라 넘어갔다. 이 와중에도 두 눈은 매처럼 앞을 주시하며 징두의 밤 어둠 속으로 사라져 갔다. 앞에 가고 있던 황토색의 그림자는 음산한 웃음을 날리며 아무 소리 없이 숲을 가로지르고, 집들을 날아다니며, 쫓아오는 자를 여기저기 끌고 다녔다. 두 명의 절대 고수의 대결에서는 아무런 소리도 나지 않았기에 궁중의 호위들 중 알아차린 사람은 아무도 없었다.

생쥐처럼 어두운 궁벽 구석에 앉아 있는 판시엔은 희미한 바람 소리를 들으며 일어났다. 엉덩이에 묻은 풀과 먼지들을 털어내며 두 손을 미끄러운 벽에 밀착했다. 그는 우쥬나 홍 태감 같은 기술은 없었지만 어떤 무도 강자와는 다른 그의 진기 운용방법으로 궁의 벽을 빠르게 기어 올라갔다.

벽 밖에서 진기를 운용하려 명상을 할 때 그는 이미 궁의 지도를 머릿속으로 몇 번이고 그려봤다. 눈 앞에 보이는 수많은 궁과 전의 모습들을 상상하며, 멀리서 희미하게 들려오는 시각을 알리는 북소리에 맞춰 약간은 긴장하면서도 흥분하고 있었다. 그는 머릿속 지도를 따라 황궁의 밤속으로 속도를 줄이지 않은 채 침착하게 나아갔다. 우쥬의 방법과도 비슷했지만 그의 머릿속 계산 능력이 우쥬를 따라가진 못했을 것이다.

닷새 전 우쥬가 궁에 들어와 열쇠가 함광전 어딘가에 있음을 확인하였기에, 판시엔은 우선 그곳을 뒤져보기로 했다. 태평성대가 오랜 탓인지 오늘 함광전은 무척이나 조용하여 궁녀들도 모두 잠이든 듯하였고 향을 피우는 작은태감들도 졸려서 정신을 못차리고 있었다. 판시엔이 피운 옅은 향이 날려 퍼지자, 태감들과 궁녀들은 곧 쥐죽은 듯 잠이 들어 버렸다.

희미한 불빛 아래 판시엔은 조금 더 어두운 곳을 찾아 궁 안으로 미끌어지듯 들어갔다. 멀리 보이는 화려하고 웅장한 침대 위에, 두 눈을 감은 채 얇은 비단 이불을 덮고 있는 사람은 태후이렷다? 하지만 그는 감탄할 시간도 사치였던 만큼 그저 침착하게 그 침대 옆으로 가, 천하에서 가장 큰 권력을 지녔다는 그 여자를 최대한 쳐다보지 않았다. 침착. 이것이 우쥬와 페이지에가 그에게 가르쳐 준 최고의 덕목이었다.

판시엔은 본래 태후 옆에는 그가 일평생 구경도 못한 굉장한 살수 따위가 숨어 있을 거라 생각했지만, 다행히도 잠복중인 고수는 없었다. 그는 함광전에 있을 만한 보물 같은 것도 궁금했지만, 곧바로 태후의 침대 밑으로 들어가서, 눈을 감고 손바닥으로 침대 밑 나무판을 더듬어 보았다. 나무의 질이 매우 좋기도 하다 생각하는 찰나, 뭔가 이상한 느낌이 있었다. 그리고 얼마 지나지 않아 그는 침대 밑 어둠 속에서 두 눈을 번쩍였다. 자신이 딴저우에 있을 때 별생각없이 침대 밑에 만들어 〈패도의 권〉 같은 것을 숨겨 놨던 비밀 서랍이 있었는데, 경국 태후의 생각 또한 그리 다르지 않았던 것이다. 이럴 때 보면 사람의 상상력이란 빈곤하기 짝이 없다.

판시엔은 비수를 이용해 비밀 서랍을 옆에서부터 공략했다. 태후가 몸을 한 번 뒤집었지만 그는 최대한 무표정한 얼굴로, 최대한 침착하게, 최대한 안정적으로 계속해 나갔다. 얼마 지나지 않아 비밀 상자를 꺼낼 수 있었다. 상자 안에는 아쉽게도 엄청난 보물이나 돈이 들어 있지는 않았다. 그저 흰 보자기 하나, 편지 하나, 그리고 그가 그토록 찾아 헤매던 열쇠가 하나 들어 있었다. 그는 다른 것들은 건드리지 않은 채 열쇠만을 가슴 속에 품고 침대 밑에서 나왔다.

황궁의 밖에서 기다리던 왕치니엔의 마차를 타고 나서야 판시엔은 낮은 소리로 말했다.

"최대한 빨리 가자."

"네."

"지금 우리 둘이 이 마차에 있다는 것은 아무도 몰라야 해."

"대인 안심하십시오. 이 마차는 추밀원에서 빌려왔으니 아무도 세우지 못할 겁니다."

"아주 좋아."

마차는 처음 보는 듯한 어느 집 앞에 멈춰섰다. 두 사람은 아무 소리도 없이 마차에서 내려 복면을 쓰고는 그 집의 밀실로 들어갔다. 왕치니엔이 최대한 조용한 목소리로 말했다.

"대인, 이 사람이 바로 열쇠장인입니다."

두 사람 앞에는 작은 목판 위, 뭐에 쓰는지도 알 수 없는 금속 도구들이 잔뜩 펼쳐져 있었다. 그 도구의 주인은 성실하고도 소박하게 생긴 중년 남성이었다. 그는 어둠 속에서도 무던한 미소를 짓고 있었다.

"넌 나가서 기다려."

판시엔은 고개를 끄덕이며 왕치니엔에게 말하고는 주인을 향해 말했다.

"이 일은 국가의 이익에 직결되는 일이니, 추밀원 일원으로서 나는 네가 힘 써주기를 바란다. 최대한 빨리, 최대한 정확하게. 그리고 똑같이."

판시엔은 허리춤에서 열쇠를 꺼내며 침착하게 말했다.

"세상에 이런 열쇠는 처음 봅니다."

"그건 모르겠고, 이 열쇠를 복제해 주기만 하면 돼. 할 수 있어 없어?"

"어려울 것 같습니다. 이 열쇠는 너무 복잡합니다. 설령 그 모양을 똑같이 복제할 수 있을지 몰라도, 그리고 일반 사람들은 그 차이를 모를 수 있을지 몰라도, 실제로 제가 복제한 열쇠가 그 자물쇠를 열지는 못할 것 같습니다."

"아주 좋아. 시작해."

판시엔은 그의 대답을 들으며 오히려 더 잘 되었다고 생각했지만 그런 티를 내지는 않았다. 장인이 긴장 속에 열쇠를 똑같이 만들기 시작하니 밀실에는 철이 갈리는 소리가 가득했다. 판시엔도 긴장돼 밀실의 문 입구를 바라보고 있었다. 속으로는 우쥬가 홍 태감을 얼마나 오래 붙잡아 둘지 몰라 불안해졌다. 홍 태감의 처소는 함광전에서 무척 가깝기에, 만일 홍 태감이 궁으로 돌아온 후라면 다시 이 열쇠를 가져다 놓는 것이 매우 어려워질 수도 있기 때문이었다.

마침내 장인이 땀을 뻘뻘 흘리며 열쇠를 복제하여 판시엔에게 건네주었다. 판시엔이 두 열쇠를 비교해 보니 너무나 똑같고, 심지어 표면의 문양까지도 거의 차이가 없었다. 그는 마음 속으로 안심하며 주인에게 물었다.

"너는 줄곧 이 일만 했느냐?"

"소인은, 도적이었습니다."

장인은 온 몸이 젖을 정도로 땀을 흘리고 있었는데, 이 일을 완수하긴 했으나 이렇게까지 비밀스럽게 하고나서의 후한이, 자기가 처하게 될 상황이 두려웠기 때문이었다.

판시엔은 속으로 '역시나 그런 것이었군' 이라 생각하며, 도구들의 잔재가 남아 있는 책상 옆으로 가 체내의 진기로 그것들을 몽땅 산산히 부셔버렸다.

판시엔이 다시 함광전에 들어가니 달달한 향기가 이미 많이 옅어져 있었지만, 밤바람이 살살 불어와 평화로운 분위기는 여전했다. 판시엔는 유령처럼 미끌어져 침대 밑으로 들어가서는 복제한 열쇠를 가져다 두고, 접착제를 발라 비밀서랍을 복구한 뒤 조심스레 빠져나왔다.

다시 한번 시각을 알리는 북이 울리자 이제 판시엔은 자신이 떠날 시간임을 알았다. 그런데 이때 판시엔의 시선은 다른 궁을 향했다. 바로 장 공주의 거처인 광신궁이었다. 판시엔이 더 이상 문제를 만들지 않고 싶다면 응당 바로 황궁을 떠났어야 했다. 하지만 열쇠를 얻은 기쁨에서였는지 아니면 다른 어떤 이유에서였는지 몰라도 그는 점점 광신궁으로 다가가고 있었다.

별도의 문이 달려있는 별원 같은 광신궁은 여타 다른 황실의 궁전과 달랐다. 궁 밖에는 또 다른 작은 벽이 있었고 등은 여전히 켜져 있어 안에 있는 사람이 아직 취침 전임을 알 수 있었다. 판시엔은 절대 고수들이 모두 평범한 사람의 손에 죽었다는 단순한 사실을 되새기며 최대한 조심히 궁전 바깥을 돌아 복도의 기둥을 타고

위로 올라갔다.

오늘 그는 정신력과 진기를 너무 많이 소진한 터라 조급증이 생겼다. 기둥을 오르는 일조차 쉽지 않았지만 조심히 지붕 위로 올랐다. 물론 기와를 떼내 안을 볼 수는 없는 터라 유리 기와 중 최대한 투명한 기와를 찾아보았다. 판시엔이 운이 좋았던 것인지, 장 공주가 자신의 아름다움을 뽐내기 위해 일부러 그런 것인지 몰라도, 판시엔은 오래지 않아 반투명하게 들여다 보이는 기와를 찾을 수 있었다. 기와 밑으로 보이는 궁 안의 불은 희미했지만 판시엔은 진기를 최대한으로 이용해 제법 뚜렷하게 볼 수 있었고, 안에서 말하는 소리 또한 똑똑히 들을 수 있었다.

장 공주 리윈루이는 낮은 침대에 몸을 비스듬히 기대고 무척이나 지루한 듯 누워있었다. 몸에 걸친 순백색의 옷은 몹시도 얇은 탓에 몸의 굴곡이 그대로 드러나 있었다. 성숙하면서도 풋풋한 그 모습이 너무 아름다워 사람의 마음을 흔들어댔다. 그녀는 폐하와 가장 가까운 여동생으로, 당연히 아름다움으로 사람을 유혹하지는 않을 것이다. 더구나 그의 앞에 앉아 있는, 곧 여든 살을 앞두고, 그전까지는 덕행과 문장에서 천하 독보적인 존재였던 장모우한 역시 이런 종류의 아름다움에 유혹될 것 같지는 않았다. 장모우한은 고통스러운 듯 무거운 기침을 두 번 하고 천천히 말했다.

"외신은 일을 마쳤으니, 장 공주도 약속을 지키길 바라오."

"나는 장대인에게 판시엔을 밟아서, 그가 징두에서 더 이상 얼굴을 들고 다닐 수 없게 만들라고 했거늘, 장 대가는 진정 그렇게 한 거요?"

장 공주는 자신이 거금을 들여 만든 가짜 책을 이리저리 만지며 아름다운 미소와 함께 봄바람같이 부드럽게 말했다. 장모우한은 의심에 찬 목소리로 이야기했다.

"내가 오늘 그를 모함한 것은, 실제 나의 수십 년 간의 깨끗한 이름을 걸고 한 일이오. 다만 그 도박에서 졌을 뿐이고, 난 그 결과에 승복했소. 그저 늙은이가 이해할 수 없는 것은, 판 공자의 실력이 시선과도 같다는 것을 왜 공주는 일찍이 외신에게 말하지 않았느냐는 것이오. 만일 말했다면 나는 스스로 모욕을 초래하는 일 따위는 하지 않았을 것 아니겠소. 내가 애석하게 생각하는 것은 다른 게 아니라, 한평생을 깨끗하게 살아온 내가 다 늙어 이렇게 추악한 짓을 하게 되었다는 것이오."

장모우한은 눈을 감은 채 온 얼굴에는 애석한 기색을 감추지 못하고 있었다. 한참이 지나 그가 두 눈을 떴을 때에 그의 눈동자에는 맑고 침착한 기운이 다시 빛나고 있었다.

"하지만, 그래도 좋소."

"좋다구요? 장 대가, 제 모친은 항상 당신의 능력과 덕을 높이 사왔고, 그래서 거처도 궁으로 청한 것이었어요. 난 이미 당신의 요구에 대해 모두 정성껏 처리해 놓았는데, 당신은 내 요구를 잘 처리했나요? 양국의 협의에 이미 서명을 마쳤고, 당신의 그 친형제도 곧 북제로 돌아갈 것 아닌가요? 판시엔이 자신의 명성을 고스란히 지켜낸 이 마당에, 당신은 지금 인재를 아낀다는 그런 얼토당토 않은 말로 안심하고 있는 건가요?"

"잘못된 것은 잘못된 것이오. 늙은이가 가족의 정에 눈이 멀어 공주의 계략에 빠졌소. 나의 그 형제는 평생동안 너무도 많은 사람을 죽였으니, 만약 장 공주가 생각이 바뀌었다해도 늙은이는 돌아가서 그를 위해 기도하는 것 외에는 다른 방법이 없소. 그저 감사원의 감옥에서 조금이라도 편하게 남은 여생을 보내기를."

"나는 옌빙윈을 당신의 제자인 북제 황제에게 팔았고, 그것으로 샤오은은 북제로 돌아갈 수 있었어요. 이러한 교환은 당신과 내가 한 것이 아니라, 당신의 그 황제와 내가 한 것이에요. 난 이미 약속을 지켰으나 당신은 약속을 어겼어요. 오늘밤 당신이 지지만 않았어도 일이 어떻게 됐을지는 모르는 것이었죠. 그러니, 당신은 돌아가서 당신의 제자인 황제에게 이 말을 꼭 전하세요. 당신들의 북제는 나, 광신궁에 빚이 하나 있다고."

장 공주의 목소리는 점점 차가워졌고, 장모우한은 점점 침착해졌다.

"판 공자는 뛰어난 인재이고, 시작 능력이 참으로 비범한데, 왜 당신은 그 재능을 없애려고 하는 것이요?"

"그의 능력이 시 좀 잘 짓는 그런 보잘것없는 것에 불과하다면, 경국 조정의 관점에서는 뭐가 그리 좋은가요? 내가 왜 그를 상대하려 하는지는 늙은 선생과는 상관없는 일이에요."

장모우한이 수십 년 간 자신의 명성을 걸고 판시엔을 밟으려고 했던 것은 모두 장 공주의 계략에서 비롯되었다. 하지만 장모우한은 경국 관료 사회의 복잡미묘한 관계를 몰랐을 뿐 아니라, 장 공주와 판시엔이 곧 장모와 사위가 될 사이라는 것조차 알지 못했다. 판시엔만은 장 공주가 자신에게 왜 그런 일을 하려는 것인지 분명히 알고 있었다. 그는 지붕에 쪼그리고 앉아, 그 지붕의 기와 밑 서른 살 남짓한 저 아름다운 공주를 바라보고 있었다. 그 눈에는 서늘한 기운이 가득했다.

연회에서 궈바오쿤의 발언을 들으며, 판시엔은 장모우한이 분명 황실의 누군가와 손을 잡았음을 눈치챘다. 또한 자신을 징두에서 쫓아내고 싶어한다는 것도 알 수 있었다. 표절은 핑계일 뿐 소위 '품성'을 공격하고 싶었던 것이다. 만약 그게 성공했다면 최소한 완알과의 혼사는 물거품이 되었을 게 뻔하다. 태후가 무엇을 가장 싫어하는지를 장 공주가 가장 잘 알고 있었다.

판시엔을 놀래키고 소름을 끼치게 한 또 다른 사실은, 북위국 첩자의 대장 샤오은이 장모우한의 친형이라는 사실이었다. 장 공주는 자기를 쳐내기 위해 장모우한을 설득하여 북제에서 활동하던 경국 밀정 대장을 팔아넘기는 것도 아무렇지 않게 생각했던 것이다.

'조정 대신의 아들 옌빙윈을 그렇게 순순히 북제에게 팔아 넘기다니!'

여름밤 미풍이 광신궁의 기와 위로 불어와, 판시엔을 침착하게 만들어 주었다. 그는 자신이 이 비밀을 들었어도, 이것을 이용해 상대방을 협박하기는 쉽지 않으리라는 것을 잘 알고 있었다. 그녀는 황제의 여동생이며, 태후가 가장 아끼는 딸, 이 두 가지의 신분이 있기에 그녀는 자신의 이익을 위해서라면 아무 거리낌없이 경국 조정의 아들을 팔아버릴 수도 있는 것이다. 침대에 누워있는 그 여자의 흑단같은 머리카락을 보며 판시엔은 자신도 모르게 증오를 느끼고 있었다.

이제서야 판시엔은 음모의 전말에 대해 소상히 알았다. 장 공주는 북제와의 협의를 통해 옌빙윈과 샤오은, 그리고 스리리를 교환했다. 그에 대한 북제의 대가는 시대의 대가 장모우한을 징두로 보내 그의 입으로 판시엔을 없애버리는 것이었고, 동시에 이 일로 감사원 체계에 하나의 경고를 날릴 수도 있었다. 판시엔은 장 공주와 북제 황제 사이에 이것 외에도 또 다른 협의가 숨어 있을 수 있다는 생각이 들었다. 장 공주가 자기를 없애버리는 일 정도로 저렇게 많은 대가를 지불할 것 같지는 않았기 때문이었다.

그는 허리춤에 넣어둔 딱딱한 열쇠를 다시 한번 만져 확인하고 두 눈에 독기를 품으며 그녀를 상대할 방법을 생각해내고 있었다. 지붕 위 바람 사이로 호흡을 한 번 가다듬더니 다시 돌아갈 준비를 했다.

그가 기둥을 타고 내려오니, 마침 긴 복도 끝에 궁녀 둘이 등을 가지고 걸어오고 있는 게 보였다. 판시엔은 순간 등골이 오싹해 기둥

뒤 그림자에 몸을 숨겼다. 그때 갑자기 한 중년의 궁녀 하나가 발걸음을 멈춰 섰다. 이 궁녀는 광신궁에서도 어느정도 지위가 되는 궁녀처럼 보였는데, 낮은 목소리로 따라오던 나머지 궁녀에게 무언가를 지시하니, 그 궁녀는 급하게 어디론가 걸음을 옮겼다. 중년의 궁녀와 판시엔의 거리는 그저 둥근 나무 기둥의 거리에 불과했다.

판시엔은 진기를 이용해 최대한 호흡을 가다듬어 기둥 뒤 궁녀의 호흡과 맞췄다. 동시에 그 궁녀의 호흡에 어떤 특별한 변화가 없는 것을 확인한 후 그녀가 자신을 발견하지 못했다 생각해 조금은 안심하고 있었다.

둘은 여전히 둥근 나무 기둥을 사이에 두고 있었다.

순간 판시엔의 검은 복면 밖으로 차가운 빛 한줄기가 번쩍거렸다. 그 때문에 그는 몸을 어쩔 수 없이 좌측으로 돌렸다. 이렇게 생생한 공포와 위험의 감지가 그를 간신히 피할 수 있도록 해준 것이었다. 그가 조금 전 자신이 있던 자리를 보니 한 자루의 날카로운 칼이 소리없이 나무 기둥을 뚫어 버리고 난 후였다.

나무 기둥은 매우 굵었기에 칼이 미처 통과할 수는 없었고, 칼끝만 간신이 조금 밖으로 삐져나와 있었다. 누군가가 그에게 단단히 경고하고 있는 것 같았다. 판시엔은 마치 미꾸라지처럼 기둥을 뺑 돌아 한 손으로는 기둥의 위를 잡고, 다른 한 손으로는 궁녀의 왼팔을 낚아챘다. 이 동작으로 그는 그녀가 검을 뽑지 못하도록 한 것이었다.

그의 이 동작은 효과가 있었다. 그 궁녀의 기습이 실패한 것이다. 심지어 그녀는 진기를 전부 오른손에 집중한 탓에 왼손은 사실 무방비 상태였다. 종이가 찢어지는 듯한 소리를 내며 궁녀는 기둥에 박힌 칼을 뽑으며 소리를 지르려 했다.

이 모습을 놓치지 않고 판시엔은 급히 자신의 몸속 패도진기를 궁녀의 왼팔을 향해 주입했다. 그녀의 수준은 제법 높았으나 이런 기괴한 진기의 공격을 받아본적은 없었기에 그녀는 답답한 명치를 잡으며 아무런 소리도 낼 수 없었다. 판시엔은 그제서야 궁녀의 얼굴을 확인하며 광신궁에서 처음 자신을 맞이한 그 긴 눈썹의 궁녀임을 알아보았다.

그녀는 포기하지 않고 자신의 진기를 이용해 맞설려 발버둥쳤다. 하지만 전광석화와 같은 판시엔의 공격에 그녀의 오른쪽 목은 마비되기 시작하더니 순식간에 전체 몸이 경직되어갔다. 판시엔은 그녀의 목에서 바늘을 뽑았다. 독으로는 죽이기에 충분치 않았기에 자신의 오른 주먹으로 그녀의 복부 갈비뼈가 연결돼 있는 부위를 강타했다. 묵직한 소리와 함께 궁녀는 명치가 내려 앉았고, 그녀의 오관(신체에 있는 다섯 가지 관, 눈, 코, 입, 귀, 피부-역주)에서는 피가 뿜어져 나왔다. 즉사였다.

그 궁녀의 명을 받고 어디론가로 간 가버린 다른 궁녀가 걱정이 된 판시엔은 행동을 서둘렀다. 이 싸움이 황실의 진정한 고수들을 움직이기 전에 먼저 사라져야 했다. 그는 시체의 수습은 생각지도 못한 채 몸을 활처럼 휘게하여 황실의 외벽을 향해 뛰어갔다. 궁벽은 여전히 매우 높았으나, 판시엔은 최대한 빨리 그 벽을 기어 올라갔다. 그때 머리 뒤에서는 계속 '윙윙' 하는 소리가 들렸다. 마치 몸 뒤의 공기가 전율하고 있는 것 같았다.

그가 고개를 돌려보니, 저기 먼 곳 궁 한쪽의 건물 위에서 장정 하나가 활 시위를 당긴 채 그를 겨냥하고 있는 모습이 보였다. 잠시 후 밤 하늘 위로 영혼을 먹어치우려는 듯 날개 달린 화살이 그의 얼굴 앞으로 날아왔다.

한 호흡 전에, 화살은 하늘에 있었다.

한 호흡 후에, 화살은 눈 앞에 있었다!

이 세상 화살이 아닌 듯했다. 우직끈하는 소리와 함께 판시엔의 검은 복면은 산산조각 났다. 그가 묵묵히 닦아온 지난 십육년간의 패도진기가, 이 생사의 순간에 불가해할 정도의 엄청난 기운을 양손에 넣어주었다. 그의 두 주먹은 순간 허공에서 서로 부딪혔으며, 그와 동시에 그 화살대를 부숴버린 것이었다.

찰나의 순간 두 주먹에서 일어난 폭발적인 패도진기와 화살의 강력한 힘이 충돌하면서, 이미 화살대는 산산조각나 버렸다. 화살의 촉은 판시엔의 얼굴을 스치고 지나 멀리 밤 하늘을 뚫었다. 무시무시한 소리가 황실의 밤하늘에 울려퍼지며, 마치 천둥 벼락 같은 진동으로 무수한 사람들을 깨우고 말았다.

화살의 기세를 보면 일반인이 쏜 것 같지 않았다. 이 화살과 싸우느라 두 주먹을 부딪힌 후 판시엔의 체내의 진기는 하나도 남김없이 소진되었다. 그는 힘없이 자유낙하를 하던중 궁벽 아래로 힘없이 떨어지고 말았다. 검은색 옷자락이 검은 밤바람에 휘날리는 모습이란 그 보다 더 처참할 수 없었다.

저 멀리 건물 위에 있던, 거대한 풍채의 황실 호위의 통령 옌샤오이(燕小乙, 연소을)는 검은 옷이 궁벽 밑으로 떨어지는 것을 실눈으로 보면서 호령했다.

"죽지 않았다. 가서 잡아와라."

"네!"

호위들은 그 명을 받들어 달려갔다. 처참하게 자유낙하한 판시엔은 마지막 순간에 몸을 살짝 한 번 비틀어 무릎 하나, 발 하나 그리고 손 하나로 충격을 최대한 줄여보려 했지만, 그 충격을 생생히 다 흡수해 버릴 수밖에 없었다. 그로 인한 어마어마한 충격으로 그는 곧 피를 토했다. 얼굴에 조금 남아 있던 복면의 조각들이 피로 붉게 물들었다. 판시엔은 힘겹게 일어나 앞에 보이는 숲 속으로 뛰어 들었다. 황실의 호위들이 그 앞에 도착할 즈음 그는 이미 징두의 어두운 밤 속으로 사라지고 없었다.

다음 날, 황궁 후미의 작은 방에서 홍 태감은 심란한 마음을 다스리며 눈을 반쯤 감고 상석에 앉아 있었다. 그 아래에는 두 명이 서서 눈을 감은 채 어느 누구도 쉽사리 말을 꺼내지 않고 있었다. 한참이 지난 후, 어젯밤에 집에서 휴식을 취했던 부통령 공디엔이 겨우 입을 열었다.

"황제폐하가 몹시 놀라셨습니다."

"장 공주 곁을 지키던 궁녀가 죽어, 장 공주가 매우 분노하고 계십니다."

어젯밤 판시엔에게 화살을 쏘았던 황실 시위 통령 옌샤오이도 천천히 눈을 뜨며 냉랭하게 말했다. 옌샤오이는 올해 서른다섯으로, 정신적으로나 신체적으로나 전성기의 궁중 호위 통령으로서 전체 황궁의 안전을 책임지고 있었다.

두 사람의 이야기를 듣고는 홍공공이 담담히 입을 열었다.

"어제 내가 유인계에 말려들었네. 그 자는 9품 중상 사이의 실력을 가지고 있었는데, 징두의 지리에 매우 익숙한 듯했어. 밤 늦게까지 나를 이리저리 끌고 다니더니 결국 어디론가 사라져 버렸네. 그 사람은 정말이지 대단했네."

"공공이 마지막에 어디에서 그를 놓쳤나요?"

옌샤오이가 홍공공에게 물었다.

"동이성 사절단의 거처와 그리 멀지 않은 어느 골목이었네."

홍공공의 대답이 끝나자 공디엔이 조용히 끼어들었다.

"조사 결과가 오늘 나왔습니다. 홍공공이 젓가락으로 맞춘 첫 번째 자객의 옷은, 감사원이 비교한 결과 어느 포목점의 것으로 확인되었습니다. 동이성 사절단이 일전에 그곳에서 의상을 맞춘 적이 있었으며, 명의는 다른 사람으로 했다고 합니다. 의상을 맞추는 데 왜 다른 사람의 명의를 빌려야 했을까요? 어떤 단서가 될 수 있음이 확실해 보입니다. 이 단서로 보자면 처음 온 자객은 확실히 동이성 사람입니다. 9품 이상의 실력이었다면 스구지엔의 제자 윈즈란이라고 볼 수밖에 없습니다."

"윈즈란은 아닙니다. 만약에 동이성의 사람이 궁에 잠입했다면 의상을 맞출 이유가 뭐가 있겠습니까? 길 가는 아무나를 기절시킨 후 그 사람의 옷을 입으면 될 일입니다. 윈즈란은 차라리 그렇게 할 사람입니다."

옌샤오이가 부인하며 말했다. 홍공공도 고개를 끄덕이며 덧붙였다.

"9품 이상의 그 자객은 자신의 검술을 감추려 했지만, 확실히 스구지엔의 것이었네. 그러니 재미있는 것은 만일 그가 윈즈란이 아니라면, 또 누군가가 동이성에서 왔다는 것이고, 스구지엔의 수석 제자인 윈즈란의 명령도 받지 않았다는 것이야."

"누군가 화를 남에게 전가한 것일 가능성이 큽니다."

공디엔은 이 둘의 말을 들으며 미간을 찌푸렸다.

"너무 절묘합니다. 그러니 누군가 윈즈란에게 누명을 씌우려 한 듯합니다."

"동이성에서 스구지엔에게 전수받은 이가 몇 명이나 되지?"

홍공공의 물음에 옌샤오이가 답했다.

"윈즈란을 포함에 세 명의 9품이 있습니다."

"그럼 나머지 두 명이 의심되는군."

"두 번째 자객은 또 누굴까요?"

홍 태감은 갑자기 공디엔을 바라보며 말했다.

"자네가 일전에 경국 사당에서 마주쳤다는 그 젊은이의 무공이 좀 이상하다 하지 않았는가? 뒤에 조사 결과가 어떻게 나왔지?”

공디엔은 판시엔과 마주쳤을 때의 상황을 떠올리며 약간 머뭇거렸다. 이때 작은태감이 황급히 뛰어들어오며, 폐하의 뜻을 전했다. 어젯밤의 일은 전부 징두의 수비 대인인 예중에게 조사하게 하라는 것이었다. 태감이 떠난 후 방 안에는 침묵이 흘렀다. 옌샤오이는 폐하가 자기와 공디엔 중 하나를 의심하기 시작했음을 알았다. 그 후 며칠 동안 징두에서는 자객을 찾기 위한 대대적인 수색이 시작되었으나, 결국 아무것도 얻어내지는 못했다.

황제의 그 명령은 진정한 ‘황궁의 침입자’ 판시엔을 해방시켜 주었다. 그의 계획은 모든 방면에서 그리 큰 구멍은 없었고, 우쥬에게 그 옷을 입혀 고의적으로 단서를 던진 것도 참으로 현명한 선택이었다.

동이성이 경국 포목점에서 옷을 맞춘 것은 동이성 주인의 아들이 징두 스타일을 좋아했기 때문이며, 그래서 다른 사람의 이름으로 주문을 한 것일 뿐이었다. 동이성의 작은 주인이 남쪽 야만인 경국의 옷을 좋아한다는 단순한 이유. 판시엔이 굳이 이렇게까지 손을 쓴 이유는 우쥬가 동이성의 검법을 완전하게는 모방하지 못할까봐서였다. 만일 우쥬가 이렇게 대단한 줄 알았다면 더 대담한 다른 방법을 고안했을 지도 모를 일이었다. 어쨌든 결과는 나쁘지 않았고, 황궁에서는 여전히 동이성의 두 9품 고수들을 의심했다. 감사원도 그 두 명이 그날 밤 어디에 있었는지 조사에 착수했다.

그 어느 누구도 황궁의 두 번째 침입자가 판시엔이었을 거라 의심하지 않았다. 자객이 침입한 그날 밤 그는 술을 마시며 써낸 시로 장모우한이 피를 토하도록 만들었을 뿐 아니라, 마지막에는 고주망태가 돼 황제의 발 아래에서 쓰러졌기 때문이었다.

한 번의 풍랑이 지나간 후 다시 일어나기는 힘든 법, 어쨌든 사태는 잠잠해지기만 했다.

판시엔은 안전하고도 편안한 침대에 누워 있었으나 얼굴만은 창백했다. 마치 술이 덜 깬 젊은이 같았다. 침대 옆에 놓인 동으로 만든 대야는 깨끗했지만, 그건 방금 토사물을 치웠기 때문이었다. 판뤄뤄는 그가 돌아온 후 자기 방으로 자러 갔고, 지금은 다른 시녀들이 그의 시중을 들고 있었다. 사실 판시엔의 얼굴이 창백한 것은 꾸민 것이 아니었으며, 토사물도 일부러 약을 먹어 토한 것이 아니었다. 옌샤오이 화살의 힘이 진짜 그의 내장을 손상시켰으며, 복부의 극심한 통증을 남겼기에 판시엔은 최소한 며칠 간의 휴식이 필요했다.

혼을 삼켜버릴 듯한 그 화살을 생각하니 그는 지금도 간담이 서늘해졌다. 생사를 가르는 그 순간 갑작스러운 패도진기의 폭발이 아니었다면 분명히 그는 지금쯤 죽었을 거였다. 그렇게 먼 곳에서 그토록 무서운 괴력을 발휘하는 것을 보면, 확실히 호위 통령 옌샤오이는 이미 9품 상(上)의 경지에 오른 듯했다. 그날 화살과 부딪혔을 때 다행히 그의 움직임도 화살처럼 맹렬히 움직이고 있어 외상을 피할 수 있었지, 그렇지 않았다면 누군가의 의심을 사기에 딱 좋은 상황이었다. 그는 허리춤의 열쇠를 만지작거리며 속으로 생각했다. '난 정말 운이 좋은 것 같아. 하지만 이 행운이 언제까지 갈까?'

술에 의한 내상을 회복하고 있는 듯한 외양을 꾸민 며칠 동안, 판시엔이 이미 시선이 되어있었다. 징두에서는 그날 밤의 이야기가 이미 널리 회자되었고 판씨 집안에는 며칠 밤낮으로 선비들과 귀인들이 들락거렸다. 심지어 그 방문의 횟수는 날이 갈수록 늘어나서. 군을 관장하는 추밀원 친(秦, 진)씨 집안을 대표하여 친씨 도련님이 초청하기까지 이르렀다. 판시엔은 머리가 아프기 시작했다. 이런 법석을 보고 그는 이 세상 사람들이 놀란 만한 혹은 애석할 만한 결심을 선포했다. '더 이상 시를 짓지 않겠노라!' 하는 것이었다. 이 결심을 들은 많은 사람들이 이것을 장난으로 치부했지만, 그의 성격을 잘 아는 징왕 집안 사람들이나 런 소경 그리고 신 소경만큼은 이 말이 진짜일 수 있다고 받아들였다.

징두의 여름이 점점 물러가고, 한차례의 가을비가 땅을 조용히 적시고 있었다. 황궁에 들어간 지도 이제 사흘째 되는 날이었다. 판시엔의 인생에서 가장 긴 사흘 중 하나이기도 했다. 상자는 여전히 침대 밑에 있었고, 열쇠는 자기 손에 있었지만, 그 유혹을 참아 낸 사흘이었다. 마치 어린아이가 주방에서 만두를 훔쳐 놓고는, 그것을 조심히 감춰 놓은 장소만 바라볼 뿐 먹지 않고 아끼고 있는 그런 기분이었다. 그 만두는 썩겠지만 상자는 썩지 않는다. 그는 마침내 오늘 밤에는 열어보리라 결심했다.

창 밖에는 가을비가 살랑살랑 내려 판씨 저택의 후원을 적시고 있어, 곧 가을 서리를 맞게 될 화초들을 미리 격려해 주는 듯했다. 판시엔은 방안에서 등은 켜지 않고 상자를 책상 위에 올린 채 열쇠를 상자의 동판 구멍 안으로 넣었다. '찰칵' 소리와 함께 상자 앞에 자물쇠가 튕기며 열렸다. 곧바로 작고 평평한 검은 판이 나타났으며, 그 판에는 다소 기괴한 정사각형 모형이 있었다. 가볍게 눌러보니 그 정사격형 모형은 밑으로 들어갔다. 각각의 사각형 위에는 독특한 문양들이 제각기 새겨져 있었는데, 이 세상 사람들 중 이 문양을 알아챌 수 있는 사람은 없을 듯했다.

하지만 이 사각형 위의 문양을 보며, 판시엔은 웃고 있었다. 그리고 한참을 생각한 후에야 웃음을 진정할 수 있었다. 하지만 그는 두 눈을 감은 채 다시 한번 웃음을 참지 못했는데, 진짜 이 세계는 너무나도 불가사의했다. 판시엔은 떨리는 손가락으로 텅즈징이 자신에게 준 담배에 불을 붙여 떨리는 마음을 진정시키고 있었다.

이것은 그가 경국 세계에서 처음 핀 담배였다. 그 맛은 천국이었다. 흰 연기가 어두운 방 안에 흔들리며 올라가서는 가을비가 내리는 정원으로 가라 앉고 있었다.

그는 더이상 고독하지 않았다.

이 세상의 사람들은 이 사각형이 무엇인지 절대 모를 것이며, 그 사각형 위에 있는 기괴한 문양들이 무엇인지는 더더욱 모를 것이었다. 하지만 판시엔은 알고 있었다.

상자를 열고 난 다음 나타난 것은 다름아닌 '키보드' 였던 것이다!

그가 이전의 세상에서 너무나도 익숙하게 보았던 그 키보드. 그리고 그 위에 새겨져 있던 문양은 다름 아닌 스물여섯 개의 영문 알파벳과 숫자들, 그리고 판시엔에게 제일 익숙했던 F5. F5 키를 보며 판시엔은 오랜 생각 끝에 명확한 결론을 낼 수 있었다. 자기를 낳은 어머니, 예칭메이라고 불리우는 그 여자는 그와 같은 곳에서 온 것이 틀림없다.

칠흑같이 어두운 방 안에서 어두운 색 재털이에 재가 떨어질 때마다 어둠을 희미하게 밝히는 빛이 나타났다 사라졌다. 그러는 가운데 판시엔은 평정심을 되찾고 두 손으로 부드럽게 키보드를 만지고 있었다. 그리고는 비밀번호를 생각했다.

"이름이다. 내가 기억하는 건 이름이라는 것이다. 아가씨는 5획이라 했다."

언제 왔는지도 모르게 우쥬 삼촌이 방 구석에서 슬픔이라 불리우는 감정을 얼굴에 담고 말했다.

판시엔은 입력을 시작했다. 십육 년 만에 만져보는 거라 처음에는 어색했지만 곧 익숙한 느낌이 손가락으로부터 전해져 왔다. 여러 번의 시도 끝에 그는 쓴웃음을 지으며 물었다.

"이 세상에서 5획으로만 된 이름이 어디 있나요?"

하지만 이 말을 뱉자마자 그는 문제가 어디에 있었는지 알겠다는 듯, 담배를 두 번 연속으로 빨고는 감탄하며 외쳤다.

"어머니는 진짜 황당한 분이네요. 설마 어머니가 전에 우쮸 삼촌에게 가르쳐 주신 게 획이 아니라 병음(영어로 한자를 표시하는 방식-역주)이었어요?"

어머니가 말한 5획이란 다섯 획으로 한자를 쓰라는 것이 아니라, 다섯 개의 알파벳으로 한자를 표기하라는 의미였던 것이다. 그렇다면 그녀의 이름인 예칭메이는 'ye qing mei'로 9자, 자신의 이름 판시엔은 'fan xian'으로 7자. 그 순간 그는 마음이 크게 움직이며 방구석에 서 있는 우쮸 삼촌을 바라보았다. 우쮸는 뭔가 이상한 눈길을 감지한 듯 고개를 갸웃하며 물었다.

"왜 그래?"

판시엔은 아무런 대답도 없이 우쮸의 이름을 입력했다. 'wu zhu.' 그러자 상자는 경쾌한 소리와 함께 열렸다. 판시엔은 우쮸를 보며 진지하게 말했다.

"삼촌, 난 이제 어머니랑 삼촌이 어떤 관계였는지 의심되기 시작했어."

판시엔은 예전에 이 상자를 딴저우에서부터 징두까지 가지고 오면서, 상자의 무게로 보아 무슨 수소폭탄 같은 게 있을 수는 없다고 생각했다. 지금 그는 상자를 열어 안의 물건을 보며 고개를 절레절레 저었다. 어머니는 그다지 창의적인 사람은 아니었던 것이다.

상자는 총 세 개의 층으로 이루어져 있었다. 그리고 각 층에는 좁고 기다란 물건이 하나씩 들어갈 수 있게 돼 있었다. 첫 번째 층은 세 조각으로 분할된 금속 기구가 들어가 있었는데, 한 부분은 관 형태로 되어 있었고, 다른 한 부분은 손잡이처럼 잡을 수 있게 되어 있었다. 그 중 하나의 금속 관 형태 위에 글씨와 숫자가 적혀 있었다. 'M82A1'. 판시엔은 이전 세상에서도 군대 매니아 같은 것은 아니었으나, 이 글자가 뜻하는 것이 무엇인지 정도는 알고 있었다. 이것은 저격총으로, 1킬로미터 밖에서도 아주 두꺼운 벽마저 뚫을 수 있는 최고의 무기였다.

판시엔은 자신의 오른손으로 총을 들어보고는 전투자세를 취해 보았다. 경국 같은 이런 화약류 무기가 없는 시대와 장소에 자기가 이 총을 가지고 있다는 것의 의미를 그는 분명하게 상기했다. 몇 리 밖에서 어떤 사람이라도 그는 죽일 수가 있으며, 그럼에도 그 누구에게도 발각될 가능성이 거의 없는 것이었다. 즉, 하늘이 놀랄 만한 궁술을 가진 통령이나 동이성 윈즈란 조차도 판시엔 자신이 원하기만 한다면 언제라도 죽일 수가 있다는 뜻이었다. 다만 대종사 급의 초고수들에게도 통할지는 알 수 없었다.

판시엔은 조금 긴장하며 세 조각으로 나뉘어진 저격총을 책상 위에 올려놓았다. 그리고 두 손으로 다시 책상을 잡아 심호흡을 몇 번 했다. 이미 자신은 암흑세계의 악마처럼 필요한 모든 준비를 끝내놓은 것 같았다. 하지만 그는 두 번째 층을 열고서 당혹감을 감출 수 없었다. 왜냐하면 한 통의 편지 외에는 아무것도 없었기 때문이었다. 그가 예상한 것은 최소한 열개 정도 되는 총알이었으나, 그것은 어디에도 보이지 않았다. 젠장. 총알이 없다면 이 저격총은 부지깽이와 다를 바가 없는 것 아닌가.

"총알은요?"

판시엔은 마치 아름다운 꿈을 꾸고 일어난 여자아이처럼, 혹은 꿈에서 깨어나 자신이 주방에서 자고 있는 처량한 현실을 자각한 여자아이처럼, 조금은 성이난 듯 최대한 목소리를 깔고 물었다. 우쥬의 대답은 솔직담백했다.

"총알이 뭐냐?"

기가 막힌 판시엔은 우쥬 삼촌에게 총알의 모양, 크기, 길이 및 사용 방법 등에 대해 차근차근 묘사할 수밖에 없었다. 한참을 설명한 후 높은 기대감을 안고 다시 물었다.

"이전에 삼촌은 어머니가 이런 물건을 사용한 걸 본 적 있어요?"

"내가 말했지만, 난 기억의 어떤 부분을 잃어버렸다."

판시엔이 조금 실망하며 낭패라고 생각하던 찰나 우쥬가 다시 입을 열었다.

"하지만 네가 말하는 물건은 기억한다. 그 당시 나는 그게 어디다 쓰는 물건인지 몰랐기에 너를 데리고 도망칠 때 태평별원 지하실에 버렸다."

판시엔은 오랜 시간 동안 침착해야 하며 평정심을 잃지 않아야 한다고 훈련받았지만, 이 말을 들은 지금 이 순간만큼은 이 귀여운 맹인 삼촌에게로 달려가 꼭 끌어안고 뽀뽀를 날려주고 싶었다. 상자의 두 번째 칸에 있는 편지에는, 상자가 얼마나 견고한지 먼지 하나 앉아 있지 않았다.

"우쥬에게."

판시엔은 다시 한번 어머니와 삼촌의 관계에 대해 의심했다. 자신에게 남겼다고 생각했던 이 상자가 옆에 있는 사람에게 남겨진 것이었다. 그는 허탈하게 한번 웃으며 우쥬에게 편지를 넘겼다. 순간 그가 맹인이라는 사실을 잊어버린 것이었다. 우쥬는 받으려 하지 않았다.

"아가씨가 나에게 보라고 했다 해도, 그게 네가 듣지 말라는 의미는 아니다. 네가 직접 보아라."

판시엔은 편지를 열어 읽어 내려갔다. 몇 줄을 읽기 시작하자 그의 얼굴은 기괴하게 변해갔다. 이 편지를 '무기의 신(神)이 남긴 유서' 정도로 상상하고 있던 그의 기대와는 달라도 너무 달랐던 것이다. 그는 이 편지를 보는 그 순간, '예칭메이' 라는 이름을 가진 이 여자가, 정말 천하를 우습게 내려보고 있었다는 사실을 알게 되었다. 다만 글자는 그렇게 예쁘지 않았고, 판뤄뤄의 글씨보다도 훨씬 못했다. 편지의 말투도 아주 이상하고, 글의 앞뒤도 잘 안 맞는 듯한 것이, 보아하니 한 번에 쓴 게 아닌 듯했다.

귀여운 쥬쥬(竹竹)야, 사랑……누나가 정말 좋아해. 너에게 애인을 여러 번 소개시켜줬는데, 결국 너는 항상 쌀쌀하게 대했지. 누나는……음, 네가 좀 온화해졌으면. 누나는 근데 화가 엄청나. 네가 신묘에 싸우러 갔을 때, 난 네가 못 이길거라 했고, 한 마리 강아지처럼 또 도망나올 거라 했잖아. 그러니까 이렇게 써서 널 놀리고 싶어.

판시엔은 이 구절을 보고 우쥬를 힐끔 쳐다봤다. '어떻게 이 대종사급 고수가 강아지로 보일 수가 있지?'

난 네가 가버렸을 때 어떤 사람에게 춘약을 먹여서 씨를 잉태하는 데 성공했어. 다만 예쁜 딸일지 개 같은 아들일지는 모르겠어. 이 상자는 내가 이 세상에 남기는 유일한 물건이야. 누나가 이 세상에서 온 것은, 사실 이 상자를 남겨두기 위한 것이었는지도 모르지.

'춘약을 먹여서 씨를 잉태'라는 말과 '개 같은 아들'이라는 두 표현을 보고 판시엔은 하마터면 의자에서 굴러 떨어질 뻔했다. '내 신세가 매우 기이하고도 상당히 로맨틱하다고 생각하고 있었는데, 이건 또 뭐지? 그리고 그녀가 씨를 뿌리게 한 그 남자는 대체 누구란 말인가?'

아래는 판시엔의 어머니, 즉 이 세상에 무수한 놀라움을 가져온 예칭메이가 남긴 편지의 나머지였다.

매우 슬프지 않아? 이 세상에서 너 외에는 이 상자를 열 수 있는 사람이 아무도 없는데, 내가 이렇게 자상하고도 상냥하게, 이 세상에서는 필요도 없는 병음을 가르쳐 줬다는 걸 누가 알까? 귀여운 쥬쥬 인형아, 누나는 정말 너를 안고 자고 싶어, 빨리 돌아와.

내가 이 상자를 어디에 뒀는지 너는 알 거야. 만약 네가 이 상자를 열어 편지를 봤다면 그것은 당연히 네가 이 상자의 위치를 알았다는 것이겠구나. 누나가 또 쓸데없는 말을 했네.

내가 지금 궁금한 건, 내가 딸을 낳게 될까, 아들을 낳게 될까 하는 거야. 만약에 딸이면 딱 좋을 텐데. 만약 개망나니 아들이면, 그애의 아버지는 머리가 좀 아프겠지. 남자들의 야심이란 너무도 커서, 도대체 무슨 일들을 벌일지 도통 모르겠어.

좋아, 좋아. 나도 야심이 크다는 걸 인정하지. 하지만 이 세상을 좀 더 아름답게 할 생각에서이니, 이건 작은 여자의 아름다운 바람 정도라 해야지, 어찌 '야심'이라는 두 글자를 사용할 수 있겠니?

왜 내가 유서를 쓰고 있는 것처럼 느껴지지? 정말 이상해, 너무 불길해.

응, 누가 알겠어? 그냥 유서라고 하자. 어차피 쓰고 있는데 뭐. 명심해, 이 총은 쓰지 마, 모기 잡는 데 큰 칼을 쓸 필요가 있겠어? 이 편지를 보고 나면 상자를 없애. 이 세상의 그런 잡놈들에게 이 누나의 찬란한 일생을 알게 할 필요가 없어. 그들은 그럴 자격이 없어.

누나는 왔고, 보았고, 놀았고, 제일 가는 부자도 되어 보았고, 친왕(亲王)도 죽여 보았고, 황제의 수염도 뽑아 보았고, 이 세상 햇빛에 찬란해져도 봤고, 다만 천하를 통일하지는 못했어. 하지만 이것 때문에 하찮아진 건가, 어떻게? 나의 보배 같은 딸아, 개 같은 아들아, 나처럼 속앓이를 하지 말거라. 일생을 평안하게 보내면 돼.

아……나중에 내가 늙어 죽고 난 후에, 다시 이 세상에 올 수 있을까?

아빠, 엄마, 너무 그리워요.

쥬쥬야, 사실 넌 이 말을 이해하지 못하겠지. 넌 내가 어디서 온 지 아마 모를 거야. 난 외로워, 이 세상에 많은 사람이 오고 가지만, 나는 여전히 외로워.

난 너무 외로워.

누나가 너무 외롭다.

"어머니는 이 세상 사람이 아니었어요. 삼촌, 기억해요?"
"조금."
"어머니는 삼촌이 전에 신묘 사람과 싸우러 갔다는데, 그 전투에서 삼촌이 기억의 일부를 잃어버린 거예요?"
"맞다."

"만일 삼촌이 그 기억을 잃어버리지 않았으면, 이 상자를 열어 봤겠죠? 열어본 후에 내게 이 모든 것을 알려줄 수도 있었을까요?"

"아니."

"저도 그렇게 생각했었요. 어쩌면 삼촌은 아무도 모르는 작은 산촌을 찾아 거기에서 저를 키웠을 수도 있겠죠……어쩌면 그런 날들도 나쁘지 않았을 것 같네요."

판시엔은 편안한 표정을 짓고 있더니 다시 물었다.

"삼촌은 왜 내가 어떻게 상자를 열수 있었는지를 궁금해하지 않아요?"

판시엔은 우쥬를 놀리고 있었다. 삼촌이 판시엔 자신 또한 다른 세상에서 온 영혼이라는 것을 알고 있는지를 시험해 보고 싶었기 때문이었다. 혹시나 엄청 놀라는 표정을 지을 수도 있겠다는 기대를 하며.

"왜 내가 궁금해 해야하지?"

우쥬는 여전히 냉정했다. 마치 도련님이나 아가씨나 모두 말만 많은 재미없는 사람이라 여기는 듯했다. 판시엔은 자기가 바보같다 느끼며 바꿔 물었다.

"그녀의 죽음과 신묘는 무슨 관계가 있나요?"

"모른다."

판시엔은 잠시 침묵한 후 다시 상자를 살펴보기 시작했다. 상자의 마지막 층 위에는 한 장의 종이가 붙어 있었다. 그가 안팎의 높이를 비교해 보니, 마지막 층이 상대적으로 매우 얇아 보였다. 그 종이를 떼어낸 후 그는 다시 어리둥절해졌다. 그 종이에는 이렇게 쓰여 있었다.

야, 만일 우쥬라면, 그 편지를 보고 나서 이 상자를 없앴어야지. 만일 네가 계속 이걸 보고 싶어 한다면, 솔직히 말해, 넌 누구야? 너 어떻게 이 상자를 열었어?

"전 엄마의 아들인데요."

엄마는 역시 대단한 사람이었다. 판시엔은 순간 정신을 잃고 멍해졌다. 종이 위의 내용은 매우 짧았고, 그리 많은 말이 쓰여 있지 않았다. 마지막은 일종의 경고 같은 것이었다.

아마 예쁜 딸이 아니라 나의 개 같은 아들일 텐데, 밑의 물건은 네가 목숨이 위태로울 때 다시 와서 봐. 명심해!

마지막에 과장된 느낌표를 보고 나니, 어머니의 마지막 명령, 그 엄숙한 경고를 감히 따르지 않을 수 없었다. 그는 조용히 그 종이를 다시 붙였다.

"전 나가서 좀 걸을래요."

판시엔은 우쥬에게 이렇게 말하고 방을 나왔다. 그는 고개를 숙이고 초가을 밤비를 맞고 있었다. 판시엔의 그림자가 비 사이로 사라진 후, 우쥬는 천천히 어느 구석에서 나타나 책상 옆에 앉았다. 그는 손가락으로 상자의 안과 책상 위의 총을 어루만지더니 마지막으로 그 편지에 손을 얹었다. 그의 손가락이 가볍게 편지 위를 쓰다듬으며 움직였다. 그가 무슨 생각을 하고 있는지 알수 없었다.

그의 손가락과 편지지 사이에서 '스스' 하는 소리가 나고 있을 때, 비오는 정원의 풀 사이에서는 '샤샤' 하는 소리가 들렸다. 방안 칠흑 같은 어둠 속에서 우쥬는 상자 옆에 앉아 있었다. 그의 얼굴에 둘러진 검은 천마저 부드러워 보였는데, 그의 얼굴에서 아주 조금이지만 아주 따뜻한 표정이 번지고 있었기 때문이었다.

판시엔은 홀로 빗속을 걸으며 이미 온 몸이 다 젖어 있었다. 미소를 띤 얼굴은 순간 담담한 슬픔으로 바뀌었다가 곧 평정을 되찾았다. 복잡한 감정들이 그의 마음 속에서 교차하고 충돌하다 이내 발효돼 갔다.

예칭메이, 이 화려한 이름은 오늘에서야 그의 삶과 그의 머릿속에 진정으로 들어온 듯했다. 자신의 어머니가 어디서 왔으며, 이 세상에서 무엇을 하였는지 드디어 그 진상이 드러나기 시작했다.

지금의 황제가 황위에 오르기 전 두 명의 친왕(亲王)은 황위에 오를 만한 가장 유력한 후보들이었다. 하지만 그 두 명의 친왕이 다소 황당한 암살 사건으로 죽었다. 판시엔은 그 편지를 읽은 후, 그 두 명의 친왕이 암살에 대해 상시로 방비했음에도 불구하고 자신 어머니의 저격총에 의해 죽게 된 것이라 생각했다. 다시 말해, 오늘의 황실은 온전히 그의 어머니의 재능으로 천하를 지배하게 된 것이었다. 어머니는 경여당을 만들고, 감사원을 세움으로써 강대한 국가를 위한 근간을 제공한 것이었다. 심지어는 그의 어머니 예칭메이가 없었다면 현재의 경국도 없었을 거라 말 할 수 있을 것 같았다.

판시엔은 자신도 모르는 새 거리를 계속 걷고 있었다. 빗물이 그의 몸속으로 들어와 몸은 점점 차가워지고 있었으나 그의 마음 속은 활활 불타오르고 있었다. 이 순간 경국 징두의 거리를 보니, 거리에 지나다니는 네 대의 마차, 길가 어느 부유한 집안의 유리창, 그리고 미끌미끌한 비누, 이 모든 것들이 순간적으로 모두 연관돼 있음을 알았다. 이 모든 사물에는 어머니의 기운이 들어가 있는 듯했고, 여기저기에서, 이 집에서, 천하의 모든 곳에서 그 여자의 존재를 느낄 수 있었다.

편지 마지막은 이렇게 쓰여 있었다.

"누나는 무척 외로워."

그는 오늘 이전까지는 무척 외로웠지만, 오늘부터는 외롭지 않았다. 그는 더 이상 외롭지 않을 것이다. 그는 비 내리는 거리에서 크게 한번 웃었다. 그 웃음 소리는 멀리 퍼져나가 비 내리는 밤 일찍 잠자리에 든 많은 이들을 깨웠다. 어떤 사람들은 그 소리에 깨어 그를 욕했다.

하지만 그는 여전히 미소짓고 있었다.

편지에서 예칭메이는 절대 연약한 여자가 아니었다. 그는 자신의 어머니가 이렇게 굳은 마음을 가졌으며, 완전히 낯선 세계에서 그 낯선 햇빛으로 이렇게 찬란한 생을 살아갔다는 것에 크나큰 자부심을 느꼈다. 익숙하기도 하지만 또 낯설기도한 이 경국은 예칭메이라 불리우는 여자에게 반드시 미안해 해야 할 것이다.

빗물이 세차게 판시엔의 얼굴을 때렸다. 그는 캄캄한 밤과 혼연일체가 돼 마치 괴물같아 보였다. 그 상자가 그의 인생에서 근본적인 해결책이 되지는 않을 수도 있지만, 그가 더 이상 외롭지 않다는 생각은 이 세상을 살아가는 데 있어, 그리고 비가 오는 이 밤거리를 걷는데 있어 그를 더욱 자유롭게 해주었다.

판시엔은 홀로 빗속을 걸으며, 더욱 즐겁게 웃었다. 어차피 살아가야 한다면 호탕하게 한번 살아보자. 언젠가 뭐뭐에게 말했던 것처럼, 나중에 지난 날을 돌아볼 때 얼굴에 '후회'라는 글자를 쓰지는 말도록 하자.

가을비와 가을바람이 음산하다. 어떤 이가 그립다. 젠장!

제15장

혼례

황궁침입이라는 문제를 아무 조치 없이 끝낼 수 없는 노릇이었다. 지금껏 징두에서 이렇다 할 주목을 받고 있지 못하던 징두 수비군 예중 대인은 황명을 받고 오랜만의 거동을 했다. 그는 징두 수비로서 최근에는 줄곧 서쪽 지방 핑저우(定州) 외곽에서 징두를 방비 중이었는데, 이번에 전갈을 받고 급히 징두로 들어온 지 이제 사흘째가 되는 날이었다.

황실의 많은 사람들은 그가 왜 선택됐는지 이미 잘 알고 있었다. 천핑핑을 제외하고는 황제에게 최고의 총애를 받고 있는 것이 예씨 집안이라는 사실 이외에도, 옌샤오이와 공디엔이 둘 다 의심받고 있는 상황이 작용했던 것이다.

예중은 이 사건이 결코 간단치 않음을 잘 알고 있었다. 호위 통령 옌샤오이는 장 공주에 의해 발탁되었고, 현재 그 수련의 경지는 황궁에서 최고라 할 수 있었다. 부통령인 공디엔은 예중의 제자였다. 마지막 홍 태감으로 말할 것 같으면, 누구도 감히 그를 건드릴 수 없었다.

예중은 그 두 사람을 의심하지 않았다. 다만 두 번째 자객이 어떤 목적으로 왔는지, 왜 광신궁 밖에서 장 공주의 궁녀를 죽여야 했는지를 줄곧 숙고했다. 조사는 암암리에 진행되었다. 하지만 북제 밀정의 대장이 탄로난 일로 인해 황제 폐하가 감사원에 진노한 상태였기에, 예중은 감사원의 도움을 얻기가 힘들었고, 이로 인해 실질적인 진전은 거의 없었다. 그러다 어느 날 함광전을 조사하던 차 매우 옅지만 수상한 향을 맡았다. 북벌 당시 황제 군막에 있던 독약을 떠오르게 하는 향이었다. 또한 자객이 침입했을 때 장모우한이 광신궁에 있었다는 사실도 연관돼 있는 것 같았다. 궁중의 암투가 얼마나 잔인한가를 잘 아는 예중은 무엇인가 잘못되었다는 것을 알아챘고 거대한 음모에 자신까지 엮여 들어갈 수도 있겠다는 예감이 들었다.

그는 황제에게 사직하겠다는 말과 함께, 온 얼굴에 송구스러운 표정을 하고 바닥에 엎드려 있었다.

"능히 밝혀낼 수 없다는 것인가, 감히 밝힐 수 없다는 것인가?"

폐하는 시종일관 통찰력 있는 얼굴로 미소를 짓고 있었다. 어떤 이들은 이 미소가 폐하의 기교일 수도 있다 생각했지만, 예중만큼은 폐하가 어떤 사람인지를 잘 알고 있었다. 그는 솔직하게 답했다.

"신은 능히 밝혀낼 수도 없고, 감히 밝힐 수도 없습니다. 황실의 문제에 대해 신하가 손을 쓰기는 어려울 듯합니다."

"예 경(卿), 이 말로 너를 불경죄로 다스릴 수도 있거늘 이렇게 공사를 구분하지 못하는 것은 네 목숨이 아깝지 않다는 뜻인가?"

"신은 폐하의 뜻을 감히 헤아릴 수 없습니다만, 다만 신이 너무 우둔하여 어떻게 조사를 해야할 지 모르겠습니다."

"됐다. 이 일은 더 이상 조사하지 말라. 짐도 분별을 한다."

폐하의 미소에는 음침한 기운이 서려 있었는데, 다만 예중은 엎드려 있어 그것을 보지 못했다.

담판이 끝나고, 북제 사절단은 곧바로 징두를 떠났지만 동이성 사절단은 여전히 징두에 머물고 있었다. 그리고도 한바탕 소동이 지난 후에야 동이성은 많은 은자(银子)를 넘기고 씁쓸해하며 징두를 떠났다. 그들은, 황제의 선심으로 황궁 침입 사건 때문에 모두 감옥에 갇힐 뻔한 위기를 모면했다는 사정을 알지 못 했다.

징두에서는 판시엔의 이름이 쫙 퍼졌다. 그 누구도 이제 더 이상 그의 배후에 대해 신경쓰지 않고, 오로지 판시엔 그 자체만을 주목하기 시작했다. 이 세상에서 장모우한이 피를 토하게 만들 수 있는 사람은, 확실히 그 하나 밖에 없는 것 같았다. 게다가 이다지도 어리다니.

마치 의논이라도 한 듯 태자와 2황자는 각자 그를 포섭하려는 노력을 동시에 하고 있었다. 리훙청은 여동생 로우지아 군주를 대동하고 매일같이 차를 마시러 왔으며, 신 소경은 얼굴을 보고 싶다는 핑계로 자주 드나들었다. 하지만 판시엔에겐 지금 처리해야 할 더 중요한 일들이 쌓여 있었기에 이러한 일들은 모두 미뤄두었다. 그는 황궁의 침입으로 일단 두 가지 일을 성공적으로 끝낸 셈인데, 하나는 열쇠를 훔친 것, 또 다른 하나는 동이성 윈즈란을 모함한 것이었다. 조정을 빌어 이 9품 고수를 주목하게 만듦으로써 그의 전투력을 꺾어버렸고, 이는 곧 판시엔의 안전으로 이어질 수 있었다. 다만 장 공주와 북제의 결탁에 관한 부분은 아직 처리하지 않고 있었다.

동이성 사절단이 징두를 떠난 지 이틀 뒤 판시엔이 적당하다 생각한 시기가 왔다. 장 공주와 북제 황제간의 밀약은 증거나 증인이 없었기에, 이를 알린다고 해서 사람들을 설득시킬 수는 없는 일이었다. 괜히 쓸데없는 의심만을 불러일으킬 수 있기에 쉽게 움직일 수는 없었던 것이다. 하지만 판시엔은 두 세상에서 살아온 경험을 통해 여론의 힘과 그 살상력을 믿고 있었고, 미치광이 장 공주를 상대하기 위해서는 미친 방법을 써야 한다는 것도 잘 알고 있었다.

판시엔은 그날부터 징두의 종이를 공급하는 서산(西山)의 제지공장과 내고의 관련 산업을 모두 매점했다. 그리고 폭풍 전야처럼 그날을 준비하고 있었다.

"흔적을 남기지 않으려면 모두 매점 해야해요. 내고의 종이들을 다 사들인 다음 만송당의 묵을 사용해서 글을 쓸 거예요. 다만, 우쥬 삼촌, 삼촌 글씨를 누군가 본 적이 있나요?"

"없다."

"그럼 완벽해요. 전단지는 글씨를 크게 쓸 필요는 없어요."

황당한 계획이었으나 그 효과만큼은 확신할 수 있었다. 판시엔은 자신의 두 손으로 크기를 이리저리 가늠하며 말을 이었다.

"중요한 것은 그 수가 많아야 한다는 것인데, 여기저기에 붙이고 뿌려야 해요. 특히 태학(太学)이나 문연각 같이 학생들이 많은 곳에 많이 뿌려야 해요. 학생들은 어리고 열정적이라 쉽게 움직일 거예요. 특히 문연각 학사들은 기개가 있어 이 전단지를 보면 가만히 있지 않을 거예요."

"내용."

우쥬의 말은 항상 간략했다. 판시엔은 자세히 내용을 반복했는데, 관건은 내용이 선동적이고, 선정적이어야 하고, 진짜인 듯 아닌 듯 애매모호하게 써야한다는 것이었다. 예를 들어, 장 공주와 장모우한의 대화가 핵심 내용이지만, 그 외에도 옌빙윈의 북제 잠복이 얼마나 고단했는지를, 그리고 황실 귀인들이 그를 얼마나 무심하게 방치했는지를, 장 공주가 조정의 이익을 어떻게 해 하였는지를, 어떻게 자신의 이익만을 돌봐왔는지를, 어떻게 이익을 취했는지를, 심지어 황실이 얼마나 많은 가짜 태감들로 채워져 있는가를, 애인과 잠자리를 하는 가짜 태감들이 몇이나 있는가를 덧붙여야 하는 것이다.

"장 공주가 금전적 이익만을 위해 경국에 이렇게 큰 해를 끼쳤다 믿는 사람은 없다." 우쥬는 냉랭하게 분석하듯 말했다.

"세상 사람들 중에 삼촌처럼 똑똑한 사람은 그리 많지 않아요. 그저 사람들이 의심하고 무엇인가를 믿기 시작하면 끝나는 일이에요. 그래서 황제 폐하 귀에 이 말이 들어가기만 하면 된다구요."

"황제는 굳이 그런 것을 네가 일깨워줄 필요는 없는 상대다."

장 공주와 북제의 결탁에 있어, 수하에 무수한 밀정과 첩자를 가진 황제에게 그것을 새롭게 일깨워줄 필요는 사실 없긴 했다.

"삼촌이 보기에는 황제가 이 사건에 대해 어떻게 반응할 것 같아요?"

"감사원을 움직여 네가 한 일을 수습할 거고, 장 공주에게 상을 내림으로써 황실의 단결을 과시할 거고, 이 사건이 사그라들면 기회를 봐서 장 공주를 신양(信陽)으로 유배 보낼거다. 장 공주에게 상을 내릴 때, 그 기회를 이용해 완알에게도 상을 내릴 것이고, 네 관직도 올려줄 것이다."

충분히 가능한 일이었다.

"황제가 일찍부터 장 공주와 북제의 결탁을 알고 있었다면, 왜 아직까지 장 공주를 쫓아내지 않았을까요?"

"그는 수면 아래 있는 사람이 위로 올라올 때까지를 기다려 일망타진하는 것을 좋아한다. 그는 이 방면에서 매우 뛰어난 사람이다."

"그럼 이렇게 하다가 잘못하면 수면 아래 있는 사람을 못 떠오르게 할 수도 있는 거네요? 장 공주도 황실에 또 다른 조력자가 있다고 생각하는 게 맞겠죠?"

"그건 내가 가서 조사하마."

판시엔은 잠시 우쥬의 말을 생각해보다 그냥 원래 계획대로 밀어붙이기로 결정했다.

"장 공주가 잠시라도 황궁을 떠나 있게 해야 해요. 황제가 일망타진할 기회를 찾는 동안 제가 그녀의 손에 없어져버릴 수도 있으니까요. 황제는 간도 크고 적을 상대할 능력도 지녔지만, 저는 없잖아요?"

9월 초 가을이 온 징두에는 진짜 큰 눈이 내렸다. 흰색의 전단지가 눈처럼 하늘을 뒤덮어 징두에 곳곳으로 떨어지고 있었다. 특히 태학과 문연각 부근에는 폭설처럼 수북히 내렸다. 새벽에 일어나 눈꽃 종이를 든 학생들과 백성들은 그것이 담고 있는 믿을 수 없는 내용에 모두 아연실색하고 말았다. 경국에서 역사상 처음 발생한 전단지 전쟁이었다.

다만 판시엔은, 경국 백성들의 열정은 과대평가한 반면, 감사원과 6부 관아의 능력을 과소평가하고 있었음이 밝혀졌다. 두 시진이채 지나지 않아 징두 전체에 뿌려진 전단지는 티엔허 대로 옆 정사각형 건물 안에 모두 회수되었다. 어느 누구도 전단지를 갖고 있을 수 없었다. 감사원이 직접 나섰기 때문이었다. 태학 쪽의 반응도 매우 빨라 그들은 가을 학기 시험을 앞당겨 실시한다고 발표해 버렸다.

모든 조치가 반나절만에 공표되면서, 모든 것이 통제되었다. 하지만 소문이라는 것은 날개가 없어도 날아다닐 수 있는 것. 소문은 이미 징두 골목골목 어디에나 펴져 있었다. 장 공주의 명성은 이미 징두에서 썩 좋지 않았기에, 전단지 위의 내용을 사람들은 더욱 쉽게 믿었다. 아니 땐 굴뚝에 연기는 없다는 논리였다. 그 논리 위에 나이 든 아낙네들이 더한 논리는 더욱 간단했다. 그렇게 늦게까지 시집도 안간 것을 보면 결코 좋은 여자일 리가 없다는 것이었다.

경국 황실은 이런 국면을 처음 맞이한 만큼 긴장하지 않을 수 없었다. 감사원의 조치는 매우 강력했으나 황실 사람들은 매우 불안했으며, 궁녀와 태감들은 하루 종일 숨을 죽이고만 있었다. 황제 폐하의 서재에서는 엄청난 분노의 소리가 일었고, 태후는 광신궁으로 갔다. 광신궁에서 귀를 찌르는 듯한 날카로운 소리가 몇 차례 나더니, 장 공주는 아주 오랫동안 계속해서 울어댔다.

감사원 내에는 어색한 침묵이 흐르고 있었다. 8처 처장들은 모두 상석을 보고 있었는데, 상석의 쳔핑핑은 바퀴의자에 앉아 몇 개 남지도 않은 수염을 만지며 전단지를 보고 기이한 미소를 짓고 있었다. 쳔 대인은 웃을 수라도 있지만 다른 처장들은 감히 웃지도 못했다. 그들은 모두 전단지의 내용을 봤기 때문이었다. 쳔핑핑은 마음속 즐거움을 숨긴 채 담담히 말했다.

"이 종이에 쓴 내용이 어디까지 진실일까?"

제일 난감한 것은 8처 처장이었다. 징두의 모든 문서와 문연각을 관리 중인 8처의 우두머리로서 이 일은 면목이 없는 일이었기에 그는 황급히 대답했다.

"종이는 서산 종이 공장의 것이고, 그곳은 내고가 관리하고 있습니다. 먹은 만송당의 것인데 그곳에는 특별한 배후가 있지 않습니다."

"난 그저 진실인지 거짓인지를 물었지, 누가 했는지를 묻지는 않았네."

"공주를 모함하고, 조정에 망언을 퍼뜨리는 행위는 용납할 수 없으니, 당연히 단 하나의 진실도 없습니다."

8처장은 이마의 땀을 닦으며 조심스레 답했다.

"그럼 모두가 거짓인가?"

천핑핑은 웃고 있었고, 그 웃음에는 음침한 기운이 감돌았다. 전단지에는 장 공주와 북제가 밀약을 맺어 경국 북제 밀정의 우두머리인 옌빙윈을 적국에게 팔았다고 적혀 있었다. 4처의 옌뤄하이는 무표정하게 답했다.

"이 일은 조정의 누군가가 풍파를 일으키기 위해 누설한 것으로 보이며, 그 사람의 지위는 매우 높을 것 같습니다. 장 공주가 이 일을 직접 꾸몄다는 것이 납득이 되지 않습니다. 그녀에게 무슨 도움이 있다고요?"

"이 전단지에는 며칠 전 밤에 장모우한이 장 공주와 광신궁에서 사적 만남을 가졌다고 쓰여 있네."

천핑핑이 말했다.

"장 대가는 태후의 요청으로 궁에서 지냈으니, 그 사실은 증거가 되지 못합니다."

"빙원이 북제에 잡혀있는 이 시국에 자네가 그렇게 냉정하게 분석할 수 있다니, 대단하구만. 하지만, 의심해야 할 사람은 의심해야 하는 것이고, 감사원은 폐하께 충성하는 조직이니 황실에 충성하는 것이 맞네만, 그렇다고 황실의 특정한 사람에게만 충성하는 것은 아니라는 점을 잊지 말게."

말을 다 끝내고 천핑핑은 긴 책상의 가장 끝자리에 앉아 있는 사람을 쳐다보았다. 그 사람은 감사원 1처의 처장 주그어(朱格, 주격)였다. 감사원 여덟 개의 부처 중 권한이 가장 큰 곳의 처장이었다. 주그어는 잠시 침묵한 후 고개를 저으며 말했다.

"옌빙원의 일을 알고 있는 사람이 옌 대인을 포함하여 모두 다섯인데, 만일 장 공주가 이와 관련돼 있다면 그녀는 누구에게 그 정보를 얻었을까요?"

 쳰핑핑은 그를 계속 침착하게 바라보았고, 분위기는 점점 더 어두 워져갔다. 주그어 또한 침착한 듯 보였지만 그의 옆 8처 처장은 귀밑 으로 한 방울의 땀을 흘리고 있는 모습이 똑똑히 보였다.

 쳰핑핑은 그를 찬찬히 바라보았다.

 "대인, 저를 의심하시는 겁니까?"

 주그어는 갑자기 입을 열어 말했다. 그가 입을 열자 쳰핑핑은 조 용히 두 눈을 감고 담담히 대답했다.

 "왜냐하면 넌 멍청하니까."

 "그렇다면 왜 옌뤄하이는 아닙니까? 아들을 팔아 영광을 얻으려 는 일은 이 세상에서 적지 않게 볼 수 있습니다."

 주그어는 옌빙윈이 잡힌 그때 사실 자신에게 문제가 될 것임을 직감하고 있었다. 그는 쓴웃음을 지으며 옌뤄하이를 바라보고만 있 었다.

 쳰핑핑의 눈은 여전히 감겨 있었다.

 "자네는 1처 처장이고, 페이지에는 나이가 들었으니, 만약 내가 퇴임하면 자네가 이 감사원을 이어받을 수도 있었겠지. 내가 다른 계획이 있는 것을 네가 알고 그리 기뻐하지 않는다는 것도 알고 있 었어. 그 여자가 자네에게 미래 감사원의 권력을 보장이라도 한 것 인가? 나는 폐하의 뜻에 따라 이 사건을 관심 있게 보고 있었네. 다 만 오늘 이 종이 눈꽃이 내려 이 일이 이런 식으로 폭로 될지는 몰 랐네만. 그러니 나도 어쩔 수 없이 이 일을 이렇게 처리해야겠네."

 "도와주셔서 감사드립니다."

 주그어의 목젓이 두 번 움직였다. 호흡이 매우 거칠어 보였다. 그 는 황제가 이 일을 직접 처리한다면 자신은 더욱 비참한 말로를 맞 을 것임을 알고 있었기 때문이었다. 쳰핑핑은 일말의 동정도 남아있지 않은 듯 차갑게 그를 바라보았다.

"나를 십이 년 동안이나 보좌해왔으니, 너에게 죽기 전 마지막 말할 기회를 주마."

주그어의 얼굴은 창백해져 있었지만 이내 평정을 찾았다. 일개 관원이었던 자신을 일찌감치 감사원의 세 번째 인물로 만들어준 대인이기에 그는 마지막 충정으로 진실되게 말했다.

"황실의 여자들을 믿지 마십시오. 그녀들은 모두 미치광이입니다."

이 말을 끝낸 후 그는 손을 들어 자신의 정수리를 내리쳤다. 이윽고 '퍽' 소리와 함께 그의 몸이 책상 위에 엎어졌고, 그는 더 이상 숨을 쉬지 않았다. 장 공주와 장모우한의 대화를 판시엔이 엿듣지 않았어도 사실 첸핑핑은 이 사건의 전모를 이미 다 알고 있었다. 장 공주는 오랫동안 감사원에서 가장 주시하는 인물이었고, 그런 그녀가 옌빙원을 팔아 넘긴 그 순간 주그어의 죽음은 이미 결정돼 있었던 것이다.

그의 시체는 밖으로 옮겨졌다.

첸핑핑은 감정의 동요가 일절 없었다.

보고는 계속되었다.

"황실에서 진행된 조사 결과에 따르면 황제 폐하께서 양국 사절단을 초청하신 그날 밤, 궁중에 침입한 자객은 동이성과 연관돼 있습니다. 그 후 두 번째 자객이 광신궁에 들어가 장 공주의 궁녀를 죽인 후 그들의 비밀 대화를 들은 듯합니다. 동이성이 이런 짓을 벌인 것은 조정에 혼란을 주기 위해서일 것입니다. 이번에 경국은 북제와는 달리 동이성과는 이렇다 할 협의를 이끌어내지 못하는 상태였기에, 혹시라도 조정에서 군대를 일으킬까 그들이 두려워한 것으로 사료됩니다. 또한, 북제와의 이 작당을 들춰내면, 폐하께서 진노하실 것이 명약관화하므로 동이성은 경국이 북제와의 협의를 무효화한 후 다시 두 나라 사이에 전쟁이 벌어질 수도 있다 판단하지 않았나 싶습니다. 물론 그렇다면 동이성 입장에서는 매우 좋은 상황이 되겠지요. 동기에서나 최후의 효과에서나 어느 모로 봐도 동이성이 이번 일을 벌였을 가능성이 가장 높습니다."

부하는 분석을 이어갔다.

"유일한 의문은 서산 종이 공장이 어젯밤에서야 그 종이를 제공했는데, 어떻게 동이성이 하룻밤 새 이 많은 양의 종이에 글을 써 낼 수 있었느냐 하는 것입니다. 동이성에서 온 사절단 대부분을 감사원이 감시 중이며, 그 외의 동이성 사람도 많지 않은데 말입니다. 하룻밤 안에 이 일을 해내려면 최소한 40여명의 훈련된 사람들이 필요했을 것으로 보입니다."

쳰핑핑은 일목요연한 분석을 듣다가 고개를 저었다. 실내는 일순 고요해졌다.

"포로교환 협의는 어떻게 할까요?"

옌뤄하이가 불쑥 쳰핑핑에게 물었다.

"계속된다."

"당시 샤오은을 잡기 위해 대인이 두 다리를 멧가로 치르셨는데, 장 공주가 이리 쉽게 그를 팔아 버리는 바람에 샤오은을 놓아주어야 하다니, 소인은 마음이 무겁기 그지없습니다."

"마음이 무거워? 자네 아들을 산 채로 돌려받을 다른 방법이 있는 건가? 교환은 교환대로 해야지. 우리가 샤오은을 살려서 북제에 돌려보낸 후 무슨 일이 벌어질지는 아무도 알 수 없지만."

이 말을 듣고서야 부하들은 쳰 원장이 다른 꿍꿍이가 있음을 알고 안심했다, 그 늙은이가 이전에 북위 첩자 두목으로 경국에 온 첩자들을 얼마나 많이 죽였는지를, 또한 그가 북제에 잡혀 있는 사람이 4처 옌뤄하이의 아들만 아니었다면 결코 이런 무리수를 두지는 않았을 것임을 알고 있는 사람들은 아무말 없이 가만히 있었다. 옌뤄하이도 이런 점을 잘 알고 있기에 마음속 깊은 곳에 쳰 원장에 대한 감사함이 일었다.

"장 공주 쪽은 어떻게 할까요?"

부하 하나가 침묵을 깨고 물었다.

"폐하께서 어떤 말씀도 하지 않으시니 우리도 움직이지 않는다."

"동이성의 사절단은 잡아올까요?"

"잡아와서 뭐하게? 황궁이 침입당했다고 만천하에 소문낼 일이야? 남쪽 지방 잔당들이 징두에 유언비어를 퍼뜨렸고, 범인을 이미 생포했다고 말하게. 이 일은 8처가 맡아. 그리고 감옥에서 사형수 몇을 꺼내 시장 입구에서 모두 죽여버려. 죽일 때는 시끌벅적하게, 지나가는 사람들 모두가 보는 앞에서 죽여야 함을 잊지 말게."

쳰핑핑의 말이 끝나자 부하들은 명을 받고 갔다.

독은 독으로 지우고, 유언비어는 유언비어로 막는다.

"샤오은이 북제로 갈 동안만 살아 있다 북제에 도착해서는 죽게 하는 그런 독약은 없을까요?"

모두가 나가고 둘만 남은 밀실에서 옌뤄하이가 쳰핑핑에게 물었다.

"무슨 말을 하고 싶은 겐가?"

"저는 제 아들을 잘 알고 있습니다. 그 아이는 폐하의 방법에 동의하지 않을 것입니다. 샤오은과 자기를 교환하는 것을 결코 달가워하지 않을 것입니다."

"이 일에서 자네는 당분간 멀리 떨어져 있어야 하네. 어떤 의견도 내지 말고. 어떻게 할지는 모두 내 일이니. 당연히 그런 독약이 없지. 페이지에라도 만들어내지 못할 걸세. 그렇지만, 샤오은은 반드시 죽어야 하고, 옌빙원은 반드시 살아 돌아와야 하네."

천핑핑은 잠시 말을 끊은 뒤, 침착하게 그를 보며 말을 이었다.

"또한 삼년 전에 내가 네 아들을 북쪽으로 보낸 사람이라는 것을 잊지 말게."

옌뤄하이는 무슨 말을 꺼내려 했지만 천핑핑이 막았다.

"나는 옌빙윈이 돌아오면 그를 주그어의 위치에 앉히려 했네. 주그어는 어차피 오래가지 못할 거였어. 하지만 오늘 이 종이가 사방에 날려 징두의 민심이 흉흉해졌고, 나는 그게 무엇이든 자네에게 무언가를 해주어야 했네. 내, 일전에도 말했지만, 감사원은 현재 '제사(提司)'가 있으며, 나는 그를 북제로 보내려 하네."

"너무 위험합니다."

옌뤄하이는 그의 말을 듣자 마자 바로 미간을 찌푸리며 말했다. 그는 원장 대인이 샤오은의 암살 임무를 그 제사란 자에게 줄 것이란 것을 알고 있었다.

"갈고 닦지 않으면 그릇이 되지 못하는 법. 만약 그가 성공한다면 언젠가는 그가 나를 도와 감사원을 잘 요리해 주길 기대하고 있다네."

옌뤄하이는 그제서야 이해할 수 있었다. 하지만 속으로 놀란 것을 감히 밖으로 뱉을 수는 없었다. 그는 그저 고개를 숙일 뿐이었다.

"도대체 누가 이런 짓을 했지?"

천핑핑은 홀로 남은 방 창가로 가 수척해진 손가락으로 검은 장막을 살짝 젖히며 호기심 가득한 아이처럼 창 밖을 빼꼼히 바라보았다. 땅을 적시던 가을비는 어젯밤 그쳤고, 밖에는 이글거리는 태양이 높이 떠올라 먼 곳 황실까지 금빛으로 비추고 있었다. 그는 바퀴 의자에 반쯤 기댄 채 검은 장막 틈으로 들어오는 햇빛에 비춰 손에 쥐고 있는 종이를 바라보며 고개를 저었다.

"그 여자가 북제와 결탁했다는 내용은 그렇다치고, 태감 애인을 언급하며 황궁을 욕보이는 것은 또 무언가?"

이런 의문은 사실 좀전의 회의에서는 언급할 수 없었던 것이었다. 천핑핑은 성냥개비 같은 모양의 전단지 위 글씨를 보며 웃음이 터져나왔다.

"진짜 망할, 글씨가 너무 엉망이잖아. 하지만 이 글씨는 왠지 동이성 바보 스구지엔을 떠올리게 한단 말이지. 동이성아, 동이성아, 진짜 너희들이냐?"

그는 혼자서 물어보았다. 얼굴에는 엷은 미소가 떠올랐다.

"그래, 그때 내가 본 스구지엔은 진짜 바보 같았지만, 그렇다고 이 정도로 미친놈은 아니었는데, 아무리 장 공주 같은 미치광이를 상대한다지만, 그놈도 똑같이 이런 미친 방법을 썼다고? 누가 한 건지 도대체 알 수가 없으니 이를 어쩌나. 어쨌든 너희들이 폐하의 규율을 엉망으로 만들어 버린 만큼 폐하는 너희를 절대 가만히 놔둘 리 없을 거야."

한편 판시엔은 냉정하게 이 사건의 추이를 지켜보고 있었다. 그가 전단지에 담은 애로 소설급 내용은 확실히 국가로서는 받아들이기 쉽지 않아 보였다. 황제가 내심 무슨 생각을 하고 있는지, 또 장 공주의 권력은 이 일로 인해 얼마나 약해졌는지를 알 수 없었지만, 그래도 결과적으로 그는 자기가 원한 것은 얻을 수 있었다.

장 공주는 소리 소문 없이 황궁으로부터 유배지인 신양으로 옮겨졌다.

우쥬가 예상한 그대로, 황제는 장 공주를 내쫓기 전 무의미한 포상을 내렸고, 판시엔은 8품 협률랑에서 5품 태학원(太学院) 봉정(奉正)에 임명되었다. 폐하의 명을 거실에서 전해들은 판시엔은 아버지에게 물었다.

"태학원 봉정이 뭐하는 관직이에요?"

"태학에서 글을 가르치는 것이다. 문제는, 네가 아직 정식으로 과거를 보지 않았다는 것인데⋯⋯과거를 보지도 않은 네가 어떻게 태학원에서 봉정을 맡을 수 있다는 건지."

"그럼 제가 내년에 과거를 볼 필요가 없다는 건가요?"

판시엔은 너무 기뻐하며 물었다.

"과거를 보지 않는 것은 정도를 걷는 것이 아니니, 지금 당장은 좋아보여도 분명 나중에 문제가 될 것이야."

판지엔이 곰곰이 생각해 보니, 자신이 진정 원하는 것은 판씨 집안의 평안이 아닌 듯했다. 하지만 정작 판시엔은 아버지의 고민은 발끝만큼도 알지 못했다. 판지엔은 '눈 앞의 이 아이가 과연 편안하게 이 생을 살아갈 수 있을까? 그 사람에게 생각이 있겠지. 아니라면 처음부터 이름을 시엔(閑, 한가할 한-역주), 자를 안쯔(安之, 편안하라-역주)라 짓지는 않았을 테지.'

판시엔은 아버지의 깊은 마음은 상상도 하지 못한 채, 과거를 보지 않아도 된다는 생각에 마냥 들떠 자기 서재로 돌아갔다.

혼인날이 가까워져 오고 있었다. 근래에 너무도 많은 일이 일어난 탓에 판시엔의 마음은 처음 경국 사당에서 린완알을 만났을 때와는 미세하게 달라져 있었다. 그가 린완알의 어머니와 공생할 방법은 이미 사라져버린 후였다. 지금은 황제가 상황을 통제하고 있다해도, 만약 황제가 통제하기를 거부한다면 장 공주는 반드시 그를 죽이려할 것이었다. 혹은 장 공주가 판시엔의 손에 죽을 수도.

어젯밤에도 가을바람이 불어왔다. 판시엔은 다정한 눈길로 미래의 부인을 바라보며 말했다.

"밖에 나가본 게 얼마인지도 모르겠어."

린완알은 귀엽게 입을 삐죽였다. 그녀는 자신의 어머니 장 공주에 관한 전단지를 직접 보지는 못했어도 소식은 듣고 있었다. 장 공주도 징두를 떠나기 전 별원으로 와 잠시 완알을 본 후 바로 신양으로 떠났다. 린완알은 어머니가 징두를 떠난 것이 판시엔과 어떤 관계가 있는지 몰랐으나, 판시엔의 마음이 이전과는 달리 약간 어두어졌음을 민감하게 느끼고 있었다. 그래서 그녀는 날을 잡아 가을 단풍 구경을 가자 제안하고 있었던 것이다. 징두 서산의 단풍은 아름답기로 유명했다. 하지만 판시엔에게는 '서산'이라는 두 글자가 그 곳에 있는 종이 공장을 떠오르게 했으며, 동시에 그 뒤에 있는 장 공주를 연상하게 했다. 판시엔은 장 공주를 징두에서 쫓아낸 것이 자신의 능력이 아니며 황제의 능력이라는 것을 알고 있었고, 전단지는 단지 황제나 태후를 설득하는 구실 정도에 불구했다는 것도 잘 알고 있었다.

판시엔이 겨우 정신을 차리고 보니 완알은 걱정스런 얼굴로 자신을 쳐다보고 있었다. 그는 완알에게로 가서 가볍게 그녀의 턱을 만지며 말했다.

"뭘 그렇게 생각해? 장 공주가 신양으로 갔으니, 우리도 결혼 후에는 가서 인사드려야지."

이 말은 물론 거짓말이었다. 그는 이 생에 절대로 신양만큼은 가고 싶지 않았고, 더 큰 바람이 있다면 그것은 그녀가 그냥 거기에서 그대로 늙어 죽는 것이었다. 장 공주와 그 비밀에 쌓인 조력자가 갖고 있는 권력의 싹을 잘라버리지 않는 한 음흉한 황제는 언제든 장 공주를 다시 징두로 불러낼 것이라는 것을 판시엔은 이미 알고 있었다. 린완알은 어쩔 수 없다는듯 웃으며 말했다.

"그건 그때 가서 다시 이야기해. 나 어제 입궁했었는데, 요즘 징두에서 일어나고 있는 일들이랑 상관없이 마마님들은 괜찮아 보이셨어. 다만 태후께서 몸이 좀 안좋아 보이시더라. 황제 폐하도 나를 대하시는 게 예전만큼 친근하시지는 않더라고.”

판시엔은 속으로 생각했다. ‘황제는 지금 머리가 좀 아플 거야. 네 어머니를 도와 북제와 결탁한 황자가 누구인지 한참 머리를 굴리는 중 일테니까.’

두 사람은 좀 더 잡담을 나누다 아래층에서 어멈이 올라오는 소리를 들었다. 판시엔은 곧바로 떠날 채비를 했다. 린완알은 피식 웃으며 말한다.

“이제는 익숙하네?”

“결혼 전에 너무 무리하지 마. 병뿐 아니라 다른 일도 걱정하지 말고. 내가 있잖아.”

판시엔은 완알이 가련하다는 듯 그녀를 꼭 안으며 말했다. 창밖의 파릇한 나뭇가지들이 가을바람에도 고집스럽게 살아가고 있는 스스로의 모습으로 그에게 가르침을 주고 있었다. 바깥 환경이 어떻든 너 자신만의 가치를 지켜내라고.

판시엔과 린완알의 결혼식이 치러졌다. 게으른 판시엔은 경국 혼인 예절 같은 것엔 아무런 관심이 없었지만 전생에서 봐왔던 전통 혼례와 크게 다른 것 같지는 않았다. 다만 절차가 길었다. 길어도 너무 길었다.

호부 시랑 판씨 집안과 재상 대인 린씨 집안의 혼사니 조정의 대신들의 선물이 끊이지 않는 것은 당연지사. 황실에서 공식적으로 선물을 보내온 의미를 두고 많은 사람들은 이러쿵저러쿵 의견이 분분했다. 사생아라는 린완알의 존재에 대해 황실이 어떤 입장을 취할 것인가 하는 궁금증이었다. 그녀가 장 공주의 딸이라는 것은 이미 모두가 아는 공공연한 비밀이었으나, 그렇다고 황실에서 공식적으로 ‘황실의 사생아’를 인정할 리 없기 때문이었다. 거듭된 고민을 하던 태후가 결국 '혼례'는 '신하들의 혼사 예법'을 따라 관리하되, 선물은 '황실의 혼사 선물'에 준해 보내기로 결정했다. 그리하여 온갖 진귀한 보물들과 서적들이 줄을 이은 것인데, 그 중에서도 가장 눈에 띄는 것은 단연코 황제의 선물이었다.

'백년화합' 네 글자의 친필. 이것이 황제의 선물이었다.

중립을 유지한다지만 징왕세자와 2황자와의 친분에 힘입어 2황자 쪽으로 한 보 더 다가간 것으로 보이는 판씨 집안과, 판시엔의 혼사를 승낙함으로써 입장이 모호해지긴 했으나 줄곧 태자 편에 서 있던 재상의 린씨 집안, 이 두 집안의 화합이 이 혼사가 품은 의미였다. '백년화합'이라는 네 글자는 표면적으로는 그 두 집안의 화합을 이야기하고 있었지만, 실상 그 의미를 넘어서 있었다. 호부 시랑과 재상, 태자와 2황자, 그리고 그 배경에 있는 장 공주와 황후 그리고 태후, 즉 모든 황실과 조정의 화합을 뜻하는 심오한 의미를 지니고 있었던 것이다.

결혼식에서 판시엔은 드디어 징왕을 볼 수 있었다. 징왕은 그에게 자신의 딸 로우지아 군주를 시집보내려 했다는 둥, 로우지아가 상심해 참석하지 못했다는 둥, 생각지도 못한 많은 이야기들을 짧은 시간에 쏟아내더니 바로 판지엔에게로 가서는 만취하는 바람에 그와는 사실 많은 이야기를 나누지는 않았다. 다만, 판시엔은 징왕의 주름진 얼굴을 보고, 징왕의 여동생, 즉 이제 자신의 장모가 된 장 공주가 징왕과 나이 차이가 많아도 너무 많다는 것에 생각이 머물렀다.

'뭔가 수상하지 않은가?'

하지만 판시엔에게 그날은 결혼식만으로도 충분했다. 어떤 의심을 충분히 품기에는 이미 너무도 벅차고 너무도 귀찮은 하루였다. 하루 종일 화장을 하랴 옷을 갈아 입으랴, 여기 끌려가랴 저기 끌려가랴. 와글와글 북적북적 한바탕 소란스럽던 결혼식도 드디어 끝이

나고, 신랑 신부는 새단장이 끝난 집으로 들어갔다. 새 집의 하인들과 시녀들은 판시엔과 린완알이 그전 집에서 데려온 사람이었다. 그 중 몇은 징왕 집안에서 보내주어, 모두가 다 믿을 만한 사람들로 채워져 있었다.

판시엔은 방으로 들어가 허리를 펴고 사람들을 모두 물렸다. 하지만 린완알을 결혼 전부터 시중해 온 큰 시녀 스치는 자리를 뜨지 않았다.

"스치, 너도 피곤할 테니 어여 가서 자."

판시엔은 멋쩍은 듯 말했다. 스치는 조금 난감한 듯 아가씨를 흘끗 보았다. 린완알의 무릎 위에 놓인 손이 보일 듯 말 듯 살짝 한 번 흔들리는 품새가 빨리 가라는 의미인 듯 보여, 스치는 자신도 모르게 한번 웃고는 급히 방을 빠져나갔다.

방안에는 판시엔 그리고 린완알, 둘만 남았다.

"나와. 안 그러면 맞는다."

판시엔의 이 냉담한 말에 린완알이 놀랄 틈도 없이 침대 밑에서 우당탕탕 소리가 들렸다. 퉁퉁한 거구를 자랑하는 판스져가 무척 힘겹게 침대 아래에서 기어 나오고 있었다. 그는 민망한 듯 린완알을 향해 고개를 숙이고는 황급히 나갔다.

사방에는 그 둘 외에 아무도 없는 듯했다. 붉은 초만 소리없이 흘러내리고 있었다. 그는 고개를 돌려 헤헤 웃더니 린완알의 앞으로 다가가 살짝 차가워진 그녀의 두 손을 잡았다. 이때 순간적으로 우쥬 삼촌이 생각났다. 혹시 그 대종사급 고수가 방구석에 숨어 즐기는 것은 아닐까 걱정되기 시작했다.

"삼촌, 혹시 있어요? 없어요?"

"삼촌? 황제 삼촌?"

린완알은 판시엔에게 두 손을 잡힌 채 앞으로 일어날 일에 대해 생각하며 수줍은 얼굴로 어찌할지 몰라 하다가, 갑자기 삼촌을 부르는 판시엔의 외침을 듣고는 또 다시 어리둥절해졌다.

다행히 삼촌은 없었다. 판시엔은 겸연쩍게 웃었다.

"아무것도 아니야. 다음에 꼭 소개시켜 줄게."

판시엔은 첫날밤의 규율에 따라 린완알의 머리에 놓여있던 붉은 천을 정수리로부터 위로 벗기는 대신, 두 손가락으로 부드럽게 그 천의 두 끝을 잡아당겼다. 붉은 천이 스르르 밑으로 풀려 움직이면서 수줍은 소녀의 백옥 같은 턱밑을 보여주었다. 그리고는 부드러운 입술을, 살짝 올라간 코 끝을, 긴장한 듯한 깜빡이는 두 눈을 보여주고, 그 위에 길고 긴 속눈썹의 미세한 떨림까지 보여주었다.

붉은 초는 점점 어두워졌다. 판시엔은 조금은 긴장한 듯 침대에 앉아 오늘 갓 자신의 부인이 된 여자의 귀밑 부드러운 살을 만지고 있었다.

"콜록 콜록."

매우 부적절한 시점에 방 밖에서 기침 소리가 두 번 들렸다. 이어 판시엔의 호위들이 칼을 뽑아드는 소리가 들리고, 무언가 육중한 것이 땅에 넘어지는 소리가 들리더니, 마지막으로 오늘밤 당직 중이던 왕치니엔이 깜짝 놀라 외치는 소리가 들렸다.

판시엔이 급히 문을 열고 나가보았다.

그리고 곧바로 자신의 손목을 한 번 틀고 다리를 교차하며 자기 어깨를 향하고 있는 상대의 손바닥을 잽싸게 피했다. 그와 동시에 자신의 손에 바늘을 꺼내 쥐고 그 자객의 어깨 위에 꽂아버렸다. 그제서야 계단 앞에 서너 명의 호위들이 이미 쓰러져 있는 것이 보였다. 왕치니엔은 겁에 잔뜩 질린 채로 자객의 뒷모습을 보고 있었다.

판시엔은 크게 놀라 생각했다. '이 세상에 내가 만든 독을 맞고도 움직일 수 있는 사람이 있었던가?' 그때 그의 몸 뒤에서 바람을 가르는 소리가 들렸다. 그는 자신의 손 날을 칼처럼 만들어 뒤를 돌아보며 그 누구라도 쪼개 버릴 준비태세를 취했다. 그 손날이 자객의 얼굴로 향하는 찰나, 그는 고통스러운 신음소리와 함께 배를 잡고 자빠지고 말았다.

첫째, 그 자객은 절대 쪼개버릴 수 없었으며, 둘째, 판시엔 또한 이미 독약을 맞아버린 후였다. 자객의 머리는 제멋대로 흩어져 있었고 얼굴에는 세월의 흔적이 고스란히 드러나 매우 늙어 보였지만 얼굴을 제대로 확인할 수는 없었다. 그의 두 눈은 연갈색이었는데 딱 봐도 무척 공포스러웠다.

"스승님!"

판시엔의 이 말은 아주 시의적절했다. 이 말과 동시에 다시 한번 복통이 판시엔을 공격했다. 그는 허리춤에서 해독제 하나를 급히 꺼내 씹어 삼켰다. 약의 기운이 퍼질 때쯤에서야 비로소 그는 예를 한 번 올리고, 스승을 껴안았다. 하지만 아무 말도 할 수 없었다. 십년이 넘는 세월 동안 한 번도 보지 못한 스승 페이지에가 이렇게 갑자기 와준 것에 너무나도 감동했던 것이었다.

페이지에는 서재에 앉아 차를 마시며 옆에 시녀들의 다리 안마를 흡족해하고 있었다.

"너는 어떻게 하나도 안 변했느냐? 십 년이나 못봐서 알아보지 못하면 어쩌나 했는데, 그 꼬마가 이렇게 멋진 어른이 됐을 거라고는 생각도 못했네."

"스승님은요. 한 번 정도는 오실 수도 있었잖아요. 그리고 이렇게 한밤중에 몰래 들어오시면 어떻게 해요. 방금 전에 제가 스승님께 칼이라도 한방 먹였으면 어쩔 뻔했어요? 스승님은 8처 중 무도로는 가장 약하다면서요? 그런데도 이렇게 밤중에 자객처럼 오시는 걸 즐기시다니 위험해도 너무 위험한 거 아니예요?"

판시엔은 그간 수없이 많이 페이지에 스승과의 재회를 상상했었다. 만나서 고개를 박고 우는 모습도, 혹은 서로 독차를 나눠 마시며 그동안 배운 기예에 대해 시험해보는 모습도 상상했지만, 이렇게 자신의 결혼식날 밤, 더구나 이 부적절한 시점에 나타나 그가 판을 깨버릴 것이라고는 상상도 못했다. 그는 오늘밤 폭발직전이었던 엄청난 욕구가 분노로 변하는 게 느껴졌다.

'스승님은 언제 오셔도 좋지만, 딱 하루 안되는 날이 바로 오늘인데 말이야.'

"난 동이성에 있다가 네 결혼 소식을 듣고 한달음에 온 것이란다. 어쨌든 시간을 맞추었군."

페이지에는 판시엔의 기분 따위는 신경쓰지도 않는 듯했다. 어쨌든 페이지에 스승의 말에 판시엔은 감동을 받았고, 언제 그랬냐는 듯 불편했던 마음을 풀고는 다시 한번 큰절을 올렸다. 그가 이 세상에 오늘까지 살아 있도록 해준 두 사람 중 한 사람이 바로 지금 자신의 눈 앞에 있기 때문이었다. 페이지에는 그에게 상자 하나를 내밀었다. 상자 밖에까지 은은한 향이 퍼지고 있었다.

"이건 뭐예요?"

"제자의 결혼식 선물이지. 맘에 드는지 한 번 보거라."

판시엔은 스승님의 선물이라면 당연히 특별할 것임을 알았지만, 상자 속 손톱만한 환약을 보고서는 감동하지 않을 수 없었다. 그는 급한 마음에 곧바로 환약의 표면을 손톱으로 살짝 긁어 맛을 보았다. 페이지에는 판시엔의 이런 모습을 보며 얼굴 가득 미소를 지었다. 예쁘장하던 꼬마가 이렇게 멋지게 자라준 것도 고마웠지만, 무엇보다 자신이 예전에 가르쳐준 직업적 습관을 판시엔이 유지하고 있는 모습에 큰 안심이 되었기 때문이었다.

"거북 등껍질과 식초로 만들었네요. 그리고 지황, 아교, 밀랍, 그런데 나머지 하나는 도저히 모르겠는걸요?"

판시엔은 미간을 찌푸리며 환약의 성분을 분석하고 있었다.

"일연빙(一烟冰)."

페이지에는 입술 끝을 살짝 올리며 득의양양하게 말했다. 판시엔은 이 약이 무엇을 위한 것인지를 잘 알고 있었으며, 자신의 스승이 천하에서 제일 가는 실력가임을 알고 있었기에 더 없이 기뻤다.

"이건 서양에서 온 재료란다. 동이성은 시대의 장사꾼들이잖아. 그래서 사년 전 그들에게 이것을 찾아 달라 부탁해 놓았는데, 올해서야 드디어 수중에 넣게 되었지. 그곳에서 배를 기다리느라 어쩔 수 없이 생각보다 많은 날을 보내야 했단다."

페이지에는 손을 내저어 그제껏 자신을 시중들고 있는 하녀를 내보냈다. 사년전 황실에서 처음으로 이 혼사가 언급됐을 때부터 그는 이 준비를 시작한 것이었다. 린완알이 폐결핵을 앓고 있으므로, 자신의 제자가 맞이할 신부의 건강을 위해 그는 그때부터 준비했던 것이다. 판시엔은 감동이 파도처럼 밀려왔다.

"내가 동이성에 간 목적은 이것 말고도 있었단다."

판시엔은 그가 하는 말이 무슨 뜻인지를 알고 있었다.

"스구지엔이 나에게 빚이 하나 있다 했지? 그걸 이번에 이용해 승낙을 하나 받아 왔단다. 절대 그가 너를 먼저 해치지는 않겠다는 약속."

"스승님, 약을 주셔서 정말 감사드리고, 제 목숨을 생각해 주셔서 다시 한번 감사드립니다."

판시엔은 스승 옆에 엉덩이를 깔고 앉아, 신혼 첫날밤을 망친 원망은 어디로 다 버리고 감격에 겨워 말했다.

"이 약은 내가 처음 만들어 본 거야. 시험만 한 번 해봤는데 효과가 좋아. 그런데 약간 부작용이 있어서, 네가 꼭 알아둬야 하는데."

"스승님, 말씀해 주세요."

페이지에 스승의 진지한 모습에 판시엔의 얼굴도 덩달아 엄숙해졌다.

"이 약을 복용하면 이후에는 한 달 동안 밤에 그러니까……그걸 좀 피해야해."

페이지에는 잠시 생각해보니, 진짜 문제는 좀 더 숨기고 있는 것이 좋을 듯했다.

"진짜 사악하십니다."

판시엔은 스승의 두 눈을 보면서 그를 물어 죽이고 싶다는 생각이 들었다. 하지만 이내 눈빛을 반짝이더니 말했다.

"그렇다면 완알에게는 내일 먹일래요."

페이지에는 하마터면 입 안에 있는 차를 판시엔의 얼굴에 뿜을 뻔했다.

"너 정말 대단하구나. 설마 이렇게 늦은 밤에 기어코 해야겠다는 거냐?"

"헤헤. 네. 왜냐하면 스승님이 일부러 절 놀리시려는 걸 눈치챘기 때문이지요."

"도대체 내가 전생에 너에게 진 빚이 뭘까? 이렇게 매번 너한테는 당하기만 하니."

페이지에는 이 놈은 진짜 당할 수가 없다고 생각하며 자리에서 일어났다. 십년 전에도 자신의 적수가 아니라 생각했는데, 십 년이 지나니 더더욱 적수가 안되는 듯했기 때문이었다. 판시엔은 스승을 재빨리 부축하며 안심시키듯 말했다.

"그 이유는 스승님이 저를 아끼기 때문이지요."

페이지에는 한참 동안 침묵했다. 판시엔도 아무 말도 하지 않았다.

"징두에 이제 오래 있었으니, 감사원도 가봤을 거고, 적지 않은 것들을 알게 되었겠구나."

한참이 지난 후 페이지가 말했다.

"그중 일부만 알게 되었죠. 예를 들어, 어머니가 누군지 정도? 아버지는 여전히 모르고요."

페이지에는 이 문제에 대해서 말하고 싶지 않았던 만큼 화제를 돌렸다.

"그럼 아가씨가 예전에 한 손으로는 예씨 가문을 만들고, 다른 손으로는 감사원을 만드셨다는 것도 알겠구나. 지금 스난 백작과 원장 대인은 네가 그것들 모두를 물려받기 원하는데, 스난 백작은 네가 내고를, 첸 원장은 네가 감사원을 물려받아야 한다고 생각하지."

"스승님이 전에 저에게 준 명패가 알고 보니 '제사' 명패던데요? 이 명패의 의미를 알고난 후에야 어떤 일이 저를 기다리고 있는지를 알 수 있었죠. 그런데 스승님의 의견은 무엇이에요?"

"나는 감사원 사람이지만 원장과는 생각이 달라. 감사원은 황제와 너무 가까워 악랄한 일들을 피해갈 수가 없어. 내고도 뜨거운 감자이긴 하지만 그래도 그편이 조금 더 안전하지 않을까 해."

판시엔은 고개를 끄덕이면서도 속으로는 쓴웃음을 지을 수밖에 없었다. 왜냐하면 그런 악랄한 궁중 암투에 그는 자신도 모르게 이미 여러 번 연루되었고, 심지어 장 공주가 쫓겨난 것도 자신과 관계가 있기 때문이었다.

"스승님, 먼 길 오시느라 피곤하실 텐데 우선 저희 집에서 좀 쉬세요. 제가 어머니의 유산을 받고 싶어하고 안하고를 떠나, 첸 원장과 아버지가 그 유산을 아무리 주고 싶어한다 더라도, 이미 많은 사람들은 제가 그것을 받길 원치 않을 거예요."

"그래. 그리고 재상 대인도 조정에서 그리 오래가지 못할 것 같더구나."

판시엔은 생각했다. '장인어른은 이미 우보우안 사건에서 벗어났
는데 또 무슨 일인거지?'

"우(五) 대인은 지금 징두에 있니?"

"제가 징두에 온 후 바로 떠났어요. 아마 남쪽에 예류원을 찾으러
간 것 같던데요."

판시엔은 잠시의 망설임도 없이 거짓말을 했다. 페이지에는 판시
엔을 바라보며 머뭇하고는 더 이상 아무 말도 하지 않았다. 페이지
에는 징두에 있는 자신의 집으로 가려는 중이었다.

"스승님, 당시에 스승님과 천핑핑 그리고 우쥬 삼촌은 항상 어머
니와 함께 다녔나요?"

"그래."

"어머니가 혹시 스승님께 어떤 약을 부탁한 적이 있었나요?"

"무슨 약?"

"음……춘약이나 마취약 같은거?"

판시엔은 약간 주저하다가 결국 아주 작은 목소리로 속삭였다. 페
이지에는 무슨 영문인지를 몰라 한참 생각하다, 마침내 뭔가 생각
난 듯 말했다.

"너 방금 식 올리지 않았니?"

다음 날 새벽은 무척 맑았다. 까치들이 나뭇가지 위에 앉아 끊임
없이 재잘거리고, 노랗게 물들어가는 나뭇잎들도 모두 즐거운 듯 아
름다운 춤을 추고 있었다. 아침 해가 집 한 켠을 비스듬히 비추기 시
작하니, 머지않아 정원은 따스한 기운으로 충만해졌다. 정원의 푸른
풀과 작은 꽃 위로 맺혀 있는 이슬이 아주 고요했다.

판시엔은 문을 열고 나왔다. 얼굴에 피곤한 기색이 있었으나 두

눈만큼은 맑았다. 그는 자기 뒤로 손짓을 하며 말했다.

"빨리 나오지 못할까! 해가 이미 중천인데."

"빨리 문을 닫지 못할까!"

방안에서 린완알이 수줍으면서도 다급한 목소리로 외쳤다.

"어제는 하인들도 모두 피곤했나보군. 내가 제일 먼저 일어난 것 같으니."

이 말이 떨어지기가 무섭게 집안 곳곳에서, 준비하고 있었다는 듯이 하인들이 나와 판시엔에게 문안 인사를 한다.

"도련님, 좋은 아침입니다."

판시엔은 너무 놀라 황급히 방으로 들어가 문을 닫았다. 잠시 후 시녀들이 들어와 두 사람을 씻기고 옷을 입혀 나갈 채비를 해주었다. 판시엔은 조심스레 린완알의 손을 잡고, 토라진 듯한 부인의 얼굴을 보면서 낮은 목소리로 말했다.

"어젯밤에는 스승님이 오시는 바람에 시간이 조금 짧았네. 오늘밤에는 반드시 보충해 주리라."

"너 또 이럴거야?"

"어허. 오늘부터 상공(相公, 남편을 부르는 존칭-역주)이라 부르시오."

"네, 상공."

린완알은 언제 화가 났냐는 듯 수줍게 대답했다. 그런 모습이 판시엔은 사랑스러워 미칠 것 같았다. 그는 어젯밤을 생각하며 드디어 행복이라는 것을 찾았다는 듯 낮은 목소리로 흥얼거렸다.

"One night in 징두"

린완알은 도대체 '영문'을 모르겠다는 표정으로 그를 쳐다보고 있었다.

딴저우 할머니의 선물은 며칠 늦어지기는 했어도 마침내 판씨 저택에 도착했다. 판지엔이 집 앞으로 선물을 맞이하러 나갔고, 두 사람에게도 알리라 지시했다. 판시엔은 너무 기뻐 완알의 손을 잡고는 집앞으로 나가며 말했다.

"할머니는 날 제일 예뻐해주시는 분이야. 그분이 어떤 선물을 보내셨을까 진짜 궁금해."

하지만 문 앞에서 판시엔은 돌처럼 굳어버렸다. 할머니께서 그에게 보낸 선물이 '사람'일 거라고는 생각해보지 못했기 때문이었다.

"도련님을 뵙습니다. 마님을 뵙습니다."

스스가 기쁨을 주체하지 못하고, 지난 몇 년간 자신이 모신 도련님 앞에 절을 올렸다. 판시엔 또한 몇 년간 즐거운 시절을 함께 보낸 그녀를 보면서 한편으로는 무척이나 기뻤지만 다른 한편으로는 머리가 아파왔다. 할머니의 의미는 그녀를 집에 들이라는 것인 바, 이 상황에서 다른 방법은 딱히 없어 보였다.

"일단 좀 쉬거라."

그는 최대한 딴저우에서 했던 것처럼 자상하게 말해보았지만, 스스에게는 전보다 조금 차갑게 느껴졌다. 그런 스스의 불안한 듯한 표정을 보자 판시엔은 재미있어 하며 말했다.

"스스야, 또 뭘 그렇게 생각해? 배부르게 먹고 쉬고 있으면, 내가 이따 징두 구경시켜 줄게."

"스스가 도련님을 모시는 것이지, 도련님에게 스스를 모시라 할 수 없어요."

판시엔은 이 말이 매우 시원시원하게 느껴져 흡족했다. 확실히 그와 어려서부터 함께 지내서 그런지 다른 하녀들보다 말을 편하게 하는 것이 마음에 들었다. 그는 스스에게 다가가 스스의 야윈 얼굴을 가볍게 쓰다듬으며 말했다.

"좋아 좋아. 네가 모시는 거지."

다만 이 말에 판시엔이 은근슬쩍 아쉬움을 담았다는 것은 아무도 알아차리지 못했다.

"저 아가씨가 스스야? 듣기에 너를 딴저우에서 시중 들던 시녀가 스치보다도 더 부지런하다던데, 결국 오늘 보게 되는구나."

린완알은 판시엔의 예상과는 전혀 달리 불쾌함이 전혀 없이 궁금해하기만 했다. 이 세상은 확실히 남존여비 사상의 지배를 받고 있었다. 린완알은 군주로서 매우 높은 신분이었음에도 오늘 같은 이런 일에 대해서 그리 민감하게 반응하지 않았다. 설령 판시엔이 오늘 당장 첩을 둔다 해도 당당한 군주로서 그가 질투할 일은 없어 보였다.

하지만 판시엔은 그게 어색해서 조금은 긴장하며 화제를 바꿨다.

"우리 빨리 나가자. 이러다 늦겠어."

밖으로 나가며 판시엔은 오는 겨울 완알의 요양차 갈 창산(苍山) 여행의 계획에 대해 이야기하기 시작했다.

"난 추운 건 싫어. 그리고 난 산 같은 데 가는 것도 싫고."

"점점 더 둥그스름하게 변하는 네 얼굴을 보니, 많이 움직이는 게 좋을 거 같은데?"

"어젯밤에는 내가 통통한 게 좋다며?"

린완알은 버럭했다.

"불을 끄면, 당연히 통통한 게 좋지. 근데 낮에 보기에는……조금 마른 게……"

린완알은 심통을 내며 복도를 먼저 지나가 버렸다. 판시엔은 급히 그녀를 쫓아갔지만 똑바로 쳐다보지는 못하고 앞에서 좌우로 한걸음씩 왔다갔다 하며 조용히 얼렀다.

"내가 제일 좋아하는 것은 네 포동포동한 살이야, 설마 모르는 건 아니지?"

가을 하늘이 드높은 궁전 안에, 한 여름의 뜨거운 바람이 불어오는 듯, 린완알의 얼굴은 붉게 타오르며 달아올랐다. 그녀는 황급히 두 보 앞으로 가서 판시엔의 손을 잡고 얼굴을 숙인 채 말했다.

"뒤에 저렇게 많은 사람들이 오는데, 창피하지도 않아?"

두 사람은 이때 황궁에 있었다. 어멈, 태감, 궁녀 등 여럿이 따르고 있었는데, 그들은 모두 고개를 숙이고 있었으며, 판시엔 린완알 부부와는 거리가 있었기에 둘의 대화를 들을 수는 없을 것 같았다.

오늘은 두 사람이 결혼 후 처음 입궁한 날이었다. 궁의 마마님들은 완알을 보자마자 꼭 끌어안고 한바탕 소리를 지르며 이것저것 선물 한 보따리 씩을 챙겨주었다. 판시엔은 그 모습이 흡족했지만 한편으로는 가슴이 서늘해졌다.

'황실의 딸을 아내로 맞이했으니, 어떤 모순적인 상황이 발생한다면, 나는 흔적도 없이 사라져 버릴 수도 있겠지?'

황제에게는 네 명의 아들만 있는 만큼, 황궁에서 자란 린완알은 당연히 마마님들의 가장 큰 사랑을 독차지할 수밖에 없었다. 완알은 궁중 생활이 매우 익숙한 듯 전혀 긴장하지 않았고, 집의 정원에 있는 것처럼 편안하게 즐겼다. 판시엔도 잠시 고민을 제쳐두고 편안하게 궁의 이곳저곳을 돌아다니며 조만간 창산에 머물 결심을 했다.

내년에는 경국과 북제의 포로 교환이 정식으로 이루어질 예정이었다. 감사원은 왕치니엔을 통해 판시엔이 이 일에 관여하게 될 것임을 알려왔다. 그러니 그 전에 조금은 조용한 곳으로 가서 이것저것 정리하고 준비할 것은 미리 준비를 해야겠다는 생각이 들었다. 이번 입궁에서는 황제를 보진 못했다. 린완알은 조금 실망한 것 같았지만, 판시엔은 실망과는 다른 감정이 앞서고 있었다.

〈상 2권에 계속〉

추천사

어느덧 오만을 지우고 겸손히 고개 숙여야 할 결실과 독서의 계절입니다. 그러나 올해 초부터 이어진 '코로나 19'로 인하여 우리의 앞날은 많은 변화를 가져 올 것으로 생각됩니다. 국제적으로는 국가별 문화와 역사 등을 상호 존중하고, 이해하는 '문화상호주의'가 더욱 강조될 것으로 보입니다. 다시 말해서 우리는 기존의 "특정한 방식이나 삶의 가치관에 얽매이지 않고, 끊임없이 새로운 자아를 찾아가는" 문화 노마디즘의 시대를 맞이하고 있습니다. 그러므로 우리는 주변국가에서부터 상호국가의 문화와 역사를 존중하며 이해하려는 문화 확산전략에 더욱 힘을 쏟아야 할 것입니다.

이 같은 현실에서 역자(譯者) 이기용(李基溶)님께서 우리나라와 가까운 중국의 문화와 역사를 아우르는 소설 『경여년(慶余年)』을 번역하였다니 먼저 축하를 드립니다. 아울러 간곡히 추천사를 부탁하니 중국문화와 역사를 전공하는 한 사람으로서 모든 부족함을 뒤로 한 채 용기를 내었습니다.

소설 내용에 의하면, 주인공 판시엔(範閑)의 어머니 예칭메이(葉輕眉)는 고대 경국(慶國)의 경제와 황제의 권력을 위해 최선을 다 했으나 이를 시기한 황실의 다른 세력에 의하여 죽임을 당하는 태평별원(太平別院) 사건이 일어납니다. 그러나 판시엔은 간신히 목숨을 부지할 수 있었고, 현대의 기억을 안고 다른 시대와 다른 새로운 삶이 주어진 영혼으로 태어나면서 소설이 시작됩니다. 그리고 태평별원 사건을 일으켰던 주동세력의 지속적인 암살음모와 권력암투에 자신의 실력과 현대의 지식으로 세상을 바로잡아 나아가는 것이 줄거리입니다.

특히 이 소설은 문화와 역사, 과거와 현재가 함께하는데서 흥미를 더하게 합니다. 특히, 비밀스러운 신묘(神廟)의 존재는 한치 앞도 알 수 없는 혼란스러운 세계 속에 무엇이 진실이고, 무엇이 거짓인지에 대한 의문을 던집니다.

현재 우리사회는 빠르게 진화하는 기술혁신으로 끝없는 상상력이 점점 실현되어 가며, 날로 새로워지는 혁신기술은 인간의 한계에 도전하면서 4차 산업혁명 시대를 예고합니다. 물론 혁신기술이 긍정적인 변화만을 가져다 줄 것이라고 생각하지는 않습니다. 거대한 변화 속에서 진정한 진실은 무엇인지 고민하는 것, 그리고 용기를 갖고 그 진실과 마주하는 것. 이것이 소설 『경여년』이 우리에게 전하는 교훈이 아닌가 생각됩니다. 더욱 우리사회는 날이 갈수록 시끄럽게 가짜 정보의 깡통소리만 울리며 이곳저곳 분주한 허수아비들이 늘어나고 있습니다. 아울러 그 옛날에는 보고 듣기만 해도 놀라 달아나던 참새들도 이제는 허수아비에 내려앉아 깡통소리에 감격하고 있습니다. 더욱 잘못된 정보의 허수아비에 절이나 하고, 날마다 울리는 깡통소리에 박수를 보내는 현실을 우리는 어떻게 해야 할까요?

이러한 우려 속에 소설 『경여년』의 일독이 여러분에게 도움이 되시리라 믿습니다. 이는 재미와 교훈이 함께하는 소설 『경여년』이 극본으로 제작되어 중국에서는 물론이거니와 올해 한국 중화TV에서도 인기리에 방영되었음에서도 증명이 되었기 때문입니다.

다시 한 번 세상에 평화를 불러온다는 줄거리의 『경여년』 번역본 출판을 축하드리며 많은 독자들의 사랑이 있으시길 기원합니다.

감사합니다.

2020년 9월
동방문화대학원대학교 총장
이영철 두손모음

경여년: 오래된 신세계 상-1

지은이 묘니(猫膩)
역자 이기용

발행인 주일우
발행처 이연[㈜사이웍스]
발행일 2021년 12월1일 (2쇄)
출판등록 제2020-000154호 (2020년 7월 27일)
주소 서울시 마포구 월드컵북로1길 52 운복빌딩 3층
전화 02-3141-6127 / 팩스 02-6455-4207
전자우편 saii@saiiworks.com

ISBN 979-11-971791-1-2
979-11-971791-0-5(세트)
값 16,500원